U0126775

文心雕龍講疏

龔鵬程 著

臺灣學生書局印行

自序

疏，這種文體起於魏晉南北朝。乃漢人說經之體的延伸，形式上也吸收了佛教徒講經的若干辦法，與漢代較偏於文字性的章句訓詁分庭抗禮，故多口義。蓋漢朝文字系統大昌，魏晉則口談復熾，清談之外，《語林》、《笑林》、《世說》之類語言系統的記錄漸盛，講疏義疏即為其中一脈支流。其實例，部分已收入《十三經注疏》中了，大家想必早已熟悉。

近人演講或授課之紀錄，多學西洋人的辦法，逕稱為演講集演講錄或某某某多少講。雖然明確，卻不免有些質木無文。故佛教界仍多沿用講記講疏之稱，大儒如徐復觀先生《公孫龍子講疏》亦用此，那是他在東海大學授課的講稿。我這一本，則是二〇一〇年九月至次年五月在北京大學中文系為研究生講的。

《文心雕龍》說：論文，要先「釋名以彰義」，以上就是了。

北京九月，秋風已漸起，木葉黃脫之後，雨雪繼至。我的課排在早晨八點，往往六七點即須出門。因雨雪泥塗，交通不便，而北方玄冥，天尚昏昧也。聽眾並不都是北大的，他們由四方跋涉而來，聽我肆口而談，或以為奇。因為我桌上僅一張白紙，寫著幾條題綱罷了。如此講了一年，錄音下來，就成了現在這個樣。

所以這全是與課堂結合之物，聊示塗軌，無當著述，內容很是淩雜。換個時間空間講，當然又會是兩樣。但凡事貴乎機緣。因緣可念，趁興而談，當機而作，也是可紀念的。反倒可惜了從前所講，唾咳隨風，皆已散失。

《文心雕龍》在我國地位崇高。近世被推為文學理論，文學批評之聖典，注釋、詮析、研究者多如過江之鯽。但樹越大，陰影就越深；名越高，誤解也越多，凡物皆然，此書亦不例外。而我的講疏之所以還值得出版，卻又得益於此。——若非以前的詮釋全是錯的，哪還須要我再來替它辯解呢！

辯解一詞，易生誤會。古人已矣，誰來理會讀他書的人都讀成了什麼樣？所謂「身後是非誰管得，滿村聽唱蔡中郎」。寫《熹平石經》的大文豪蔡邕，為何竟變成了人人唾罵的負心男蔡伯喈？誰也不知是何緣故。因此聽到村社間傳唱其事時，無非莞然一笑，覺得辯不勝辯，辯亦無益。如真要辯，也不是替蔡邕去說什麼。而是針對村墟男女，告訴他們理解人時物事都不能這樣。也就是說，古人不須你振刷名譽，今人才值得憐恤，須教他如何開明眼目。

因此講《文心雕龍》或什麼書，目標都不在書上，不為誰做功臣孝子。只是以這本書做個例子，教人如何讀書、讀人、讀世、讀理。《易・大畜》曰：「君子以多識前言往行，以畜其德」，此之謂也。其次，歷來如何讀這本書這個人，有多少讀法，優缺點各如何，為何讀出那些結果，乃我們的前車之鑒。其可資借鑒者為何，正宜藉此探而究之，以為自己之龜鏚，學點防身的本領。

我所講，大抵即依此原則。首明研治專書之基本方法，次則知人、論世，詳其書之義例，定其書之宗旨。

《文心雕龍》的宗旨是什麼？文原於道，故須宗經徵聖，不謬於聖人。他個人的志趣如此，又生逢經學禮法昌盛之季，憂末世文衰道喪，故呼籲寫作者由末返本，還宗經誥。這是他與時世的相激相協，故接著我要介紹他這種經學禮法傳統下的文論及其脈絡。依此宗旨，他在文學觀、文學史觀、文體論、文勢論等各方面之主張各如何？漸次亦須一一說明之。最後再比較它與《文選》，《詩品》之異同，和後世文學理論之關係。

劉勰這個人生平極為簡單，《文心雕龍》的內容也不複雜。因為宗旨朗晰，一眼可以看穿。但不幸蔡邕碰上負鼓盲翁，有理說不清，生生被唱成了一齣嘈嘈切切錯雜彈的《琵琶記》。或以為他是唯心論，或說是唯物論，或曰秉老莊之自然，或曰以般若為絕境，或誤以為是總集，或尊以為不刊，或曰依佛經之體式，或曰效《楚辭》而趨新，或謂與《文選》相表裡，或謂資玄言以華贍，或譏文體之浮靡，或云篇次甚是可商……。

兼以古今人情不相及，末流變異，所失實多。當年建安戰疫，王粲有〈七哀〉、曹操有〈短歌行〉、〈蒿里行〉，所謂「對酒當歌，人生幾何！譬如朝露，去日苦多。」「生民百遺一，念之斷人腸。」現在則有什麼？有作協主席阻止湖北佬入境，仰望天空，擔心九頭鳥飛過；有各村鎮社區「進村打斷腿，還嘴打掉牙」之類的布條。孔子曾喜有朋自遠方來，現在則問：「口令，有朋自遠方來」，答：「必誅之。」這樣俗劣的時代，劉勰抗志希古的意量、直探道源的用心，又如何能獲體諒？

養蜂人站起來，會顯得特別魁梧，因為他身上總沾滿了蜂子。而現在卻還又加上了污泥。要驅走並清洗這些蜂子和污泥，你才能見著其本來。故原先幾句話可以講完的書，居然講了一年，還講成了這一本書。自己想想，亦不禁莞爾。書以生書，讀者謂其因言遺言可也。

龔鵬程　二〇二〇鼠子橫行年，立春，寫於燕京稻香湖畔

文心雕龍講疏　IV

文心雕龍講疏　目次

第一講 《文心雕龍》這本書

一

近代講《文心雕龍》這門課，一般認為最早即在北京大學，所以算是北大一個老傳統。當時，黃侃先生主講，並發表過著名的《文心雕龍札記》。乃是中國學術史上將《文心雕龍》正式帶入文學批評領域的劃時代專著。

不過，沈兼士、朱希祖兩先生曾有一份聽講《文心雕龍》的筆記原稿，只有前十八篇。兩君皆章太炎弟子，故是聽章氏所講。章先生在日本國學講習會和晚年在蘇州都講過《文心雕龍》，今存稿本是在日本講的。另外，在黃季剛之前，劉師培先生已在北大講中古文學，後來羅常培先生更發表了劉氏的講記《漢魏六朝專家文研究》。此書與劉先生《中古文學史》中都有很多與《文心雕龍》相關之處。劉先生也講過這門課，但是完整的講義已不得而詳了；我們現在能掌握的只是羅常培先生所記的〈誄碑篇〉、〈頌贊篇〉筆記，收在西南聯大中文系所編的《國文月刊》裡。章劉黃一派之外，桐城古文家姚永樸一九一四年起就在北大教書，他的《文學研究法》，多處稱引《文心雕龍》，對其文體論部分尤為關注，我們也不應忽略他。

姚先生劉先生黃先生以後，北大中文系講《文心雕龍》自成傳統，頗有名家。不過近幾年似漸寥落了，所以讓我來繼續。我在臺灣讀的淡江大學，於一九七〇年即成立研究室，專治《文心雕龍》；我擔任系主任以後，也整理了一份《文心》的所有圖書論文檔。我碩士博士讀的臺灣師大，更是章黃學派的傳承，歷來有講這書之傳統。故如今我希望可以綜合兩岸前輩之成果而有所開展。

二

今天第一講，權且做個導論。首先，我要略略介紹治專家之學的態度、方法以及進路。

講《文心雕龍》這本書，我是把它當專門的學問來做的。就像「文選學」、「杜詩學」、「紅學」一樣，《文心雕龍》也被稱為龍學，海峽兩岸甚或國際上都召開過多次龍學會議。這什麼什麼學，就叫做專門之學。

何謂專門名家之學？比如錢鍾書先生曾在其《管錐編》裡談《楚辭》、談《左傳》、談《老子》、談《易經》、談上古秦漢三國六朝文獻，令人驚其浩瀚，覺得錢先生實在太了不起了。是的，錢先生的學問非常淵博，但錢先生並不是專家之學。他什麼都能談，可是他的議論，你看了之後，會覺得雖然都很精彩，卻好像對那本書或那個論域並不當行、沒太大幫助（不當行，不見得不精彩，所以陳後山說東坡詞雖極天下之工，卻非本色。許多人沒常識，見我說錢先生不當行，就罵我狂妄、謗侮前輩，真是沒奈何）。

什麼叫「不當行」呢？讀兵書，而賞其文辭、誇其章法、比較它與戲劇的關係，就叫做不當行。因為在每一行學問中，都有其特殊關注和要解決的問題。錢先生雖也論《楚辭》、《老子》、《易經》等等，但主要是談他喜歡的、覺得有意思的東西，然後牽聯著相關知識談下去，而不是處理這本書在歷史的研究中所遇到的盤根錯節問題與傳統。

一本重要的書或一位重要的作者，引起的爭論也就多，會有很多歷史上長期爭論的問題。我們要能認識這個研究傳統，並能進入之，才能稱為專家之學，才能當行出色。

專家之學，當然首先要熟於書本子。我們研究的對象既是這本書，首先就要熟悉它的身世。

關於書，有什麼身世要談呢？每本書從歷史上傳下來，都不是現在我們看到的這個樣子。很多中間傳承已斷，比如《墨子》。《墨子》多虧了清末的孫詒讓，如果沒有孫詒讓以及他前後一批學者，現在《墨子》仍是不能讀的。在先秦，楊墨之學遍天下，但爾後墨家並無傳承，也沒有人做墨家的研究。墨子書若存若亡於天壤之間，且基本上也是沒法讀的，旁行斜上，錯亂不堪。經過了清朝人的整理，今天我們才能討論墨子學。

《文心雕龍》也是這樣。我們現在讀到的《文心雕龍》，其身世甚為蒼涼。如今看來這麼重要、這麼有名的書，在歷史上其實是沒什麼人研究的。

傳說宋代有位辛楚信，寫過《文心雕龍》注。但這只是個傳說，因為沒人見過，明朝就已失傳了，更不用說現在。明代呢？北大藏了一本明萬曆七年的張之象本，序說：「是書世乏善本，譌舛特甚，好古者病之」，可見原先也幾乎是沒法讀的。我們現在能讀《文心雕龍》，是明朝嘉靖萬曆以後開始關注這本書、開始做整理，再經由清朝、民國以及現在的研究，所以才能夠來談它。

對這本書，現今所知，實大勝於古人。為什麼？因為我們現在還有敦煌唐寫本、元刊本及明朝的本子等這些清人沒見過的東西。黃侃弟子范文瀾所做《文心雕龍》校注，匯聚諸本，校勘已頗精審；其後還有楊明照、王利器、潘重規、劉永濟、李曰剛、詹鍈及日本學者多人不斷校正，所以我說現在讀《文心雕龍》，跟古代實不可同日而語。

我們講文學理論的人，一般不注意目錄學、版本學、校勘學、訓詁學，也沒有相關的知識。但是假如我們要研究《文心雕龍》，書本子的學問便不可不知。因為《文心雕龍》的版本複雜，雖然不至於像《紅樓夢》那樣，有眾多抄本殘卷等錯綜複雜的關係，但是整理起來也挺不容易。光是北大所收，就有嘉靖汪一元私淑軒刻本十卷、徐校本汪刻三冊、嘉靖佘誨刻本、張之象本、萬曆胡維新《兩京遺編》本、崇禎《期賞齋古文彙編》本、顧千里譚獻合校本等。

關於版本，諸位應知道的，大體有這些：

唐寫本殘卷（或稱敦煌本）。現藏大英博物館，斯坦因藏卷第5478。從〈原道〉第一「贊」的第五句「體」字起，至〈諧隱〉第十五篇篇題為止，首尾完整無闕者僅從〈徵聖〉第二至〈雜文〉第十四等十三篇。行、草相雜。趙萬里謂「卷中淵字、世字、民字均闕筆，筆勢遒勁，蓋出中唐學士大夫所書」；楊明照則由〈銘箴〉篇張昶誤作張旭推之，以為「當出玄宗以後人手」；饒宗頤則認為是唐末人草書。

至正本（或稱元本、元刻本、元至正本）：元至正十五年乙未（一三五五）嘉興知府劉貞刻本《文心雕龍》十卷，為今存最早之刻本。

弘治本（或稱馮本）：明弘治十七年甲子馮允中刊刻於吳中之《文心雕龍》本。

活字本：明弘治年間活字本，黃丕烈《蕘圃藏書題跋》有著錄。

汪本：明嘉靖十九年汪一元私淑軒新安刻本《文心雕龍》十卷，有方元禎序。

佘本：明嘉靖二十二年癸卯佘誨刻本。

張之象本（或稱張本、嘉靖本）：明萬曆七年張之象序本。有涵芬樓《四部叢刊》景印初刻或原刻本。

張乙本：亦出自張之象本，但與《四部叢刊》景印本略有不同。

兩京本（或稱京本）：明萬曆十年胡維新、原一魁序《兩京遺編》本。

何允中本（或稱何本、遂本）：明萬曆二十年何允中《漢魏叢書》刻本，卷首有佘誨序，蓋由佘本出，每卷首題「張遂辰閱」四字。

梅本：明萬曆三十七年吉安劉雲刻於南京之梅慶生《文心雕龍》音注本，徐跋稱為「金陵善本」。卷首有許延祖楷書顧起元序，序後為《梁書・劉勰傳》，楊慎〈與張含書〉，並梅氏識語、凡例、讎校並音注校讎姓氏及目錄；卷末為朱謀跋。

訓故本（或稱王惟儉本）：明萬曆三十九年王惟儉《文心雕龍訓故》刻本。

凌本（或稱色本、閔本）：明凌雲萬曆四十年五色套印本。日人戶田浩曉稱為色本，自注：「五色套印本《文心雕龍》二冊。曹（學佺）、閔（繩）二氏序、凌氏凡例、校讎姓氏、分卷等均與鈴木博士〈校勘記〉中所舉劉氏《文心雕龍》五卷（閔本）一致，且校語亦同。因筆者所藏本中諸家批點校語均用五色墨，姑稱之為色本。」

合刻本：金陵聚錦堂板《合刻五家言》本。其《文心雕龍》出梅慶生萬曆本而比梅氏天啟本早，當刻於明萬曆之末，有楊慎、曹學佺、梅慶生、鍾惺四家評語，分別列於眉端。

梁本：明梁傑訂正本。卷首題：「梁東莞劉勰彥和著明成都楊慎用修評點閔中曹學佺能始參評武林梁傑廷玉訂正」。內容與金陵聚錦堂板《合刻五家言》本基本相同。

梅六次本：明梅慶生天啟二年（一六二二）第六次校定改刻本：卷首顧起元天啟二年序，卷一版心下欄前後有「天啟二年梅子庚第六次校定藏版」十四字，是此本為天啟二年梅氏第六次校定改刻者。此本序後增都穆跋一葉，餘皆如萬曆本，惟次第稍有不同，書名頁左下方有「金陵聚錦堂梓」字樣。

謝鈔本：明天啟七年謝恒鈔本，卷末有馮舒朱筆手跋。

祕書本（或稱鍾本）：明鍾惺評祕書十八種本，卷首有曹學佺萬曆四十年（一六一二）序，鍾氏評語列眉端。

彙編本：明陳仁錫崇禎七年（一六三四）刻《奇賞彙編》本，底本為萬曆梅本而間有不同。

別解本：明黃澍葉紹泰評選《漢魏別解》本，刻於崇禎十一年。

增定別解本：明葉紹泰增定《漢魏別解》本，刻於崇禎十五年，較別解本有所擴充。

胡本：明胡震亨本。

洪本：日人戸田浩曉云：「據鈴木博士的〈黃叔琳本文心雕龍校勘記〉可知：所謂洪本，即指《楊升庵先生批點文心雕龍》（明張墉洪吉臣參注，康熙三十四年重鐫，武林抱青閣刊）。」王利器則認為鈴木所謂「洪本」，即洪興祖《楚辭補注》本。

清謹軒本：清初清謹軒鈔本。

岡本：日本岡白駒校正句讀本，刻於享保十六年辛亥（一七三一），當清雍正九年，出自明何允中《漢魏叢書》本。

黃注本（或稱黃本、黃氏原本、黃叔琳校本）：清乾隆六年養素堂刻黃叔琳輯注本。前有黃氏乾隆三年序及乾隆六年姚培謙識語。此本為清中葉以來最通行之版本，《四庫全書》所收黃氏輯注文津閣本即此本。

王謨本（或稱王本、廣本）：清王謨《廣漢魏叢書》本，刻於乾隆五十六年，由何允中《漢魏叢書》本出而間有不同。鈴木虎雄〈校勘記〉曰：「余所稱王本，即指此書。諸家稱王本者，王惟儉本也。」戸田簡稱「廣本」。

張松孫本（或稱張本）：清張松孫輯注《文心雕龍》，乾隆五十六年刻本。

文津本：《四庫全書》文津閣本，提要題「內府藏本」，不明何刻。
文溯本：《四庫全書》文溯閣本，與文津本略有差異。
黃注紀評本：黃叔琳輯注、紀昀批本，道光十三年盧坤（兩廣節署）刻本，有芸香堂朱墨套印本和翰墨園覆刻本二種。范文瀾《注》即采用此本。
崇文本：清光緒紀元湖北崇文書局《三十三種叢書》本，光緒元年開雕，成於光緒三年。
鄭藏鈔本：清鄭珍原藏鈔本，出於王謨《廣漢魏叢書》本。
尚古本：日本尚古堂本（據岡白駒本雕）。
趙萬里《唐本文心雕龍校記》。
范文瀾《文心雕龍注》，人民文學出版社一九五八年。
郭晉稀《文心雕龍注譯》，甘肅人民出版社一九八二年。
張立齋《文心雕龍注訂》，一九六七年臺灣版。
潘重規《唐寫文心雕龍殘本合校》，一九七〇年香港版。
劉永濟《文心雕龍校釋》，中華書局香港分局一九七二年二月第二版。
張立齋《文心雕龍考異》，一九七四年臺灣版。
王叔岷《文心雕龍綴補》，一九七五年臺灣版。
王利器《文心雕龍校證》，上海古籍出版社一九八〇年版。
李曰剛《文心雕龍斟詮》，一九八二年臺灣版。
楊明照《文心雕龍校注拾遺》，上海古籍出版社一九八二年十二月。
詹鍈《文心雕龍義證》，上海古籍出版社一九八二年八月。

林其錟、陳鳳金《敦煌遺書文心雕龍殘卷集校》，上海書店一九九一年十月。

鈴木虎雄〈黃叔琳本文心雕龍校勘記〉（一九二八）。

斯波六郎〈文心雕龍范注補正〉（一九五二），收入臺灣譯本《文心雕龍論文集》。

橋川時雄《文心雕龍校讀》，打印本。

戶田浩曉〈黃叔琳本文心雕龍校勘記補〉，收入戶田氏《文心雕龍研究》，上海古籍出版社一九九二年六月第一版。

所謂專家之學，首先就得要瞭解這本書的許多版本字句等相關問題。因為各版本間差別甚大，如〈比興篇〉：「毛公述傳，獨標興體，豈不以風通而賦同，比顯而興隱哉」，梅六次本、張松孫本「通」均作「異」，後來紀昀贊成異、黃侃贊成通。可是通跟異恰好意思相反呀！這樣的情況，全書多得是。

明朝大批評家鍾惺讀《文心雕龍・詮賦篇》「賦也者，受命於詩人，招字於楚辭」時，對「招字」這兩個字特別欣賞，打了好幾個圈，並加批語道：「招字句亦佳」。可是「招字於楚辭」到底是什麼意思呢？誰也講不清楚。唐寫本出來，我們才知道：噢，不是招字，而是拓宇！鍾惺竟根據兩個錯字大興讚嘆，完全表錯了情。

又如〈辨騷〉結尾，唐寫本說：「固知《楚辭》者，體憲於三代，而風雜於戰國，乃雅頌之博徒，而辭賦之英傑矣」。這是對《楚辭》的整體論斷，十分重要。但怎麼理解呢？博徒，是好博戲的浪蕩子，以此來形容《楚辭》乃雅頌之不肖子孫是無疑問的，可是怎麼又說它「體憲於三代」？憲是效法的意思，古人說儒家要憲章文武，即用這個意義；近人喜說大憲法、大憲章，更有準則規範之意。楚辭若體憲於三代，焉能說它不肖？故憲字，洪興祖注《楚辭》時附載〈辨騷〉就已經改為「慢」了。蘇東坡〈林子宗以詩寄文與可及余，與可既沒，追和其韻〉施注、朱興宗本也都作慢。憲與慢，兩個字，是兩種理解。

底下，風雜於戰國的雜字，宋以後多作雅。雅與雜，也是兩種不同的理解。對《楚辭》有不同評價的人，對這裡的校勘問題就會有不同的主張。因此，校勘文字也是我們不可忽略的。

不懂這些而亂扯，就常出糗。例如近來風格（Style）一詞甚為流行，有位祖撰先生寫了〈劉勰的風格論簡說〉一文說：「用『風格』一詞來評文，當以劉勰為始，劉勰在《文心雕龍》裡兩次使用了這一詞兒。〈議對篇〉說：『漢世善駁，則應劭為首，……亦各有美，風格存焉。』〈夸飾〉篇說：『雖詩書雅言，風格訓世，事必宣廣，文亦過惡。』……顯然是指詩文的風範格局而言的。」另外，舒直先生也說：「劉勰是不是明白地提出來了『風格』的字眼呢？這他是提出來了的。……劉勰在這裡論應劭、傅咸、陸機等作家的作品，認為是『亦各有美，風格存焉』……劉勰這樣來明確風格的意義是十分確當的。」

這位朋友不但發現了中國文論「風格」一詞的源頭，而且也確定了劉勰對風格意義的見解。可惜他不知道：〈議對〉篇的「風格」，其義與〈章表〉篇的「風矩」同義，卻與當代文壇講的「風格」迥異。至於〈夸飾〉篇的「風格」二字，「格」屬誤書，字應作「俗」，從上下文意來看，乃是「風俗訓世」。如此這般，就錯字衍義一通，雖然很可顯示今日教授們的水準；不過，若把版本與字義弄清楚了再講可能會要稍好些。

版本之外的字義聲韻部分，也有些可注意處。如〈誄碑篇〉的贊語：「寫實追虛，誄碑以立。銘德慕行，文采允集。觀風似面，聽辭如泣。石墨鐫華，顧影豈忒」。立、集、泣，這三個字，《廣韻》屬入聲緝韻；忒則是入聲德韻。音值不同，無法通押。所以各本雖都做「忒」，卻絕對是錯的。唐寫本字形是戢的俗體字，戢亦屬緝韻，可能才是本字。

又，〈奏啟篇〉贊語，以禁、酖、浸、任四字為韻，也有問題。因禁、浸、任都屬侵韻，酖卻是覃韻。這兩韻，據王了一先生《南北朝詩人用韻考》考證，在南北朝詩人用韻中絕對是不通押的，侵韻皆獨用。所以這只有一個可能性，那就是劉勰用古韻。因為酖字古代確實在侵部，中古音才變入覃部。劉勰是位抗志希古的人，這樣用韻，恰好就是一個小例證，只不過在當時就顯得太例外了。

同樣的情況，還可見諸〈事類篇〉贊語的亙、鄧、贈（去聲嶝韻）和懵（上聲董韻）通押。因這四個字古韻皆屬蒸部。劉勰的寫法也與南北朝詩人都不同。

第二，當然是有關內容的理解。內容的問題，因為需要更多討論，底下會慢慢談。

熟悉了版本、文字，並對內容有所掌握之後，即可以成為專家。

成為專家倒也不是很難，稍下一兩年工夫就可以了。大陸上的學制與臺灣頗不相同，大陸本來就是培養專家的。但是太專了又不是做專門之學的最終目的。專門之學最終是要幹什麼呢？為什麼我們要在一本書上花這麼大的功夫？專門之學，其實就是要以這本書為鑰匙，要通過這本書而達到博通。

很多人誇我，說在大陸很少有如我這般廣博者。是呀，我很廣博，但我同時也非常精深。你或許要說：這怎麼可能？廣博與精深不是矛盾的嗎？大家的時間都一樣，天資也差不多。怎麼可能樣樣都通？樣樣通，必然樣樣稀鬆，不可能「一門深入」。哈哈，你錯了。若不精深一門，怎麼可能博通呢？

舉個淺顯的例子。網上有人說我精通武術。是的，我精通武術。但何謂精通？一位武術比賽冠軍就算是精通武術了嗎？

精通武術，除了能把某種拳路練得純熟，如跳舞、體操選手一般；或練散打，整天搏擊之外，該不該知道些跌打損傷、推拿接骨之類的醫療知識呢？該不該同時曉得經絡穴位以及丸散膏藥？不知道這些，不但打了人或被打受傷了都不能治理，就是點穴、鐵沙掌等功夫也練不成吧！臺灣所有國術館都是醫館，就是這個道理；黃飛鴻開的武館即是寶芝林醫館，亦是此理。而武術又都是有傳統的，了解武術史，就需史學工夫，頗涉考證。這還關聯少林武當等佛教道教歷史與哲學。不知這些，如何深入太極八卦三才劍七星陣六合刀五行棍的世界？再說，中國武術是跟中國整個俠義傳統結合在一起的，歷史上的俠文化、文學上的武俠詩武俠小說，豈不也是練武的人必知之事？此外，武術與梁山水泊、天地會、羅教之類游民或反政府團體也淵源深厚，能不略考之乎？也就是說，只要一門深入，真正精通武術，你自然也就同時博通了文學、歷史、宗教、社會、醫藥等等。若啥也不懂，光會練一二套路或當過打手，便誇口說他精通武術，不是笑死人嗎？無奈目前學界就常以此為精深、以此為專家，其實是……哈哈哈！

因此，我們讀《文心雕龍》，也是希望把《文心雕龍》當做一扇門、一把鑰匙，讓你由此博通整個中國文學的。

例如，通過《文心雕龍》，橫向的，我們可以與同時代的《文選》進行對比，通過這兩本書來瞭解漢魏六朝文學以及當時的文學觀念。六朝的經學、史學觀念，亦能由此進窺。縱貫的，我們通過《文心雕龍》，又往上可以談李充的《翰林論》，往下可以通貫各種談文章流別的文獻；再與後世的文論、文學批評、討論作文方法的書結合起來，探討彼此關係。

因此一個專家之學，不僅僅是在討論這本書，還要討論這本書與其他書，這本書跟它的時代的關係、跟思潮關係怎樣。然後往下貫通與其他理論之間的關係。只有這樣才能夠達到博通的目的。好的專家之學，是可以從一個點上無限展開的，幫助我們瞭解中國文學乃至社會、思想等許多問題。

三

另外，也有橫向的。我們跟西方的文論亦可以做許多比較。這是做專家之學必須要注意的幾點。

瞭解《文心雕龍》還有幾個原則。第一叫古今異誼。

古人看《文心雕龍》與今人是不同的，甚至每個時代對它的理解也都不甚相似。

你不要以為《文心雕龍》本質就是一本文學理論、文學批評的書。不是這樣的。這是我們瞭解《文心》很重要的一點，要瞭解歷史上各個不同的《文心雕龍》。

第二，中外異理。

大家談《文心雕龍》，常會談它與佛學有什麼關係啦，與玄學又有什麼關係啦，或用西方理論來解析《文心雕龍》啦。我在三四十年前，亦曾用思洛普・佛萊（Northrop Frye, 1912-1991）的原型（archetype）批評來談《文心雕龍》的〈物色篇〉，寫了一部小書《春夏秋冬》。其後也有很多人走這樣的路數，參考西方的文學理論來談《文心雕龍》。但後來我很後悔。因為這個路子是錯的。

劉勰的〈物色篇〉談的是「春秋代序，陰陽慘舒」，因物象變化，我們的心態、感情也隨之改變。這看起來跟原型批評很像，而其實內容底子完全不同，佛萊甚或容格（C. G. Jung, 1875-1961）都不可能有中國的氣類感應思想。我們談《文心雕龍》，並非不能做中外理論上的對比研究，從而貫通之；但我們要清楚兩者的理論脈絡，否則就會產生若干不恰當的比附。

以汪洪章《文心雕龍與二十世紀西方文論》為例。他認為比較《文心雕龍》和二十世紀西方文論，可從雕龍（形式論）和文心（意義論）兩方面入手。現象學和闡釋學的意識形態色彩很濃、哲理探討力度很深，故這些文論流派可與「文心」對應；接受美學、讀者反應批評較多關注讀者的閱讀、反應和接受，則可與「雕龍」對應。在有關文學發展史觀、獨有的藝術語言形式、比喻象徵手法的運用、文學意象的有機構成、作品形式結構分析等方面，形式派文論與《文心雕龍》間存在許多相類似的觀點和主張，甚至表述方式也存在諸多異曲同工之處。在涉及文本的意義闡釋時，劉勰比較看重讀者從複意文本中閱讀、理解得來的「意味」，則與海德格爾和伽達默爾的闡釋學觀點有相通之處（二〇〇五，復旦大學出版社）。

你看，這不是極精彩、極有學問嗎？可惜純是胡扯！《文心雕龍》是一本書，有它自己的結構和宗旨，怎能既是形式批評又同時是現象學？劉勰論作品的形式，主要在其文體論。而每一文體都推源於經典，風格也以經典為依歸，請問西方形式批評又有哪一家是如此說的？形式批評反對歷史主義，劉勰卻有濃厚的歷史意識，豈能不顧其整體脈絡，隨意割裂比附？像這樣的所謂中西比較，其實在我們學界觸處皆是，諸位皆當引以為戒，勿復步其後塵才好。

很多人談《文心雕龍》與佛家的關係也是這樣，不懂佛教而比附字面，亂扯一氣。

第三，「觀其要」，瞭解其主要的理論內涵。《文心雕龍》內在的結構比較嚴密，我們對於其理論內涵要能掌握重點。

最後，也要「知其蔽」。

《文心雕龍》當然有其缺陷和局限。每本書都有其要解決的問題，也有其關注不到的地方。這個局限，並不是一般過去講《文心雕龍》的人套用通俗馬克思主義的那種說法，說劉勰有其時代與階級局限，所以劉勰所主張的文學內容，只是儒家所講的仁義道德，沒有結合到社會現實。並且，劉勰早期是文士，替幾個王做秘書，後期又出家做了和尚。這樣的人，脫離社會現實，也沒有社會鬥爭的經驗，所以論文主要談的是自然而不是社會，跟社會現實和社會環境沒有關係等等。這一類批評都是胡說八道。我說《文心雕龍》有局限，不是這樣說的。而是說《文心雕龍》在理論上有沒有解決什麼問題，或者內部有沒有矛盾。

比如《文心雕龍》有一篇〈情采篇〉，「情」是我們內在的感情，「采」是表現的外在的文采。我們寫文章，內在的感情與外在的文采能夠結合，才是好文章。這，作為一個理論的原則，是沒有問題。但是在實際創作上，劉勰也知道有很多的文體並不是「為情造文」，而是「為文造情」的。比如，某某人死了，其家屬拜託你寫篇傳記。這是委託的工作，並不是你自發的感情。劉勰自己長期替人家做秘書，其工作就是代人家寫文章。老闆要演講，需要一篇講稿；有人送老闆東西，則需要代寫個答啟。這些文章，情感都不是作者的情，而是為文造情、代人啼笑。

另外，《文心雕龍》所談的某些文體，往往也與感情沒有關係。比如史傳的寫法，主要就不是抒情而是敘事的；又如諸子，諸子論理，以立意為宗，也不主抒情。論說文亦是如此。至於詔策、代言等，皆不本於自己感情。有些公文書，寫好之後由老闆修改修改便發表了，發表時也未必署上自己的名字。

就像李商隱。李商隱是唐朝的宗室，但到了李商隱時已然沒落，很小的時候父親又已過世。所以他自幼就替人家抄寫文字維生。稍微長大，跟著令狐楚，既做學生、秘書，又做幕僚。令狐楚死後，他考上進士，出去自己做官。做官不得意，則又回來替人做幕僚。李商隱的文集叫做《樊南四六集》，收在文集中的文章，大部分都是代筆。這些文稿「代人啼哭」、「因人做笑語」，文字與自己的感情都是鬆開的。文章中，有許多確實就是這樣。我們不能說這裡面便沒有好文章。其中好文章還是挺多的，只是寫作形態不一樣而已。

在〈情采篇〉中，劉勰已注意到了這類情況，但是他把情采當做寫作的總原則時，碰到剛才所說的情況，就會有些矛盾，出現講不通的地方，理論不甚圓通。所謂的「知其蔽」，就是要明白這一類問題。詳細的，我們以後再說。

以上，大體就是我們在做一部專書研究中所要注意的原則。這也不僅做《文心雕龍》研究是如此，其他的專書研究大抵皆然。

四

底下我們談談《文心雕龍》的流傳情況以及影響。

在中文學界，講文學理論，用得最多的是郭紹虞先生編的《中國歷代文論選》。很多學校都採用這套教材。這套書，選了《文心雕龍》的〈原道〉、〈宗經〉、〈辨騷〉、〈神志〉、〈體性〉、〈風骨〉、〈通變〉、〈定勢〉、〈情采〉、〈聲律〉、〈比興〉、〈夸飾〉、〈時序〉、〈總術〉、〈才略〉、〈知音〉與〈序志〉等。《文心雕龍》五十篇中有幾十篇都被選上了。分量是所有文學批評文獻中最多的。這可以看出《文心雕龍》在中國文論中的地位。

但是我們要注意的，不只是它選了的，更是它沒有選的部分。

《文心雕龍》的前五篇，一般稱為文之樞紐論，是文章總的原則，或者稱為文原論。這五篇開宗明義把其書的宗旨、寫文章有什麼好處等等都談清楚了，方向也明確了。但是在這五篇之中，郭先生就沒有選〈徵聖〉和〈正緯〉。

在談完文原論之後，接下來是文體論，如詩、樂府等，從韻文談到散體。一共有二十篇。《文心雕龍》凡五十篇，可以分成上下兩個部分，上半部二十五篇，下半部二十五篇。而上半部的二十五篇又可以分成兩個部分，前五篇與後面的二十篇。可是，這二十篇文體論，郭紹虞先生卻一篇都沒有選。這不是很有趣嗎？

郭先生主要選的是《文心雕龍》的下半部。上篇除了總原則三篇，其他都沒選。下篇的二十五篇中也有若干沒有選的。譬如〈鎔裁〉篇，〈鎔裁〉篇談的是文章如何斟酌損益。寫文章時有很多好的想法，那麼，該如何鎔裁呢？就像打鐵一樣，各部分金銀銅鐵如何鎔裁在一起，這是〈鎔裁〉篇要談的。郭先生沒有選。還有像〈章句〉篇也沒收。特別要注意的是，這個「章句」，與我們現在說的「章句」含義不一樣。現在說「章句」，你會想到文章的章法和句法。劉勰所說的「章句」不是這個意思。章，宅情曰章。這個章，有點動詞的含義，談怎樣把感情安置到句子裡面去。另外就是〈麗辭〉篇，主要談辭藻對仗。還有〈事類篇〉，談用典問題。〈練字〉篇，談鍛煉字句。以及〈隱秀〉、〈指瑕〉等。這些，一般稱為文術論或創作論，是談文章寫作的技術。這些，郭先生都沒有選錄。

另外，《文心雕龍》最後五篇是綜合起來談作者的時代、作者個人的修養等問題。郭紹虞先生則沒有收〈養氣〉、〈附會〉。〈附會〉篇，其實是談章法的。還有〈物色〉篇、〈程器〉篇，他也同樣沒有選。

這樣選文，有趣之處在哪裡？沒有選〈麗辭〉與〈事類〉，其實就與近代駢文的衰落有關。自胡適講「八不主義」以來，大家就反對用典。所以，用典與對仗的學問不受重視。另外，〈章句〉、〈練字〉、〈指瑕〉等，可能在郭紹虞先生這類講文學批評的人看來，只是談寫作問題，且比較瑣碎，也沒有理論意義。

但是也有郭先生沒收，另有人重視的。比如〈鎔裁〉篇。這篇，王力先生曾做過注，可能王力先生比較重視。〈隱秀〉篇，也有香港的選本選。陳望衡先生在《中國古典美學史》第十七章論《文心雕龍》時，只談了其中幾個問題，比如情采、風骨、神思、才性，還有就是隱秀。〈隱秀〉被他當做《文心雕龍》最重要的篇章來討論。但是，各位知道嗎？〈隱秀〉篇是假的。〈隱秀〉這篇老早就失傳了，明朝人記載說有個人很怨恨錢牧齋，說牧齋拿《文心雕龍》借別人抄的時候，把〈隱秀〉篇藏起來了。殊不知〈隱秀〉篇老早就缺佚了。現在這一篇，是明朝人補了黃侃又再補的。劉勰自己重視的許多篇，我們都不在意，卻偏偏拿這一篇可疑之作來談劉勰美學，不是很有趣嗎？

綜上來看，近代對《文心雕龍》，較重視的是《中國歷代文論選》中所選的部分。不重視的，主要是文體論。這個態度，其實自黃侃已然。

《文心雕龍札記》北平文化學社所刊本，就只有〈神思〉以下二十篇。黃氏歿後，武昌排印本才有論〈明詩〉、〈樂府〉、〈詮賦〉、〈頌贊〉、〈議對〉、〈書記〉的部分，但是與他論下篇仍然不成比例。不但所論較少，心情與做法也不同，所以他自己說：「詮解上篇，唯在探明徵證、榷舉規繩而已。至於下篇以下，選辭簡練而含理閎深，若非反覆疏通，廣為引喻，誠恐精義等於常理、常義屈於短詞。故不避駢枝，為之銷解。如有獻替，必細加思慮，不敢以瓶蠡之見，輕量古賢也」。

這些近人不選或不甚討論的部分，真的不重要嗎？沒有文學理論意義嗎？

我認為不然。今人不太談文體論，可是古人論《文心雕龍》，恐怕更重視的恰好是上半部。劉勰自己在分上下篇時，也不是隨便分的。他說：「上篇以上，綱領明矣。下篇以下，毛目具矣」。上篇是綱領，下篇只是毛目，「綱」與「目」的區別是很清楚的，目像手指，綱才是手掌。可見劉勰自己也比較重視上半部。可是如今我們卻不重視。之所以不重視，是因上半部分談的是文體。

然而今人不重，並不代表古代人就不重視。就算是近代，劉師培先生還專門針對〈誄碑篇〉有很長的口義呢！要知道，有關碑的討論，在古代是很重要的。梁元帝曾作《內典碑銘集林》三十卷，又據《金樓子・著書篇》知他還收錄碑刻文字成《碑英》一二〇卷。可見專門集編碑文，在劉勰那時已開始了。後世對之越來越重視。《四庫全書》所收元朝詩文評，一共只有四本，其中一本就是《金石例》。我們看唐代的韓愈、柳宗元等人的文集中就都有大量的墓誌、碑銘。這是古時很重要的文體。所以黃宗羲的《論文管見》，甚至只放在《金石要例》之後當附錄。按照我們現在的觀念，應當是論文的範圍大，論金石的小，應該倒過來。可是，古人卻不這樣處理。

而且碑體在歷代是有所演變的。劉師培先生就講過：漢代以有銘者為碑、無銘者為墓誌。誄都是四文有韻的，漢以後才變成楚辭體。銘和誄有什麼不同呢？銘以述德，誄以致哀，前面往往有短序。這就叫文章的體例。現代人都不重視文章的體例，所以，要你寫銘時，就會像余秋雨寫的〈鍾山銘〉一樣，令人噴飯。要祭孔時，金庸寫的祭文也同樣很可笑。完全不懂祭文該如何寫，碑文應如何記，誄、碑、銘、志等又有何不同。

比如記。〈岳陽樓記〉雖然寫得不錯，但卻不像記，體例上是有爭議的。〈醉翁亭記〉也如此。這是文章的體例，古人所重，恐怕更多的是這個部分，與今人觀念很不同。

還有些沒有選的，也頗重要，譬如〈物色篇〉。物色涉及情景問題。情景問題在唐宋以後的文論中有很多討論，如情景交融，上句情、下句景，情景相間，或律詩中的四句該不該用景語等。這些問題的討論，《文心》皆啟其端。

又如，〈程器篇〉討論文人無行的問題。文人無行的問題自曹丕以來便很重要，而我們現在也不談了。

這是由於現代人看《文心》是一個很特殊的角度。我們現在是以文學理論、文學批評的角度來看它的，但古人未必。

古人可能是從作文的角度來看，認為《文心雕龍》講為文之用心，談的是怎樣寫文章，而不是評鑒文章。我們現在所謂的文學批評，跟看戲差不多，是看一齣戲之後，討論其優劣是非。古代文論，卻常不是看戲評戲，而是說你要演戲的時候，這部書對你有何指導作用，如何幫你演好戲、寫好文章。這樣的角度，恐怕更主要。例如給《文心雕龍》做了目前可見第一本注解的的黃叔琳，既注也校，是《文心雕龍》研究的功臣。他的本子有篇序，即說寫文章若想要上追古人，《文心雕龍》就是你的津梁。

另外，《梁書・劉勰傳》說《文心雕龍》主要是論古今文體的。史家在談劉勰時候，覺得劉勰這個人並不重要，重要的是他寫了《文心雕龍》。所以〈劉勰傳〉對於劉勰個人的問題，如生於哪一年、死於哪一年，什麼時候出家等，都語焉不詳。以致我們現在還爭論不休。因為《梁書》實在太簡略了。這也不能怪史家，從史家角度看，劉勰這個人確實無足輕重，是大時代的小人物，能名留青史，只因他寫了《文心雕龍》。那麼，《文心雕龍》是什麼樣的一本書呢？史家說：論古今文體。

換言之，古人在談到《文心雕龍》時，主要談的，要麼是文體問題，要麼是一本教人如何寫好文章的書。在〈序志篇〉中，劉勰自己說它之所以要論「為文之用心」，則是因「君子樹德建言，豈好辯哉，不得已也」。要立言垂世。而其所論，似乎也重在為文之用心和文體論的部分，跟今人所談不大一樣。

第一批引用這本書的日本人空海《文鏡秘府論》，在第十四卷引用了《文心雕龍》中的〈聲律論〉。聲律的問題，自永明到唐朝初頗為人所關注，是因這個時期恰是近體詩形成的階段。可是今人對此，則無大興趣。

五

這些不同，詳細說，很複雜，我簡單講幾點。

現在《文心雕龍》能見到最早的刻本是元朝至正本。唐朝的敦煌本是抄本，但是這個本子出現很晚。我們看版本，不能看版本原來的時代。早期版本可能出現最晚，像黃叔琳在作《文心雕龍》注時，就沒有見過唐寫本。那他有沒有見過元至正本呢？也沒有。至正本，現藏上海圖書館，清代注家卻大體都沒看過，用來校正的多只是明朝的本子。

明本，我們現在可以見到馮允中的本子，藏在北京圖書館。但我們用來做研究的，最早只是梅慶生本。是個比較簡略的音注本。它的年代已經很晚了，是天啟二年（一六二二）。黃叔琳的注本在乾隆三年（一七三八），幾乎隔了一世紀。後人把紀曉嵐的評語附進黃叔琳注本去，大概是道光十三年（一八三三），又晚了一世紀。等到黃侃先生刊行《文心雕龍劄記》，則已經是民國十六年（一九二七）了，又是一世紀。敦煌出土的唐抄本只是個殘卷，保存的是《文心雕龍》上半部，從〈原道篇〉到〈諧隱篇〉，下半部沒有。或許如我上面所說，古人只重視上半部，故下半部可能根本就沒抄，也未可知。

這是《文心雕龍》流傳的大致情況。所以，《文心雕龍》之研究時段乃是從明朝晚期到民國，可以看成是清朝人恢復古代絕學的一部分。

這情況就類似前面介紹過的《墨子》。中國古代很多學問其實都失傳了。例如現在一談到諸子百家，聽起來似乎很龐大、很豐富、很了不得，可仔細想來就知道諸子百家多半已絕。先秦的農家就一本書都沒有留下來。陰陽家也一樣。名家，除了《公孫龍子》殘篇之外，惠施的學問也只在《莊子・天下篇》中附見一小段。兵家，在山東銀雀山竹簡出土以前，所能見到最早的《孫子兵法》只是曹操整理本。而黃石公《素書》、太公《陰符》等，多半是偽造的。所以諸子學很多都沒法子談。清朝人輯佚補缺、校定整理，才恢復了許多古人的學術傳統。而《文心雕龍》就屬於被恢復的傳統之一。

但我們也不能被這個新建的「傳統」所惑。新恢復的面貌，未必跟它原來的樣子一致。原來的模樣，亦非不可盡考。比方我們從歷代的書目中，觀察《文心雕龍》是怎麼被記載的，就可以知道古人是怎麼看《文心》。

我們現在說《文心雕龍》是一部文學理論著作。且有不少人說這是中國文學理論中最重要的一部，體大思精、空前絕後，是中國文學理論的巔峰。古人也這麼看嗎？

不然！最早著錄《文心雕龍》的是《隋書．經籍志》。《經籍志》把唐初還能見到的書幾乎都記錄下來了。後來，《文心雕龍》也著錄在《唐書．藝文志》中。但是，它們都把《文心雕龍》放在「總集類」。

什麼是總集？總集就像《楚辭》、《詩經》、《文選》等，是把各家的文集合起來才叫總集。可是，《文心雕龍》是一個人的專著，為什麼這些官修史書，要將它放入總集類呢？推測編目者可能沒真讀過此書，或認為這是各家詩文集的評選，否則真無法解釋為什麼要將之放入總集類了。此時，《文心雕龍》顯然不因文學理論意義而被人們欣賞，而是將之視為諸家詩文的總說，是對漢魏南北朝各家詩文綜合的敘述和評說。

這是最早的評價，而顯然並不重視其獨立的價值，只看成是讀各家詩文集的輔助。從宋朝開始，情況才漸有變化。雖然如《玉海》還是放入總集中；但是，已經有放入別集類的了，如袁州本的晁公武《郡齋讀書志》。放入別集，意思說這是一部個人著作。

也有放入子部的，可能認為其言說足以成一家之言，如《寶文堂書目》、《徐氏家藏書目》等。但子部的書目也是有高下之別的。有些子部書是體系完備的，也有雖列於子部，但只屬於雜著、雜記。就像李商隱《雜纂》，便沒有收在文集，而列於雜著中。《文心雕龍》在不少書目中就只放入子部的雜著類，像《菉竹堂書目》、《脈望館書目》等。

明朝的《文淵閣書目》，則把它放入文集類，當成劉勰自己的文集。

這些書目都承認了這部書獨立的價值，但完全不從文學批評的角度來認知其價值。

另有一類書，是文學批評類的前身，叫做文史類。如歐陽修編的《新唐書．藝文志》就將《文心雕龍》放入文史類。《崇文總目》、《通志》、《遂初堂書目》、《直齋書錄解題》、《文獻通考》、《宋史・藝文志》都是如此。

早期，目錄學中並沒有詩文評類。文史類所收，大體上就是後來放入詩文評類裡的東西。所以在把該書列入文史類中時，可能已經比較能看到《文心雕龍》在綜論文學史上的價值了。等到真正放到文史類，認為劉書是對文學評說的，是衢州本《郡齋讀書志》，還有明代的《玄賞齋書目》、《絳雲樓書目》等。《絳雲樓書目》就是上面我們所提過的錢牧齋的書目，後來書被火燒了，我們看不到。這些是放到文史類，認為它是文章的評說。真正放到詩文格、詩文評這一類的是《好古堂書目》和《國史經籍志》。《國史經籍志》是明代萬曆年間焦竑所編。明代後期如《澹生堂書目》、《述古堂書目》、《讀書敏求記》都已經把它放進詩文評類了。《四庫全書》也是如此。

從《文心雕龍》的著錄情況看，我們就可以看出一些問題。唐宋人多將此書看成是總集、別集，並不重視其文學評論的價值。宋朝開始放入文史類，到明朝才看成是詩文評。可見《文心雕龍》被看成論文之書是非常晚的事。

六

其次從《文心雕龍》的評論上看。我們現在對它評價很高，古人則否。

楊明照先生曾做了件很辛苦的工作，把歷代古人評論《文心雕龍》跟劉勰的文獻全都輯錄出來。當年沒有電腦，這個工作是很費勁的。我剛才說，古人不大重視《文心雕龍》，所以《文心雕龍》才會若存若亡於天壤之間。從梁陳到明代中期，《文心雕龍》的讀者並不多，也很少人談到劉勰。可是楊先生並不這麼認為。楊先生辛勤工作的目的，就是想要證明劉勰這本書在古代是有重要影響的。但是你仔細看他搜集的材料，你就會發現：楊先生可嘆白費了氣力，《文心雕龍》確實沒啥影響。品評《文心雕龍》的，第一個是沈約。劉勰寫了書之後，時人不貴，於是便想辦法讓沈約看。沈約看了之後很重視，於是這本書就不一樣了。

可是，梁朝再也沒有第二個人討論過《文心雕龍》。大家知道：劉勰活到梁武帝時期，那是個文學很盛的時代，蕭梁是繼曹魏之後最盛的文學家族，這個家族中每個人幾乎都有文集。而且，劉勰跟蕭梁王室的關係很親密，做過幾個王的秘書。然而沈約之後，就是沒人談他，毫無影響。沈約很重視云云，也僅是史書上的描述，沈約本人沒有這方面的文字記錄，故亦不知其具體評論如何。

齊梁時期，南方出現了四聲八病說，這個理論傳到北方，北方也有討論。隋朝有一個人叫劉善經，他寫〈聲律論〉，因談四聲論的問題，所以引到了劉勰書。沈約重視劉勰，可能也是由於劉勰的〈聲律篇〉。因為沈約談四聲八病，很多人反對。當時人不瞭解四聲。四聲是個新概念，中國古代人只講五聲宮、商、角、徵、羽。很多人則將四聲與五聲混淆了，同時覺得講四聲可能沒有必要。所以或許沈約讀到〈聲律篇〉時，會覺得它好，是因為跟自己的理論很接近。人都是「喜其似己者」的，劉善經亦是如此。所以引了一段劉勰的話以為佐證。然而接著就講劉勰的說法雖然不錯，但可惜是「能言之者也，未必能行之者也」，他自己的文章卻寫得不高明，「但恨連章結句，時多澀阻」。這是第二位評論者。

第三個評論，是唐代初唐四傑之一的盧照鄰。盧照鄰是個倒楣蛋。初唐四傑，命運都不好，盧照鄰個性幽閉，住在墳裡，自號幽憂子，文集就叫《幽憂子集》。他寫過一篇〈南陽公集序〉，裡面講古來文人都相互看不起。曹丕在〈典論論文〉已中談到文人相輕，但其實大家的才性不同，人不可能什麼都會，所以以己之長去攻人之短是不對的。盧照鄰亦是這個意思，並說劉勰的《文心雕龍》便是屬於此類批評別人的無聊之書，且又沒批評好：「人慚西氏，空論拾翠之容；質謝南金，徒辯荊蓬之妙。拔十得五，雖曰肩隨；聞一知二，猶為臆說」。評價顯然也十分負面。

整個唐代，依楊先生收集的資料看，只有四個人提到過《文心雕龍》，即盧照鄰、劉知幾、陸龜蒙以及一個和尚叫神清。其實只有三個，因那和尚的話是宋代另一個和尚注解中引的，不該算唐代的文獻。

宋代的情況也不樂觀，只有四個人。一個是孫光憲，是五代時期《花間集》的詞人；另一位是與歐陽修一起編《新唐書》的宋祁，還有則是黃庭堅和葉庭珪。

葉庭珪的《海錄碎事》是一部類書。大家知道，類書的性質就是收集各類材料，所以才會在文學部中收到劉勰的《文心雕龍》。黃山谷的評論則後來被很多人引述。因為在明代之前，從來沒有一位重要文人談論過《文心雕龍》，所以大家都喜歡說：你看黃山谷都那麼贊美劉勰呢！可是黃山谷是怎麼說的？他寫信給自己的晚輩王立之，說劉勰的《文心雕龍》與劉知幾的《史通》這兩本書你讀過嗎？這兩本書，「所論雖未極高」，但是「譏彈古人，大中文病，不可不知也」。也就是說《文心雕龍》雖不很高明，但是批評古人比較中肯，是寫文章的入門書，所以不可不讀。

這是宋代的情況。從以上的介紹，你就明白為什麼《文心雕龍》常被放在總集類、別集類等。

明朝討論此書的人比較多了，但很多是鬼扯的，不知所云。譬如，王文祿說，漢代鄭康成已開訓詁文之端，其文法文句，樸實剛健；唐代韓昌黎，已開八股文之端，「其篇達而昌」，文章通達流暢。到了宋元之後，訓詁課試之文，則「弱而瑣」，文章差了。這是在討論八股文的寫作問題，故上推其文體到鄭玄、韓愈。可是，他說：漢到唐，中間也有「古文之妙者」，不可不取法。取法誰呢？他列了八位：曹植、陸機、庾信、江淹等，還有就是劉勰。各位聽聽，這不是胡說八道嗎？庾信、江淹、劉勰與古文有什麼關係？明人不學，卻常大言欺人，這就是一例。

還有一些明人的引述或評論，乃是楊先生從類書中鉤索出來的，比如沈津的《百家類纂》等。這是明朝人喜歡刻的一種叢書，常雜選一些僻書。

另外明朝人還有些評論，楊先生沒收，是在批本中顯示的。前面曾說到鍾惺的批，在他之前還有楊慎、曹學佺的。楊慎（升庵）是大學者，可能也是最早提倡《文心雕龍》的人，曾用五色筆評點過此書，目前可看到的批語還有三十三條。我看過祖保泉先生一篇文章，說楊慎「竟然不嫌麻煩，用五色筆。這無異告訴人們，他非常欣賞這部著作。同時也表明，他是在比較安逸的環境中從事這項工作的」。其實不是這樣。用幾種色筆圈識批點，乃明朝讀書人之習慣，如歸有光就也以五色筆批過《史記》。當時書坊還常刊行五色套印的各家詩文集批本。楊慎批過的書很多，他當然也喜歡《文心》，但這只是他批過的書之中的一本罷了。

其體例是：人名用斜角、地名用長圈，偶儷之切，以青筆紅筆圈之。如《文心・神思》「積學以儲寶，酌理以富材」，加黃圈。「然後使懸解之宰，尋聲律而定墨；獨照之匠，窺意象而運斤」，加白圈。「然則博見為饋貧之糧，貫一為拯亂之藥」，加紅圈。「至於思表纖旨，文外曲致」，加青圈。可見他所欣賞者，在於《文心》的文彩而非理論，其文彩還是以偶儷為重點的。

正因如此，所以楊慎解釋風骨才會說：「左氏論女色曰：美而艷。美猶骨也；艷猶風也。文章風骨兼全，如女色之美豔兩致矣」。這豈不是胡說八道嗎？黃叔琳注本曾批評：「升庵批點，但標詞藻，而略其論文大旨」。你看他這種解釋就知道：其實不僅是略其論文大旨，更是誤會其論文宗旨呀！

刊印過梅慶生本《文心雕龍》的曹學佺，重視文彩比楊慎更甚，且常注重句法字法。如〈誄碑篇〉「事光於誄」，批：「光字妙」。〈雜文篇〉「甘意搖骨體，艷辭動魂識」，批：「骨體亦佳」。這完全是以欣賞作品的方式在看《文心雕龍》，且看得非常瑣細。然而不幸的是，他認為妙的字，其實常是錯字。如「事光於誄」的光，乃是先之誤；「甘意搖骨體」的骨體，乃是骨髓之誤。其毛病，跟鍾惺是一樣的。

楊慎鍾惺這些人，皆明代文壇上大有名望者，而其對《文心雕龍》之理解不過如此。此書之地位和影響也就可見一斑了。

七

可是無論如何，明朝後期引述《文心雕龍》的畢竟漸漸多於從前了，清朝尤多。不過，我要特別提醒大家，清人之所以重視《文心雕龍》，原因之一是目前討論《文心雕龍》的人所沒有注意到的。那就是：清朝駢文的勢力越來越盛。駢文勢盛之後，六朝的文集與作品水漲船高，常重新被抬出來討論。所以，清朝很多重視《文心雕龍》的人，乃是駢文家或者從駢文的角度來重視它。

譬如孫梅。孫梅編了本《四六叢話》，他是阮元的老師，所以《四六叢話》還有阮元的後序。阮元則寫過〈文言說〉。各位知道，六朝即有文筆之辨。但唐代古文運動後，力反六朝，以筆為文。到了清朝，阮元才重新恢復文筆論，認為文就應該是駢文，應該有對仗，這才是文章的正宗。駢文這個名詞比較晚出，大概是清朝中晚期才有，之前只稱為麗體、駢儷、四六等，四六是最穩定的稱呼。就是柳宗元所說的「駢四儷六，錦心繡口」。孫梅的《四六叢話》中有很多地方引到《文心雕龍》。

另外就是沈叔埏。他寫過很長的一篇〈文心雕龍賦〉，用賦的形式來讚美《文心雕龍》，並總體概括《文心雕龍》的理論，所以這篇賦很重要。還有淩廷堪，他是經學家也是文學家，他的文集中有用楚辭體來紀念古代的文學家的，其中一首就是紀念劉勰。

又，劉開，他有《劉孟塗駢體文》，其中說：「宏文雅裁，精理密意，美褒眾有，華耀九光，則劉彥和之《文心雕龍》殆觀止矣」，認為劉彥和的《文心雕龍》是很棒的。

對《文心雕龍》的讚美，大量出自這批駢文家或者駢文的提倡者。像阮元，除了在《四六叢話》的序中讚美外，在〈昭明文選序〉中也有很多稱讚。還有，陳廣寧的〈四六叢話跋〉中也有不少讚語。可是他們讚美的觀點，常不是因為《文心雕龍》的理論，而是因其文章。而《文心雕龍》理論的重要性，也是因其能為駢文張目、提高駢文聲望之故。

反之，讓我們來瞧瞧古文一派怎麼看。

前已介紹過楊慎開始了對《文心雕龍》的評點。從此，《文心雕龍》漸為人所知。可是，明代歸有光、黃宗羲等古文家卻未對《文心雕龍》發表過什麼評論，清朝桐城派的方苞、姚鼐、劉大櫆等古文家，也對《文心雕龍》未置一詞。到了清朝中葉之後，《文心雕龍》的地位日漸鞏固，古文家不能再對它視而不見了，所以也會對其有所評述。但這些評述，實與駢文家大相徑庭。

譬如方東樹是姚姬傳的學生，他的《昭昧詹言》是非常重要的文評著作，他說：孟子、曾子以及後來程子、朱子等人講說孔子之學，都還是不錯的，因為境界跟孔子相去還不太遠，「可謂以般若說般若」。後世小儒則不然，自己無真正體驗，空描虛說，就不過是些空話，像陸機、劉彥和、鍾嶸、司空圖等人論文，就屬於這一類。「不過如知解宗徒，其所自造則未也。……既非身有，則其言或出於揣摩，不免空花日翳，往往未諦」，往往講不實在。此評很有代表性，可見古文家對劉勰這本書第一不很重視，第二，評價也不甚高。

這裡還要特別介紹一篇。清朝李執中的〈文心雕龍賦〉，比剛才姓沈的先生更長。

漢朝人開創了一種賦，是擬對體。比如〈答客難〉，有客來，跟我講了一通道理，然後我跟來人說道理不是你講的那樣，應該是這樣的，如此如此，於是說服了對方。這是漢賦中常有的文體，是一場辯論。但這個辯論是假的，用假設的問題引發了正面的議論，故而是一種說服體。而這篇〈文心雕龍賦〉就用這種形式。

它說有朋友來大罵《文心雕龍》：「譏文體之俳優」，說怎麼能用駢文這種不高級的文體來寫呢？且這麼爛的書居然能流傳下來？這書「辭纖體縟、氣靡骨柔」，軟趴趴的，風格還是停留在齊梁之間，注重打扮。所以，五十篇，洋洋灑灑三萬字，卻是「實藝苑之莫貴，何撰述之能儔」，是藝苑所不重視的，也不能進入著作之林。可是，居然這本書評價還挺高。他認為可能是時無英雄，遂使豎子成名吧。然後主人展開辯護，認為《文心雕龍》的文章和理論都還不錯；最後，終於說服了客人。

這篇文章，充分顯示了《文心雕龍》的價值在清朝中期還是有爭議的。《文心雕龍》從「晦」慢慢到「顯」，開始有人為之註釋，有人開始讚歎，但是古文家還有批評的，形成一定的爭論。

這種爭論，很大部分不是我們現在所重視的文學理論問題，而常關涉其文章表現。因為《文心雕龍》乃駢文，其理論亦輒為駢文張目。因此，從古文家的眼光看，其理論已經過時了。但是，講駢文的人認為文章既叫作「文」，本就應該重視文采，從《易經．文言傳》以來就是駢文，古文只是一個支流而已，這當然會引起蠻大的爭論。

八

楊先生又很辛苦地查到了古書中引用《文心雕龍》的例證，說引證《文心雕龍》的範圍很大，遍及四部，可見該書影響巨大。可是，我所見與楊先生完全不同。

引證最早的是劉知幾《史通》中的兩條，除此之外，唐朝人再也無人引用過。只有日本人空海到中國留學，在《文鏡秘府論》中引過〈聲律〉的內容。其他就是後唐的劉存、南唐的徐鍇《說文解字》注。

宋代也有引用的，大概有七八個人。但是，注意：宋代引證《文心雕龍》的，大部分是注。比如注解杜甫詩、注解蘇東坡詩時會引述到它。我們知道，注解本來引證材料就會比較多，不厭其煩。如李善注《文選》，就有人批評它釋事忘義，光會引證資料來解釋典故。因此在注解中會用到《文心雕龍》不足為奇。但是，在蘇東坡、歐陽修、王安石、曾鞏等人本身的詩文中，你絕對看不到他們對《文心雕龍》的引證。要看，只能從注中去找。還有就是類書。

中國的類書，跟西方百科全書是不一樣的。西方的百科全書是知識型，中國的類書是文學性的。中國類書自出現以來，最重要甚或唯一的目的就是為了寫文章的方便（中國知識性的類書起源很晚，生活性的類書則起源更晚。知識性的類書，恐怕要到杜佑《通典》，或者是馬端臨《文獻通考》以後。生活性的類書恐怕要到清朝）。類書的編撰，自曹丕《皇覽》以來，如《玉海》、《藝文類聚》、《佩文韻府》等等皆是文學性的。聽聽《藝文類聚》這種書名就知道，它是將與文學相關的東西都統統集編起來，讓你寫文章時便於查考的。在這樣的類書裡找到幾條引述《文心雕龍》的材料，很稀奇嗎？

另外，如果拿《文心雕龍》與《文選》做比較。《文選》是《文心雕龍》之後不久出現的的一部書。很多人覺得兩書互相呼應。但我要提醒大家：認為兩書理論可相互印證，這個觀點是錯的。因為《文選》與《文心雕龍》是觀念完全相反的書。《文選》很明確，經、史、子是不收的，所收只是「義歸乎翰藻」的東西。《文心》恰好是要宗經、徵聖。兩家宗旨區分很明確。這是第一。

第二，兩書在歷史上的地位是不能比的。《文選》歷來地位極高，成為「選學」，在唐代即甚明確。比如杜甫就說要「精熟文選理」，宋朝人強調《文選》要讀得爛熟才會作文章、才有官做。同時，《文選》在唐代高宗時即有李善注六十卷，開元年間又有呂延濟、劉良、張銑、呂向、李周翰等所謂的五臣注。唐朝、宋朝、清朝還有龐大的「文選學」陣營，這都是《文心雕龍》比不上的。著作顯晦因時，看起來當能令人生出些感慨！

九

談到這兒，各位應該已瞭然《文心雕龍》在歷史上的影響了。

可是，各位不奇怪我的講法頗與他人不同嗎？若我所說為真，難道別人全都搞錯了？

是的。平常我們說誰誰影響如何大、誰又影響了誰等等，都說得太平常、太輕巧了。殊不知影響研究是極難做的，一般人其實並不懂得怎麼做影響研究。一九八四年，我寫那篇得罪了所有人的臺灣博士論文評議時就指出過：研究者應注意他自己說的影響，究竟是發生在心理層次、還是美學層次？是表現於作家、還是作品？所謂影響，究竟是有實在關係的聯繫，還是包括了偶然的成分？與模仿相同還是相異？僅限於個別細節，還是某些意象及觀念的借用、或材料的來源，還是指深入結構之中、彌漫於組織之內的風格表現和精神特徵？這些問題都是很複雜的，相關爭論也很多，作品和美學層次的影響，有些人就不承認它存在；影響與模仿，一般也都是分開的。

當時我還引述了維因斯坦（Weisstein）的說法，把影響分成兩個層次，甲類包含借用、翻譯、改編、模仿。模仿還分兩類，一是嚴肅地，包括文體化（stylizatiom）；二是詼諧地，包括模仿諷文、歪曲模仿、戲謔。乙類則有：

一、彼此都是唯一的平行關係；

二、平行關係；

三、類比（歷史性的）；

四、類比（非歷史性的，但有系統及／或有目的），這裡，一種是可顯示為文學的常數，一種是可顯示為人類學的常數；

五、類比（非歷史性的，而且沒有系統），有些還算是文學上的事，有些則根本不屬於文學範疇。甲類可以稱為影響，乙類則非。例如我曾批評過陳寅恪先生的中印文化交流影響研究，說他的論證方式常常是：我吃飯，你也吃飯，所以你是受了我的影響。指的就是：他講的常只是人類學常數上的類似性。文學上的非歷史性類比，則就更多了。如某位先生寫了篇「《文心雕龍》對明清曲論的影響」。我看題目大吃一驚，心想還有這種影響，我怎麼不知道呀！看了文章，才曉得他老兄的論證方式是這樣的：明清期間《文心雕龍》已有許多人關注了，其中如楊慎等人都深通戲曲，所以《文心》對明清曲論深有影響。具體例子，如劉勰談神思，湯顯祖李漁等人亦談想像與構思，豈非受其影響乎？《文心》結構嚴謹，王驥德《曲律》也結構緊密，豈非又受其影響乎？《文心》論附會與鎔裁，注意文章的結構，《曲律》、《閒情偶記》強調戲曲應針縷細密、要立主腦，豈非又受其影響乎？這，不是笑話嗎？

過去研究《文心雕龍》，這樣的問題太多了，雖大家亦不免，故真相往往遭了遮蔽。我們現在應該儘量避免才是。

今天這一講，主要談《文心雕龍》的流傳與影響。這裡涉及到我們怎麼看《文心雕龍》這本書的方法，不能僅從文學理論的角度來瞭解。我講課，會特別提示方法論的問題，請各位留意。今天先談到這裡。

第二講　作者劉勰是什麼人？

我們這個課，希望大家準備范文瀾的《文心雕龍注》。這是近代較早且較完備的本子，這七十年，所有的《文心雕龍》研究幾乎都在它的基礎上作。當然後出轉精，考辨愈為繁複。如臺灣李曰剛先生的注就比范文瀾多三倍，有二六〇〇頁。大陸詹鍈的《文心雕龍義證》也有一九五七頁。這也顯示了《文心雕龍》可研究的東西還很多，我底下也會談些在其它注本、研究中所沒有談到的問題。

一

上一講，談了《文心雕龍》的流傳與影響狀況。現在來跟各位介紹作者劉勰和他寫這本書的因緣。范文瀾《文心雕龍注》曾感慨：「所惜本傳簡略，文集亡逸，如此賢哲，竟不能確知其生平」。是的，劉勰的傳記資料很短，出自《梁書・劉勰傳》，只有幾百字。大致介紹劉勰，曰：「字彥和，東莞莒人，祖靈真，宋司空秀之弟也」云云，《南史》基本相同而更簡。

劉勰，字彥和。這本來是不用講的，但是大家恐怕也沒想到這其中還頗複雜呢！我就見過一位先生寫了篇〈知音篇的文情難鑒與西方闡釋學異同比較〉，看題目，好嚇人，但他全篇就都把名字搞錯了，將劉勰寫成了劉懿。這樣也能發表，可見刊物的編輯同樣不曉得劉勰是誰。

古人雖不致於如此離譜，卻也不無疑義。像唐朝初年顏師古寫過一本《匡謬正俗》，「匡謬」就是匡正錯誤，「正俗」是對社會上的錯誤認知有所導正。其中曾評述《文心雕龍》，說它對於文章雖能「略述其理」，但「未盡其要」，評價並不太高。不過我們這裡要談的不是他的評論，而是《文心雕龍》這本書的作者。他認為是作者是劉軌思。

唐朝另外有位和尚叫慧琳，編了一部佛教辭典式的大書，叫《一切經音義》。書裡又記錄：「劉勰，梁時名士，著書四卷，名《劉子》」。而這位劉勰，他說跟「劉䚵」一樣，都是皇家的宗室貴族。

實際上劉勰不是劉軌思。劉軌思是北齊時候的渤海人。何況，你看名字也就知道劉勰非劉軌思了。為什麼？劉勰的「勰」字現代人雖很少用，可是它其實就是「協」字。「勰」在《爾雅》裡也就是「和」的意思，本義就是「協和」。所以劉勰才會字「彥和」。才俊之士稱之為「彥」嘛！古人的名與字是相呼應的，如端木賜，字子貢那樣。故劉軌思不是劉勰，甚為顯然，顏師古想匡正別人，他自己卻搞錯了。

要知道，顏師古乃唐初的大學者。祖父顏之推，先後仕於梁、北齊、北周，終於隋，學識淵博，尤善《周官》、《左傳》，有文集三十卷，更寫過著名的《顏氏家訓》二十篇。顏師古的父親顏思魯，也以儒學顯，撰有《漢書決疑》。顏師古家學淵源，曾注《漢書》。兄弟四人。二弟顏相時；三弟顏勤禮，即是顏真卿的曾祖，顏真卿曾寫過著名的「顏勤禮碑」，是寫顏字的人必學的碑帖。所以他出身顯赫的學術世家。而連他都弄不清劉勰與劉軌思，便可見劉勰名望不高，顏師古對他甚為陌生。

《一切經音義》說劉勰是梁時的才俊，寫過一本《劉子》，有四卷，與劉䚵同樣都是皇家宗親。也是錯的。

《劉子》是另一本書，北齊劉晝所寫。然而從新舊《唐書．藝文志》就開始弄錯了，以為是劉勰寫的。宋代陳振孫《直齋書錄解題》、晁公武《讀書志》才據唐播州錄事參軍袁孝政序，定為北齊劉晝撰。

諸子學的發展，漢代以後逐漸衰微，南北朝期間子書並不多。《劉子》是少數的幾本之一，且是北朝人之作品，這在中國諸子學發展史上還是挺重要的。清盧文弨《抱經堂文集》卷二〈劉子跋〉說：「其書首言清神、防欲、去情、韜光，近於道家所言」，其實不然，恐怕他未讀全書。因為它卷一固然是道家觀點，可是到卷四就大談法術、賞罰、審名了。〈法術篇〉說：「法術者，人主之所執，為治之樞也。術藏于內，隨務應變；法設于外，適時御人。人用其道而不知其數者，術也；懸教設令以示人者，法也。人主以術化世，猶天以氣變萬物：氣變萬物，而不見其象；以術化人，而不見其形」，完全是申韓法術、循名責實那一路，也就是司馬遷將老莊與申韓放到同一篇列傳裡的那種路數。這種路數在東漢以後已少見了，故此書非常重要。

但很可惜，它並非劉勰所作。《四庫提要》考證說：「《文心雕龍．樂府篇》稱塗山歌於僕人，始為南音。有娀謠乎飛燕，始為北聲。夏甲嘆於東陽，東音以發。殷整思於西河，西音以興。此書〈辨樂篇〉稱，夏甲作破斧之歌，始為東音，與勰說合。其稱殷辛作靡靡之樂，始為北音，則與勰說迥異，必不出於一人。又史稱勰長於佛理，嘗定定林寺經藏，後出家，改名慧地。此書末篇乃歸心道教，與勰志趣迥殊」，講得已很清楚了。

《劉子》也非四卷，而是十卷。這本書現在還有流傳，可以查看。八十年代，大陸文心雕龍學會第一任會長張光年及一些研究《文心雕龍》的朋友炒冷飯，說《劉子》亦為劉勰所作，實是誤會。王叔岷先生《劉子集證》考證精詳，不必再辯了。

那麼劉勰是不是如慧琳所說，為皇家之宗親呢？這也錯了，因為此劉非彼劉。

由於南朝的「宋」是劉家天下，由劉裕所建，故慧琳誤以為劉勰是劉宋皇室。可是，雖然同樣姓劉、同樣是皇室，但是劉勰屬於另外一個較古老的皇室，乃漢代劉邦的後人。劉邦一族，到劉宋時代，早已經沒落，也不再是皇室了。這是姓名與家世的問題。

二

《梁書・本記》又說：劉勰是東莞莒人。各位都知道現在大陸上的東莞在哪兒？在廣東，又常被謔稱為性都。但這個東莞不在廣東而在山東，廣東當時尚未開發呢！

南朝的士家大族很多都是自北方南遷的，比如說王羲之那一族就是「琅琊王」。琅琊在山東。山東今天依然出產一種酒叫「琅琊台」。這些士族雖然南遷了，但基本上都保留著原來的老籍貫，稱呼自己時，往往都還用稱舊籍。猶如一九四九年以後遷居臺灣的人，說到籍貫，包括他們的兒孫輩都習慣稱舊籍（像我，就常自稱是廬陵人）。

可是劉勰的情況比較複雜。他的「東莞」並不是舊籍，乃是南遷以後政府在南方複製的東莞。是從行政建制上把北方的建制遷到南方來，把南方的地名也稱作是「東莞」了。這種情況叫作「僑設」。

當時的士族有兩大塊，一是「僑姓」，一是「吳姓」。僑，就是北方喬遷下來的大姓，如王、謝、袁、蕭。吳姓，則是本地大族，如朱、張、顧、陸等。遷居南方的士族，不但姓氏是遷來的，地名也遷了下來。

這樣不會搞混嗎？當然會。不過人情戀舊，往往習慣如此。如臺灣有很多地方，像高雄、美濃之類，原就是日本的地名。日本人占領臺灣後，覺得某些地方很像自己的老家，因此設置縣制時就如此稱呼。臺灣又還有很多地名跟福建重疊，也是因為福建人移居後，起了跟自己老家同樣的地名。這種情況很常見，但為了避免弄混，因此劉勰出生的東莞，一般會稱為「南東莞」。其地在現今江蘇鎮江一帶，當時又稱京口。因為鄰近金陵。史書上說他們家「世居京口」（其實史無此文字，楊明照箋注據《宋書》劉秀之、穆之傳考訂），則是遷來好幾代了。而所謂的「莒縣」，只是原來山東的縣，他卻早已不是「莒」人，也不生在山東了。這就是他的地望問題。

這問題看起來簡單，但在我們這個時代，呀，有什麼不會發生呢？劉勰他們明明遷到南方好幾代了，劉勰也生於南方，可是現在山東省莒縣浮萊山定林寺內居然就建了一處「劉勰故居」，還有文心亭之類配置。乃山東省革命委員會於一九七七年立，為省級重點文物保護單位。這不是搞笑嗎？

或許你會以為這是那些革命大老粗沒知識，所以弄錯了。卻又不然。因為這個定林寺就「相傳始建於南北朝，今存建築為清代重修」，可見是清代就錯了。定林寺乃金陵名剎，後面我們還會說到。劉勰曾奉梁武帝之命，在寺中校閱佛經。梁武帝時，山東莒縣歸他管嗎？他能派劉勰來嗎？山東老鄉以劉勰為榮，歷史地理卻生疏了些！最近我還看到有幾位名人去那兒寫生，拍了微信，欣然自喜，不慎暴露了對這些問題的無知。

回過頭來再講他的家世。王元化先生認為劉勰出身庶族，不對，他乃士族。他這一支，出自漢齊惠悼王劉肥，中間也不知傳了多少代。到劉宋時，他們這一家仍算是一個大族，很興旺，人才輩出。

特別是劉穆之，官做到司徒，地位很高。他早期跟著劉裕打天下，起家比較寒微；後來做了官，有一種彌補的心態。每次用餐都很豪奢，一個人吃也要準備十個人的大餐，史家形容說是「食前方丈」。他跟皇帝報告過：「你不要看我很奢侈，我從前辛苦啊，總要補償補償嘛！但這是私人的奉養，雖有點過度，公私之分我卻還是會掌握清楚的。」這個人滿有意思，不只好吃而已，學問也很好，博識群書，禮賢下士，名聲還不錯。

《梁書．劉勰傳》又說：「祖靈真，宋司空秀之弟也」。秀之是尚書右僕射，最後當到司空，也是很大的官。他和欽之、粹之、恭之、靈真這一支，出自於劉爽一系，跟劉穆之那一系是分開的。劉勰的父親叫劉尚。

劉勰世系問題，是歷來考證上爭論不休的。因《南史》恰好沒有「祖靈真，宋司空秀之弟也」這一句，故有些人認為《梁書》有誤。我則以為不誤，《南史》只不過減省文字以節約篇幅而已。

接著，就要跟各位解釋一下他的家族。

首先，這是一個天師道的奉道家族，過去研究劉勰的人多未注意到這一點。各位要留心，六朝人名，如王羲之、王獻之、王凝之等什麼什麼「之」的，多是道名。只要看到名字是什麼什麼之，就大約可判斷這是個信奉道教的家族。劉勰祖上這些欽之、秀之、粹之、恭之、慮之、貞之、式之等等，當然也就標示著他們家族的信仰狀況；到靈真，更直接，不再「之」了，直接叫「靈真」。靈真兩字，道教氣味更重。而穆之的字，則乾脆叫做「道民」。所以這是個奉道的家族，幾代傳承都信奉道教，他們大概沒料到後來有個子孫劉勰改信了佛教，還寫了文章來攻擊道教。

第二，這個家族在宋代地位還不錯。靈真這一支，大概是其中最差的。靈真是「員外散騎常侍」，官位還不錯；但是到了劉尚，就只是「越騎校尉」。越騎校尉是漢武帝設置的官職，主要是越人投降了，要來管理、安撫和安置他們。各位可以想見，這樣的官職屬四品，到了南北朝期間，特別是劉宋時代，會有實際什麼樣的作為？只不過是掛職的閑差罷了。

然而他父輩的其他人都還是能夠襲爵、有領土的大官；像劉穆之那一支，發展得還更好一些。魏晉南北朝是一個類似西周那樣的貴族社會。錢穆先生《國史大綱》曾把它稱為「二度貴族化的社會」。古代貴族從春秋以後，即漸次陵夷，變成平民了。但經過秦漢，到南北朝期間，社會重新又貴族化。父親當大官，子孫便可以沿襲他的爵位、土地、莊園、奴僕等等，也往往可以自募部曲。

不過劉穆之這一支後來也衰弱了。傳到劉彤，他拿刀殺老婆，鬧得很大，結果被削爵，不能再繼承家業了，爵位轉給了他的弟弟劉彪。到齊，爵位又往下降。劉邕呢，各位一定知道這個人，他有「嗜痂之癖」，喜歡吃人家身上流血膿瘡結成的「痂」，所以僕人身上爛的痂常常被他扒下來吃。另外，劉式之有一子孫，貶到廣州，不得意，縱酒鬧事，下場也不是很好。所以整個家族在持續沒落中，到曾孫劉祥就被人家罵為「寒士」了。

劉勰父親的官位本來就不大，而更不幸的，是劉勰三歲時他父親就過世了。父親過世以後，可以想見，孤兒寡母的生活當然甚是辛苦。

三

現在我們研究劉勰生平的人，對於他整個家族的情況，並不是很瞭解；有談到的，也只是說劉勰的家族已沒落了。沒落是不錯，但劉勰這一輩的同族兄弟，大體上都還是做官的，只有他們這一支最糟糕。為什麼呢？因為孤兒寡母，家裡又無長輩；在大家族中，不但不會得到庇蔭，反而會更受欺凌，以致家貧無以為生，幾乎沒有辦法過活。

本傳說：劉勰「早孤，篤志好學。家貧，不婚娶」。不婚娶，到底是不願意婚娶，還是不能婚娶？研究者也為之爭論不休，或說是受了僧祐影響，或說信佛之故。

其實很清楚：不是他不願意，而是沒辦法。剛剛我已說了，六朝是個士族門第社會，結婚必要「門當戶對」：不但不同階層的人是不通婚的，士族間二品以上的高門第，也不會跟低門第的人通婚。叫劉勰娶一個庶人，他不會這樣做，沒有任何一個士族子弟會娶庶人女子；娶貴族呢？娶不起，也沒有任何貴族女子會嫁給他。貧到無以為生，這一點很像唐代的李商隱。

李商隱是唐代的宗室，但是到他時已完全沒落了，父親也是早死。無以為生怎麼辦？只能替人抄寫文書，謀點工資。最後碰到大官令孤楚，就跟著他，既當他的幕僚，又把他當作是自己的另外一個父親一樣看。令孤楚帶著李商隱，讓他跟自己家裡的子弟玩，跟自己學文章。所以令孤楚既像李商隱的父親，又像他的老師，還是他的老闆。劉勰的情況跟李商隱非常類似。劉勰也出生在一個沒落的家族，也家貧無以為生，也碰到了和令狐楚同樣有勢力的人。不過，這個有勢力的人不是大官，而是個很有勢力的大和尚。

這位大和尚，在佛教史上赫赫有名，本姓俞，法號僧祐。劉勰「依沙門僧祐，與之居處，積十餘年。」跟著這個和尚一起生活了十幾年，從少年到成人，都跟著僧祐。僧祐住在寺院裡，他自然也住寺院。

僧祐是當時僧界領袖，不但在各地講經說法，還能夠開壇授戒，皇室也非常尊敬他。梁武帝很信敬他，其妃丁貴嬪（昭明太子蕭統的母親）、其異母弟臨川王蕭宏等也都拜他為師。

這位大和尚又是個有學問的，跟我們現在的和尚不一樣。他收集了非常多佛教歷來經卷予以整理。劉勰做他的助手，幫忙收集、整理文書。就像李商隱跟令狐楚的關係。令狐楚教他寫文章，他幫助令狐楚處理文書。我們現在看李商隱的文集裡大部分早期文章，都是幫令狐楚寫的，就肇因於此。劉勰的情況估計也一樣，僧祐要到處去活動，整理文獻的工作，大概多是劉勰等寺中徒眾擔任。所以本傳裡說：劉勰，依僧祐，與之居處十餘年，「遂博通經論」。他的整個學問，可說都是在僧祐那裡養成的。

僧祐收集了很多佛教的典籍，整理後編出目錄，「區別部類，錄而序之」。這個工作，史書上講得很明確：「定林寺經藏，勰所定也」。也就是說在僧祐定林寺所藏文獻目錄，是劉勰所整理的。

定林寺是當時非常重要的寺院，裡面不但講佛經，也講儒家經典。很多儒者講經，都是到定林寺去講的。它是當時重要的說法道場。劉勰的前半生都在該寺中生活。

劉勰是一個跨越齊、梁之間的人物。在齊活過了大半生，到了梁武帝天監中，才開始出來做官。他最早的官，叫「奉朝請」。這是個閑官，官階也低，亦非實缺。但是這個官能讓他這樣一個沒落的貴族重新恢復身分。

但他做官，形態和在寺院理跟著僧祐也沒什麼兩樣，乃是跟著皇室。先是跟著中軍臨川王蕭宏。蕭宏是梁武帝第六個弟弟，曾拜僧祐為師。劉勰去做他的記室，也就是秘書，可能也出自僧祐介紹。我剛剛為什麼用李商隱來譬喻呢？因為他們的生平特別像，都是秘書出身。

做了一陣秘書以後，劉勰還出去做了獨當一面的小官。大概在現今浙江金華一帶，是個「令」。政績還不錯，很廉潔清明。之後又調回京城，再做南康王的記室，仍是秘書。南康王名叫蕭績，是梁武帝第四個兒子。

接著又做了東宮通事舍人。這東宮又是誰呢？就是我們在文學史上鼎鼎有名的昭明太子蕭統。現在《文心雕龍》的所有版本都寫著「梁通事舍人劉勰著」，因通事舍人是劉勰所做過的官裡職級最高的了，所以就以這個職銜作為他的身分。其實劉勰也做過一些別的官，如他天監十八年時「遷步兵校尉」，在上林苑御林軍中掌管禁軍，但仍然兼著舍人。

東宮舍人雖然官位清顯，但品級不高，當時像宰相、太傅、太宰這樣的官，有十八班，而東宮舍人僅一班，差距可不是一星半點。所以武帝時也頗用出身低微的人士擔任，但問才能，不限資地，如庾於陵、周捨、劉勰都是。

因為劉勰與昭明太有這樣一層關係，所以過去講《文心雕龍》與《文選》的人，都很努力地要去說它們之間如何如何密切，甚至說《文選》在編輯時，可能劉勰就參與了。

我上一講已說過，《文心雕龍》與《文選》的觀點完全相反，故實際上不可能劉勰有參與。而且，講這層關係的人沒有注意到，劉勰在當「東宮舍人」的時候，昭明太子才十六、七歲，而劉勰已入暮年。這個時期，兩個人的關係不可能有多麼密切。《文選》裡負責任最多的——它確實雜出眾手，不是一個人編的——是太子的一個得力助手，也姓劉，但不是劉勰，而是劉孝綽。

這大致就是劉勰的生平。跟著皇家做官做事，做的是皇帝身邊的事，如「東宮舍人」，或者是管理皇家禁衛軍，做梁武帝弟弟、兒子的秘書等等。他與皇室的關係很緊密，但是並未因此而在政治上、仕途上有更大的發展。反而最後梁武帝——大概覺得劉勰的學問很好，他自己又信佛——又派他回到了寺裡。

普通元年，劉勰便被派回到定林寺繼續整理經典。完成了三次經卷校訂的任務以後，他上書皇帝說：乾脆讓我出家了吧。梁武帝也同意了——他自己就巴不得出家呢，曾三次捨身同泰寺，大臣哭啊鬧的才把他搶回來，還要交贖金；現在聽說有人要出家，當然立刻就同意了。

但「出家」是什麼意思？劉勰他本來就沒有家，也沒結婚。「出家」對於他來說，無非就是換上僧袍、把頭剃了、改名叫做「慧地」罷了。

他出生於哪一年，死於哪一年，諸家考證，前前後後頗有幾年的差別。不過其生平大概如此。所留下的著作，《劉子》已確定不是他寫的；其他除了《文心雕龍》，還有兩篇零散的文章：一篇叫〈滅惑論〉，另一篇是個寺院的碑。

〈滅惑論〉，有些研究劉勰的人，以為針對的是范縝〈神滅論〉一類論調；實際上不，乃是道教與佛教的爭論。因為道家「貴生惡死」，佛教則講「三世輪回」，當時雙方爭論甚為激烈。〈滅惑論〉起而應戰，所批評的是道教，不是儒家。佛教徒都很喜歡引用這篇文章來抵禦道教界的攻擊。

據張少康先生研究，本文寫於南齊，在作《文心》以前，針對道士顧歡〈三破論〉而作。顧歡還寫過〈夷夏論〉，是當時反佛健將。

另一篇是〈梁建安王造剡山石城寺石像碑〉，文當作於梁天監十五至十七年之間，這個石像也是僧祐主持建立的。建安王蕭偉則是梁武帝的異母弟。劉勰長期在僧界活動，他的文采，在僧界聲名很高。僧人要蓋寺院、刻碑、建塔，常常請劉勰來寫。劉勰寫過很多，包括僧祐的碑。慧皎《高僧傳．卷十二》又說和尚超辯死了，僧祐替他建墓塔，「東莞劉勰製文」。這樣的記載還有好幾處，可見劉勰當時為僧人寫了很多碑，不過現在我們能看到的只有這一篇。

四

上面雖稍有考證，但大體只是介紹。介紹完了，底下我要略做些討論：

首先，劉勰常為僧人誌碑立傳。這不但可以做為《文心雕龍．史傳篇》的參照，而且整件事應該看成是漢傳佛教文學化的第一步。〈史傳篇〉曾遭紀昀看輕，其實劉勰對寫傳記是頗有經驗心得的。

漢傳佛教有很多的特點，其中之一是吃素，不吃肉。信佛教，在中國人的觀念中就是出家、吃素，偷吃肉是要被嘲笑的，酒肉和尚，如魯智深、濟公等等，只是特例或反面案例。但其實全世界佛教都是吃肉的，只有漢傳佛教，即中原地區，還有受中國影響的韓國、日本一部分人不吃。至於出家，日本和尚大部分是不出家的，既有老婆也有小孩。小孩長大以後剃了頭、穿了袈裟，父子相承，繼續做和尚。所以不要搞錯了！把我們的特殊性想像成普遍性，誤以為全世界都這樣。

而且，漢傳佛教早期不僅吃肉，許多和尚也有老婆。在劉勰出生之前，有幾個大文豪，像謝靈運、鮑照、顏延之都過世了。鮑照有個妹妹鮑令暉，是文學史上少數有名的女作家。你去讀她的集子，裡面就有替和尚老婆寫的信。是她找鮑令暉代筆的。可見當時和尚不但吃肉喝酒，還多有老婆。劉宋時周朗寫過一篇〈上書獻讜言〉說當時和尚「延姝滿室，置酒浹堂，寄夫託妻者不無，殺子乞兒者繼有」，即指此言。到了梁武帝，下了一道命令，叫做「斷酒肉文」，說和尚都不准再喝酒吃肉了，情況才逐漸改過來。

所以梁武帝這個亡國之君，在佛教中的地位卻極高。到現在，漢傳佛教裡最大的法會還叫「梁皇寶懺」。梁皇就指梁武帝。他當時下「斷酒肉文」，劉勰還上了一篇文章附和，說對對對，就應該這樣。而且不但僧徒不應喝酒吃肉，就是祭宗廟，也應改用鮮花素果。中國的祭祀，「祭」與「薦」是不一樣的，「薦」可以用鮮花素果，「祭」則必須是肉，其字形就是手拿著肉祭神的。真正祭祀用鮮花素果的，自梁武帝開始，古皆殺牲為祭。

漢傳佛教另一特點就是文學化。各位要知道，印度是個語言體系的文化，而不是文字體系。直到現在，印度也沒有統一的文字。沒有統一的文字，事實上也就沒有統一的語言。我們中國，看起來方言很多，語言也不統一，但其實只是個大官話體系，與文字配合的那個官話體系是很大的，只有少數幾系方言不屬於它。西南官話、西北官話、華北官話等，基本上只是腔調略微差異，語音體系及結構是一樣的。印度就不，到現在也沒有統一的印度話，官方語言就有十幾種，非常混亂。我們現在有許多學者喜歡講佛經的文學性，其實都是從漢傳佛教的角度回頭去說印度而已。真正佛教在文學化過程中顯現的文學性，是漢傳佛教之特點。

其文學性又是個不斷發展的過程。第一個階段是寫碑。本來佛教徒死以後只造塔，如東坡詩所云「老僧已死成新塔」。塔上亦無銘記，最多只是簡略寫下塔裡面是誰而已。不過漢代以後，中國人熱衷寫碑誌墓；佛教徒受了影響，就也開始寫碑。所以劉勰幫很多寺、塔作了碑記，顯示和尚們慕尚文采，要用一篇漂亮的文章來記錄自己或寺院的一生。我們第一講時曾說梁元帝輯有《內典碑銘集林》，可知當時信佛者皆極重視此道。

第二步，是譯經。六朝是文采很盛的時期，佛經的翻譯及論述也跟當時文風有很密切的關係，文采斐然。如鳩摩羅什就極重視這一點，他曾感嘆一般著譯者不重文采，故譯經難以卒讀：「改梵為秦，失其藻蔚，雖得大意，殊乖文體。有似嚼飯與人，非徒失味，乃令嘔穢也」。這是翻譯不僅要信、達還需要「雅」的宣言！其門下士僧肇的文采尤為傑出，是六朝第一等文字。因此漢文佛典不但可以做語言學的研究，還應當做文學的研究。可惜研究六朝文學的朋友，因對佛經不太熟悉，故不太能就六朝文學的發展跟當時譯經做比較。如果能，對照一下，就可知道當時譯經與文風是互相呼應的，可以作很多對比研究。這只能期待將來各位了。

第三步是僧人作詩。和尚們作詩不是到唐代才有，像注解過莊子的支遁等詩僧早已出現於六朝，爾後越來越多，遂形成了龐大的詩僧現象。

再一步則是所謂的「文字禪」。文字禪是什麼意思呢？禪宗六祖慧能本身既不識字，又強調要「不立文字」。這一派本來跟文學是最沒有關係的。但是不立文字的禪宗，發展到宋朝初年的時候，卻出現了《石門文字禪》。錢鍾書先生就很推崇此書，說：「僧而能詩，代不乏人；僧文而工，余僅睹惠洪《石門文字禪》與圓至《牧潛集》」。不過此書之重要，還不是他本身文采好，更是他大揭文字禪之義，逆轉了不立文字的宗旨。

確實，晚唐以來，所有語錄、公案，都引述大量的詩句來描述悟的功夫與悟後風光。由於「悟」本身不太適合用邏輯性的語言來說明，所以要用大量的譬喻、意象，或者乾脆就引詩來說。悟了以後的境界，也同樣是難以說清楚的。對還沒有開悟的人，讓他們如何體會呢？只能用文學性的表述方式，讓人去彷佛得知呀！所以讀禪宗的東西，它本身可能並不是文學作品，但常能讓人感覺充滿了文學性。他們的對答、機鋒，常運用詩或是類似詩的語言。——這就叫作文字禪。唐代創立的禪宗，到了宋代就變成這樣了。無論詩偈、公案、語錄，都充滿了文學感。這是整個漢傳佛教文學化的過程。

《梁書》本傳裡面說，「京師寺塔及名僧碑誌，必請勰製文」，就是我剛剛所講的文學化第一步。和尚們喜歡文學，要找文士來寫碑銘。劉勰在當時不是名人，然而是僧人熟悉的人群裡最知名的文人，所以多找他寫。可是碑誌雖然寫了不少，流傳的卻只有一篇。

而且我們應特別注意：《文心雕龍》裡有一篇是專談如何寫碑的〈誄碑篇〉，但其中對於和尚們寫碑的事，竟絕口未提。

碑是放在墳前的，讓祭墓者知道墓裡埋葬的是什麼樣的人；墓誌銘則是放在墳裡面的。這兩種都應該是史傳的支流。可是劉勰在〈史傳篇〉裡也同樣沒有提到和尚們寫碑記墓誌一類的事。

在《文心雕龍》裡，劉勰跟佛教的關係，其實大體都是如此，是你幾乎看不出來的。劉勰跟佛教，雖然從生平上看，極其密切。但是在文章裡，卻分得這麼清楚。

五

其次再說說他幫助僧祐整理文獻的事。

梁武帝不僅要僧人吃素，還選拔了有學問的人，不論僧俗，「釋僧晃、臨川王記室東莞劉勰等三十人，同集上定林寺，抄一切經論，以類相從，凡八十卷」。

這在佛教史上是非常重要的大事。過去，梁啟超先生有一本《佛學研究十八篇》，其中有一篇長文，叫做〈佛家經錄在中國目錄學之地位〉，曾談及此事。佛教目錄在整個中國目錄學中，是個獨立的體系。各位如果去上目錄學的課，教師一定是從劉歆、班固、李充、荀勗講下來，講到《隋書．經籍志》、四部分類、七部分類等等。不太會專門談佛教的目錄。所以說佛教目錄是個獨立的體系。這個體系在整個目錄學中非常重要，可是大家卻不太熟悉，主要是因缺乏基礎知識。梁先生這篇文章是近代學術史上第一次提醒我們要注意它，而且梁先生認為它甚至於比我們傳統的這一套更高明。

梁先生的講法不是沒道理的。但需要做點小小的修正。

佛教目錄學，跟我國傳統目錄學相比，有幾個優點。梁先生說：第一，歷史觀念非常發達，每一本書經過誰翻譯，幾次的翻譯，什麼時候翻，什麼地方翻，都記載得非常詳細。我們的目錄，常常就是後面直接抄前面的，甚至搞不清楚這本書在這個時代是不是還存著。如焦竑編《明史．經籍志》裡仍記著：宋，辛處信《文心雕龍注》，幾卷。辛處信的注本，明朝早就沒了，但是在明朝的書目裡面卻還記著。有人根據明代這個書目說明代還有這個書。其實不是的，他只不過根據以前的書目抄下來而已。我們編的書目，常都是這樣，存佚之考訂不是很嚴謹。

第二，辨別真偽很嚴。凡是可疑的書，都詳審考證，別存其目。佛經是從印度、中亞翻譯過來的，真偽難考。比如說《易筋經》是達剌密譯，原本是達摩祖師由印度帶來，唐李靖還寫了序，岳飛的部將牛皋也有一篇序。但是這個經根本就是偽造的（詳情各位可去看我的《武藝叢談．易筋經論考》）。這類事情很多，所以真偽須有考訂。

第三，是比較審慎。凡一書或同時或先後有不同的翻譯，一定詳細討論其異同得失。

第四，搜采遺逸。凡是遺逸的書，一定存其目，以供其採訪。

第五，分類複雜而周備。有時以著、譯的時代分，即這本書是什麼時代寫的，什麼時候翻譯的來分類；有的時候以書的性質分，性質裡有的時候以書的內涵分。譬如說既分經律論，又分大小乘；或者以書的形式分，一經多譯，一卷多卷等等。如《華嚴經》，有唐貞元中般若譯的《四十華嚴》、東晉佛馱跋陀羅譯的《六十華嚴》、武周實叉難陀譯的《八十華嚴》，前後翻譯、時間都不一樣。在佛教的目錄裡面，都要詳細地做考論。梁啟超說這些都是它比我們高明的地方。

他講得雖然沒錯。但我們要注意，劉勰的時代，乃是佛教目錄學剛剛興起之時。當然再往下，到唐代以後，佛教目錄學確實已經形成了像梁先生所講的優點，但在劉勰那個時代，這些優點才剛剛開始而已，還不夠精密。

佛教之所有目錄，是從晉朝道安法師開始的。《世說新語》有云：「四海習鑿齒，彌天釋道安」，道安乃一代名僧。佛教從東漢傳來後就開始譯經，但真偽糅雜，很多是後來造出或假託的。例如《四十二章經》，號稱是最早經由「白馬馱經」後，摩騰、竺法護翻譯出來的中國第一部經典。其實整個故事竟是劉宋以後造出來的。經典傳入的來源也很複雜，並不一定從印度來。道安法師第一個為這些文獻分門別類，製成了《綜理眾經目錄》。

道安法師做的目錄已失傳了。不過沒多大關係，劉歆的〈七略〉也失傳了，但後來有部書基本上把整個〈七略〉都吸收了下來，那就是《漢書‧藝文志》。佛教的情況與它一模一樣。道安《綜理眾經目錄》後來也幾乎被僧祐《出三藏記集》完全吸收。劉勰本傳裡說的上林寺經藏，大概就是指這一部書。

這部書，是僧祐在南齊建武年間所編，也是目前所存最古老的佛教目錄。故亦為後來所有佛教目錄的源頭。劉勰曾參與過它的編輯。劉勰的功勞，史書也早已充分肯定了。

作為最古老的目錄，《出三藏記集》的評價也極高。在它前後，佛教目錄一是以年代來著錄的；二是像道安法師一樣，講年代，又把沒有翻譯名稱的放在後面。另外一些編法，例如專門編一個人的，或者是一個派別的目錄，或者一個地方翻譯的目錄。到齊武帝的人，有個人叫王綜，編了一部《眾經目錄》。這是第一次在經典裡面區分出大小乘的。也就是說在僧祐那時目錄還不少，但其它目錄都沒有流傳，所以僧祐的目錄非常重要，影響到隋唐佛教目錄的編撰，是建立佛教目錄學傳統的非常重要的一步。

它分成了如下幾大類：第一是《撰緣記》，即編撰的緣起，編撰的來歷。第一部分講印度時期佛經怎樣結集；再來解釋三藏、八藏等名稱；三則解釋胡漢翻譯佛經音義同異。

第二部分是比較主要的本論。分四大塊：第一塊是新集經論錄、新集異出經錄。前者，是現在收集到的經典。後者，是同樣一部經典的另外一傳。

第二塊是新集安公古異經錄，講道安法師所整理的古代的經典；新集安公失譯經錄，講道安法師所整裡的失譯經典；印度傳來經典中沒有翻譯的，叫失譯；新集安公涼土關中異經錄，講道安法師整理的關中、北涼經典；新集律部論，講戒律的經典。

第三塊：續撰失譯雜經錄。

第四塊，是新集抄經錄、安公疑經錄、新集疑經錄、新集安公注經及雜經志錄。這部分多是道安跟僧祐都覺得可疑的。梁啟超為什麼對於佛經的目錄特別推崇？因為他自己就是寫《古書真偽及其年代》的人，深感吾道不孤呀，發現和尚那麼早就注意到古書「真偽及其年代」了，所以大為讚嘆。總之，這就是第二大部分，稱之為「詮名錄」。

第三部分叫作「總經序」。對於所有經典做個提要，寫一個序論。

第四大部分是述列傳。是傳經人、翻譯人的傳記資料。

這就是僧祐的目錄，我們也不妨把它看成是劉勰的著作。從目錄上可以看出他整理的功夫。

不過學術上的事總是後出轉精。後世對這本書，雖推崇其開創之功，卻也有一些不滿。不滿之處在哪裡呢？說它「大小雷同，三藏雜糅」，沒有區分大乘小乘，而且經、律、論有時相混；又「抄集參正，傳記亂經」，經、注常沒有分開；所以「考始括終，莫能該備」，整個目錄，不是特別完備。這話出自隋《眾經目錄》，是法經法師對它的批評。

所以總體來講，這個時候的佛教目錄學，與從劉歆、班固以來的傳統目錄學相比還不能並駕齊驅，但對後來的經錄影響是很大的；有些缺點，也是草創時期所難免。

六

這是我要談的第二個部分，用來補充說明劉勰到底幫助僧祐幹了些什麼事：他們做了佛教史上一件大事，開創了佛教目錄學的傳統。

這是過去講《文心雕龍》的朋友很少注意到的。過去研究劉勰的朋友，大多沒有佛教的知識，於佛學不很熟悉。這麼重大的事，討論卻很少。

細看僧祐目錄，也有助於澄清另一個問題。什麼問題呢？研究《文心雕龍》的人，對佛教不了解，可是卻充滿了想像，老想讓《文心》跟佛教扯上關係。

像范文瀾在〈序志篇〉的注解裡說，《文心雕龍》之所以叫「文心」，必與佛教有關。他引了慧遠法師的〈阿毗曇心序〉：「《阿毗曇心》者，三藏之要頌，詠歌之微言。管統眾經，領其宗會，故作者以『心』為名焉」云云。慧遠認為整個《阿毗曇經》義理廣大，我們不容易瞭解，《阿毗曇心》就等於為它做了個概要。引了這一段以後，范文瀾便說劉彥和精湛佛理，《文心》之作跟《阿毗曇心》有異曲同工之妙；且整個《文心雕龍》「科條分明，往古所無。自〈書記篇〉以上，即所謂界品也；〈神思篇〉以下，即所謂問論也。」說其書結構完密，上半模仿了佛教的「界品」，下半又模仿了「問論」。因此結論是：劉勰此書「蓋採取釋書法式而為之」。

范先生這段話，一，把《文心雕龍》的「心」跟佛教結合起來；二說其體例受到佛教影響。開啟了後來許多論述，如王利器說《文心雕龍》每篇後面的「讚」，就是佛家的「偈語」；臺灣王夢鷗先生說劉勰每篇都「原始以表末、釋名以章義、敷理以舉統、選文以定篇」，正是模仿僧祐經錄目錄的緣起、詮名、總經序、序列傳這四分的。香港饒宗頤先生則說佛家喜歡以「心」為書名，「心」是眾法之源，劉勰取名文心，即用此義。而且劉勰論心很透徹，可見他取佛教唯心論以立說，是本書命名為《文心》的緣由。凡此等等，前輩們論述甚多。現在也還有些青年朋友受其誤導，以為這是個值得深究的問題，拼命去鑽研呢！

其實這些都是誤解。僧祐做的是目錄學的分類：「詮名錄」裡面講的不是「釋名以章義」，講的是流傳下來有哪些經典、哪些是道安法師記錄下來的、哪些是失譯的，這跟「釋名以章義」有什麼關係？「敷理以舉統」，又恰好不是一本書一本書去寫提要，而是討論整個文體，然後提出文體的統緒（原理），跟僧祐所做的「述列傳」可說也全不相侔。他們只看到了它的名目，便從其名稱上去猜測，其實未讀過佛教目錄，不曉得佛教的目錄學是一套體系，這一體系與《文心雕龍》的體系架構毫無相似或相關之處。一是目錄學的整理，一本則不是用目錄學方法處理文學問題的書，怎能混為一談？

那什麼又是「界品」呢？界品是《俱舍論》的九品之一，講諸法的體性。此論為小乘說一切有部主要經典，但於陳天嘉四年（五六三）才譯出，比劉勰晚多了。該論之重點在破執見，其所謂「萬法皆空」的「法」指各種事物。各種事物，見之為有，實際是空。所有桌子、你、我都是因緣集合所生，例如教室本來沒人，因為有課，大家集合在一起；課結束了，教室又歸於空。一切人、事、物的聚合都是如此。教室、桌子、板凳、你、我等等，都是無數條件聚合起來而成了現在的樣子。這種條件會慢慢改變甚至毀壞，最後消失。這就叫「成、住、壞、空」。所以任何東西皆無本質，如果一定要找它的本質，其本質就是「萬法皆空」。「諸法之體性」就是說明這個空的道理。

《俱舍光記》裡面說：「界者，性也；性者，體也。」界，指的就是「性」，即「諸法無自性」的性。因此「界品」跟文體的分類毫不相干。一般人不懂，看到「界」字，以為是指一個區域、一塊地方，所以會覺得好像跟文體的區分有些類似。不是的！界品講的是：「界者性也，性之言體也。此品明諸法體性，以界標名。」

何況，佛教講的「諸法體性」與文體的「體」完全是兩回事。文體是誄碑、史傳、詩歌、樂府等等，有具體的體式；佛教的「體」卻是一個「空體」，「諸法之體性」就是沒有本體，是「空」。故曰「萬法皆空」，「因緣所生法，我說即是空」。這跟文體又有什麼關係呢？《俱舍論》裡面還談到繫屬於欲界、色界等等各法的問題，那就更不能比附到《文心雕龍》二十五篇文體論的結構去了。

另外，范文瀾先生又發現《文心雕龍》有許多「圓」字與詞，如圓、圓通、圓該、圓照、圓鑑、圓覽、圓備、圓周等等，因而也認為這是劉勰深受佛教影響之證，所以由佛教借來了圓的語彙。後來詹鍈《文心雕龍義證》等也因循其說。

可是日人興膳宏說得對：「用於佛典並構成重要概念的『圓』這一語，就是翻譯時從玄學的古語中借來的」（〈《文心雕龍》與《出三藏記集》〉，《興膳宏文心雕龍論文集》）。早在《易經》、《莊子》等書中就大量使用圓這個概念和詞語了，《易經》已說方以智、圓而神；《淮南子．主術》也說智圓。魏晉玄風既扇，故常以圓字翻譯佛書，豈能倒過來說用這個詞乃是受了佛教的影響？

另外，還有周振甫、王元化等一大堆人說《文心》的結構和思維是受了佛教因明學的影響。持此說者，也無一例外，均是不懂因明學的。

因明，是類似亞里斯多德邏輯三段論的東西，與《文心》能有什麼相干？且因明學在我國佛教中根本不重要，也一直盛不起來，其重要性與在印度、西藏不可同日而語（即使到了唐玄奘，他自己雖精擅因明，並帶回三十六部相關著作，但所譯卻少。以致因明學某些部分中土無傳，如古因明的世親《論軌》和《論式》、新因明的法稱《正理一滴論》等重要論典均是如此。我國最重要的因明論述：玄奘弟子窺基的《因明入正理論疏》，元代即絕，清末才由日本傳回。晚清民初佛學，大宏唯識，喜說因明，與楊文會於一八九六年將此書回傳再刻有關。但不能因此便誤會古代人學佛也從因明入手，或因明推理對漢地佛教徒有多大的影響。漢傳佛教不關心邏輯與知識論，因為印度佛教以真理的證成為主，中國則以真理的實證為核心）。相關經論譯出甚少，南北朝期間僅《方便心論》、《回諍論》、《如實論》三部而已，當時僧徒皆不習此業。且後兩種譯於劉勰寫書之後四五十年，不可能影響到劉勰；第一種譯於北魏文成帝或孝文帝時，早於劉書三十年左右，但書僅一卷，又譯於平城，能對南朝的劉勰產生多大影響呢？

同理，饒宗頤先生〈劉勰文藝思想與佛教〉說劉講練字法要省聯邊，而「聯邊者，劉氏釋為『半字同文者也』，此亦凡當時梵文之術語」。當時佛徒確實常用到「半字」一詞，可是這是佛教傳來以後才有的詞彙嗎？劉向《別錄》戰國策書錄條早就談到：「本字多脫誤為半字，以趙為肖、以齊為立。」可見這本是我國原有的術語，佛教徒不過沿用而已。

饒先生又說因佛教論「心」最多，所以《文心雕龍》才會命名為「文心」。這同樣也是錯的。他只知佛教講「心」，但沒料到我們不是在佛教傳入之後才講「心」的。《易經‧復卦‧彖傳》說「復，其見天地之心乎！」《詩經》、《尚書》論詩都說「在心為志，發言為詩」。《管子》則有〈內業篇〉、

〈心術篇〉、〈白心篇〉，《淮南子・精神篇》說「心者，形之主也」。另外，像莊子講「心齋」，荀子講「心，形之君也、神之主也」，孟子講「盡其心，知其性」，《中庸》講「誠意正心」等等，都可見中國不但詩書傳統講心，諸子百家亦無不重心、無不論心。

甚者，早在造字之初，屬「心」的字就很多了。所有的思維活動，中國人都是從心上來講的，把心當成人的主體，而不是腦。如「在心為志，發言為詩」的「志」，是「志之所之也」；「忍耐」的忍，是「心上一把刀」；「忙」是心亡，《說文解字》說是「心亂也」；「忽視」的「忽」是沒用心；忠恕之道的「恕」是如心，己所不欲勿施於人、他人有心余忖度之。諸如此類，均可見中國的思想本來就重心，這是中國思想的特點，跟希臘、印度不同的。各位不妨回去細讀一下我《傳統文化十五講》第一章〈形體〉，就知道古希臘、古印度之思維重於形體；中國卻是倒過來，重心而不重形。所以荀子才會有〈非相篇〉，不重形體而重心術。

正因為中國思想重視心，所以佛教傳來以後逐漸也重視心。心，在早期佛教中當然也談，但不是我們這樣談的。中國佛教天台宗、華嚴宗、密宗、淨土宗和禪宗的心性論都有濃厚的如來藏真常心色彩。可是在印度佛教中，不論原始佛教、部派佛教還是大乘佛教，真常唯心論一直沒啥影響。要到後期大乘與密教出現了之後才成為主流。然而，其後不久它就滅亡了。反之，中國佛教因深受中國傳統哲學影響，佛學中真常唯心論的成分得到了前所未有的開發，不屬於或較少真常唯心論性質的宗派（如唯識、成實、俱舍等）則很快被淘汰了。這是從歷史大架構來說的。

也由於如此，所以近代佛教復興運動中凡是主張回歸印度的人，都排斥真常心說，認為出自中國人自己造的「偽經」、「偽論」，非佛說。是受了中國心性論的「汙染」。

當然佛教並不是沒有心性說。但有如來藏真常心傾向的大乘佛學認為心性本空、不生不滅，本來清淨，與部派佛教將心性比喻為有物質實體的銅器不同，多以無物質實體的虛空比喻心性。後來禪宗依如來藏系、中觀系心性本淨義等靈活發揮，以明心見性為解脫成佛的關鍵，不僅說心性本淨本寂，更說心性本覺，就與印度原來之說更遠了。

天台宗、華嚴宗、密宗、淨土宗和禪宗的心性論皆後起，在劉勰那個時代，只有般若學。般若乃空宗一路，但當時六家七宗，識含、幻化、緣會三宗其實仍屬於小乘佛學，可見當時論心還不深入。要到《大乘起信論》才以「一心開二門」的模式為中國佛教心性論開出一條新路。一心，即如來藏心。萬法源出於此，包攝一切世間法和出世間法。二門，指心真如門（清淨）和心生滅門（汙染）。是梁朝真諦譯的，但近代佛教復興運動中主張回歸印度的人，都認為不是譯，而是真諦自己偽造的。可是無論如何，其事皆在劉勰寫《文心雕龍》之後了。

總之，中國內在性的思維傾向不是到了宋明理學才發展出來的。《文心雕龍》講心，恰好是中國的老傳統，結果我們忘記了，以為來自佛教。殊不知佛教的「心」只是一個空無主體的空心；而中國人講心，又比印度早多了。

也由於只知佛教重心，而忽略了重心術是中國人的老傳統，所以宋明理學也被講錯了，以為是佛家傳來以後，儒家發展才開始內在化、才開始講心。不知中國思想重「心」才是一個大傳統，故多顛倒見。劉勰的講法，也多是延續了從前的傳統而已。至於他如何延續，我們以後再說。

第三講　劉勰生存之年代

一

孟子說「知人論世」、「讀其書不知其人，可乎？」所以我們先從作者劉勰講起。上一講我們談的是劉勰的生平，這一講我們「知人論世」，要論論他的時代。

一般認為劉勰生於宋，經歷過宋、齊、梁三個朝代。不是說六朝嗎？他活著的年代就占其半，橫跨了宋、齊、梁三個朝代。在這三個朝代中，他是從宋明帝開始的。范文瀾、王金凌、張嚴、華仲麐、詹鍈他們所做的劉勰年譜，都認為他生在明帝泰始元年左右，也就是公元四六五年。

但也有人，例如日本興膳宏教授做的年表，認為劉勰應該生在二年（四六六）。元年、二年差距不大，反正大體就是這個時代，宋明帝泰始年間。

不過，四川大學楊明照先生，另有考證，認為應該是在泰始六年（四七〇）。臺灣的李曰剛先生也贊成楊先生。假如劉勰是生在這一年的話，沈約三十歲，僧祐二十六歲，謝朓七歲，蕭子良十一歲，蕭衍、丘遲、裴子野都是二歲。

這些都是跟劉勰關係比較密切的，只有和謝朓、丘遲、裴子野的關係比較疏。沈約是欣賞劉勰的人，僧祐是劉勰跟著他生活過幾十年的人。蕭子良在當時文壇上很重要，類似文壇盟主。蕭衍後來則當了梁武帝。

丘遲呢，在當時南北對抗的時候，我想各位都讀過一篇他寫的給北朝將領的信，說請你來投降吧。叫人家來投降的話多難措辭呀，但他說：「暮春三月，江南草長，雜花生樹，群鶯亂飛。見故國之旗鼓，感生平於疇日；撫絃登陴，豈不愴悢？」您不如回來吧！這封信後來確實也起了滿重要的作用，所以他也是當時文壇上很重要的人物。

他們的年輩，大概都跟劉勰差不多。裴子野另外寫過一篇非常重要的文章，叫作〈雕蟲論〉。劉勰這本書叫《文心雕龍》。早期北大王力先生的散文集叫《龍蟲並雕齋文集》，既雕龍，又雕蟲，就取義於他們這兩篇東西。裴子野的文學理論，跟劉勰有奇妙的呼應關係，等一下我們會講。

好了，這大概就是劉勰的生年。這又是怎樣的一個時代呢？

那正是南朝文武鼎盛之際。

東晉永嘉之亂以後，士人逃到南方，他們所攜帶的圖書文獻當然不可能太多。想當年，我在臺灣辦南華大學的時候，需要許多書。但是購書得有個程序，需要選書、訂購，書來了還要編目等等。即使很努力地買，倉促間也買不了許多，因為程序非常非常繁瑣。後來香港大學說：「龔先生，聽說你要書，那太好了，我們這裡的書多得不得了，都送給你吧！」結果送了我八九萬冊，光是明版、清版的線裝書就有三萬多。

這個時代怎麼可能還有那麼多線裝書？而且港大自己不要，都送給我呢？天下有這麼好的事？因為一九九七年香港要回歸了。內地這邊人常以為香港要回歸大陸，香港人肯定是歡欣鼓舞的，殊不知香港人把這稱為「九七大限」。以為是末日到了，太恐怖啦，所以有錢人都逃走了，家裡這些古代的藏書遂都不要了，一傢伙都給了港大。但是港大本來圖書館就已經書滿為患了，裝也裝不下，正好，龔鵬程你要，就統統給你啦！

所以，你看，逃難的時候，只會帶些細軟珠寶，書又重，帶出去又沒用，就統統不要了。現在尚且如此，永嘉南渡，大亂之際，士族駕著牛車逃難，更不可能攜帶文物圖書。所以當時文獻是很殘缺的，後來慢慢整理，每次朝代更迭，又毀掉很多。到了宋、齊、梁這幾代，經過了幾百年休養生息，才是文教風華最盛的時代，也就是劉勰所生活的時代。

不過，它雖文教昌盛，在政治上卻又是個烏七八糟的時代。六朝更迭那麼快，很重要的原因，是因為政治混亂。君王道德和政治手段，大體都是昏庸的，政治上亂得很。像這個宋明帝，泰始七年（四七一），就把所分封的其他王，如晉平王、建安王、巴陵王都殺了，清除小王子將來的障礙，免得他們將來競爭。王室之間的鬥爭如此血腥，而且做這麼殘酷的事，他自己還建湘宮寺自矜功德，自認為好得不得了呢！

然後是廢帝。既然叫廢帝，各位都知道將來肯定是被廢的。在廢帝時期，桂陽王反。

剛剛已經說了，泰豫元年（四七二），如果劉勰生於泰始六年的話，那麼這一年他的父親死了。劉勰三歲，他父親就死了。如果他生於泰始六年，那麼他父親就這一年死；如果是生於泰始元年的話，就是泰始三年他父親過世。而廢帝的元徽元年（四七三），桂陽王反。

剛剛不是說已經殺掉了晉平王、建安王、巴陵王嗎？但還沒殺完呀，其他的王不服氣，就起來造反。造反到第二年，才由蕭道成平定了。但是你們各位也不笨，當看得出來，蕭道成有力量平定桂陽王，自然也能把皇帝廢掉。所以，後來取代了宋朝的，果然就是這個蕭道成。

到了四年（四七六），建平王又反。

這裡有個插曲。據說劉勰七歲時做夢，夢到天上有彩雲，他踩著彩雲往天上走。這個夢對劉勰很重要，覺得自己應有更高遠的理想，能夠往上走。

六朝時期，有好幾個文學史上重要的夢，除了劉勰這個之外，還有像江淹的夢，就是「江郎才盡」的那個夢。江淹夢到人家傳他彩筆，後來又夢到人家把彩筆收了回去；夢到人家送他一匹錦緞，後來又跟他要了回去。然後他的文章就不行了，所以說江郎才盡。文學史上這種夢的故事都很有趣。若劉勰生於泰始六年，則做這個夢即在本年。如生在明帝泰始元年，就要早好幾年前做夢了。

到順帝昇平元年（四七七），蕭道成又把皇帝給殺了，立安成王。他沒有自己當皇帝，而是立了一個王。這時其他人不服氣，像荊襄都督沈攸就起兵討伐蕭道成，結果被蕭道成給撲滅了。換句話說，宋自明帝以後，整個國家內部是亂的。造反，打仗，內部征伐。最後，蕭道成乾脆把安成王也廢了，自己做皇帝。

二

自己做皇帝，受宋禪。

什麼叫作受宋禪呢？

自從王莽以後，皆受儒家思想的影響，強調三代之禪讓、選賢與能。這本來是公羊家的主張，叫做「退天子，貶諸侯，譏世卿，討大夫」。認為皇帝根據血統一代一代相傳是沒道理的。貴族「大人世襲以為禮」，一代一代世襲，也沒道理。所以他們主張不要以父傳子、子傳孫這種方式，而應該選賢與能。選賢與能是儒家的理想，所以說堯舜禪讓。到了禹，禹傳給自己兒子啟以後，就衰了。儒家為什麼推崇堯舜？其中之一條，就是強調選賢與能。近人受西方影響，宣揚民主，所以也常有人把民主理解為選賢與能。但民主不是選賢與能，只是選出能代表各個不同群體利益的人，去做公開的利益爭奪，以瓜分獨裁者獨佔的利益。其境界和效能，均遠低於儒家所主張的選賢與能。

這個理想，並不是不能實現的。因為經過漢儒鼓吹以後，果然就實現了，大家都覺得應該選擇最賢能的人出來做皇帝。而當時誰最賢能呢？朝野都覺得王莽這個人最好，是最大的賢人，劉家的天下應該讓出來，因此才由王莽取代了漢朝。

王莽原來名聲很大，大家都覺得他很會做事，道德也很高。但沒想到他做皇帝後推動的幾個政策，老百姓卻無法接受。例如王田制，也就是土地國有。結果跟近代流血革命之打土豪分田地不同，天下諸侯、地主、世家大族全部起來反對他，所以很快就瓦解了。王莽也就遭了汙名化，甚至說他不是受禪，只是篡位。後人還有一首詩講王莽，說：「周公恐懼流言日，王莽謙恭下士時。若使當年身便死，一生忠佞有誰知？」周公在他前期是被大家所批評的，說他狼子野心，想篡奪王位。而王莽早期非常禮賢下士，很有德望。如果不是後來結果不同，「千古忠佞有誰知？」後來有很多人講這事，以發歷史之感慨。

然而，禪讓這事，雖然王莽的實踐失敗了，但禪讓這個理想並沒有消失。所以曹丕篡漢，就仍要舉行一個禪讓的儀式，以應付輿論。他明明要把皇帝廢了，自己做皇帝，卻還要舉行一個禪讓典禮，讓皇帝下詔書說：「我要讓位」。然後曹丕說：「不敢不敢，絕對不可以。」皇帝又說：「一定要！非要給你不可！」就這樣，一讓、再讓、三讓，才勉強接受。接受以後，還要建個受禪臺，讓皇帝將玉璽等東西交給他，完成交接。曹丕領了這些東西，即位登基做了皇帝後，講了一句耐人尋味的話，說：「堯舜之事，於今知之矣。」堯舜的事情，我現在明白了，搞不好堯舜也是像我這樣的。

這當然有點以小人之心度君子之腹，但曹丕以後，每個皇帝也都要搞這一套，才不會讓人覺得你得位不正。此即所謂受禪，建立了齊朝。蕭道成要人家禪位給他，自己則好不容易才勉強接受了。受禪以後，回過頭來，竟又把原來老皇朝的宗嗣全部殺掉，非常殘忍。

這是違背中國古代政治傳統的。中國古代強調要「繼絕世」，比如說周把殷商滅掉了，但是還要替殷商的後人留下一個國家——宋國，來讓他們能繼續延祀宗廟。宋國就是殷之後裔。所有的古代皇帝，堯舜禹湯，他們的國家雖然都亡了，但是都留有他們的後裔，都替他們建一個國家，以保存這個國族。這是傳統上中國政治的原則，儒家講的「春秋大義」，其中有一條就是這個。比如我們現在姓陳的，皆是舜之後裔，原先即有一個陳國。朝代雖然滅了，但可以讓它的香煙繼續往下繼承。可是蕭道成卻盡誅宋宗嗣，斬草除根。這是違背中國政治倫理的。

這時候，南北方的衝突也越來越劇烈。由齊一直打到梁，到梁湘東王時，竟被北朝滅掉了。在前期，北方不斷往南進攻，南方基本上都還守得住，打勝仗的比例比較高。但是北方不斷進攻，局勢越來越緊繃。到了梁武帝後期，內部有侯景之亂，長達五年，梁元帝雖平亂即位，北方卻趁虛而入，把梁朝滅了。

齊高帝建元三年（四八一），有個學者、文學家——劉孝綽生。劉孝綽後來協助昭明太子編《文選》，是非常重要的人物。他的小名叫阿土，舅舅就是王融。王融很喜歡他，常說天下文章如果沒有自己的話，那麼就應該歸阿土。可見對劉孝綽的期待很高，當然這也顯示了王融的自負。

王融後來有一篇〈上疏請給虜疏〉很值一提。原因是北魏遣使求書籍，朝廷上大家商量都不想給，王融特寫此文，主張給，以儒化其悍獷之氣。齊武帝認同了他的建議，這對促進北魏漢化是有益的。

四年，蕭道成取得天下以後沒多久就死了。蕭子良這時候二十三歲，封竟陵王。以下是武帝永明年間。

永明是齊朝比較長的一個時代，也是文學史上非常重要的年代，我們在文學史上不是就有稱為「永明體」的嗎？「永明體」即指永明這個年間的文風，特別是沈約。

武帝統治的時間大概占了整個齊朝的一半。永明元年（四八三），武帝下令削除沒落士族的免役權，因此有人認為這對貧困的劉勰乃是雪上加霜，他跑去依附僧祐也許就在此時。當然劉勰依附僧祐的時間也許更早，史無明文，姑且如此推測吧。

永明二年（四八四），蕭子良為司徒，沈約、范雲、蕭琛、任昉、王融、蕭衍、謝朓、陸倕都跟他一起交游。蕭子良很重要，他的王府被稱為西邸，竟陵八友也稱為西邸八友。在文學史上，各位如果讀到「西苑張蓋」，在西苑搭起棚子飲酒作樂，那是指曹丕，建安七子。假如講到西邸，在西邸飲酒作樂，作詩文，那就是指蕭子良了，這是六朝文人集團化的一種模式。

文人集團化的特徵是什麼呢？就是皇帝或諸侯王身邊有著一票文人，以這種方式形成一個個不同的文人集團。而當時永明期間，名氣最大的文人集團就是蕭子良的。他的集團中還包括一個特別人物，那就是蕭衍。蕭衍是誰？就是後來又把齊吃掉，自己當上皇帝的梁武帝。

這個時候，注意：永明三年（四八五），復立國學，以王儉為祭酒。

提倡儒學。國學就是國子監，或者太學。現今社會頻頻提到「復興國學」的國學，並不是古代詞彙。古代講到國學皆指太學、國子學，我們現在用的國學這個詞，是一九〇二年梁啟超從日本翻譯過來的，直接引用日本語彙。因為在明治維新後期，日本人覺得不能夠只學西方，還應該要維繫自己國家的文化，才是立國的根本，所以當時提倡「國粹主義」，講國學。梁啟超當時亡命日本，就從日本引介了這個術語。這個術語後來經過章太炎這些留日學生的發揚光大，流行一時。當時章太炎等人辦國學講習會、辦《國粹學報》，都屬於這個風潮。而以前的國學就是太學、國子學。「復立國學，以王儉為祭酒」，講的就是儒學被齊這個政府所特別地提倡、推崇。

四年（四八六），富陽民唐寓之以妖術倡亂，平之。

為什麼講這一點呢？整個南朝，除了宮廷內部，貴族之間打來打去、殺來殺去之外，它與老百姓之間的矛盾也很激烈。六朝是士族社會，老百姓的生活跟貴族生活是兩回事。貴族詩酒唱和，文采風流；老百姓則民不堪命，徭役賦稅很重，剝削很多，根本無法忍受，所以老百姓不斷造反。

另外還有宗教問題。史書上講「以妖術造反」，就是打著宗教旗號造反的。六朝期間，以宗教旗號造反的主要有兩大系統，一種是道教體系，都自稱為「李弘」。因為道教有個預言，說將來有個太平帝君會降世救人，名叫李弘，所以每個造反的人都說自己就是李弘，要拯救老百姓。還有一種佛教的體系，是彌勒信仰。彌勒是未來佛，彌勒降生，世界就太平了，所以就以彌勒的信仰來起事。以預言性的啟示宗教方式造反，乃是世界政治史宗教史上的常態，六朝有許多這樣的例子，非常值得注意。至於它的理論問題，可以參看我《道教新論》論太平道那一章。

到了五年（四八七），南朝立儒學，提倡儒學。北朝也一樣，議定雅樂。這時候的北朝是北魏，本是鮮卑族之政權，但到了孝文帝以後，越來越強化漢化政策。「議定雅樂」就是漢化政策的一部分，就是要復古，恢復古代的禮樂政治。

這一年，庾肩吾生。庾肩吾也是當時非常重要的文人，他書法很好，還編過一本《書品》。假如劉勰生於泰始六年，那麼這一年他媽媽過世。如果生於泰始元年的話，就往上推六七年。

到六年，皇侃生。皇侃在經學史上非常重要，因為他編了一部《論語集解》的義疏。義疏是六朝一種文章的體例（詳細情況可看我的《孔穎達周易正義研究》）。這個體例也即是我們現在講《十三經注疏》的「疏」。他根據魏晉時何晏所編《論語集解》做疏證，引了很多相關文獻。這本書後來在中國失傳了，流到日本，再從日本傳了回來。它保留了晉朝以後南方講經的一些重要資料。

到七年（四八九），蕭子顯生。蕭子顯很重要，他寫過一部史書，叫《南齊書》。我們對於齊的歷史，主要是根據《南齊書》來瞭解。而且《南齊書》專門立了〈文學傳〉，這也是我們討論文學史非常重要的文獻。蕭子顯的著作其實很多，約有兩百多卷，現在所傳只是其中一部分。

到了九年（四九一），魏營太廟，定廟祧之制，考六宗之禮。

廟祧之制是什麼？中國人以祭祖先為特色，但古代卻不是所有人都能祭祖的。我們常認為祖先崇拜是中國一直傳承下來的，其實這從來不是中國的傳統。中國的傳統，是一般老百姓從來不祭祖。為什麼？因為沒有祖先可以祭。

人都是爹娘生的，怎麼會沒有祖先可以祭呢？啊，是這樣的：祭祖是有規矩的，天子七廟、諸侯五廟、大夫士三廟兩廟一廟。士這個貴族的最低階層就只有一廟。一廟是什麼意思呢？就是建一個廟，祭父親。若祭三廟，就是父親、祖父和曾祖父。諸侯是五廟，祭五代。天子是七廟，和五廟有差別。而其實仍是祭五代，但加上了一個始祖廟跟一個祧廟。祖是不動的，所謂累世不遷。祧廟則是不單獨祭的祖先一齊合在這裡併祭。因為一代代祭祖，祖先不斷往上擠，就全塞到這裡了，不單獨祭，合在一個廟裡面。這叫做廟祧之制。庶人則因無廟，故不祭祖。荀子曾解釋說：庶人，是「持手而食」，乃是靠兩隻手勞動吃飯的，祖宗沒有庇佑你。不像世家大族的土地、官爵、富貴都是從祖先那裡來的，所以感恩戴德。庶人自己靠自己勞動賺錢，沒有得到祖先的庇佑，所以沒有廟，也不用祭。祭廟報德、返本的含義，都是從這裡來的。

庶人無廟，所以庶人也沒有姓。古代的姓和氏，簡單的區分，姓是跟媽媽來的，氏是跟爸爸來的。但是後來母系社會轉到父系社會以後，姓跟氏混了，都是從父系上來講姓氏。姓氏是講出生血緣，講土地、權力的，只有貴族才有姓，老百姓沒有土地、沒有權力，也沒有封爵，所以沒有姓。

可是我們現在每個人都有姓啊？不是的，古代庶人無姓。比如說孔門弟子中的子路，他就沒有姓。

「子」是男人的意思，「路」是他的名字。或者你說他叫做仲由，「仲」是排行，「由」是路的意思，「由」可以走，他的名字是和他的字相配合的，就和以前我們講劉勰的意思一樣。那他姓什麼呢？他沒有姓。他和孔門十傑中的仲弓一樣，都沒有姓。那麼，孔門中誰有姓呢？子貢有姓。子貢叫端木賜，姓端木。子張有姓，他叫顓孫師，孔子曾稱讚他「堂堂乎張也」，貴族出身，長得很漂亮，很像個樣子。顓孫、端木這都是姓。

我們中國人什麼時候大家都能有姓呢？春秋戰國貴族陵夷，就是貴族慢慢、慢慢往下降。因為貴族有封地、有爵號、有俸祿，但是傳了若干代以後，——各位知道，封地是這樣的：我現在有一塊地，生了三個小孩，三人來分就各是三分之一了；三個人再各生三個，就變成九分之一了；再生三個，就變成了二十七分之一；再生再生，幾代之後就沒得分了，所以貴族陵夷，同於無產之庶人。雖仍保留士的身分，但是已經沒有爵位之類的東西，跟一般人一樣了，這叫貴族陵夷，就是貴族下降。反之，平民如果有軍功、有能力，他就可上升成為貴族。所以這時貴族和士人的界限不明確，一般人就開始都有姓了，貴族有姓，那平民也就有姓。這個階段，是從春秋戰國一直到漢代，到漢代以後就幾乎所有人都有姓了。有些人還是不知道自己該姓什麼，那怎麼辦呢？就自己取名。

日本在幕府後期，一般老百姓還沒有姓，怎麼取姓呢？住在田中間的姓田中，住在松樹下面的姓松下，養豬的就姓豬飼，養狗的姓犬養。因為日語的動詞在前面。我們講犬養好像是罵人是狗養的，其實不是這樣。孫中山先生有個好朋友叫犬養毅，姓犬養，他家裡祖上當即是養狗的。中國古代取姓亦如此，司馬司空就是官職，陳就是地名，姓宋就是宋國人，姓陳就是陳國人。根據地名、職業等等然後有姓。但還是有些人不知道自己該取什麼姓才好，看人家的姓都挺好，自己到底要取哪一個呢？漢代有個講《易經》的大學者，我們現在所講的漢易的象數之學大多受這個人影響，叫京房。他為什麼姓京呢？吹律為姓，定那個聲音為「京」。

這是中國廟制的演變，也是從貴族社會演變到平民社會的大概，叫做中國的宗廟制度。北魏是鮮卑族，他要漢化，所以改定這一套制度。至於定六宗之禮，則是祭天、地、日、月、山、川。

十年（四九二），釋超辨卒，劉勰作碑。劉勰進入文學史，或者他的文學事蹟，大概以這個年代為最早。

十一年，魏伐齊。武帝這年死了，太孫昭業立，是為廢帝鬱林王。

這一年，北方進攻南方，而南方內部皇位也產生了變化，所以內部也亂。這一年，王融因為謀立蕭子良（蕭子良在當時名望很高，而且周邊團結了一批文人。這批文人裡面的王融就想要擁立他），被昭業逮住了，下獄賜死，才活了二十七歲。

永明之後就是明帝建武年間。建武元年（四九四），定林寺的僧祐死了，劉勰替他作碑。皇帝又被蕭鸞所殺，立新安王昭文，叫廢帝海陵王，這是七月的事。到十月，蕭鸞又廢昭立，自立為王，即明帝。竟陵王以憂鬱卒。

前面說王融要擁護蕭子良，結果王融被殺了。竟陵王雖然沒有因此而被殺，但是他一定是被控管住了，一定生活得很鬱悶，不久便死掉了。

北魏在這一年由平城遷洛陽，這是歷史上的重大事件。從平城（現山西大同），遷到洛陽。為什麼？洛陽為中國文化之古都，而且平城地方比較北，鮮卑族的大本營就在我們現在的北京、山西北部這一帶。所以在平城，鮮卑族的舊勢力太牢固了，不利於推動漢化。要徹底漢化，就要把鮮卑貴族全部南遷到洛陽。北魏在平城的經營是花了很大力氣的，我們現在去看雲岡石窟，你就可以體會當時北魏在平城經營的魄力。遷都洛陽也表現了它經營的魄力。遷都洛陽，佔有中原地區正中之所在，便於號召全國，而且往南進攻也比較方便。它的志願不是在北方，而是平定南方，奄有整個中國。

正因為要擁有整個中國，所以它要漢化。漢化的目的是什麼呢？就是和南方競爭中原文化上的主導權。所以北魏常批評說南方蕭氏父子也沒什麼，只不過大家都認為他們是中原文化正朔之所在罷了。很不服氣。不服氣怎麼辦呢？北魏就要競爭這個，它定雅樂、建太廟、祭孔、遷都等等都是為了這個。遷都洛陽尤其是個非常重大的歷史事件，史學上討論甚多，因為它牽動了整體格局上的很複雜的變化。

次年，魏如魯城祀孔子，封其侯為崇聖侯，也立國學，還有四門小學，禁北語。就是不講鮮卑話了，開始講漢語，而且服裝全部改成漢服。

第三年（四九六），更絕了，改姓氏。把原來鮮卑族的姓氏都改為漢姓，鮮卑皇族原來姓拓跋，改姓元，後來的元稹、元遺山大文豪等皆出於這個系統。因為「元」是北魏的皇室姓。

這一年，沈約和陸厥論宮商。沈約創立四聲八病的學說在永明年間，但是當時並不被大家完全認可，爭論很大。這一年陸厥專門寫了篇文章反駁他，沈約有辯護。這是討論永明體聲律說非常重要的文獻。

因為四聲顯然還是個新概念，大家都不熟悉。梁武帝就曾經問周捨什麼是「四聲」，周捨說那就是「天、子、聖、哲」，因為這四個字恰好是平、上、去、入。梁武帝是還不太瞭解的例子，陸厥則是反對的例子。而為什麼在當時會引起那麼大的爭論呢？因為中國傳統上講聲音，講的都是五音，五音跟四聲是不同的概念。五音宮、商、角、徵、羽，是從音樂上來的概念。而四聲，是平、上、去、入，是講聲調的。中國人原來沒有聲調觀念，聲調的觀念被提出來，現在很多研究聲韻學的朋友認為和佛教的傳入、佛教的轉讀等等有關。包括陳寅恪先生等他們均從這個角度來理解。我對這種看法有點保留，不過不管怎麼樣，四聲說運用到文學上，在當時是一個新的現象，所以爭論頗多。

接下來到永泰元年（四九八），是齊明帝。明帝有疾，生病了，「以近親寡弱」，想到自己的太子還很小，那怎麼辦呢？「高武子孫尚有十王」，就是前面高帝、武帝他們的子孫還有十個封王的在。所以在這一年春天把他們全殺了。

如果各位覺得這已經夠殘酷了，整個政治很混亂了，那麼底下有更亂的，叫東昏侯。「東昏」，你一看就知道一定很昏庸，而且他也不叫做「帝」，而是「侯」。為什麼會這樣呢？因為東昏侯十六歲就當皇帝，十九歲就被殺，前後時間很短，但是他幹了很多「有趣」的事。當然是我們現在讀起來「有趣」，當時卻是令人髮指的，所以名聲非常壞，在南朝的皇帝中是格外昏庸的。

這個人很特別。他父親曾經教導他，凡做事不能落在人後，就是做事應先下手為強。他一直記得這個教訓，所以常常殺大臣。當了皇帝之後，即殺僕射江祏、侍中江祀。另外，他從小不喜歡讀書，喜歡抓老鼠。還特別喜歡一個妃子，姓潘，潘妃。潘妃在歷史上赫赫有名，東昏侯很喜歡她，什麼都聽她的。在地上鋪金蓮花，讓她在地上走，叫做「步步生蓮花」。這個典故就是指潘妃。另外，他在宮中無聊，看到街上有農貿市場，覺得挺好玩的，就在宮中做一個市場，讓太監來殺豬宰羊，宮女賣酒，由潘妃做市場管理員。他自己有事情也向潘妃去稟報，由潘妃來決定。反正就是在宮中天天做這種事情鬧著玩。這個人出去也是很殘暴的。既荒淫無道，又極其吝嗇。

後來鬧了半天，殺僕射，又殺尚書令蕭懿。蕭是僑姓大姓，各位知道，王、謝、袁、蕭都是僑姓大家族，都是當大官的，他卻把蕭懿給殺死了。要追捕蕭懿的九個兄弟，但根本抓不到。其中蕭衍就是蕭懿的一個弟弟。所以蕭衍，還有南康王寶融都起兵反他。他也不以為意，覺得沒關係，他們來了我跟他們大幹一場，讓他們來吧。所以前面沒什麼防守，準備在城下一決死戰。等到戰事很著急了，敵軍快攻進城來，太監請求東昏侯賞賜一些錢給將士，讓將士用命，幫你抵抗。但他很吝嗇，說難道反軍就只殺我一個人嗎？你們也很危險啊，憑什麼我要賞賜給你們呢？他就是這樣一個人。

他信奉鍾山（金陵那邊）的一個神，這在南朝期間是很有名的神。我們現在稱鍾山有時候還稱它為蔣山，就是因這個神。原來漢代有個人叫蔣子文，他活著的時候沒什麼事功，曾當秣陵尉，是南京的一個官。後來帶兵去抓盜賊，結果被盜賊所殺，把腦袋打破了。這在當時本是很普通的事，但他在活著的時候就宣傳說自己死後會當神仙。隔了若干年，在孫權時，果然常有人在鍾山看到他騎馬搖著白羽扇出來。孫權立國在南方，本來也需要一些神話，故就封他做蔣侯。南朝人很信祂。東昏侯更信，認為軍隊要打進來沒關係，只要拜蔣侯，他就會幫忙。

東昏侯喜歡的一個大臣，姓朱，知道他喜歡這一套，就常假裝神附身，說一些話。東昏侯有天要出宮打獵，走到宮門口，馬不知道為何摔了一跤。這個人就趁機進言說：「我看到你父親來阻止你出宮，你不應該出去到處去玩。」東昏侯很生氣，說：「我爸現在在哪裡？」拿著刀到處去找。最後沒找到，更生氣，扎了一個稻草人，把頭砍了，掛在城門上。所以當時人家在攻打的時候，他也不以為意，把宮中的金銀拿出來，作為鎧甲、刀兵，宮人宮女互相打著玩，當遊戲。死了就用門板抬出去，假裝是死人，叫做「厭勝」。厭勝是種巫術，對於不吉祥的事，用一種方法去壓制它。例如大家都知道的沖喜（人有病，卻讓他娶媳婦，以喜氣沖剋惡運），即屬於厭勝之一法。所以，他覺得用這樣的方式就可以壓制住敵人的氣焰。最後當然無效，敵人攻進了城。

這裡有兩說，史載不一致。一是說他被太監砍了頭，送給了蕭衍。另一說是講他被王珍國殺了，人頭送給了蕭衍。總之，就是在混亂中死了。死掉以後，帝號被廢，所以改稱為侯，但陵墓還是按照皇帝陵墓規制修的。他的一生，也可看成六朝政治的縮影。

劉勰在永元元年（四九九）的時候寫了〈滅惑論〉。而劉勰如果生於泰始六年，那麼這一年他三十一歲，可能夢到了孔子，作《文心雕龍》。如果他是泰始元年的話，那就再往前推，寫《文心雕龍》大概在建武元年左右。

什麼時候寫完呢？不曉得。有人推測約在東昏侯永元元年。說這年劉勰把書寫成了，「自重其文，欲取定於沈約。約時盛貴，無由自達。乃負其書，候約出，干之於車前，狀若貨鬻者」。情形頗有戲劇性。

其實，六朝史載頗雜小說，深受劉知幾詬病，此亦小說家言，我是不太相信的。因為劉勰若要獻書，管道很多，僧祐甚或蕭衍（即後來的梁武帝）都是現成的關係，何必假扮貨郎兒？不過，如此說說，卻也有趣。

東昏侯結束後，寶融之前起兵，廢帝自立，當了宋和帝。這一年，昭明太子生，沈約六十一歲。

三

接下來是梁武帝。

這時政治混亂，沈約在這其中起了蠻大作用。他和梁武帝蕭衍本來就是好朋友，之前談到了竟陵八友，他們就都屬於這個集團。蕭衍本身文武兼備，很能打仗，文采又好，有詩文集，學問很棒，能講《論語》、《易經》、《老子》等等。這一年，沈約勸進，勸他自立為王。但是他遲遲沒有行動，因為他貪戀原來皇帝宮中的兩個美女。後來也是竟陵八友中的一個，叫范雲，和沈約商量，又再勸進，最後蕭衍才下決心。然後范雲再去活動和帝身邊的一位大將，中領軍，讓他逼和帝退位。同時又在外面散播謠言，叫做「行中水，為天子」。蕭衍的衍字，不就是行中水嗎？如此製造輿論，讓蕭衍半推半就當了皇帝。

和帝把退位的詔書發給蕭衍，蕭衍還辭讓再三。我們剛才不是講「三讓」嗎？辭讓以後，范雲再領了一百多位大臣上表，請求他做皇帝。於是他「終於」接受了。舉行過禪讓典禮之後，回頭就送生金給和帝，讓他吞金自盡。然後對外宣傳說他得了暴病，卒。

梁武帝登基了，就是天監元年（五〇二）。這一年定雅樂、立蕭統為太子，孔稚圭卒。孔稚圭寫過〈北山移文〉，是當時重要的文人。天監二年（五〇三），劉勰時來運轉。之前，劉勰都在寺廟裡面，即使僧祐死了，他仍然在寺廟中活動。從這一年開始，才起家奉朝請。奉朝請，即奉朝請詔，這個官其實不是正式的官，也沒有員，不能管任何人。只是到朝廷中去奉詔以備召喚。劉勰家道已經中落，但是這個職位有助於改變他沒落的貴族身分，算是一個官，由這裡起家。

這一年，蕭綱生。蕭衍、蕭繹、蕭綱、蕭統他們幾個人在文學史上都非常重要。蕭綱有〈與湘東王書〉。蕭繹，我們今天還能看到他的《金樓子》。

然後，三年，劉勰兼臨川王的記室，做他的秘書。魏營國學，陷梁州。梁置五經博士，立州郡學、孔子廟。可以看得出來，南北同時在文化上進行競賽，以配合軍事對抗。文化上，大家比賽誰更尊崇孔子、更尊崇儒學。

這年，梁魏豫州刺史陳伯之叛，後歸梁。之前我們介紹的丘遲那封信發揮了很大的作用。

接下來，劉勰仍兼臨川王記事，奉敕于定林寺抄一切經論八八卷。皇室讓他延續佛教的事業。因為梁武帝這個時候已經開始信佛教了，而且越來越虔誠，也越來越倚重劉勰在佛教方面的知識，不斷讓他整理佛教文獻。

四年（五〇五），十月梁大舉伐魏，派臨川王蕭宏為帥。北人看他「器械精良，軍容甚盛，幾十年所未有」，頗為緊張。但他與北軍相持一年，竟避戰自保。結果一夕大雨，五萬之師，兀自鳥散，蕭宏僅將數騎逃去。南方統一北邊的想頭，自此絕了。

七年（五〇八），蕭繹生，任昉卒，丘遲卒。

八年，劉勰遷車騎倉曹參軍。參軍是管財務的。抄佛經殆畢。梁祀南郊，魏大興佛教。

對比南北朝，很有趣。北朝興儒學，南朝也興儒學；南朝開始興佛教，北魏也興佛教。後來洛陽城，各位讀《洛陽伽藍記》就知道，北方是以洛陽為佛教中心；南方是以金陵，以梁武帝為一個大的佛教中心。當時僧人和尚來往，開大道場，兩邊在佛教和儒家文化上大競爭。

接著劉勰出任太末令，十一年（五一二）做南康王記室。梁修五禮成。五禮是吉、凶、賓、嘉、軍，當然還是儒家的禮制，是對禮法的尊重。所以修五禮，鞏固了禮學。禮學是整個南北朝期間最興盛的學問，因為世家大族最講究喪禮、祭禮、服制這些。

沈約大概在梁武帝十二年的時候卒。這年庾信生，鍾嶸《詩品》成。接著是王褒生，武帝大弘佛法。一直到十六年（五一七），劉勰兼東宮舍人。宗廟改用蔬果。

這是梁武帝信奉佛教的結果。中國古代祭祀都要有犧牲。祭，有肉才叫祭。現在則改用鮮花蔬果了。次年，劉勰又上書說二郊農社亦應用蔬果。二郊就是郊天郊地，就是祭天祭地，就像北京有天壇地壇。為什麼叫郊呢？因為它在城的外郊。

這一年，劉勰遷步兵校尉。步兵校尉，過去阮籍也做過，我們稱之為阮步兵。同年，他作僧祐的碑文。

到普通元年（五二〇），根據興膳宏的年表，認為劉勰是在這一年死的，范文瀾說在元年與二年之間。

三年，《昭明文選》當編於此後數年，完成于普通末。

大同五年（五三九），楊明照、李曰剛認為劉勰應該死於這一年。比興膳宏、范文瀾等人的認定約晚了二十年。

四

這大體上就是劉勰生存的年表。下面要具體談談這個年表呈現出什麼樣的意義、我們可以從中看出什麼來。

第一，劉勰的生年，范文瀾他們認為在宋明帝泰始元年，興膳宏認為在泰始二年，總之是在泰始的初年。楊明照、李曰剛他們認為在泰始六年。

這裡就涉及到《文心雕龍》的創作年份，前後相差六年左右。假如說書寫成在齊明帝建武年間，那麼劉勰生於泰始元年。如是泰始六年，書就成于東昏侯永元二年。

如是元年出生，劉勰兼通事舍人的時候四十二歲，昭明太子十六歲。如果是泰始六年，那麼他在兼東宮通事舍人的時候應該是四十八歲，他跟昭明太子年紀相差就更多了。

這是需要注意的第一點，生年的問題。因為生年又涉及到兩個問題，一個是他創作《文心雕龍》的年代，一個是他跟昭明太子的關係。

第二，劉勰奉敕在定林寺撰集經典。有些年譜，像華仲麐的年譜，列在僧祐死的那一年，就是天監十七年(五一八)。張嚴的年譜說是在十八年或者普通元年。王金凌、楊明照都認為是十八年(五一九)。後來楊明照又改稱說可能在大同三年（五三一）。

前面幾家的考證，都在五一八、五一九年，後來楊明照先生把它往下拉，拉到五三一年。五三一跟五一八、五一九中間差了十幾二十年，李曰剛先生也是這樣。把生年往下拉六七歲，再把卒年往下拉十幾二十歲。

為什麼要這樣呢？因為只有這樣，才能說昭明太子在編《文選》時劉勰起了很大的作用。假如劉勰死於普通元年，那時候昭明太子根本還沒編《昭明文選》呢；只有把年份往下拉，劉勰才可以參與編《昭明文選》。

《昭明文選》大概編於普通三年到普通六年，就是五二二到五二五這一階段。如果劉勰奉旨撰經出家在梁武帝天監末年，他根本就不兼東宮太子舍人；就更不要說他死在天監、普通元年或者二年。他死的時候，《昭明文選》根本都還沒編，所以完全談不上參與編寫。若把它往下拉，拉到大同三年，這樣，他做東宮通事舍人的時間也就拉長了。

關於他的卒年，興膳宏說是普通元年，范文瀾說是元年或二年；楊明照、李曰剛說是大同三四五年，相差近二十年。所以劉勰的年壽，有些人認為他六十歲不到就死了，但如往下拉，他就可能活到將近八十歲，算是很高壽的。

因此，大家在讀年表時要特別注意。替古人做年表、編年譜，是中國傳統上做學問的方法，我們對學者的思想也常通過年譜來看，看其如何變遷。研究一個作家，通常也運用這種方式。年譜的編纂，宋朝之後才大行其道，編了杜甫年譜等等，成了我們現在做文學家研究中最基本的方法。

但是，這個作家的生平是如何過的？我們的年譜是怎麼編出來的？例如杜甫某一年的事蹟，杜甫自己並沒有寫一個年表出來告訴我們，史書上記錄杜甫的生平又很簡略，我們如何去確定這一年杜甫在哪裡做了哪些事？我們主要是從他的文學作品、詩歌裡面去爬梳、研究。也就是說，我們是以文學作品中得到的信息來建構杜甫的年譜。但是我們編出年譜之後，又會倒過來的，用年譜來解釋杜甫這一年做了什麼事、他的作品為什麼會這樣。所以，年譜是一個假裝客觀的東西，它其實是倒過來的。我們利用年譜看這一年發生了什麼事、杜甫在哪裡有感而發寫了什麼詩文。而其實是倒過來的，是我們讀了杜甫這首詩，我們覺得他應該是指這件事情。這樣把年譜編了出來。編出來以後，我們又倒過來用這件事情來解釋杜甫的詩。

所以，第一，它是循環論證；第二，它是顛倒的論證。其實我們是將讀杜甫詩的這些解釋，假裝客觀化，變成一個客觀的歷史事實。這些歷史是從詩裡面讀出來的，然後倒過來用這個歷史來說明他的作品，且號稱這即是知人論世、以史證詩。

因而，各位讀年譜需要有個特別的讀法，要讀很多家的年譜。比如杜甫的年譜，好多家都不一樣，需要注意去看為什麼這家這樣說、那家那樣說。他們之所以這樣說，是因為他們對杜甫的詩有不同的理解。就像李商隱詩的年譜，馮浩的譜、張采田的譜是不一樣的，連生年卒年都不一樣。中間有很多事蹟，但是這些事蹟和詩人的關係到底是什麼樣，還有待論定。王國維替張采田《玉溪生年譜》寫了序，說我們做詩人的研究，需要「細按行年，曲探心跡」。這是我們傳統研究詩文的方法，但是這套方法在方法學上其實大可商榷。因為年譜不一樣，所以整個對李商隱詩、對杜甫詩的解釋就完全不一樣，完全是兩套解釋系統。詩人、文學家的年譜都是「編造」出來的，而之所以這樣編，自有他的道理。

劉勰年表的情況亦復如此。凡要強調《文選》跟《文心雕龍》在文學思想上有密切關係，乃至於要強調劉勰曾編過《昭明文選》的時候，一定要說劉勰活到八十歲。

五

不論生卒年怎麼定，劉勰活著的時代是從齊武帝到梁武帝期間，他主要的來往對象大概就是沈約和蕭衍父子，看不出和其他任何文人有來往的痕跡。他可以算是梁武帝身邊的文人，因為來往的都是臨川王、南康王等等，所以應該算他們這個集團的一分子。

另外，劉勰主要來往的還有僧祐那個團體，而這兩者的結合點正是蕭衍。劉勰早期只在僧團裡活動，雖然據說得到過沈約的賞識，但是和其他文人的關係並不密切。他後來參與到文人團體，主要還是由於和蕭衍的關係。他和蕭衍，既有文人的關係，也有佛學的關係，所以蕭衍很重要，是主要的結合點。過去我們談劉勰，只注意到沈約，沒注意到他生平中關鍵人物其實是蕭衍，即梁武帝。

佛教進入中國，很長時間均無進展。開始出現轉機是在東晉。

當時北方已被胡人政權掌握，佛教主要就只胡人信仰。後趙時有百姓想出家，石虎問諸大臣意見。著作郎王度說：「佛，外國之神，非諸華所應祠奉。漢代初傳其道，唯聽西域人得立寺都邑，以奉其神，漢人皆不出家」，所以他建議石虎也勿准趙人信佛。可是石虎不同意，說：我就是戎，佛是戎神，不是正好嗎？百姓有樂事佛者，聽之！又尊奉高僧佛圖澄，以致北方佛教愈來愈盛。因為大亂之後，老百姓也往往要靠佛教來安頓身心。《弘明集》卷十一說：「五胡亂華以來，生民塗炭，冤橫死亡者不可勝數。其中偶獲蘇息，必釋教是賴」，可謂直指癥結。

逃到南方的百姓也因此而開始親近佛教。慣於清談的世族，則因增添了新材料而趨之若鶩，援引般若學來講玄理，漸成「格義」風氣。北方高僧此時又紛紛南下弘法，終於形成全國佛法大昌的新局面。

佛教大量翻譯也在這個時期。原始佛教《阿含經》及律藏《十誦律》、《四分律》都在此時譯出。而且過去的翻譯只是隨機、隨緣、隨人、隨興而為，現在才開始大規模有系統地譯經。大師鳩摩羅什譯出七十四部重要經典，且因此培養了大批人才，影響尤為深遠。

晉宋之祭，南方佛教以慧遠廬山道場為盛，他除了開創淨土一宗以外，還與士大夫及皇室辯論法性、因果報應、沙門不敬王者等問題。此外是宋文帝請來天竺僧人講經，任用僧人惠琳參與國政，時人稱為黑衣宰相，使建康城也成為佛教的重鎮。元嘉年間，竺道生依《涅槃經》說頓悟成佛和謝靈運著〈辨宗論〉，更是影響巨大。

到南齊，竟陵八友都招致名僧，研求佛學。其中最重要的，就是沈約與蕭衍。沈約寫有佛教相關論序、銘、表、狀、疏等五十篇，其〈涅槃佛性論〉、〈均聖論〉、〈形神論〉尤其重要。〈佛性論〉探討人有無佛性的問題，〈均聖論〉反對當時人以「夷夏之防」來排斥佛教，〈形神論〉是針對齊梁之際范縝的〈神滅論〉。至於蕭衍的佛學造詣就更深了。

由這個大背景看，文士深於佛學，在宋齊梁乃是常態，劉勰的情況並不特殊。

這個時期政治混亂，宋齊梁陳更迭迅速，北魏又跟南齊等交戰對峙，可是整個政治跟劉勰沒什麼關係。因為劉勰主要做兩個工作，一是整理佛教文獻、一是寫《文心雕龍》。《文心雕龍》中完全看不到時代政治、戰火烽煙這些，也完全看不出他對政治的批評和意見；他雖想學孔子，但缺乏儒家對道義與社會的擔當。他另外一個生活環境是僧團。也許他的《文心雕龍》表達的是一種儒家思想，但他的人生觀與他長期在寺廟中生活很有關係，使得他有點像個方外人士。政治上的這些混亂沒有對他產生多大波動或影響。

劉勰這種態度奇怪嗎？你若深入了解那時的士大夫們，就會發現：他一點都不奇怪。顏之推《家訓・涉務篇》曾慨乎言之：「吾見世中文學之士，品藻古今，若指諸掌。及有試用，多無所堪。居承平之世，不知有喪亂之禍；處廊廟之下，不知有戰陣之急。保俸祿之資，不知有耕稼之苦；肆吏民之上，不知有勞役之勤，故難可以應世經務也。及侯景之亂，膚脆骨柔，不堪行步；體羸氣弱，不耐寒暑。坐死倉猝者，往往而然。建康令王復性既儒雅，未嘗乘騎。見馬噉噴陸梁，莫不震懾，乃謂人曰：『正是虎，何故名為馬乎？』其風俗至此。」世族不關時務，劉勰不過是其中一員而已。

六

南北朝除了政治對抗之外，另外就是文化上的對抗。北方興儒信佛，一方面興儒家，另一方面又崇佛，崇佛崇到迷信的地步。南方也是一樣，兩者互相競爭。劉勰在這個大時代之中，他的文人身分卻還是蠻可疑的。第一講，我曾說劉勰的這本書在後代沒有太大的影響，第二講我介紹了劉勰的身世情況。他的家世在當時並不重要，劉勰在那個文學鼎盛的時代，也並沒有太多人知道。

當時比較有名的文人，除了竟陵八友之外，還有一些其他的。比如《南史・陸倕傳》，陸倕是竟陵八友之一，〈陸倕傳〉提到參與大作家任昉的聚會，成為一個小文學集團的是哪些人呢？是殷雲、到溉、劉褒、劉如、劉顯、劉孝綽等，稱為「龍門聚」。這都是當時有名的文人。〈外傳〉裡面也說任昉做御史中丞，後進皆宗之。當時有劉孝綽、劉褒、劉如，吳郡的陸倕、張率，陳郡的殷雲，沛國的劉顯，跟到溉、到洽這些人聚在一起。車軌日至，每天吟詩唱和，稱之為「蘭臺聚」。無論是稱為龍門聚還是蘭臺聚，都表示是當時高級文人聚會的場合，而這些場合劉勰都沒有參加，且當時這些文人聚會大概也都沒有人談到劉勰。

當時人的文集雖然很多失傳了，但留下的還是可以看出當時文風之盛。例如劉孝綽，他的文章傳下來的不多，但史書裡說，他的詞藻被後進所宗仰，每作一篇，朝成暮誦，好事者咸誦寫之。喜歡的人就背它寫它，亭、苑、柱、壁，莫不題之，足見劉孝綽的文名。劉孝綽比劉勰小，但他的名聲顯然在當時很大，文集有數十萬言行於世。這是《梁書》本傳所述。還有一個張率，現在幾乎名不見經傳，文學史上大多數人也沒讀過他的東西，但從小即善屬文，七略與《藝文志》所載詩賦，亡其文者，率並補作。他文才很大，當時被人稱讚。著有《文衡》十五卷、文集四十卷。這樣的人很多，劉師培《中國中古文學史》從當時史傳中爬梳了近百人，都類似這樣的情況。

劉勰當時也算是個擅於寫文章而且有名望的人，但他的名望可能只局限在僧團裡面。所以當時和尚死了以後要寫碑誌，常找劉勰。但是在一般文人之間，討論到他的人極少。

這裡還有個輔助性的說明，就是蕭子顯的《南齊書》。劉勰的生存年代大部分在齊，經歷過整個永明階段。這時文風很盛，大家也認為他的《文心雕龍》寫於齊末或者梁初。因為劉勰的《文心雕龍》有個特徵，他所評論的作家裡沒有齊朝人，故大家說他「不論本朝」。不論本朝是種避禍的方式，省卻了許多人事恩怨。

很多考證的人認為《文心雕龍》應該寫於齊的末年。但是梁蕭子顯的《南齊書·文學傳》裡論文章很有意思，他說欣賞文章的角度並不一樣。「若子桓之品藻人才、仲治之區判文體、陸機辨於文賦、李充論於翰林……各任懷抱，共為權衡。」文章歷代很多，評論文章的人，像曹丕的〈論文〉、摯虞的《文章流別論》、陸機的〈文賦〉、李充的《翰林論》，都是討論文章的。蕭子顯的年代比劉勰晚，假如像《梁書》本傳說劉勰經過沈約提攜以後，他這部書就很流行了的話，照道理，蕭子顯應該讀過它。但蕭子顯在討論歷來評論文章的著作時，完全沒有提到《文心雕龍》。

同樣，他講南齊的文學家時，談到了很多文人，從陳思王、王粲以下，討論五言詩、七言詩的作家，謝莊的誄、顏延之的賦篇、王褒的〈僮約〉以下等等。歷數的文學家裡面，也同樣沒有談到劉勰。而且他把當時整個南齊的文風歸為三派，一派出自謝靈運，另外一派受鮑照影響，還有一派是受漢代早期作者傳咸這樣的經學式文章影響，這些文章「全用古語」，喜歡用古代的話，「用申今情」。裡面用很多古代的典故，這種文章是從五經中發展下來的。

這是南齊的文風，其講法跟裴子野的〈雕蟲論〉有異曲同工之妙。把南齊分成三大派，有謝靈運、鮑照，還有從經學發展下來的。表示南齊有一種比較樸素的文風，這種文風效法古代經典，是復古型的。《文心雕龍》講宗經徵聖，這其實和〈雕蟲論〉有相呼應之處。裴子野就是提倡這種文風的。可是裴子野的〈雕蟲論〉只是一篇短文章，印在郭紹虞的《文論選》裡還不到一頁，但是它的名氣在當時遠遠高於《文心雕龍》。

為什麼？因為它不只是一篇短文章而已，它還具體形成了一種文風。後來昭明太子的弟弟蕭綱給湘東王寫了一封信。湘東王和他的哥哥蕭綱、蕭統都喜歡文學，文章也都寫得很好，他們經常討論文學。蕭綱寫信給湘東王，就說現在京師這邊的文體都是學裴子野這一類的，蕭綱自己對它並不贊成。認為文章有古體今體之分，古體是模仿古代的，今體也就是我們現在流行的文體。可是京師的文體就是模仿古代的，可見裴子野在當時曾形成了巨大的影響，形成了在京師的文體，這是劉勰做不到的。

裴子野的這篇文章，說宋明帝「博好文章」，就是宋明帝喜歡文章，「才思朗捷」，讀書「七行俱下」。之前曾說劉勰可能生於宋明帝泰始年間，宋明帝，由裴子野的觀點來看，整個宋代之所以喜歡「雕蟲」，非常的華麗，都是受宋明帝的影響。在其影響之下，士大夫聚會時都要作詩，大臣也作詩。不會作詩寫文章的武將，只好花錢拜託別人寫，所以當時是上有好者，下必有甚焉者，整個風氣變得「雕蟲之藝，盛於時矣」。

而這種風氣是從宋初到元嘉。本來宋初到元嘉「多為經史」，多半是研究經史、研究儒家的學問。到了宋明帝以後，才文采越來越盛，以至於這些少年，「貴游總角」，都「擯落六藝，吟詠情性」。都不重視儒家的思想，而強調文學，「吟詠情性」。所以裴子野想要把顛倒過來的風氣再顛倒回去。

原來在宋初是強調經學的，到了宋明帝以後文風很盛，經學漸衰。所以現在要提倡一種新的風尚，但這種想法蕭綱認為太過分了。他說，我們沒有聽說「吟詠情性，反擬〈內則〉之篇。」吟詠情性的人反而去模仿《禮記》，「操筆寫志」，卻模仿〈酒誥〉，模仿《尚書》；「遲遲春日，翻學歸藏」，就是描寫春天，竟學《易經》；「湛湛江水，遂同大傳」，描寫江水，居然用《大傳》的語言。所以他說這種寫法恐怕不對。而且他直接批評裴子野，說他是「良史之才，了無篇什之美」。適合寫史書，而不適合寫詩、寫文章。

這句話是有特殊含義的，是在譏諷裴子野。南北朝的世家大族都有家學，裴子野的家學是史學。早在宋代，他的曾祖父即是鼎鼎有名注解《三國志》的裴松之；祖父叫裴駰，是注解《史記》的，乃最重要的《史記》三家注之一。到齊的時候，他的父親裴昭明，雖然不如他的祖父曾祖父有名，但也還是經史傳家。到了裴子野，寫了〈雕蟲論〉，而且他曾經注解過《禮記》的〈喪服〉，亦是經史學的名家。

什麼叫經史學呢？裴松之注解《三國志》的特點就是引經論史，用經學的義理來討論史書。裴駰注《史記》也是如此。所以他們是一個經史傳家的家族。這個經史傳家的家族，對於宋明帝以後的文華風氣是很不滿的。

其實，宋明帝時，由於南北對抗，儒學的風氣已越來越盛，所以我們不能完全相信裴子野說文學的風氣已壓倒了經學。但是從一個經學家的角度來看，經學風氣本來很盛，可是出現一種新的風氣，就成為一個挑戰了。所以裴子野認為這樣是不對的，學文學的人也應該要讀經、學經典。他的講法是鄙視這種雕蟲之風，強調文章必須要跟經典結合。

這個文風當時有人提倡，而且確實形成了影響。在這種情況之下，他的講法跟劉勰的講法即有一個平行的呼應關係。《文心雕龍》特別的主張，也即是宗經徵聖。劉勰呼應了這個大的時代潮流，是同乎裴子野這一路的。只是在這一路的人裡面，卻很少人談到劉勰。

與裴子野情況相同的另一個例子是顏之推。他與劉勰幾乎是同時代人，也是世家大族，也沒提到過劉勰，然而其文論也如劉勰一般，認為文章源於經，《家訓・文章》曰：「文章者，原出五經。詔命策檄，生於書者也；序述議論，生於易者也；歌詠賦頌，生於詩者也；祭祀哀誄，生於禮者也；書奏箴銘，生於春秋者也」。諸位看，這不是跟劉勰論文體口吻肖似嗎？可見這其中就有點時代共識在了，值得我們細思。

劉勰生存的時代，以及他所處的文學環境，大體如此。下次我們再接著談劉勰跟當時經學的關係。

第四講　經學禮法社會中的文論

一

我們在第一單元介紹了《文心雕龍》這本書流傳的過程和影響，第二單元講劉勰的家世，第三單元談其生平和時代。通過這些介紹，大家應當知道劉勰在當時名位不顯，於文人間交流圈甚窄。其生活主要是兩大圈子，一個是和尚圈、另一個是跟梁武帝有關的皇家人士。與所謂文學界的交往很少。

在劉勰生存的齊代，有王融、丘遲、陶弘景、江淹等著名文人以及齊江夏王、竟陵王等。特別是竟陵王蕭子良，周邊有一大批的文士。但劉勰與他們來往極少。蕭子良身邊除了竟陵八友之外，還有很多人，但也沒有人提到過劉勰。

梁朝，梁武帝是個非常特別的皇帝，餓死臺城時，已經八十六歲了。他既是文人，武功也好。文集，據《梁書・本紀》講，就有一百二十卷。他特別喜歡文學，所以當時有很多人跑到京城來獻詩賦，希望皇帝能賞識，這也帶動了當時文學的發展。

他的幾個兒子都很有文采，最著名的是昭明太子蕭統。蕭統除了編《文選》之外，自己就有文集二十卷。而且曾收集了當時重要的典誥，編成《正序》十卷。另有五言詩的選集，叫做《文章英華》，二十卷。梁武帝當時也很栽培昭明太子，召集了張瓚、王錫、謝舉、劉孝綽、張緬等十幾個人到宮中陪太子游宴。他們在一起，形成了很重要的文學集團，除作詩之外，還集編了許多文獻。最著名的當然就是《文選》三十卷。

其次是簡文帝蕭綱。簡文帝也有文集一百卷。還有梁元帝蕭繹，有《辭林》三十卷，或許也是文章類集，類似《文選》。他自己則有文集五十卷。

齊和梁兩個帝室都如此喜歡文學。本身文采風流，也提倡文學，他們周邊又有很多文豪。當時，大規模的文章選編，也必然推動了文學風氣。

除了大規模選集之外，當時也有很多論文的書，比如任昉《文章志》三十卷。任昉很重要。蕭綱在〈與湘東王書〉中說他最推崇的人，詩是謝朓、沈約，文就是任昉。還有張率編過《文衡》十五卷，衡就是衡定評衡之意。他自己還有文集四十卷。

以上所論，一種是集編，另一種是寫文章討論文學。此外，還有專門論文的書，除了像劉勰一樣通論古今之作的外，也有專論一人的。如前面談過顧歡〈夷夏論〉站在民族主義的立場反對佛教。梁武帝便曾找了一堆人來一起集論顧歡的文章，編成了一本書。這很有趣，就像我們現在開個研討會來討論某個作家，然後出一本論文集。這是專論一人之書的。

劉勰在上述各事中，皆算不上數。若劉勰在當時很有名望，他在做東宮通事舍人時，昭明太子當會提到他。而梁武帝對劉勰可算是最賞識的，否則他不會給他很多的責任去修佛經。可是，梁武帝選了一大批文人陪太子作詩文，這批文人名單中卻並沒有劉勰。這表示，劉勰在文人圈中確實名氣不大。

我這樣說，並不是貶抑劉勰，認為劉勰不重要。事實上，當時人文薈萃，高手實在太多了。你去看劉師培《中古文學史講義》，就知道當時文人之多，猶如繁星遍布夜空。

可是，雖然當時文采炙盛，比劉勰名氣大的文人很多，作品也多。可是，很可惜，這些文集和評論文章的書，我們已經很難看到了。這真是個歷史的悲劇。歷史上，如劉勰這樣的書，也不應就沒有。否則，劉勰這本書應該會較受到推崇。當時這樣的東西可能太多了。劉勰的書能留下來，是他的幸運。而其他人的書，多淹沒在歷史中了。

這個悲劇，最直接的原因是梁朝滅亡。

劉勰剛好趕上了梁武帝年富力強，政治最清明的時代。劉勰死後，梁武帝佞佛成癡，相信佛教的一套理論，叫做「皇帝菩薩」，說一個人可以是皇帝也可以做菩薩、可以做轉輪王。他期許自己成為這樣的皇帝。但很不幸，晚年遭遇侯景之亂。侯景不是漢人，本屬東魏，投降西魏，再降梁朝。他攻破南京，把梁武帝軟禁在臺城。梁武帝竟自餓死了。據《通鑑》說他被囚時無侍者及紙，「乃書壁及板障，為詩及文數百篇，辭甚悽愴」。

這時，金陵已亂，只能靠湘東王。湘東王即位於江陵，是為梁元帝。江陵就是現在的武昌。在江陵即位之後，本來國勢可以重振，因侯景之亂也被平定了。但就在南朝致力平亂之際，北齊趁機攻破了江陵，把文武百官都俘虜到了北方。這是一幅悲慘的畫面。各位去看顏之推描述當時的文章，實覺淒愴；庾信〈哀江南賦〉說：「伯兮叔兮，同見戮於猶子。荊山鵲飛而玉碎，隨岸蛇生而珠死。鬼火亂於平林，殤魂遊於新市」，也講得甚是哀痛。

江陵將破時，梁元帝悲憤異常。說我們皇家沒有失德，政治措施也還不錯，卻遭到了這樣的不幸。那麼，要死，大家一起死吧，「文武之道，於今絕矣」。竟放火把宮中所有文書都燒了。

江南文獻，永嘉之亂以後，經過了上百年的積蓄，到了梁代，可說文物英華，粲然大備，遠遠超過了宋與齊。但是，一把大火全燒了。這是文化上的大損失，與當年波斯攻陷埃及，火燒亞歷山大圖書館相似。我們現在看六朝，史書上記了許多文化表現，可是能夠看到的東西卻很少，這是最直接的原因。

到隋朝統一南北之後，決定用大船將文獻運往北方。可是船在黃河砥柱山竟又撞山了，全部文獻都沉到水底。南朝的文獻，經過劫火；南北統一之後，文獻又遭遇了水厄。所以現在看到的非常之少。劉勰《文心雕龍》能夠傳下，還真是蠻幸運的。

當然，我們還能有另外一種想法：一個人和書，在歷史上評價的顯晦，與當時常不相同。在當時名望不顯，後來卻得到大力的闡發，如劉勰這樣的例子，在文學史上屢見不鮮，甚且可說是文學史的常態。其中最顯著的例子，在劉勰之前有陶淵明，在劉勰之後有杜甫。

說起杜甫，盛唐開元天寶時期的詩壇，杜甫實在是談不上的。但後世杜甫的名氣遠超過當時任何人。杜甫的集子，經後人整理得也十分完善。

所以，一件事，在當時越盛行，往往在歷史上能傳下來的機會就越少。越時尚的東西，過時就越快，所以才叫做「時尚」。當時所尚，時過則不尚矣。七八十年代的教科書、參考書、暢銷書，現在還哪裡去找？只有當時冷僻的一些學術著作反而會被留存下來。《文心雕龍》寂寞於當時而發揚光大於後來，大概也符合這個道理。

二

但是，我們雖一再講劉勰名望不顯，可是這不能說《文心雕龍》的理論在當時就不是主流。

上一單元，我曾經引了蕭子顯的《南齊書》說當時文風大致可以分為三大派：一出自謝靈運，一出自鮑照，而另一個出自裴子野。我也跟各位介紹了裴子野〈雕蟲論〉與劉勰的理論間有著呼應的關係。這即說明了：劉勰雖然名位不顯，可是其所代表的理論，卻可算是主流，或至少是主流之一。

因此我們要特別想想：劉勰和裴子野的理論為何會在這時出現？這就需留意到當時儒學的風氣了。

裴子野基本上是復古，認為文章寫作要學習《尚書》和《禮記》。

按劉勰的講法，他將之推到更早，謂風氣並不始於裴子野跟他自己這個時代。各位看《文心雕龍・才略篇》說：「夏侯孝若具體而皆微」。具體，是已經很像了；微，是規模比較小。這話講的是晉朝的夏侯湛，他就是學《詩經》和《尚書》的。劉勰說他具體而微，已經像了，只是規模比較小。

夏侯湛作〈昆弟誥〉仿《尚書》，詩則補亡。《詩經》中有很多已亡佚的詩。補亡，是六朝時候的一種文體，對於古代亡佚的篇什進行補闕。就如對《漢書・藝文志》中看不到的書，重新補齊。這在當時是一種風氣。

當時人對《詩經》的理解，是從詩文亡佚的角度來理解的。事實上，這些詩並不是亡佚了。因為《詩經》中有一些詩只是樂曲而本來就沒有歌詞。這些詩，在《詩經》中有六首，即〈南陔〉、〈白華〉、〈華黍〉、〈由庚〉、〈崇丘〉、〈由儀〉。這就像我們學校早晨做早操，每個班級列隊進操場，旁邊會奏樂。奏樂就沒有唱詞。兩個國君會盟之時，旁邊樂隊演奏時也沒有歌詞。《詩經》中的很多篇章就是這樣作為樂曲來使用的，不是聲歌，而是演奏。因為不唱，所以沒有詞。可是，魏晉人因為從詩文的角度來理解，認為只有目而無詞，必是詞亡佚了，所以好意來補亡。這是學《詩經》和《尚書》的風氣，劉勰認為魏晉以來一直都有的。

今天，我們也要提醒大家注意這樣的經學和文學風氣。

劉勰的《文心雕龍》，如果要定性的話，即是經學傳統下的文論。而這個傳統，恰好又是大家所不熟悉的。我們平時談到六朝，總認為漢代是講經學的，魏晉南北朝則盛談玄學與老莊。這真是「未之思也」！

請問：經學的代表作是哪些呢？如今所謂「十三經」的框架中，最主要的是五經。五經中，《春秋左氏傳》，在《十三經注疏》中用的是杜預注，杜預即是晉朝人；《公羊傳》用何休注，何休是漢朝末年人；《穀梁傳》用范寧注，范寧是東晉人。何休同時代的大師就是鄭玄。鄭玄是漢末經學代表的大師。當時，黃巾作亂，經過鄭玄老家，都說這是大學者所在之處，我們不要去騷擾他。可見當時的土匪比我們現在的官員還有點文化呢。而他乃漢末三國間的人物。

至於《易經》，漢代易學是講象數的，諸如納甲、爻辰等。漢易最大的大師是虞翻。而虞翻，便是三國時的吳國人。

到了晉朝，還出了一個能與鄭玄匹敵的經學家王肅。王肅的爸爸王朗也是個經學家。他們這一家在晉朝地位很高，因為王肅是皇帝的兒女親家，所以太學很重視。鄭玄之所以地位高，是因為他遍注群經，打破了經今古文的藩籬。西漢和東漢前期基本上都是專治一經的，而鄭玄是遍注群經的大師。王肅也同樣遍注群經。而且，其所注的經，在當時還有淩駕於鄭玄之上的趨勢。因為他除了學術之外，還有政治上的勢力。

到王肅，已經是晉朝的前半段了。此後，經學就更有名家。譬如上文所說的范寧。范寧很重要，編寫《後漢書》的范曄就是他孫子。范曄不但在《後漢書》中列了〈文學傳〉，而且范曄有一封在監獄中寫給外孫的信，評論當時文風，表達自己所喜歡的文學寫作樣態，也是文學史上很重要的文獻。而他這個家族，正是傳習經學、史學的家族。

同時還有何晏注解的《論語》、王弼注解的《易經》。何晏和王弼都是我們現在認為很重要的玄學大師。但現在讀《論語》，最早能見到的就是何晏的《論語集解》。

所以，我們不能如一般的思想史文學史所談到的那樣，說起魏晉就只知道玄學，沒有注意到當時經學非常昌盛，並未因玄學起來就被打倒了。

可惜目前讀文學的朋友不太懂經學，只能泛泛的說魏晉玄學大背景。而哲學系的朋友，也往往不懂經學。做經學與玄學研究的，是不同的兩批人，因而彼此都不很清楚狀況。但是，你把上述經學家年輩排一下就知道真相了。

三

講完人，再講書，這裡有一些數據可以提供給各位參考。

《隋書．經籍志》所收，凡經部九五〇部，七二九〇卷，可謂洋洋大觀。其中《易》六九部，五五一卷；《書》三十二部，二四七卷；《詩》三九部，四四二卷；《禮》一三六部，一六二二卷；《樂》四二部，一四二卷；《春秋》九七部，九八三卷；《孝經》一八部，六三卷；《論語》七三部，七八一卷；緯十三部，九二卷。

考其卷帙，可知禮學最盛，春秋學次之。如《易》，雖與老莊有合稱「三玄」之說，著作數量卻還在《論語》之下，可見一時風氣絕不能僅以玄學來理解。

史部，本是春秋家之支流。南北朝時，治《春秋》者既盛，史部遂亦因而勃滋，竟至獨立而成一部，與《春秋》相扶而長。《隋志》所收，凡八七四部，一六五五八卷，於四部中為獨大，乃漢晉南北朝期間極昌盛之學。劉勰《文心雕龍》論文，深具歷史意識，即受此等風氣影響。

當時論《春秋》，頗重條例。《隋志》所收有晉杜預《春秋釋例》十五卷、晉劉寔《春秋條例》十一卷、晉方範《春秋經例》十二卷、齊杜乾元《春秋釋例引序》一卷、梁吳略《春秋經傳說例疑隱》一卷及《春秋左氏傳條例》二五卷、《春秋義例》十卷、《春秋左傳例苑》十九卷、《春秋文苑》六卷、《春秋五十凡義疏》二卷等。公羊穀梁專門之學則有刁氏《春秋公羊例序》五卷、何休《春林公羊諡例》一卷、范寧《春秋穀梁傳例》一卷等。劉勰喜談條例之學，大背景正在於此。

子部，則《隋志》收儒家六七部，六〇九卷；道家七八部，五二五卷；法家六部，七二卷；名家四部，七卷；雜家九七部，二七二〇卷。其特色有幾點可說：

一、道家卷帙頗多，部數且超過儒家，似乎印證了魏晉南北朝玄風大暢之說，其實不然。因為道家類著作部數雖多，且不乏把道教書一併計入，卷數卻仍不及儒家，可見玄風畢竟未能壓過儒學。何況儒學著作之大宗，乃是詮經解經，那些卻都另歸入經部了。若把經部跟子部儒家類合起來計算，那就超越道家類著作太多太多了。

二、近世治魏晉玄學者都注意到了漢末有一段講形名之學的風氣，曹操、諸葛亮也都提倡過。但由著述看，此等風氣終究沒大發展開來，名法之學的專著並不太多。因此，論魏晉形名者，不宜誇大言之。

三、雜家之所以多，並非古代如《呂氏春秋》之類雜家學問復興了，而是出現了一些新東西，無法歸類到儒道名法各家中去，遂籠統收於雜家類。

這些新東西是什麼呢？主要是魏晉以後崛起的類書，如《玉府集》、《鴻寶》、《玉燭寶典》、《典言》、《補文》、《會林》、《對林》、《文府》、《文章義府》、《語對》、《語麗》、《皇覽》、《類苑》、《書圖玉海》、《華林遍略》等。這些書，都是為了便於文士撰文採摭而編，有些側重典故事類、有些偏於辭藻麗句、有些重在對仗，性質都屬於文學。可是它又不是集子，故只好收入這裡。

此類書，多是卷帙龐大，如《皇覽》一二〇卷、《華林遍略》六二〇卷、《類苑》二〇二卷、《文章義府》三十卷，均甚可觀。其他文士所編，如沈約《珠叢》、《袖中記》、庾肩吾《採璧》等亦屬此類。近世治文學者，極少有人注意到這批龐大的文學著作及類書性質。殆因它歸類於雜家，故被排除在視域之外。

四、小說家二十五部，一五五卷，頗符合南北朝小說蠭起之現象。但須提醒各位：這類書與上述雜家類書頗有重交疊錯之處。如蕭貫《辯林》二十卷，固與《笑林》、《語林》相似，然陰顥《瓊林》七卷、顧協《雜語對》三卷，或《古今藝術》二十卷、《雜書抄》十三卷、《文對》三卷，顯然都與類書很是接近。當年史家編目，對類書這種新物事到底該擺在什麼位置，大概還有些拿不準，故或置於雜家或置於小說家。而這大量的麗語、對語、典故的集編，也為我們了解《文心雕龍》論麗辭、事類、練字提供了很好的背景說明。

《隋志》所載集部則有別集八八六部，八一二六卷；總集二四九部，五二二四卷。合起來達到二四六部，一三九〇卷。沈沈夥頤，顯示了「家握靈蛇之珠，人有荊山之玉」的景況，文風鼎盛，名不虛傳。《楚辭》卻是放在文集之外單列的。這是《隋志》與《漢書・經籍志》最大的差別。《漢志》把《楚辭》看成文學之代表，所以歸入詩賦略。《隋志》可能看重它表現的思想、人生觀，故將之列入子部。但收書達十部，廿九卷，依然可以看出《楚辭》的影響。劉勰辨騷，與此背景自亦有關。

此外，《隋志》還收錄了道經三七七部，一二一六卷；佛經一九五〇部，六一九八卷。道經目錄偏少，可能是史家不熟悉道教之故，也與道書一部分編入子部道家類有關。

其實六朝期間道士造道經甚多，僅《無上秘要》一本書中，就引用了古道經二八二部；《三洞珠囊》所引亦達二一〇部，《上清道類事相》引了一六八部，《真誥》引了一四七部。《抱朴子》較少，也有一二九部。最有趣的則是因佛道不睦，和尚們要與道士爭辯，引述道經竟極熟，光是法琳《辯正論》裡引用的道經就達到一七九部，其他佛書所引，加起來也有一四八種。可見數量實在不少。詳情可查吉岡義豐《道教經典史論》裡的〈古道經目錄〉。

四

這是從《隋書・經籍志》中可以觀察到的漢魏南北朝學術大勢，底下再專就儒玄關係來細看。

建安七子中，曹植、劉楨皆深於詩學。劉楨著有《毛詩義問》十卷；曹植，據陸侃如《中古文學繫年》之考證，乃是習齊詩的。可見都深受儒家薰陶。

曹植最有意思之處，還在於他崇儒而反道，文集中〈學宮頌〉、〈孔子廟頌〉、〈仁孝論〉都是崇儒的，〈辯道論〉則可見他對道家的批判：「神仙之書、道家之言……其為虛妄，甚矣哉！」他還另有一篇〈七略〉，藉玄微子與鏡機子的論辯來說話。鏡機子是道家中人，「慕古人之所志，仰老莊之遺風，假靈龜以託喻，寧掉尾於塗中」；玄微子卻要「正流俗之華說，綜孔氏之舊章」。最後當然是玄微子辯勝了。玄微子，看名字，好像該是道家玄言者流，孰知不然！

曹植如此，曹丕自附於儒家尤甚，論文學也強調文章應是經國之大業、不朽之盛事。他最欣賞的，就是徐幹的《中論》。《中論》已佚，但為儒家言則無疑。當時著述，如杜恕《體論》、蔣濟《萬機論》，《隋志》皆歸入儒家。蔣濟嘗奏上太學規條；作有《魏略》的魚豢亦有《儒宗論》；經學大師王肅更作有《聖證論》十二卷、《孔子家語解》廿一卷。其書、詩、論語、三禮、左氏注，與其父王朗所作《易傳》後來皆列於學官，與漢鄭玄爭席。故魏世經學，彬彬稱盛。

魏晉間，世謂其時玄風大暢，破滅禮教，儒風以是不競，舉阮籍嵇康為說。其實阮籍曾作〈孔子誄〉，何嘗反孔？其反禮教者，意別有在。阮旨遙深，不可泥於跡求。其詠懷詩自謂：「昔年十四五，志尚好詩書」，可見根柢所在。嵇康則著有《左氏傳音》三卷，又嘗在太學寫石經，魏三體石經可能就出於他的手筆。經學湛深，非現今僅知其狂放者所能夢見。

嵇阮之外，魏晉還有一種人物及風氣，湯用彤先生《魏晉玄學論稿》以何晏王弼為代表，說嵇阮是激烈派，何晏王弼卻是溫和派。此派人，本來皆出於禮教家庭，早讀儒書，雖亦研習《老子》，但仍宗儒經，並不非聖棄禮。激烈派是少數，溫和派顯然較多，而他們對經學也是頗有貢獻的，造詣不凡，何晏《論語集解》、王弼《易注》均屬此類。

這裡插個話。湯用彤先生此書，是近代開闢「魏晉玄學」這個論域的先驅。可是湯先生之意，僅是說魏晉時有一種新學風，具有形上學的趣味，故稱為玄學而已。這種討論言意、本末、體用、形神等的學問，與一般說經者不同，且多表現於講《易》、《老》、《莊》的場合，是不錯的。但後人講來講去，竟好像玄學就是談老莊，或由老莊生出來，魏晉又好像只有老莊玄學，且跟漢代經學儒學成了個對反，就大謬不然了。此外，玄風只是魏正始以後一小段時間中的風氣之一種，現在卻常被想像成是整個六朝的大氣候，也是錯謬的。

如何晏王弼，就仍是說經的，只是在說經時具有形上學趣味罷了。而此種說經時表現其玄理之現象，亦不能遍施於群經，只能用在少數經典如《易》、《中庸》上，講《詩》、《書》、《禮》、《春秋》就很難如此。因此我們可以說魏晉之學有此一抹異色，卻不能用魏晉玄學來描繪整個時代及思潮大勢，尤其不能以為玄學就是老莊。

西晉風氣，與魏相同。有好言道者，但在整體學風中仍僅是一抹異色而已，如何劭〈荀粲傳〉云：「粲諸兄並以儒術論議，而粲獨好言道。……諸兄怒而不能迴也」。可見大部分人仍以儒術論議，也重視名教。在上位者，如成帝〈奔喪詔〉說：「今輕此制，於名教為不盡矣」；在士族，如王沈〈與傅玄書〉說：「省足下所著書，言富理濟，經綸政體，存重儒教，足以塞楊墨之流遁，齊孫孟於往代」，整體上都是支持並發揚儒教的。

好道者，當然頗有荀粲這一類人獨行其是，可是大部分皆如王羲之。羲之奉道教，但論及治世，仍主張用儒術，有雜帖說：「若治，風教可弘。今忠著於上，義行於下，雖逸士，亦將眷然，況下於此者？」態度和葛洪著《抱朴子》而內篇講道教、外篇講儒教相同，代表當時道教徒共同的立場。

在此風氣下，或鑽研儒學、或提倡儒教的，當然就極多。杜預之外，如傅玄著《傅子》一百卷（《隋志》入雜家，恐誤。此書論治體、官人、舉賢、仁論、義信、禮樂、正心、貴教、通志、安民，均儒家言。上引王沈與傅玄書也明言他是存重名教的），袁準著《正論》十九卷，袁喬有《毛詩注》、《論語注》，譙周有《論語注》十卷、《五經然否論》五卷。荀顗又上疏請增置博士，庾峻則上疏請易風俗、興禮讓等等，皆可見一時風會。

風習如此，對老莊及一些提倡老莊之學、好尚玄風者，當然也就頗多批評，不甚以為然。如王坦之作〈廢莊論〉、裴頠作〈崇有論〉，均屬此種。庾翼〈貽殷浩書〉則對王衍大加撻伐：「王夷甫，先朝風流士也，……正當抑揚名教，以靜亂源；而乃高談老莊，說空終日。雖云談玄，實長華競。」這是對時人談老莊者的不滿。

另有對從前人談老莊之不滿的，主要集矢於魏晉名士，批評何晏、王弼、阮籍、嵇康。寫過《翰林論》的李充，就寫過〈學箴〉，反對老子絕學無憂之說。又撰〈弔嵇中散〉，表達對嵇康的不以為然。袁宏著《正始名士傳》、《竹林名士傳》、《中朝名士傳》，看起來是宣揚名士之風的，近人論竹林諸名士氣，亦輒徵引其書；實則袁氏卻是主張名教的，故他所著《後漢紀》序文明白說：「史傳之興，所以通古今而篤名教也。」此種人，對放誕的玄風，皆不以為然。

更激烈的，是孫楚。楚曾作〈尼父頌〉，頌美孔子；對莊子，另作〈莊周贊〉，則是批評的：「放此誕言，殆矯其情。近失自然」。另外，孫盛又批評老子，作〈老聃非大賢論〉。

孫盛和譙周、袁宏一樣，都是史學家。當時史學本是經學之支流。故史家基本上都通經或強調以經說史、以史證經，思想上均偏儒而不好道。孫盛著《魏氏春秋》三十卷、《晉陽秋》三二卷，亦對魏晉玄風沒好話。且痛貶王弼，說王弼注易：「以附會之辯而欲籠統玄旨，……雖有可觀者焉，恐將泥夫大道」。又作〈老子疑問反訊〉，可說是當時反老莊、反玄風、反王弼的一員大將。

這其中尤當注意的是李充和摯虞。這兩位，都是重要文評家，李充《翰林論》、摯虞《文章流別論》不但直接對劉勰影響很大，在六朝間聲譽也遠高於《文心雕龍》。而他們兩人就都是反老莊、倡儒學的。

李充的情況，前面已做了介紹。摯虞則是當時議禮的名家，曾上〈明堂郊祀議〉、〈奏定二社〉、〈奏祀六宗〉、〈祀皐陶議〉、〈廟設次殿議〉、〈釋服議〉、〈喪佩議〉、〈挽歌議〉、〈師服議〉、〈吉駕導從議〉、〈傍親服議〉、〈為皇太孫服議〉等，善於論禮，自不在話下。他另有〈思遊賦〉一篇，非常有意思，發揮儒家「死生有命，富貴在天」的生命哲學：「先陳處世不遇之難，遂棄彝倫，輕舉遠遊，以極常人罔惑之情。而後引之以正，反之以義，以明信天任命之不可違」。曲終奏雅，歸於儒家的人生觀，在當時也有一定的代表性。

五

現在的文學史和哲學史不是都告訴大家說魏晉南北朝是破除禮法的時代嗎？可是，各位看看我以上說的這些事例，豈不是完全搞錯了？

是的，六朝不但不是一個破除禮法的時代，反而是一個最講究禮法的時代。所以論《禮》的書多達二一一部，二一八六卷，比論《易》的書多得多啦！

為什麼呢？因為六朝是士族門第社會。

什麼叫門第社會呢？陳寅恪先生的解釋最簡明扼要，他說，士族門第有兩個條件：第一是累代官宦，第二是經學禮法傳家。沒有一個世家是不講究禮法的。支撐一個大士族的，在現實上是累代官宦，屬於政治上權力上的力量；而在知識上，是經學禮法，這樣才能成為士族。士大夫和庶人不一樣，其不一樣不在於清談老莊，而在於經學的傳統。每一個世家大族，都是經學家族。

在如此強調禮法的時代，會有人受不了，而有一些放浪的行為。或這些貴族吃飽了沒事幹閒聊玄談也是有的。但是，我們不能把水面上的浪花當做河川的主流。支撐社會的大架構畢竟是經學禮法。

魏晉經學是延續漢代經學而有所發展的。總結漢代的代表性人物是鄭玄。到了王肅，又跟鄭玄不一樣。西漢春秋學主要是《公羊》，到了東漢，《左傳》的地位越來越高。到賈逵、馬融的年代，《左傳》的地位大概穩定下來了。杜預即是在漢代賈逵、馬融、鄭玄的基礎上往前推進的。這是我們現在讀《左傳》都讀杜預注的原因。所以，魏晉時期的經學是承續了漢代而發展的。《穀梁傳》，是今文學，後世同樣是用東晉范寧的注。《穀梁傳》在漢代沒有得到充分的發展，到了范寧，才有較好的整理。這是《春秋》三傳的大致情況。

《易經》，有些人誤認為何晏、王弼等是玄學的代表性人物，故而盛行在南方，因為南方玄學較盛。北方較樸實，故流行鄭玄注。如皮錫瑞《經學歷史》就說：「南北朝時，河北用鄭易，江左用王弼易注」。其實不是這樣的！我做碩士論文時已有考證，確定梁、陳時鄭玄與王弼注皆列於國學；而在齊代，就唯傳鄭義了，見《隋書・經籍志》。所以，我們不能想像漢代與魏晉是截然相反的，經學方面尤其不能如此說。

剛剛提到，對於《禮》的研究特別的多。唐初在編纂《禮記正義》時序說：「爰從晉宋，逮於周隋，其傳禮業者，江左尤盛。」從晉宋以下到隋朝，傳禮的學者，南方勝於北方。一般人不是說南方玄風大盛嗎？為什麼南方論禮竟勝於北方呢？可見一般人的印像乃是錯誤的，缺乏社會史基本常識。上面已經講過，當時是個士族門第社會，而北方多胡人，南方漢人講禮更加嚴密。所以，一定要明白，整個南北朝經學的傳承是很盛的。

我們再來看《顏氏家訓》。《顏氏家訓》的作者顏之推，是梁朝破滅時被俘虜到北方的。他在南方受教育，在〈勉學篇〉勉勵弟子好好讀書時說：「士大夫子弟，數歲以上，莫不被教，多者或至《禮》、《傳》，少者不失《詩》、《論》。」大家族內部自有一個教育體系，幾歲之後就要接受教育。主要是《禮》，至少也要讀《詩經》和《論語》。當時的世家大族，入門基本上是讀《孝經》和《論語》，再就是讀《詩經》。

另外是《抱朴子》的〈崇教篇〉說：「宗室公族及貴門富年，必當競尚儒術，撙節藝文。視《老》、《莊》之不及，精六經之正道也。」皇家、貴族一定要好好讀儒家的書。撙節，是節約意思。不要讓小孩子把太多精力花在文章上。《老》、《莊》因為是玄談，更是不急之物了。各位，葛洪是個修道的人，一般也認為他那個家族是極著名的奉道家族。祖輩葛玄，世稱葛仙翁，後來靈寶派的葛巢父也是他家族中人，他自己在丹鼎一派中更有絕高的地位，可是他論當時的世家大族子弟教育，與顏之推的講法卻是不謀而合的。

當時，經學之盛，也驚動了鄰國。百濟，也就是現在的韓國，即曾派人向梁朝求講禮博士。《陳書》的〈儒林傳〉說，我們的「聲教東漸」，感到很光榮。百濟不向北朝要人，而是問南朝要。

過去文學史中常強調六朝是玄學大盛的時代。認為玄學是個新的東西，所以排斥、替代、打倒了經學。但是經學在當時有可能被替代嗎？這是世家大族的命脈呀！而實際上六朝的經學也表現甚好，不可小覷。

這其中有個人頗有意思，那就是宋明帝。

裴子野〈雕蟲論〉大罵宋代本來儒學很盛，但宋明帝之後就喜歡雕章琢句了。宋明帝確實是喜歡文學的，他在沒有當皇帝時就作了一本大書，叫做《江左以來文章志》。那就像任昉的《文章志》一樣，討論整個南渡以後的文章。所以裴子野把江左以來文風之盛推到宋明帝是有道理的。但是，宋明帝雖然喜歡文學，他做不做經學研究呢？宋明帝本人就曾替衛瓘《論語注》作過補注兩卷，另外還有《周易義疏》十九卷。因此，宋明帝在經學上也是有造詣的。

這個例子很有趣。我還要介紹另一個人，叫做皇侃。我們剛剛說，《論語》能見到的最早注解是何晏的。在這之前的本子都失傳了。為什麼失傳呢？因為精華都被其吸收了。皇侃的《論語義疏》則是對何晏《論語集解》的再闡釋。他這本書之所以重要，是因它吸收了何晏之後晉朝許多的《論語》注。

魏晉人學問的底子都是經學。所以，何晏等都有《論語》的注本。而皇侃所收集的注本中，有一個即是郭象的注。郭象是最重要的《莊子》注家，也是玄學名家。可是，後世研究郭象的人很多，卻很少有人研究郭象《論語》注的。而郭象的《論語》注，就被吸收在皇侃的《論語義疏》中。還有兩位，也常被認為是東晉玄風的代表性人物，一是李充，另一個叫做孫綽。沈約和鍾嶸，都曾把他們當做玄風的代表人物。可是，即使這樣的人，也有《論語》的注。李充作過《翰林論》、更是明確反對老子與嵇康的，我前面已說過了。

所以，整體上說，看六朝，要注意其經學的風氣。經學不但沒有斷，而且還是很盛的，絕對不是我們現在所想像的這樣。

我們現在的歷史圖像，是由好幾個不同的維度構成的。其中之一是近代經學史的角度，延續著清人尊漢之見，把漢代視為經學極盛時期，南北朝以後則是個下降的過程，到了清朝才慢慢復興。這個看法在哲學史上又得到了呼應。哲學史上都說漢末大一統王權解體，經學禮法遂衰，所以魏晉南北朝時期，一方面是士族玄談老莊，逃避世事；一方面是五胡亂華，天下大亂，社會人心浮動。我們空虛了，所以佛教才進來了，中國人開始接受佛教。

文學上呢？近人也大講所謂「魏晉的文學自覺」。說經學家都是扭曲文學的，魏晉南北朝開始談老莊，才出現了個人自覺的主體意識和審美意識的發現，在藝術、文學上開啟了一個新的時代。

這幾個方面的講法合起來，講得煞有介事，相關著作一大堆，其實卻是讓我們完全搞不清狀況。以為魏晉南北朝的經學很差、沒影響，故也沒有研究的必要，這是近代解釋的框架和視角蒙蔽了我們的眼光呀！

我曾經講過，魏晉很多文人，你都想不到他們在經學上曾有建樹，但事實上是有的。就如我前面說的，曹植王粲都精通經學，王粲還有專門的《尚書辭問》四卷。後來顏之推從南方到北方，即曾引了王粲的意見來解釋《尚書》。北朝的人說：王粲不是文學家嗎？怎麼會有《尚書》著作呢？被顏之推好好嘲笑了一番，說北朝士大夫沒學問，可笑，連王粲的集子都沒看過。語見《顏氏家訓·勉學篇》。

我們現在大部分的學者也一樣。對於王粲，除了〈登樓賦〉之外，你知道他的經學造詣嗎？劉楨有《毛詩》的研究，嵇康有《左傳》的著作，且在太學中寫過石經，一般學者也都是不曉得的。

當然我不是說魏晉沒有玄學、沒有反禮教這回事。魏晉間確實有一些破除禮教，強調自然的言論與行為。但當時為什麼會反對名教、大倡自然呢？

大家應該知道：一個社會越是喊著要什麼，常可能表示它越是缺少什麼。像我們現在說，大家要端正，不可腐敗；恰恰顯示社會已經很腐敗了。當時之所以呼籲要放任、要自然，正是因為禮教比漢代更嚴。有些人在這種氛圍中，覺得受不了，才會呼喊自由。可是呼喊了一陣子之後，便發生了永嘉之亂。永嘉之亂，世家大族被迫南渡。一大批人就都出來抱怨說：你們這些人亂來，談什麼老莊、自然，結果這下好了，你看，把國家給搞亡了吧？所以東晉人就又來重申禮教。甚至於說「名教之中，自有樂地」，何必要跳出禮教呢？

整個東晉以後的社會氣氛就是如此，大罵清談誤國。干寶《晉紀．總論》還說何晏王弼「罪浮桀紂」。罪比桀紂還要大，在文化上亂搞，所以把國家給搞亡了。

此時名教之風當然更盛，也開始對《老》、《莊》有所不滿。譬如說，徐璪太太給她妹妹劉氏寫信說「老莊絕聖棄智，等貴賤，妄安樂，非經典所貴，非名教所取」。還有戴逵寫〈放達為非道論〉等都如此。

沈約在《宋書．謝靈運傳》中講東晉玄言詩之興起，曰：「在晉中興，南渡之後，玄風獨秀，為學窮於柱下，博物止於七篇」。說東晉之後，玄風大盛。然而他弄錯了，因為他抄了之前的一本書：檀道鸞《續晉陽秋》。我們後來的文學史又都照抄沈約的說法，所以也搞錯了。玄言詩的代表人物是李充和孫綽，但他們都注過《論語》，收在前面所說的皇侃《論語義疏》中；他們固然有玄言詩，但他們對玄風卻是有反思的。像李充，除了前面舉的許多事例外，還有篇文章叫〈學箴〉，說「復禮克己，風人司箴，近於君子」。他很怕後學受前人迷惑，拋禮棄學，羡慕無為之風呢！這類講法，表示東晉重在對玄風的補偏救弊。

六

到了劉勰的時代，又有不同了。因為齊梁是儒學勢力最大的階段。裴松之注解《三國志》、范曄寫《後漢書》都在宋。東晉已回歸儒家正統了，宋齊梁更是越來越強烈。裴松之注解的特點即是要用經典的意義來論斷史事。

用經典論斷史事，最典型的例子是什麼呢？春秋時期，宋襄公一般常被當做迂腐的代表。他打仗，鼓不列，不成陣。敵人未渡河，就不開戰。當時兩軍對戰，都在平原地區，因為是車戰，所以是會戰的形態。會戰時，敵人渡河，宋襄公要等待敵人擺好陣式才打。為什麼不中道而擊之呢？宋襄公說這不符合仁義之道。後來很多人講「兵以詐立」，覺得他很迂腐。可是，裴松之完全不是這種批評。他引用《公羊傳》、《史記》來說明古人對宋襄公是稱讚的。《史記・微子世家》中說「襄公既敗，君子或以為多」。為什麼？傷中國缺禮義也。只有宋襄公才講禮義，而其他人無之。裴松之跟其兒子裴駰，都強調這一點。裴駰說：「君子大其不鼓不成列、臨大事不忘大禮，有君而無臣，雖文王之戰，不過此也。」一件事，是非是是非、成敗是成敗，不可以勝敗論是非。這是《公羊傳》的主張。

後來，宋儒談聖賢與英雄，亦發揮此義。認為英雄與聖賢不一樣。英雄講究的是世俗上的成功，而聖賢之成功是另一類的。成功者之手段如果卑劣，與小人又有什麼差別？

我們不要覺得古人迂腐。現在民主政治、法律上也是如此認定。例如用竊聽取得的證據是不能採用的。因為手段既然錯誤，目的怎麼可能正確呢？《公羊傳》的主張被裴氏拿來注解《史記》的這一段。裴松之注解《三國志》也是如此，引用了大量的儒家經典用來解釋三國事蹟。

范曄也是這樣。范曄的祖父是范寧，其父親范泰是宋朝初年在朝廷中提倡儒學的代表性人物。到了范曄寫《後漢書》，其中就有〈儒林傳〉，提倡儒學。

到了齊，開國的太祖是蕭道成。蕭道成十三歲，即受業於雷次宗，跟他學三禮與《左傳》。史書中記載他博涉經史，登基之後，大力提倡儒學。建元四年且下詔建立國學。

現在談六朝史的人，常說六朝的國學都很差，到國學讀書的人都很頑劣。這是當然，就像早期的北大（京師大學堂），來上課的都是大老爺，還要有僕人跟隨伺候。當時國學是供王公子弟讀書的，學風自然也不好。人們常引用這些材料以說明儒風不振。是的，國學常因效果不彰而被廢。

但是，你要曉得：當時的學術重心並不在官，而是在私學。世家大族才是學術傳承的主體。

但國學畢竟仍有其象徵意義，且時代之趨勢是要興儒，所以齊高祖想重振國學。即位之後，立刻下詔建立國學，強調須有倫理道德，國家才能強盛。但建元四年他就死了，所以國學並沒有真正建立起來。後來國學又重新恢復，其中有個重要的人物，叫做王儉。我在給各位的年表中曾特別提到這件事，就是「齊立國學，以王儉為祭酒」。

王儉，在劉宋末年曾經整理文獻，模仿《漢書・藝文志》寫了《七志》四十卷，又編成了《元徽四部書目》。他很早便結識了蕭道成，是齊開國有功的大臣。永明二年，他領國子祭酒。永明三年，齊武帝說，大家不必去國學讀書，到王儉家裡讀就好了，所以在王儉家裡開設國子館。這是因六朝學在私家，皇帝想扭轉這種風氣，所以讓王儉來做國子監祭酒；可是結果卻仍舊是回到王儉家裡讀，把國家的藏書都搬到了王儉家。王儉精通禮學，曾經寫過《古今喪服集記》。喪服是六朝人最重視的。喪禮很大程度上是表現於服制上，因喪服能夠顯示血統關係的親疏遠近。

屬於王儉這一派的經學家，還有何佟之、伏曼容等。伏曼容寫過《論語義》、《周禮儀》、《毛詩義》，活到天監元年。何佟之寫過《禮義》百篇，活到梁天監二年，都是劉勰同時代人。

與王儉齊名的另外一位大師叫做陸澄。在劉宋起家為太學博士。他的學術傾向是「崇儒抑玄」的，很能反映劉宋時候的社會風氣。如早期鄭玄、王弼的注解是並列於學官的，他就主張廢掉王弼注，因為王弼是魏晉玄學的代表性人物，注中有玄風成分。更特別之處，在於反對把《孝經》列入經典。當時世家大族一般是把《孝經》當做入門來讀的。他卻認為《孝經》只是小學之首（我們現在讀的小學著作是《爾雅》等。而《爾雅》注，我們一般也是用晉朝郭璞的注）。

齊朝，除了這兩個系統之外，還有一個系統是劉瓛，專門講禮，另也有《孝經說》與《毛詩序義疏》，謂「動物為風，託音曰諷」。他很重要，因為他的東西多被收入唐人的義疏。

梁朝經學，主導人物正是梁武帝。他很早就跟著王儉讀書，很受王儉賞識。後來也長期做經學研究，寫過《孝經義》，對《周易》尤有心得，做得很細緻，有《周易講疏》、《周易義》、《繫辭義》、《文言義》、《序卦義》等等。另外，還寫有《春秋答問》、《毛詩答問》、《尚書大義》、《中庸講疏》、《孔子正言》等書。而且他不是泛泛的寫，他要開研討會，讓大臣們來問難他。

中國古代的講經有一套制度，這套制度現在沒有傳承，細節我們搞不清楚，但是大體情況還是知道的。漢人講經時，會專門設一位助教，叫做都講。都講的責任是協助主講人，實際做法則是不斷打斷主講人，追問經典的含義，或替觀眾在不明白的地方發問，要求主講人說明為什麼要這樣講？不這樣講不行嗎？在不斷追問中，跟主講人共同將經典的大義闡明。

我們現在講課，通常有兩種方法：一種是像我現在這樣單獨的講，另一種是討論的方式。討論，看起來挺好，很多老師也願意這樣。因為這樣最省力了。可實際上，真正討論起來，學生又沒有什麼見解可供深入，多半是在浪費時間。學生之所以要聽課，也就是因為自己搞不懂，才要聽老師講。聽講時，學生的素養不夠，故也不能提出有意義的問題。要質疑問難，實非其學力所能勝任。

古代老師講學，要求執經問難，同樣會有這樣的難處，學生也一樣怕問。所以就設置這樣一個人，專門負責追問。具體的做法，大家去翻一下《公羊傳》就知道了。《公羊傳》第一句「春王正月」底下，徐彥《義疏》提出了十幾個問題。這是古代的教學法。通過不斷的發問，把經中各種複雜的意思講解清楚了。就像進入不同的山谷，峰迴路轉，奇異風景頻現。每一個句子中的問題都剝解出來。

到了六朝，又擴大了來講。因為漢代講經，基本上是在一個門派內部講。但偶爾亦有不同門派間的討論，譬如石渠閣、白虎觀的集論。各位可去看《白虎通德論》就可明白怎麼集論，各門各派對於同一個問題是怎麼看，最後如何得到一個綜合的意見。

到了六朝時期，就又出現了「義疏」。義疏，也是一種講經的體例，對經典的意思重新加以疏通。講的方式，是一個人主講。題目可能很細，譬如，只講周易為什麼叫做易？論語為啥叫做論語？或者學而時習之的「學」是什麼意思等等。這個主講人，會有一篇講義。講義發給大家。底下就會有人問難、辯論，這叫做講論。

這種討論很是激烈。我碩士論文做的是《孔穎達周易正義研究》，當時讀孔穎達的傳記就覺得很有趣。因隋朝有一大儒開講，孔穎達跑去問難，把人家弄得很下不了臺，後竟派刺客去殺他，他躲到大臣楊玄感家才逃過一劫。可見當時辯論激烈的程度。皇帝舉行辯論，也是如此的。

這是六朝時期的講論。到了唐代又擴大做「三教講論」。每年祭孔完了之後，讓和尚、道士、儒生一起辯論。

現代人常說我們中國人不擅長思考與辯論，教學主要也是填鴨式的。那是因為現代人不爭氣，把自己的論學傳統丟掉了。我們的講論，從漢代以來，一直是如此的。宋代書院中就有主講、會講、集論等。

曾有一年，我辦國學營，帶大家去白鹿洞書院看。白鹿洞是朱熹辦的，等於是朱熹的道場。但是朱熹當時就找陸象山來講。朱熹不是不瞭解陸象山的宗旨，兩人在鵝湖之會已經吵過一次了。朱熹完全能夠意識到象山是他最大的論敵。可是，他辦書院卻請象山來講，自己也坐在下面聽。這，我們現在能做得到嗎？象山也講得很精彩，談「君子喻于義，小人喻于利」這一章。朱熹聽了，很受感動，還請陸象山把講義留下來，刻石留在白鹿洞書院。白鹿洞書院之所以能成為天下有名的書院，不止是因為朱子在此講學，更因為有這樣的傳統。故象山在此講過，王陽明也主持過白鹿洞書院很久，這才是中國的學術傳統。

七

梁武帝當時就常主講經義，也與大臣們討論。《梁書．儒林傳》說：「魏正始以後，仍尚玄虛之學，為儒者蓋寡」。武帝有天下後，「深愍之，詔求碩學，治五禮，定六律，改斗歷，正權衡。天監四年，詔曰：二漢登賢，莫非經術，服膺雅道，名立行成」等等，可見他在這方面的作為。

到了梁簡文帝，情況依然。他曾講解過梁武帝的《五經講疏》，據說聽者傾朝野。他自己還寫過《禮大義》二十卷。

梁元帝，是梁武帝第七個兒子，五歲就能夠背誦《曲禮》，寫過《周易講疏》十卷。

可見，整個宋、齊、梁，儒學越來越興旺。在這個時候，還有一件事能夠很形象的反映出道家的學問在這個時候吃癟了。梁武帝發表廢除奉道詔，不信李老。

講儒學，除了在皇宮中講，也在社會上講。講的地方，大家已經很熟悉了，那就是定林寺。例如當時有個人叫何點，學過《毛詩》、《周禮》、《禮記》，也在定林寺聽過講經，著有《周易注》、《毛詩總集》、《毛詩隱義》。

各位現在聽我講這一大通，恐怕毫無感覺，只不過聽了一堆書名和人名而已。可是，你若回頭看《文心雕龍》，你就會發現：劉勰的《文心雕龍》正是在這個大環境中生出來的。

如他論詩即是根據毛詩而來。大家看〈詮賦篇〉，第一句話就說：「詩有六義，其二曰賦。」這話，請問該怎麼解釋呢？《詩》有六義，不就是「風、雅、頌、賦、比、興」嗎？賦不是該在第四嗎？怎麼會在第二呢？因為這是毛詩的講法，見《毛詩・關雎序》。

劉勰凡是論《詩》，都用毛詩的講法。他背後有一個經學的底子在支持他說話。如〈明詩篇〉第一段，「詩者，志之所之也」即是抄《詩大序》的。後面，又補充了「詩者，持也，持人情性」一句，這是由《孝經》緯書上來的。

諸如此類事例，當可令我們注意到劉勰的思想來自其經學傳統。他的文學理論，是在經學從漢代發展下來，到了魏晉受到了一點衝擊之後，又慢慢發展強化的環境中所產生的文論，所以他的經學氣味十分濃厚。

第五講　文論中的經學

一

如前所說，魏晉宋齊梁這幾個朝代的經學傳統不但沒有斷，反而比過去更為強勁，在文學上也產生了若干具體的影響。劉勰在這樣的環境中形成他的文論，與經學的關係當然就特別密切。

〈序志篇〉最能體現此一特點。古人序志，往往放在最後，說明全書寫作緣起與大旨，故極為重要。讀《史記》，自然要先讀〈太史公自序〉；看《文心雕龍》，也當然要先看〈序志篇〉。

我們現在的序，常放在書前面作為一個引子，叫序言或引言；而所寫的自序，基本上是講事情、敘事的。這不是古人序的體例。古之序，一向是序志，而非序事。就像《文心雕龍》的〈序志〉。

在〈序志〉中，劉勰說他七歲就夢到踩著雲往上走，因此他對自己有很高的期待；過了三十歲，又夢到孔子在前面，自己跟在後頭，抱著禮器一同向南方走。這些夢，對他都有很大的啟發：「予生七齡，乃夢彩雲若錦，則攀而采之。齒在逾立，則嘗夜夢執丹漆之禮器，隨仲尼而南行。旦而寤，乃怡然而喜，大哉聖人之難見哉，乃小子之垂夢歟！」

古人很重視夢，有占夢之學、占夢之官。行大事必有占卜，占卜之一法就是占夢。像臺灣阿里山的鄒族，獵人在打獵之前都要聚集到一個會所去睡覺，看領隊做什麼夢，第二天再找巫師占卜，以確定出獵方位與吉凶。周代亦是如此。《周禮》記載周有占夢之官；《漢書・藝文志》也記載有許多占夢書。古人把夢當成很重要的事，認為夢是因我們受到了某種啟發，或有所感應，或有預兆，往往對人生有啟示。如孔子即常常夢到了周公——所嚮往的偶像在夢出現，既表達了人對偶像的依戀，也可能是偶像對人有啟示。

劉勰同時代，還有一位周子良，於天監十四年有長達十六個月的夢見神仙經驗，神仙對他有啟示訓誥。死後其師陶宏景又將他的夢仙紀錄整理成《周氏冥通記》，上呈給梁武帝。可見時人信夢之一斑。所以劉勰也認為，這是孔子啟發我，我應像孔子繼承周公那樣繼承孔子。

那麼，要如何繼承孔子呢？像經生那般也去注解經典嗎？這，古人已經做得很多很好了，「馬鄭諸儒，弘之已精」，馬鄭這些儒者已經闡發得很好了，所以他改而論文。這就是《文心雕龍》寫作的緣起：

> 自生人以來，未有如夫子者也。敷贊聖旨，莫若注經，而馬鄭諸儒，弘之已精，就有深解，未足立家。唯文章之用，實經典枝條，五禮資之以成、六典因之致用、君臣所以炳煥、軍國所以昭明，詳其本源，莫非經典。而去聖久遠，文體解散，辭人愛奇，言貴浮詭，飾羽尚畫，文繡鞶帨，離本彌甚，將遂訛濫。蓋周書論辭，貴乎體要；尼父陳訓，惡乎異端；辭訓之異，宜體於要。於是搦筆和墨，乃始論文。

大家讀這段，常沒有注意到的是：《文心雕龍》所論之「文」即包括經注。一般以為他是跟《文選》一樣，避開經史而只論文。其實他論的文就包括了經注。如〈指瑕篇〉討論古人寫文章的缺點時就說經之注解中頗有錯誤：「若夫注解為書，所以明正事理，然謬於研求，或率意而斷」。之後他引了《周禮》

應劭注、〈西京賦〉薛綜注為例。可見劉勰所論的文，不只一般人所說的文學之文。所以〈論說篇〉云：「詳觀論體，條流多品」，論體內部有許多分支：陳政則與議說合契、釋經則與傳注參體。說經典的傳注皆與論體很近似。

論體之源，他則推到了《論語》。范文瀾注，說古代只說經傳，沒有說經論，故也許《文心雕龍》的「經論」這個詞出自佛經，因為佛經即分經、律、論三部分。這個講法當然大謬。論，劉勰不但把它扣到《論語》上去，而且說論與傳注參體，「至石渠論藝、白虎通講，述聖通經，論家之正體也」。特別提到漢朝在石渠閣、白虎觀集合儒者討論經義的事。這些，劉勰視為論的正體。所以論的源頭是《論語》，正體是《白虎通德論》之類。

這是第一點要注意的。第二，他論文之作，跟經生經注的體例雖不一樣，實質上他卻是把自己的作品當成跟經注類似的東西：經典的注解是為了發明聖義，現在我論文也是從文章的角度闡發聖人的意思。這是他寫作的本意。所以不瞭解經學、不注意經學，常常不懂劉勰在講什麼。底下我略做此說明。

一，劉勰把所有的文體都推源於經書。論，這個字是出自《論語》。說，也被論證說是出自《易經．兌卦》之兌。因此，論、說、辭、序這幾種文體都出自《易經》的傳統。詔、策、章、奏，則來自《尚書》。來自於《詩經》傳統的，是賦、頌、歌、贊。另外，銘、誄、箴、祝，來自於《禮》。紀、傳、銘、檄來自於《春秋》。文體二十篇，全都往上追溯至經典。

其實很多文體與經典本來是沒關係的，比如〈誄碑篇〉中的「碑」。碑的起源很晚，春秋戰國西漢都是沒有的，至東漢才逐漸盛行。碑原先的目的也只是「麗牲」，跟文學一點關係都沒有。只是一根石柱，馬牛羊可以繫在上面。麗牲之麗，就是附麗的意思。後來發展出另一個功能：人死了，需要下葬，就在墓穴前立一塊石條，在上面打個洞，用來穿過繩索，好讓人吊著棺材慢慢放下去。所以碑又是下棺用的。後來我們刻碑時，碑上還保留一個洞，叫做「碑穿」，這在過去就是穿繩子的。把死者埋好以後，大家又常在這塊石頭上寫些標誌，表示是某某人的墳。逐漸地碑文越寫越長，才成了文章。後來的碑文固然越來越繁複，但這個體例沒變。碑上若不打洞，就會做成半圓形的帽子，上面篆字以為標題，稱為碑額。底下是碑身，前面是碑陽，後面碑陰。

這都是東漢中晚期的事。蔡邕就是當時寫碑文的大家。因此碑非先秦之體，乃後世之文。但劉勰討論文章的方式，卻是將後代出現的文體，通通推源到前面的經典去。所以他說「碑者，悲也」。這種文體雖很晚才出現，但和哀誄的意義是一樣的，故可歸到經典之下。《文心雕龍》的文體論，每一篇都如此。任何文體，據他看，都是經典的發展與傳承。

清朝李家瑞《停雲閣詩話》曾諷刺《文心雕龍》，說它：「謂有益於詞章則可，謂有益於經訓則未能也。乃自述所夢，以為曾執丹漆禮器於孔子隨行，此服虔、鄭康成輩之所思，於彥和無與也。況其熟精梵篋，與如來釋迦隨行則可，何為其夢我孔子哉？」

我們很多人也會像李家瑞一樣，對《文心》談五經、夢孔子不太理解，也不知道這本書對我們理解經學能有什麼幫助。

然而，我們讀《文心》或是其他很多書都是這樣的：大綱大本不能搞錯了。凡事都有它自己的脈絡，弄明白了，才怡然理順；搞不清楚，就會製造出很多假問題。劉勰的根底在經學，寫這本書的目的也是要闡發經義，所以他將所有的文體推源於經典。這就是全書的大綱維、大脈絡。

二

劉勰要宗經、要徵聖，徵是「信而有徵」之徵，也有印證之意。認為所有的文體都是道的顯現，而道是靠聖人才得以傳布的。他論文的目的，就是要通過聖人留下來的文章來瞭解聖人、了解道。在這個脈絡裡，他談的，看起來雖是文，卻也都是經學，並非是無益於經訓之物。

這個道理可分幾部分說。首先是詩。

〈宗經篇〉一開始即講：「《易》張《十翼》，《書》標七觀，《詩》列四始，《禮》正五經，《春秋》五例。義既埏乎性情，辭亦匠于文理」。五經中，他特別重視四始、七觀、五例等。說五經義理既好，文章也很精彩。

劉勰講詩之四始，根據的是毛詩。毛詩說「四始」是《詩經》的四部分。詩不是只有風雅頌三部分嗎？何以說有四部分呢？分成四部分，就是毛詩的見解。它有什麼特別呢？

各位如果對經學有點兒研究，就應該曉得此乃聚訟紛紜之所在。

首先，毛詩說就與宋人不同，宋人有主張《詩經》可分為南、風、雅、頌者，如程大昌即主張二南應該獨立。這樣子分，根據是音樂體系的不同，故周南召南二南獨立，後面才是各國國風。劉勰則是根據毛詩的四分法，分為風、小雅、大雅、頌，所以叫四始。

而毛詩此說又與漢代說詩各家亦異。你去查一下皮錫瑞的《經學通論》，裡面就有一章專門討論四始，題為：「論四始之說當從《史記》所引魯詩，詩緯引齊詩異議亦有可推者」。

標題那麼長，看來就很複雜，到底在講啥呢？原來，毛、魯、韓、齊四家對四始的解釋各各不同。有些人覺得毛詩的講法是錯的。「四始」的「始」是開始的始，風、小雅、大雅、頌只是詩的分類，「始」的涵義未能彰顯。他們覺得「始」應該解釋成王者正化之始。所以《史記》根據魯詩講：「關雎之亂以為風始，鹿鳴為小雅始，文王為大雅始，清廟為頌始。」換句話說，他認為四始講的是四個部分的開端。

齊詩則又不相同，齊詩與緯書相結合，更複雜，說：「〈大明〉在亥為水始，〈四牡〉在寅為木始，〈嘉魚〉在巳為火始，〈鳴雁〉在申為金始。」劉勰不用這些講法，完全根據毛詩。

〈明詩篇〉的第一段，又講「詩者，在心為志，發言為詩」。這一部分主要引用的是《尚書・虞書》和〈毛詩序〉。不過底下接著說：「詩者，持也，持人情性」就不是毛詩說，而是《詩緯・含神霧》的。

毛詩論詩，仍然從志上說，說「詩者，志之所之，在心為志，發言為詩」。過去朱自清先生曾寫過一本書，叫《詩言志辨》，討論詩言志的問題。很多人覺得漢人講詩偏重言志，故重政教；不像魏晉人談情，說詩是「緣情而綺靡」，故偏於自我感情。因此言志與緣情似乎就可以對比起來看，一種是政教觀點，一種是文學觀點。其實不對。對情的重視與討論，基礎即在於漢人的情志論。漢人所說的志，內涵就是情。所以毛詩說在心為志、發言為詩，詩就是情志的表達。

但是劉勰的觀點更強，毛詩只談到「發乎情」，劉勰更強調「止乎禮」。所以他引了《詩》的緯書《含神霧》說，「詩者，持也」。人有情性，但情性要能把持得住。詩不僅是發乎情，還要有所把持，能止乎禮。這個講法就很像荀子說「中聲之所止也」。能止於中和的，才是詩，否則就僅僅只是哭喊。

後來王安石解字，說「詩」一邊是言、一邊是寺，寺即是法度之所在。寺是中國的原有的詞，過去的法務部門就叫大理寺，後來寺廟之涵義則借用了寺這個詞彙。王安石的《字說》常被人詬病，因為他不知古字原本怎麼寫。詩怎麼會是寺呢？詩是志之所之呀。不過他講了一個很好的意思，就是詩人除了講詩言志之外，還要講詩能持其情性，止乎禮義。這跟《文心雕龍》的態度是一致的。《文心雕龍》重禮的意思比毛詩還要強。〈正緯〉特別強調了要用緯書，在這裡也是很明顯的例子。

關於緯書的問題，可細看〈正緯篇〉。不過需要做補充說明的是：劉勰並不相信緯書。讖與緯，是漢朝經學的特點。漢人講經，大量使用讖緯。讖是預言，緯是輔助經典，提供不同的意思與解說。

先秦講孔子很平實；漢人講孔子，則漸因推崇過度而流於神化。情況猶如佛陀早期只是修行者的導師，到大乘佛教時就開始興起了佛崇拜，講佛陀身有異象，耳長過膝、頭有肉髻、腳底有法輪、又有馬陰藏相等等，漢人也一樣，會講孔子有諸怪相。另外還說孔子是素王，本應繼承周朝而成為王者，後來卻沒有成為真正的帝王，所以稱他為素王。這並不是我們把他當作王，而是天命本就是這樣的，後來雖沒有在他那個時候成王，但是他寫的經典卻成為了漢代的典章制度，為漢制作。

這套講法本來只有今文家在說，後來今古文家卻都得力於讖。如古文家賈逵就曾跟皇帝說，經典中都沒說到劉邦是堯的後裔，《左傳》才提到了這個讖言。范文瀾的注解，引了一段文字，說今文家講讖而古文家不講，其實不然，他連賈逵這個故事都不曉得。

到了齊梁以後，就禁止圖讖了，但並沒有完全禁絕。因經學既然沿著馬融鄭玄講下來，講讖還是很必要的；何況皇帝想獲得正統地位，也仍須仰仗祥瑞與預言。如《陳書．高祖本紀》裡就說，梁武帝末，時運不好，陳才得到了天命，天上有五色「祥雲，日月呈瑞，緯聚東井，龍見譙邦」。《南史》說武宗時有讖曰：「魚登日，輔帝室」。《周書．陸騰傳》也說他爸爸喜歡《老子》、《易經》、緯候之學。《魏書．燕鳳傳》亦說燕鳳明習陰陽讖緯。所以無論南方北方，讖緯之學仍然流傳很廣。不過政府的態度是要禁止的。讖講預言，說有誰會得天下、真命天子在哪裡，因此所有的政權又都要禁止圖讖。北朝的王猛、世祖都禁圖讖。南朝劉宋也禁。

劉勰態度則不是。他沿續漢儒之經學，固然要講圖讖；但更重要的是，圖讖中有很多說明經典義理的部分。同時，這些恢奇鬼怪之說、荒唐幽渺之辭，充滿了文學的誇飾與想像，這對寫文章也很有幫助。這便是他「正緯」之故。後來李善注《文選》，頗用緯書，有劉勰遺風。

另外，他講詩有幾個重點，也都跟漢代《詩經》學有關。如賦、四始、比興等均是，還專門有〈比興篇〉。

該篇說：「詩文弘奧，包韞六義，毛公述傳，獨標興體」。我們現在講詩有六義：風雅頌賦比興，已是常識。但其實在經學中，賦比興只是毛詩一家之言。「獨標興體」，即是指毛跟鄭解詩的特殊做法，會標明某詩是興或者比，列為興體的且有一百一十六首。「豈不以風通（一作異）而賦同，比顯而興隱哉」，則是在解釋毛詩為何要如此做。

興比較特別，「比者，附也；興者，起也」。比是比附，興是興起。「附理者切類以指事，起情者依微以擬議」。比附於某一類物事而說的是比，如說女人像花就是比。這是較明顯而容易的，起情則較複雜，很細微。人興發了某種情思意緒，要找個東西來擬似它，以表達我們的意思，當然較難。「起情，故興體以立；附理，故比例以生」。興與比之不同，不但有一偏於情一偏於理之異，表達也不一樣：「比則畜憤以斥言」，詩人用比時，通常是心裡不爽就直接表達了；「興則環譬以託諷」，興比較幽微曲折，要用很複雜的譬況來寄託我的諷刺。「蓋隨時之義不一，故詩人之志有二也」，情況不一樣，所以要把比與興分開。這是總說，底下再分論興與比。這是〈比興篇〉的結構。

比興，在中國文學理論裡是極其複雜的問題，而其問題乃是由經學發展下來的，在經學中大家意見就不一致。如毛詩的講法即與孔安國、皇侃的講法都不同。孔安國說興是引譬連類。引譬連類，從毛詩的角度來看乃是比不是興。皇侃，是劉勰同時代的人，則說：「興者謂譬喻也。言若能學詩，詩可令人能為譬喻也。」古人常講「不學博依不能安詩」，皇侃之意，殆近於此。但他們都把興講成比，與劉勰迥異。

錢鍾書《管錐編》也討論過劉勰這段。他認為劉勰的講法「興」與「比」沒什麼不同，都是譬喻。

雖有隱顯之分，而其實都是擬喻，不過是五十步之於百步。所以興「似未堪別出並立，與賦比鼎足驂靳也。」劉勰「不過依傍毛鄭，而強生隱顯之別以為彌縫。蓋毛、鄭所標為『興』之篇什，大半與所標為『比』者無以異爾」。也就是說，劉勰沿襲著毛鄭。毛鄭雖然標明了一百多篇是興體，但是興體與比體之區別並不大。他想彌補毛鄭講不通的地方，可實際上也沒講出個所以然來。

錢先生批評了劉勰之後，自己主張興應該是「起情為興」的。其說，我很贊成。但錢先生講了半天，不也還是劉勰的講法嗎？他沒有注意到劉勰論興就是說「興者起也」的，而且劉勰與毛鄭也不盡相同。

請注意，賦比興是古義，到底在《詩經》中怎麼具體用賦比興來解釋詩，三家詩是不同的。比如〈關雎〉，齊魯韓都說這首詩是諷刺詩，刺康王，而不是贊美。後來清朝魏源作《詩古微》，則說「關關雎鳩，在河之洲」這詩是文王所作，諷刺殷紂王的。可見具體這些詩怎麼讀、怎麼說明其賦比興、是美還是刺，各家均不相同。〈關雎〉，毛詩說是贊美后妃之德，而其他三家則說是諷刺。具體怎麼解釋？董仲舒說「詩無達詁」，沒有一定之解。但雖沒一定之解，卻不能不解，毛鄭特別說明哪些是興哪些是比，即試圖解詩之一法。

劉勰的處理，是順著毛鄭，但進一步將興和比切開，表明這是兩種不同的表達方法和兩種不同的情感。詩人之志有二，情感也有二。有些人會說風雅頌是內容，賦比興是表達方式，劉勰也不是這個意見。賦比興既是表達方法又是表達內容，情感不一樣，表達方式也不同。而且，他特別強調興是有諷刺的。劉勰談詩，重其諷刺，與古人重頌不同。

再說風。劉勰論風與雅都根據毛詩。〈頌贊〉篇「夫化偃一國謂之風，風正四方謂之雅」，這裡的「風」就是根據毛詩來的。毛詩說：「風者，風也，教也，風以動之，教以化之。上以風化上，下以風刺上。」風是風化、風教，不是風土或風謠，所以五四以後大家都批評毛詩以政教態度說詩。可是劉勰與毛詩的態度卻是一樣的，不但此處用毛，〈正緯〉說光武帝「風化所靡，學者比肩」等處，亦皆用毛義。

「化偃一國謂之風」，風是教化一個國家，「君子之德風，小人之德草」的風。經過這種風教風化以後，在這個地方化民成俗了，才形成風俗。所以風俗不是在一個地區自然出現的，而是一種人文成就。君子能風化一個區域是風，若能端正四方就叫做雅了。故風為邦國之風、雅乃朝廷之辭，這完全是從毛詩講下來的。

風的涵義本來就很複雜，如「風馬牛不相及」之風，更有男女誘動之義，乃風騷、風情、風月之風。風在古代確實也有解釋成風土的。我們現代人講十五國風，尤其著重它的風土義。這種含義在春秋時期就有了。如「南風不競」之風，既是聲音、風謠之風，也是風土之風。《漢書・五行志》講天子省風以作樂。應劭注也說：「風，土地風俗也」。漢代有採詩採風說，風就是風土、風俗的意思。應劭自己即作有《風俗通》。再從風謠說，不同地區便有不同的風謠。《論語》中講「風乎舞雩，詠而歸」，風即是歌唱、諷詠。

但劉勰基本上是用毛詩，講的是風化、風教。現代人老愛詬病漢儒說風化風教是用政教道德扭曲了《詩經》，實際上不是的。所謂風，其核心是感，感動、感應、感化。這恰好也是《文心・風骨篇》的講法：「詩總六義，風冠其首，斯乃化感之本源，志氣之符契也。是以怊悵述情，必始乎風」。沒有真正的感動，文章就沒有風：「索莫乏氣，則無風之驗也」。

所以劉勰講風，並不是從風土講，而是由風化感應上講的。在詩經學上，把十五國風講成是地方風土歌謠，是宋朝鄭樵以後的事。朱熹雖也說「十五國風皆閭巷歌詞」，但並沒有以此來解釋風，他在做解釋的時候還是用毛詩。我們現在習慣說《詩經》是民間歌謠，避而不談它的教化風化意義，又比宋人走得更遠了。可是若拿今人之見去看劉勰，那就大錯。

此外，他不但從這個角度來談，而且他也用這個分辨「詩人之文」與「辭人之文」。詩人之文「吟詠情性，以風其上」，即是為情造文；辭人才為文造情。換句話說，論四始、論詩六義、論詩者持也、談其二曰賦、解風與雅、論風骨，都跟他經學的底蘊有直接的關係。

另外，眾所周知，《詩經》本來是音樂，但是為什麼劉勰會有〈明詩篇〉和〈樂府篇〉？有人從時代來說，說詩經的時代是詩，漢代叫樂府。這樣分是不通的。因為明詩篇不是說《詩經》，而是論《詩經》以下的詩；樂府講的則是漢代以及後來的樂府。那麼，為什麼要分開？因為他把詩與樂分開了，詩樂分途。

劉勰論詩，有兩個特點不可忽視。一是講中和之美，故《文心・樂府篇》批評秦漢以後「中和之響，闃其不還」。不合乎中和之旨的，叫做淫、鄭、俗。雅俗之辨，俱本於此。第二就是把詩跟樂分開，詩專就文辭講；若與音樂相配者，則放到樂府裡去說。

〈明詩〉與〈樂府〉兩篇之分，即由於此。他自己說這是仿劉向的：「昔子政品文，詩與歌別。故略具樂篇，以標區界」。漢代以來，詩樂分途即成為一個大趨勢，劉勰的做法正反映了這個趨勢，可笑黃侃不知，還要斷斷申辯說劉向其實沒有把詩跟樂分開來（札記曰：七略既以詩賦與六藝分略，故以歌詩與《詩》異類。如令二略不分，則歌詩之附《詩》，當如《戰國策》、《太史公書》之附入《春秋》家矣。此乃為部類所拘，非子政果欲別歌於《詩》也）。關於這個趨勢，各位可去看我的《中國文學史》，當會有更多理解。

這大概即是《文心雕龍》有關《詩經》的部分。

三

底下，我要介紹有關《易經》的部分。

《文心雕龍》的整體架構。以前我們談到很多人認為它是一部體例非常嚴整的書，可能是受到了佛教的影響；因為中國人寫書一般零零散散，如《論語》、《老子》，均沒有結構體系。講這些話的人，對於漢代經學真是太太太外行了。

漢人著作有體系的太多啦，如《說文解字》始一終亥，體系就非常清楚。《釋名》、《白虎通》也都很嚴整。《文心雕龍》呢？它的體系一點也不複雜，因為就來自《易經》。〈序志〉篇說：「上篇以上，綱領明矣。下篇以下，毛目顯矣。位理定名，彰乎大易之數，其為文用，四十九篇而已」。其體例學自《易經》甚為明顯。「大衍之數，其用四十九」，是〈繫辭〉上傳的話。

為什麼五十只用四十九？焦循《易經通釋》說：大衍，猶作大通；大易，疑作大衍。這麼注，相當於沒有注，因為完全沒有解釋。而這個問題也確實難解，歷來約有七種講法。譬如王弼說，「不用而用以之通，非數而數以之成，斯易之太極也」。數四十有九，是最高的數。京房說「五十者，謂十日、十二辰、二十八宿也，合五十」，「凡五十其一不用者，天之生氣將欲以虛求實，故用四十有九焉。」馬融認為，易有太極，太極指北辰，「太極生兩儀，兩儀生日月，日月生四時，四時生五行，五行生十二月，十二月生二十四氣，北辰居中不動，其他四十九運轉而用之。合五十」。凡此等等，解法都不一樣。但這些講法都太玄了，真正的道理，是在卜卦的時候，手上的蓍草五十根，一根拿出來不用，再將四十九根分成兩堆，然後開始占卜。後人從哲學上去講，遂越講越玄。

不過很明顯，整個《文心雕龍》是想到了大衍之數，故寫五十篇，其中一篇用來寫他的〈序志〉。

其結構就是《易經》的「大衍之數」。

文章寫作這件事，則推源到《易經》的〈文言傳〉，這裡面最有趣的是〈麗辭篇〉。從〈文言傳〉上講文章的淵源，跟後來的一個文學理論很像，即清代阮元的〈文言說〉。〈文言說〉也是從〈文言傳〉講下來，說文章的正宗應該是駢文。劉勰也是這樣的主張，對後代當有很重要的啟發。宋代以後，駢文雖然沒有斷，但長期被打壓，認為是個俗體，古文才是文學正宗。到了阮元以後，則又重新回到了〈文言傳〉傳統。

另外，劉勰的講法裡有很多跟當時經學家的講法相互呼應。像〈原道篇〉第一段「夫玄黃色雜」，這是用了一個經學家荀爽的《易經》注解。因為《易經》的〈坤卦〉上六，說「龍戰於野，其血玄黃」。「玄黃」這兩個字本來不是講天地，而是龍的血的顏色。後來〈文言傳〉中才說「玄黃者，天地之雜也」。天玄而地黃，玄是深青色。李鼎祚的《易經集解》則引荀爽的講法說，天為什麼玄，因為天者陽，屬東北，色玄也；地者陰，屬西南，色黃也。劉勰說天地玄黃色雜，用的就是荀爽對〈文言傳〉的解釋，而不是依那個〈坤卦〉的卦辭。又，為什麼他要講「天地色雜」，因為只有從「雜」這個地方才可以講文。古人常講：文似看山不喜平。文章之文，「物一無文」，文本來就是雜色、顏色交錯的意思。

劉勰「日月疊璧」的引用也很特別，並不見於《易經》本文。《易·離卦彖傳》說：「離，麗也。日月麗乎天，百穀草木麗乎土」。范文瀾引王弼注：「麗，猶著也。」是附著的意思。這個講法與「日月疊璧」沒什麼關係。實際上這裡用的應當是馬融注，馬注說：太極上元十一月朔旦冬至，日月如疊璧，五星如連珠。這是中國古代天文曆法學上的一個講法。

中國的曆法與西方的曆法不一樣。我們是要講「上元積年」的。人類的歷史，開始的時候有一個「上元積年」，須推算到底在哪一天。這一天有個特徵，乃是冬至日，並且日月疊璧、五星連珠。這才能定為曆元。馬融注講的就是這個。

《文心雕龍》講四象，用的則是六朝時姓莊的人的一個講法。〈徵聖篇〉「四象精義以曲隱」。這個四象，不是指太極、兩儀、四象中的「四象」，而是假象、實象、意象、用象。這姓莊的，我們不知道他的名字，因為古人引書時只引莊氏「易有四象所以文也」云云。這四象的解釋，各人不同。如虞翻認為四象是四季；孔穎達說四象指講五行（漢代以來即認為五行與四季是結合的。其中土居四季之中，因此夏天裡面又分出了一個季夏）；鄭玄講四象，講的是金木水火。這些都不是劉勰所講的四象。

再者，〈原道篇〉講「文王患憂，繇辭炳曜，符采復隱，精義堅深」。這在經學上也是特別的講法。以卦爻辭為文王作，這是鄭玄的主張。馬融、陸璣等則認為是周公作。

另外「易有太極」，范文瀾注引的是韓康伯《易經注》。他是王弼的門人，王弼注沒有作完的部分即由韓康伯補注。范文瀾引了他的注，講太極寂然不動，而動以之出。當然馬融也有類似的說法。但就太極來講，太極不動，處無為之地，這是王弼近乎玄學的觀點，劉勰沒有這種觀點，故用韓康伯注來解釋劉勰是不恰當的。類似的錯誤在范注裡還蠻多。

劉勰與漢人講《易經》也有很多不同。特別是，他不講象數，所以像漢人常有的納甲、卦變、旁通、爻辰等等，在劉勰書裡都沒有用到。這可以顯示出劉勰比較平實，比較接近於漢代古文家。

如剛剛說「文王作卦爻辭」。也有人說爻辭是周公作的，但今文家就不會這麼說，他們說是孔子作。所以今文家與古文家之重大的不同在於：今文家強調六經皆孔子所作。像皮錫瑞就說：「卦辭文王作、爻辭周公作，皆無明據，當為孔子所作」、「以爻辭為文王作，止是鄭學之義；以爻辭為周公作，亦始於鄭眾賈逵馬融諸人，乃東漢古文家異說。若西漢今文家說，皆不如是」、「當以卦爻之辭並屬孔子所作」。

換言之，除了把文體推源於《易經》、結構上取大衍之數、論文非常強調〈文言〉等等之外，還涉及很多跟經學家的解釋有非常複雜關係的東西。

即使他後來出家作了和尚，他僧人的身分，於此也不足為奇——南朝和尚注解《易經》本來就不罕見。劉勰對《易經》的造詣是毋庸置疑的。他文章許多地方也都會用《易經》典故，如〈銘箴〉云：「秉茲貞厲，警乎立履」，用的就是〈履卦〉九五之辭；〈辨騷〉解釋〈離騷〉如何依本五經，首先就說「駟虯乘鷖，則時乘六龍」，這也是用〈乾卦〉彖辭。諸如此類，諸君可細予體會。

四

以上，我們從〈序志篇〉談下來，處處都可以看到劉勰跟經學的密切關係。他是夢到孔子的人，故要徵聖。雖然選擇了避開經學注疏之體，但他之論文其實也就是注經。因為聖人的言說存在經書裡，要闡發聖人的心意，當然還是要從經學來。

李家瑞的《停雲閣詩話》嘲諷劉勰。其說完全是站在儒家、道家、佛家明確劃分以後的立場上說的。放到劉勰的那個時代看，就大大不然。

在劉勰的那個時代，經學是一切學術之根本。講玄學，固然脫離不了經學；講佛教，還是和經學有關。我剛才說過，在南朝，和尚已經注解《易經》了，而且數量還很多。

早期如晉支遁通《易》，常與儒道之士討論，其〈釋迦文佛像贊並序〉開篇即引〈說卦傳〉「立人之道曰仁與義」。釋道安稱伏羲作八卦、文王重六爻、孔子弘十翼，而後《易》成，「唯藝文之盛，《易》最優矣」，易道「遐贍，足賢于老」。慧遠博通六經，尤通《易》、《老》、《莊》之書。東晉殷仲堪談理與韓康伯齊名，嘗登廬山與釋慧遠講《易》。南朝宋周續之通五經并緯候，讀《老》、《易》而入廬山與慧遠游。宗炳從慧遠游，所著〈明佛論〉以易明佛理。齊明僧紹「學窮儒釋，該綜典墳，論極玄津，精通《老》、《易》」，從慧遠游而作《繫辭注》。齊顧歡注王弼《易》與二《繫》，學者傳之。釋曇諦「晚入吳虎丘寺，講《禮記》、《周易》、《春秋》各七遍」。釋慧通作《爻象記》，會通佛教義理。

梁代佛學尤盛，但釋法通即寫過《周易乾坤義》，下開我國儒佛會通以說《易》之傳統，否則就沒有後來蕅益《周易禪解》這一大批著作。當時梁武帝非常信佛，但也有《周易大義》二十一卷、《周易講疏》三十五卷、《周易疑問》二十卷以及六十四卦、二〈繫〉、〈文言〉、〈序卦〉義，對於孔子所寫的序卦傳、文言傳等等，有通盤的解釋。簡文帝有《易林》十七卷，梁元帝有《洞林》三卷、《筮經》十二卷，還有《連山》三十卷、《周易講疏》十卷。另外，周弘正「持善玄言，兼明釋典，雖碩學名僧，莫不請質疑滯」，嘗啟梁武帝《周易疑義》五十條，又請釋〈乾〉、〈坤〉及二〈繫〉之義。他還取漢安世高「十二門」分類，序卦為「六門」。所以後來孔穎達稱：「周氏就〈序卦〉以六門往攝。」張譏則著《周易義》三十卷，吳郡陸德明、朱孟博、沙門法才、慧休、道士姚綏皆傳其業。可見梁朝雖大弘佛法，但是他們對《易經》的研究同樣非常多。

附帶一提，此風北方也有。如魏許彥少孤貧而好讀書，從沙門法睿受《易》。北周釋曇遷從其舅北方大儒權會學《易》，而權會《易》學受於徐遵明門下的盧景裕，著有《周易注》。北周沙門衛元嵩更倣《歸藏》而著《元包經》，以宣揚由文返樸，效法自然。

早先，宋明帝喜歡文學，裴子野的〈雕蟲論〉認為宋明帝對於儒學傳統有很大的破壞，因為他喜歡文學，才使雕蟲之風大盛。可事實上，宋明帝即曾講《周易義疏》十九卷。

另外，南朝有兩個朝代姓蕭，一個是齊，另外一個是梁。齊高帝蕭道成的老師叫做雷次宗。據《豫章古今記》說，雷次宗侍奉沙門。是一個著名的和尚，叫慧遠。大家應該對慧遠不陌生。傳說他與陶淵明頗有交情。在廬山東林寺開了一個道場，是中國淨土宗的起源，所以一般稱他為中國淨土宗的初祖。一般客人來的時候，慧遠從來是只送到門口，不遠送。只有陶淵明去了，兩人聊天聊得很愉快，才送出門。寺門口有一條溪，過了這條溪，會有虎叫，所以叫虎溪。後來很多人畫「虎溪三笑圖」，即是關於大道士陸修靜、慧遠、陶淵明三人過溪而虎嘯的故事。慧遠的弟子雷次宗，即做過《周易注》。像這一類記載都能表示當時的氣氛，佛教與儒家的關係是比較親密的。

劉勰比不上慧遠，能三教諧和。在三教關係裡，劉勰站在佛教和儒家之間，而跟道教的關係比較疏遠，讀劉勰的〈滅惑論〉即可知。

很多解《文心雕龍》的人，尤其是在講〈原道篇〉與〈神思篇〉時，喜歡從六朝玄學的大背景去講《文心雕龍》的道是自然之道，強調他和老莊的關係。〈神思〉說寫文章要虛靜，也有一大堆人認為虛靜這工夫即來自道家。

這個理解脈絡是錯的，因為劉勰與道家的關係最遠，他主要是和儒家的關係。《文心雕龍》與佛教都那麼疏淡，跟道家就更沒有關係啦！原道的道，叫「道沿聖以垂文」，道是靠著聖人來傳播的。聖人指孔子，這樣的道怎麼會是老莊自然之道呢？他們那樣講，是完全不通的。《文心雕龍》中所講的道，只是天地自然形成的文理，前輩們往往在「自然」兩個字上大做文章，殊為可笑。

五

劉勰談到《易經》的部分，除了以上我所說之外，其實還有很多。包括他談到的「修辭立其誠」等等。我在讀大學時，學校即成立了一個研究室，專門研究《文心雕龍》，一九七五年出版《文心雕龍研究論文集》，驚聲文物供應公司。其中就有王仁鈞老師寫的《文心雕龍用易考》，考證出劉勰整本書中用《易》之處極多，達到一百四十條。如通變篇的「通變」就出自《易經》繫辭上傳的「化而裁之謂之變，推而行之謂之通」。可見劉勰跟《易經》的關係緊密到什麼程度！這一兩百條，我就不多說了，底下接著要談的是劉勰與《尚書》的關係。

在《文心雕龍》中，有好幾處談到「辭尚體要」，這句話在〈徵聖篇〉中就有，後面〈序志篇〉也提到。「辭尚體要」在《文心雕龍》裡是很重要的。劉勰論文，要講文體，文體與這句話的關係就很密切。

文體論，要確定一個文體主要的風格。一般先從源頭上講下來，說明這個文體是如何形成的；接著談文體寫作要有一定的目的和規範，以及一定的寫法和明確的風格，這就叫做「體要」。如果寫一種文體而違背了該文體的風格或規範，那便叫做訛體、失體或戾體。失體就會成怪，訛體就會訛濫。這是他論文體的基本路數。所以他整個文體評論對歷代文風、各個時代人，在寫作的時候，都要確定一個標準，此即所謂「辭尚體要」。

「辭尚體要」這句話出自《古文尚書》。前面已經提及，六朝時期經學很盛，正因為經學很盛，所以才出現了很多偽造的經書。我們現在看到的《古文尚書》，根據清朝閻若璩等人的考證，認為它是晉朝以後梅賾或王肅所偽造。當然這也不是定論，清朝的毛奇齡就認為《古文尚書》未必是假的，故寫了《古文尚書冤詞》替《古文尚書》申冤。目前學界基本上仍採用閻若璩的看法，但不像過去判斷那麼絕對。過去認為它是偽造的，所以毫無價值。但是現在認為：把《古文尚書》組編起來，可能是在魏晉時期，但很多材料還是有來歷的，所以在這裡還有討論的空間。可是劉勰當時並不知道這回事，也沒有想到要分辨《古文尚書》與《今文尚書》的差異，所以他用的是《古文尚書・畢命篇》裡面的一句話：「政貴有恆，辭尚體要，不惟好異。」根據孔安國《尚書》注（孔安國是漢代人。這個《尚書》注也是假的，是魏晉時期人作。不過在《尚書》的注解中是極古老的了，雖是冒名偽託，仍有其地位），辭以體實為要，其標準是看符不符合先王之道。這和劉勰的立場是一樣的。

〈序志篇〉又說：「《周書》論辭，貴乎體要。」所以劉勰論文體的規範要「原始以表末」。我們現在談文章，認為從源頭上講下來是很自然的事，其實正是受了他們這些講源流的人之影響。

須知：凡強調源流論的，大抵都有復古之傾向。否則為什麼要講源流呢？劉勰論每個文體，都是「原始以表末」，事實上就是以「本／末、源／流」來處理思想問題、學術演變問題。源頭都是好的，但發展下來就都是末了。如杜甫〈佳人〉詩中講：「在山泉水清，出山泉水濁」。始源是一，一是純粹的，多就變得雜了濁了。正因源是好的，流是差的，所以才有兩個詞叫做流弊、末流。

這種論述學術流變的方法，始於《莊子・天下篇》。莊子說古代有道術，後來「道術將為天下裂」。它本是純粹、全、始、本，後來分裂、瓦解了，各得一偏，不見古人之全體大用。所以發展下來，越來越多流弊。這種論述中國學術的模式，《莊子・天下篇》之後，以《漢書・藝文志》為最著。

《漢書・藝文志》論九流十家，便是源流論的框架，因為有了源頭，才有各個支流。源頭在哪裡呢？班固將源頭歸於孔子，所以論述九流的時候，皆以孔子來講。

莊子講得比班固早，說古代有道術，後來分裂了，才有諸子百家。後來具體論述，分為九流十家的就是《漢書・藝文志》。班固沒有將源頭推到古代官學，而是推到孔子，從孔子講下來。不過班固和莊子不一樣，莊子認為學術開始是一源，後來發展下來就亂七八糟了。班固則認為它們因為出自同一個源頭，所以內在還是具有相通性的，所以沒有關係，最後仍可「殊途而同歸，百慮而一致」。莊子沒有那麼樂觀，認為道術從此為天下裂，好的學術傳統瓦解了，且「往而不返」，所以「悲夫！」莊子這種講法有些類似七竅既鑿而混沌死，他對於學術發展是悲觀的，班固沒有那麼悲觀。

劉勰的理論，基本論述方法亦如此。因他的文學史框架，即模仿自學術史。根據這個框架，源頭是聖人是道，經典出自聖人，聖人源於道。到後來，末流很多訛爛。故劉勰認為，我們應該回歸到源頭上來。他的講法不是殊途同歸或往下走，而是往上走，回到源頭。這個框架很重要的一個支持就是《尚書》所講的「辭尚體要」。

劉勰認為好多文體都出自《尚書》，如詔、策、章、奏等。但我們細思便知：箴，夏商二箴見於《尚書大傳解》。記，真西山《文章正宗》認為：「記以善敘事為主，〈禹貢〉、〈顧命〉乃記之祖」，亦出於《書》。西山又說：「《周官》大祝作六辭以通上下親疏遠近，曰辭、命、誥、令、禱、誄，皆王言也。大祝以下掌為之辭，則所謂代言也。以《書》考之，若〈湯誥〉、〈甘誓〉、〈微子之命〉之類是也」。可見辭、誄、祝諸體仍可推源於《書》。《書》乃文體之大源頭！

劉勰又講「書標七觀」。古人講讀《尚書》可以觀仁、義、誡、度、治、美、事，這叫做七觀。劉勰《文心雕龍》的六觀，或有模仿《尚書》七觀之處。

現在論文學的人有一個很大的盲點：由於受西方影響，我們皆參考西方的文類劃分來談自己的文學作品，基本上分為四大文類，即詩歌、小說、戲曲和散文。但是如此處理中國文學作品，很多問題是沒法談的。

比如駢文。駢文不是散文，也不是詩歌。賦也是如此，我們一般把賦放入散文史中談，但實際上賦不是散文。今人講中國文學史，對於駢文、賦基本上是罵一通，除了六朝不得不談以外，大抵是不講的。

講散文呢，我們基本上就只講抒情文，如辭、命、誥、令、禱、誄、詔、策、章、奏等根本不談。但事實上中國散文的大傳統是《尚書》，而《尚書》的文章多是公文書，例如詔、策、章、奏。但在現代人觀念中，公文書不是文學作品，因為公文書不是抒情的。

我們現在整個中國文學史文學理論，都是從詩言志講下來，且強調個體抒情，所以章表奏議詔誥書冊這些，都被認為是實用文書，通常不會放入純文學史中談。在談文學史的時候，前面往往會有個帽子，談《易經》、《尚書》的文學等。但是後面談歷代文學作品時，什麼時候把章表奏議等等放進文學史中來談了？各位讀的文學史中，有講到歷代誰的奏表寫得好嗎？基本上我們不選，也不談這些作家。

現在的文學史比較強調《詩經》的傳統，將「詩言志」當作普遍化的文學的本質。而對於《尚書》的這個傳統則是不在意的。可是各位去翻翻古人文集就知道，兩部分文章最多：一是出自《尚書》傳統的章表奏議，這部分一般都放在最前面，是作者和編者最重視的。二是和史傳傳統有關的東西，如墓誌銘、某某人的傳或者記等等。最後面才收抒情言志的小文章。可是我們現在選文章，通常只選最後面的部分。中間史傳的部分，我們會略選一些，因為裡面還有一些表達個人感情的。而前面這一部分基本上就不收、不論、不議。

這種做法剛好把古代傳統倒過來了，也就是說我們對《尚書》這樣文體的傳統是不在意的。我們現在所能瞭解的古人的文體和古人所重視的文體，完全是兩回事。

六

劉勰的想法當然跟現代人很不一樣，他談文章，很重視《尚書》這一傳統，所以他將許多文體推源到《尚書》。

接著，再來看《禮記》。

劉勰曾說：「禮以立體。」禮，有五禮：吉、凶、軍、賓、嘉，而他將銘誄箴祝這幾類都歸源到禮。禮，顯示了人與人交際上的密切關係。比如誄，哀祭是凶禮，人死了，要舉行喪禮，所以有哀誄之文。哀誄出自喪葬的禮儀，故他認為銘誄哀祭這些都應歸為禮的傳統。

文體的歸源之外，影響劉勰論文最重要的，跟禮最有關係的是什麼呢？雖然他講「禮以立體」（這個體並不是「辭尚體要」的體，而是講我們有禮，才能建立一個人、一個社會的基本骨幹。「不學詩，無以言，不學禮，無以立」），但是劉勰論文，影響他最大的，不是「禮以立體」，而是《禮記》裡談到的人的情志關係。

例如〈明詩篇〉講「人稟七情，應物斯感，感物吟志，莫非自然。」人有七情六欲，所以會和萬物相感應。「昔葛天氏樂辭云：玄鳥在曲，黃帝雲門，理不空綺。至堯有大唐之歌，舜造南風之詩，觀其二文，辭達而已。……」這一大段是講詩的傳統。從葛天氏到秦始皇，詩的傳統未斷。但這只是詩之文辭表現而已。歷代都有詩，可是為什麼會有詩？詩的來源在哪裡？詩的本源，是因「人稟七情」，即人有感情，與萬物相感，所以才會感物吟志，這才是詩的本源。詩之創作是由於人自然興感，有這樣一種感情，才會興發，才有詩。

這種講法，幾乎是照抄《禮記》而來。范文瀾引《禮記．禮運》等篇來印證，十分正確。

為何劉勰會完全順著《禮記》說呢？因為他的人性論就繼承著漢人。

先秦的孔子只講「性相近，習相遠」。這個「性」是很含混的，恐怕很多時候和人的才智有關係，如云「中人以上，可以語上也；中人以下，不可以語上也」即是就才智說。「性相近，習相遠」是講人原來都差不多，本性之性，既可指生下來的德性，也可以指才智。經過學習後，慢慢地，人的差別才會越來越遠。

孟子不然，談性比較精細。他區分人性最少有兩部分：一部分是和動物類似的，我們一般也稱此為人性。但孟子說，這種和禽獸一樣的性，是人的物性部分，不叫人性；只有人異於動物，具有人的獨特性的，才能視為人性。很多人反駁孟子的善性論，說人天生就有惡性。這跟孟子的講法不相干。孟子早就講過了，人是動物之一，但是人作為萬物之靈，另有和動物不一樣的、具有靈性的部分。所以需要發揮人性、善性。

孟子講性如此，顯然精密過於孔子。但他只論性，沒有論到「情」。朱熹注四書時講得很清楚，說孟子講情不精密，不如後來的程伊川。孟子論情只是附在性上講，沒有單獨論，情性也沒有分開說。先秦的情況大概如此。原先論性，較為渾樸；孟子論性，較為精密，區分人性物性，要發揮人的善性。可是對於情這部分並沒有深入討論。真正討論情，是漢人。

性和情是不一樣的。依漢人之見，性是天生的。這個講法不盡同於孟子，乃是吸收了告子等先秦一般的講法而成。孟子的「性」是個獨特的講法，所以孟子要不斷跟別人辯論。漢人一方面接受了先秦一般的講法，說「生之謂性」。但同時也有孟子的講法，因為天生之性就是純善的。這天生下來的人性，《文心雕龍・原道篇》說是「人者，其天地之德，陰陽之交，鬼神之會，五行之秀氣也。」這段話出自《禮記・禮運篇》。人是天地之間最靈秀的動物，所以生下來的人性，秉持的天性是很好的、純正的。

可是人生下來之後有飲食等各方面的欲望，又和外物相感應，所以我們就有喜、怒、哀、樂、愛、惡、欲，這叫七情。情，就是性動的狀態。性，是天生的。本性和外在事物相接觸，感物而動才叫做情。故性可謂先天，情只是後天，後天感物而動，產生了喜、怒、哀、樂、愛、惡、欲，才有是非善惡可說。在「天生而靜」的這個部分，是純善，沒有惡，如後來《三字經》講，是「人之初，性本善」。那為什麼會有惡呢？惡，是情動以後的顯現。情動了，才有中不中節的問題。比如吃飯，沒有善惡可說，是人的欲望。但是如果窮奢極侈，就變成一種過惡，對自己、他人、世界可能都造成損失。

「感物而動」之前是性，是喜怒哀樂未發；後面是情，是喜怒哀樂發動。發動以後，我們就要討論是不是發而中節，如果發而不中節，我們的欲望不斷牽引著我們，那麼這就叫「人欲橫流」了。欲望越來越滋長，則「天理滅矣」。性，是天生下來的性，本來是合乎天理的，是善性。這個善性也即是孟子所說的「乍見孺子將之入於井」的性。但是如果人欲橫流，天理和善性就要被蒙蔽了，猶如俗話說「良心被狗吃了」那樣。

這是漢人人性論的基本框架。所以性是靜的，動的是情。情為何會動？「感物而動」，乃有七情六欲。情也是內在的，是性的運動形態，所以「人稟七情，應物斯感。」

這一套人性論，漢儒講了很多，除《禮記》，其他如劉向、班固等都討論過。劉勰只是順著這個講。所以陸機〈文賦〉說：「詩者，緣情而綺靡」，劉勰就不講緣情，而是講感物。講情由何起、人與外物又如何相感。

如《文心雕龍．物色篇》講人與萬物相感，最大規模的便是四季的變化。作詩，即是呼應這樣的感應。古人只講「在心為志，發言為詩」，這個講法裡並沒有「應物斯感」的部分，只是心理有想法就講出來。但是怎麼會「在心為志」呢？情志所成，其來源又是什麼？這情志之來，要麼感四時之變遷，要麼傷人事之代謝，再不然則是痛時世之盛衰。因為有感，才能有感而發。這個理論就是從《禮記》來的。

所以《禮記》對劉勰的影響不是簡單的幾句話，或者哪些段落，而是總體的，整個劉勰的人性論和創作的本源論都來自一個可以感悟的心靈，能和萬物感應。

這種感應說，最早出自《易經》。但是劉勰講「感」的部分並不是從《易經》來，因為《易經》沒有談情性問題，所以劉勰是從《禮記》上來談。

七

接著再來看《春秋》。

〈宗經篇〉講春秋五例：「易張十翼，書標七觀，詩列四始，禮正五經，春秋五例，義既幾乎性情，辭亦匠於文理。」義既幾乎性情，之前已經講過，劉勰論性，一定是兼論性情。情很重要，〈情采篇〉這些講情的理論，都跟漢人的講法有關。

「春秋五例」講的卻是《春秋》的幾種紀事原則。根據晉代杜預的〈春秋左氏傳序〉說，《春秋》紀事要「微而顯，志而晦，婉而成章」。《春秋》紀事有「微言」，就是隱微的記載，但是隱微的記載卻可以把罪惡是非彰顯出來。所以，微言不是彰顯的意思，而是隱微的（南懷瑾先生曾寫過一本書叫《大學微言》，他的意思是說他講的是《大學》中精微的道理，不知「微言」是隱密的不可說的，遂完全把語意弄顛倒了）。志，也是記載之意。「婉而成章」，指說話很含蓄委婉，但是又講得很清楚。「盡而不汙」，批評但是又不誹謗，惡惡勸善。這個是《春秋》紀事的幾個原則，所以稱之為《春秋》的五例。

事實上，整個《文心雕龍》對於《春秋》的處理不只是這幾句話。〈史傳篇〉中另提到了《春秋》經傳的舉例發凡。打開一本書，我們會說這本書的體例如何，體例，就是指這本書的架構和編排原理。還有些書除了序言之外，前面會有凡例。凡例是說明該書的編輯方式和所根據的基本原則。這些都是從《春秋》來的。

凡例的凡，是現在所謂凡是的凡。我們歸納《春秋》的紀事方法即可以發現，凡是這樣這樣寫的，它有這樣這樣的意思，所以叫做凡。這種凡，古人歸納出有幾十凡。

第二個叫做「例」。所謂例，是說有一個這樣的道理，例如……。凡和例正好是倒過來的兩種說理方法。

漢人注經有三種基本的方式：一叫章句，二叫訓詁，三便是條例。訓詁、條例和章句都是用來講解經典的，但是功能不一樣，寫法也不同。

訓詁主要是解釋經文的字義，略論其大旨。章句不然，很繁密詳細，如朱子《四書集注》正式的名稱就叫做《四書章句集注》，深入解說義理，不只訓詁字辭而已。這種章句，就是漢人注經留下來的體例。像《毛詩》，原名叫《毛詩故訓傳》，乃是訓詁的體例，基本上只解釋字詞，略說大意。章句則不然，朱熹的章句已經是宋人的辦法了，簡單很多。漢人的章句還要更繁瑣，每一章每一句下面都是長篇大論。

所以劉勰把古人注經的文章也算成文章之一，其實是有道理的。因為漢人解經不像我們現在所以為的那樣簡單。他們逐句闡釋，分章講論，一句一句講，比如「學而時習之，不亦說乎」下面就要講一大通。像《尚書・堯典》開頭說：「曰若稽古帝堯」。「曰若稽古」是什麼意思呢？就像現在給小孩子講故事的「很久很久以前」，或者佛經開頭的「如是我聞」。

「曰若」只是個發語詞而已，但漢朝人解這幾個字卻寫了幾萬言，還有多到幾十萬言的。《漢書》夏侯勝的傳記載，他是學《歐陽尚書》的（西漢時期的學制跟我們現在差不多。秦朝以吏為師，官學，燒掉了天下書。我們前一陣像秦朝，現在則像漢朝。博士制度，以專業分，正如漢朝《尚書》有《尚書》的博士，《詩經》有《詩經》的。這叫做家法。家法分今文家、古文家，底下再分師法。比如學《尚書》，導師是歐陽的，跟導師是夏侯的就不一樣。他們不但說法不同，連課本也不同，故考試時只根據你跟老師所學的本子。為什麼到東漢蔡邕要寫熹平石經？就因當時想統一這些經典文字。但在西漢時就是單獨分立的），跟老師讀書，「又從五經諸儒問與《尚書》相出入者，牽引以次章句，具文飾說」。具文飾說，就是章句的特點，故當時丁寬寫《易說》，一寫寫了三萬字還只是「訓故舉大誼而已，今《小章句》是也」。小章句如此，大章句還了得？漢人因為寫這樣的章句寫慣了，往往下筆不能自休，所以社會上才會有人挖苦他們說，博士替賣驢的人寫啟事，居然一寫好幾萬字。這是訓詁和章句。

條例是另一種，主要是由《春秋》來。根據《春秋》的書法，遣詞用字，歸納出若干的原理，叫做條例。公羊家講條例，杜預等人講《左轉》也說條例，還認為有周公舊例、孔子新例。因為依《左傳》家之見，孔子既據魯史而作《春秋》，則《春秋》的筆法褒貶，就不見得是孔子自創的，應該是史官本身即有傳承。

例如晉國宰相趙盾在國中紛亂時逃走，國君被殺後才回來，新的國君仍然重用他，還是做宰相。有一天，他看到史官記錄「趙盾弒其君」，感到非常冤枉。問太史，太史說：作為宰相，國家有亂不能平定反而逃走；雖逃走了卻又還未出境，仍然在國內；所以從政治責任上講，國君被殺，當然就是你的責任，所以寫成「趙盾弒其君」。這種寫法，當非晉太史之發明，應該本諸史例。

又，崔杼殺了齊國國君之後，看見史官寫著「崔杼弒其君」，很生氣，把史官殺了，叫他弟弟來寫。弟弟寫「崔杼弒其君」，也被殺了。再叫他另一個弟弟來，還是寫「崔杼弒其君」，又被殺了。另外一個史官，聽說崔杼已連續殺了幾個人，就自己帶著筆墨跑去，說等他家兄弟都被殺完了以後，我要接著寫。不料，崔杼找了第四個弟弟來，還是寫「崔杼弒其君」。崔杼看看實在沒辦法，就算了。那個史官走在半路上，聽說已經這樣寫了才回去。這些故事都彰顯了史官傳統的職業道德與寫作體例，在柳詒徵先生的《國史要義》裡面，他特別舉此說明中國有這樣一個傳統，不畏權勢，「秉筆直書」。

這個傳統很可貴，但是放在《春秋》上來講，就形成了問題。《春秋》之偉大，被形容是：「善善惡惡，賢賢賤不肖，存亡國，繼絕世，補弊起廢，王道之大者也」，「一字之褒，榮于華袞；一字之貶，嚴於斧鉞。」《春秋》賞善惡惡的判斷，這麼重要，所以才會「作《春秋》，亂臣賊子懼」。可是假如過去史官就已經是這樣了，那孔子的貢獻又在哪裡呢？

這是今文家和古文家很大的差異。左傳家是古文學派，他們認為應該有一個史官既有的條例，是周公所定的；孔子可能是根據史官的體例再加以嚴密化，或者有所新創，所以叫做「孔子新例」。公羊家則強調《春秋》是創作，條例皆孔子所定。

不管如何，條例談的都是哪些寫、哪些不寫、哪些先寫、哪些後寫等等筆法上的考究。相關著作很多，董仲舒時期就有的《胡毋生條例》，現在雖已看不到，但根據《隋書·經籍志》，漢晉還有杜預《春秋釋例》十卷、劉陶《春秋條例》十一卷、鄭眾《春秋左氏傳條例》九卷、不著撰人《春秋左氏傳條例》二十五卷、何休《公羊傳條例》一卷等等。

南北朝的經典注解，也大量延續了這種解經形式。劉勰說「春秋經傳，舉例發凡」，講的就是這個。這和《文心雕龍》有什麼關係呢？一，《文心雕龍》具體論到《春秋》時，一定從條例上來概括。對《春秋》的掌握，不是細部的具體的說哪一件事，而是講「春秋五例」、「春秋經傳，舉例發凡」等等。

二，劉勰的這種掌握，跟《文心雕龍》本身的結構有關。他為什麼寫《文心雕龍》？就是認為現在文苑多門，假如不「圓鑒區域，大判條例」，怎麼能「控引情源，制勝文苑」（見〈總術篇〉）呢？《文心雕龍》本身也是模仿《春秋》、模仿孔子，想替文人建立若干條例。這是《春秋》對於《文心雕龍》結構性的影響。

八

以上講的這些，是五經對《文心雕龍》的影響，或與其內在之關聯。總體上看，〈宗經篇〉跟〈徵聖篇〉是一體的，過去紀曉嵐曾說〈徵聖〉講的道理和〈宗經〉差不多，沒什麼必要再列一章，恐怕只是依託門面。事實當然不是這樣，兩篇一從人說，另一從文章上講，因為文學的創作者是人，不能脫離了人只談文章。近代文學中有強調作品論的，認為作者不重要。《文心雕龍》雖然談文體、談文章的寫作，但是創作者還是很重要的。「作者之為聖」，在古代，文人的地位很高。如王充即將文人看做是最高的，高於經師，就是因為文人能夠創作，「作者之為聖，述者之為明。」在中國討論文學，很少將作者撇開，單獨來論作品，劉勰的理論尤其不是這樣。他的理論一定要從人講，經典是聖人創造留下來的，宗經之外還須徵聖，所以這兩篇要分開來說。

〈宗經〉很具體地說文章為什麼要宗經。第一大段，主要講古代的經典是非常好的文學，「辭亦匠於文理」。義理很高明，文辭也非常好。第二段分別講《易經》、《尚書》、《春秋》、史傳、《禮記》等經典如何之好。如《春秋》「觀辭立曉，而訪義方隱。此聖人之殊致，表裡之異體者也」，「至根柢槃深，枝葉峻茂，辭約而旨豐，事近而喻遠，是以往者雖舊，餘味日新」。每一部經書他都要說明它的文辭怎麼怎麼好。所以第三段的總結「論說辭序，則易統其首；詔策章奏，則書發其源；賦頌歌讚，則詩立其本；銘誄箴祝，則禮總其端；紀傳銘檄，則春秋為根」「百家騰躍，終入環內」，後來的人不管怎麼寫，都被它們所籠罩了，所以我們要「稟經以製式，酌雅以富言」。

如若「文能宗經，體有六義」。能宗經，那麼就有幾種好處：「情深而不詭、風清而不雜、事信而不誕、義直而不回、體約而不蕪、文麗而不淫」，達到五經這樣的地步。

下面再補敘：「文以行立，行以文傳，四教所先，符采相濟」。四教，文行忠信裡面，應該是文最先。可是現在卻是「勵德樹聲，莫不師聖」，而「建言修辭，鮮克宗經」。講道德的時候都知道要學聖人，寫文章卻不肯宗經，不是荒唐嗎？近世文學正因此而「楚豔漢侈，流弊不還」；所以我們要改革，回歸經典，「正末歸本，不其懿歟！」

黃侃《文心雕龍札記》對於作文為何要宗經，舉出了四個理由：

一是要探其源。黃侃說古代學在王官，學術用於禮樂政刑，文章是用來闡揚政教的。我們現在寫文章的人也一定要回到這樣的本源。

二是經體廣大，無所不包。「論政治典章，則後世史籍之所從出也；其論學術名理，則後世九流之所從出也；其言技藝度數，則後世術數方技之所從出也。不睹六藝，則無以見古人之全，而識其離合之理。」

第三，寫文章，「文以字成，則訓故為要；文以義立，則體例居先，此二者又莫備于經、莫精於經。」所以我們當然應該從經典上去學習。

第四，各種雜文，如都能對它們循名責實，則亦皆可以推到古代，劉勰論的只不過其中一部分，還有其他。如「九能之見於《毛詩》，六辭之見於《周禮》」，這些都可以從源流上看出來，因此文應該宗經。

這是黃侃論文學為什麼要宗經的理由。其實他講得毫無道理，且只是他自己的看法，跟劉勰沒有任何關係。

他是個小學家，所以很強調訓詁。謂「文以字成」，所以訓詁很重要。但劉勰並沒有談到訓詁字義的問題。其次，講推源返本的人很多，莊子、班固、章學誠等都講。但是在這個框架裡，各家講法並不一樣。章學誠、黃侃等人講的返本，本，指政教合一的王官之學，所以其理想的文章亦偏向于政教禮樂。而劉勰卻不是從政教功能上談文章的，雖然也要宗經，但主要是就文采之美說。五經義理雖然很好，可是更好的是它的文辭，跟政教關懷之關係甚遠。黃侃的解釋完全搞錯了方向，他的文學思想和劉勰不是一路的。《文心雕龍札記》雖然開拓之功厥偉，誤導之處卻也極多，深層原因就在這裡。

另外需要補充的是：劉勰談經學，引用經典的版本，與現在通行本往往有若干出入，所以古人說劉勰用經文輒多異本。不過大體上可以看出，他比較傾向于古文家。用《毛詩》、鄭玄《詩譜》、《古文尚書》很多，不僅是那兩句「辭尚體要」而已。古文家通常不太強調訓詁之學，劉勰也很少顯示他對訓詁有多大功力，多半是就其大旨說，並強調條例，較接近古文家之風格。

《左傳》在《文心雕龍》中的地位也很高，經常被引用，在〈史傳篇〉中對《左傳》亦有評價。這個態度和今文家相反，他們是不承認《周禮》和《左傳》的。《文心雕龍》也有引用到《周禮》，但關係不那麼密切。《左傳》跟《文心雕龍》的關係就很密切了。

還有，古文家的一些說法，像馬融、鄭玄之前的一個古文家賈逵，〈宗經篇〉講「皇世《三墳》，帝代《五典》」就是引用他的說法。還有〈書記篇〉「繞朝贈士會以策」等是用服虔的說法。可以大概看出他與古文家的關係比較密切，所以常常引用。

另外，今古文家論經典時，排序並不一樣。今文家是根據經典的深淺，以詩、書、禮、樂、易、春秋這樣來排，而古文家比較強調經典的產生先後，所以次序是易、書、詩、禮、樂、春秋。這種排序方式，在漢代經學家，次序上是不亂的。劉勰在〈宗經篇〉有三次提到經典：「易張十翼，書標七觀，詩列四始，禮正五經，春秋五例」、「易惟談天、書實記言、詩主言志、春秋辨理」等等，都跟古文家的排序比較接近，所以我們認為劉勰比較接近古文家的經學立場。

九

最後，我們要綜合談談劉勰的文學理論。他的理論是經學傳統下的文論。他這套講法，放在經學影響下的文論傳統中看，並不是孤立的、獨特的或最早的。

這類講法早見於揚雄、班固等經學家身上。例如揚雄《法言·吾子》：「或曰：吾子少而好賦？曰：然。童子雕蟲篆刻。俄而曰：壯夫不為也」，「或曰：賦可以諷乎？曰：諷乎，諷則已；不已，吾恐不免於勸也」。他還說文章不過是女人織出的布而已。又說後來寫文章的人都淫，「或曰：女有色，書亦有色乎？曰：有。女惡華丹之亂窈窕也，書惡淫辭之淈法度也。」淫，是指過度的意思，比如下雨下得太多了就叫「淫雨」，發而不中節。所以「詩人之賦麗以則，辭人之賦麗以淫。如孔氏之門用賦也，則賈誼升堂，相如入室矣；如其不用何？」他認為楚辭以降寫賦的人都寫得過度了，都是「辭人之賦麗以淫」，而非「詩人之賦麗以則」。

《文心雕龍》區分詩人之賦和辭人之賦，說詩人之賦是為情造文、辭人之賦是為文造情。詩人之賦跟辭人之賦的分別，其來源就在揚雄這裡。

而為什麼這樣分呢？揚雄感歎說這些寫賦的人若在孔子門庭的話，則宗經徵聖，文章大可有個標準，誰該升堂，誰該入室，十分清楚。這種判斷，後來也被鍾嶸《詩品》採用。《詩品》也說誰升堂、誰入室。

孔門用賦，即是以儒家的角度來看文學。所以揚雄接著批評鄭衛之音不好，「中正則雅，多哇則鄭。」漢人從人性論發展下來，一切都要「發而中節」，認為過度了就不好。中國人講究中和美學，本是儒家的審美觀，過於哀傷、激烈的，偶一為之也很好，有特殊的美感，但是最後皆當歸於中和。劉勰的態度也是這樣，他之所以辨騷、正緯，即是要歸於中和的。

漢代儒家，揚雄是個代表。他的許多言論，劉勰皆有呼應。如他說：「或問：屈原智乎？曰：如玉如瑩，爰變丹青。如其智，如其智！」對屈原是比較讚美的，《文心雕龍》裡面也特別引到了。他又說「或問：君子尚辭乎？曰：君子事之為尚。事勝辭則伉，辭勝事則賦，事、辭稱則經。足言足容，德之藻矣！」「足言足容，德之藻矣」類似孔子講「文勝質則史，質勝文則野，文質彬彬，然後君子」。

後面一段又講孔門登堂入室：「或曰：有人焉，自云姓孔，而字仲尼。入其門，升其堂，伏其幾，襲其裳，則可謂仲尼乎？」「其文是也，其質非也。敢問質？」「曰：羊質而虎皮，見草而說，見豺而戰，忘其皮之虎也。」虎豹和羊，不僅皮不一樣，質也不一樣，這是子貢的說法。

「好書而不要諸仲尼，書肆也」，一個人喜歡讀書，但是不以孔子書為主，那就相當於是開書店的，不是思想家，沒思想。「好說而不要諸仲尼，說鈴也。」像個鈴鐺一樣，內裡空洞而響個不停。

「君子言也無擇，聽也無淫。擇則亂，淫則辟。述正道而稍邪哆者有矣，未有述邪哆而稍正也。孔子之道，其較且易也。」總之，我們說話做事皆要折中于孔子。「人各是其所是，而非其所非，將誰使正之？曰：萬物紛錯，則懸諸天；眾言淆亂，則折諸聖。或曰：惡覩乎聖而折諸？曰：在則人，亡則書，其統一也。」孔子在，我們折衷于孔子；孔子不在了，則根據他的書。這不就是劉勰的宗經、徵聖嗎？

《法言．寡見篇》也是這樣。「或問：五經有辯乎？曰：惟五經為辯。」五經皆雄辯之語，「說天者莫辯乎《易》、說事者莫辯乎《書》、說體者莫辯乎《禮》、說志者莫辯乎《詩》、說理者莫辯乎《春秋》。」「良玉不彫，美言不文，何謂也？曰：玉不彫，璵璠不作器。言不文，典謨不作經。」最好的文就是經典，經典何以能流傳久遠，因為文辭本身就好。

《法言．君子篇》又說：「或問：君子言則成文，動則成德，何以也？曰：以其弸中而彪外也。」就是內有德外有文，剛剛談〈宗經篇〉也提到樹德立志，「般之揮斤，羿之激矢，君子不言，言必有中也；不行，行必有稱也。」行必有文，都跟揚雄的講法相通。

下面《論衡》的幾段，也有與劉勰相通的：「文人宜遵五經六藝為文，諸子傳書為文，造論著說為文，上書奏記為文，文德之操為文。立五文在世，皆當賢也。造論著說之文，尤宜勞焉。」漢代王充以後，我們大都只注意到建安七子的詩歌，其實建安到魏晉之間最重要不是詩而是論，好文章都在論上，論是最重要的文體。重看王充此文，你就能體會這一點。

下面講到「天文人文，豈徒調墨弄筆，為美麗之觀哉？載人之行，傳人之名也。善人願載，思勉為善；邪人惡載，力自禁裁。然則文人之筆，勸善懲惡也。謚法所以章善，即以著惡也。加一字之謚，人猶勸懲，聞知之者，莫不自勉。況極筆墨之力，定善惡之實，言行畢載，文以千數，傳流於世，成為丹青，故可尊也。」這也是《論衡》裡面所談的。從《論衡》可知，《文心雕龍》提到的《春秋》惡惡勸善、文人應該遵五經六藝為文云云，皆本於漢人。

第六講　文學解經的傳統

一

之前我們大致說了《文心雕龍》是在經學傳統中發展出來的文論，所以它不但跟經學有密切的關係，跟漢儒的關係也很密切。特別是跟揚雄、班固等漢代經學家論文學非常類似。

班固、揚雄對他們那個時代的文風其實就很不滿了，他們希望文學是跟經學結合起來發展的，所以揚雄說：

> 或曰：景差、唐勒、宋玉、枚乘之賦也益乎？曰：必也淫。淫則奈何？曰：詩人之賦麗以則，辭人之賦麗以淫。如孔氏之門用賦也，則賈誼升堂、相如入室矣，如其不同何？
>
> 好書而不要諸仲尼，書肆也；好說而不要諸仲尼，說鈴也。君子言也無擇、聽也無淫。擇則亂，淫則辟。述正道而稍邪哆者有矣，未有述邪哆而稍正也。孔子之道，其較且易也。
>
> 或曰：人各是其所是，而非其所非，將誰使正之？曰：萬物紛錯，則懸諸天；眾言淆亂，則折諸

聖。或曰：惡覩乎聖而折諸？曰：在則人，亡則書，其統一也。

或問：《五經》有辯乎？曰：惟《五經》為辯。說天者莫辯乎《易》，說事者莫辯乎《書》，說體者莫辯乎《禮》，說志者莫辯乎《詩》，說理者莫辯乎《春秋》，舍斯，辯亦小矣。

或曰：「良玉不雕，美言不文，何謂也？」曰：「玉不雕，與璠不作器。言不文，典謨不作經。」

認為如果我們講了半天，而不是根據經典，那是不行的；一個人很有聰明才智，但不根據經典，也是不行的，文章最好的就是經典。莫辯乎經云云，意思是：最能言善道的，其實就是經典。這些觀點，大致也就是劉勰的觀點，劉勰是承續這個路數而來的。

劉勰的繼承性很少人談，而其實非常明顯。因為他有許多地方不只是沿襲，還根本就是抄來的。如〈宗經〉是他多麼重要的篇章？可是其中「夫《易》惟談天，入神致用。故〈繫〉稱旨遠辭文，言中事隱；韋編三絕，固哲人之驪淵也。《書》實記言，而訓詁茫昧，通乎爾雅，則文意曉然。故子夏歎《書》，昭昭若日月之明，離離如星辰之行，言昭灼也。《詩》主言志，詁訓同《書》，摛風裁興，藻辭譎喻，溫柔在誦，故最附深衷矣。《禮》以立體，據事制範，章條纖曲，執而後顯，采掇片言，莫非寶也。《春秋》辨理，一字見義，五石六鷁，以詳備成文；雉門兩觀，以先後顯旨；其婉章志晦，諒以邃矣。《尚書》則覽文如詭，而尋理即暢；《春秋》則觀辭立曉，而訪義方隱。此聖文之殊致，表裡之異體者也」這一大段，就基本抄自王粲〈荊州文學志〉。王粲是建安七子之一，我講過他經學是很好的，其論文亦本諸經典。劉勰抄他的話為自己張目呢！古書亡逸太甚，否則我們當會看到更多劉勰抄自前輩的證例。

近人習慣把魏晉與漢代斷開來看，採取一種革命史觀。因為近代人喜歡革命，後一代要反前一代，所以把前面這一代想像成一個儒家的、經學的漢代，來跟老莊的魏晉、文學的魏晉對立起來。但事實上魏晉人談文學，不是像我們現在文學史這樣談的。魏人之說，王粲可稱典型；晉朝最典型的文獻，則是摯虞《文章流別論》。

劉勰之前，論文著名的有曹丕、陸機、摯虞、李充等人。這幾篇東西，就是他那個時代談論文學時的經典文獻。各位看劉勰在好多地方談到前人如何如何時，基本上舉的就是這幾篇。而這裡面，摯虞《文章流別論》特別重要。

當時朝政一蹋糊塗，政治上亂七八糟，很多人被殺或自殺。如陸機，八王之亂時帶了一支軍隊去攻洛陽，結果兵敗，史書上說潰敗時死人把山谷都填滿了，故陸機回來後即被殺。摯虞也很慘，在永嘉之亂時活活餓死了。不過摯虞的著作很多，在當時非常重要。除了文學之外，他還是個經學家，我之前介紹過了。

他寫的《文章流別論》，其實原是個文章總集，有點類似《文選》。有些古代的目錄說它有四十一卷，有的說有六十卷，可見是很大的一部書。不過可能在文章前面，寫了一個像提要般的東西，說明「表」是什麼樣的文體，有什樣重點，歷代的作家各有什麼樣的特色等等。這部分被單獨輯出來，即稱之為文章流別論或文章志論。根據《隋書・經籍志》記載，文章志論有二卷。那部《文章志》跟他的《文章流別集》不能確定是同一本書還是兩本書，不過現在兩本書都看不到了，能看到的就是目前一條一條的簡單輯錄。

這些輯錄當然不能完全顯示他的文學主張，不過看這個輯本也就可以發現《文心雕龍》跟他的體例非常像。前面是總論，底下分論，如說「賦者，敷陳之稱，古詩之流也」。然後又說：書云詩言志，這一大段講的是詩。再底下講七發是什麼樣的文體；底下說古之銘志曰，這一段是講銘；再底下講哀詞，講哀策；然後是解嘲；再來是碑，還有圖讖：

> 文章者，所以宣上下之象，明人倫之敘，窮理盡性，以究萬物之宜者也。王澤流而詩作，成功臻而頌興，德勳立而銘著，嘉美終而誄集。祝史陳辭，官箴王闕。《周禮》太師掌教六詩：曰風，曰賦，曰比，曰興，曰雅，曰頌。言一國之事，繫一人之本，謂之風。言天下之事，形四方之風，謂之雅。頌者，美盛德之形容。賦者，敷陳之稱也。比者，喻類之言也。興者，有感之辭也。後世之為詩者多矣，其功德者謂之頌，其餘則總謂之詩。頌，詩之美者也。古者聖帝明王，功成治定而頌聲興。于是史錄其篇，工歌其章，以奏于宗廟，告于鬼神。故頌之所美者，聖王之德也，則以為律呂。或以頌形、或以頌聲，其細已甚，非古頌之意。昔班固為〈安豐戴侯頌〉，史岑為〈出師頌〉、〈和熹鄧後頌〉，與〈魯頌〉體意相類，而文辭之異，古今之變也。揚雄〈趙充國頌〉，頌而似雅；傅毅〈顯宗頌〉，文與《周頌》相似，而雜以風雅之意。若馬融〈廣成〉、〈上林〉之屬，純為今賦之體，而謂之頌，失之遠矣。

你看他這樣的討論方式，不是很像《文心雕龍》嗎？《文心》也是一章章，談〈明詩〉、談〈詮賦〉、談〈銘箴〉，分體論文。然後，怎麼論呢？原始以表末、選文以定篇、敷理以舉統，其論說方式不也跟摯虞一樣嗎？

具體的解說，如：

賦者，敷陳之稱，古詩之流也。古之作詩者，發乎情，止乎禮義。情之發，因辭以形之；禮儀之旨，須事以明之。故有賦焉，所以假象盡辭，敷陳其志。前世為賦者，有孫卿、屈原，尚頗有古詩之義，至宋玉則多淫浮之病矣。《楚辭》之賦，賦之善者也。故揚子稱賦莫深于〈離騷〉。賈誼之作，則屈原儔也。古詩之賦，以情義為主，以事類為佐。今之賦，以事行為本，以義正為助。情義為主，則言省而文有例矣；事形為本，則言當而辭無常矣。文之煩省，辭之險易，蓋由于此。夫假象過大，則與類相遠；逸辭過壯，則與事相違；辯言過理，則與義相失；麗靡過美，則與情相悖。此四過者，所以背大體而害政教，是以司馬遷割相如之浮說、揚雄疾「辭人之賦麗以淫」。

這些段落，每一段跟《文心雕龍》比對，你都會發現很類似，不止語言上類似，觀點上也是。

但這套方法也不是摯虞發明的，我在《中國文學史》中曾介紹，漢朝蔡邕以下論文體，基本上就是這個模式，所以它是漢代成形的一種論文體的方法。這種方法，被摯虞《文章流別論》、劉勰《文心雕龍》沿續下來。這是它們大體的結構。

至於論述的內容，摯虞說什麼叫作文學呢？文章所以宣上下之象，明人倫之序，窮理盡性，以究萬物之疑者也。文章的目的與功能，是來明人倫的，闡明人倫的道理。而它為什麼會有這麼多的文體呢？是因為面對的情況不一樣，如一位國君、天子，德行非常好，能澤被萬民，老百姓自然就會用詩歌來讚美他，所以詩歌是王者教化流行以後所產生的結果，人們用詩歌來讚歎、詠歎這樣一位王者。

可以注意，他論這些文體，都是從王者政教這個角度來論的。所以說「言一國之事，繫一人之本，謂之風。」

我們要注意的是，國風，如果把它講成是地方風謠，特別是宋代以後的講法，那就是地方的民歌。

這是就地方的民情風俗來講。但是從漢人就不是這樣說。當然，漢人解釋風，有時候也說是風俗，像應劭《風俗通》。但從來解《詩經》時基本上都從風化、教化上來說，所以它要說「一國之事，繫於一人」，這一人就是國君。繫於一人之本，這就是風。若「言天下之事，行四方之風」，這便叫作雅，雅就是天下之事，四方之風。頌，則是美盛德之形容。這幾句話，其實就是從毛詩出來的。似此之處很多。

接下來講七發也是如此。七發的目的是要導引欲望歸於正途的，所以發乎情，欲望不斷流動；但到最後，要講到至德要道。這種寫法，叫作曲終奏雅，止於禮義。可是後來的作品就不行了：

> 〈七發〉造於枚乘，借吳、楚以為客主。先言「出輿入輦，蹷痿之損，深宮洞房，寒暑之疾；靡漫美色，晏安之毒；厚味煖服，淫曜之害。宜聽世之君子，要言妙道，以疏神導引，蠲淹滯之累」。既設此辭以顯明去就之路，而後說以色聲逸遊之樂，其說不入，乃陳聖人辯士講論之娛，而霍然疾瘳。此固膏粱之常疾，以為匡勸，雖有甚泰之辭，而不沒其諷諭之義也。其流遂廣，其義遂變，率有辭人淫麗之尤矣。崔駰既作〈七依〉，而假非有先生之言曰：「嗚呼，揚雄有言，童子雕蟲篆刻，俄而曰壯夫不為也。孔子疾小言破道。斯文之族，豈不謂義不足而辯有餘者乎！賦者將以諷，吾恐其不免於勸也。」

「其流遂廣，其義遂變，率有辭人淫麗之尤矣」，慢慢開始講究文章之巧，脫離了它應該有的宗旨。後面像〈銘文〉、〈讚頌〉等大概都是這樣的意思：

> 夫古之銘至約，今之銘至煩，亦有由也。質文時異，則既論之矣；且上古之銘，銘於宗廟之碑。

蔡邕為楊公作碑，其文典正，末世之美者也。後世以來器銘之嘉者，有王莽〈鼎銘〉、崔瑗〈杌銘〉、朱公叔〈鼎銘〉、王粲〈硯銘〉，咸以表顯功德，天子銘嘉量、諸侯大夫銘太常勒鐘鼎之義。所言雖殊，而令德一也。李尤為銘，自山河都邑，至於刀筆符契，無不有銘，而文多穢病；討論潤色，言可采錄。

最後講〈圖讖〉云：圖讖「雖非正文之志，然以其取縱橫有義，反覆成章」，也正好呼應了劉勰〈正緯〉篇。劉勰也是同樣的意思，即緯書雖然荒誕不經，但是對文章寫作是有用的，他的立場跟摯虞很像。

我之前講劉勰的生平時，曾舉了裴子野的〈雕蟲論〉來說明當時有這樣一種復古文風，現在由摯虞看，則更可發現劉勰的文論還有個比較長遠的脈絡。這脈絡是從漢代的揚雄、班固、蔡邕，到摯虞《文章流別論》。這脈絡，即經學傳統下的文論，其內部非常類似，有很大的互文性。

它的共同點在哪呢？第一，都把文章之源頭推到五經，也把五經奉為文章的典範，後來的文學愈來愈差，所以我們寫文章就要追源溯本，回到經典。每一種文體都是從經典出來的，故寫作時也要回到原來的文體。這文體為什麼這樣出來、有什麼意思、應該怎麼寫，亦均以五經為正格，後來為變例。而變，其實都是貶義詞，因為這些變都脫離了原來的大根大本。這，就體現了我曾經說過的本末、源流的思維方式。流變往往是流弊的同義詞。

二

《文心雕龍》論每一個文體，都從經典說，如〈頌贊〉釋頌云：「四始之至，頌居其極。頌者，容也，所以美盛德而述形容也。」這一解釋就源於毛詩，毛詩說：「四始，詩之至也。」又說：「頌者，美盛德之形容。」接下來，劉勰說：「昔帝嚳之世，咸墨為頌，以歌《九韶》。自商以下，文理允備。夫化偃一國謂之風，風正四方謂之雅，容告神明謂之頌。風雅序人，事兼變正；頌主告神，義必純美。」其中，「風正四方謂之雅」來自毛詩「形四方之風，謂之雅。雅者，正也」，「容告神明謂之頌」來自毛詩「頌者，……以其成功告於神明者也」，而認為風的作用是序人、雅分為正雅變雅等觀點，也是不離毛詩的思路的。

以上是總說。接下來還有分論，如「〈時邁〉一篇，周公所制，哲人之頌，規式存焉。」說《周頌》裡的〈時邁〉是周公親自製作的，是頌的好典範；「夫民各有心，勿壅惟口。晉輿之稱原田，魯民之刺裘鞸，直言不詠，短辭以諷，邱明子高，並諜為誦，斯則野誦之變體，浸被乎人事矣。」說晉國魯國百姓譏刺時政、議論人事的諷詠被左丘明等史官記載下來，成為「野誦之變體」，也就是說並非最開始意義上的頌了；「及三閭〈橘頌〉，情采芬芳，比類寓意，乃覃及細物矣。」到了屈原這裡，頌又有了新變化，描寫的對象推到了細小的事物。當然，到屈原，頌也都還是寫得好的。

秦漢以後，「班傅之〈北征〉、〈西巡〉，變為序引，豈不褒過而謬體哉？」慢慢發展下來就脫離了原來的文體，產生了變化，而變了之後就錯了，所以說是謬體。「馬融之〈廣成〉、〈上林〉，雅而似賦，何弄文而失質乎」，馬融的東西不行，過求文飾。崔瑗、蔡邕雖然不錯，但「致美於序，而簡約乎篇」，又太簡略了。「摯虞品藻，頗為精核」，摯虞的評論非常好，然而中間也有一些錯誤，「至於雜以風雅，而不辨旨趣，徒張虛論，有似黃白之偽說矣」，黃的跟白的還有些分不清楚，故劉勰要在摯虞的基礎上再往前推。「及魏晉辨頌，鮮有出轍」，魏晉以後，也要照規矩來。曹植的東西，以〈皇子〉為最好；陸機的篇章則以〈功臣〉為最妙。但是，「其褒貶雜居，固末代之訛體也」。前面是本，後面是末。我已說過了，他的文學史觀乃是個源流觀。末代就是衰敗的時代。因為「頌」本是褒揚的，這些作品卻褒貶相雜，所以他批評那是「末代之訛體」。訛是錯誤之意。可見即使是曹植、陸機寫的東西，跟古代也不能相比。

接下來的〈祝盟〉篇，也是如此，開篇云：「天地定位，祀遍群神。六宗既禋，三望咸秩，甘雨和風，是生黍稷，兆民所仰，美報興焉」，就是說，我們要祭祀，天、地、日、月、山、川、花、草、鳥、獸、蟲、魚，都要祭，所以「『旁作穆穆』，唱于迎日之拜；『夙興夜處』，言於祔廟之祝；『多福無疆』，布於少牢之饋：宜社類禡，莫不有文。」祭祀時都得有祭文，「旁作穆穆」等就是經典裡記載的祭文。

《楚辭》繼承了這一傳統，漢代又沿續下去，不過「東方朔有罵鬼之說，於是後之遣咒，務於善罵，唯陳思誥咎，裁以正義矣。」後來的祝文就過分了，以善罵為務，只有陳思的〈誥咎〉才是正確的。

「若乃《禮》之祭祀，事止告饗；而中代祭文，兼贊言行，祭而兼贊，蓋引神而作也。」這談到了祝文的一種變化，《儀禮》所載的祝辭只是請受祭者來享用祭品的，漢魏時卻要在念祝時兼贊受祭者的言行，這是祝文的引申。「漢代山陵，哀策流文。周喪盛姬，內史執策。然則策本書贈，因哀而為文也。」這是說漢陵中的「哀策」文體來自周朝，「策」本是一種贈諡文體，後來「因哀而為文」，成為了祝文的一部分，這也是通過經典來說明文體的演變和標準的。

底下的〈銘箴〉篇也是如此，都是說它如何源於經典，這文體又該怎麼寫。後代如果符合了，他就認為好，如若改變，他就批判。這是從文體上講，我們再看下半部。

前面講文體，我們可以說文體都是古代發展下來的所以要順著文體講；但下半部談文章的寫作方法、創作的原理，還需要如此嗎？是的，一樣。如〈麗辭〉篇說古代唐虞之時，還比較原始，言辭表達還是比較直樸，還不夠文，但是臯陶的贊，已經有了「罪疑為輕，功疑惟重」這樣的對仗。〈麗辭〉整篇講的就是對仗，不是泛說漂亮的文辭。漂亮的文辭表現在那裡呢？就表現在對仗。中國的文字，對仗最能顯示出華美，所以〈麗辭〉主要談的就是對仗。說堯時已出現了這樣的對句了，到了《易經》的〈文言〉跟〈繫辭〉更是聖人之妙思。

〈麗辭〉說：「序〈乾〉四德，則句句相銜；龍虎類感，則字字相儷；乾坤易簡，則宛轉相承；日月往來，則隔行懸合。」這是在稱讚〈文言〉和〈繫辭〉。「序〈乾〉四德，則句句相銜」指的是〈乾卦‧文言〉中「元者，善之長也，亨者，嘉之會也，利者，義之和也，貞者，事之幹也」幾句話。「龍虎類感，則字字相儷」指的是〈乾卦‧文言〉中「同聲相應，同氣相求。水流濕，火就燥；雲從龍，風從虎」幾句話。「乾坤易簡，則宛轉相承」指的是〈繫辭〉中「乾以易知，坤以簡能；易則易知，簡則易從」幾句話。「日月往來，則隔行懸合」指的是〈繫辭〉中「日往則月來，月往則日來，日月相推而明生焉」幾句話。這一類句子「雖句字或殊，而偶意一也。」它們是「麗辭」在經典中的源頭，順此以觀後世，「至於詩人偶章，大夫聯辭」，那就很多了。

他在談每個文體以及每一部分時，都這樣把經典的文句拿出來，從文學的角度來討論它。這叫什麼呢？這叫發現經典的文學性！

我們讀經典時，一般只注意它是什麼意思，但劉勰通過這一類討論，很細緻的一段一段的來告訴你經典是文學作品。為什麼是文學作品？因為它具有這樣的文學性。

請看〈夸飾〉。我們寫文章的人都知道，沒夸飾是沒法寫的，對不對？黃河之水天上來、白髮三千丈，不都是夸飾嗎？摯虞的《文章流別論》曾批評辭人往往假象過大，假象過大就是因為夸飾。後人誇飾固然太甚，但經典也不是沒有文學性誇飾，所以本篇他也是從經典講起。說：「文辭所被，誇飾恒存。

雖《詩》、《書》雅言，風格訓世，事必宜廣，文亦過焉。是以言峻則嵩高齊天，論狹則河不容舠」，說高這山就高到天上去了，說這河窄，就連一條船都放不下去，「說多則子孫千億，稱少則民靡孑遺」，說戰爭中老百姓全死光了，一個都沒剩，這都是夸飾。「襄陵舉滔天之目，倒戈立漂杵之論」，黃河水大，淹到天上去了；牧野之戰，死人流的血可以把木杵浮起來。孟子的學生曾問孟子：「你不是說仁義之師進攻時，敵人會簞食壺漿以迎王師嗎，為什麼《尚書》記載牧野之戰血流漂杵？」孟子說：這是誇飾，不要因辭害義。「辭雖已甚，其義無害也」，這其實就是一種夸飾，所以「說詩者，不以文害辭、不以辭害意」。

這是以經典來證明夸飾不可少。不過後來夸飾越來越過分，「變彼洛神，既非罔兩；惟此水師，亦非魑魅，而虛用濫形，不其疏乎？此欲夸其威而飾其事，義睽剌也」。經典雖亦誇飾，意義沒有損傷，後人之誇飾，不但踰分，意義也乖離了，所以評價就差了。你看他如此立論，便可發現它有很重要的功能：闡發了經典的文學性。

第三十八篇〈事類〉，也是如此。〈事類〉講用典故，「據事以類義，援古以證今者」，引用古代的事來講現代的事，所以從《易經》講起，如〈既濟〉九三，遠引高宗之伐；既濟卦談到高宗征伐鬼方，三年克之。「明夷卦五六，近書箕子之貞」，明夷是地火卦，講箕子被殷紂王迫害，在很艱難的情況下能守住他的正義。「斯略舉人事，以徵義者也。至若胤征羲和，陳〈政典〉之訓；盤庚誥民，敘遲任之言；此全引成辭，以明理者也」。有時僅略舉古事，有時就引古人整段話，如〈盤庚上〉引遲任的話：「人惟求舊，器非求舊，惟新」，人需要跟老朋友在一塊兒，但用東西則新的比較好。鼓勵老百姓跟著我遷到一個新地方去。殷商本來是個東方民族，在山東曲阜一帶，盤庚遷殷才遷到黃河中游，就是現在河南安陽。如此長途跋涉，很多人不願意，故盤庚引用了古語以勸之。

最後總結說：「大畜之象，『君子以多識前言往行』，亦有包于文矣。」這段話，其實是有下文的，因「君子以多識前言往行」這句話不成辭，劉勰在引文時刪掉了幾個字。這句話的原文意思是說君子要多瞭解古人的言行、多讀古人書，「以畜其德」。大畜，講的是畜德，要多瞭解古代好人好事，來積存我的德行，這叫做〈大畜卦〉，劉勰在引這段話時，卻把這幾個字去掉了。因為那是畜德，講的是道德修養，現在談的卻是文章，只強調寫文章要「多識前言往行」就好。他在這裡動了個小手腳，但他是在用他的方式說明經典的文學性呢！

再來看〈練字〉篇。這一篇開頭講文字的變化，從結繩、鳥跡以至漢初，人們對待文字都很嚴肅，可是「暨乎後漢，小學轉疏，複文隱訓，臧否大半」，漢代以後，大家對小學慢慢都不熟悉了，所以「複文隱訓，臧否大半」——「複文」，類似今天說的異體字，「隱訓」，就是詭僻之訓。後面則標舉《爾雅》、《蒼頡》等字書的重要性，文學家的練字功夫首先取決於「識字」，不識字，談什麼練字呢？《爾雅》和《蒼頡》就很重要，「夫《爾雅》者，孔徒之所纂，而《詩》、《書》之襟帶也；《蒼頡》者，李斯之所輯，而史籀之遺體也」，只有「晐舊而知新」，才可以屬文。韓愈有句名言：「為文宜略識字」，奉勸寫文章的人你要稍微識些字呀，寫文章的人怎麼會不認識字呢？實際上還真是這樣。不是說這個字看不懂，而是不會用。每個字都有輕重緩急，當與不當，練字練字，其實就是練你對文字的理解功夫。現在我們談寫文章要練字，多是談「春風又綠江南岸」的「綠」字，或是「身輕一鳥過」的「過」字如何巧妙，但在劉勰看來，只有深入經典，特別是《爾雅》以降的傳統，才能準確拿捏字的輕重，用字用得妥當。

各位再看第四十四章〈總術〉，本篇可以說是關於寫作方法的總論、結論。開篇就談文筆之辨：「今之常言，有文有筆，以為無韻者筆也，有韻者文也。夫文以足言，理兼《詩》、《書》，別目兩名，自近代耳」。古代把有韻之《詩》、無韻之《書》，都稱為文，現在我們稱文跟筆，是近代的區分。顏延年認為經典是言而非筆，傳記則是筆而非言。

《文心雕龍》不贊成這種區分，「請奪彼矛，還攻其楯矣」，就是拿你的矛攻你的盾。為什麼這樣說呢？「《易》之〈文言〉，豈非言文？若筆不言文，不得云經典非筆矣」，他認為《易經》的〈文言〉既是文又是言，不能說經典是言而不是筆。

按顏延年的說法，「言」是說話，是最粗糙的；把說的話記錄下來，就變成了「筆」。比如我們講課，如果寫成記錄，就會把「這個、那個、啊」之類的閒言碎語通通刪掉，變成比語言更精煉的一篇文章，也就是顏延年說的「筆」。這個筆，和我們的言是差不多的，只不過精煉些、嚴謹些；如果更進一步，把它的詞藻變漂亮，這就叫「文」了。所以文、筆、言是三個層次——言的文學性差，層次最低；筆的文學性和層次較高；更高的就是文。

現在講文學史、文學理論的人都說六朝的「文筆之辨」，其實搞錯了，應該是文筆言三層區分。可是，劉勰根本就不贊成這種提法，因為他的理論從經典裡來，《詩》是一個傳統，《書》也是一個傳統，你不能專門強調有韻的這個傳統。

那麼，怎樣才能準確認識顏延年的觀點呢？我們需要釐清兩點，第一，顏延年的概念中是文筆言三層區分，上面已經講過；第二，顏延年談的是文學性的區分，而不是文類的區分。今天我們討論這一問題，通常把文、筆講成文類的區分，有韻者為文，無韻者為筆，討論來討論去。其實顏延年不是談這個，他是在談文學性：認為散體筆劄的文學性不如詩賦等韻文，後者「文」的程度更高些。想想就知道，韻文要協調韻腳，要搭配、組織，離語言更遠，因為我們講話不會七個字七個字，或是四個字四個字的。這樣，「文」的程度越高，距離自然性的語言就遠，所以言經過筆的過渡，最終上升為文。

劉勰卻不主張這樣的區分，《易經》不是有〈文言傳〉嗎？〈文言傳〉不就是文的言，或是言的文嗎？用這個來反駁顏延年，可見〈文言傳〉在他心目中是很高很重要的文學典範。後來清朝阮元的〈文言說〉把駢文、對仗等等當做文章的正宗，也是順著劉勰的講法發展下來的。「將以立論，未見其論立也」，說顏延年的講法不通。我的態度呢，是「六經以典奧為不刊，非以言筆為優劣也」，你顏延年不是主張經典是言，連筆都不是，更不是文嗎？我劉勰偏要主張經典是最高的文，不是以言跟筆作區分的。

批評完顏延年，又批評陸機：「陸氏〈文賦〉，號為曲盡，然泛論纖悉，而實體未該。故知九變之貫匪窮，知言之選難備矣。」陸機的〈文賦〉沒有談到最主要的部分。為什麼這麼說呢？拿陸機的〈文賦〉跟摯虞的《文章流別論》一比，就發現陸機談的是文章的技術，摯虞談的是文章的原則和根本——「王者之流澤」、「政教」、「經典」，陸機卻只是「泛論纖悉」，論些小東西，「而實體未該」，真正該掌握的大體沒有談到，所以他認為陸機是不行的。諸如此類，這就是《文心雕龍》的基本脈絡。

我們讀書，要瞭解古人、瞭解一個時代、瞭解一個學派、一本書，都要看它主要的理則、大的脈絡。主線如果抓不住，那就糟了。我素來不贊成各位做研究先去看論文。現在寫論文，都不先讀原文本書，都先去上網或到圖書館查期刊、論文目錄，看看前人這方面做過些什麼，然後再去想我可以有些什麼新題目，或者在前人研究基礎上繼續做。其實前人做的研究沒啥可看，基本上都是錯的。例永嘉學派，大家上網去一查，幾乎所有的研究都告訴你，永嘉學派是講事功的，乃功利之學，跟朱熹等理學家如何如何不同。這全都是錯的。另外，像章學誠、劉知幾的研究，有哪幾篇是對的？王充《論衡》的研究，又哪有一篇是對的？所有這些東西，都要自己看，不要去看二手材料，二手材料基本上都是錯的。為什麼呢，因為大脈絡多半搞錯了。不只一本書這樣，有時一個時代也這樣。各位去看我《晚明思潮》就曉得了。

我們談《文心雕龍》也是一樣，要看主線，思想的大本。劉勰曾批評陸機泛論纖悉，大體卻沒掌握。看東西，大體掌握以後，就非常簡單，如網在綱，即不難綱舉目張。《文心雕龍》的主要觀點就是這個。讀一本書是很容易的，抓住主線，細部的東西可看可不看。過去談《文心雕龍》跟道家自然、跟佛教的關係，說它怎麼重視《楚辭》、怎麼強調創新等等，之所以都是亂扯，就是因為抓不住它的主脈。

三

這是我們前面談到的它跟經學傳統的關係，〈宗經〉、〈徵聖〉，從宗經如何宗，從文體上，從經典的文學性的闡發上來談。底下要補充的是它這一路思想在後代的發展。

過去章學誠曾說六經皆史，我則寫過一本《六經皆文》。六經，後代把它全部看成文學，這樣以文學觀點或文學性來處理經典的思潮，到明朝蔚然大觀，經典全面文學化。這樣一個思路，它如何發展而成？

論經學與文學之關係，剛才講過，《文心雕龍・宗經篇》不是最早的，遠有端緒。不過，他們均不如劉勰如此明建旗鼓，揭出宗經的旂號，而且講得如此系統明晰。此固因劉氏本人效法孔子，有序志徵聖之立場使然，但亦有其時代因素。

魏晉南北朝，經學開始與文學分立，然後又與史學分立，四部經、史、子、集的分類體系即形成於這樣一種大環境中。在此之前，經與史與文固未嘗分也，何必來談兩者的「關係」？在此之後，經與文已分，才有劉勰一類人出來提醒文學家：不可忘了經，文章仍應宗經，欲以此矯當世文風之弊。

因此宗經之說，首先就從源頭上說經乃文學之源，一切文體皆源於經：「論、說、辭、序，則《易》

統其首；詔、策、章、奏，則《書》發其源；賦、頌、歌、贊，則《詩》立其本；銘、誄、箴、祝，則《禮》總其端；紀、傳、銘、檄，則《春秋》為其根」。

其次，又說六經不但是源頭，且是最高的典範，因此後世創作，皆不能出其範圍，也應該以它為極則：「義既極乎性情，辭亦匠於文理，故能開蒙養正，昭明有融」、「並窮高以樹表，極遠以啟疆，所以百家騰躍，終入環中」。

最末，則說宗經的好處：「文能宗經，體有六義：一則情深而不詭；二則風清而不雜；三則事信而不誕；四則義直而不回；五則體約而不蕪；六則文麗而不淫。」這六項好處，其實也就是六經本身「極文章之骨髓」所表現出來的優點。文人若不能體會這些優點並學習之，便糟了：「建言修辭，鮮克宗經，是以楚豔漢侈，流弊不還。正末歸本，不其懿歟！」

這個本末觀、流變觀，我們前面已經談過多次，都是說從《楚辭》以後文章就不行了。很多研究者拿著劉勰的〈辨騷〉篇說劉勰多麼稱讚《楚辭》，楚人多才呀、屈原的賦為什麼好，得江山之助呀等等。其實《楚辭》就劉勰而言只是「過而存之」。《楚辭》和經典是不能比的，經典是第一級，第二級是《楚辭》，第三級是漢人，第四級是魏晉。

劉勰自己活在齊末梁初，但是齊梁都沒論。過去前輩常說《文心雕龍》寫于齊，為什麼不論同時代人呢，可能為了避禍。因為同時代的人不好評論，說輕了也不好，說重了也不好。說得高，自己良心不安；說得低了，別人又會不滿，還不如不論。實際上不是這個道理，他不僅齊梁不論，連宋都很少論，如謝靈運、鮑照等。顏延年為什麼拿出來論？只因是反對他的理論。也就是說他所論的作家魏晉以下就很少了。

我們研究《詩經》常說它的編次是「自鄶以下不論也」。十五國風裡最後的那個叫鄶，鄶以下太小，就別談了。劉勰也是如此。因為他從《楚辭》就開始罵，〈辨騷〉篇就是這個意思，跟〈正緯〉一樣。緯書基本上都是假的，不過全部禁止它也沒必要，裡面還是有跟文學有關係的。這叫過而存之，它雖然基本上是不對的，但中間有好處，你也不能把它通通拋掉。這底下，漢代是褒貶參半，魏晉基本上是負面的，略有一些好處也可以說說，其好壞的比例是遞減的，到東晉就更差，偶爾有一兩個談談，其他根本就不用講：「鮮克宗經。是以楚漢豔侈，流弊不還，正末歸本，不其懿歟」，須正末歸本才好。

劉勰之後，想改革文風的人，往往就採這一套宗經徵聖的辦法。他的書在後代雖然沒有大名氣，也沒有人受他的影響來直接談宗經徵聖，但這是一個思路。北朝的蘇綽等人不見得受到劉勰的影響，不見得讀過劉勰的書，但是在不同的時代中，有不同的機緣，卻發展了同樣的脈絡；南方像裴子野的〈雕蟲論〉，也是如此。再就是唐代中葉古文運動諸家，上追秦漢，以懲流俗。

這種文學家的宗經，與經學家頗不相同。經學家治經，重在義理，想闡發經典之所以是「恆久之至道，不刊之鴻教」的緣故，文學家研究經典，則重在闡明其文學性，然後看看能怎麼作用在自己的文學創作上。

四

怎麼樣能把經學用在自己文學創作上呢？歷來有幾種方法，第一種是以經為詩料，作為文章的材料。這是唐宋以降編類書時常用的方法。

中國的類書基本上是文學性的，以備文士采擇，寫文章時用來引經據典。古代文人怎麼讀這麼多書呢？滾瓜爛熟，隨口就可以引。不要怕，編好類書，寫文章時就方便了，要用什麼典故，查類書，上面都有，洋洋灑灑，有三個字的有四個字的有五個字的，還有押韻的等等。此等類書，不乏經學家參與編輯。如清江永就有《四書典林》三十卷，分天文、時令、地理、人倫、性情、身體、人事、人品、王侯、國邑、官職、庶民、政事、文學、禮制、祭祀、衣服、飲食、宮室、器用、樂律、武備、喪紀、珍寶、庶物、雜語諸部，凡七百三十多題，引用書目百六十二種，體例模仿《北堂書鈔》。倫明在《續修四庫全書總目提要》中稱該書：「援引必確，排次不苟，可為類書之式，並足供詞家之采穫」。江永還另有補作，名《四書古人典林》十二卷，乃其絕筆。這是為文學寫作提供典故參考，以供獺祭的。類似的事著，還有如明蔡清《四書圖史合考》二十卷、明陳許廷《春秋左傳典略》十二卷等。

第二種，是到經典中尋章摘句，以備採摭的。此法其實就是詩評家的摘句，歷來評文亦有此法，如林鉞之《漢雋》、蘇易簡之《文選雙字類要》都是。宋胡元質《左氏摘奇》十二卷亦屬此種。胡氏別有《西漢字類》五卷，此書則摘經傳中字句古雅新奇者，彙為一編，再在文句下兼採杜預集解，略加詮釋。元吳伯秀《左傳蒙求》一卷，也是這類做法。摘錄左氏精句麗辭，既供品藻，又可讓作文者「稟經以制式，酌雅以富言」。清高士奇的《左穎》六卷亦然。採輯《左傳》中單文隻字，環麗警異，足備詩文之用，取名左穎，自謂取其「詞旨古奧，如刀之有環、禾之有秀穗也」。陳廷序則說：「字句在書，渾渾耳，噩噩耳，忽擷之以出，殆猶錐之脫穎者然，故直名之曰穎也」。字句在整本書裡是根據事情根據義理讀下來，不覺得，但經過他摘出來以後，好像脫穎而出，所以叫做穎。此即「麗辭」也。換言之，摘選出這些句字來，本身就是以一種文學眼光去對經典文字做處理的行動。

處理幅度更大的，是另一種。如宋徐晉卿《春秋左傳類對賦》。以左氏記事有事同而辭異者、有事異而辭同者，錯綜變化，而二百四十二年年間，盟會征伐、朝聘燕饗，事亦極為繁賾，學者不易貫通，故賅括其意，寫成此賦。凡一百五十韻，一萬五千字，絲牽繩聯，比事對仗。雖說是為初學者誦習之便而作，但可視為是以文學體裁來改寫經典。把春秋裡的各種事情寫成一篇賦，兩兩對仗，找出同類的事，相反的事，把這篇賦背下來以後相當於對左傳裡的事件有一個線索，這篇賦把事情重新組織起來，而且它本身是一個文學作品，既便於記誦，又可當文學作品來讀，這是以文學體裁來改寫經典的方式。此賦，論者謂其「欲錯綜名迹，原始要終，則簡其句以包之；欲按其典實，則表其年以證之；欲循其格式，故比其類以對之。屬辭比事，釐然不紊。」（張壽林《續四庫全書總目提要》）但每句下只注年而不注事，學者不易考察，故清高士奇又有注釋。在每句之下排比傳文，標識端委，逐句為解，變成我們讀《左傳》的一種方法。

甘紱《四書類典賦》二十四卷，也是這類東西。另有黃中《詩傳蒙求分韻》，自序云：「喜讀《毛傳》，取義類對偶之合者，裒集之。……並摭拾《左傳》精句，錯綜參互，彙成一編。」此書分上下平三十韻，每韻各為四言對偶若干聯，並在每句之下分別注其出處，並略加注釋。

張國華《四書分類集對》亦屬此類。彙輯四書句作聯語，凡帝德、內閣六部、寺院、神祇、名賢、古蹟、三教九流各事務都有，奇思耦合，斐然成章。他又有《麟經依韻集句》、《曲禮集句》等，體例也差不多。

又王繩曾《春秋經傳類聯》三十二卷，序說：「嘗怪《黃氏日抄》所採左氏警句，僅得數行，掛一漏萬，覽者病焉。及見經解中宋徐秘書晉卿《春秋經傳類對賦》，凡一百五十韻，其於十二公、二百四十二年之事，亦約略備矣。然而拘於聲韻，選字難工，事弗類從，猶如野戰；龐雜之病，更甚於掛漏。茲分類彙集，剪其雋語，聯為駢體，以便記誦。」屈作梅補注，十分稱道它的「組織之工、屬對之巧，爛然如天孫雲錦，非復人間之機杼。」

同類之例，還有劉霽先《字湖軒續左比事》。該書取左氏事類，排比為對偶文章，張壽林曰：「是編之作，……比事屬辭，以四言為多，六七言次之。稽其所對，以四言為多，六七言次之。對文工整樸實，不改字以違經，無飾詞而背理，是其足饜人意者」，也仍是就其文學性說。蓋此類作品，都是把經書改寫為文學的做法，把原先用在詩文上的集句、集聯方法，擴及經典，或者屬對成章，成為賦篇。

清華嶸《勿自棄軒遺稿》中的經義條比四十條，則略似連珠體。俞樾也有《左傳連珠》一卷，自序云：「《宋史・藝文志》所載春秋賦，有崔昇、裴元輔諸家，今皆未之見，獨徐晉卿《春秋類對賦》一卷，刻入《通志堂經解》。其賦數聯一韻，而不求事之相類。……未知《宋志》所載崔昇《春秋分門屬對賦》其體例何如？余謂只取兩事之相類，則不宜作賦，而以連珠為宜。……因作《左傳連珠》一卷，如陸士衡演連珠之數」。凡五十篇，取《左傳》中盟會征伐、朝聘燕饗，以及卿大夫言行，兩事相類者，演為連珠，庸次比耦，配儷工妙。該書各篇之下均未標注年月及出典，且將兩事由經文脈絡中摘出作對，與經義並不相關。故非解經之作，乃是一種以經典所載事類為材料的文學創作，也可供文家採摭，或令後學了解運用典故之方法。

這樣的書，對文士作文之有幫助，自不待言。古代的例子不好實指，眼前的事倒可以說一個：俞樾《左傳連珠》，講明了是為孫兒俞陛雲作，其孫得此教誨，後來果然在文事上大有表現。俞樾是道光三十年二甲第十九名進士，俞陛雲為光緒二十四年一甲第三名，也就是俗稱的「探花」，在科名上突過乃祖，顯示他在制義方面工力不弱。有筆記上說，俞樾晚年筆墨每由陛雲代筆。事雖不可考，但俞陛雲自己確實著有《詩境淺說》、《樂靜詞》等。連珠一體，少承曲園老人指授，料亦精能，不過沒什麼文獻留下來。倒是以連珠教小孩子練習寫文章，可能已成俞氏家傳之教學法，故俞陛雲之子，即大名鼎鼎之俞平伯，雖是新文學名家，出版過新詩集《冬夜》、《西還》、雜文集《雜拌兒》等，但在他《燕郊集》裡就收了一篇〈演連珠〉，抄兩段，以徵其家學：

蓋聞十步之內，必有芳草；千里之行，始於足下。是以臨淵羨魚，不如歸而結網。蓋聞富則易治，貧則難治。是以凶年饑歲，下民無畏死之心。飽食暖衣，君子有懷刑之懼。……

蓋聞思無不周，雖遠必察。情有獨鍾，雖近猶迷。是以高山景行，人懷仰止之心。金闕銀宮，或作溯洄之夢。蓋聞遊子忘歸，覺九天之尚隘。勞人反本，知寸心之已寬。是以單枕閑憑，有如此夜。千秋長想，不似當年。

這就是連珠體在俞氏家族中傳承之證。文學家看經典，往往不脫本身之立場及需要，希望經典能對自己的文學寫作有幫助，從經典中學來的知識或本領，能直接作用於文事。俞氏一門的例子，就可以幫助我們了解這一態度。俞樾固然是著名的經師，但他與紀曉嵐袁枚一樣，也是文士氣很重的人，《春在堂隨筆》一類著作，便非純經生所能為。他還校改過《三俠五義》。另外，他並作過一卷《經義塾鈔》，也是課孫稿之類。因光緒二十七年詔廢時文，改用四書義、五經義，也就是回到宋人經義，不用後來出現的破題、接題、小講等名目，故俞樾擬作，以供童子作文參考。凡易三篇、書兩篇、詩二篇、禮二篇、春秋二篇、四書五篇。這是以文章說經義，既是說經，又是撰文了。

這叫做以經為文料，就是以經典為材料，加以文學性的處理，這是一種方向。可是有體者才能有用，要把經典用於文學上，頂好經典本身就是文學，如此則為同類之相加相乘，非一類之搬挪搭套。這就是前面看到，經典往往還須經文學性之改寫或處理的緣故，此種處理就是要闡明經典的文學性。

五

比如說孟子，明朝戴君恩有《繪孟》十四卷，清末民國初年的倫明——他寫過《續藏書紀事詩》，是一個大藏書家——在《四庫全書總目提要》裡面說：「大旨仿蘇老泉批點孟子，於篇章字句，以提轉承接結合等法為之標明，但彼此不無小異。……蓋孟子本妙于文章，其精義妙道，即寄於變化錯綜之間，讀孟子者固不妨別開生面也。」什麼叫做別開生面呢？我們讀《孟子》一般都是從義理上掌握，但義理之所以能講成這個樣子，和它文章的開闔動盪有關，所以即可以從這裡去瞭解文章的寫作方法。這樣一種以文章之美講《孟子》的方法，其實不是經學的正途，起碼不是經學家一般路子。所謂「孟子本妙于文章」，大約也不是那麼「本來」，在蘇老泉以前，正統的經注；在老泉以後，如朱熹的《集注》等，就都未曾以此視之。孟子且被目為傳道之儒，非文章之師。是到了蘇洵，才以文學之眼觀之的。

老泉此書不見得可靠，但明清間影響極大。戴君恩之外，如金聖嘆有《釋孟子》一卷，倫明說它：「大抵以尖刻之筆，曲為摩寫，妙義環出，令閱者解頤。惟於經義太疏。……小說家以文為戲，固不能繩以考據也。」可見也是文章家言。清康熙間汪有光《標孟》七卷、乾隆間趙承謨《孟子文評》、嘉慶間康濬《孟子文說》七卷、同治間王汝謙《孟子讀本》二卷等，亦皆屬於此類。嘉慶間康濬《孟子文說》七卷、同治間王汝謙《孟子讀本》二卷等，亦皆屬於此類。

這都是從文學角度來分析文章，分析到最後甚至於認為《孟子》這本書不是語錄，不是弟子們對他言談的記錄，而是「作文」。問答當然也有因緣，但每一篇從它的題目、主旨，前後怎麼呼應，是把它當一篇文章來寫的。這純粹是後來文人的看法，當初孟子跟告子等對答時怎麼可能是這樣呢？把《孟子》一章一章當做一篇篇的文章看，這叫做以作文之法評《孟子》。

孟子在魏晉，其實很少以文章之美見重。唐代韓愈推尊孟子，基本上是以道不以文，主要強調道的這一面。只有柳宗元自序其文，云：「參孟荀莊老以盡其變」，才算是由文章上采摭孟子，但怎麼樣「參之以盡其變」，仍不得其詳。宋代蘇洵批點《孟子》，固是依託，但蘇氏父子確是為文法效孟子較為具體的人物，當時就認為蘇洵的文章像孟子。當然蘇洵的文章不是全部學孟子、像孟子，他還像縱橫家，所以後人依託他。蘇洵稱讚歐陽修文，就是以孟子、陸宣公、韓愈、李翺來相比擬，可見他認為的孟子是一個文學傳統中的孟子，這不是從義理上說他好孟子，而是從文章上說。

這種闡發《孟子》文學性的作風，用《蘇老泉評孟子》這本書來代表，雖然它是假的，剛好叫做「妙得真相」，就是說偽書有偽書的功能。為什麼不假託揚雄呢？托一個更古的不好嗎，為什麼要托蘇洵呢？因為蘇洵顯示了那個時代的這樣一種風氣。

同樣道理就是《詩經》。我們現在談文學時好像《詩經》本來就是文學的，其他如《春秋》、《尚書》《爾雅》等，它是不是文學，卻都還要經過一些解釋。《詩經》則是毋庸置疑的文學經典，是文學的源頭，開啟了整個文學的傳統。然而在漢、唐，究竟有多少人這樣看呢？即如劉勰之宗經，也是把《詩》與其他各經併稱，並不特別講，也就是並不特別認為它最具文學性。〈明詩篇〉由葛天氏、黃帝、堯、舜講起，只用兩句話講過雅頌四始，就接下去說秦之仙詩、漢之柏梁體了。《詩》雖被納入大範圍的詩歌傳統中去看，卻未針對《詩經》的文學性有何具體闡揚，反而仍在說：「詩者持人情性，三百之蔽，義歸無邪」這一類經學家言。真正開始由文學角度去看《詩經》的，乃是在宋朝。

朱子說要把《詩》作詩讀，就是說我們讀《詩經》不要把它當成經典。你心裡把它想成經典，把它神聖化了，即可能誤入歧途，就以現代人讀詩的方式去讀它就好，所以叫做「把《詩》作詩讀」。這句話聽起來好像是廢話，但《詩》要作詩讀，不就是說以前的人並沒有把《詩經》當詩來讀嗎？

林希逸序嚴粲《詩緝》，則另推此說之源於呂東萊，說：「呂東萊始集百家所長，極意條理，頗見詩人趣味。……蓋詩於人學，自為一宗」，這就是把《詩經》跟其他經典用文學性把它分開了，《詩經》

因為特別具有文學性，所以「鄭康成以三禮之學箋傳古詩」，就不對路了，並不恰當。所以文學《詩經》學跟漢代的箋傳詁經不一樣，明朝戴君恩等人論《詩經》就受這個的影響。何大掄《詩經主意默雷》凡例說得好：「詩家所貴，最取詞華，率俚無文，色澤安在？如只訓句訓字，則有舊時句解可參。」詩家之解《詩》，手眼和經生自是兩樣的。

「文學詩經學」注意到的人非常少，早期只有周作人談過這個問題。但因周作人的文章都收在他的雜文集裡，學者很少有人注意。而且自《四庫全書》以來就反對這個路數，相關的書多半沒有收在正文裡，只收在「存目」中，只留下一個書名，評價也不高。故這些書流傳很少，更少人研究。近年只有山西的劉毓慶先生做過有關《詩經》的文學性的研究，他主要做明代，不似我這樣上下古今。所以這是一個新的領域，過去很少有人注意到，推源于宋代或關心其流衍到清代的就更少了。

其他經典，如《左傳》，歷來也是講史事、論義例而已，到唐代劉知幾才標舉《左傳》做為史文的典範。韓愈論文，也提到「《春秋》謹嚴，《左氏》浮夸」，浮夸相對於謹嚴來說，似若貶辭，但那是由史載事實、或道德判斷上說的；若就文章說，則浮夸也許還可以視為一種褒揚。文采之采，甚或文章之文，本意就是繁采雕縟的，所謂「物一無文」，又或如後世俗語所說：「文似看山不喜平」，浮夸至少與謹嚴一樣，可視為文章美的一種典型，如果它不勝於謹嚴的話。因此我們可以說《左傳》的文章美，在此時已被發現了。不過具體抉發，仍有待於宋賢。歐陽修《左傳節文》十五卷，與蘇洵批《孟子》一般，均是後人偽託，以尊風氣之始。厥後就是呂東萊《東萊博議》、及真德秀《文章正宗》一類東西，導引風潮，啟濬後昆，影響深遠。

呂氏書，是選取《左傳》中若干他覺得有關理亂得失的事件，疏而論之，成為一篇篇的議論文章。這種寫法雖非直接闡述《左傳》的文學性，可是對爾後科舉取士時考經義作文章的士子特具參考價值。

楊鍾羲在《續四庫全書總目提要》中評王船山的《續春秋左氏傳博議》說：「此書詞勝於意，全如論體，多與《春秋》無關，與東萊之書略同」，講的就是這類書的特性，其實均不在詁經，而在作文。乃是藉史事以申論，論要如何論得精采、令文章得勢，才是重點所在，故楊氏批評此法：「非說經之正軌」。

然而在考經義的時代，此法不啻津梁。我猜呂氏作書時本來也就有為科舉應試者開一法門之意，猶如他另撰的一本《文章關鍵》說：「觀其標抹評釋，亦偶以是教學者，乃舉一反三之意。且後卷論策為多，又取便於科舉。」本書教人如何論經義，則尤便於科舉。

為什麼要談經義呢？因為宋代跟唐代不同，唐代有詩賦取士，宋代神宗王安石卻認為詩賦取士，大家就都去寫漂亮的文章了；但朝廷需要的是能臣而不是文人，所以要求這些人能通經，對經學有體會，把體會寫出來即可，所以叫經義取士。王安石的新政爭議很大。可是到了南宋，雖然大家都反王學，青苗法、保甲法等全部廢掉了，但這種經義取士的辦法卻沒變。南宋理學家都反王學，但他們對於經義取士這個大原則是支持的。認為通過對經典的學習，瞭解了文化的大根本，才能夠立身有本，才能作大臣，所以反而寫了很多書來教人怎麼寫經義文。除了朱熹，金華學派呂祖謙，永嘉學派陳傅良、葉適，也都提倡它，陳傅良影響更大。

根據宋代制度，《春秋》可以在三傳內出題，到了靖康以後改用正經出題，就是只用《春秋》，不用三傳，可是因為《春秋》本身可供出題的很少，比較簡略，能供出題的範圍少。範圍少，考生就便於揣摩，出題就很困難，題目出來出去都差不多，後來又擴充到三傳裡面都可以出，經跟傳都可以出題，這叫合題，宋明以後都這樣。呂氏《博議》，專就《左傳》發揮，後世出現擬題、破題、作論的方法也是要參考它，包括王船山也寫過《續博議》。

到了真德秀《文章正宗》就更厲害了，影響更大。真德秀《文章正宗》則體例不同，是把《左傳》

摘選成為一篇篇的文章，於是《左傳》就脫離了原有的編年史裁框架，成為文章了。

這對後世影響更大，明代如汪南溟、孫月峰等都在此肆其身手，還有一大批附從者。如明惺知主人《左藻》三卷就自稱仿孫氏品評，自〈鄭伯克段於鄢〉到〈楚子西不懼吳〉，凡一百零一篇，附於十二公之下，以篇首一二句為標題，並對其敘事煩而不亂、淨而不腴的特色多所闡揚。又依汪氏說，分為敘事、議論、辭令三體。各體之中，又分能品、妙品、真品三等。清金聖嘆《唱經堂左傳釋》則只釋了〈鄭伯克段於鄢〉、〈周鄭始惡〉、〈宋公和卒〉三篇，體例等於坊選古文，評介亦重在語脈字句之間。又劉繼莊《左傳快評》八卷，體同《左藻》，收文一〇五篇，句法古雋、敘事新異者，詳為之評。方苞《左傳義法舉要》一卷，舉城濮、韓之戰，邲、鄢陵及宋之盟，齊無知亂等篇，於其首尾開合、虛實詳略、順逆斷續之法，詳為之闡，以明義法；林紓《左傳擷華》二卷，選文八十三篇，逐篇評點，並細疏文章之法。……均屬於真氏之流裔。

六

像這樣著重闡發《左傳》文學性，甚或根本就以單篇文章來看待《左傳》的作風，還有元、明以後的大批評點。

如編寫過《古文析義》的林雲銘，就另編過《春秋體注》三十卷。前者如真德秀一般，選了幾十篇《左傳》，當成單篇文章講其義法；後者就經文而參錄三傳，看起來像經解，而實亦只是講文法，與周熾《春秋體注大全合參》四卷相似。周書且就《春秋經文》中可做制義比合等題的地方，載其一二字為題目，一一為之破題。對經傳，也強調其作文之法。例如說「作春秋文第一要有斷制，如老吏斷獄，一定不移；第二要有波瀾，如剝蕉抽繭，逐層深入」等等。此雖為科舉應試者說法，但其法正是文章之法。

此類著作，著名者尚有王源《文章練要》。此書內容就是春秋三傳的評點，分為六宗、百家，以《左傳》為「六宗」之首，以公、穀為「百家」之首。後來《左傳》評本別刊，公、穀也刊為《公穀讀本》。不論全書，只就公、穀二傳選其情詞跌宕者，以經文為題，把傳當成據題目寫的文章，圈點評論其文法語脈，篇末還有總評。韓菼《批點春秋左傳綱目句解》亦屬此類。凡六卷，體例雖仿朱熹《綱目》，但以文章之法點評《左氏》，頗採孫月峰批本，每篇末尾所附總評，則多採呂東萊、孫月峰、茅鹿門、鍾惺等人之說。方苞也有《左氏評點》二卷，辭義精深處用紅筆、敘事奇變處用綠筆、脈絡相貫處用藍筆，又分坐點、坐角、坐圈三種，標示字法、句法。桐城另一位文家周大璋也有《左傳翼》三十八卷，張廷璐序，云其大旨存乎論文，則亦方苞之類也。

諸如此類，凡經傳皆可以文學之眼讀之，發掘其文學美，即便是《大學》、《中庸》亦然。清許致和作《學庸總義》即是如此。甚至還有專就虛字論文的，如清丁守存《四書虛字講義》一卷，把《四書》裡面七十五個虛字找出，先引《說文》、《爾雅》等釋其音義，再就行文的委曲變化，說明如何用虛字暢達文章之精神脈理。這些書，實與詩文評語相輔翼，均可視為文學批評的資料，只可惜過去幾十年的人都不曉得這個道理罷了。

由此可見劉勰開了一個非常重要的傳統。它本身是一個大的傳統下的東西，叫做經學下的文論，但是他又開啟了一個傳統，叫做文學性解讀經典的傳統。這就是劉勰的書在魏晉隋唐不太有人欣賞，可是在明朝中晚期越來越有賞音的緣故。我簡單梳理這樣一個脈絡，提供各位參考。

第七講　《文心雕龍》的文

一、雜文學乎、純文學乎？

「龍學」研究界對《文心雕龍》的性質，有個自相矛盾的說法。一方面，大家拼命誇此書是一本偉大的文學理論著作；一方面又說它談的多半不是文學。因為作者劉勰的文學觀念還不清晰，所以該書談的東西，多半只是一堆文字書寫品，不是文學。

論者好像沒發現這是矛盾而可笑的。反而努力向我們宣傳：劉勰擁有的只是雜文學思想，還不科學、還沒進化到純文學階段。

底下舉兩個例子，以證明許多傑出的《文心雕龍》研究者也深陷其中，未能免俗。

一是張少康先生的說法。張先生說：

> 劉勰的文學思想，是雜文學的思想。因為他把所有的文章都稱為文。但是他的雜文學觀，卻反映著文學思想發展過程中的複雜面貌。
>
> 一方面，在宗經思想的基礎上，他提出衡文之優劣，以內容為主，不以有文無文。〈總術〉篇說：「予以為發口為言，屬筆曰翰，常道曰經，述經曰傳。經傳之體，出言入筆，筆為言使，

可強可弱。《六經》以典奧為不刊，非以言筆為優劣也。」我們知道，在當時文筆之爭中，他是主張不以有文無文區分文、筆的。他提出以有韻無韻分文筆，而文、筆都是文。這就把其時文、筆之爭中隱藏有區分文學、非文學意味的趨勢消解了。從這一點說，他的文學觀念還停留在學科未分的階段。

我們如果認為劉勰的文筆觀，就是我國古代文學思想的特點所在，並以此作為我們描述我國古代文學史、文學思想史的依據，我們也就將回到學術不分的時代。這當然不符合現代學科嚴格的要求，也不符合文學史發展的事實。

另一個例子，是羅宗強先生的《文心雕龍手記》，他說：

在中國古代的經、史、子、集中，集部裡包含有文學，但集部並不就是文學。持雜文學觀念的人，往往把集部中除學術研究著作（如王逸的《楚辭章句》之類）、文學批評著作（如詩文評類）等之外的詩文部分等同于文學。其實這也是不確切、不科學的。因為在作家的文集中有相當一部分並不是文學作品，而是一些日常應用的非藝術文章。

同樣，劉勰在《文心雕龍》上篇的二十篇文體論中，所論的文類有許多並不是藝術文學。它們和藝術文學雖有某些共同的方面，但也存在著基本性質的差異。

魏晉南北朝時期，人們的文學觀念與先秦兩漢相比有了很大的進步，這是不可否認的事實。郭紹虞先生早就在他的《中國文學批評史》中指出，漢代對學術和文章已經有了明顯的區分，有文學之士和文章之士的不同。然而，它所包括的範圍還是比較廣泛的，也就是我們今天有些研究者所說的「雜文學」的觀念。

但是這中間並不是沒有變化的，應該說在歷代都有很多人看到了這眾多類型的「文章」中有很不同的情況，並不只是文學體裁的不同，有些存在著原則性的差別，不屬於藝術文學的範圍，因此許多古代文學理論批評家對它的科學性是產生過懷疑的。

這裡必然要涉及對《文心雕龍》下篇二十五篇的認識問題，也就是他有關構思、創作、批評等一系列論述是否都適合於包括經、史、子在內的廣義的「人文」的各類文章之寫作？我的看法是：後二十五篇中所論，主要是就藝術文學而言的，但是其基本原理也適合非藝術文章的寫作。

研究中國古代人的文學觀念必須有歷史的眼光，要考慮到文學觀念的形成是不能離開當時的文學發展狀況的。

由於受整個文化思想發展的歷史條件限制，劉勰的文學觀念也存在著某些不夠科學的地方。雖然他很細緻地分析了各個不同文類的特點以及它們之間的異同，也清楚地看到了詩、賦這樣的藝術文學的獨有特徵，但是他沒有能明確地提出在這眾多的文類中，實際上包括藝術文學和非藝術文章兩大部分。

這種不足在當時的歷史條件下是可以理解的。但我們也不必因為劉勰《文心雕龍》的成就卓著，而迴避他文學觀念中的這種不夠科學的地方。

他們都採取進化論觀點，認為古人受歷史條件所限，還沒法清晰認識到文學與非文學之分。劉勰雖是矮子裡的高個，一樣未能擺脫其時代限制。

真相當然不是這樣的。真相是：一、現代人接受了進化論，故自以為高明，站在歷史的巔峰上，動輒以批改小學生作文的方式批評古人，說他們頭腦還不清楚。二、現代中國人又接受了馬克思主義，認為思想之類上層建築都受其經濟社會等條件之限制，所以思想皆有其時代階段的侷限。三、中國人還接受了現代西方「純文學」的說法，是以覺得古人所論僅是「雜文學」。

換言之，不是古人被他們的時代所限，而是現代人掉在自己這個「時代的洞穴」裡，還沾沾自喜、自鳴得意。

可是，純文學、雜文學之分，其實是個假命題，從來找不出這個「分」的分界線。

詩賦是純文學嗎？周嘯天得了魯迅文學獎的詩（如「炎黃子孫奔八億，不蒸饅頭爭口氣。羅布泊中放炮仗，要陪美蘇玩博戲」之類），有良知的人恐怕都不會認為它比原本是應用文書的〈出師表〉更具文學性。正因為這樣，劉勰所談的養氣、章句、麗辭、神思、通變等等創作方法，才能如羅宗強先生所說「也適合非藝術文章的寫作」。而這些方法，既是普遍的，合乎一切文章之寫作，則劉勰討論一切文章又有何不對呢？

也就是說，中國人論文，從來就是對的。只現代人搞錯了，上了現代西方「純文學」說的大當，還反過來嘲笑古人。

二、文的意義本甚豐富

近代最早講《文心雕龍》的章太炎，一九〇六年在東京國學講習會上發表過〈論文學〉的講演（後增刪成〈文學論略〉，發表於《國粹學報》，嗣又易名〈文學總略〉收入《國故論衡》），即提出「有文字著于竹帛，故謂之文」的觀點。這同樣也表現在他對《文心雕龍》的講解中。今存講記，就是他在東京這段期間講的。其中章先生說：

古者凡字皆曰文，不問其工拙優劣，故即簿錄表譜，亦皆得謂之文，猶一字曰書，全部之書亦曰書。

正與〈文學總略〉「榷論文學，以文字為準，不以彣彰為準」相同。因此章氏贊成劉勰的文學觀，說：

《文心雕龍》於凡有字者，皆謂之文，故經、傳、子、史、詩、賦、歌、謠，以至諧、隱，皆稱謂文，唯分其工拙而已。此彥和之見高出于他人者也。彥和以史傳列諸文，是也。昭明以為非文，誤矣。

章氏在〈文學總略〉中已批評過《文選》「以能文為本」，不錄經、史、子的做法，在講記裡又強調了劉勰對而蕭統錯。

可是章先生這種文學觀以及對《文心雕龍》的解釋，都被譏為「泛文學觀」或「雜文學觀」，連他的弟子們都不支持，整個學界更都是朝「純文學」方向走的。章先生之說，於是也就僅成為近世學林一段掌故，願意將它視為「公案」來參究參究的人都沒有。

然而，這個公案並非沒價值。章先生顯然比他弟子和其它現代人要更瞭解傳統文化一些，他的講法也與劉勰比較接近。我們應由他的意見為發端，去體會「文」。因為「文」在中國，乃是最複雜也最重要的一個字。

文之本義很簡單，《說文》云：「文，錯畫也」、《易經・繫辭下》說：「物相雜為文」。任何東西，只要是交雜間錯，就可構成文采。反之，若單一了，就形成不了文，所以古人又說：「物一無文」。文總是兩物交錯交雜，形成一幅畫面的。

這是最基本最簡單的意思，但具體說便複雜了。

例如天上有雲有虹有光影有日月星辰，這便形成了天文；地上有山川原野林莽草木，則可稱為地文；動物的皮毛紋采、羽翅翎角，亦顯示為文，故《戰國策．魏策三》鮑注曰：「毛色成文」。文是無所不在的，具體就其情境說，文幾乎可以指任何顯示為文采的東西。底下幾項，尤其常被提起：

一是文身。各民族早期幾乎都有文身的習俗，至今未廢，只是理由可能不一樣。古代多是為了榮耀，顯示身分、榮譽、輩分、權勢，已成年或已婚、美麗等而紋，現代可能為了顯示個性、代表叛逆等。唯古代中原地區以服飾為貴，不重紋身；談到紋身，多就周邊民族說，如《莊子．逍遙遊》稱越民族斷髮紋身是也。〈王制〉：「被髮文身」，注：「刻其膚，以丹青涅之」。

二是文繡。就是剛才說的服飾文明觀，以文采錦繡為文之代表。紡織刺繡，在古代非常盛行，故以文繡為文之主要含義，《荀子．非相》所謂「美于黼黻文章」。文章一詞，主要即由織繡來。文章二字，本是講服裝；後世文學作品若寫得好，依然會被人用錦繡來形容，稱為錦繡文章，或云作者「錦心繡口，駢四儷六」（柳宗元語）。

三是言辭。語言若辭藻華美、條理明粲，也可以令人產生它很有文采之感。因為語言之組織，正與絲線的編織一樣。所以古人重視修辭，有辭令之學。在孔子時，這類辭令往往過於華麗了，故孔子提倡「修辭立其誠」以矯正之，又批評「巧言令色鮮矣仁」，說：「吾疾夫人之佞者也」。

由其批評，便可知言辭過於文彣，乃至舌粲蓮花，是春秋後期的風氣。後來戰國之辯士說客，發展的就是這一文脈，《戰國策．秦策一》鮑注云：「文，辯也」，形容的即是此一情景。再到後來的魏晉清言玄談，此一傾向，更是顯然。

四是歌曲樂章。歌曲樂章之為文，有兩種指涉，一是說樂曲本身便是「聲成文」的。聲若不經過有條理的組織，那它就只能是一堆音響。唯有經過條理化了，它才成為文；成文就顯示為樂曲。二是說樂曲除了聲音曲調之外，它往往還有歌詞，歌詞即是歌曲的文辭部分，故又專就這一部分說樂之文。

由此又衍出兩義，一是文辭，這可視為第五類。《釋名·釋言語》云：「文者，會集眾采以成錦繡，會集眾字以成詞誼，文繡然也」。文繡是絲的組合，猶如《易·繫辭下》孔穎達疏說：「青赤相雜為文」；文章則是文字的組織。組織之後，亦將如文繡那般，散發出絢麗迷人的光彩。

此種文，又稱為文章，這是衍出的另一義。章即是彰，形容文采煥發的樣子。但《尚書·堯典》：「欽明文思安安」的文，《集解》解為文章則牽強了，當時這個文，指的是典章制度，還不是文辭炳麗之美。至於文獻，那就是更晚的意思啦！

六，文理條理。剛才說聲音須組織得有條理才能成為文，否則便成噪音。這條理一義，乃是文的補充條件義。因為天地一切物相雜都是文，太寬泛無邊了。若如此，則一切亂織亂繡、一切汙言穢語，也都可以獲得認可、都可稱為樂聲、文繡、辭采啦？不，文這個字本身還含有價值意義、審美涵義，須有價值、具美感，方得稱為「文」。

像講到言辭時，《荀子·性惡篇》楊倞注就說：「文，言不鄙也」。所以不是什麼強詞奪理、不雅馴的語言都能稱為文，只有文雅的言說才是。

是的，這就是「文」常和「雅」合在一起說的緣故。而文之所以能文雅或能顯出價值與美感，其基本條件則是它必須具有條理性。因此，文的另一個含義正是理。《禮記·樂記下》裡釋文曰：「即理也」，很有見地。

七，文理條理之在宇宙者，為陰陽二氣之推移互動。因其互動，才能構成四時變化、進退消息之世界，故文又指此陰陽二氣說。《太玄・文》曰：「謂之文者，言是時陰氣斂其形質、陽氣發而散之，華實彪炳，煥有文章，故謂之文也」，便是一例。

八，文理條理之在人文世界者，就是禮。禮與文兩個字時常通用，原因在此。《詩・大雅・大明》集解、《國語・周語上》韋注、《荀子・非相篇》楊注等等，均可證明古人常把禮視為文。因為禮本身就是對於人的世界給予一種條理、一種秩序，使它脫離原始自然禽獸狀態。人文一詞，即由此形成，而人文之內涵，便是禮。

九，文飾。人文禮樂，都是在人的自然原始狀態上加以修治修飾。猶如服飾。人的文明，就顯示在不裸體，要用服裝及飾品來遮羞、示愛、彰權等作用上。此類文飾，貫穿于一切文明表現中。故文又有此種修治修飾之意。修治者變本而加厲；修飾者，踵事而增華，文明才會越來越文，終於昌明。

十，文明。文化昌明，故曰文明。如夜之旦、如月之華。而此文明又不由天啟、不由神獲得，乃是由文本身就開啟了。所以《靈寶度人經》才會說「無文不生，無文不成，無文不光，無文不明，無文不度，無文不立」，一切均由文本身而來。

文之含義如此，因此至遲在殷周之際，文已經是最高最好的一個字了。《國語・周語下》韋注：「文者，德之總名也」，《詩・大雅・文王》注：「文字乃美德之泛稱」，《說苑・修文》：「文，德之至也」，或《廣韻・文韻》：「文，美也，善也」等等，講的都是這個意思。

而且後世顯然也一直沿用這層意思，猶如後世的人物評價體系一直沿用著《逸周書・諡法篇》的規定。根據諡法，經天緯地曰文、道德博聞曰文、學勤好問曰文、慈惠安民曰文，文是德之總名，再明確不過了。

要懂得這些，才能瞭解孔子所說的：「文王既沒，文不在茲乎？」的兩個「文」字。

三、周易論文

前面已說過古代論「文」的基本情況，具體說到《文心雕龍》，則要從《周易》開始。

《周易》論文，大體亦如上述。其最粗淺的含義，是以「紋」為文。如〈革卦．九五象〉曰：「大人虎變，其文炳也。」〈上六象〉曰：「君子豹變，其文蔚也。」文，均指虎豹身上的花紋說。虎豹皮毛上不同的顏色間雜而成花紋，對於這些花紋，《易傳》是非常贊美的，所以形容它們甚為炳蔚，且用以形容君子大人之德。

虎豹有其「文」，其他鳥獸亦有。觀鳥獸時，要觀鳥獸之「文」，觀天觀地時，也一樣是要觀天地之「文」。如〈賁卦．彖傳〉云：「賁，亨，柔來而文剛，故亨，分剛上而文柔，故小利有攸往。剛柔交錯，天文也；文明以止，人文也。」陰陽剛柔的變化，即為天文，包括日月四時的盈虛消息等等均屬於此類，觀象者必須觀此天文。地文則為山川物類的間雜變化，亦為觀象者所不宜忽略。此外，它還談到「人文」的問題，人間事物剛柔交錯，亦形成其條理，亦表現為紋象，故也稱之為「文」。

上面所說為《周易》論「文」的基本含義。依《周易》的義理結構，它是講「感應」的，應，指同聲相應、同氣相求的同類相應；感，則是異類間形成的關係。《周易》重視感，尤甚于應，故〈睽卦〉說：「二女同居，其志不同行。」為什麼呢？因為二女均為同性同類。反倒是要女與男，不同類的兩種人，才能因異類相感而通其志，此所以〈睽．彖〉曰：「天地睽而其事同也，男女睽而其志通也，萬物睽而其事類也，睽之時用大矣哉！」「睽」是乖異的意思，因其不同反而可以成事，這個道理是它所極為強調的，因為此中即有「感通」的原理在，而且這也是天地萬物創生的大原則。

「天地感而萬物化生，聖人感人心而天下和平，觀其所感而天地萬物之情可見矣。」《周易》各卦都是以陰陽二爻構造而成的，陰、陽也是它用以掌握各種物類的基本概念，萬事萬物，皆以陰陽予以指括。但分陰分陽之後，更重要的是要說明各物各事之間相互的關係與互動的狀況，故陰陽既分之後，更要談其如何相互推移。

而陰陽交感、異類相交也就是「文」。〈賁卦〉，《正義》云：「剛柔交錯而成文焉。聖人當觀視天文剛柔交錯，相飾成文，以察四時變化。若四月純陽用事，陰在其中，靡草死也。十月純陰用事，陽在其中，齊麥生也。是觀剛柔而察時變也。」剛柔陰陽相交錯雜即成為文，猶如虎豹身上黃色黑色兩種顏色交錯間雜而形成花紋一般。

與「文」同義的另一個字是「章」。「章」也是異類相交的現象。例如〈坤卦・六二卦〉云「含章可貞」，〈象〉曰：「含章可貞，以時發也。」虞翻注：「以陰包陽，故含章。」〈噬嗑卦・彖〉曰：「剛柔分動而明，雷電合而章。」〈姤卦〉說：「天地相遇，品物咸章。」章，都具有與文相同的意思，這也是後來「文」、「章」兩字聯結成詞的緣故。

由「文」這個字，又衍生出「文明」、「文化」、「文德」等相關詞。

文化的「化」有兩層意義，一指變化，二指教化。就變化說，「文」本身就是因陰陽剛柔之消息盈虛與推移變化而形成的，故「文」之中即蘊涵了變化之意。最能體現此意者，為〈革卦〉。其卦辭云：「革而信之，文明以說，大亨以正，革而當。」革是水火相息之象，息非熄滅，而是增長的意思。水火乃相異之二物，但異者不相同而相資，所以彼此反而均因此而得以增長豐富，形成文明。這是文化的第一個含義。

其次，文化之「化」亦有特就教化說者。如〈賁卦〉說君子應「觀乎人文以化成天下」。〈觀卦・

象〉也說「風行地上，觀。先王以省方觀民設教」，這就是風化、教化。君王或君子之德行教化如風吹拂大地，老百姓隨風向慕，其原始粗陋質樸的生活，遂因此而成為有文化的生活。所以〈蠱卦・象〉也說：「山下有風，蠱，君子以指民育德。」所謂有文化的生活，也就是有德行的生活，與動物性自然生存狀態畢竟是不同的。

「文化」的含義如此，當然也就包含了「文德」的體認。〈小畜・象〉曰「風行天上，小畜，君子以懿文德」，與君子以文教風化民眾的意思是極為類似的。

與文化相關且類似之語，為「文明」。前引〈革卦〉卦辭已談到「文明以說」。其他論及文明者尚多，如〈乾卦〉說「見龍在田，天下文明」即是。文而稱之為明，有昌明盛大之意，後來《紅樓夢》講其書所記之事發生在一處「文明昌盛」之地，就沿用了這個意思。文明是昌明盛大的，它又表現出強烈的開展性，所以它又有剛健之義，如〈同人卦〉說：「文明以健，中正而應，唯君子為能通天下之志。」〈大有卦・象傳〉說：「其德剛健而文明，應乎天而時行，是以元亨。」凡說「文明」一詞，都具有積極健動、不斷發展的意思。如若不然，便不妙了，故〈明夷卦〉說其卦象是：「內文明而外柔順，以蒙大難。」火入于地下，所以是明在地中，光明被掩蔽了，文明不能彰顯，卦象頗不吉利。後來黃宗羲寫《明夷待訪錄》即用此義。《周易》中談到「文」的地方，都是吉，只有這個卦不好，就是因為明已失去。文不能明，當然不妙啦。

《周易》所論「文」之義，大抵如是。對於這本經典如此論「文」，我們應如何來看待呢？

《易》本為卜筮之書，觀象立義。其後孔門以之為教，孔子或其後學贊《易》以為十翼。但無論從卦爻辭或〈象傳〉、〈彖傳〉來說，我們均可發現《易經》及其主要闡釋者均極重視「文」這個觀念，以及它在存有中的地位。

在〈同人卦〉中，曾經講到「君子以類族辨物」。分類，是《周易》構成的基本原理，萬事萬物須先分類，各以陰陽予以表示，才能以之成象，說其剛柔進退吉凶。分類之後，方以類聚，族以群分，同類者同聲相應同氣相求，異類者則感而通之。「文」就是異類通感相交的這個過程與狀況。而又因為天地要相交才能化生萬物，所以「文」又是萬物存有的原理。文既是存有又具活動義，故事實上「文」就是「道」了。後世論文，輒須「原道」，肇機殆即在此。《文心雕龍．原道》篇一開頭就說：

> 文之為德也大矣。與天地并生者何哉？夫玄黃色雜，方圓體分，日月疊壁，以垂麗天之象；山川煥綺，以鋪理地之形，此蓋道之文也。……旁及萬品，動植皆文：龍鳳以藻繪呈瑞，虎豹以炳蔚凝姿；雲霞雕色，有逾畫工之妙；草木賁華，無待錦匠之奇。……至于林籟結響，調如竽瑟；泉石激韻，和若球鍠；故形立則章成矣，聲發則文生矣。……人文之元，肇自太極，幽贊神明，《易》象為先。庖犧畫其始，仲尼翼其終，而〈乾〉、〈坤〉兩位，獨制〈文言〉。言之文也，天地之心哉！

這一大段簡直就是《周易》的注解。從「文」為道之文（道之顯現），一直講到天文地文人文，凡有形質，莫不成「文」。「文」的來歷及「文」的性質，均與道有關，故論「文」者也據此而認為作文須推原于道，或明道、達道、載道，從而開啟了我國一條非常重要的思路。

與文道關係相關的另一個《周易》文論中非常值得注意的現象，就是「文」除了兼指一切天文地文之外，在人文領域裡，「文」事實上具指一切文明文化。禮樂教化、典章制度、黻冕言辭，莫非文也。孔子荀子以降，將「禮」與「文」並論的淵源正在此。

《易・乾・文言》也說：「元者，善之長也。亨者，嘉之會也。利者，義之和也。貞者，事之幹也。君子體仁足以長人，嘉會足以合禮。」四德之中，已點出了文與禮的關係，而且禮是交接會通之道，本身就與文之交通義相符合，因此〈繫辭傳〉又說：「聖人有以見天下之動，而觀其會通，以行其典禮。」天下之動，是指陰陽變化推移。感而遂通，猶如前文所云「男女睽而其志通也，天地睽而其事同也」。這個道理，〈繫辭下〉用另一種方式來說，謂「剛柔雜居，而吉凶可見矣」、「物相雜故曰文，文不當，故吉凶生焉。」文若當，自然沒什麼好說，文若不當便有吉凶可說了。以文當不當來說吉凶，與吉凶以合不合禮來判斷，態度顯然是一致的。禮、文幾乎可視為同一件事，或者說禮是文的一種性質。就人文世界來說，禮即人文，尤其明顯。

文，具指一切文明文化，除了會因此而展開「禮」與「文」的關聯之外，亦顯示了文的風化教化義。孔子說：「君子之德風，小人之德草。」文化的力量就像風一樣，會吹拂大地，滋長萬物。故《周易》中論及文化的一些卦，如〈觀〉，是風行地上；〈蠱〉，是山下有風；〈小畜〉，是風行天上。這些「風」，都象征君子教化的狀況。文既與風教、風化有關，文章便不應苟作，而應考慮到它在風教上的效果。這也是後來影響我國文學理論的重要觀念之一，例如曹丕《典論・論文》中說「文章者，經國之大業，不朽之盛事」，裴子野〈雕蟲論〉中說「古者四始六藝，總而為詩，既形四方之風，且彰君子之志，勸美懲惡，王化本焉」，都可看成是這個觀念的發展。

此外，對後世有深遠影響的，就是文質關係了。本文一開始就談到《周易》論文最粗淺的含義是以「紋」為「文」，如〈革卦〉所舉的虎豹皮毛花紋之類。花紋毫無疑問是「物相雜」，是「錯畫」。但它畢竟只是皮毛，為何《周易》卻要以此紋飾之炳蔚來形容君子大人之德？站在注重實質的立場看，恐怕要不以此為然了。但《周易》的特點正在於此，它重視質，但也注重文，因此革命創制即以虎豹文章的燦爛光彩來形容。這個立場，在《論語・顏淵篇》中有個有趣的繼承：

> 棘子成曰：「君子質而已矣，何以文為？」子貢曰：「惜乎夫子之說！君子也，駟不及舌。文猶質也，質猶文也。虎豹之鞟，猶犬羊之鞟。」

皮刮去了毛叫做鞟。虎豹犬羊都把毛刮掉以後，其皮並沒有什麼不一樣，因此子貢說虎豹與犬羊之不同，是其毛文即已有異。我們不能說虎豹只是質與犬羊不同，事實上其毛文亦殊。文與質，在這裡是不能分開的——也不能只重質而輕忽文。劉寶楠《正義》中所說的「禮無本不立，無文不行，故文質皆所宜用，其輕重等也」，很能說明儒家的立場，而這個立場，即是由《周易》開啟，而由劉勰等人繼承的。

此外，《周易》論文，還有什麼是對劉勰影響巨大的呢？有的！文為陰陽相交，感而遂通。這個感通的原則，正是劉勰文學理論的核心觀念。所謂「天地感而萬物化生，聖人感人心而天下平」，中國文學基本上是由「感」形成的：作者感物而動，應物斯感，故有吟詠；作品希望亦能感人。這與西方文學重視「模仿」的傳統，在「文」始發端之際，可說即已分道揚鑣了。談中國文學的人，上溯「文」始，于此能不三致意焉？

四、從周易到文心雕龍

劉勰論文，本於《周易》，近年已有許多人注意到了。最近一例，是二〇一一年十一月，陳國球先生在香港教育學院舉辦文學理論工作坊，邀我與顏崑陽、蔡英俊諸先生去共同論學。其中顏先生所談，就是：「從周易到文心雕龍所開顯之詮釋典範，有何中國文學批評的現代意義？」

他談《文心雕龍》而由《周易》談起，乃是用以反對五四運動以來之詮釋典範。此類範式，基本模式為審美與實用兩分，「為藝術而藝術」遂與「為人生而藝術」相斥；又，藝術性與社會性兩分，文學之內在研究又與外部研究兩分。但由《周易》之世界觀看，世界不是可以如此分割的，因世界本混融為一體，不可以名言抽象而片面的認知。世界如此，文學亦然。故此種思維模式應是總體多元、辯證、動態的。《文心雕龍》重通變，依崑陽看，意義即在於此。《文心》論多元因素混融之文體，根子亦在於此。另外，《文心》「原始以表末，敷理以舉統」，亦可顯示劉勰有彼此辯證、交互為用的思維模式。崑陽推薦此一模式以代替舊說，欲形成範式之轉移。

中國人論文，上文剛剛講過，本來就跟世界合在一起說。文非世界之中、之外另一事，故《度人經》云世界「無文不生，無文不成，無文不光，無文不明，無文不立」，世界本由文成。文在世界，則有天文、地文、人文，乃至物一無文、無物不文。《文心》從玄黃交雜、日月疊璧講起，其意即此。故世界是混融的，文學也是。古人論文，一向文字、文學、文化不分。現代文家不知此理，以為還沒進化，實則此中大有深意，崑陽之說甚是。

具體說文體時，文體確實也有混融性，實用與審美本是不可分的。《文心雕龍》所述大部分文體就都既實用又審美（如，書、表、章、奏……）。

但近世論《文心雕龍》，恰好與崑陽所說不同。例如，我們一般不甚談其文體論，又喜歡說《文心》如何有體系、邏輯如何嚴謹、如何切分地談文學的各個方面。其實《文心》之長處或性質實不在此。

以《文心》論創作來看，乃是感物而動的。文章雖要「因情造文」，但情不孤生，必是緣事而發、感物而動。因此抒情之底層即是事物，非自己獨立之情，乃與宇宙人生社會互動而來，意與境相隨俱起。

凡此，均是崑陽說法之可觀處。然我畢竟不贊成他的本質論態度。

須知近世西方文論之區分虛構與真實、非常與日常、審美與實用、形式與內容、獨創與因襲、內在與外緣等等，本身就是追求文學之文學性而來的。問文學的文學性到底何在，是要確定什麼是文學，文學與其他事物究竟有何不同，也就是「文學之獨立性為何？」這個問題。現代中國人講文學史，必從「文學意識的自覺」講起，談小說必說唐人才有意地創作小說，論文學必說「創作」，均本於此一思路。「創作」者，本無此物，由作者構出也。其所以構創出此物，又非實用地、功利地，而只是審美地，故文學才因此而成為一具獨立性之物，本身自成宇宙（為獨立有機之審美客體）。

也就是說，西方與現代中國之思維模式正是在追求文學之本質時提出的。崑陽反對他們的說法，而不能打破這種追求，反對文學本質的思維，實非探本之論。他自己另提「混融有機總體的文學本質觀」，仍是一種本質論。如此，則是五十步笑百步也。

如要免於自陷弔詭，我覺得仍應回到《易經》。易者，不易、變易、簡易也。易的本質就是變，但變同時即是不變之理。《文心》不也說要通變嗎？變即不變，此所以才能通。變即不變，不變即變。因此本質即非本質，崑陽應把他的本質論也同時發展成非本質論。

此外，崑陽說《文心》「原始以表末」云云，乃「本末終始」之交相為用、彼此辯證，我亦以為還可商量。

因為《文心》對「現在」、對「末」都是批判的，原始以表末，乃是要表明「末」有多麼差。源是經典、是聖人、是道，文學應回歸本源，才能重新獲得生命，否則就會成為晉宋時代的訛、濫、失、謬。這就不是本與末彼此辯證，交相為用，而是反本復始。因此應結合到《易經》的〈復卦〉，歸根復命，一元復始，才能周流不殆。

第八講 劉勰的文學史觀

一

《文心雕龍》的文學史觀，主要見於第四十五篇〈時序篇〉。時序，謂時間之序列，把文學的發展和時間的序列聯繫起來看，所以叫做時序。〈時序〉第一段說：

> 時運交移，質文代變，古今情理，如可言乎！昔在陶唐，德盛化鈞，野老吐何力之談，郊童含不識之歌。有虞繼作，政阜民暇，薰風詩於元后，爛雲歌於列臣。盡其美者何，乃心樂而聲泰也！至大禹敷土，九序詠功，成湯聖敬，猗歟作頌。逮姬文之德盛，周南勤而不怨；大王之化淳，邠風樂而不淫；幽厲昏而板蕩怒，平王微而黍離哀。故知歌謠文理，與世推移，風動於上，而波震於下者也。

「時運交移，質文代變」。時間不斷地在改變，一文一質，是古代的一種歷史觀點，也叫文質代變。孔子不是說「郁郁乎文哉」嗎？周朝跟夏朝商朝比，顯得更有文化，前面兩朝顯得質，比較樸素。漢朝人再把孔子這句話加以演繹，就形成三代文質代變說，見於董仲舒的《春秋繁露》，謂三代文跟質交迭變化，或偏於文或偏於質。劉勰此處用的就是這個意思。

古今之變我們可以知道嗎？從前在陶唐，「德盛化鈞，野老吐『何力』之談，郊童含『不識』之歌」。孔子曾經稱讚過堯，說堯非常了不起，「蕩蕩乎民無能名」。堯的道德廣大，老百姓都沒法描述。這種情況，古人喜歡用一首歌〈擊壤歌〉來形容。說皇帝出去，見到農夫吃飽了飯，拍著肚皮在唱歌，說我自食其力多麼愉快，皇帝對我有什麼影響呢？這句話，體現了老百姓享受著政治上的恩惠都毫無感覺，乃是最高明的統治者。若老百姓能想到某人過去有什麼樣的好政策，已經落入第二層了。「野老吐『何力』之談，郊童含『不識』之歌」即指此。兒童在康衢大道上唱著歌謠，「不識不知，順帝之則」。

「有虞繼作，政阜民暇，『薰風』詩於元后，『爛雲』歌於列臣」。講舜虞時代作〈薰風〉詩，唱〈卿雲〉歌。「盡其美者何？乃心樂而聲泰也。」為何他們的歌謠那麼好呢，因為他們內心愉快，聲音才顯得和泰。

「至大禹敷土，九序詠功；成湯聖敬，『猗歟』作頌」。到了周朝，「逮姬文之德盛，〈周南〉勤而不怨；大王之化淳，〈邠風〉樂而不淫」。像〈周南〉、〈邠風〉都是非常好的詩，樂而不淫、哀而不傷。但幽厲時代就不行了，「幽厲昏而〈板〉、〈蕩〉怒」。怨而不怒才是《詩經》的基本標準，怒就成了變風變雅。「平王微而〈黍離〉哀」，天下大亂了，所以就有〈黍離〉。黍離指從前的王宮現在已經荒廢，都長出草來啦。禾黍離離，看得出時世的變化。本來詩應哀而不傷，但這詩就哀了。

〈黍離〉歌，是後來中國文學中一個類型的最早之典範。這個類型就是悼古，比如說李白詩〈越王台〉，開頭是：「越王勾踐破吳歸」。勾踐把吳國攻破了回來，這時繁華貴盛、國力強大，「宮女如花滿春殿」。美女不是只有西施一個，越國女人漂亮的多啦，但是現在呢，「只今唯有鷓鴣飛」。利用古今的對比，來講邦國之盛衰。通常是寫王城皇宮現在已然殘破，可能「只有宮花寂寞紅」、可能只有斜陽衰草。這種類型的源頭就是〈黍離〉。

根據以上所講，時世既有盛有衰，歌謠文理亦必與世推移，「風動於上而波震於下」，政治的變動必會帶來底下所有事物的改變。政治，不僅是我們現在講的權力，更重要的是講它的文德風氣。前面我一再強調劉勰的根本思想在經學，就是因為劉勰由經學上得來的知識貫穿於他所有的評論中。如這一段的總結「風動於上，而波震於下」云云，就是毛詩所講的風。

這一段是總論，講上古的情況。接著說春秋戰國：

> 春秋以後，角戰英雄，六經泥蟠，百家飆駭。方是時也，韓魏力政，燕趙任權；五蠹六虱，嚴于秦令；唯齊楚兩國，頗有文學；齊開莊衢之第，楚廣蘭台之宮，孟軻賓館，荀卿宰邑；故稷下扇其清風，蘭陵鬱其茂俗；鄒子以談天飛譽，騶奭以雕龍馳響；屈平聯藻于日月，宋玉交彩于風雲。觀其豔說，則籠罩雅頌，故知煒燁之奇意，出乎縱橫之詭俗也。

第三段講秦朝焚書以後，漢代繼起：

> 爰至有漢，運接燔書，高祖尚武，戲儒簡學；雖禮律草創，詩書未遑，然大風鴻鵠之歌，亦天縱之英作也。施及孝惠，迄于文景，經術頗興，而辭人勿用；賈誼抑而鄒枚沉，亦可知已。逮孝武崇儒，潤色鴻業，禮樂爭輝，辭藻競騖：柏梁展朝宴之詩，金堤制恤民之詠，征枚乘以蒲輪，申主父以鼎食，擢公孫之對策，歎倪寬之擬奏，買臣負薪而衣錦，相如滌器而被繡；於是史遷壽王之徒，嚴終枚皋之屬，應對固無方，篇章亦不匱，遺風餘采，莫與比盛。越昭及宣，實繼武績，

馳騁石渠，暇豫文會，集雕篆之軼材，發綺穀之高喻；於是王褒之倫，底祿待詔。自元暨成，降意圖籍，美玉屑之譚，清金馬之路。子雲銳思於千首，子政讎校於六藝，亦已美矣。爰自漢室，迄至成哀，雖世漸百齡，辭人九變，而大抵所歸，祖述楚辭，靈均餘影，於是乎在。

劉邦是流氓出身，對儒生頗不尊重，不是拿儒冠當尿桶，就是洗著腳見儒生。所以漢初儒學不盛，「雖禮律草創，詩書未遑」，詩書也沒什麼表現，可是「大風起兮雲飛揚」這樣歌還是不錯的。到了孝惠、文景，經學已開始興盛了，不過文辭還不行；「賈誼抑而鄒枚沉，亦可知已」，文人還沒得到重用。孝武崇儒之後，才「遺風餘采，莫與比盛」。

前面我已說了，劉勰的評論是順著經學來的，所以這一大段即是以儒學的發展帶著講文學的發展。先前儒學不盛，雖然經學慢慢發展起來了，可是文學還不行；武帝以後，儒學發展好了，文學也就興了。底下舉了一大堆文人很受重視、有所表現的例子，「遺風餘采，莫與比盛」。

三代以後，文化經過秦代的摧殘，慢慢復甦，到漢武帝才昌盛了。武帝崇儒，在文化史上最重要的事就是尊崇儒術、罷黜百家。劉勰則把獨尊儒術與在文學上的表現結合在一起，所以把武帝時期看作是文學史上的高峰。

三代當然是最高典範，但其後沉寂了；沉寂以後又起來，才又形成一個高峰。這個高峰，他說是「莫與比盛」。其後昭帝宣帝都繼承著武帝，所以「馳騁石渠，暇豫文會」。石渠指石渠閣，皇帝召集學者在石渠閣論議，討論儒學上的疑難，皇帝在政治餘暇也中參加了這種文學盛會。「集雕篆之軼材，發綺穀之高喻」，集合了這些雕蟲篆刻的文人來寫文章，發出很好的聲音，「於是王褒之倫，底祿待詔」，像王褒這樣的人才能得到很好的待遇。「自元暨成」，從元帝至成帝，「降意圖籍，美玉屑之譚，清金馬之路，子雲銳思於千首，子政讎校於六藝，亦已美矣」。元帝成帝也非常好，揚雄、劉向等人也都得以重用。

另外，「雖世漸百齡，辭人九變，而大抵所歸，祖述《楚辭》，靈均餘影，於是乎在」。整個漢代，除了儒學大發展帶動文學的大繁榮之外，《楚辭》的影響也很大。

> 自哀平陵替，光武中興，深懷圖讖，頗略文華，然杜篤獻誄以免刑，班彪參奏以補令，雖非旁求，亦不遐棄。及明章疊耀，崇愛儒術，肄禮壁堂，講文虎觀；孟堅珥筆于國史，賈逵給劄於瑞頌，東平擅其懿文，沛王振其通論，帝則藩儀，輝光相照矣。自和安以下，迄至順桓，則有班傅三崔，王馬張蔡，磊落鴻儒，才不時乏，而文章之選，存而不論。然中興之後，群才稍改前轍，華實所附，斟酌經辭，蓋歷政講聚，故漸靡儒風者也。降及靈帝，時好辭制，造義皇之書，開鴻都之賦，而樂松之徒，招集淺陋，故楊賜號為驩兜，蔡邕比之俳優，其餘風遺文，蓋蔑如也。

西漢滅亡以後，光武中興。「深懷圖讖，頗略文華」，他也喜歡經學，但所重視的是圖讖，所以文采就略遜了。「然杜篤獻誄以免刑，班彪參奏以補令」，雖然如此，也還有些作者。

明帝、章帝時，形勢又好了，「崇愛儒術，肄禮璧堂，講文虎觀」。虎觀指白虎觀，時重儒術，在白虎觀論講經學。「孟堅珥筆于國史，賈逵給禮於瑞頌，東平擅其懿文，沛王振其通論，帝則藩儀，輝光相照矣」，皇帝與各個諸王侯都喜歡文學，好作家也不少。「自和安以下，迄至順恒」，從和、安二帝以至順帝恒帝，「則有班傅三崔，王馬張蔡」，還是有許多的文人，「磊落鴻儒，才不時乏」，每個朝代都有鴻儒出現，所以文風不替。

接著總結：「然中興之後，群才稍改前轍，華實所附，斟酌經辭，蓋歷政講聚，故漸靡儒風者也」。整個東漢的文學雖然比不上西漢，不過還是不錯的，仍能漸靡儒風。

到了靈帝，「時好辭制，造皇羲之書，開鴻都之賦；而樂松之徒招集淺陋，故楊賜號為『驪兜』，蔡邕比之『俳優』，其餘風遺文，蓋蔑如也」，到了漢代末，靈帝也喜歡作辭賦，編了〈皇羲〉篇（其實這原本是一種講文字的書，劉勰卻以此強調靈帝之好文。我曾說過，中國有文學文字文化一體性的態度，劉勰此舉，亦恰好表現了這種態度，是值得注意的），開鴻都門來迎接辭賦家，所以像樂松這一類人雖然淺陋，楊賜稱他們為驪兜（驪兜是舜的兄弟，壞蛋）、蔡邕把他們比作小丑，還是被重用了。——劉勰認為他們的文字不值得稱道，因為他強調文人要有德行。以後我們還會談到文德問題。他並不完全從文采看文學，這是儒學的傳統。

以上總結了西漢東漢，接下去講魏晉：

自獻帝播遷，文學蓬轉，建安之末，區宇方輯。魏武以相王之尊，雅愛詩章；文帝以副君之重，妙善辭賦；陳思以公子之豪，下筆琳琅：並體貌英逸，故俊才雲蒸。仲宣委質于漢南，孔璋歸命于河北，偉長從宦於青土，公幹徇質於海隅；德璉綜其斐然之思；元瑜展其翩翩之樂；文蔚休伯之儔，于叔德祖之侶，傲雅觴豆之前，雍容衽席之上，灑筆以成酣歌，和墨以藉談笑。觀其時文，雅好慷慨，良由世積亂離，風衰俗怨，並志深而筆長，故梗概而多氣也。至明帝纂戎，制詩度曲，征篇章之士，置崇文之觀，何劉群才，迭相照耀。少主相仍，唯高貴英雅，顧盼合章，動言成論。于時正始餘風，篇體輕淡，而嵇阮應繆，並馳文路矣。

漢末文學就不行了。建安末年，天下慢慢穩定，魏武父子都非常注重文學，所以底下聚合了一大批文人。這些人就是我們所說的建安諸子，他們「傲雅觴豆之前，雍容衽席之上，灑筆以成酣歌，和墨以藉談笑。觀其時文，雅好慷慨，良由世積離亂，風衰俗怨，並志深而筆長，故梗概而多氣也」。因是特殊的時代，所以文人都能有所表現，且其表現可概括為：「梗概而多氣」、「雅好慷慨」。後人常說的建安風骨即指此。建安風骨，是相對於魏晉以後沒有風骨而說的。建安社會動盪，世積離亂，受其激發，才會「梗概而多氣」。

等到明帝以後，「明帝纂戎，制詩度曲，徵篇章之士，置崇文之觀，何劉群才，迭相照耀。少主相仍，唯高貴英雅，顧盼合章，動言成論。于時正始餘風，篇體輕澹，而嵇阮應繆，並馳文路矣」。建安以後幾個皇帝仍然非常推崇文雅，所以正始（齊王曹芳的年號）的餘風，也很可觀。但這時的風格是「篇體輕澹」。此係相對於前面建安之「雅好慷慨」而說的。前面因有時代的衝擊，故「梗概而多氣」。「梗概」是有骨頭而撐了起來，後面沒有這樣的氣力，所以只能「篇體輕澹」了。澹、輕、浮、淺，在《文心雕龍》的術語體系中都屬於貶義詞，不厚重。這時期，只阮籍、嵇康在文壇上是有表現的。

> 逮晉宣始基，景文克構，並跡沉儒雅，而務深方術。至武帝惟新，承平受命，而膠序篇章，弗簡皇慮。降及懷湣，綴旒而已。然晉雖不文，人才實盛：茂先搖筆而散珠，太沖動墨而橫錦，岳湛曜聯璧之華，機雲標二俊之采。應傅三張之徒，孫摯成公之屬，並結藻清英，流韻綺靡。前史以為運涉季世，人未盡才，誠哉斯談，可為歎息！

可惜晉初喜歡諸子方術乃至陰謀，其宮廷鬥爭很是激烈。武帝建立了新朝，教育跟文章卻還沒有得到他的重視（膠序指學校，序是庠序，周朝把太學稱為東膠，所以學校又叫做庠序、膠序）。到了懷帝跟潛帝，更是「綴旒而已」。「綴旒」是指皇冠上垂下的飾物，意思是說皇帝這時候只是個擺設，沒人把他當一回事，他只是坐在那裡戴著一頂帽子而已，起不了什麼作用。皇帝如此，文化亦然。

「然晉雖不文，人才實盛」，雖然整個晉朝（為什麼從皇帝講呢？君子之德風，小人之德草，從風雅的觀點來看，君王的德化甚為重要）上面亂成一團，文教甚差，不過人才還不少。「茂先搖筆而散珠，太衝動墨而橫錦」，茂先指張華，太沖就是寫〈三都賦〉的左思。「岳湛曜聯璧之華，機雲標二俊之采」，潘岳、夏侯湛譽為「聯璧」；陸機、陸雲號稱「二俊」；應徵、傅玄、張載張協張亢兄弟，以及孫楚、摯虞、成公綏等文士都「結藻清英，流韻綺靡」。「綺靡」即〈文賦〉裡說的「詩緣情而綺靡」。「前史以為運涉季世，人未盡才，誠哉斯談，可為歎息」，整個晉朝是個亂世，所以可惜這些人皆未盡其才。

元皇中興，披文建學，劉刁禮吏而寵榮，景純文敏而優擢。逮明帝秉哲，雅好文會，升儲御極，孳孳講藝，練情於誥策，振采於辭賦；庾以筆才逾親，溫以文思益厚，揄揚風流，亦彼時之漢武也。及成康促齡，穆哀短祚；簡文勃興，淵乎清峻，微言精理，函滿玄席；淡思濃采，時灑文囿。至孝武不嗣，安恭已矣；其文史則有袁殷之曹，孫干之輩，雖才或淺深，珪璋足用。自中朝貴玄，江左稱盛，因談餘氣，流成文體。是以世極迍邅，而辭意夷泰，詩必柱下之旨歸，賦乃漆園之義疏。故知文變染乎世情，興廢系乎時序，原始以要終，雖百世可知也。

到了東晉元帝，披文建學，「劉刁禮吏而寵榮，景純文敏而優擢」，劉隗、刁協現在我們幾乎已經看不到他們的文章了，不過在當時應該還是不錯的文人。景純是指郭璞，他們還是有一些不錯的表現。到明帝，「雅好文會，升儲御極，孶孶講藝，練情於誥策，振采於辭賦，庾以筆才逾親，溫以文思益厚，揄揚風流，亦彼時之漢武也」，庾是指庾亮，溫是指溫嶠，他們都有所表現，算是那個時代的漢武。「及成康促齡，穆哀短祚。簡文勃興，淵乎清峻，微言精理，函滿玄席；澹思濃采，時灑文囿」，此後簡文帝時還是有一些表現。到安帝、恭帝則不行了。這個時候「袁殷之曹、孫干之輩，雖才或淺深，珪璋足用」，孫盛、干寶這些人還是可以的。

> 自宋武愛文，文帝彬雅，秉文之德，孝武多才，英采雲構。自明帝以下，文理替矣。爾其縉紳之林，霞蔚而飆起；王袁聯宗以龍章，顏謝重葉以鳳采，何范張沈之徒，亦不可勝數也。蓋聞之於世，故略舉大較。
>
> 暨皇齊馭寶，運集休明：太祖以聖武膺籙，世祖以睿文纂業，文帝以貳離含章，中宗以上哲興運，並文明自天，緝遐景祚。今聖曆方興，文思光被，海嶽降神，才英秀發，馭飛龍於天衢，駕騏驥於萬里。經典禮章，跨周轢漢，唐、虞之文，其鼎盛乎！鴻風懿采，短筆敢陳；揚言贊時，請寄明哲。

宋武帝愛好文學，可是宋明帝以後便衰了。當時文人太多啦，王姓、袁姓、顏姓、謝姓世家中多得很；何遜、范雲、張邵、沈約等不可勝數。到我朝大齊，國運昌隆，四海五嶽都降下了神明，人才輩出，經典、禮樂、文章，勝周壓漢，直逼唐堯虞舜！如此偉大的時代，我拙劣之筆豈敢陳述，還是留給明智的人來完成吧！

〈時序〉篇這樣的寫法很有趣：漢代極詳，寫了一大通；到了魏，單獨寫建安一段；晉，卻只說西晉亂成一團，人才可惜沒得到很好的發揮；東晉以後更簡略，幾乎像是一篇文章沒寫完。前面很賣力，寫到後面竟越寫越簡略，而且到晉就結束了，晉以後不是還有宋、齊、梁嗎？若說劉勰《文心雕龍》寫于齊朝末年，起碼宋齊還是有很多可談之處，可是他就戛然而止了。講宋齊一段，說了等於沒說，且近乎反諷。

其實這不是他前面寫得賣力，後面收束潦草，這就是他的文學史觀。認為後面沒啥可說的。晉以後這些作家，勉強來看當然也都還可以，但基本上沒成就，沒有真正成就的人才，好的作家都在前面。

二

此中可以看出幾個重點，一是文質觀，「時運交移，質文代變」，文和質在更替變化。思想的來源是孔子和漢代的三代質文說。三代質文說本身就是個歷史觀，文質代變，是個動態的歷史觀。一個時代，文太多了就要代之以質，質太多了要添之以文，這叫文質相繼。例如孔子說周是「郁郁乎文哉」，漢人繼周而起，其文化發展要走什麼路子呢？不應比周更文，而是應參考周以前的夏朝跟商朝，要用夏商之質來添補、中和周朝文，所以才說「三代質文代變」。此說充分被劉勰所應用，在許多地方都貫穿著這個觀念，認為文太多了就要代之以質，質太多則要添之以文。例如魏晉以後文太多了，特別到宋齊，缺點就是文太多而質不足，所以要恢復古代比較質樸的寫法。這是他很重要的觀點。

第二個就是本末源流觀。古代是本，後代叫末；前面是源，後面叫流，且因為是末流所以有流弊。前面善，後面是弊，所以整個文學寫作必須正末返本。

這是劉勰主要的兩個觀點，在這個框架底下具體談時代，則三代不用說了，當然好；三代以後便當以漢武帝為最盛。漢武帝時為何最盛呢？因為崇儒之故。東漢就加上了一些楚辭、緯書的影響。到漢末就衰了，所以說：「自獻帝播遷，文學蓬轉」。魏晉也衰，雖然晉代人才不少，但人未盡其才，實可歎息。敘述只講到晉末，宋齊寥寥數語，幾乎沒有談。

這樣的文學史觀也可以在其他篇章看到，比如〈事類〉篇是談用典的，第一段說「文章之外，據事以類義，援古以證今」，講《易經》、《尚書》，都是引經典。第二段談「屈宋屬篇，號依詩人，雖引古事，而莫取舊辭」，屈原他們雖然引了古事，但沒有引古代的文句。賈誼以後，才引用了古代的文句；司馬相如的〈上林〉引用李斯之書也是。但這時用得還比較少，到揚雄的〈百官箴〉、劉歆的〈遂初賦〉，慢慢形成一種典範，後來崔班張蔡也都是用典之模範。第三段講用典之方法，用典並不是隨便用的，須用經典。所以「務學在博，取事貴約」，不是亂引一通，而是「取事貴約」，這樣才能用經典，文章才會好，才能「理得而義要」，否則「微言美事，置於閒散，是綴金翠於足脛，靚粉黛於胸臆也」。

用典以東漢為典範，前面「姜桂因地」那一段，說「子雲之才，觀書石室，乃成鴻才」，像揚雄都得要多讀書才會用典，所以魏武曾批評張子說他文章不好是因為學問膚淺。這是講用典的重要性和怎麼用。

下一段就講用典不好的例子，如陳思王：「陳思，群才之英也，〈報孔璋書〉云：『葛天氏之樂，千人唱，萬人和，聽者因以蔑韶夏矣』此引事之實謬也。」引古代的事，卻引錯了。底下考證了一番，說曹植「信賦妄書，致斯謬也」。陸機〈園葵〉詩也引錯了，「譬『葛』為『葵』，則引事為謬，若謂『庇』勝『衛』，則改事失真，斯又不精之患」，因讀書不精故有此病。「夫以子建明練、士衡沈密，而不免于謬。曹洪之謬高唐，又曷足以嘲哉？」子建陸機尚且這樣，曹洪他們的錯誤又何必譏嘲呢？整篇寫到這兒就完了，跟〈時序〉篇一樣。

他文章為何都是這麼寫呢？前面講漢人都是用經典，所以我們現在把漢人當典範來學。魏晉之用典就沒法度了，其中最好的，像曹植、陸機，用典都還常出錯呢，其他人就更別提了；宋、齊以後也不再談了。

第三十五篇〈麗辭〉也是如此。第一段就講《易經》怎樣對仗，經典中的對仗怎樣造成文章的好處。第二段講「麗辭之體，凡有四對」。前面說古人如何用典，接著談用典的方法，司馬長卿〈上林賦〉、宋玉〈神女賦〉、王粲的〈登樓賦〉和孟陽的〈七哀〉，是他覺得可以做典範的。然後批評對仗不行的，舉了張華跟劉琨做例子，「張華詩稱：「游雁比翼翔，歸鴻知接翮。」劉琨詩言「宣尼悲獲麟，西狩泣孔丘」。若斯重出，即對句之駢枝也。」駢枝是手指多長了一根，是沒用的。重出也叫合掌，兩句講同一個意思，其實一句就夠了，兩句互相不能相發，劉勰說這叫做駢枝。張華、劉琨是晉朝最好的作家，劉勰批評他們的對仗不行，底下就不再論了。如要論，東晉、宋、齊舉例對仗錯誤的就多得不得了了。這是談到具體的作家。

再看第三十一篇〈情采〉。「聖賢書辭，總稱文章」，所以要有文采，而這個采是文質相符的。這算是總論，底下「立文之道，形文、聲文、情文」，情文指情采。後面說「故知君子常言，未嘗質也。老莊疾偽，故稱美言不信」，但實際上老子的五千言還是非常好的，「研味《孝》、《老》，則知文質附乎性情；詳覽《莊》、《韓》，則見華實過乎淫侈」，莊子、韓非的文質關係就沒處理好，過於文了。所以要「擇源於涇渭之流，按轡於邪正之路」，才可以駕馭文采，「文采所以飾言，而辯麗本於情性。故情者文之經，辭者理之緯；經正而後緯成，理定而後辭暢，此立文之本源也。」從這個原理上講，接下來就談不同時代的人的表現。

> 昔詩人什篇，為情而造文；辭人賦頌，為文而造情。何以明其然？蓋風雅之興，志思蓄憤，而吟詠情性，以諷其上，此為情而造文也；諸子之徒，心非鬱陶，苟馳誇飾，鬻聲釣世，此為文而造情也。故為情者要約而寫真，為文者淫麗而煩濫。而後之作者，采濫忽真，遠棄風雅，近師辭賦，故體情之制日疏，逐文之篇愈盛。故有志深軒冕，而泛詠皋壤；心纏幾務，而虛述人外。真宰弗存，翩其反矣。夫桃李不言而成蹊，有實存也；男子樹蘭而不芳，無其情也。夫以草木之微，依情待實；況乎文章，述志為本，言與志反，文豈足徵？

《詩經》是為情而造文，《楚辭》則是為文造情。為文而造情當然是不行的，「為情者要約而寫真，為文者淫麗而煩濫」，所以《楚辭》就已經「淫麗而煩濫」。而後之作者更糟糕，「采濫忽真」，都學《楚辭》，為文而造情。「忽真」就是違離了《詩經》的寫法，「遠棄風雅，近師辭賦，故體情之制日疏，逐文之篇愈盛」。後來的文章文質關係都不好，都太文了。這是〈情采〉篇。

再看第三十篇〈定勢〉。總說：「夫情致異區，文變殊術，莫不因情立體，即體成勢也」。第二段接著就談「是以模經為式者，自入典雅之懿；效騷命篇者，必歸豔逸之華」，如果學習經典就可以讓我們典雅，若學《楚辭》，「必歸豔逸之華」，「綜意淺切者，類乏醞藉；斷辭辨約者，率乖繁縟。譬激水不漪，槁木無陰，自然之勢也」。要麼缺乏醞藉，要麼偏於繁縟。如陸雲自稱：「往日論文，先辭而後情」，劉勰就認為是錯的。後來的文人亦都是為文造情。這一篇是和〈情采〉篇相呼應的。

下文又說：「自近代辭人，率好詭巧。原其為體，訛勢所變。厭黷舊式，故穿鑿取新。察其訛意，似難而實無他術，反正而已。故文反『正』為『乏』，辭反正為奇。效奇之法，必顛倒文句，上字而抑下，中辭而出外，回互不常，則新色耳」。現在的辭人都喜歡詭巧，可是所謂詭巧，其實也沒太多的秘訣，無非是「訛勢所變」罷了。訛是錯誤的意思，走了條錯誤的路子，「厭黷舊式，故穿鑿取新」，察其訛意，不過是反正而已。好比別人用腳走路，他們偏要倒著用手走路。近代辭人就喜歡這樣詭巧，所以通衢坦途，路本來很大，卻偏要走捷徑，趨近故也。「正文明白，而常務反言者，適俗故也」。「然密會者以意新得巧，苟異者以失體成怪。舊練之才，則執正以馭奇；新學之銳，則逐奇而失正。勢流不反，則文體遂弊」。這兩篇和〈麗辭〉、〈事類〉一樣，那些篇是舉一些具體的例子來談，顯示出他看不起近代的作品；這兩篇則是總體否定。否定晉宋，肯定漢代。

第二十九章〈通變〉。第一段總論，第二段講九代：堯、舜、夏、商、周、漢、魏、晉、宋，「魏之篇制，顧慕漢風；晉之辭章，瞻望魏采」，總括以上各時代的文風，「則黃唐淳而質，虞夏質而辨，商周麗而雅，楚漢侈而豔，魏晉淺而綺，宋初訛而新」。「綺」是華麗的意思，文太多而內容淺。楚漢已然太豔，宋初更是訛而新，完全變了個樣。文風從質到訛，越來越澹，「澹」指光都浮在水上，不蘊藉不深沉。為什麼會這樣？競今疏古，風氣就衰弱了。這和〈定勢〉篇、〈情采〉篇一樣，整體否定了近代作品，主張復古。

以上是論文風的，第二十七篇〈體性〉則是談作家的。作家才性不同，類型很多，文體也各自有別，不同文體由不同作家來表現。「夫八體屢遷，功以學成，才力居中，肇自血氣。」文章的風格跟人的才性是相關的，所以下文舉例論不同的作家才性不同，文風就不同。賈誼、司馬相如、揚雄、劉向、班固、張衡、王粲、劉楨、阮籍、嵇康、潘岳、陸機這些人「觸類以推，表裡必符，豈非自然之恒資，才氣之大略哉」。內有其性，外就顯其文，內外是相符的。但講作家，講到陸機、潘岳，底下也就不談了。我們現在講的劉宋大家，如鮑照、謝靈運等，劉勰幾乎都懶得掛齒。

整本書和他的論述方式基本上是一樣的：論時代，主要是談漢代；談經典，則是像祖宗一樣被供起來的，要人慎終追遠。具體學習，乃是學漢代。漢以後，略有一些好處可說的是魏晉。晉指西晉，東晉很少談到。宋齊基本不論，偶爾談及，大體是要罵的。要麼總體否定，要麼不談，或舉一兩例批評之。

第四十七篇〈才略〉，論人才。近代研究《文心雕龍》的朋友，喜歡把他的篇章重予調整，認為把〈才略〉篇放在後面和〈物色〉、〈知音〉等放在一起好像不妥，因此常把它重新歸類。其實本篇跟〈知音〉等連在一塊亦無不妥。它說：從堯舜到周商，「義固為經，文亦師矣」，義理是經典，文章也非常好。春秋以後，辭令也還不錯，漢代也有些不錯的作家，陸賈，首發奇采，直到「桓譚著論，富號猗頓；宋弘稱薦，爰比相如」，東漢的作家如班彪班固、劉向劉歆都非常好，「杜篤賈逵，亦有聲于文。是則竹柏異心而同貞，金玉殊質而皆寶也」。劉向的奏議、趙壹的辭賦、孔融的文章都不錯，到潘勖王朗、魏曹子建也都好（劉勰不喜歡曹植，較推崇曹丕，這是他個人的判斷，跟當時世人判斷不太一樣）。這一段主要講建安七子及他同時代的人，一直講到劉劭、何晏、「休璉風情，則〈百壹〉標其志；吉甫文理，則〈臨丹〉成其采」，嵇康、阮籍各有成就。

接著講張華、陸機、潘岳、摯虞。摯虞的《文章流別論》非常好，傅玄的篇章也不錯，一直講到劉琨、盧諶，這是東西晉之交的人。東晉以後講了郭璞，「景純豔逸，足冠中興」，溫嶠、庾亮，孫盛、干寶「志乎典訓」。一直到殷仲文。底下用一句話概括以後的作家，叫做「宋代逸才，辭翰鱗萃。世近易明，無勞甄序」，意思是時代很近，大家都清楚，無需鑒評了。

這樣的寫法，各位這樣看下來，想必已看熟了。劉勰談近代，皆持否定態度，例如〈指瑕〉講文章的缺點，一舉例就是曹植，說他乃「群才之俊也，而〈武帝誄〉云『尊靈永蟄』；〈明帝頌〉云『聖體浮輕』」，這些都不妥當。左思的〈七諷〉，「說孝而不從，反道若斯，餘不足觀矣」，左思的文章不通到如此程度，其他的也就不用談了。「潘岳為才，善於哀文」，但是他的內兄死了，他的哀悼文字也沒寫對，「傷弱子，則云心如疑。禮文在尊極，而施之下流，辭雖足哀，義斯替矣」，沒掌握好分寸。〈指瑕〉篇舉的都是這樣的例子，還講向秀、崔瑗，「而崔瑗之誄李公，比行于黃虞；向秀之賦嵇生，方罪于李斯」，都不適當。前面是舉例，後面是概括：「近代辭人，率多猜忌，至乃比語求蚩，反音取瑕，雖不屑于古，而有擇於今焉」。在劉勰的判斷裡，古代代表好，近代代表差；本好，末差；源對，流錯，至為明顯。

三

這是下半部。上半部主要是論文體。文體上都是從經典講下來的，但文體的流變一講到近代就沒有好話。

請看第六篇〈明詩〉。建安之初，慷慨以任氣，「乃正始明道，詩雜仙心，何晏之徒，率多浮淺」，玄學興起以後，文章就浮淺了。「晉世群才，稍入輕綺。采縟於正始，力柔于建安」，它的文采更豐富，可是力量不夠了，流靡自妍。「江左篇制，溺乎玄風」，更進一步沉溺于玄風，「情必極貌以寫物，辭必窮力而追新」，這是近世之所競也，近人所努力的方向，而劉勰顯然並不欣賞。

第七篇〈樂府〉的討論也很有意思，前面講堯舜，先王造典造樂。第二段講漢樂府詩，即批評它「辭雖典文，而律非夔曠」。雖然文辭模仿著古代的詩，但是音樂已經不是《詩經》時候的音樂了。到了曹操、曹丕、曹植，「氣爽才麗，宰割辭調，音靡節平」，「志不出於淫蕩，辭不離於哀思。雖三調之正聲，實韶夏之鄭曲也」。已經很差了，只是韶夏之鄭曲。在音樂批評中，我們講鄭聲淫，說要「放鄭聲，遠佞人」，鄭聲就是不好聲音的代名詞。

魏已然不行了，晉代就更差，「聲節哀急，故阮咸譏其離聲，後人驗其銅尺」。晉以後的樂府，他同樣根本不予討論。如果我們熟悉文學史，我們就知道六朝的樂府也很重要，吳歌、西曲、《子夜歌》、〈採蓮曲〉、〈清溪小姑〉，在文學史上都很重要。魏之三調，清調、平調、瑟調，是漢魏的音樂，魏晉以後整個音樂改變為清商曲，後來的吳歌、西曲在文學史上亦有它一席之地，可是在《文心雕龍》中卻對此不置一詞，完全沒有談到。所以我常說讀書除了要看他講什麼之外，還常要看他不講什麼。讀書，要在無文字的地方讀出道理來。有些東西沒有評論，不是劉勰不會評論，而是他根本看不起這些東西，認為魏晉已經很差了，是「韶夏之鄭曲」，更不要談晉宋以後的東西。

〈詮賦〉篇講賦。我們現在的文學史講賦，都不喜歡漢賦，說那是笨賦、大賦，覺得魏晉以下的小賦好，情韻不匱。這種評價，跟劉勰完全相反，〈詮賦〉篇整體崇漢，也只論到魏晉。

它從詩之六義講下來，「秦世不文，頗有雜賦，漢初詞人，順流而作」。底下舉例漢代詞人很多，枚乘的〈菟園賦〉、王子淵的〈洞簫賦〉、賈誼的〈鵩鳥賦〉、班固的〈兩都賦〉、揚雄的〈甘泉賦〉、王延壽的〈靈光賦〉等，「凡此十家，並辭賦之英傑也」，這十家全部都是漢代的，乃賦之典範。後來的王粲、徐幹、左思、潘岳、陸士衡、王子安、郭景純等，在魏晉這個時代算是好的了，這叫做第二流中的前端。《世說新語》裡面說人家評論人物，第一流人物將盡時，溫嶠往往變色，因為他是第二流人物的前端，生怕擠不進第一流，擔心說：「怎麼還沒輪到我」。劉勰的討論也是這樣，辭賦之英傑，十家都是漢代的，底下這些人也不錯，是魏晉之首也。

魏晉以後，不是還有一大堆賦家嗎？劉勰就認為沒值得談的了。

第九章〈頌贊〉篇講古代的頌怎麼寫，漢代班固、揚雄、武仲、史岑，「或擬〈清廟〉，或範〈駉〉〈那〉，雖淺深不同，詳略各異，其褒德顯容，典章一也」。這是好的，學著經典。「至於班傅之〈北征〉、〈西巡〉，變為序引」，這就差了，「褒過而謬體」。馬融的〈廣成〉、〈上林〉，雅而似賦，可是弄文而失質（劉勰不太贊成文，因為現在太文了，故要強調質，因而批評馬融弄文而失質）。崔瑗、蔡邕，「並致美於序，而簡約乎篇」，也不夠好。摯虞之品藻當然很精核，但「至云雜以風雅，而不變旨趣，徒張虛論」，也有講得不地道之處。「魏晉辨頌，鮮有出轍」，魏晉的辨頌，基本上還是順著正路走。不過，曹植寫得最好的頌就是〈皇太子生頌〉，陸機最好的叫做〈功臣頌〉，而這兩篇都褒貶雜居，「固末代之訛體也」，這是頌體發展到末代的錯誤。——這兩篇頌是六朝的最高典範，六朝人論文學，皆說如孔門用賦，陳思王就該是第一等的。但劉勰在好幾處都拿陸機、曹植這些六朝第一等人來尋開心，說他們不對。——此後的頌，當然也就無庸贅述啦！

贊也一樣。贊者，明也，助也。講到「景純注《雅》，動植必贊，義兼美惡，亦猶頌之變耳」即止。景純指郭璞，曾注解《爾雅》。其後作了一篇〈爾雅贊〉，義兼美惡，這是頌的變體。頌應該只是歌頌、稱道、讚美，而郭璞弄錯了。郭璞以後當然還有許多作家，但他同樣也不再談。

第十篇〈祝盟〉亦如此。祝就是禱告，跟誄辭很類似，但後世路走偏了，比如「東方朔有罵鬼之書，於是後之遺咒，務於善罵」，只有曹植的〈誥咎〉還延續了舊的路子。底下講「班固之祀濛山，祈禱之誠敬也；潘岳之祭庾婦，奠祭之恭哀也」。作家只論到潘岳為止，以下就不用說了。

第十一篇〈銘箴〉講銘文。戰國就已多可笑：「若乃飛廉有石槨之錫，靈公有蒿里之謚，銘發幽石，吁可怪矣。趙靈勒跡於番吾，秦昭刻博于華山，誇誕示後，吁可笑也。」漢代中期以後，更全是罵聲：「敬通雜器，准矱武銘，而事非其物，繁略違中。崔駰品物，贊多戒少。李尤積篇，義儉辭碎。蓍龜神物，而居博弈之中；衡斛嘉量，而在臼杵之末，曾名品之未暇，何事理之能閑哉？魏文九寶，器利辭鈍」。九寶指魏文帝曹丕的《典論》。《典論》是一本書，但現在已經失傳了，我們現在能看到的只有〈論文〉

一篇，其他是一些片段佚文。這片段中有「九寶」，指曹丕鑄造的九把寶劍。曹丕自負文武雙全，他煉了寶劍，寫了篇文章自吹自擂，但劉勰並不欣賞，所以叫「器利辭鈍」。兵器可能很好，但文章很笨。有關銘文的討論只談到這兒。

箴，「箴者，所以攻疾防患，喻針石也」。前面談經書，以說明文體之要。作家則潘勖以後都不行：「潘勖〈符節〉，要而失淺」，溫嶠「博而患繁」，王濟「引廣事雜」，潘尼義正而體蕪，「凡斯繼作，鮮有克衷」，這些都是魏晉時候的作家，都很差，沒法繼承古之箴義。王朗也是晉人，其雜箴，「乃置巾履，得其戒慎，而失其所施。觀其約文舉要，憲章戒銘，而水火井灶，繁辭不已，志有偏也」。基本上沒有一句好話，舉例全是批評的，晉以後更不用談了。

第十二篇〈誄碑〉同樣。「潘岳構意，專師孝山，巧於序悲，易入新切，所以隔代相望，能征厥聲者也」。潘岳的誄文在文學史上很有名，善於哀婉，可是其所以好是因為學漢人。至於曹植「叨名，而體實繁緩」，名氣很大，但實際上沒寫好。「文皇誄末，百言自陳，其乖甚矣」，曹丕去世時，曹植寫了篇〈文帝誄〉，在文章末尾用了一百多字囉囉嗦嗦陳述自己心跡。兩兄弟相處得不好，故曹植借此機會剖析自己，然而這就乖逆文體了：誄是旌表、哀悼死者的，曹植花一大堆文字來說明自己，可說根本就搞錯了。所以能繼承漢人的就只有一個潘岳。

碑的典範是什麼呢？其實古代並沒有碑這個文體，劉勰把碑附在誄之後，認為碑就是誄的演變，所以碑的典範在漢朝，最大的典範是蔡邕。文中說：「孔融所創，有慕伯喈」，孔融這些人都是學蔡邕的。「及孫綽為文，志在碑誄」，東晉的孫綽、溫嶠、王導、郗鑒、庾亮等人都努力於碑誄的寫作，卻沒寫好，「辭多枝雜」。只有桓彝的一篇還行。——晉朝以後亦不敘述了。南朝本來也不流行樹碑，書法史上向來有南帖北碑之爭，物質原因即因南朝碑刻甚少，與北朝不成比例。

第十三篇〈哀悼〉說：「崔瑗哀辭，始變前式」。寫哀辭本來有從經典上來的傳統，到東漢崔瑗卻開始改變了，但這改變其實走錯了，入了鬼門：「然履突鬼門，怪而不辭；駕龍乘雲，仙而不哀；又卒章五言，頗似歌謠」。到了蘇慎張升以後，「並述哀文，雖發其情華，而未極心實」，並沒有寫好。建安的哀辭，只有徐幹還不錯，潘岳也能夠繼承，以後就沒得談了。

弔文，「弔者，至也」。作弔文的人，到了「胡阮之弔夷齊」，東漢胡廣、建安阮瑀，哀辭皆褒而無文。王粲所作的〈弔夷齊文〉，又「譏呵實工」，「王子傷其隘，各（其）志也；禰衡之弔平子，縟麗而輕清；陸機之弔魏武，序巧而文繁。降斯以下，未有可稱者矣」。話說明白了，他們已經不夠好，他們以後更不值得談。

再看第十四篇〈雜文〉。自〈對問〉以後，「陳思〈客問〉，辭高而理疏；庾敳〈客咨〉，意榮而文悴。斯類甚重，無所取裁矣」，這類東西太多了，然皆無足觀。「無所取裁」是《論語》的話，出自孔子講「吾黨之小子狂簡」那一章。

這篇裡有段話值得注意。「自〈七發〉以下，作者繼踵」這一段，最後講到「唯〈七厲〉敘賢，歸以儒道，雖文非拔群，而意實卓爾矣」。崔瑗的〈七厲〉，雖然文章並不特別好，但歸以儒道，意思還不錯。劉勰論文，號稱雕龍，看起來主要是重其文采，但他實有重質的傾向。正因重質，所以他其實更看重義理，且要看這個義理是否符合儒家。如符合，文采略差一點，也都覺得還不錯。若文彩照耀，而義理有失，他就認為很差，文過其質。他批評連珠即是如此，所有連珠作品，幾乎沒有一個好的，只有陸機還不錯，因為陸機的義理把握得還好。

第二十二篇〈封禪〉講「華不足而實有餘」，文采不夠好，可是它的義理還比較好，這種也是他所推崇的。這是劉勰比較重要的一個觀點。

第十五篇〈諧讔〉。諧讔是古代就有的文體，司馬遷有《史記．滑稽列傳》，「辭雖傾回，意歸義正也」；不過因為本體不雅，「其流易弊」，容易出現流弊，所以東方朔以下就慢慢不行了，「故其自稱為賦，乃亦俳也，見視如倡」，後來自己都會後悔的。到了魏文，因俳說以著笑書，「薛綜憑宴會而發嘲調，雖抃（笑）推席，而無益時用矣」。曹丕去見邯鄲淳時（邯鄲淳是當時的說唱大師，曾經編了一本《笑林》，是我國後來笑話書的開端），故意在他面前表演一段，科頭敷粉，歌唱跳說。雖然無益時用，但「懿文之士，未免枉轡」，大家卻駕著馬走到這條歧路上去了。故潘岳的〈醜婦〉、束皙的〈賣餅〉之類，「尤而效之，蓋以百數。魏晉滑稽，盛相趨扇」，寫的人很多。但「曾是莠言，有虧德音」，這種東西都是麥子中的莠草，是要被拔掉的。「豈非溺者之妄笑，胥靡之狂歌歟？」就像落水的人還在笑、犯了罪的人還在唱歌，搞不清楚情況。

到了「魏文陳思，約而密之；高貴鄉公，博舉品物。雖有小巧，用乖遠大」，批評很嚴厲。經典也有諧讔、孔子也開玩笑。諧，是開玩笑；讔，是打謎語，經典裡也有這種東西，是不錯的。但都是「小道，致遠恐泥」。孔子說了，小道當然也自有可觀之處，但走遠了會陷到泥沼裡去，沉溺其中，迷惑大道則是不行的。可是後來的作家似乎正是這樣。

第十六篇〈史傳〉，亦如此。我們曾介紹過，六朝是中國史學大盛的時代，史學從經部獨立出來，作者非常多，《隋書．經籍志》所記，可謂沉沉夥頤。然而劉勰對於六朝的史學卻並不很推崇，〈史傳〉第一段是從經典講史傳的傳統，第二大段講漢代以後，「後漢紀傳，發源東觀」。東觀指《東觀漢記》，後來袁三松寫的《後漢書》、張瑩的《後漢南記》，當然都不錯，但是偏頗雜亂，「偏駁不倫」。薛瑩的《後漢記》、謝承的《後漢書》，「疏謬少信」，只有司馬彪跟華嶠還可以。「及魏代三雄，記傳互出」，孫盛的《魏氏陽秋》、魚豢的《魏略》，還有《江表》、《吳錄》之類，「或激抗難徵，或疏闊寡要」，都不行，只有陳壽的《三國志》還不錯。「至於晉代之書，繁乎著作」，晉代的史學著作很多，但是「陸機肇始而未備，王韶續末而不終；干寶述紀，以審正得序；孫盛《陽秋》，以約舉為能」，各有缺點。此下的，劉勰也不談了。

「按《春秋》經傳，舉例發凡」，劉勰強調例，所以批評「自《史》、《漢》以下，莫有準的」。《史記》、《漢書》以後，之所以沒寫好，原因在於沒有注意到《春秋》的凡例，不根據這個來寫，當然不行。「至鄧璨《晉紀》，始立條例」，鄧璨的《晉紀》還不錯，模仿《春秋》條例，「又擺落漢魏，憲章殷周」，懂得復古。殷周云云，是用《左傳》的春秋條例說。因杜預認為《春秋》的條例不完全是孔子所定，古代有史官傳統的舊條例，出於周公，也有孔子所定的。「亦有心典謨。及安國立例，乃鄧氏之規焉」，安國是指孫盛。孫盛作條例就是取法于鄧璨，這還不錯，其他的就不行了。「立義選言，宜依經以樹則；勸戒與奪，必附聖以居宗」，史書是要進行人物評價的，依據《春秋》，評價才不濫作。

以上我們幾乎把他整本書都講完了，描述的就是劉勰的文學史觀。其說非常簡單，皆以本末源流講文質代變者也。具體在談文學發展時，基本上推崇漢代。漢代是第二級的典範，第一級當然是經，第二級要學文，就得學漢代。漢代大體還能守住經典之軌範，中間略有些小參差，底下魏就不行了；晉更差，魏晉以後根本不用談。這就是劉勰的文學史的觀念和他的具體判斷。

他這種文學史的判斷，跟現代各位讀的文學史書當然不一樣，但我要提醒大家，他並不孤單，像《文鏡秘府論》說六朝：「建安三祖七子，五言始盛，風裁爽朗，莫之與京。然終傷用氣使才，違於天真，雖忘從容，而露造跡。正始中何晏、嵇、阮之儔也，嵇具高逸，阮旨閑曠，亦難為等夷論。其代則漸浮侈矣。近世尤尚綺靡，古人云：采縟於正始，力柔於建安，宋初文格與晉相沿，更憔悴矣」，不就和他同一口吻嗎？在此之前，李白已說：「文自建安來，綺麗不足珍」，可見認為六朝文章越來越差已漸成共識了。隨後而有古文運動，力反六朝，回歸經典與聖人，文以秦漢為典範矣。

而劉勰這類觀點，在近世也不完全沒人捧場。章太炎先生論〈徵聖〉「正言所以立辨，體要所以成辭」、「聖文之雅麗，固銜華而佩實者也」這幾句時就說：

> 二語，文學之圭臬也。晉以前文章，概文實兼備，非僅聖人為然。齊、梁而後，漸染浮靡之習。晉宋以前之文，類皆銜華而佩實，固不僅孔子一人也。實至齊、梁以後，漸偽于華矣。

章太炎推崇魏晉的文章，與劉勰不盡相同，但他貶斥晉以後文字。在這方面，也不妨說他與劉勰為同道也。

第九講 文學的史與史觀

一

上次我們以〈時序篇〉為主，帶著各位把《文心雕龍》裡具體對各個朝代文學的評議瀏覽了一遍。今天補看幾篇，然後再綜合評述。

請看〈諸子〉。《昭明文選》對諸子書是不論的，為什麼？因為諸子「以立意為宗，不以能文為本」。但是劉勰劈頭就講：「諸子者，入道見志之書。太上立德，其次立言。」「唯英才特達，則炳曜垂文，騰其姓氏，懸諸日月焉。」可見劉勰認為諸子皆是立言之書，所以「炳曜垂文，騰其姓氏」，態度與昭明太子迥異。

不過，「經子異流」，這些文章跟經學仍是有區別的。七國以後，諸子更盛，所以說：「承流而枝附者，不可勝算。並飛辯以馳術，饜祿而餘榮矣。暨于暴秦烈火，勢炎昆岡，而煙燎之毒，不及諸子。」秦只燒了經典，未波及諸子。漢代劉向校讎，整理了書目，九流十家的書還很多，「百有八十餘家」。魏晉以後更是越來越多，若把這些瑣碎的言論通通收集起來，「類聚而求，亦充箱照軫矣。」「然繁辭雖積，而本體易總」，東西雖然多，但也不難掌握。「述道言治，枝條五經。」如果是論道或談治國平天下之理，那麼它就是五經之枝條。

前面曾講「經子異流」，經和子是分開的，到這裡則又將其拉回到經學上來講。諸子「述道言治」，所以是經學的枝條。「其純粹者入矩，踳駁者出規。」這裡，規和矩都指經。所以「《禮記・月令》，取乎呂氏之紀；三年問喪，寫乎《荀子》之書；此純粹之類也。」現今經典中的某些部分，其實即是從諸子來的；而這些皆是很純粹的，經與子在這兒沒有太大的區別。

另有一些卻比較駁雜，像湯之問棘、惠施對梁王、《列子》說移山跨海，《淮南子》講傾天折地等都是。「是以世疾諸子，混洞虛誕。」這些，引來了大家對諸子學的批評，認為太過於虛誕了。

不過虛誕的東西在經典中也不是沒有，如「《歸藏》之經，大明迂怪」，《歸藏》講了很多羿斃十日、姮娥奔月的事，「殷易如茲，況諸子乎？」到了商鞅、韓非，批評儒家是五蠹之一。公孫龍講白馬非馬，辭巧理拙；還有魏牟等，都非常誇誕，所以「非妄貶也」，大家對他們的批評也不是隨便說的。因此，「昔東平求諸子《史記》，而漢朝不與。蓋以《史記》多兵謀，而諸子雜詭術也。」社會上對於諸子學總體印象不佳。不過「洽聞之士，宜撮綱要」，博學的人應掌握他們的綱領，「覽華而食實，棄邪而采正，極睇參差，亦學家之壯觀也。」這個道理很容易明白，諸子中有純粹的，也有駁雜的，博學的人都該知道要棄邪而采正。所以，我們仔細看，這一段有點類似〈辨騷〉、〈正緯〉，從批評的角度選擇它的好處，折中於聖人、經典。

下面講諸子在文章上有何表現。之前我談劉勰與經學的關係時曾提及，劉勰在經學上有個貢獻，闡發了經書的文學性。他對於諸子也一樣，諸子的文學性也在這裡才被發現。這一段就是談這個。「研夫孟、荀所述，理懿而辭雅；管、晏屬篇，事核而言練；列禦寇之書，氣偉而采奇；鄒子之說，心奢而辭壯」等等，以下全都是在談諸子的文章跟它的內容是相配合的。各有表現，有些析密理之巧，有些著博喻之富，有些鑒遠而體周，有些泛彩而文麗。所以「得百氏之華采，而辭文之大略也。」只要仔細觀察，就能掌握到。這是先秦諸子。

下面講漢代。「陸賈《新語》，賈誼《新書》，揚雄《法言》，劉向《說苑》，王符《潛夫》，崔寔《正論》，仲長《昌言》，杜夷《幽求》，咸敘經典，或明政術，雖標論名，歸乎諸子。」它們雖然有時叫做論，但仍應歸入諸子，為什麼？「博明萬事為子，適辨一理為論」，講很多道理的叫做諸子，集中講一件事情的叫做論。而這些都是「蔓延雜說，故入諸子之流」。

之前我已講過，「源流」是劉勰非常重要的觀點。這個觀念從莊子以降，被劉向、班固所採用，所以我們一般讀書人都講目錄學，而目錄學最大的功能就是「辨章學術，考鏡源流」。劉勰採用的同樣是這一套方法，所以同樣要區分它們的源流：

研夫孟、荀所述，理懿而辭雅；管、晏屬篇，事核而言練；列禦寇之書，氣偉而采奇；鄒子之說，心奢而辭壯；墨翟、隨巢，意顯而語質；尸佼、尉繚，術通而文鈍；鶡冠綿綿，亟發深言；鬼谷眇眇，每環奧義；情辨以澤，文子擅其能；辭約而精，尹文得其要；慎到析密理之巧，韓非著博喻之富；呂氏鑒遠而體周，淮南泛采而文麗：斯則得百氏之華采，而辭氣之大略也。

若夫陸賈《新語》，賈誼《新書》，揚雄《法言》，劉向《說苑》，王符《潛夫》，崔寔《政論》，仲長《昌言》，杜夷《幽求》，或敘經典，或明政術，雖標論名，歸乎諸子。何者？博明萬事為子，適辨一理為論，彼皆蔓延雜說，故入諸子之流。

夫自六國以前，去聖未遠，故能越世高談，自開戶牖。兩漢以後，體勢浸弱，雖明乎坦途，而類多依采，此遠近之漸變也。

總結說「夫自六國以前，去聖未遠，故能越世高談，自開戶牖。」總結秦至戰國以前，去聖未遠，還比較有創造性。兩漢以後，諸子學其實就衰弱了，因為「體勢浸弱，雖明乎坦途，而類多依采。此遠近之漸變也。」雖然平坦的大路就在那裡，但諸君游移不定，所以就差了。《文心雕龍》其實主要是在談經典，經典以後就談漢代，漢代以下，著墨基本很少。難道建安以後就沒有論、就沒有諸子之學？不，諸子學還是挺多的。如我們在講劉勰生平的時候，講到過的劉晝、劉勰之前的《抱朴子》、之後的《金樓子》等等都是。但劉勰論諸子，重點還是先秦，漢代只是幾句話帶過，「蔓延雜說，故入諸子之流」，算是諸子之流。流就帶有價值貶義，源好，流則差了。諸子之源是經典，是正的，發展到後來就不行了。

這是諸子學，下面看〈論說〉。「聖哲彝訓曰經，述經敘理曰論。論者，倫也；倫理無爽，聖意不墜。」論的定義，即是「倫理無爽，聖意不墜」，源頭就是《論語》。「昔仲尼微言，門人追記，故抑其經目，稱為《論語》」，這書不是聖人所作，而是他的門人所追記，所以把名稱壓抑下來，未稱為經，只稱為論。「蓋群論立名，始于茲矣」，論最早就是始於《論語》。

《論語》以前，經典沒有論這個字，《六韜》中的兩個論，都是後人追題的。這一段是講論體的起源，第二段講論體的演變。前面講源，下面就講流。「詳觀論體，條流多品」，流很多，有講政治的、有講經的、有辨史的。「陳政，則與議說合契；釋經，則與傳注參體；辨史，則與贊評齊行；銓文，則與敘引共紀。故議者宜言；說者說語；傳者轉師；注者主解；贊者明意；評者平理；序者次事；引者胤辭；八名區分，一揆宗論。」

以上說、議、傳、注、贊、評等等，可以通稱為論。「論也者，彌綸群言，而研精一理者也。」這個講法，和前面講諸子類似。「是以莊周〈齊物〉，以論為名；不韋《春秋》，六論昭列；至石渠論藝，白虎講聚，述聖通經，論家之正體也。」

到了班彪的〈王命論〉、嚴尤的〈三將論〉等，吸收了史體。魏以後，「術兼名法，傳嘏王粲，校練名理。迄至正始，務欲守文」，漢魏之際，名法之學頗盛，後來又扇揚玄風，所以文采滋彰。「何晏之徒，始盛玄論。於是聃周當路，與尼父爭塗矣。」論，從正體慢慢演變，魏以後開始雜入了老莊。「詳觀蘭石之〈才性〉、仲宣之〈去伐〉、叔夜之辨聲、太初之〈本玄〉、輔嗣之兩〈例〉、平叔之二〈論〉，並師心獨見，鋒穎精密，蓋人倫之英也。」在我寫的《中國文學史》中曾特別談到：論議文的文學化、論體的大盛是魏晉之特點。漢代文章因與史傳合併發展，故文采已然成熟，朝廷的辯論也有很好的表現。但朝廷的辯論只是理直氣壯，文采還是不如魏晉。魏晉在詞采表現上更好。如蘭石論才性、王粲論去伐、嵇康論辨聲等，都是當時的名論。至於

李康〈運命〉，同《論衡》而過之；陸機〈辨亡〉，效〈過秦〉而不及，然亦其美矣。次及宋岱、郭象，銳思於幾神之區；夷甫、裴頠，交辨於有無之域；並獨步當時，流聲後代。然滯有者，全系於形用；貴無者，專守於寂寥。徒銳偏解，莫詣正理；動極神源，其般若之絕境乎？逮江左群談，惟玄是務；雖有日新，而多抽前緒矣。至如張衡〈譏世〉，頗似俳說；孔融〈孝廉〉，但談嘲戲；曹植〈辨道〉，體同書抄。言不持正，論如其已。

李康〈運命〉，比漢代王充的《論衡》更好；陸機的〈辨亡〉，則不及賈誼〈過秦〉，但也是不錯的。到了宋代郭象，談玄理，注莊；王衍貴無，裴頠寫崇有論，都獨步於當時。不過他們的講法都只各得一偏。「動極神源，其般若之絕境乎」，當時論理最好的仍推佛家一脈。

般若之絕境云云，是他這本書唯一提及的佛教詞語和事務。各家注解，都在般若兩字上下功夫，說

明般若指智慧。然而，此豈泛泛稱揚佛家智慧哉？

哈哈，不是，這是指僧肇的〈般若無知論〉呀！

佛教傳到晉宋之際，主流是空宗思想。但般若性空之說到底是怎麼回事，大家其實仍不太能掌握。尤其是「空」這個概念，非中國本有，很難理解。早期是用老莊的「無」去想像，稱為「格義」。後來才漸漸能就般若學的義理去理解，但還是各說各話。據劉宋曇濟《六家七宗論》（原書佚，今依唐代元康《肇論疏》引）、隋代吉藏《中論疏》等之介紹，當時有六家七宗之分歧：（一）本無宗，道安、僧叡、慧遠等人主張。（二）即色宗，關內之「即色義」與支道林之即色游玄論。（三）識含宗，乃于法開之說。（四）幻化宗，竺法汰弟子道壹之主張。（五）心無宗，竺法溫、道恒、支愍度等人主張。（六）緣會宗，有于道邃之緣會二諦論。（七）本無異宗，為本無宗之支派，有竺法琛、竺法汰等人主張。可見一時群言淆亂，眾說紛紜，一直要等到僧肇出來。

僧肇（三八四—四一四）是東晉僧人，師從鳩摩羅什，擅長般若學，講習鳩摩羅什所譯三論（龍樹《中論》、《十二門論》和提婆《百論》）。乃空宗根本論典，後來隋代吉藏據此開立三論宗），時稱解空第一。亦曾在甘肅武威和長安譯經，評定經論。著有《肇論》，是由〈物不遷論〉、〈不真空論〉、〈般若無知論〉、〈涅槃無名論〉等四篇論文組成。最早見於南朝宋明帝時陸澄所編《法集》目錄；至陳時，又收入了《宗本義》而成今本。其中〈般若無知論〉是什在長安譯出《大品般若》之後，僧肇就自己的悟解寫出。凡兩千餘言。連鳩摩羅什都十分讚賞，說：「吾解不謝子，辭當相揖！」我的理解跟你差不多，文詞則不如，鳩摩羅什畢竟是西域人嘛！

弘始十年（西元四〇八年），道生和尚將此論由關中傳到江南，廬山隱士劉遺民讀後，讚歎不已，說：「不意方袍復有平叔」。平叔指何晏。意謂沒想到僧人裡還有何晏似的論理高手。後呈慧遠，遠亦撫几歎曰：「未嘗有也」。其後劉遺民還致函僧肇說：「去年夏末，見上人〈般若無知論〉，才運清俊，旨中沈允。推步聖文，婉然有歸，披味殷勤，不能釋手，真可謂浴心方淵，悟懷絕冥之肆，窮盡精巧，無所間然」，推崇備至。劉勰講的，就是這件事、這篇名論，所以才會放在〈論說〉裡談。諸家注解，徒然亂扯。

「逮江左群談，惟玄是務；雖有日新，而多抽前緒矣。」東晉以後，大家更喜歡談玄，講來講去好像很新穎，但都是延續前面的東西。像張衡〈譏世〉、孔融〈孝廉〉、曹植〈辨道〉這些論，都可以不作了，因為沒什麼意思。非論家之正體。講得漂亮，但言不持正，就沒有必要，乾脆算了，別寫了。

因為「論之為體，所以辨正然否，窮於有數，追於無形，鑽堅求通，鉤深取極；乃百慮之筌蹄，萬事之權衡也。故其義貴圓通，辭忌枝碎；必使心與理合，彌縫莫見其隙；辭共心密，敵人不知所乘；斯其要也。」寫文章，論要非常精密，「唯君子能通天下之志，安可以曲論哉？」寫論當然是一種文字的功夫，但是只有君子才能通天下之志，不可以隨便亂論的。曲論是什麼呢？曲論是歪七扭八，製造出來的一套講法。

還有，「注釋為詞，解散論體，雜文雖異，總會是同」。我反覆講過，劉勰所論的文學跟我們現在的觀念不一樣，包括了經典的注解。這一段就說，注解看起來和論不一樣，但實際上「雜文雖異，總會是同」，即宗旨是一樣的。為什麼宗旨一樣呢？前面開宗明義已經講過了，論的來源就是門人記錄孔子的言論。所以論本質就跟傳注在文體上是相摻雜的。漢人解經，除了訓詁之外還有章句，章句非常繁複「所以通人惡煩，羞學章句。」章句之學興於東漢，東漢以後，章句之學就比較沒落了。「毛公之訓《詩》、安國之傳《書》、鄭君之釋《禮》、王弼之解《易》，要約明暢，可為式矣。」像毛詩、鄭玄他們解經都是不錯的，因為較簡約。這是論。

說，他把說的淵源都推源到《易經》。「說者，悅也；兌為口舌，故言資悅懌。」兌就是《易經》中的〈兌卦〉。底下講的這一段其實也是引《易經》。然後從伊尹、舜等講下來，所以整個言說的傳統是很古老的。「暨戰國爭雄，辨士雲踴；從横參謀，長短角勢；轉丸騁其巧辭，飛鉗伏其精術；一人之辨，重於九鼎之寶」等等，由戰國到漢初，說都非常好。而且，「夫說貴撫會，弛張相隨，不專緩頰，亦在刀筆」，從口說轉入筆談了。

這是蠻大的文學史問題。因為口說傳統歷史悠久，一直到現在都沒斷。民國以來喜歡談俗文學。把很多的說唱放入文學史，而且有越來越重口說的傾向。劉勰則是把早期的口說歸到文字的系統中去。口說與文字其實是兩條線，有交錯，也交互影響。但劉勰在論口說時，並沒有讓口說的傳統發展下去，而是直接併進了文字傳統中。所以，他說口說很好，但「不專緩頰，亦在刀筆。」刀筆從李斯、范雎，到漢代的酈陽等都非常好。可是陸機的〈文賦〉說「說煒曄以譎誑」，劉勰就不贊成，認為說之本唯忠與信。

說，談到漢代為止，漢以下全未齒及。各位讀得出它的文外之意嗎？如今我們一講魏晉，就說魏晉清談。所有文學史、思想史，講到魏晉，大抵皆然。可劉勰前面講論時，認為論是針對一個道理來具體論議的，故將論收歸到了經典中去談。王弼的《易經》注，便收到鄭玄、孔安國他們的經典注解系統裡。而說的部分，他只談到了漢代的酈陽、馮敬通、鮑鄧等，底下完全不論（《文心雕龍》論文學史從黃帝講起，但是秦代是不作數的。因為他不喜歡秦，講到李斯，常把李斯歸到戰國去講。所以秦代是沒有文章的，所謂法家無文。這是劉勰的一個特殊判斷，亦可注意）。

下面看〈詔策〉。詔策是皇帝的詔告。前面引《易經》、《詩經》、《尚書》等解釋詔告，最後總結：「並本經典以立名目。」

「遠詔近命，習秦制也。」皇帝直接命令叫做詔，通告天下叫告。這是秦以來的制度。中國皇帝自古以來就重視納言，所以「虞重納言，周貴喉舌。故兩漢詔誥，職在尚書。王言之大，動入史策。」因為左史記言，右史記事，所以皇帝之言行「動入史策」。這都是講源，告訴人們告該如何寫，下面是具體評論。

觀文景以前，詔體浮雜，武帝崇儒，選言弘奧。策封三王，文同訓典；勸戒淵雅，垂範後代。及制詔嚴助，即云「厭承明廬」，蓋寵才之恩也。孝宣璽書，責博于陳遂，亦故舊之厚也。逮光武撥亂，留意斯文，而造次喜怒，時或偏濫。詔賜鄧禹，稱司徒為堯；敕責侯霸，稱黃鉞一下。若斯之類，實乖憲章。暨明章崇學，雅詔間出。和安政弛，禮閣鮮才，每為詔敕，假手外請。建安之末，文理代興，潘勖九錫，典雅逸群。衛覬禪誥，符采炳耀，弗可加已。自魏晉誥策，職在中書。劉放張華，並管斯任，施令發號，洋洋盈耳。魏文帝下詔，辭義多偉。至於作威作福，其萬慮之一蔽乎！晉氏中興，唯明帝崇才，以溫嶠文清，故引入中書。自斯以後，體憲風流矣。

「文景以前，詔體浮雜，武帝崇儒，選言弘奧。」這句話有個潛臺詞，文景之治是黃老之學。而劉勰對於江左玄風、老莊等等都是不滿的，談到時都沒有一句好話，在這裡也是如此，認為文景不行。武帝時就很好了，因為「武帝崇儒，選言弘奧。策封三王，文同訓典；勸戒淵雅，垂範後代」。夏商周自然都很好，不用多說。可是，劉勰也很喜歡漢武帝時代。武帝以後，「孝宣璽書，責博於陳遂，亦故舊之厚也。逮光武撥亂，留意斯文，而造次喜怒，時或偏濫。」詔書即有點問題了。「若斯之類，實乖憲章」，列舉了一些例子。「明帝崇學，雅詔間出。和安政弛，禮閣鮮才，每為詔敕，假手外請」。

建安以後，魏晉的詔策有些還是不錯的，像劉放、張華都很好。不過他們也有問題，像「魏文帝下詔，辭義多偉，至於作威作福，其萬慮之一弊乎！」就是中間也有一些缺點。「晉氏中興，唯明帝崇才」，所以能夠根據原來的傳統來寫。底下再講詔策的寫法。「戒敕為文，實詔之切者」，詔書之下有很多次級文類，像戒、敕、教等等，都各有典型。晉代以後，同樣未說。

再看〈檄移〉。檄移是打仗時給敵人看的文章，說明為什麼要討伐對方。開始也是談檄移的來歷，說明檄移的寫法。從古代的文書講到曹操、陳琳，還有鍾會伐蜀、桓公檄胡，認為都是壯筆。整篇文章寫到這裡，對於文學史的討論就沒有了。下面「凡檄之大體」，是討論檄的寫法。然後講移：

> 相如之〈難蜀老〉，文曉而喻博，有移檄之骨焉。及劉歆之〈移太常〉，辭剛而義辨，文移之首也；陸機之〈移百官〉，言約而事顯，武移之要者也。故檄移為用，事兼文武；其在金革，則逆黨用檄，順命資移；所以洗濯民心，堅同符契，意用小異，而體義大同，與檄參伍，故不重論也。

再看〈封禪〉。前面講為什麼叫封禪，封禪是皇帝告天。然後面講古代帝王的封禪。第三段講「秦始皇銘岱，文自李斯，法家辭氣，體乏弘潤。」泰山刻石，是李斯寫的。法家的文章刻薄寡恩，非常乾澀，所以不弘潤。其實李斯文章寫得挺好的，但劉勰有偏見，認為不行。「鋪觀兩漢隆盛，孝武禪號於肅然，光武巡封于梁父」都是非常棒的文章。司馬相如以下，光武勒碑等等也都非常好。〈封禪〉這一大段講司馬相如、班固以及揚雄〈劇秦〉等等，「骨掣靡密，辭貫圓通，自稱極思，無遺力矣。」而且「〈典引〉所敘，雅有懿采，歷鑒前作，能執厥中，其致義會文，斐然餘巧。」漢代的都很棒。魏晉以後，「至於邯鄲受命，攀響前聲，風末力寡，輯韻成頌；雖文理順序，而不能奮飛。」邯鄲指的是邯鄲淳，寫得沒有氣力，風末力寡，風就是風骨的風，不能奮飛。陳思王也一樣，「問答迂緩，且已千言，勞深績寡，飆焰缺焉。」文章寫得沒有光彩。到了陳思王、邯鄲淳就已經不行了，所以此後也不必再論：

> 至於邯鄲〈受命〉，攀響前聲，風末力寡，輯韻成頌，雖文理順序，而不能奮飛。陳思〈魏德〉，假論客主，問答迂緩，且已千言，勞深績寡，飆焰缺焉。
>
> 茲文為用，蓋一代之典章也。構位之始，宜明大體，樹骨於訓典之區，選言于宏富之路；使意古而不晦于深，文今而不墜於淺；義吐光芒，辭成廉鍔，則為偉矣。雖復道極數殫，終然相襲，而日新其采者，必超前轍焉。

後來的文章不行，是因末明體要。只有樹骨於訓典之區，才能真正創新，超過前輩。

下面是〈章表〉。第一大段講章、表、奏、議幾種文體，底下說章表的發展，原始以表末。章表的發展也是講到陳思王、孔璋、孔明、孔融等等。他們都不錯，「贍而律調，辭清而志顯，應物製巧，隨變生趣，執轡有餘，故能緩急應節矣。」到了晉，「晉初筆劄，則張華為儁。」張華是最棒的，羊公之辭開府、庾公之讓中書、劉琨的〈勸進〉、張駿的〈自序〉也還不錯。底下也就沒有再談了。

〈奏啟〉也一樣。第一段講什麼是奏啟，第二段講秦才有奏這個名目，可是法家少文。漢魏，「魏代名臣，文理迭興。」「晉氏多難，災屯流移。劉頌殷勤于時務，溫嶠懇切于費役，並體國之忠規矣。」晉代就只講了這兩個人，其他的就沒談了：

> 秦始立奏，而法家少文。觀王綰之奏勳德，辭質而義近；李斯之奏驪山，事略而意誣：政無膏潤，形於篇章矣。自漢以來，奏事或稱「上疏」，儒雅繼踵，殊采可觀。若夫賈誼之務農，晁錯之兵事，匡衡之定郊，王吉之勸禮，溫舒之緩獄，谷永之諫仙，理既切至，辭亦通辨，可謂識大體矣。後漢群賢，嘉言罔伏，楊秉耿介於災異，陳蕃憤懣於尺一，骨鯁得焉。張衡指摘于史職，蔡邕銓列於朝儀，博雅明焉。魏代名臣，文理迭興。若高堂天文，黃觀教學，王朗節省，甄毅考課，亦盡節而知治矣。晉氏多難，災屯流移。劉頌殷勸于時務，溫嶠懇惻于費役，並體國之忠規矣。

奏啟基本上是以儒家的義理來做準則的，所以第三大段的後面部分，說寫奏啟要能「辟禮門以懸規，標義路以植矩」，「然後踰垣者折肱，快捷者滅趾，何必躁言醜句，詬病為切哉！」寫奏啟是導引別人走上正路，不必將其痛罵一頓。一定要「理有典刑，辭有風軌，總法家之式，秉儒家之文」，這樣才能將奏啟寫得比較好。

底下是〈議對〉。第一段講何為議對，「議貴節制，經典之體也。」下面也一樣敘述議對的風格。議對應該「文以辨潔為能，不以繁縟為巧」，如果「不達政體，而舞筆弄文，支離構辭，穿鑿會巧」，當然是不行的。這是〈議對〉的主要部分。具體評述，從管仲談軒轅開始講起。漢代議對，應劭是比較好的，晉代以傳咸為宗。不過晉代人論理都有問題，像陸機的斷議，就「頗累文骨」；

> 漢世善駁，則應劭為首；晉代能議，則傳咸為宗。然仲瑗博古，而銓貫有敘；長虞識治，而屬辭枝繁。及陸機斷議，亦有鋒穎，而腴辭弗剪，頗累文骨。

前面講議，後面講對。又講對策的來歷，「及後漢魯丕，辭氣質素，以儒雅中策，獨入高第。凡此五家，並前代之明範也。」前面所講的五家，漢代的都很好。魏晉以後，「稍務文麗，以文紀實，所失已多。及其來選，又稱疾不會，雖欲求文，弗可得也。」所以漢代聚集博士喝酒的時候，「雉集乎堂」，祥瑞聚集；晉代去考秀才的時候，卻來了一群野獸。因為前面都是人才，後面都亂七八糟。

〈書記〉也是如此。最晚也只是講到曹子桓、陸機為止。書記的體例很複雜，包括很多次級文類。這些次級文類，數量很多，可以評述的東西也很多，但是陸機以下他也沒有討論。「及七國獻書，詭麗輻輳；漢來筆劄，辭氣紛紜。觀史遷之〈報任安〉，東方之〈謁公孫〉，楊惲之〈酬會宗〉，子雲之〈答劉歆〉，志氣槃桓，各含殊采；並杼軸乎尺素，抑揚乎寸心。逮後漢書記，則崔瑗尤善。魏之元瑜，號稱翩翩；文舉屬章，半簡必錄；休璉好事，留意詞翰，抑其次也。嵇康〈絕交〉，實志高而文偉矣；趙至敘離，乃少年之激切也。至如陳遵占辭，百封各意；彌衡代書，親疏得宜：斯又尺牘之偏才也。」

二

以上大體上梳理了劉勰心中文學史的圖象、評論、觀念，以及如何評論不同的朝代。可以看出裡面有幾個重點：

第一，以六經、儒家和聖人作為評價、衡文的標準，是非常明確的。

第二，在文質關係之中，重質更勝於重文。從歷史角度來說，越到後來文采越盛。劉勰卻認為後面文太盛了，評價甚低。作品如果文采略遜，可是內容還不錯，劉勰基本上會給予比較好的評價。反之，若文采很好，義理內容偏離了儒家的道理，劉勰定是批評的。

第三，論不同的時代，可以叫做一代不如一代。最好的，是經典所代表的時代，即三代，或黃帝、堯、舜，夏、商、周。到了戰國就衰落了。漢代，略遜於六經所代表的三代，但是仍然可以作為文章的典範。漢代不是沒有缺點，只是缺點小於優點，瑕不掩瑜，小疵而大醇。魏則得失各半。晉是失大於得，但講到優點時也不略過。東晉談的就很少，談到的只有少數幾個人，例如郭璞、劉琨。其實郭璞、劉琨的年輩很高，幾乎和何晏、石崇是同一輩人，年紀雖比他們稍小。到宋、齊幾乎就沒有談。

這是劉勰的文學史觀以及文學評論。有許多意義：第一，經典的文學性，通過劉勰理論的闡述，通過具體地對於這些經典在文學史上重要的典範意義被彰顯。闡發經典的文學性，對後代產生了很大的影響。

第二，漢代的文學價值被全面彰顯了，漢代成為具體的典範。經典很高明，但要學經典其實很困難。劉勰在《文心雕龍》提供了一個範例，那就是漢代。漢人如何學經典、有什麼優缺點。劉勰曾經批評：我們現在的毛病是寫作的人都去學劉宋，對漢人的東西不熟悉，因此文章差。所以漢代的文學和它的典範意義，在劉勰的書裡面是很明確的。他討論的每一個文體的選文部分，「選文以定篇」，大量的都是漢人文章。

這樣的寫法，恰好與我們現代的文學觀也是一種對比。近代人，一是情感上思想上不喜歡儒家，二是已廢除了經學，三也討厭漢代。所以我們的文學史講《詩經》、《楚辭》，都是從是從罵漢人講起的，認為漢人講《詩經》均講錯了，故我們要另講一套。然後便講魏晉文學自覺。漢人不懂文學，所以都用政教觀點來扭曲了文學。到了魏晉，才有人的醒覺和對美的認識，這才出現了文學自覺。各位讀的教科書，不都是這樣說的嗎？

這是我們近人的文學史觀。近代講國學，也是如此。國學這個詞是從日本借過來的，第一批講國學的大師，像章太炎、劉師培等，也都是留日的。可是他們當時有個非常重要的觀點，就是要講諸子學，反對儒家。整個國學運動，其實就是反儒家的運動。認為整個中國學術到漢武帝以後就衰了，因為獨尊儒家。所以他們要講先秦諸子。先秦被認為是中國學術思想最自由最蓬勃最開放的時代。後來中國衰落，就是因為思想上封閉、保守，獨尊儒術。因而整個國粹學派，就是要打破儒家的壟斷來講先秦的學術，以恢復先秦諸子絕學為宗旨。所以後來才會出現墨子學大盛的局面，很多人都注解過墨子。說儒學不能拯救中國，也許墨家才能，不然就得用道家、法家。

總之，儒家不能再用了。包括太炎先生早期的觀點也是這樣。他早期講孔子，都是一種惡意性的講法，例如說老子為什麼要出關呢？就是因為「逢蒙射羿」。后羿的徒弟叫逢蒙。逢蒙學會了后羿的技術之後，心想只要射死自己的老師，我就是天下最強的了。他引了這個故事，說老子為什麼出關，因為老子教了孔子之後，怕孔子會殺掉他，因此趕緊騎牛出走。怎麼會有這樣的解釋呢？因為這是一個有反儒傾向的時代。不要認為反儒只是五四，五四是結果，不是源頭，五四的很多想法都是從清末發展下來的。

大家不喜歡儒家，當然也就不喜歡漢代。後來馮友蘭寫《中國哲學史》，認為中國哲學就兩階段，一是先秦諸子時代，類似古希臘，充滿了蓬勃的思想，到漢武帝獨尊儒術以後就是經學時代，類似歐洲中古時期的經院哲學一樣，封閉保守，整天在論證上帝存在，沒有創造性。一直到康有為，中國都停留在歐洲的中古時期，根本還沒進入到現代。

我們講文學史當然也是這類講法。儒家跟文學是沒有關係的，只會扭曲、壓抑文學，所以只有脫離了經學、打倒了禮教之後，文學才得以發展。

回過頭來看《文心雕龍》，那就跟我們現在的講法完全不一樣了。劉勰對於魏晉以來文風的批評主要是兩方面，一是內容溺於玄風；形式則是訛體，即文體上趨於變革而變得荒謬、訛亂。

這是劉勰主要的講法。講到這裡，再看我們現在對《文心雕龍》的理解，就會啞然失笑。如周振甫先生的《文心雕龍注釋》說，劉勰是不是要用儒家思想來寫作呢？是不是只有聖人才能認識道呢？不是的。要學「道」，不光要向儒家學，還要向諸子學。就道來說，近乎儒家的崇有、近乎道家的貴無，都有片面性，都不如佛家的般若絕境。從認識「道」這一點看，佛家超出儒家、道家。——這些話，沒有一句是對的。

而且後面他還說，不僅如此，用儒家思想來寫作會影響寫作的質量，是寫不好文章的，然後就引了〈諸子〉這一段。

周振甫先生的講法，跟剛剛我們讀過《文心雕龍》的印象、理解，各位自己可以對照一下。

「夫自六國以前，去聖未遠，故能越世高談，自開戶牖。兩漢以後，體勢浸弱，雖明乎坦途，而類多依采，此遠近之漸變也。」周先生認為這是說：用儒家思想是寫不好文章的。先秦時候自開門戶，所以多有創獲。兩漢以後，儒家定於一尊，著作多依傍儒家，弄得體勢寖弱，不如先秦。

可是這話是如此解釋嗎？「六國以前，去聖未遠，故能越世高談，自開戶牖。」六國以前，去聖未遠，因此，還能有所表現。「兩漢以後，體勢浸弱，雖明乎坦途，而類多依采，」大道即是儒家，但可惜大家都自作聰明，去走歧路。旁涉了其他法家的道家的路子，所以才差。

周先生的讀法，完全讀反了，說先秦時候諸子自開門戶。如是這樣，那「去聖未遠」這幾個字怎麼解釋呢？去聖未遠，故自開戶牖。因為去聖未遠，所以才能夠開闢門戶啊！周先生的解釋，把「去聖未遠」、「故」這幾個字都丟掉了。說兩漢以後，儒家定於一尊，所以體勢更弱。這也完全錯了。儒家定於一尊是缺點，是我們現代人的想法，不是劉勰的。劉勰只覺得後來在儒家的路子上守得不夠緊，所以文學才會很差。

然後周先生說，從文學創造上講，受儒家影響的作家就寫不出好文章來了。為什麼？〈論說〉裡面主張：「師心獨見，鋒穎精密」。劉勰認識到不管論述還是創作，都要師心獨創，反對依傍。所以他不僅不主張用儒家思想寫作，而且還認為用儒家思想寫作是寫不出好作品來的云云。——這也沒有一句是對的。

周先生的整本書不但用唯物主義來討論劉勰，而且評論也都屬於這一類。譬如他講〈時序篇〉，說其中講戰國縱橫家把鋪張揚厲、詭奇的手法運用到創作上，有助於構成《楚辭》的艷說奇詞，故籠蓋了《詩經》。這不只是文學的演變，也是文學的發展，超過了《詩經》。

周先生是認為《楚辭》勝於《詩經》的。可是〈辨騷〉明明說歷代對楚辭褒貶不一。貶《楚辭》的人認為《楚辭》不合於經典。而劉勰替《楚辭》辯護說確實是有不合經典的地方，但也有合的；另外《楚辭》也有它的長處，對寫文章是有幫助的，所以不能一概否定它，這叫做辨騷。周先生卻認為從《詩經》到《楚辭》是個發展，所以《楚辭》勝過了《詩經》。實是大謬。

漢代，周先生又說劉勰講漢代「中興之後，群才稍改前轍，華實所附，斟酌經辭，蓋歷政講聚，故漸靡儒風者也。」受儒家影響的結果是「磊落鴻儒，才不時乏，而文章之選，存而不論。」產生了不少大儒，但作品選不出來了。這不是否定後漢的作品，而是說後漢漸靡儒風，用儒家的思想寫作寫不出好作品。

他這樣的讀法，豈不也是笑話？劉勰是說：漢武帝崇儒，這時文采非常好；光武也崇儒，但這時群才稍改前轍，跟前面不一樣，只推崇儒家的道理，而文學上沒有太多的表現。而非是說用儒家思想就寫不出好的文章。到了東晉，江左文風，偏乎玄言，受清談影響，「是以世極迍邅，而辭意夷泰，詩必柱下之旨歸，賦乃漆園之義疏。」寫出來的作品脫離了時代，完全不行了。周先生的解釋顯然全錯。

周先生那一代人總是有個寫實主義的觀點，認為文學要反映時代。劉勰有談到社會現實嗎？沒有的，談的是經典，並由文章的表現上來說經典。周先生還說，不反映時代不足取，用儒家思想來寫不可能真切反映時代，所以也寫不出好的作品。他說劉勰的主張，是要結合是時代的變化來創作，像《楚辭》等，使文學有發展，這就是一條正確的路子。後面還講建安文學的發展超過了漢賦等等。

這就是典型現代人對《文心雕龍》的理解。現代人的文學史觀和劉勰完全不一樣，但偏要用現在的想法去套劉勰，借劉勰來講我們想講的話。如果劉勰的意見與我們不一樣，就非要用迂曲的方式來處理，將劉勰打扮成時代的代言人不可，這不是讀書該有的方法啊！

我講過，我之前很多研究都是錯的，這不是我講話狂不狂妄的問題，而是時代錯亂的問題。今天來看，說劉勰是唯物主義，你認為有價值嗎？說劉勰反儒家，同樣毫無價值！我們研究《文心雕龍》為什麼會有很多的岔路，就是因為這本書主要的脈絡是宗經徵聖，而我們現代人卻討厭經典、討厭聖人、討厭儒家，所以用迂曲的方式講它是道家、佛家，總而言之就是不要儒家。可是劉勰跟儒家的關係是撇不開的。

三

劉勰的文學史觀，就簡述到這裡。但劉勰的文學史論在我們的文學史研究中是什麼樣的情況呢？這就需要有一個更大的範圍來討論它。所以我還要進而說明有關文學史的研究。

文學史，在我們中文系是一個不證自明的學科，因為從創立以來發展了一百年。所以我們覺得文學史就應該這樣了，進大學就上文學史，教材都是這樣寫。我們都沒有想過文學史研究其實有非常多的問題。

古代並沒有文學史書。何止沒有文學史，中國也沒有中國通史、沒有經學史等等。後來出現的這些學科和書籍，都是因為設立新式學堂的緣故。設了學堂，讀書就不去讀那些經書了，只讀一本經學史。經學史，其實就是經學概論，以歷史的脈絡簡單告訴你這些書是什麼內容就夠了。文學史也是這樣，通過文學史告訴大家中國文學大概有什麼樣的東西，而不是像過去那樣好好讀具體的作品。所以這是學堂教育、現代教育體制中所製造出來的一門學問。這門學問，它的道理很簡單，就是用外國人看待中國事物的態度和方法來看中國的東西。所以我們的經學史、文學史、中國通史都是模仿日本人這類作品來編的。京師大學堂開辦時，說要開中國文學史，但沒有教材。大學堂的章程寫得很明白，要教師就參考日本人寫的中國文學史。這是我們文學史出現的邏輯及因緣。

但文學史真正要作為一個學科，就有很多東西需要討論。可是過去從來沒有人討論。在我們的史學研究中什麼都研究，政治史、經濟史、宗教史等等都有人做，但北大的歷史系會開文學史課嗎？絕對不會的。從梁啟超於光緒二十八年寫的〈新史學〉以降，到現在的年鑒學派所謂的新史學，當然完全不一樣，但不管哪一種史學都不討論文學。年鑒學派的新史學在範圍上相當廣，它反對過去只對政治史、大人物的研究，所以要討論整個歷史活動中的地理因素、經濟因素、社會因素、知識因素、宗教因素和心理因素等等。但是在這些總體研究中，文學史研究卻並不在新史學的視域之中。他們研究心態史、精神史、藝術史等很多，但花在文學史上的氣力甚少。

新歷史主義也一樣。有人把它稱為「文化唯物主義」。為什麼叫「文化唯物主義」？因為它主要是談思想文化的社會過程，說一個文學作品是如何被創造出來的。如何被創造出來，不是由於文學作家的天才、個人經歷，而是要告訴你那些個人的背景經歷是如何通過和社會的關係，包括印刷術、閱讀過的東西、社會輿論、社會共同的審美觀等等，把作品創造出來。所以新歷史主義關切的不是文學，而是文學如何在整個社會活動中被創造出來，是研究文學中間的歷史過程。

因為它的重點不在於文學作品本身的技巧，或它特殊的藝術特性，而在說明這個作品如何被創造出來。亦即：在社會中、歷史發展過程中，文學的理念與各種不同藝術階層產生不同的互動，或者說文學如何被製造出來的生成過程。所以這不是文學的歷史，只是歷史的文學。

目前各大學的歷史系中，經濟史、政治史、社會史、思想史、性別史、服飾史、飲食史、民族史、醫療史，什麼都有人講，可是不會開文學史的課，理所當然也不研究文學的歷史。可是文學史其實是一門史學學科，和政治史、經濟史、社會史是一樣，是文學的歷史研究，不是僅僅研究文學，而是研究文學的歷史。歷史學系不處理這個，真是十分怪異。

不過，在文學研究領域，在文學研究界，文學史其實也深受質疑。一九七〇年第二次國際文學比較大會裡面，寫《文學理論》的新批評大將韋勒克即曾撰寫了一篇文章，講文學史的衰落。他並不否認文學有其歷史，但文學有史是一回事，我們對其歷史進行研究而予以論述，成為一本本、一套套的「文學史」又是另一回事。他對於這些文學史著作是很懷疑的，他懷疑文學史是否能夠解釋文學作品的審美特點。因為作品價值不能通過歷史分析來把握，只能通過審美來把握。

據韋勒克看，文學史各個學派之間的分歧是無關緊要的。不管什麼學派，在具體問題上如何行事，反正都是要抹殺文學作品的個性化特徵，因為它們總是要把作品置於文學內部或外部結構化了的關係中，把作品降格為某個鏈條上的一個環節。而作品的本質恰好在於他是一個引起審美判斷的價值體。我們在討論這些作品的時候，將作品的個性抹殺了，都在談流派談時代，比如談唐詩，總要先談時代背景。但唐詩中，比如王維和杜甫兩人，簡直南轅北轍。王維也很複雜，他的作品中，〈少年行〉是「相逢意氣為君飲，繫馬高樓垂柳邊。」意氣風發，另一種是〈辛夷塢〉的「澗戶寂無人，紛紛開自落。」兩種詩完全不同，為何一談到唐代王維，就說田園派呢？所以用這種方法可以解釋政治、經濟，但不能解釋文學。

韋勒克的質疑，呼應了克羅齊以降一系列的觀點，這個觀點強調文學研究是面對作品的。我們要理解、闡釋這個作品，對其語言進行分析，並作審美價值判斷。作品與作品之歷史關係，也只呈現在文學內部的聯繫上，例如寫作技巧之呼應或繼承、主題之類似、風格之影響等，而不是外在的社會關係，也不能把作品放在「類屬」中去看。每種作品是獨立的，天才和天才之間誰也不學誰，天才沒有繼承性，也沒有時代性，越是偉大的作家，越超越了時代。所以克羅齊說，文學史是談一個一個不同的作家，不同的作家顯現了不同的審美特點。所以我們不能將作品的個性抹殺，進行社會學式的研究。

克羅齊在《文學藝術史的改革》這本書中批評過幾種文學史、藝術史、詩史的論述方法，一種是廣泛表現其歷史知識，歷數淵源的；一種是賣弄文字或學究式的；還有一種則是社會學式的歷史研究。過去，特別是大陸的文學研究，大體上是社會學式的研究。所謂社會學式的，就是用文學作品來說明馬克思社會學的規律，歷史發展的理則，中國社會的分歧等等。克羅齊認為它們老是在歷史中建立一些論述公式，將藝術系統化，分成希臘藝術時代／基督教時期、古典／浪漫、文學性等體系，然後描述藝術史的「發展」即是上述體系之交織或盤旋、進步或後退；並認為其所以前進後退、交織或盤旋，乃是由於宗教社會、哲學、精神、政治等緣故。這樣的話，每個作品可以根據它的時代和社會所各自具有的精神價值而被理解。我們要瞭解孔子，就要瞭解他那個時代是一個什麼階級、時代，我們就會知道他是那個封建時代的小地主階級，想要恢復奴隸社會的生活。我們理解作品也是如此，瞭解它屬於一個怎樣的時代，封建的下降或上升時期等等，完全是倒果為因。

克羅齊完全反對這類做法。他覺得我們用文學作品去瞭解風俗習慣、道德風氣、宗教信仰或者思維習慣等。平庸的作品常常因為它能夠結合社會實踐、社會推理，具有印證時代的作用而獲得了青睞，真正超越性的、具有獨特精神面貌的天才傑作，反遭埋沒。

他們所抨擊的歷史方法，文學科系目前其實也很生疏了。對社會和歷史，除了抄抄政治史、社會史、經濟史教科書之外，很少真正鑽研。現在在文學系裡講政治社會，所謂講背景，都是很粗糙的，好像在舞臺上畫個大佈景一樣，只能簡單談談。因為我們對政治學、經濟學、社會學並沒有研究，只是找找相關論述，例如政治社會學告訴你晚明曾經發生資本主義萌芽、曾經有小市民階級興起、曾經有江南市鎮的蓬勃等等，我們就照抄，說當時文學基於這樣一些背景而形成，其實我們根本不懂，因為我們沒有研究，腦子裡也沒有政治學社會學的基本方法和概念。我們討論起文學的背景往往非常粗略膚廓，即使能逮住作品分析論者一兩個歷史常識上的錯處，強調解釋作品仍須注意其歷史情境，也仍不足以振衰起敝。

四

其他的問題還很多，此處不能多談，麻煩各位去讀我《中國文學史》的導論。這裡拉回來，講現代文學史的史觀。

第一位寫《中國文學史》的黃人，曾經批評吾國舊學「獨無文學史。所以考文學之源流、種類、正變沿革者。惟有文學家列傳及目錄、選本、批評而已」。是的，中國古代並無文學史，文學史是依據外國人研究中國文學之法而仿作，故一九〇四年《奏定大學堂章程》明確要求教師：「日本有《中國文學史》，可仿其意自行編纂講授」。但中國既然本無此類著作，乍欲模仿，豈能遂肖？例證便是作於一九〇四年出版的林傳甲《中國文學史》和一九〇六年的竇警凡《歷朝文學史》。

林書乃京師大學堂教材。但全書十六篇，包括文字形體，古今音韻、名義訓詁、群經、諸子、廿四史，乃至《靈樞》、《素問》、《九章算術》、作文修辭法、虛字用法、外國文法等。自謂頗採通鑒綱目、紀事本末等傳統史體，且批評：「日本笹川氏撰《中國文學史》，以中國曾經禁毀之淫書，悉數錄之。不知雜劇院本傳奇之作，不足比於古之『虞初』。若載於風俗史猶可，笹川氏載於《中國文學史》，彼亦自亂其例耳」，「臚列小說戲曲，濫及明之湯若士，近世之金聖嘆，可見其識之污下」。對政府提倡的日本之中國文學史寫作模式，公然表示無法遵循。

竇氏書則原名《讀書偶得》，內容分論文字、經、史、子、集五篇。用的也顯然是先秦的古義，指文章博學或歷代文獻，亦不符合東西洋人撰述中國文學史之規制。

相較之下，任教於美國教會所辦的東吳大學之黃人，最能適應這項新工作。他大罵古人無文學史著作，又無「世界之觀念，大同之思想」，故「劃地為牢，操戈入室，執近果而昧遠因、拘一隅而失全局，皆因無正當之文學史以破其錮見也」。然後自詡他的著作能夠取法外邦，是有世界觀的；他也首先採用了西洋史的「上古」、「中世」、「近世」分期法。

黃人之書，曾被浦江清許為：「始具文學史規模」，故雖銷行不廣，實際影響有限，但爾後文學史寫作之傳統可說業已確立。五四運動以後，踵事增華，在這條路上乃越走越遠。

整體文學史框架，是胡適的進化論、白話文學史、文學出於民間，王國維一代有一代文學之說等。分論則王國維的詞論、戲曲研究，魯迅的小說史，胡適的章回小說考證，鄭振鐸的俗文學，馮沅君陸侃如的詩史……。一點一滴構建了近八九十年的文學史論述架構，而以劉大杰《中國文學發展史》為集大成，大體沿用至今。

但這個典範，其實是努力把中國文學描述為一種西方文學的山寨版。

它汲挹於西方者，一是分期法。中國史本無所謂分期，通史以編年為主、朝代史以紀傳為主，輔以紀事本末體而已。西方基督教史學基於世界史（謂所有人類皆上帝之子民）之概念，講跨國別、跨種族的普遍歷史，才有分期之法。以耶穌生命為線索，把歷史分為耶穌出生前和出生後，稱為紀元前、紀元後。紀元前是上古；紀元後，以上帝旨意或教會文化發展之線索看，又可分為中古和近代。

史賓格勒《西方之沒落》曾具體批評此法，謂其不顧世界各文化之殊相，強用一個框架去套，是狹隘偏私的。何況，其說本於猶太宗教天啟感念（apocalyptic sense）之傳統，代表著基督教思想對歷史的支配，在時間的暗示中其實預含了許多宗教態度，並不是歷史本身就有的規律，故不值得採用。可惜晚清民初我國學人沒人如他這麼想，反而競相援據。黃人如此，劉師培《中古文學史》亦然。與哲學史書寫中胡適、馮友蘭等人的表現，共同體現了那個時代的潮流。

這種分期法，後來也有吸收了史賓格勒之說的。但非顛覆上述框架，而是因史賓格勒把歷史看成有機的循環，每一循環都如生物一般，有生老病死諸狀態、春夏秋冬諸時段，故如劉大杰《中國文學發展史》、馮沅君陸侃如《中國詩史》均酌用其說。

擴大分期法而不採有機循環論及基督教思想的，是馬克斯歷史唯物史觀。把歷史分成「亞細亞生產方式——奴隸社會（上古）——封建社會（中古）——資產階級社會（近代）——社會主義社會」五階段，並套用於中國史的解釋上。由於削足適履，套用困難，故自民國初年便爭論不斷。到底封建社會何時結束、有沒有資本主義萌芽階段等等，還關聯著日本東洋史研究界的論爭。

分期法之外，另一採挹於西方的，是廣義的進化論或稱歷史定命論。因為，上述各種分期法都不只是分期，還要描述歷史動態的方向與進程。這種進程，無論是如基督教史學所說：歷史終將走向上帝之城，抑或如馬克斯所預言：走向社會主義，都蘊含了直線進步的觀念。把這些觀念用在中國文學史的解釋上，就是文體進化、文學進化云云，把古代文人之崇古擬古復古狠狠譏訕批判一通。

第三項採汲於西方的觀念，是啟蒙運動以降之現代意識。此種意識，強調理性精神與人的發現，以擺脫神權，「解除世界魔咒」。用在中國文學史上，就是魯迅描述魏晉是人的醒覺之時代，周作人說要建立人的文學等等。反對封建迷信，極力淡化宗教在文學中的作用，更是彌漫貫徹於各種文學史著作中，連小說戲曲都拉出其宗教社會環境之外，朝個別作者抒情言志方向去解釋（王國維論戲曲、胡適論《西遊記》，都是典型的案例）。

此外，當時寫中國文學史，還深受浪漫主義影響，把「詩緣情而綺靡」之緣情，或「獨抒性靈」之性靈都想像成浪漫主義，拿來跟「詩言志」對抗、跟古典主義打仗，反復古、反摹擬、反禮教、反法度。

在康德以降之西方美學主張無關心的美感，以文學做為審美獨立對象的想法底下，他們自然也就會不斷指摘古代文儒「以道德政教目的扭曲文學」。

第四是文類區分。文學史家們把傳統的文體批評拋棄了，改採西方現代文學的四分法：小說、戲曲、散文、詩歌。

這真是件悲慘的事。為什麼？因為，一、與中國的文體傳統從此形同陌路，文家再也不懂文體規範了，當代文豪寫起碑銘祭頌，總要令人笑破肚皮。

二、他們開始拼命追問：為什麼中國沒有西方有的文類，例如中國為何沒有神話、中國為何沒有悲劇、中國為何沒有史詩，然後理所當然以此為缺陷。逼得後來許多笨蛋只好拼命去找中國的史詩、悲劇或神話，以證明人有我也有，咱們不比別人差。

三、可是沒人敢問中國有的文體，西方為何沒有。反倒是西方沒有而我們有的，我們就不敢重視了。

例如賦與駢文，既非散文，又非小說，亦非戲劇，也不是詩，便常被假裝沒看見。除六朝一段不得不敘述外，其餘盡掃出文學史之門。偶爾論及，評價也很低，損幾句、罵幾句。八股制義，情況更糟。

四、小說、戲劇，中國當然也有，但跟西方不是同一回事。正如林傳甲所說，它們在中國地位甚低，遠不能跟詩賦文章相提並論，許多時候，甚至不能稱為「文學」，只是說唱表演藝術之流。可是既欲仿洋人論次文學之法，小說戲劇便夷然占居四大文類之半矣。

五、小說與戲劇，在中國，又未必即是兩種文類。依西方文學講中國文學的人卻根本無視於此，逕予分之，且還沾沾自喜。如魯迅《小說舊聞鈔》自序明說是參考一九一九年出版的蔣瑞藻《小說考證》，但批評它混說戲曲，而自詡其分，獨論小說。可是不但蔣氏書名叫小說考而合論戲曲，一九一六年錢靜芳《小說叢考》也是如此，當時《新小說》、《繡像小說》、《小說林》、《月月小說》、《小說大觀》、《小說新報》、《小說月報》更都是發表戲曲作品的重要刊物。為什麼他們並不分之？因為古來小說戲曲本來就共生互長，難以析分，刻意割裂，其病甚於膠柱鼓瑟。

中國說唱傳統源遠流長，唐代以前便有不少例證，唐代俗講變文多屬說唱亦是無可疑的。宋代《都城紀勝》把小說分為三，一曰銀字兒，當亦是持樂器唱說。

在這些說唱裡面，有偏於樂曲的、有偏於詩讚的，漸漸發展，而或於唱的多些，或於說的多些。但總體說來，是說與唱並不截分。如雜劇，一般都稱為「曲」，可是唱曲就與說白合在一塊兒。

這是中國戲曲的特點。歐洲戲劇便與此迴異，唱就只是唱，說白就只是說白。十八世紀法人阿爾央斯批評《趙氏孤兒》說：「歐洲人有許多戲是唱的，可是那裡面完全沒有說白，反之，說白的戲就完全沒有歌唱。……我覺得歌唱和說白不應這樣奇怪的糾纏在一起」。可見當時異文化交流，歐洲人立刻察覺到這是中國戲的特點。二十世紀德國布萊希特取法中國戲，所編《高加索灰蘭記》之類，其特點也表現在讓演員又說又唱方面。中國戲曲，基本情況正是又說又唱。樂曲系的，以曲牌為主，如元雜劇、明傳奇、崑曲，以唱為主，以說為輔。詩贊系的，以板腔為主，如梆子、單弦、鼓書等，以說為主。就是以口白為主的相聲，也還是「說、學、逗、唱」結合著。

小說呢，情況一樣。名為詩話詞話，內中東一段「有詩讚曰」，西一段「後人有賦形容」，同樣是說中帶唱的。這種情形，唐代已然，趙璘《因話錄》角部載：「有文淑僧者，公為聚眾談說，假托經綸，所言無非淫穢鄙褻之事。……教坊效其聲調，以為歌曲」。此即說話中之談經或說渾經。名為「談說」，而顯然有唱，故教坊才能效之以為歌曲。明刊《說唱詞話》中《新刊全相說唱張文貴傳》看來是傳記，卻也是唱曲，上卷結尾處云：「前本詞文唱了畢，聽唱後來事緣因」，便說明了它的性質。

魯迅論小說，把所有名為詞話的東西幾乎全都撇開了，連《大唐三藏取經詩話》，他也刻意採用日本德富蘇峰成簣堂藏的本子，因為只有那個本子叫做《取經記》。這與他把〈伍子胥變文〉、〈目連變〉、〈維摩詰經菩薩品變文〉等都改稱為「俗文」、「故事」一樣，乃刻意為之。

可是小說與戲曲的關係，焉能如此切割得開來？它們本是一個大傳統中的同體共生關係，切開來以後的小說史，談《三國》而不說三國戲，談《水滸》也不說水滸戲，談《西遊記》仍不說西遊戲，談《紅樓》還是不說它跟戲曲的關係。論淵源、說成書經過、講故事演變、評主題、衡藝術，能說得清楚嗎？

在西方，像〈董永變文〉這類純韻文的體裁，可稱為 ballad；純散文的〈舜子變文〉這類故事，可稱為 story。一般稱為小說的 novel，指的也是散文體。可是中國不但有〈伍子胥變文〉這樣的韻散相間體，還有一大批說唱詞話、彈詞、寶卷，以及雜詩夾詞附讚的小說，乃至還有以駢體文寫的小說。而小說作者，因體製相涉，敘事又同，亦常兼體互用，如馮夢龍既編《三言》，又刻《墨憨齋傳奇定本十種》；凌濛初二刻《拍案驚奇》，則自序云：「偶戲取古今所聞，一二奇局可記者，演而成說，……得四十種」，但內中實是三十九卷小說故事，一卷《宋公明鬧元宵雜劇》。足見凌氏刻「演而成說」的故事時，亦併不將戲劇與小說劃開。

凡此等等，都說明了像魯迅那樣，用一種西方式的文體觀念，加上個人閱讀上的局限與偏執，硬性區分小說和戲劇，對小說史的解釋，並非好事。

六、文類的傳統與性質，他們又皆參考西方文類而說之，與中國的情況頗不吻合。例如散文，若依西方 essay 來看，則詔、冊、令、教、章、表、啟、彈事、奏記、符命，都是西方所無或不重視的，故他們也不視為文學作品，其文學史中根本不談這類東西。但在中國，文章者，經國之大業不朽之盛事，多體現於此等文體中。古文家之說理論道，上法周秦者，大抵亦本於此一傳統。可是近代文學史家卻反對或不知此一傳統，儘以西方 essay 為標準，講些寫日常瑣事、世相社會生活，或俳諧以見個人趣味之文，以致晚明小品竟比古文還要重要，章表奏議、詔策論說則毫無位置。

小說方面。中國小說，源於史傳傳統，後來之發展也未並離卻這個傳統，故說部以講史演義為大宗，唐人傳奇則被許為可見史才。西方小說不是這個樣，於是魯迅竟切斷這個淵源，改覓神話為遠源，以六朝志怪為近宗，而以唐傳奇脫離史述、「作意好奇」，為中國小說真正的成立。

凡此，均可見這個文學史寫作新典範其實正在改寫、重構著中國文學傳統，革中國文學的老命。用一套西方現代文學觀去觀察、理解、評價中國文學，替中國人建立他所不熟悉的文學譜系。於是，中國文學史之出現，正意味著中國文學之銷亡。

一九四九以後，馬克斯學說大量運用於中國文學史的研究與寫作中，成了新典範，但它與舊典範間並不是斷裂的，只是添加了些東西。例如從前說進化，現在仍說進化，而進化的原理就加上了階級鬥爭和唯物史觀。過去講分期，現在仍講分期，而分期之原理就加上了經濟基礎決定上層建築理論。到了批林批孔運動鬧起來，又加上了儒法兩條路線鬥爭說，重新解釋李白杜甫、韓愈柳宗元等等。

臺灣未經此一番折騰，基本上仍維持著五四以來所建立的典範，上庠間最流行的教本，仍是劉大杰之舊著。相關著作雖多，框架大同小異。而大陸自改革開放以後，撥亂反正，階級鬥爭、儒法對抗、唯物史觀均可不必再堅持，故亦漸與舊典範趨同。論述方法，大體上均是先概述，再分類分派，繼做作者介紹，再對重要作品做些定性定位，有歷史主義氣味。

但文學史寫作與教學最大的失敗，或許恰好就在歷史方面。怎麼說呢？文學史本應是文學的歷史研究，然而自設立這個學科以來，教學的目標，就不是為了建立學生的史識，而只是為了培養其文學審美標準、提供其欣賞文學作家作品之地圖。也就是說，是審美的，而非歷史的。

教學目標之外，整個文學史論述也缺乏史學之基本條件或能力，不能真正建立歷史知識。

例如我們若用可能是戰國時人編的《周禮》來大談周公的創制，用可能是魏晉人編的《列子》來談戰國時列禦寇的思想，大家都會覺得非常可笑。梁啟超、胡適、顧頡剛以來所建立的古書辨偽學，講的即是這個問題。然而我們在文學史上又怎麼樣呢？

《楚辭》乃是東漢順帝安帝時人王逸所編，收羅了賈誼、淮南王、東方朔、王褒、劉向、班固等人，以及王逸自己之作，凡十七卷，上距所謂屈原，已相去約五百年了。可是我們卻以之大談屈原如何如何，彷彿《楚辭》就是戰國時繼《詩經》而有的一本集子，又彷彿即是屈原及其門人宋玉之作那樣。

元曲，今存劇本，多屬晚明人改編甚至杜撰，情況類似明人之擬宋話本。而我們也拿來大談元曲之劇情、關目、排場、作者等等，煞有介事。這樣，能建立歷史知識嗎？

不能建立歷史知識之外，又缺乏歷史觀點，不知老子雖被推為道教宗祖太上老君，卻非本來就是太上老君；其老君之地位乃在歷史中漸被推尊而成的。文學史上，盛唐詩、杜甫詩之性質均似於此。而我們的文學史卻完全無此意識，把杜甫、唐詩本質性地視為好作者、好詩、好時代，彷彿老子生來就是太上老君，不知一件事須放到歷史中去觀察。

再就是對史觀本身缺乏警覺與反省，亦沒有批判能力。

如王國維《人間詞話》說：「四言敝而有楚辭，楚辭敝而有五言，五言敝而有七言，古詩敝而有律絕，律絕敝而有詞。蓋文體通行既久，染指遂多，自成習套。豪傑之士，亦難於其中自出新意，故遁而做他體，以自解脫」，當代文學史著無不徵引，作為文學進化之說明。殊不知此與顧炎武「三百篇之不能不降而楚辭，楚辭之不能降而漢魏，漢魏之不能不降而六朝，六朝之不能不降而唐也，勢也」云云，都非文學進化論，而是明人「一代有一代之勝」的流類。

因此顧氏在上面那段之後接著說：「用一代之體，則必以一代之文，而後為合格」。意思是說每個時代都有其代表性文體，作詩文的人若選用某代的代表性文體，就須遵守該體之風格，才算是合格的作家。明人之擬古、講格調，即基於此，跟進化論恰好相反。所以王國維才會根據上述云云而說：「故謂文學後不如前，余未敢信；但就一體論，則此說固無以易也」。認為每一體都是後不如前的。今人反覆徵引王氏這種復古論以說文體進化，不是顯示了對文學史觀問題理解含糊、認知不清嗎？

再說，一代有一代之勝的觀點，重視的是歷史中的變貌。六朝是古詩、唐代是律絕、宋代是詞、元代是曲，這些都是史上之變，足以見這一代與那一代的不同。文學史依此而編，著重敘述每一代之特色與變貌，正是近世文學史家之共同態度。但很少人注意到：這樣論史，毋乃知變而不知常。因為唐代仍有古詩，不能僅注目其律絕；宋代詩體仍盛，不能僅重其詞；元代尤不能重曲而輕詩詞文章。可惜近世文學史偏要如此。極端的，甚至如馮玩君陸侃如《中國詩史》直說詩至宋已亡，詩史應由詞瓜代；或如劉大杰《文學發展史》說詩的盛夏即在盛唐，中晚唐漸漸步入衰颯之秋，到宋代，便不能不讓詞來領風騷了。又如唐代古文運動興起，反對六朝以來的駢儷之風，當然是一種變。但敘述了這個變局後，這些文學史著居然就再也不談駢文了，忘了駢文辭賦之寫作仍是爾後之常態。此等忽略、漠視沿續性文體而僅重其變異之眼光，豈不甚偏？

若說此乃革命的時代，故特重歷史之變；則對某些變，諸家卻又不重視。如八股制義，是明代最重要之文體，而遭近人一筆抹煞。哦，不，是一筆也不提地抹煞之。歷史演義，是明代小說中最重要的類型，清代則是俠義，胡適魯迅以降，也均遭了小看。

這表示革命的世代不只看重歷史之變，在變動中還要確定變之方向。近代人利用編寫、論述文學史，灌輸反禮教、反經學、反理學、反崇古、反傳統、反士君子之意識，乃是極為明顯的。故而史上某些合乎其意識者便得到宣揚，被放大了影像，某些不合其革命目標的，就理所當然地被佚忘或貶抑。

革命時的說辭，猶如熱戀中男女的誓言，其所以不能當真，還在於它本身往往混亂。像文學起於民間，一經文人染指，輒便僵化死亡，只好再由民間尋其生機一類說法，固然表達了一種特殊的文學史觀，但一來不能證驗於我國的文學史，二來持論者本身亦不能貫徹其立場，故徒見其混亂。

說文學起於民間，最常舉的例證是《詩經》。可是《詩經》有雅有頌，雅頌是朝廷宗廟之樂章，不符合他們的需要，所以就常只以國風來說。講得好像《詩經》就只有國風，而國風又都是民間歌謠。

然而，國風是閭巷歌謠嗎？它第一篇是〈周南〉，〈周南〉第一篇是〈關雎〉，開頭講窈窕淑女君子好逑，接著說如何追求，最後是追求到了，「琴瑟友之」、「鐘鼓樂之」。在周朝禮樂社會中，誰家能有鐘鼓琴瑟呢？不是諸侯就是王公吧！果然，〈周南〉最後一篇是〈麟之趾〉，說：「麟之趾，振振公子」，「麟之定，振振公族」；〈召南〉第一篇〈鵲巢〉，講的也是：「維鵲有巢，維鳩居之。之子于歸，百輛御之」。公子公族，人中麟鳳，且能派出百輛車乘去迎娶，這又是什麼人家？古人於此類詩，每以后妃說之。是否吻合詩旨雖不可必，身分卻是對的；近人說是閭巷歌謠，則無論如何也對不上號。此即所謂不能證驗於史實。

至於持論者本身之混亂，可以小說為例。文學史家所欣賞的都是文人小說（scholar-novelist）而非民間說話傳統；所偏愛的小說，也仍以文采可觀者為主。這些人，理念上固然高唱文學從民間來、鼓勵研究民間通俗文學，可是在文學品味上卻很難認同平民文學。早期的話本，出於市井，固然可由其歷史性質而尊崇之，可是明清以後，評價就困難了。迄今為止，那些職業說書人或編書人，如羅貫中、熊大木、天花藏主人等，不但還不甚了解其年齒爵里，其小說史地位更是遠不如吳承恩、董說、夏敬渠、吳敬梓、李汝珍和曹雪芹這些文人小說家。文學史家所喜愛的，乃是脫離民間說唱傳統，成為表達作者做為一個文人或知識分子之情操、趣味及理念的作品。這些作品，文字當然遠較民間說話傳統更「文」，也趨近書寫傳統而遠離說與唱的表演。其內容則遠較民間說唱傳統「雅」，較接近文人的世界觀，因此它也比民間文學更易博得文人的稱賞。

像魯迅，論《三國》但云：據舊史，即難於描寫，雜虛評，復易滋混淆。後來在〈中國小說的歷史的變遷〉又舉了三個缺點：容易招人誤會、描寫過實、文章和主意不能符合。優點則只有一點點兒：描寫關羽還不錯。《水滸》則連這一點好話他也沒說。其他細民所嗜的小說，自然評價還要更低。如云《包公案》文意甚拙，乃僅識文字者所為；《三俠五義》構設事端，頗傷稚弱；《小五義》荒略殊甚；《彭公案》等，字句拙劣，幾不成文；《施公案》等，歷經眾手，共成惡書。

此等處，皆可見他們本身就抱持著一種文人的心態及審美觀。而這種態度，跟高唱民間可有多麼矛盾啊！想貫徹民間史觀，哪裡能夠？

對這些史觀上的問題，幾十年來「照著講」，更不用談對基督教史觀、唯物史觀缺乏警覺了。

最後我要談談近世中國文學史建構中另一大問題。文學史，要處理的，是歷史中的審美活動。而近世的文學史寫作與教學，雖如我上文所說乃是審美的而非歷史的，可是他們的毛病，恰好也就是對歷史中審美活動之無知無視，只是靜態地描述一位位作家（是寫實主義、浪漫主義、田園詩人、邊塞詩人或什麼），一篇篇作品（沈雄、俊爽、清綺、華麗、婉約、輕艷、頹靡等等）。

什麼是歷史中的審美活動呢？

一、由文到文學。

古無文學，用「文」字涵括一切審美活動，天文、地文、人文之美均稱為文。人文則包一切典章制度而說，《禮記．少儀》所謂：「言語之美，穆穆皇皇；朝廷之美，濟濟翔翔；祭禮之美，齊齊皇皇；車馬之美，匪匪翼翼；鸞和之美，肅肅雍雍」。其中言語之美也就是孔子所說：「言之不文，行之不遠」的那種文言。孔門四科中言語一科，如子貢宰我所擅長者即屬此，其訓練則由「不學詩無以言」來，主要表現於辭命，故邇之可以事父，遠之可以事君，折衝於尊俎。辭命，固然主要是言說，可也包括著文字工夫，故《論語．憲問》云：「為命，裨諶草創之，世叔討論之，行人子羽修飾之，東里子產潤色之」，修飾潤色，都指紙上之文而非口頭之語。但此時並不稱為文學，只與言辭合稱為「言語」，指言語之美。那時文學一詞，指的乃是知識性的文獻之學。

由「文」到「文學」，就是文字之美由言語之美中分化出來的過程。分化出來後，才有專講文字之美的文學可說。文學之史，於焉開端。古代的歌、謠、誦、唸、唱、讚、諫、傳語、講述、談辯，則仍是言語的系列，不當混為一談。

二、由非文學文本到文學文本。

文學是文字書寫成品而具美感的，纂組錦繡，錯比文華。故並非所有文字書寫品都可稱為文學。所謂文人，就是專門寫或能寫這類主要是供審美之用的作品之人。但是，審美標準每個時代不同，有時一個時代認為具文學美的文本，到另一時代卻不受欣賞；有時某作者寫的非文學文本，旨不在提供人審美之用，再另一時代卻可能被人由審美角度去把捌，該人則被視為重要文人。這就是作者及文本的歷史性。

以《昭明文選》序來看。它說經典是「孝敬之準式，人倫之師友」，屬道德性文字；諸子是「以立意為宗，不以能文為本」，重在義理；縱橫辯說「語流千載」，又根本是言語之美，非文藻之麗，故均不予收錄，只收那些「義歸乎翰藻」的，也就是具文學美之作。可是，宋朝以後，經與諸子漸漸被人由文學美的角度去詮釋、解讀，成了最好的文學典範，這就由非文學文本變成文學文本了。明清人讀《西遊記》，本多用以修道喻道，後始欣賞其文彩，亦屬此類。倒過來看，也有許多人讀《紅樓夢》並不重在玩味其文學美，而是視如史書，重在可揭示其作者家族身世史或反映國族史，非文學文本或主要不是文學文本。諸如此類，這文學文本與非文學文本間的轉換，是文學史最宜關注的。

三、由非文字藝術變成文字藝術。

文字藝術只是諸藝術之一，其他藝術並不利用文字或主要不依文字，例如戲，主要是唱作表演；歌，主要是音色、聲腔、節奏；話，主要是言詞舌辯及表情，說學逗唱，基本上均非文學。可是在中國歷史中它往往逐漸變成文學藝術。柳浪館主人《紫釵記・總評》：「臨川判《紫簫》云此案頭之書，非臺上之曲。余謂《紫釵》猶然案頭之書也，可為臺上之曲乎？」曲，從「曲與詩原是兩腸」（曲律・卷四），到詩文化；從臺上演出之劇，到成為案頭之書，即是戲曲發展的歷程。其他如樂府本只是歌，而後來「不能倚其聲以造辭，而徒欲以辭勝」；或由說話講史到評語，再到演義，皆是如此。

以上這幾方面，都是文學史該處理而過去沒什麼處理或竟顛倒處理的。若要處理，也不是只指出有這些轉換便罷，還須再追究下列各點：

一、歷史中的審美活動者。一般說，那就是作者與讀者。而在中國，這主要是文人階層。其他社會流品向這個階層類化，成為文學的創作者和享用者，是它最主要的動向。明清時甚至連一般讀者都消失或被替代了，因為文人不但擔任作者也擔任讀者，用評、點、批、識來代表讀者、帶領閱讀。過去的文學史不好好研究此一階層之動態及行思模式，而旁取於勞動階層或資產階層，可謂緣木而求魚。

二、歷史上不同的審美活動傾向。不同時代有不同傾向或重點，例如魏晉南北朝重在技藝之開發、法度之建立，意圖完善作品。唐宋以後，覺得更該完善的是作者，活法重於成法。明清以後又有致力於完善讀者、完善世界的。不同的傾向，形成各時代不同的文學觀與文學活動，也造就了不同的作家作品。

三、歷史上不同美感型態之確立與爭論。如詩中的唐與宋，文中的古文駢文，不只是不同時代盛行的文體與寫法，也是兩種美感型態。故唐型詩不盡同於唐代詩，宋型詩不盡同於宋代詩。唐宋做為風格型態的術語，猶如西方藝術史上「文藝復興」、「巴洛克」亦可做為風格描述語那樣，對它們的選擇與爭論，往往帶動了歷史的動態。

四、歷史上審美活動與其他活動之關係。其他活動，指知識活動、道德活動等。人是整體的，既有審美能力及需求，亦有其他。可是不同的人、不同的時代、不同的文體，偏重便不同，與其他活動亦有分合之不同關係。如古文家是強調文與道俱、言有序且言有物的。簡文帝則說立身須嚴謹，為文可放蕩，審美與道德可以分開。另一些風流才子，則認為文才即表現於風流之中，故立身亦只須盡才，不須講道學。彼此生活態度不一，審美表現當然然也就互異，因而也互誹不已，文學史的動態便生於其中。

要細細想這些問題，你才能發現劉勰對文學史的處理可能比近人更好，更接近文學本性。我們想真正發展文學史研究，反而須要由這兒起步。

第十講 文字——文學——文化

談《文心雕龍》，我們之前是從經學、史學角度談，底下我們要從哲學角度看劉勰的文學觀。劉勰論文，上原於道。這是與今人迥異的，所以他的文學觀也當然不同於今人。因而〈原道〉是個關鍵，我們就從這裡講起。

一、原道的篇題及其與宗經徵聖之關係

《文心雕龍》以〈原道〉為首。范文瀾注，引申《易・文言傳》、阮元〈文言說〉、〈書梁昭明太子文選序後〉等，實與本篇重點不甚相干。黃侃《札記》則主要只說明了本篇講「文原於道」的道是自然而然的天道，文章亦本此自然而生，與後世古文家說「文以載道」之道指孔孟聖人之道不同。於文為何原於道、劉勰又為何要專門講這個道理，皆闡釋不足。其他論者，大抵亦是如此，泛泛作解，或在自然之道與儒家之道是分是合上做文章，皆非知言者也。故以下我略為說之。

許多人又把原道理解為文學源於道。不是的。原與源後世分化為兩個字，意思頗有差別。原這個字，具有推察窮究之意。故《漢書・薛宣傳》顏師古注：「原，謂尋其本也」；《管子・戒》注：「原，察也」。凡推考一事之本義本旨皆稱為原，且很早就有個文體叫做「原」了。

《文體明辨》對「原」這種文體有個解釋說：「自唐韓愈作五原，而後人因之。雖非古體，然其溯源於本始、致用於當今，則誠有不可少者。至其曲折抑揚，亦與論說相為表裡，無甚異也。」對原的文體解說很是精當，但推源於韓愈卻錯了。此體甚古，《逸周書・原命篇》、《呂氏春秋・原亂篇》早已有了。

至於「原道」這個名稱，最早亦可見於《淮南子・原道篇》。高誘訓注曰：「原，本也」。劉勰之原道，也同樣是尋其本於道的意思，故〈序志〉曰：「蓋《文心》之作也，本乎道、師乎聖、體乎經」。高誘這個注本，因是訓詁《淮南子》各篇篇意，因此每篇都題為某某訓。結果後人搞不清楚，引《淮南子》時就以為每篇題目都叫某某訓。殊不知若指《淮南子》，其篇名就只是〈原道篇〉、〈天文篇〉、〈地形篇〉等等；引高誘注才可稱為〈原道訓〉、〈天文訓〉、〈地形訓〉等。訓者訓詁之意，哪有原文各篇篇名稱為訓的？可惜如今十個引用《淮南子》的人，大概十個都是錯的，不明古人著作體例，一至於斯，實堪浩嘆！

近人論文學，又只就文學語言格式說，與道無涉。語言文字格式呢，又區分成「文學」與「非文學」兩大類。討論文學時，若專就所謂文學申論，即會被視為是較純粹的文學論著。若文學與非文學之界限區劃得較不嚴格，則會被視為是雜文學論者，處理的常是非藝術性的文章，只有狹義的文學論者才能堅守藝術性文學範疇。古代人思想較囫圇，區分還不精密，不能把文史哲、藝術性文學與非藝術性文章分開，故所論往往屬於廣義的文學，成為雜文學的論者，後來才慢慢進化了。

因此，現代人看劉勰，也會惋惜他不能超越時代的局限：「文史哲界限不清楚，只是歷史早期所出現的必然現象」，「由於受整個文化思想發展的歷史條件限制，劉勰的文學觀念也存在著某些不科學的地方。雖然他很細緻地分析了各個不同文類的特點及它們之間的異同，也清楚地看到了詩賦這樣的藝術文學的獨有特徵，但是他沒有能明確地提出在這眾多文類中，實際上包括藝術文學和非藝術文章兩大部分」。

此說之誤，除了上述觀念之偏執外，更在於與劉勰無關。今人的文學觀其實才是文體式的：詩賦是文學，而章表奏議之類不是，只是實用文書。但試問：詩賦這些文體天然地就是文學藝術嗎？章表奏議論檄移天然地就不是嗎？非也！非也！詩賦只是文體，這一文體中寫得有文采的才是文學，寫成如今鋪天蓋地的「老幹體」詩詞、百城千城賦，就只是狗屎。同理，章表論移等也是如此。

這才是文學觀點，亦即是劉勰的主張。所以諸子史傳章表書奏都可以顯示其文學性而成為文學，經書也是因其文學性而被推崇的。今人倒退回去，僅就語言文字格式之文體意義說文學與非文學，反而自詡進化，嘲笑劉勰，我真不知道該要如何說才好。

依劉勰，所有文體都必須走向或顯示為文學，如此才是符合道的，否則即為失道。這是對一切文的要求，也是文之所以為文的本然原理，因此論文才要原道。此所當知者一也。

其次，劉勰之所以開篇就要原道，正與其「師乎聖，體乎經」是合一的，三者密不可分。故元錢惟善〈文心雕龍序〉云：「自孔子歿，由漢以降，佛老之說興，學者趨於異端，聖人之道不行。……當二家濫觴橫流之際，孰能排而斥之？苟知以道為原、以經為宗、以聖為徵，而立言著書，其亦庶幾可取乎！嗚呼，此《文心雕龍》所由述也」。

錢惟善未必注意到劉勰久居僧院的生平史事，僅由《文心》文本看，所以特別揭示了該書宗旨即在原道、宗經、徵聖上。可是這個論斷一點兒也沒錯，劉勰固然久居僧寮，後來甚且出了家，但《文心》此一立場就根本違異於佛家。

怎麼說呢？原始佛家與中國思想有許多基本差異，其中之一就是聖與道的關係。

依佛家義，知識、見解、證會之來源有三，一曰現量、二曰比量、三曰聖言量。現量者，當境即是，感觀直見而得知得量。比量者，比擬測度推理而知。聖言量者，依聖人言語而知量也。聖人是智慧、真理之來源，也是依據，故凡夫之知量均須依聖言量而斷。

中國的聖人則不能如此，聖人之上還有天、有道。聖人不是真理的來源，天或道才是。天或道也是聖人之所以為聖人的憑藉，所謂「天縱之將聖」、「天將以夫子為木鐸」、「天未喪斯文」。《周禮》太宰以九兩繫邦國之民，其四曰：「儒以道得民」，可見儒也不是自作主張的，只是奉道者。降而下之，後世凡說修養說學問，均以是否「得道」為判斷。所以這是個大傳統。

同樣，劉勰說宗經、徵聖，可是宗經徵聖仍非究竟義，一定要再上溯於道，本於道、原於道。說：「道沿聖以垂文，聖因文以明道」。

這正是中國特有的思維，不是印度佛教的。道在天地之間，聖人知之體之，而又能以文表現之而已。不像佛教說的道，乃是佛陀悟出。故一是道沿聖以垂文，一是聖出言而為道。

黃侃《札記》曾說：「道者，猶佛說之『如』，其運無乎不在」。實則道與佛說之如，根本區分即在此。道為萬物之所然、萬理之所稽（韓非解老），其運無乎不在。如則為佛說，乃佛悟出說出之理；以此理稽之萬物，遂以如為如之實相耳！情況與基督教傳統以上帝為真理之源相似。

二、道即是文

以上是本篇第一個重點，接著要說的是「道沿聖以垂文」。請看〈原道〉內文怎麼說：

文之為德也大矣，與天地並生者何哉？夫玄黃色雜，方圓體分。日月疊壁，以垂麗天之象；山川煥綺，以鋪理地之形：此蓋道之文也。仰觀吐曜，俯察含章，高卑定位，故兩儀既生矣。惟人參之，性靈所鍾，是謂三才。為五行之秀，實天地之心，心生而言立，言立而文明，自然之道也。傍及萬品，動植皆文：龍鳳以藻繪呈瑞，虎豹以炳蔚凝姿；雲霞雕色，有逾畫工之妙；草木賁華，無待錦匠之奇。夫豈外飾，蓋自然耳。至於林籟結響，調如竽瑟；泉石激韻，和若球鍠：故形立則章成矣，聲發則文生矣。夫以無識之物，鬱然有采，有心之器，其無文歟？

人文之元，肇自太極，幽贊神明，《易》象惟先。庖犧畫其始，仲尼翼其終。而〈乾〉、〈坤〉兩位，獨制〈文言〉。言之文也，天地之心哉！若乃《河圖》孕乎八卦，《洛書》韞乎九疇，玉版金鏤之實，丹文綠牒之華，誰其尸之？亦神理而已。

自鳥跡代繩，文字始炳；炎皞遺事，紀在《三墳》，而年世渺邈，聲采靡追。唐虞文章，則煥乎始盛。元首載歌，既發吟詠之志；益稷陳謨，亦垂敷奏之風。夏后氏興，業峻鴻績，九序惟歌，勳德彌縟。逮及商周，文勝其質，《雅》、《頌》所被，英華日新。文王患憂，繇辭炳曜，符采複隱，精義堅深。重以公旦多材，振其徽烈，剬詩緝頌，斧藻群言。至夫子繼聖，獨秀前哲，熔鈞六經，必金聲而玉振；雕琢情性，組織辭令，木鐸起而千里應，席珍流而萬世響，寫天地之輝光，曉生民之耳目矣。

爰自風姓，暨于孔氏，玄聖創典，素王述訓，莫不原道心以敷章，研神理而設教，取象乎《河》、《洛》，問數乎蓍龜，觀天文以極變，察人文以成化；然後能經緯區宇，彌綸彝憲，發輝事業，彪炳辭義。故知道沿聖以垂文，聖因文而明道，旁通而無滯，日用而不匱。《易》曰：「鼓天下之動者存乎辭。」辭之所以能鼓天下者，乃道之文也。

道沿聖以垂文，文當然就是指聖人留下來的經典了。這基本也沒錯，故篇中云：「元首載歌，既發吟詠之志；益稷陳謨，亦垂敷養之風。……莫不原道心以敷章，研神理而設教。」但更須注意者在於：道沿聖以垂文，而事實上道即是文。

一般人理解文本於道、原於道，大多會想成是母子關係：文由道生，或先有道後有文。但劉勰之說卻非如此，乃是道即文、文即道。

何以說道即是文？首先，文是與天地並生的，故曰：「文之為德也大矣，與天地並生」。可是這亦並不是說天地之外還有一個與它們並生、同時存在的「文」。而是說天地本身就顯示為文。

所以「玄黃色雜，方圓體分，日月疊璧」就是天，是天之象，也就是天之文；「山川煥綺」，是地之形，也即是地之文。天地，就其為物說；文，則是就其表現說。因此說這便是道之文，是道的顯現。文與道，猶如文與天地，正是二而一、一而二的。

同理，天地間一切物，動物有龍鳳虎豹之藻蔚，植物有草木之賁華，乃至泉石風籟，無不顯示為文。人在天地間，最秀最靈，當然也更能表現文，甚且還能昌明文。此乃人之文。人文和天文地文一樣，指物言是人，指表現言則是文，兩者也是同一的。

不是嗎？〈原道篇〉兩處講到「天地之心」。一說：「兩儀既生矣，惟人參之。性靈所鍾，是為三才。為五行之秀氣，實天地之心」，這是指人。另一處說孔子於〈乾〉、〈坤〉兩卦，「獨制文言。言之文也，天地之心哉」，則是就文說。可是兩者都講同一個意思，均是說人在天地間，應參贊化育。能參贊化育的，是人，也就是文（案：「為五行之秀氣，實天地之心」，楊明照、王利器認為應作「天地之心生」。不然。此語本諸《禮記・禮運》）。

天地人，就其顯示、表現說就都是文。這個道理，合起來，即是道與文的關係。前曾說中國人認為道是真理的來源，聖人都還要本於道。現代人可能會將這理解為宇宙間存在一個高於萬事萬物、超越於賢聖愚凡之上的真理，那就是道。不是的，那就把道想像成類似上帝那樣的存有。

道，事實上乃是無道，不是有一個客觀的道在主宰著宇宙的運行變化，它只是萬物顯現它自己的一種狀態。因此儒家道家都用「無極」來形容「太極」。無極而太極，涵義並不是說無極生出了太極，而是說太極本身即是無極的，不是有一物做為「第一因」或宇宙萬物之主宰主導者。此理，朱熹論《太極圖說》已說得很明白了。更早《莊子·天運篇》也講得很清楚：「天其運乎？地其處乎？日月爭於其所乎？孰主張是？孰綱維是？孰居無事推而行是？意者其有機緘而不得已乎？意者其運轉而不能自止耶？雲者為雨乎？雨者為雲乎？孰隆施是？孰居無事淫樂而勸是？」有誰沒事幹，整天在興雲布雨、推日排月？沒有！宇宙間沒有主宰者，沒誰使萬物如此。因此，道不是萬物之外的另一事另一物，道即是如此。所以才說它是自然的。

這是中國人論道的基本思路。各家之不同，不是在這個路數上有什麼差異，而是對「如此」之理解不同。如孔子繫《易》，說立天之道是陰陽，立地之道是剛柔，立人之道是仁義。道家則認為人道仍應同於天道。荀子便據此批評莊子知天而不知人。就劉勰來說，他不談陰陽剛柔仁義，只說文。因為「萬物如此」地呈現為文，故道即是文。

三、時代思潮的線索

不過，劉勰這樣的文學觀，雖說是順著中國儒道的基本思路而來，但各位也可明顯發現：《淮南子·原道篇》固然沒有如此論文，儒家道家論文也還沒如此原道。把文與道如此合在一起說，仍應屬於劉勰的創見。紀曉嵐說：「自漢以來，論文者罕能及此。彥和以此發端，所見在六朝文士之上」，就是推崇他這一點。

我則想由紀曉嵐之說再進一步考察考察，以盡劉勰此說的底蘊。

由於過去大家只從文學這個角度看，所以覺得劉勰這個說法很新、很特別。可是若從整個漢晉大思想環境看，則我就認為劉勰之說頗有同風者。他的講法，與這批同調者之間，有極大的「家族相似性」；甚至，孤立地看劉勰時有些費解的地方，同時觀察這些言論與事物，就會豁然貫通、怡然理順。

這批同風者不是別的，就是漢魏六朝新興的道教思潮。

過去，儒家說立天之道陰與陽，立地之道剛與柔，立人之道仁與義（見〈序卦傳〉）；道家說「萬物負陰而抱陽，沖氣以為和」。劉勰卻說天地人道都是文。這相對於儒道兩家來說，似乎是個新說法。但若細細考察，即知此亦由儒道舊有觀念中發展而來，且在漢末魏晉間已形成為一種新思潮，足以與劉勰所說對觀。那，便是出現於漢晉之間，與劉勰同時而略早的道教真文信仰。

四、經典的由來：天書真文

道教的經典型態很特殊。它常沒有作者，其經典之出世，雖也可能是由教主或先知所傳，其創造卻常非人力所為，乃是自然創生的。

這樣的經典很不少，且足以視為道教之特色，為其他宗教所無。以《道藏》正一部《上清元始變化寶真上經九靈太妙龜山玄籙》為例。該經即自稱是「九天建立之始，自然而生」。據說當時「與氣同存，三景齊明，表見九天之上、太空之中；或結飛玄紫氣以成靈文。」示現靈文之後，倒也並未立即成為經典，因為「天書宛妙，文勢曲折，字方一丈，難可尋詳。自非九天真王，莫能明其旨音」。所以後來經過諸天上聖仙真集體解義後，才予以寫定，封藏於九天之上、大有之宮；一直要等到西王母登西龜山，恰好又碰到天緣湊巧，於金華堂「北窗上有自生紫氣，結成玄文，字方一丈」。兩相感應，元始天王才降授此經給西王母，使其總領仙籍。這時的經文，係「青瓊之版，金書玉字」，其貴重可知。

這篇道經出世記，頗為曲折，且幽邈難稽，但事實上許多道教都如此強調它是以這種方式降世的。洞玄部玉訣類《洞玄靈寶自然九天生神章經序說》謂此方式為「懸義」，意指上天懸此義以示人，非仙聖所造。它並說：「此經乃三洞自然之氣，結成靈文，非由人所演說。故經題不冠太上，經首不冠以道言，不立序分，不言時處也。」

所謂經題冠以「太上」，如洞玄部本文類《太上洞玄靈寶天尊說大通經》題曰太上，是因經為天尊所說。經首冠以「道言」，如《太上洞玄靈寶護諸黃子經》一開頭即說：「道言天地父母，日月五星，運氣自然」，謂此經乃道君所言。所謂言時處，如《太上洞玄靈寶開演秘密藏經》開端即說：「太上大道君以上皇元年十月五日，與無量天真妙行神人，詣太微帝君處。」有些仿擬佛經的道書，常以「如是我聞一時天尊蒲林國中、樊華樹下」（《太上靈寶元陽妙經》）的句式述說經義，也屬此等。倘若在體例上不言時處、不冠說經者名、不以引述言說之方式出現的經籍，可能就是上天懸義，自然成文的。

此類自然創生之經，數量著實不少。除《道藏》所收者外，某些經中也提到一些自然生經，如《太上靈寶洪福滅罪像名經》本身雖非自然生成經，但它引了洞真洞玄洞神三洞各十二部經，說：「右三十六部尊經符圖，金書玉字，結凝結三洞飛玄之氣，五合成文，文彩煥耀，洞照八方」；且謂《黃庭經》、《無上秘要》等三十六部經，皆「以混成鬱積玄景……三五啟緒，八會結文，或作金書鳳篆，或造玉字龍章」。洞真部方法類《靈寶無量度人上經大法》更主張：「三洞之經，四輔符籙，皆因赤書玉字而化，稟受靈寶之氣而成。」太平部《一切道經音義妙門由起》也認為：「凡諸真經，皆結空成字。聖師出化，寫以施行。」已有將一切道經皆解釋為自然創生者的傾向了。

以佛教經典來對照，我們就可以知道這是極特殊的講法了。

在佛教創立時，被稱為「佛」、「世尊」、「如來」的，只有釋迦一人。一切教義，皆由佛陀思悟而得，亦皆由佛宣講之。佛滅後，其弟子始結集為經文。在王舍城外七葉窟中，五百羅漢聚會，由阿難誦出他所曾聽聞的佛經義理，由優波離誦出佛所制定的憎團戒律，再由摩柯迦葉誦出教義的解釋和研究的論著，形成了佛教的經、律、論三藏。是為佛經之第一次結集。因此佛經基本上都說是佛所說法，或以「如是我聞」來表示其經文乃聞之於佛陀。經部派佛教之後，另外造作了諸佛與菩薩系統，經文亦有名為菩薩所說法者。但不管如何，總不會有道教這樣的自然創生經書說。

伊斯蘭教的《可蘭經》，亦為穆罕默德在傳教過程中，依「阿拉」啟示的名義宣示，而由門弟子記錄于石版、獸皮、棗椰葉上，逐漸結集而成。以後也沒有宜稱為「生於九玄之先，結飛玄紫氣，自然之章」（《上清外國放品青童內文》卷下）之類的書。

不過，據《靈寶無量度人上經大法》卷二說，這種天生經文並不就是現在我們所看到的經籍。而是經過五道翻譯手續，方成為現在所見之書。此即所謂五譯成書。《五譯成書品》說：

一譯：玉字生於虛無之先，隱乎空洞之中，名大焚玉字。至赤明開圖，火煉成文，為赤書玉字。元始以大通神威之力，開廓五文，而生神靈，宣緯演秘而成大法也。

二譯：火煉成文赤書之後，字方一大，八角垂芒，覆于諸天下，蔭西元，九天之根，流金之勢。玉光金真之明，煥耀太空。元始命天真皇人書其文，名威龍文。亦白諸天八會之書。秘于上清玄金閣七寶瓊台及紫微上宮蘭房金室東百華堂，九天太霞之府也。
三譯：元始天尊為道法宗主、宸道君為靈寶教主，撰此靈天，五篇真文，三十二天玉字成經，名雲光明之章。
四譯：漢元封元年七月七日，西王母下降，以此經法授漢武帝。帝亦不曉大梵之言，王母曰：「元始是大羅天人，道君是西郡玉國人。天方與神洲之不同，況大梵之宮乎？」遂以筆書之，改天書玉字為今文。以大梵之言、威儀服御官名、圖書名色、宮闕、甲子、卦、壇式大法之內諸品行用，三十六部尊經，並係漢制世文之語，為古今之法言也。
五譯：自天真皇人悉書其文以為正音。妙行真人撰集符書，大法修用，真定真人、郁羅真人、光妙真人集三十六部真經符圖為中盟寶，以三十六部真經之文為靈寶大法，因此流傳。吳左仙翁授經法訣于大極徐真人。仙翁遺于上清真人楊君。總其玉清洞真上清洞玄二品之經法，後世漸有神文，是第五譯也。

自然天文，五譯乃成世書。其《寶經降世品》也說：靈書八會，字無正形，由天皇真人注書其字、解釋其音，以賜太上道君二百五十六字。道君再撰次成文，稱為「大梵隱語」。

這當然是靈寶派對他們自已這一派經典之來歷及傳承的一種解釋，因為所謂「大梵隱語」正在《靈寶度人經》中。不過，這不是自晉葛巢甫創造靈寶經及陸修靜增修以來，靈寶一派特殊的講法。前文曾引正一等各部經籍，可說明此類想法在漢晉之間即已是各派都有的了。

《靈寶無量度人上經大法》說三洞四輔皆天書化成，固屬誇張不經，然各派也確然都有經典是由天造的講法。如三皇文派，其《三皇經》曰：「文帝書，皆出自然虛無，空中結氣成字，無祖無先，無窮無極，隨運隱見綿常存」顯然也採用了自然創生說。相信有許多經典是天書。

五、由文生立一切

這些虛無本起，自然成文的天書，往往要經過神靈仙真擬寫才「演成」經典。故它本身既是經籍，又是經籍之所由生的依據。

換言之，無而生有，有此天文。而此天文又可能即是「化生萬物」的那個「一」，所謂「道生一，一生二，二生三，三生萬物」。道教天書說的奇特處，正是要以這個「一」來講三生萬物。今仍舉《雲笈七籤》為例。其書三洞經教部，說三元會八六書之法：

《道門大論》曰：「一者，陰陽初分，有三元五德八會之氣，以成飛天之文，後撰為八龍雲明光之章。」陸先生解三才，謂之三元。三元既立、五行成具。以五行為五位，三五和合，謂之八會，為眾書之文。又有八龍雲明光之章、自然飛玄之氣，結空成文，字方一丈，肇于諸天之內，生立一切也。按：《真誥》紫薇夫人說三元八會之書，建文章之祖。八龍雲篆，是根宗所起，有天之始也。又云：八會是三才五行，形在既判之後。《赤書》云：靈寶赤書五篇真文，出於元始之先。即此而論，三元應非三才，五德應非五行也。此正應是三寶丈人之三氣。三氣自有五德耳。故《九天生神章》云：「天地萬化，自非三元所育、九氣所導，莫能生也。」「三氣為天地之尊，九氣為萬物之根。」故知此三元在天地未開，三才未生之前也。宋法師解八會祇是三氣五德。三元者，一曰混洞大無元高上玉皇之氣，二曰赤混太無元上玉虛之氣，三曰冥寂玄通元無上玉虛之氣。五

> 德者即三元所有。三五會即陰陽和。陰有少陰太陰、陽有少陽太陽，就如中之和為五德也。篆者撰也，撰集雲書，謂之雲篆。此即三元八會之文、八龍雲篆之章，皆是天書。三元八會之例是也。雲篆明光，則五符五勝之例是也。八會本會凡一千一百九字，其篇真文合六百六十八字，是三才之元根，生立天地、開化人神萬物之由。故云天道地道神道人道，此之謂也。

道教中，被視為經教之本文的，包括：三天八會之書、雲籙、八體六書六文、符字、八顯、玉字訣、皇文帝書、天書、龜章、鳳文、玉牒金書、石字、題素、玉字、文生東、玉籙、玉篇、玉劄、丹書墨籙、玉策、福運之書、琅虬瓊文、白銀之篇、赤書、火煉真文、金壺墨汁字、瓊劄、紫字、自然之字、四會成字、琅筒素書等。稱為本文，意謂法爾自然成文，為萬化之本也。詳見《雲笈七籤》。道教經典夙以三洞四輔十二類分類。十二類中，第一為本文類，即「三元八會之書，長生緣起之說，經教之根本也」，第二為神符類，「龜章鳳籙之文，靈跡符書之字」，大概都屬天書範圍。

這一大段說的氣化運行，天書成文，就是一。一是文，文之中有三氣五德，故稱為三元八會之文。這個一、這個文，即天地萬物開立之根，所以又說真文出於元始之先。

若依老子哲學來看，只要講道生一，一生二，二生三即可，因自然氣運便能生成萬物，根本不必扯上文字問題。「自然飛玄之氣，『結空成文，字方一丈，肇于諸天之內』，生立一切」，括符中的文字大可刪去。

但道教義理，卻在此顯得甚為奇特。老子是昌言「信言不美，美言不信」的人，主張去文，要「使人復結繩而用之」；道教在此則顯然與老子頗為不同。這是一種文字崇拜哩！

如前文所述，道教人士似乎是認為，天地萬物皆氣化所生，而氣在化生萬物之際，雲氣撰集，就構成了「雲篆」，形成三元八會之文、八龍雲篆之章，這些文與章，即天地人三才成立的開端。宇宙正是依此文而成就為天文、地文、人文。

這個理論，當然可以有不同的講法。如《玄覽人鳥山經圖》說人鳥山之密，是「妙氣結字。聖匠寫之，以傳上學，不泄中人。妙氣之字，即是山容其表、異相其裡，殊姿皆是妙氣化而成焉」。這些天文，其實就是人鳥山真形圖，故經又引太上曰，「人鳥山之形質，是天地人之生根。元氣之所因，妙化之所用。」這個山，並非真的山，而是指元氣所出之處，所以又名本無玄妙山、或元氣寶洞山等等。氣化成字，字又是此山之真形圖，則字當然就等於宇宙之本。

說來說去，一切都還是字。說人鳥山之形質，為天地人之生根，不就是說有文字才能成就天地人生才嗎？九老仙都君、五氣丈人，都要圖書山形，佩之於肘；天帝也得寫空中之書，以附人鳥之體。真人道士，若能備此山形及書文者，便得仙遊昆侖，若修行不負文言，亦能登仙，不必搬丹藥或導引屈伸。文之德，真是大矣哉！

人鳥真形，是靈寶經系的講法。在三皇文經系中，則帛和在石壁上看到的文字，也包括了「太清中經神丹方及三皇天文大字、五嶽真形圖」。三文者，本來就是指天文、地文、人文。

五嶽真形圖，則如人鳥山真形圖之類。《靈寶無量度人上經大法》卷二十一〈五嶽真形品〉曰：「五嶽真形圖，是三天太上所出，文秘禁重」。這真形圖為何如此神秘呢？西王母解釋說：三天太上道君曾經俯觀六合，「因山形之規矩，睹岳之盤曲，陵回阜轉，山高隴長，周旋委蛇，形似書字。是故因象制名，定名實之號，畫形于玄台」，又說：「五嶽真形者，是山水象也。雲林玄黃，有如書字之狀。是以天真道君下觀規矩，擬蹤趨向，因如字之韻，隨形而名山焉。」顯然這是認為中國文字以象形為主，依類象形；而最先擬象的，就是山川大地。所以，五嶽真形圖，其實就是最古老的文字，「乃是神農前世，太上八會群方飛天之書法，殆鳥跡之先代也。自不得仙人釋注顯出，終不可知也（《渭玄靈寶五嶽古本真形圖・東方朔序》）。

這種最古老的文字，不只有歷史意義而已，它是「天尊造化，具一切法」，可以視為一切文的「原型」（universal symbols）。後世一切龍書鳳篆、鳥跡古文、大小篆隸、摹印、署書、蟲書等文字，皆由此演出。

而且不只是人間使用文字如此，還包括天上雲氣撰形、地上龍鳳之象、龜龍魚鳥所吐、鱗甲毛羽所載以及「鬼書雜體，昧人所解者」，也都由此真文化出。

因此這個「文」事實上又指一切文明文化而言，即傳統所謂天文地文與人文，不僅指文字。《雲笈七籤》卷七引《內音玉字經》說此諸天內音自然玉字，生於元始之上，「隨運開度，普成天地之功」，「其道足以開度天人」，就是這個緣故。

由於一切文明皆由此真文天書來，故文字對宇宙事物皆有規定性，「一者主召九天上帝，校神仙圖，求仙致真之法。二者主召天宿星宮，正天分度，保國寧民之道。三者攝制酆都六天之氣。四者勸勅命水帝，制召龍鳥也。其諸天內音，論諸天度數期會，大聖仙真名諱住號、所治官府台城處所、神仙變化升降品次、眾魔種類，八鬼生死、轉輪因緣。……五方元精名號、服御求仙、煉神化形、白日騰空之法」，幾乎一切人天秩序，都在這些真文玉字中得到了規定。

真文天書具有這種神秘力量，所以同書又引《本相經》說元始天尊曾與高上大聖玉帝以火煉此真文，「以火瑩發字形。當時，真文火漏，餘處氣生，化為七寶林，是以枝葉成紫書，金地銀縷，玉文其中」。具體說明了真文可以化成萬物。

不只此也，「諸龍禽猛獸，一切神蟲，常食林露，真氣入身，命皆得長壽三千萬劫。當終之後，皆轉化為飛仙，從道不輟，亦得正真無為之道」。吃了真文所化林木上的靈水，便能有此好處，其文為入道之關捩，可想而知。

洞玄部本文類《洞玄靈寶本相運度劫期經》也提到另一種因文字而不死成仙的方法，洞浮山是三百萬劫都不毀滅的奇境，其間蘭林不衰、鳳鳥不死，因為林葉上「有天景大混自然文字，九色鳳鳥恒食樹葉。其鳥晝夜六時吐其異音。其鳥鳴時，國中男眾皆禮」，故全國人都能活三十六萬歲。其國人又有一火池，池文蔚勃，「形狀有似天景大混之文，國中男女三年一詣火池沐浴身形。故人命壽長遠。」反之，若真文還收，那就要人命短促、兵革疫亂、濁邪競躁、天下大亂了。

同理，洞玄部本文類《上清三元玉檢三元布經》也說：「玉檢之文，出於九玄九空洞之先，結自然之氣，以成玉文。九天分判，三道演明，三元布氣，檢御三真。天氣無此文，則三光昏翳、五行錯位、九運翻度、七宿奔精。地無此文，則九土淪淵、五嶽崩潰、山河倒傾」，「得備其文，則得遨遊九天之上，壽同劫年」。宇宙間最高的神秘力量，似乎就在於此。

總之，這種文崇拜，是把「道生」解釋成氣化自然生出文字，而此文字又為宇宙一切天地人之根本：是創生之本、也是原理之本。不能掌握這個根本，則宇宙便喪失了秩序，顛動不安，從此失去生機；人若離開了創生的原理，人也要銷毀死亡。

這才是道教信仰真正的思想核心。道教以宇宙為虛無，但虛無之中，因氣的作用，可以自然生化萬物，諸如《老君太上虛無自然本起經》、《太上靈寶運度自然妙經》之類名稱，均可表示這個立場。一旦氣化生物，天之的日星、地之河嶽、人之言動即共同表現為「文」，《文心雕龍．原道篇》所謂：

文之為德也大矣。與天地並生者何哉？夫玄黃色雜、方圓體分，日月疊壁，以垂麗天之象，山以煥綺，以輔理地之形。此蓋道之文也。仰觀吐曜，俯察含章，高卑定位，故兩儀既生矣。惟人參之，性靈所鍾，是謂三才，為五行之秀，實天地之心。心生而言立，言立而大明，自然之道也。傍及萬品，動植皆文。

把這類觀念講得再清楚不過了。自然之道，顯現為道之文。用道教的表達方式說，就是自然垂文，結氣成字，形成自然天書，而一切天地人三才亦皆為此文所涵蘊所開立。

這是中國本有的文字崇拜，與漢朝宇宙論結合以後的講法，非老子哲學所有。故宇宙雖屬氣化，真文始為「三才之元根，生立天地、開化人神萬物之由」。人如果要進窺宇宙造化之秘，唯一的方法，也只能是經由文字。

六、以文字掌握世界

此說的哲學意蘊甚為豐富，可以臺灣著名哲學家史作檉的說法來對勘。史作檉曾在《哲學人類學序說》一書中曾提到：要探索全人類之歷史文明必須通過對文字的省察來。他認為：

1. 人類在歷史的演進中，會不斷發展其追求終極內容的方法。
2. 所以我們可由方法來看歷史。
3. 方法有一「三元性之序列」，即單一符號、文字、純形式。
4. 其中，又以文字最為重要。欲觀人類文明，唯有把握文字。因單一符號，並無記錄歷史之可能；純形式之科學，本身具有反歷史之性質，亦不能與整體之歷史直接關聯。能夠紀承、成形，並有前瞻創造之可能者，其關鍵皆在文字。整個文明的形成、說明、紀錄與批評，亦皆以文字出之。

5.一切屬於創造性歷史之真正起始的問題，也都與文字或文字之創始有直接而必然的關係。故觀史解史的方法性之基礎，在於文字。

6.文字的創造，代表人類以自由而創造的心靈，進行了對「觀念如何表達」的探索。所以，觀察文字如何被創造，也就瞭解了文明創造之真象。

7.古人亦嘗探究文字之始，所謂探求本義，即在求文字之始之心、求文字得以建立的原則。

8.文之始創，由於不可知的創造性心靈。所以要探究它，便不可求之于已成系統的文字。因既成系統的文字，很難說哪一個字是其他字的原因來源。

9.既然如此，便只好推想有一「單一文字」。此即在文字系統尚未建立之前的圖畫文字。彼非系統文字，但蘊涵了我國文字造型之理。

10.這個理，就是圖像。我國的文字系統，即是一象形性的文字系統。

11.但上古人類文明都有象形，何以獨我國以象形發展成一系統性文字，並以此形成一偉大的古典文明。可見其象形並不只是單純的依類象形，而必有其所以如此象物的內在性觀念。

12.古人曾經推究字源，想像文字始創時有穗書、鳥書、龜書、龍書之類。若研究他們所說，可發現其所含之觀念即為「自然」。自然，可能即是當時所有傳說中，文字得以成立的真正內在性觀念（仰哲出版社，一九八八年。特別是第十六章至二十四章。其論述甚為繁賾，此處是我整理簡化的結果）。

史作檉是企圖透過對文字之真始的探究，來講明歷史文明的創造性。他的哲學人類學當然與道教思想不一樣，但是他要說明歷史之真始真創時，會想到從文字去掌握；說文字，又推溯到一切甲骨金文系統文字之先的圖畫文字（單一文字）；且說此文字所依之理即是自然。

這種思路，與道教甚為接近。因此，我們能不能說：道教之所以要提出這種天文自然創生說，也就是基於對歷史文明之創造性的理解與說明？

從道教諸天書真文的故事面看，這些神話確實悠邈無稽。但它可能是一種對文字及文明創始的理論說明，而非事實描述。正如史作檉所說的「單一文字」，究竟是陶文或其他何種文字，並不重要，因為「它完全是由於一種理論上的要求而來」。為了要說明歷史文明之創始意義，道教才用天開文字、自然創生或元始天尊創作等等，來說明整個文明如何具體展開。

這種文，不是任何系統文字，但它包蘊了以後一切文字乃至文明的成立之法。它內在性的觀念，也是自然，因此它是在虛無中自然生立。這種文字，「文勢曲折」，或顯現為一種人鳥山之類的圖形，可見道教也是把「象形」視為文字的基本理則。

由於這種追究文字之始的活動，乃是人類對其本身歷史的一種反省，希望能對歷史之事實有一理論上的說明。故這種理論的提出，是人文之必然，猶如孔子繫《易》，推造字於伏羲。

這些推求，旨非考古，乃在於求創造之幾，因此不能從史跡上看這些理論，而應從其探溯創造的理趣上去瞭解。一切神話性的說辭，亦均為一修辭策略，意在強調此不可名狀的創造，藉悠邈荒唐之言，寄其情、闡其義而已。無論史作檉的探求文字真始之活動，或道教的說法，基本上都是如此。

但是，為何文明創之幾的探索，要由追究文字之始來著手呢？從歷史上看，求始之活動，倘為人文之必然，為何其他民族或宗教並不曾發展出這樣的天文說？只有中國本土的道教，才特別凸顯文字的地位與意義，也只有中國的哲學家如史作檉者，才會堅信：「觀史解史的方法性之基礎若在文字，那麼果以全人之方式而呈現其歷史之真義者，唯中國能之。」這是什麼道理？

這不能不說是中國本有的文字信仰有以致之。文字崇拜與單純拜物信仰不同。它涵有「自然」的觀念，更涵有以文字為方法以觀史觀世界的方法意識。所以，對文字本身的把握，便是一種方法學的掌握；對文字的理解，其實就等於對世界的理解。而文字的神秘力量，就在於它被認為是真正把握歷史文明之創造真幾的唯一方法；就在於文字之創生，便代表了一切人文（或包括天文地文）創生之理。

七、道即是文、道士即文人

綜括前舉各種道經所述，真文是在天地之先、空洞之中，凝結成文，故此文可為真文、大洞真經、無無上真等等。此真文又布核五方，故又可稱為五篇靈文、五符、五靈符等等。元始天尊以火煉之，故又名赤文或赤書真文。其文乃自然隱秘之音，故又名隱文、隱韻、大梵隱語。文字始出之際，八角垂芒、文彩煥耀，故又曰寶章、玉字、玉音……。

在道教中，此真文就是道，為萬物之本體。蓋大道空洞，其顯相即是文。洞真部本文類《元始無量度人上品妙經》卷一說：「上無復祖，唯道為身。五文開廓，普植神靈。無文不光，無文不明，無文不立，無文不成，無文不度，無文不生」，即指此而言。故薛幽棲注曰：「真文之質，即道真之體為文。」成玄英注說得更明白：「真文之體，為諸天之根本。妙氣自成，不復更有先祖也。」日月、天地、萬物均由道體生成化度。道又稱為文，是指其涵蘊了一切條理、紋理。

據說這真文天書共二百五十六個字，分配到三十二天，每天得八字。這八個字，可以「以消不祥，成濟一切」。因為這是萬物成立的根本，所以若能掌握這幾個隱文秘音，便能「辟逐一切精邪，清禳一切災害，度脫一切生死，成就一切天人」。這就是道士積學修真的秘訣。有分教：「三洞諸經貴玉音，文章錯落燦珠金。保天鎮地祓禳災厄，度盡塵沙無數人！」（同上，清河老人頌）

正一派第四十三代天師張宇初的《太上洞玄靈寶無量度人上品妙經通義》卷一列有「太極妙化神靈混洞赤文圖」，可以充分說明這套形上學體系。

文字是道，則修行體道，唯在守文。文字又成了人道的憑據。此即前文所謂文之方法義。道經種萬種，其旨大抵如是。

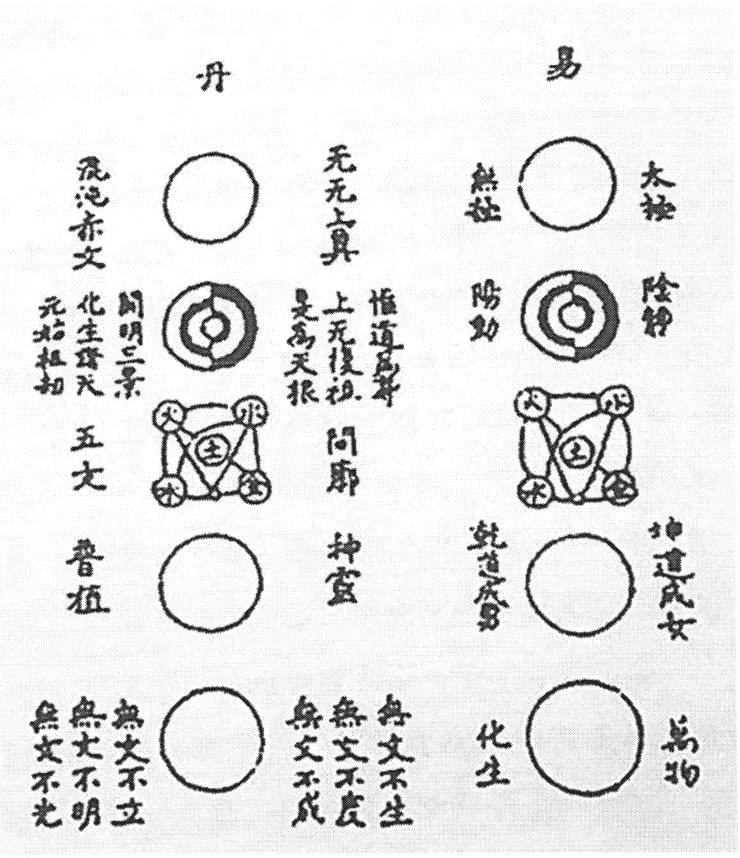

順著這種徹底文字化的宗教性格來觀察，我們當然也會發現道教與文學有特殊的關聯。比方說柳宗元「聞凡山川必有神司之，於是作〈訴螭〉，投之江」，或「為文醮訴於上帝」，豈不是道士上章、投簡之類行為嗎？文人用文章來祈雨、逐災、驅儺，譴鬼、祭鱷魚、投龍……道士也用同樣的行為與文辭來辦這些事。這是用文字在禳祓不祥呀！

又如悼喪葬、祀天地、饗神祇、歌五帝……本來就都用得著文學作品，如《詩》之頌，《楚辭》、樂府郊廟歌、神弦曲之類。皆是藉文字的神秘力量，溝聯幽明，通達三界，以致精誠。這種力量，在道教中尤其被充分地發揮了。

例如道教有「步虛詞」。《樂府解題》：「步虛詞，道家曲也。備言眾仙縹緲輕舉之美。」其實這是道教讚頌樂章之一。其音腔備載于洞玄部讚頌類《玉音法事》等書，旨在飛步乘虛，並不只是描述眾仙而已。詠步虛詞，本身也就是一種修行方法，故洞玄部讚頌類《洞玄靈寶升玄步虛章序疏》謂此經一是建立法體，從理起用；二是示修行方法；三是列十頌以贊法體；第四是散擲廣誦，法法皆正，以示得失流通。在舉行步虛時，又要有焚符于水盂、上香、默跪、啟奏三清、諷神咒等儀式，可詳洞真部威儀類《太乙火府奏告祈禳儀》諸書。足見其慎重。但整個步虛詞，實際上仍是以天書真文為核心；無論道教所用者，或文人擬作，皆是如此。像庾信《步虛詞》十首，第一首就是：「渾成空教立，元始正塗開，赤玉靈文下，朱陵真氣來……」，第二首是：「無名萬物氣，有道百靈初。……赤鳳來銜璽，青鳥入獻書」，第七首又是：「龍泥印玉策，天火煉真文。」

由此可知，步虛詞是用文字來詠贊天尊及諸仙真，這種詠贊本身就是修行法門，其文字與天書真文、與道有同質性。故又可以透過步虛飛玄入妙，與道同流。

這種歌辭，能不能逕視為文學作品呢？此猶如謠言讖辭，世謂為「詩妖」。謠讖是神秘的，有預言力量，與一般文學作品未必相同，但其為詩之一體，卻很難否認。何況鍾嶸說過：「感天地，動鬼神，莫近於詩」，此類文詞恐怕最能符合這個意義。步虛詞，亦是如此。《樂府詩集》所收郊廟樂章及步虛詞、祓禊曲皆甚多。《文心雕龍》也有〈頌贊篇〉，謂頌為告神之詞，所以美盛德而述形容，風格必須典雅，道經中之頌贊，符合這個條件者，正自不鮮。《文心》又有〈祝盟篇〉。祝本來就是祀神的禱詞；

盟也是「祝告於神明者也」。要找祝盟文學的材料，道教中更有的是。

這不是非要搭截「文學」與「道教」的「關係」不可，而是要說明：在道教的體系中，我們可看到「文字—文學—文化」的一體性結構。文字，可以演為文章，文章又通貫於道，道也是文章的根據。在這「無文不明」的結構中，理論上，每位道士都是文人。道士上章、啟奏、盟祝、頌贊、用符、唱名、湔祓，既是一種宗教行為，同時也可說即是文學活動，唐人《雲溪友議》卷下有一則故事，頗能象徵此義：

> 里有胡生者……少為洗鏡鏝釘之業，倏遇甘果、名茶、美醞，輒祭於列禦寇祠，以求聰慧，而思學道。睡稔，忽夢一人，刀畫其腹開，以一卷之書，置於心腹。及睡覺，而吟詠之意，皆綺美之詞，所得不由於師有也。（〈祝墳應〉）

胡生原本是想學道，結果祈祠應驗了：他變成了文人。這象徵了什麼呢？據《樂府廣題》說：「秦始皇三十六年，使博士為仙真人詩，遊行天下，令樂人歌之。」秦始皇求仙，可說是歷史上繼周穆王西征之後第一個正式的追求不死行動，也傳達了道教基本理想。但這第一次，便是在音樂中登上歷史的舞臺。其後曹植〈五遊〉則要說「徘徊文昌殿，登涉太微堂」了。文昌帝君不也是道教的主要信仰對象嗎？

文昌帝君，又名梓潼帝君，為司命司祿之神，亦為文章、學問、科考的守護神，在道教中，極為重要。但這個信仰根本上乃是對文章的崇拜。洞真部玉訣類《玉清無極總真文昌大洞仙經》卷二衛琪注曰：

> 文昌者，文者理也。如木之有文，其象交錯。古者倉頡制字，依類象形。昌者盛也。言天地之文

理盛大也。如伏羲則河圖之文，以畫八卦，立三極之道。此經所以推窮三才中之文理性命，皆自二五行中出，故文昭量乃土炁所化。坤土之卦辭曰：「黃裳元吉，文在共中也。」艮土之卦辭曰「生萬物者，莫盛乎艮，成萬物者其極乎艮。」故周子所謂：陽交陰合，遂生五行。《度人經》云：「五文開廓，普植神靈」，而南上文華，光彩煥爛，故十四章云：「南昌發瓊華」。乃南極長生朱陵上帝、南昌受煉真人所治。見有上帝所賜「注生真君」八角玉印，所祝南斗注生。不言文昌而言南昌，蓋丹天世界，文明之地，梵天所化，是為南昌上宮，今南嶽衡山朱陵洞天。上應奎軫。始因奎壁垂芒，帝命主持斯文。壁位居亥，專主圖書。奎位居戌。專主文章。益奎宿有文彩、壁宿能藏書。昔嬴火之後，於屋壁得古文，故壁得古文，故壁之於文，具有功焉。是以文昌宮有東壁圖書府、太微垣中有南斗第五星文昌煉搜真君。又有太上九炁文昌宮、文昌上相、次相、上將等星，又有文昌圖，流運以生化文物。是故天地之間，生成變化之道，莫大於此。故曰：「開明三景，是為天根，無文不光，無文不明，無文不立，無文不成，無文不度，無文不生。」等語，實基於此。《易》曰：「物相雜，故曰文」。是以文昌一經，雜紐不貫亦如《易繫》云：「變動不居，周流六虛，上下無常，惟變所適。」又曰：「參伍以變，錯綜其數，通其變，遂成天地之文。」亦此義也。故文昌之在世者，乃教化之本源。

由此解釋可知，文昌帝君之名雖來自北斗魁星附近的文昌六星，但實際上早已轉化文理昌盛之意，而不再是星辰信仰了。這個文，包括一切文書、文采、文明、文獻、文章、文物而說。文昌在世，又為一切教化之本源。道教之為文字宗教，殆無疑義。後世祈文昌以求開慧、奉文昌以求能文章，不也是前述胡生祈列禦寇祠而能作詩文一類故事的典型化嗎？

道教在民間流傳最廣、影響最大的經典，就是文昌帝君《陰騭文》、關聖帝君《覺世真經》或《勸世文》。文昌帝君又有敬惜字紙律。《勸世文》中揭示二十四條，一孝、二慈、三忍，四就是敬惜字紙。可見這種文字崇拜的重要性。配合此一信仰，除文昌帝君之外，另有「制字先師」倉頡的祭祀，各地鄉鎮也都有「惜字亭」。一般研究者以為這是受儒家的影響，此不確。儒家固然重文，道教更重文，甚至洞真部譜籙類《清河內傳》曾載〈勸敬字紙文〉說：「竊怪今世之人，名為知書而不能惜書。視釋老之文，非特萬鈞之重，其於吾六經之字，有如鴻毛之輕。或以字紙而泥糊，或以裡褥、或以泥窗、踐踏腳底、或以拭穢，如此之類，不啻蓋覆瓿矣。何釋老之重而吾道之輕耶？」所以他希望儒生能效法佛道人士重惜字紙。可見一般社會上的惜字風氣，並非受儒家影響而然。

因此綜合地看來，就像文昌帝君是文章科舉的保護神一樣，道教不僅本身表現為一種文字宗教，其理論、教相也提供了文最大的保證。文既為體、為用，亦為入道之方。文字、文學，文化，在此中綜攝為一，難予析分。道士用文，其本身也常成為文學創作者。

過去，我們往往忽略了歷史上極為豐富的道教文學作品，談中國宗教與文學的關係，通常僅能略論禪宗詩偈之類，很少討論道教文學。

就是談佛教與文學之關係，我們也常偏重於就佛教如何影響文學及文學家立論；不曉得是佛教進入中國以後，因受中國文化及道教之影響，才產生了轉化，才變成文字的、文獻的、文學的宗教。

在思考以上這些文學與宗教的關係時，我們又通常是以兩個系統之相互影響關係或互動關係為思考模式，很少注意到文學本身所具的宗教性格。文學不只是可「用來」祈禳、盟祝、頌贊、醮訴，它本身便具有宗教神秘力。不只是宗教界利用文學的感性力量，來引人入信，或文人參與宗教活動，而是本來就可因著文字文學的這種宗教性質，形成各種宗教活動。

由於缺乏以上這些考慮，也使得我們無法理解宗教間的差異。例如佛教也有唄梵頌贊，也有宣教詩文，也參公案詩偈文字以入道，也有石門文字之禪。但道士女冠作詩文，其意義與僧徒為文並不一樣。道教是以文為宇宙萬物之本體，所以是一種根本義的文字教。一切文學活動，皆為因體起用，且可以因文見體。

道教所顯示的「文字、文學、文化」一體性結構，自然也能提醒我們：要在中國文學傳統中，偏執「純文學」的觀念，實無可能。一部文學史，其實也就是搖盪流轉於這三者之間的發展。如嚴羽曾描述宋人是「以文字為詩」，唐朝古文運動，則正面要求「人文化成」，不能僅成為美文。可見文字、文學、文化，既是一體的，其間又有緊張關係，其辯證發展的歷程至為迷人。

「文字、文學、文化」的結構關係、文學發展的邏輯，既存在于文學活動本身，也存在道教這一文化體中。而且由理論上看，道教比一般文學理論家更能深刻地掌握住這個原理，並予以說明之。如前引太極妙化神靈混洞赤文圖，或衛琪對文字、文章、文化、文明、文物、文獻的系統解說等等，可能比一般文家泛言「文原於道」、「文以達道」、「文與天地並生」之類，更具理論趣味。欲明中國文化中主文的傳統，勢不能不對道教多加注意。

道教既以文字為教本，又以文字為教。但就其作為萬物本源的文來說，那是自然虛無混沌中忽然創生的，這種真文事實上又具有「超視聽之先，在名言之表」（宋真宗〈靈寶度人經序〉）的性質。它是自然生成的，是不知其然而然，故薛幽棲謂其奧不可詳，「忘言理絕」；又說此非世上常辭，古言無韻麗、曲無華婉。這些玄妙天成、自然而生、作而非作、大巧若拙、忘言理絕云云，其實也就是中國文學創作最高之鵠的。文學家總強調「文章本天成」、「風行文上自成文」、「天然去雕飾」等等。天書真文，便是這種最高標準的文學作品之典型。然而，強調自然天成的文學創作觀，必須遲至宋代，方始蔚成風氣。道教之天書信仰，卻在漢末即已成形，且在晉宋齊梁間廣由各派傳播了。

劉勰的家族是奉道的，他本人後來雖入了佛教，但由他與道士的論辯文章，亦可看出他對道教思想之熟稔。且同處一世，道教真文信仰既瀰漫於社會，更不容不知。

可是，我不喜歡說無確定關係的「影響」。因此以上所談，皆不是說劉勰受了當時道教思想之影響才有類似的說法，而是說當時實際存在著一種跟劉勰類似的思路，足堪對照、相與發明。

而且也只有如此對照著看，才能哲學地解釋劉勰為何如此說、其說之理據又為何。此間可發展的東西太多了，我們這門課不能詳說，各位可以去讀我的《文化符號學》。過去談《文心雕龍》的朋友，惜於此皆不能置喙矣！

如果還要從文學方面談，則建議大家注意空海《文鏡秘府論》如何論文。該書論文意，說：「文字起於皇道，古人劃一之後方有也。先君傳之，不言而天下自理，不教而天下自然，此謂皇道。道合氣性，性合天理，於是萬物稟焉、蒼生理焉。」他講自然之道、講文字出於道，與劉勰多麼像呀！其書自序又曾說：

> 夫大仙利物，名教為基；君子濟時，文章是本也。故能空中塵中，開本有之字；龜上龍上，演自然之文。至如觀時變於三曜，察化成於九州，金玉笙簧爛其文而撫黔首，鬱乎煥乎燦其章而馭蒼生……所以經理邦國、燭暢幽遐，達於鬼神之情，交於上下之際，功成作樂，非文不宣。理定制禮，非文不載。與星辰而等煥，隨槖籥而俱隆。

文，同樣是周布流轉於天地人之間的，是可以人文化成又達於鬼神的。禮樂文章，不一而一；道氣名教，自然而然。跟劉勰的原道，豈非笙簧競奏、異曲同工哉？空海乃日本佛教真言宗開宗大師，此處說的「空中塵中，開本有之字；龜上龍上，演自然之文」云云，別人不知道它的來歷，但各位聽過我上面的講解，應該會感到耳熟吧！不錯，他用的也是道教無中生有、氣化成字的那套講法呀！

第十一講　劉勰的文體論

《文心雕龍》的文體論是個極複雜的話題，請讓我用一篇舊文來開始。

一九八七年十二月十一至十三日我在臺灣《中央日報》上連續發表了一篇〈文心雕龍的文體論〉。那時我正擔任中國古典文學會秘書長，舉辦國際文心雕龍研討會。為了辦會熱鬧、激揚議論，所以寫了這文，痛批前輩徐復觀先生。

如此不遜，當然立刻群情激憤了起來。友人賴麗蓉馬上撰文斥責我是「開倒車的革命家」；同時也讓大會熱鬧地吵了好幾天。大家論議不足，還借到清華大學月涵堂去加開了一場專題討論，繼續爭辯。顏崑陽另亦為此寫了一篇長文分別批判我與徐先生，主張劉勰的文體論是辯證的，認為我們各持一端，故不能辯證綜合。

一、《文心雕龍》的文體論

（一）從「異端」到「正宗」

《文心雕龍》上篇論文體，下篇論文術。早期研究者多把論文術這一部分稱為創作論或修辭論。從日人青木正兒、鈴木虎雄到范文瀾、郭紹虞等，都是如此。

徐復觀先生獨持異議，認為《文心》全書都是文體論，上篇談歷史性的文體，下篇論普遍的文體，所以下篇才是文體論的基礎，也是文體論的重心。而下篇裡的〈體性篇〉又是《文心雕龍》文體論的核心，因為文體論最中心的問題就是人與文體的關係。

依此，他大罵古來言文體者都弄錯了，都把文體與文類混為一談。不曉得文類是客觀的作品語言結構，可以跟作者個人因素無關；文體則必有人的因素在內，故「章表宜雅」，章表是類，典雅是體。

這體，有三方面的意義，一是體製、二是體要、三是體貌。體要來自五經系統，以事義為主；體貌來自楚辭系統，以感情為主。一指文學之實用性，一指文學之藝術性。《文心》之文體論即是要從體製向體要體貌昇華，而歸結於體貌。

徐氏此文縱橫博辯，影響很大，並由異端逐漸成為正宗。但我以為他的論點根本就是錯的。依他的講法，不但《文心》的文體觀念更難理解，中國文評理論的糾葛藤蔓也會更趨繁多。

不談別的，一、劉勰自己說他這本書：「上篇以上，綱領明矣；下篇以下，毛目舉矣」，怎麼能倒過來說下篇才是重心？

二、若照徐氏說，〈體性篇〉是整個《文心》文體論的核心，那麼又為什麼不把這篇放在「文之樞紐，亦云極矣」的前五篇呢？

三、《文心》宗經徵聖的立場如此鮮明，自云：「文心之作也，本乎道，師乎聖，體乎經，酌乎緯，變乎騷」，騷的地位與經自不可同日而語。所以才會有人把〈辨騷〉也劃入文體論範圍，而不放在文之樞紐論。所謂：「楚艷漢侈，流弊不反，正末歸本，不其懿歟？」（宗經）「楚辭者，體慢於三代，而風雅於戰國」（辨騷）「楚辭辭楚，故訛韻實繁，（陸機）銜靈均之聲餘，失黃鐘之正響」（聲律），經正而騷變，無可置疑。現在徐氏卻說其文體論是要歸結到《楚辭》系統的體貌，豈不謬哉？

四、以事義言體要、以作者才性生命特質論文體，果合《文心》之意乎？〈鎔裁篇〉：「草創鴻筆，先標三準：履端於始，則設情以位體；舉正於中，則酌事以取類；歸餘於終，則撮辭以舉要」。設情以位體，體怎麼能說是「情志、事義、辭采、宮商四部分的統一」？撮辭以舉要，跟酌事以取類，是不同的「準」，又豈能說體要是以事義為主？何況，〈徵聖篇〉明明說：「正言所以立辯，體要所以成辭。……精義曲隱，無傷其正言；微辭婉晦，不害其體要。體要與微辭偕通，正言與精義並用」，體要專就辭言，正言才關涉到命義的問題，所以它才一再說：「辭尚體要」（徵聖）「周書論辭，貴乎體要」（序志）。徐氏硬要把體要解說為指理或事，實在是與劉勰本衷大相違逆的。

五、徐氏說：「《文心雕龍》文體觀念的三個方面，是由體裁之體向體貌與體要昇華，排列成三次元的系列，體裁或體製之體是最低次元的。」然而，《文心》又嘗言：「才童學文，宜正體製：必以情志為神明、事義為骨髓、辭采為肌膚、宮商為聲氣，然後品藻玄黃，摛振金玉，獻可替否，以裁厥中。斯綴思之恒數也。」其所謂體制與體裁，均不是徐氏所說的意思。

諸如此類，小則對於局部觀念、個別術語的理解，大則對《文心雕龍》全書性質及組織關係的掌握，利用徐氏的看法來看，恐怕都會造成誤解。到現在，《文心雕龍》的文體觀念仍然混淆不清，根據徐氏論點而持續研究仍無太多進展，我想徐氏這篇文章應該負很大的責任。

（二）關於形體的知識

首先，將文類與文體區分開來，是否真能得六朝文體論之真相呢？蕭子顯《南齊書・文學傳》論：「仲洽之區判文體」，鍾嶸《詩品・序》：「陸機文賦通而無貶，李充翰林疏而不切，王微鴻室密而無裁，顏延論文精而難曉，摯虞文志詳而博贍，頗曰知言。觀斯數家，皆就談文體」。〈文賦〉、〈翰林論〉、〈文章流別論〉等，特別是評價最高的《文章流別論》，依徐氏說，乃文類區分而已，何以六朝人謂其為談文體？

賴麗蓉《從思維形式探究六朝文體論》（七六・師大國研所碩士論文）一文，循徐氏之說，而變本加厲，竟將摯虞李充劃出文體論範圍，說摯、李之所謂文體係指文章類型，不能以此一文體義去詮釋六朝文論中之「文體」二字。

其說甚為離奇。摯、李皆六朝文論家，其所謂文體，亦為蕭子顯鍾嶸等人承認的意義，《文心雕龍》也在〈才略〉、〈序志〉等篇中稱揚摯虞的《文章流別論》，說它精、有條理。能把它劃出文體論之外，說它與《文心》所談的文體觀念是兩回事嗎？

至於徐氏引《文心・頌贊篇》：「紀傳後評，亦同其（讚）名，而仲洽流別，繆指為述，失之遠矣」，來證明《流別》係指文章之類而非文章之體。更是有意漠視《文心》對《流別》的稱述，把它對摯虞一個文體解說的辨析商榷，誇大成為文體與文類兩種觀念的對諍了。

其實古來對文體的解釋並無錯誤，文體本來就是如摯虞《文章流別論》所說的，指語言文字的形式結構，是客觀存在，不與作者個人因素相關涉之語言樣式。

何以知之？請看《文心・樂府篇》：「故知詩為樂心，聲為樂體；樂體在聲，瞽師務調其器；樂心在詩，君子宜正其文」。文體專指聲辭曲調而說，不涉及作者心志內容，至為明顯，所以文末贊曰：「八音摛文，樹辭為體」。

這是以「心／跡」「道／器」「情／文」關係來討論文學。固然因文可以明道，披文可以入情，所謂即器見道；文之創作也是原道心以敷章，必須設情以位體；但道器畢竟不能混為一談，器只是器、是跡，不是心，更不是道。

所以文體一辭即是「神／形」關係的類擬。文體一如人體，雖以情志為神明，但神畢竟非形，而是使其形者。形體必專指人的血肉形貌，此即所謂體貌。《漢書．車千秋傳》：「千秋長八尺餘，體貌甚麗」，《後漢書．吳漢傳》：「斤斤謹質，形於體貌」，〈祭彤傳〉：「體貌絕眾」，《文心雕龍．原道》：「龍圖獻體，龜書呈貌」，〈詮賦〉：「述主客以首引，極聲貌以成文」……等，都明白地以體貌為形體義，指著人的長相美醜、文的辭采樣態。

文體論，所討論的就是這有關「形」的知識。《文心雕龍》上篇專力於此，下篇才談人怎麼樣去面對這個形，如何設情以位體、明理以立體，所以下篇是創作論。

然而，因它的思考是以文體為中心的，並不是由創作者或讀者為理論核心，所以它跟後代（例如宋朝）論創作時之偏於剖析情志內容、討論創作者主體修養問題，又不太一樣，顯得較為偏重文辭一面，故一般又認為它的下篇是修辭論。

（三）六朝人對「體」的看法

研究《文心雕龍》的人，因受後來偏重主體問題的批評傳統影響，覺得修辭只是枝節問題，常不願承認《文心》這一部分只是修辭論。其實《文心》之文體觀念根本就是要專門談文章的辭采，所謂言為文之用心，而文則「以雕縟成體」也（見〈序志篇〉）。試觀其文體說，如：

- 潘尼乘輿，義正而體蕪（〈銘箴篇〉）。
- 傅毅所制，文體倫序：觀其序事如傳，辭靡律調，固誄之才也（〈誄碑篇〉）。

- 延年以曼聲協律，朱馬以騷體製歌（〈樂府篇〉）。
- 屬碑之體，資乎史才，其序則傳，其文則銘（同上）。
- 奢體為辭，則雖麗不哀（〈哀弔篇〉）。
- 張衡譏世，頗似俳說；曹植辨道，體同書抄（〈論說篇〉）。
- 法家辭氣，體乏弘潤。然疏而能壯，亦彼時之絕采也（〈封禪篇〉）。
- 人之稟才，遲速異分；文之制體，大小殊功（〈神思篇〉）。
- 情與氣偕，辭共體並（〈風骨篇〉）。
- 精論要語，極略之體；游心竄句，極繁之體（〈鎔裁篇〉）。
- 章句在篇，如繭之抽緒；原始要終，體必鱗次。（〈虛字篇〉）
- 巧者迴運，彌縫文體，將令數句之外，得一字之助矣（〈章句篇〉）。
- 麗辭之體，凡有四對（言對、事對、反對、正對）……體植必兩，辭動有配（〈麗辭篇〉）。
- 劉向之奏議，旨切而調緩；趙壹之辭賦，意繁而體疏（〈才略篇〉）。

作者之才情，在於控馭文體。但文體並不包括情才，也不太管文章的義旨，儘有旨切意繁，卻義正而體蕪者。體，依《文心》，是指文章的辭采、聲調、序事述情之能力、章句對偶等問題的。這種「性／體」、「情／辭」、「氣／體」的區分，不僅在全書中明晰而一貫，大概也是六朝文體論的通義。

早先《說文》釋「體」，已云：「總十二屬也」，據段注云，十二屬即頂面頤肩脊尻厷臂手股脛足。後來將文體比擬於人體，亦仍指這種形質體相，如《詩品》所云：「情兼雅怨，體被文質」，體固專就文字表現言，不涉及情志問題也。卷中：「張協詩，其言出於王粲，文體華浮，少病累，又巧構形似之言，雄於潘岳，靡於太沖」，「郭璞詩，憲章潘岳，文體相輝，彪炳可玩」，「彥伯詠史，雖文體未遒，而鮮明緊健，去凡俗遠矣」「（陶潛）文體省淨，殆無長語」，都將文體與情意斷然分開，單指言之華靡或者省淨。又沈約《宋書・謝靈運傳論》云：「自靈均以來，多歷年所，雖文體稍精，而此祕為覩」，文體之精，當然也是從修辭摛藻這方面說的。

而就書法藝術說，如傳蔡邕〈筆論〉云：「為書之體，須入其形……縱橫有可象者，方得謂之書矣」，成公綏〈隸書體〉：「彪煥磥硌，形體抑揚」、「繾綣結體，劖衫奪節」，衛恒〈草書勢〉：「杜氏殺字甚安，而書體微瘦」，宋明帝〈文章志〉：「獻之變右軍法，為今體字」，庾元威〈論書〉：「晚途別法，貪省愛異。點畫失體，深成怪也」，索靖〈草書勢〉：「守道兼權，觸類生變，離析八體，靡形不判」，體也都是指字的結構形質。六朝書法與文學關係最為緊密，文以雕縟成體，書法也是「繁縟成文」（成公綏語），依線條及字形之疏密、欹側、斷續、輕重，構成字之體。這個體固然是書法家心手達情所創造的，但卻僅指形質，不涉作者之神采，為一獨立且可作為書者與讀者溝通之中介的存在。

（四）文體的規範與流變

這種討論語言文字所構成之語言結構與辭采樣式的學問，本來就是可以客觀化的。我們可以談它的結構關係、句法語式而成為如〈章句〉、〈麗辭〉、〈練字〉、〈聲律〉之類的修辭論；也可以談這語言結構所展現的美感辭采樣態，一如可以從人的長相談其美醜以及什麼樣的美；更可以談某一語式所形成的一個「類」、一個傳統及規範，而成為如劉勰上篇所論的詩賦詔誄等各種文體。

這些文體，《文心》逕稱為騷體、頌體、傳體、碑體、論體等等，如「詩序則同義，傳說則異體」（詮賦），「讔也者……荀卿蠶賦，已兆其體」（諧讔），「丘明……創為傳體」（史傳），「誄之為制，蓋選言錄行，傳體而頌文」（誄碑），「哀策……義同於誄，而文實告神，誄首而哀末，頌體而祝儀」（祝盟），「文景以前，詔體浮雜」（詔策），「揚雄劇秦，班固典引，事非鐫石，而體因紀禪」（封禪）……等。

每一文體，是以其語言樣式之特色而存在的。相同的語言樣式即成為同一類文體，彼此呼應、關聯，而構成一文體傳統，成為一文學類型。

這個文體傳統，有它類型上的規範及流變，《文心》所謂「四言正體，則雅潤為本；五言流調，則清麗居宗」（明詩），及《文章流別論》所說：「古詩率以四言為體……雅音之韻，四言為正」，即指其流變言。變體，是指該體雖流而變，卻仍保有該體之內在規律，尚未失體成怪；如果變而戾體，則便不予承認，要稱之為「謬體」了。〈頌贊篇〉：「雖淺深不同，詳略各異，其褒德顯容，典章一也。至於班傳之北征西征，變為序引，豈不褒過而謬體哉……陳思所綴，以皇子為標，陸機積篇，惟功臣最顯。其褒貶雜居，固末代之訛體也」、〈定勢篇〉：「近代辭人，率好詭異。原其為體，訛勢所變，厭黷舊式，故穿鑿取新……苟異者以失體成怪。舊練之才，則執正以馭奇；新學之銳，則逐奇而失正：勢流不反，則文體遂弊」。文體的正變，在此不僅可做為文學史的觀念，也可以做為創作時的準則和批評時的依據。

但正不正的判斷是怎麼來的？這就涉及所謂文體之意義了。由於《文心》論每一文體皆原始以表末，故論者又或以為他談的是歷史性的文體；由於《文心》常指明每一文體的功能作用，所以論者又或以為它分類的主要根據是「題材在實用上的性質」（徐復觀語）。但是，歷史起源式的解說，不足以定事物之本質，劉勰亦不曾以時代先後論正變，否則他就成了道地的崇古派。同時，每一文體固然都有它實際功能和意義上的指向性，可是體與用不能混淆，〈檄移篇〉說移與檄：「意用小異，而體義大同，與檄參伍，故不重論」，最能顯示體不是因題材在實用上的性質來定的。在此，我們必須注意劉勰對每一文體解說時必先「釋名以彰義」的體義問題。

釋名以彰義，是循文體之所以名為某一文體而追究其得名的本質性原因，例如人之所以為人、牛之所以為牛。人可以因他是人而再依其表現，分為各種人，但人總是人。人也可以在歷史的過程中，而被批評為某些是真人正人、某些則不像人。文體之義，正是如此，〈論說篇〉曰：「詳觀論體，條流多品；陳政則與義說合契、釋經則與傳注參體、辨史則與贊評齊行、詮文則與敘引共紀。故議者宜言、說者說語、傳者傳師、注者主解、贊者明意、評者平理、序者次事、引者胤辭；八名區分，一揆宗論。論也者，彌論群言，而研精一理者也。是（齊物論等）論家之正體也」，乃是上述說法的最佳注腳。

不過，因為劉勰認為一切意義都當歸本於經，所以文體之本質必然是合乎經義的（這也就是經之所以為經的緣故）。任何文體，「若稟經以製式，酌雅以富言」，其言式必能呈現該文體最圓滿的形相，充分發揮其體義：「文能宗經，體有六義：一則情深而不詭、二則風清而不雜、三則事信而不誕、四則義直而不回、五則體約而不蕪，六則文麗而不淫」（宗經）。此文體論之宗經說，固與後世古文家論宗經大相徑庭也。

（五）文情、文體與文術

因為劉勰談文體，是採這種本質性的規定，所以語言結構一方面呈現了自我合目的統一完整性，一方面又規範了作品的內涵與風格。

〈鎔裁篇〉曾提到：「百節成體，共資榮衛」，文體自身為一統一且完整的有機結構，一切創作，皆以符應這一自身結構原理為依歸，這就稱為鎔，「規範本體謂之鎔」。

本體為其文之本質本性，一切個別的文都是依這個本質本性創造出來的。猶如解析幾何裡的橢圓型。橢圓的方程式以準確的形式指出了橢圓之所以為橢圓的律則，我們隨時可以由這個公式構作任何不同形態的橢圓型圓形，此即所謂：「立本有體，趨時無方」。

但無論如何總不能違背此一律則，否則就是失體或解體了。〈附會篇〉要作者注意：「首尾周密，表裡一體」，〈總術篇〉說：「文體多術，共相彌綸，一物攜貳，莫不解體」，都指出了文體結構內在的圓整性。

至於所謂表裡一體，尤堪玩味。文體論是以語言形式為中心的，但語言必有意義，依緣情理論和言志傳統的講法，是心中有情意志慮，借語言表現或表達出來，文體純為人格內在情志生命的外顯，很多人也用這種想法去解釋《文心》。這是不了解何謂文體使然。文體，如前所述，專就語言樣式說。由文體論創作，自然也就顯示了：一切情志意念都在此語言形式中表現，及語言形式是可以規範並導引情感內容的立場。或者，更直截地說，每一文體都有其成素與常規（conventional expeatations），無從逃避；每一形式也都表徵出一種意義，而該意義就徹底展現在語文的表現模式及其美學目的上。

請看：《文心・鎔裁篇》說剛開筆為文時，即須「履端於始，則設情以位體」，設情與酌事、撮辭同義，表示作者應斟酌其情以位置於文體之中。同理，〈章句篇〉又說：「設情有宅，置言有位，宅情曰章，位言曰句。故章者，明也，句者，局也。局言者聯字以分疆，明情者總義以包體」。章句是語言格局，也是情之安宅，更是所以明情的惟一依據，所以後文又說：「句司數字，章總一義，其控引情理，送迎際會，譬舞容迴環，而有綴兆之位；歌聲靡曼，而有抗墜之節也」，抗墜之節、舞踏之位，不是用來「表現」情理，而是「控引」情理的。

文體如此，文術亦然。〈總術篇〉說曉得文術之後，即能「控引情源，制勝文苑」，因為「術有恆數」，可以「按部整伍，以待情會」。一般人只看到它「綴文者情動而辭發」的講法，卻忘了觀文者披文以入情時的六觀、作者草創鴻筆時的三準，第一條都是位體。一切情理，都須收束櫽括在語言形式中，一切語言形式也規定、控引了情理的生發與表現。

正因文須「設情以位體」，不是素樸地感物吟志而已，所以才要強調文術。一切才氣才力都得納入術的考慮之中，所謂：「棄術任心，如博塞之邀遇」，故「才之能通，必資曉術」（總術）。

文術觀念的提出，乃是在文體論思考下，由文氣論那種「引氣不齊，雖在父兄，不能以移子弟」的天才說脫化轉出的制衡觀點。一方面具體指出術有恆數，可以制巧拙；一方面藉此將文氣論消融於文體論中，承認才氣是創作者最主要的動力，但才氣須依文術之運作，體現於文體之中，乃能有所表見。這裡便出現了「學」的問題。

〈體性篇〉集中討論的就是這個問題。這篇一開始就說情理形見於言文，但「才有庸儁、氣有剛柔、學有淺深、習有雅鄭」，辭理與風趣的優劣，屬於才氣的影響；事義淺深和體式雅鄭，則屬於學習的效果。底下接著談：「若總其歸塗，則數窮八體（典雅、遠奧、精約、顯附、繁縟、壯麗、新奇、輕靡）」，然後說：「若夫八體屢遷，功以學成，才力居中，肇自血氣」。結論是：「才有天資，學始慎習。……故童子雕琢，必先雅製，沿根討源，思轉自圓，八體雖殊，會通合數。……故宜摹體以定習，因性以練才，文之司南，用此道也」。

換言之，本篇全文，皆以「體／性」對揚，而歸結於創作者須在學上用功，通過對體的摹習，甚至可因性以練才。〈定勢篇〉亦云：「模經為式者，自入典雅之懿；效騷命篇者，必歸艷逸之華」，典雅艷逸是〈體性篇〉所謂的體。這種體，不來自才氣，而是由模效法式學習來，故云：「八體屢遷，功以學成」。論者皆以為體性云者，係由才性之殊故有八體之異，實在是完全搞錯了。

事實上，這八體，即是因語言形式而表徵出的美學趣味，具有風格意義，所以又稱為體式。劉勰屢次談到這樣的文體觀念，如〈定勢篇〉說你只要效擬了經騷的篇式，自然就會典雅或艷逸；〈宗經篇〉說文能宗經「體有六義」，要人稟經製式、酌雅富言。這都顯示他深信一種語言形式必有與之相應的審美目的和美的範疇，也因此，他才可以說某一種才氣所展現的風姿與美感，即與某一文體所顯示者相脗合，情與體正可安位，「表裡必符」。以此消融了文氣論。

〈定勢篇〉所說：「因情立體，即體成勢」，就是如此。因情之性質而選立文體，依文體之審美目的發展出每篇文章不同的勢。勢是文體規律自身產生的變化（如體圓則勢轉，體方則勢安），也是創作者能夠自出手眼創新出奇之處。但一切創新，均須「即體成勢」「循體成勢」，以「本采為地」；否則便會「勢流不反，文體遂弊」。劉勰說：「括囊雜體，功在銓別，宮商朱紫，隨勢各配。章表奏議，則準的乎典雅，賦頌歌詩，則羽儀乎清麗；符檄書移，則楷式於明斷；史論序注，則師範於覈要……此循體而成勢，隨變而立功也」。一切章表奏議，作者可以不同，表現也各有巧妙，但其體式仍當歸本於該體原有和應有的審美目的和美的範疇，變而不離其宗。

當然，情與文的問題，非常複雜，非此處所能盡論；但就文體論說，劉勰絕對不是由才性規定文體，實可斷言。自徐復觀以降，將文體與文類分開，說桓範《世要論》、摯虞《文章流別》、李充《翰林論》、蕭統《文選》跟所謂劉勰的〈體性〉論分屬兩種觀念；說文體出於情性，文體即是人；說文體之典雅輕靡等等是由人物品鑒來的……，均已成為討論六朝文論的基本常識，大家也照這種意見發展了許多「研究」。其實呢？文字理解錯了、觀念理解錯了、對《文心雕龍》全書的理論結構和體系也都了解錯了、對六朝文論的整體掌握更是觸處多謬，這樣的研究，還不該改弦更張嗎？

二、研究《文心雕龍》的故事與啟示

好了，舊時引起大爭論的文章各位看完了。現在還要講另一篇舊作。這是二〇〇六年我去四川參加紀念楊明照先生的文心雕龍研討會時寫的。滄海回眸，二十年矣，故櫽括舊事，略有申明，如今也不妨看看：

（一）

《文心雕龍研究史》（二〇〇一，北京大學出版社）第四章第五節，論述臺灣八、九十年代《文心雕龍》研究時，以這樣幾句話作結：

> 從上面對臺灣八九十年代《文心雕龍》研究情況的概述來看，是以王更生為代表的老一輩《文心雕龍》研究專家總結和深化自己研究成果的時代，也是由他們所培養的青年研究者比較活躍的時代。我們高興地看到臺灣一大批研究《文心雕龍》的青年學者的茁壯成長，他們的研究雖然還不是太深入，但正在逐漸走向成熟，並不斷地擴大研究的深度和廣度。我們預祝他們在老一輩專家的指引下取得更大的成績。

我看了這樣的描述，不覺莞爾。兩岸睽隔，大陸人士對臺灣的學術發展情況不熟悉，正如臺灣之不瞭解大陸學術狀況一般。只從有限的資料和少數人士之交往來略窺大勢，其不能符合實況，何待言乎？

此書論廖蔚卿、唐亦男，都以為是男士；論廉永英，則以為是女士；似乎也不知思兼就是沈謙；又舉了些無足輕重的文章來討論，而放過許多重大的問題；談了些我們在臺灣都未甚知聞的學人與著作，而不知誰才真正具有代表性……，都是明顯且難以避免的缺點。

即以這段評價語來說，我就以為恰恰相反。在八九十年代，王更生先生等老輩，其實是做為批判或超越對象而存在的。當時年輕一輩（亦就是現在已垂老的我這一輩），只是以前輩先生尊敬之。那是人情上的尊敬，也尊重他們在開拓時期的辛勞。但在關於《文心雕龍》的研究上，對其業績其實並看不上眼。我們的研究，正是為了超越他們而展開的。

所以根本不是在老一輩專家指引下，循其道路而行。我們只是「溫柔的反叛者」，對之不出惡聲罷了。對於我們的研究，我們也不以為還不太深入，相反的，我們覺得是遠勝於老輩的，否則我們根本就不會去談《文心雕龍》這個論題。

為什麼這樣說呢？爭論誰的研究較高明，本來是無聊的事，但我願就此說明一種研究《文心雕龍》的方法或途徑。

〔二〕

在大陸，《文心雕龍》的研究，號稱「龍學」。顧名思義，乃是對這本書的研究。因此，討論這本書的作者（身世，生平）；作時；作品之性質、體例、結構；作品之內涵（文體論、創作論、批評論、作家論）等，便為應有之義。從這個角度來看，臺灣那些對《文心雕龍》校勘、注釋、音注、訓詁之作，以及論其板本與流傳端緒之篇，當然就是主要的。對作者劉勰的生平、身世考證，也非常必要。

可是這些研究在七十年代中期以後，臺灣固然仍有不少人在做，但意義實已不大，因為整個《文心雕龍》的研究進入了一個新的視域。

這個新視域，首先是從中外文論對比的架構來看，中國的文學批評與理論，似乎不如外國發達。因為那些詩話詞語，片言隻語、模糊影響，看起來都只像「印象批評」。不似西方文評，有清晰明確的術語、完整的體系。當時新批評健將顏元叔等人對中國文評的看法可為此代表。

不服氣外文系和比較文學學界對中國文評的貶視，中文學界便從幾方面來反應：一是努力找出較具系統的文評著作來，用以證明中國也有類似或足以與西方媲美的文評，例如《文心雕龍》就是；二是企圖整理、重建中國文學批評的體系，以與西方文論文評做對比。當時臺大主編《中國文學批評資料彙編》（成文出版社）、《百種詩話類編》（藝文印書館），沈謙出版《期待批評時代的來臨》等，就屬於這方面的表現。

在《文心雕龍》方面，主要是將它與新批評聯繫起來，如黃維樑在〈重新發現中國古代文化的作用——用《文心雕龍》「六觀」法評析白先勇的《骨灰》〉一文中，聯繫新批評派的文學批評理論來分析劉勰的「六觀」說，並運用「六觀」說來分析白先勇的作品。又在〈現代實際批評的雛形——〈文心雕龍辨騷〉今讀〉一文，認為《文心雕龍．辨騷》和一般的印象式批評不同，是一篇接近現代實際批評的重要批評論著，「很有現代學術論文的精神」，是「現代實際批評的雛型」。

在〈精雕龍和精工甕——劉勰和「新批評家」對結構的看法〉一文中，他又把劉勰的《文心雕龍》和新批評派的理論比較，發現他們有許多很接近的地方。新批評派理論重視作品的藝術性，重視作品的藝術結構，而劉勰在《文心雕龍》中也十分重視文學作品的結構。他指出，布魯克斯（Cleanth Brooks）的《精工甕：詩結構的研究》一書是新批評派的代表作之一。「筆者當年閱讀布氏這本書的時候，常常聯想到劉勰《文心雕龍》中的種種見解。布氏和其他新批評家的一些理論，和劉勰的不少觀點不謀而合。二十世紀西方的這些批評家，和五世紀中國的這位文論家，似乎可歸為一派。新批評家注重對作品的實際析評（practcal criticism），而其剖情析采的方法，有時簡直就是劉勰理論之付諸實踐。」

黃維樑於七十年代就在臺灣出版《文學批評縱橫論》，他的這類講法即顯示了七十到八十年代臺灣文學評論界的焦慮和關切所在。

當然，後來把《文心雕龍》關聯于西洋文論的層面和做法，越來越廣泛，並不限於新批評，但問題意識是一貫的。例如我在一九七八年出版《古典詩歌中的季節》（故鄉出版社）時，以弗萊的神話原型理論去談《文心．物色》，後來黃維樑也做過同樣的嘗試。

換言之，在這個新視域中，《文心雕龍》是做為中國文評之代表，被用來與西洋文論對照著看的。研究者關心的，是《文心雕龍》可以提供什麼資源來「建立」中國文學批評。

這時，老式的版本、流傳、校勘、注釋、輯佚、篇章真偽考證等工作，顯然就不再能承擔這個需求了。劉勰的身世研究，古人如何整理《文心雕龍》、外國人如何評介此書……等，亦均不在視野中，也與此毫不相干。

李曰剛、潘重規、王禮卿、王更生諸先生那些卷帙浩繁的《文心雕龍》解詮、通解、合校、研究之所以不再重要，原因在此。

像李先生之書，一九八二年出版，達一九〇萬字；王禮卿先生書，一九八六年出版二大冊。若在早年，都是震動學林的大事；可是它們出版以後，卻可說幾乎連一篇正式書評都沒有。研究《文心雕龍》者，甚至連案頭也未必備有此等書。

像我自己，就連王更生先生一本著作也無。王先生是被大陸同行評為「臺灣《文心雕龍》研究史上貢獻最大的學者」，但其著作竟幾乎可以完全不用參考。此非我個人之狂悖，而適足以顯示學術變遷的癥候。

八十年代，各大專院校講授《文心雕龍》，所採用的注釋本，比較通行的，也不是王先生李先生那些書，而是我與王文進、李正治、蔡英俊等人就大陸周振甫《文心雕龍選譯》增補的本子。這個本子非常簡略，析義亦不深入，甚至還頗有「錯誤」，但便於教學。因為教這書時，大家都著重在對理論的闡述與發揮，並不太針對這本書做文獻細緻的鑽研。

就算對《文心雕龍》本身的研究，如沈謙研究其批評論、黃春貴研究其創作論等等，也與從前廖蔚卿等人有些不同。雖然大家都在分析劉勰此書的概念、理論系統，但其實有著不同的企圖。

以王金凌的《文心雕龍文論術語析論》來說，該書分論風骨、才、氣等幾十個術語，看來與廖蔚卿、王更生無異，但這種建立中國文評術語系統的工作，乃是受稍前《西洋文學批評術語》（黎明文化事業公司）的影響或啟發。稍後我與顏崑陽、蔡英俊等人也同樣在《文訊月刊》開闢文學批評術語專欄，逐期解釋中國文評術語。英俊更主編了幼獅出版公司的《西方觀念史大辭典》。這個工作做到現在，仍在進行：我為學生書局企劃了《文學批評術語叢刊》，二〇〇四年刊出了黃景進的《意境》，二〇〇六再出了我一冊《才》。

《文心雕龍》的批評論、創作論或什麼論，這時也不再是就《文心雕龍》講，而是將之放於整個批評史中去看。而且主要不是站在「龍學」的角度，說《文心雕龍》的影響多麼大；而是由整個批評史的發展與變動，看《文心雕龍》在其中的地位。

這個地位，其實就是談它的限制。

早先，大家對此書都是一片讚譽之辭，但王夢鷗早於一九七〇發表了〈文心雕龍質疑〉，已分「文辭上的陷阱」和「理論上的窮巷」兩方面談到了《文心雕龍》的不足之處。可那都是它本身的問題，例如詞意不穩定、界說不分明、引用語句常變更其涵意，或譬喻太多之類。這都是指它本身用語及理論不嚴密。放在整個批評史上看，則我們不是要談這些。

例如我在一九八六年出版的《詩史本色與妙語》一書中，就談到：中唐的「哲學突破」，使得知識階層更深刻地體認到文與道的關係，而有文以貫道、文以明道、文以載道、文以達道、作文播道、因文明道、見文見道、文本于道、文原于道、文道並重……等各種講法；但另一方面，「小詩妨學道」的體認、理學家跟文學家的長期爭執，也在這個時候出現。這種情況，顯示了文與道的問題，已不再是《文心雕龍》式的問題了，他們對這一問題的處理，也不再是《文心雕龍》的延伸或發展，而實在是面臨著一個新處境與新問題。也因此唐宋以後對《文心雕龍》往往不甚重視：

或議其引證疏略，如晁公武云其〈論說篇〉不知書有「論道經邦」之言（郡齋讀書志卷四上）；或疑其囿於時代風氣，非果能論議文事者，如唐盧照鄰云其：「質謝南金，徒辯荊蓬之妙。拔十得五，雖曰肩隨，聞一知二，猶為臆說」（幽憂子集，卷六・南陽公集序）、宋黃庭堅謂其「所論未極高」（與王立之書・尺牘卷一）、明徐禎卿云：「劉勰緒論，亦略而未備」（談藝錄）、清葉燮云：「劉勰其言不過抑揚吞吐，不能持論」（原詩外篇上）、陳廣寧云其：「不過備文章、詳體例，從未有鈎玄摘要」（四六叢話跋）等。然此皆泛斥其非，未嘗明言《文心雕龍》究竟何處立言不當、所論未高，故不免啟人疑竇也。以余度之，此蓋時世遷移，凡六朝時劉勰所面對之問題，唐宋以後多已不復存在或早經解決，遂覺其所論未極高明耳。如汪師韓云：「魏文帝典論曰：詩賦欲麗、陸士衡文賦曰：詩緣情而綺靡、劉彥和明詩亦曰：五言流調，清麗居宗。以綺麗說詩，後之君子所斥為不知理義之歸也」（詩學纂聞）、李執中云：「蒙不解夫劉彥和之此著，胡為亙六代三唐之久，而餘豔仍留也？彼其詞纖體縟，氣靡骨柔，毋變于齊梁之習，特重為容止之修。五十篇目雖肩列，三萬言思比絲抽，實藝苑之莫貴，何撰述之能儔？……居然價重儒林，言語欲齊從游夏，毋亦名成廣武，英雄同致慨曹劉乎？」（文心雕龍賦・沅湘通藝錄卷七），要皆指此而言。大抵詩自陳子昂李太白、文自古文運動以後，《文心雕龍》有關聲律、文法等語言修辭層面之討論，後出轉精，已同芻狗（紀昀即謂其論章法句法「無所發明，殊無可采」）；流連物色、巧構形似之創作方式，亦皆轉趨於講求神似、無意于文，而自然高古；故謂劉勰以流麗說詩，不免不知理義之所歸。

《文心雕龍》之局限，以及它不足以代表整個中國文論內涵，正是要放入這樣一個批評史的變遷中才能看得清楚的。

也就是說，七十年代，主要是想以《文心雕龍》為中國文論之代表，以與西方文論相衡相較，並以此為基礎「重建」中國文學批評體系。八十年代以後，由於對中國文學批評史有了較多的研究，故開始可以跳脫《文心雕龍》的格局；同時也就從這個較開闊的格局去看《文心雕龍》，從而辨析《文心雕龍》與其後文論之差異為如何。

當時我認為：文學評論與文學創作不同，文學作品可以萬古而常新，理論則必與時推移。依一理論之起源說，每一理論必針對一問題情境。為解決這個理論本身或現實的問題，才需要提出一理論；時移世異，問題或不存在、或早已解決、或更有推展，原先的理論便不再重要，而需有新的理論來替代。再從理論本身說，每一理論必以論理的邏輯來構作，前行的理論只是後來理論思考的基礎，必須在該基礎上更予拓衍或深入，理論才有發展可言。

這當然不是說早期的理論都是已陳之芻狗，可以用過即丟。因為如果該理論涉及的是某一範疇中的基本問題，則任何理論皆須以其所已思考者為基點而展開，這即成為經典，成為「整個西洋哲學，可以說都是柏拉圖的注解」這樣的意義。

可是經典如果把它看成是對閉的，是體大慮周、盡善盡美，那又糟了。固然整個西洋哲學都可視為柏拉圖的注解，但後來諸家之閎識博辯、恢詭無端，又豈柏拉圖著作中所能能有？同理，《文心雕龍》是我國文學批評必宗之經，然唐宋元明清文學發展與文論之變化，又豈劉彥和所夢見？後期理論之精微，又豈《文心雕龍》所能範限？

《文心雕龍》全書的體例，前五篇一般稱為文之樞紐論，談文學原理；第六篇起，到第二十五篇，是文體論，分文與筆討論文學類型；下篇前二十篇文術論剖情析采，談文章的構思、用字、造句、謀篇、用典、寫景等；最後五篇則論文學與時代、作家個性、讀者、世俗評價之關係等。

以文體論來說，劉勰面對的是個文筆分立的時代，「宋以後不復分別此體」（阮福〈文筆策問〉語）。文與筆的區分，在後人看來根本沒有意義，在《文心》卻是個主要課題。它之所以要宗經徵聖，原因之一，即是為了打通文筆之分的時代問題，故〈總術篇〉云：

> 顏延年以為筆之為體，言之文也；經典則言而非筆、傳記則筆而非言。請奪彼矛，還攻彼盾矣。何者？《易》之〈文言〉，豈非言文？若筆不言文，不得云經典非筆矣。將以立論，未見其論立也。

〈文言〉乃經典而有文采，可見經典不必即是直言事理之言，黃侃據此謂劉勰不堅守文筆之辨，甚是。但在《文心》的體例方面，劉勰終究沒有突破文筆之辨，文類論前十篇論文、後十篇論筆，二者畛域仍在。後世則根本無此分判，故亦無此困惑；而經典為文章之奧府，也早已成為共識信念了。

文類之區分，劉勰分二十種，在當時固已甚為詳備，後世視之，乃亦頗覺疏略。故黃侃《劄記》云劉氏：「言陸氏〈文賦〉所舉文體未盡，而自言圓鑒區域大判條例之超絕于陸氏。案：〈文賦〉以辭賦之故，舉體未能詳備；彥和拓之，所載文體，幾於網羅無遺。然經傳子史，筆劄雜文，難於羅縷。視其經略，誠恢廓于平原，至其詆陸氏非知言之選，則亦尚待商兌也」。

事實上，與後世《文章辨體》、《文體明辨》一類書比，後代文體之分還較細緻、也有許多新興文體是劉勰所不及見的。他對於每一體的解說，有時也不盡愜人意，如紀昀就說：「彥和妙解文理，而史事非其當行。此篇（指〈史傳〉）文句特煩，而約略依稀，無甚高論，特敷衍以足數耳」。蓋文類繁雜，不可能各體兼善，所以有些解說就難免因較少心得而略顯減色。

文術論方面，劉勰所論聲律、練字、章句及〈附會篇〉談的章法問題，椎輪初辟，彌足珍貴，然皆遠遜於後世之精密。紀昀評其〈章句篇〉，說此篇論章法句法「但考字數，無所發明，殊無可采，論語助亦無高論」，可謂知言。〈麗辭篇〉論對仗，在後世駢文衰微的情況下，後來的文論雖然並未發揮這一點；可是《文心》只論四種對，跟後代研究近體詩對仗的詩論比，也是瞠乎其後的。〈事類〉論用典、〈指瑕〉言文病，亦復如此。至於〈比興〉、〈物色〉，要窺情風景之上、鑽貌草木之中，巧構形似，移情體物，境界思致均遠不及宋朝以後發展出來的「情景交融」理論。所以這一部分也只有歷史意義和理論的先導意義，非可以牢籠百代者也。

同理，〈神思〉論構思、〈風骨〉論文氣，析理雖精，談的只是原則；對創作時治心養氣的修養問題和文章命意修辭的文氣問題，後世有更多剖析。像宋朝人談「妙悟」和「無意于文」的創作方式，去除創作時對於外境、自我和文字之執著的修養工夫，雖然都跟劉勰所說「陶鈞文思，貴在虛靜，流論五藏，澡雪精神」有關，卻不是講情采麗辭的劉勰所能想得到的。其理論的複雜度，要超過《文心雕龍》甚多。可見它雖言為文之用心，對「心」的理解，仍未窮極精微。故〈情采〉諸篇討論文情，只能說心術既形、華采乃贍，卻未能深入到情與理相辯證的層次。而情與理相辯證、主客相辯證，則是後來文學理論所擅長的論題。甚至〈比興〉所說之比興，在宋明清朝也有新的發展，非《文心》的理論所能解決。汪師韓曾批評劉勰：「以綺麗說詩，後之君子所斥為不知理義之歸也」。這就是因為劉勰並沒有觸及情理辯證的問題，以致引起不滿的例子。

至於原道，「是彥和吃為人處」，為其理論之中樞。但他只說文原於道，後世論文與道的關係，較此複雜得多，諸如文以達道、文以貫道、文以明道、文者道之器……等，各種爭辯，可謂洋洋大觀。且劉勰所謂因文明道，仍是六朝「瞻形得神」的格局；中唐古文運動以後，殊不爾爾。如獨孤及〈趙郡李華中集序〉說：「志非言不行，言非文不彰，是二者相為用，亦猶涉川者假舟楫而後濟」（《思陵集》卷十三），言文只是指意的符號，示意既達，言語當棄，猶既渡者去舟楫，既獲者舍筌蹄。文以載道說也是這個主張。但這就不是巧構形似的立場了，而是要觀者「但見情性，不睹文字」，真意既得，遂竟忘言。以致出現司空圖所說「不著一字，盡得風流」，或歐陽修所說的「忘形得意」，講味外之味、象外之象、言外之言，要人離形得似，不再是瞻形而得神、即言以會意的路數了。

換言之，執定《文心雕龍》，以《文心》的理論來理解唐宋以後的文評，可能還會造成根本的誤解哩！

我並不是貶低《文心雕龍》的地位。它是一部無可置疑的中國文學批評經典。但經典的價值，一方是歷萬古而常新，一方面又是具有開展性。依其本身理論結構的圓滿性說，我們可以說它是體大慮周，包羅萬有；但若就中國文學的理論來看，怎麼能說《文心雕龍》就足以代表中國文學批評？怎麼能抱住這本書而不問後來的開展如何？

從前，我們把《文心雕龍》視為空前絕後的偉構，有一個主要想法，就是後代並沒有像《文心》這樣體例詳明的文學批評專著。

以篇帙及內容組織論，確實《文心》是只此一家、別無分號。但是，文學批評是否一定要構成一系統性的論敘架構？在劉勰那時，因有企圖建立評論文學之規範與標準的要求，所以寫出《文心雕龍》。後代是否仍以此作為主要重點？

例如宋代詩學，主要想探討的，就不是劉勰之「六觀」，而是學詩者及審美者的美感經驗，並追問：什麼樣的經驗性質、什麼樣的心靈才能創作出真正而且好的詩來。這就是為什麼宋人不喜歡詩格詩例及句圖之類客觀美學型態之作，而多採用詩話。現在，我們根本不管各代文論的發展與型態，不問它們探索的重點何在，一味要求大家都得搞出另一本《文心雕龍》，豈非莫名其妙？

何況，理論的結構是嚴格的，但其表現卻可以有各種方式。許多哲學家都擅長用語錄、劄記、甚或文學語句表現其哲理；然體系哲學家與非體系哲人之間，並不能以是否有體系來斷判高下，文學批評又何嘗不是如此？

唯一的問題是，面對非體系文評，我們必須具有更多建構性的解釋（Constructive Interpietation）能力，許多人懶惰或無此能力，遂痛詆《文心雕龍》以後的文評無系統、不成理論。不知理論並不一定表現出一系統樣式，而在於它是否具有一理論的內在論理結構。

因此，我不太贊成把《文心雕龍》說成什麼「鉤深窮高、鑒周識圓，在我國古今文學名著裡，還找不出第二部來」的「牢龍百代的巨典」（王更生《文心雕龍研究》）。《文心》在中國文學批評領域裡，乃草創時期的英雄，非窮深極高的偉人。正如紀昀說它〈正緯〉一類見解：「在後世為不足辨論之事，而在當日則為特識」。它所講的，大概只能算是中國文學批評的基本常識。後世推高極深，恐已遠遠超出它的理論水準及範疇。所以，不懂《文心雕龍》，不可以論中國的文評；只知《文心雕龍》，也不足以論中國文學批評！

（三）

由於早期把《文心雕龍》視為「空前絕後的一本中國文學論」，所以，大家又常追問一個問題：何以在劉勰之前之後，中國並無此類組織嚴明、體例詳瞻，如明樂應奎序所說「思致備而品式昭」的作品？於是，這就導出了一個離奇的推斷。說《文心雕龍》乃中國文學乃至文化發展中的異葩，係受佛教影響而然者；中國人的頭腦原不可能有此想法，是因為受了佛教的洗禮，故能大判條例、圓鑒區域，而撰成此一偉構。

這個推斷是完全不能成立的。因為在方法上，持此意見者大概都是採用類比法。但無共同基點的平行類比，根本不具任何意義。現在卻更要用這樣類比出來的結果，反過來證明一方受另一方影響，焉有是理？

同時，用以類比的項例，可以說是任意摭取的，不拘宗派、不論經傳，隨意選擇以供比類，毫無標準可言。類似這樣的胡亂擬似，「證據」再多也沒有意義。

作這一判斷的前提是：中國人好像並不擅長邏輯的思考與系統性的論述，在《文心雕龍》以後，好像也沒有這一類的東西。剛好劉勰活在佛教傳入的時代、他又曾依僧祐居定林寺撰集經藏目錄，後來甚至祝髮出家。所以我們便聯想到佛教的因明之類學問，想從他的佛教背景中，去尋找這個問題的答案。

其實這個解答，不須如此迂曲，索《文心》于域外文化之影響，殊未搔著癢處。何以故？這可以分兩方面來說明，一是劉勰所繼承的大傳統，二是劉勰寫作《文心雕龍》的美學取向。

單就文學批評來看，誠然如《文心》之體系嚴謹者不多。但我們不要忘了，劉勰寫《文心雕龍》時，並未以他以前的論文之作，如《典論．論文》、〈文賦〉等為寫作典範。據〈序志篇〉說，他乃是以兩漢經學為其位置之地的：

自生人以來，未有如夫子者也。敷讚聖旨，莫若注經。而馬鄭諸儒，宏之已精，就有深解，未足立家。唯文章之用，實經典枝條，……詳其本源，莫非經典！而去聖久遠，文體解散，辭人愛奇，言貴浮詭，飾羽尚畫，文繡鞶帨，離本彌甚，將遂訛濫。蓋周書論辭，貴乎體要，尼父陳訓，惡夫異端。辭訓之異，宜體於要，於是搦管和墨，乃始論義。

以經典為文之本源；以論文之作，為訓釋經典；且認為自己的工作與馬鄭諸儒之解經，並無不同。這裡便提供了我們一條線索：其辭尚體要者，乃以漢人訓釋經義之書為寫作模型者也。

我曾在〈論法〉一文中指出：劉勰撰《文心雕龍》，大判條例；所謂條例即是漢人治經的辦法。如杜預《春秋釋例》、劉寔《春秋條例》、鄭眾《春秋左氏傳條例》、何休《春秋公羊條例》等均是。劉勰說：「自非圓鑒區域，大判條例，豈能引控情源，制勝文苑哉？」（〈總術〉）註解劉氏書者多矣，可是以往各家注，都不瞭解條例即經學家故技，因此也就都忽略了他仿經學條例以作論文條例的用心。

但我們若比較一下漢晉儒者之條例與《文心》的體制，我們就可知道，要說「非長於佛理者不能載筆」是很可笑的。今傳漢人經訓之書，凡非章句注解，而係附經典以旁行者，無不自成條貫，法式昭然。如《說文解字》是「其建首也，立一為端，方以類聚，物以君分。同條牽屬，共理相貫，雜而不越。據形系聯，引而申之，以究萬原，畢終於亥」，《釋名》是「撰天地、陰陽、四時、邦國、都鄙、車服、喪紀，下及民庶應用之器，論敘指歸」，其他如《白虎通義》、《方言》、《廣雅》等，體例雖各不同，卻都是組織結構自成體系的，《文心》的結構設計，可說是其來有自。而且，我們若詳細勘驗《文心》釋名以彰義的手法，我們就更能瞭解它與漢人釋訓之學的關係密切到什麼地步了。

由這個脈絡看，則魏晉間人之談論，亦不能不說是漢代這種傳統的發展，而對劉勰影響甚深。如《晉書‧嵇康傳》說康「作〈聲無哀樂論〉，甚有條理」，有條理，是說嵇康〈養生論〉、〈釋弘論〉、〈明膽論〉等，每論開篇即標宗綜述、提綱挈領，再「順端極末」，往復思辨。劉勰之條理明晰，正與其身處之時代論風有關（〈論說篇〉嘗言：嵇康之辨聲，師心獨見，鋒穎精密）。因此，無論從劉勰所繼承的傳統及他所處的時代、甚或他自言之志看，《文心雕龍》的體制結構，其出現都不是偶然的，與佛教更不必有任何關係。

但這並不重要。《文心雕龍》是論文之書，論文之書有什麼內在的理由，必須採取這樣的體系組織嗎？這才是問題的關鍵，而為歷來論者所未及處理的。

在此，我想借用蔡英俊一篇文章來說明。在其〈知音說探源——試論中國文學批評的基本理念〉（清大，第一屆中國文學批評討論會論文）中，他首先如本文一樣，指出漢魏文評活動，與先前的思想文化脈絡有密切關係。他並從音樂與文學的關聯上解釋了這一論斷。然後，他發現劉勰的〈知音篇〉裡面存在著一個問題：由鍾子期伯牙知音的故事所引發的「知音」，與知人知己知言相同，都涉及兩個主體間的理解；音樂乃是用以達成這種理解的仲介。而這種理解，是兩個主體間相互瞭解、相互感通的融洽狀態，似乎不必訴諸言語，即可莫逆於心，雙方都在內心世界沉靜地進行著理解的活動。但《文心雕龍‧知音篇》卻不是這樣，劉勰企圖建立一套理解的法則與客觀批評的標準。

譬如他提出「博觀」以增加讀者的鑒賞能力，而達到「目瞭」、「心敏」的境地，並提出「六觀」以提供讀者進行鑒識活動的步驟程式，與分判優劣的標準。而他之所以會意識到有建立客觀批評標準的必要，則是因為他認識到創作者與批評者之間，有一個客觀的作品文理組織，故「六觀」不再是觀人，不再是相悅以解的溝通，而是具體地觀作品之位體、置辭、通變、奇正、事義與宮商。把作品的文理組織看作一個獨立自足的領域。

這是個接近形構主義把作品視為客觀物件的立場。蔡英俊發現魏晉時期這一立場，似乎已形成了某一趨勢。如左思〈三都賦序〉標示的徵驗寫實理念；嵇康〈聲無哀樂論〉強調音樂所構築的客觀「和聲」世界，可以與人情無關。都顯示了他們重視客觀精神的一面。

我想這個說法是對的。自漢朝劉熙《釋名》、蔡邕《獨斷》開始作文體分類以來，文體論一直是文學理論的主要重心，如《典論．論文》、〈文賦〉、《文章流別論》、《翰林論》、《文章原始》乃至恒範《世要論》中〈序作〉、〈贊象〉、〈銘誄〉諸篇……，幾乎全是對於文章體式、各體之風格規範、修辭寫作方式、歷史發展的討論。各類文學作品，即是一個個客觀的、可分析的物件；作者也必須「程才效技」，將自己沒入文類規範之中，依其客觀規律及風格要求去寫作。雖然這裡面也會有文氣論的問題、有對創作者個人情性的考慮，但那都常附著於文體論之下，由人的才氣問題，轉入對文章氣勢風骨的討論。因此這時的確有一種濃厚的客觀精神彌漫著。

在西方，整個啟蒙運動帶來的古典美學與美之客觀性的批評理念，大約也有類似的情況。他們固然相信「真正的詩人是天生的，非後天造成」，但激發且支持創造歷程的行動是一回事，由這歷程所產生的作品卻又是另一回事。神思誠然靈妙，然統轄藝術之律則欲非出於想像，而為純粹客觀的規律（如劉勰之「文術」、陸機之「文律」）。

在布瓦洛（Boileau）《詩歌藝術》（*Poetic Art*）之中，他也企圖完成一套關於詩歌之類型的（genres）一般理論。卡西勒說：「他設法在實際已有的各種形式中發現『可能的』形式，正如數學家希望就其『可能性』（即就其所以產生的結構的律則 constructive law）去認識圓形、橢圓形與拋物線。悲劇、喜劇、挽歌、史詩、諷刺詩、機智短詩，各有它們明確的律則，為任何個別的創作所不能忽略者。類型並不是有待藝術家去製造的東西，也不是讓藝術家去採用的創作媒介和工具。它毋寧是既定的與自製的。藝術之類型與風格，相當於自然物之類與種，具有不變的、恒常的形式，也有其種屬之外形與功能」（《啟蒙運動的哲學》第七章）。

這與陸機「詩緣情而綺靡、賦體物而瀏亮」等十種文類的規定，劉勰自〈明詩篇〉到〈書記篇〉的企圖，確實是不謀而合的。

既然如此，則啟蒙運動以後，深受萊布尼茲「成體系的精神」（Systematic Spirit）影響而建構的體系美學，似乎也可以幫助我們瞭解《文心雕龍》為什麼會走上建構體系之路。

啟蒙運動的美學思考，是由其理性哲學與數學學說之發展來，劉勰等人的客觀美學態度，也是順著兩漢經學中蘊涵的理性精神而導出。啟蒙運動時期的古典美學將文類的「本性」視為普遍的規律，劉勰也將文類歸本于經，要人「稟經以制式」。而在這文類思考的同時，美學家們也致力於將作品客觀化，討論其美的元素，正如卡西勒所說：「古典美學的注意力主要是擺在藝術品上，它老是想像處理自然客體那樣來處理藝術作品，要用同樣的方法去研究它。它總想為藝術品下一個如邏輯界說般的界說。這個界說，一如邏輯界說，目的是要依據作品的類、種與特殊差異（spectific difference）等，來確定作品的內涵」。劉勰他們也是如此，不但將文類客觀化，更要依其文類規定，找出優劣判斷的客觀標準。

不僅劉勰的「六觀」屬於這類批評理路，沈約、鍾嶸亦皆如此。沈約論四聲，認為他所發現的，是詩文本身內在的規律，而非經驗上對前人作品的歸納，且「自靈均以來，此秘未睹」，歷來創作者都只能自以為自由地在規律中表現自己，冥契於此一規律。鍾嶸則認為「詩之為技，較爾可知」，所以他要寫《詩品》，較評詩家。

為什麼詩技高下是可以客觀比較的呢？抱朴子曰：「妍媸有定矣」（〈塞難篇〉）。這是美的客觀論的立場，若是宋黃庭堅則要說：文章大概亦如女色，好惡只係於人（集卷二十六，〈書林和靖詩〉）了。對詩之較爾可知，起碼他們不像晉宋間人那麼有信心。所以鍾嶸會把詩比喻為棋。棋下下來，是可以純客觀化的，詩則牽涉到讀者的感通、語言之歧義……等問題。但鍾嶸並不理會這些，他同時的人也不思考這些問題，故除《詩品》之外，別有《書品》、《棋品》等。把藝術品看成一個獨立自足的客觀世界。

在這種風氣下，晉宋之際的文學批評很自然地有成體系的傾向。鍾嶸、劉勰即其代表。降至後代，凡走客觀美學道路的，系統性都比較強，如《文鏡秘府論》及諸詩格詩例等皆是。反之，宋朝以後，文學批評並不以客觀作品為主，並不想建立一套客觀的評價標準與修辭法則。反而強調主體，強調默會致知，以致形成如蔡英俊所言：《文心雕龍》六觀說在後代並無影響的結果。

因此，我們可以說：由於兩漢的經學傳統、學術思維、劉勰本人的志趣和他所處那個時代的美學課題與美學方向，使得他努力建構了這一「圓鑒區域、大判條例」的系統規模。此一規模在後代，並未獲得青睞，亦少繼承者，乃是美學思考路向及型態產生變化使然。

(四)

我以上這些見解，大抵見於一九八七年《書目季刊》二十卷三期。那一期我並策劃了一個《文心雕龍》的論著目錄及座談會，其實就是總結舊時代之意。當時我又因負責中國古典文學研究會，故配合辦了個「以文心雕龍為中心的中國文學批評研討會」，後編為論文集《文心雕龍綜論》。但會議題目較能顯示我和我們一批友人的態度。《文心雕龍》乃是一個中心或起點，目的是以此去畫一個圓，而不是「龍學」式地為這本書、這個作者去服務。

前面我曾介紹過這次爭論。在那次會議同時，我還另寫了一篇〈文心雕龍文體論〉，刊在《中央日報》。在會議期間引起重大爭議，隨後顏崑陽寫了〈論文心雕龍辯證性的文體觀念架構，並辨徐復觀、龔鵬程文心雕龍文體論〉，認為徐先生說文體，偏於主體性情，我又偏於客觀形式結構，而《文心》應該是辯證的，我們兩人各得一偏。

崑陽這篇文章，迄今我均未答辯，但我是不贊成的。因為辯證性的文體觀非劉勰那個時代的思想。不過，爬梳文獻，重新確定劉勰說了什麼、他那些術語與概念又是什麼意思，就又退回老的研究路子上去了。我那篇文章，看起來亦是如此，實則非是，故亦無庸再回到《文心雕龍》去爭辯了。

那麼，我那篇批評徐復觀文體論的文章，用意為何？

在七十年代開始探索中國文學批評是什麼，與西方文論又有何不同時，我們逐漸發展出了一個有關「抒情傳統」的論述。

這個講法，主要是關注中國文學中強烈的抒情特質，認為抒情的、表現的中國文學，與模仿的西方傳統恰成對比。這種內在的抒情性質，不只通貫歷史上整個詩言志的脈絡，文人內在之情志更顯示著生命的型態，表現了生命意識。其生命意識則體現著中國文化的內涵。因此，抒情傳統云云，不僅是西方抒情詩意義的一般抒情，更關聯著對於何謂「中國性」之探討、也關聯于對中國人心靈意識內容的鑑定。七十年代中期以後，臺灣當代新儒家之興盛，與透過文學批評尋找中國性、建立中國人的價值體系、發展生命美學的趨向，於焉結合。

發展成這樣一種論述，許多人都有功勞，如陳世驤、徐復觀、高友工等導其先路。一九八一年由蔡英俊主編的《抒情的傳統》、《意象的流變》（聯經公司·中國文化新論）更集中了一批人來發展此一論述。

可是抒情傳統對整個中國文學的解釋，我們也很快就發現了它的局限性。高友工後來把抒情傳統歷史化，說先秦兩漢以音樂美典為中心、六朝以文學理論為中心，隋唐以詩論及書法為主，宋元則綜合於書論中。這些都屬於抒情美典，是抒情傳統在不同階段之發展。到明清以後，抒情傳統式微，「敘述美典」繼起，表現於戲劇小說之中。這樣，抒情傳統就不再能統括地解釋整個中國文學或文化了，它只是傳統之一。此種說法，意味著對抒情傳統這一論述已開始反省超越了。

同類的工作，即為當年的文評動向之一。參加過英俊《抒情的傳統》編寫工作的呂正惠，就認為宋詞代表抒情傳統的巔峰，但也是它的死亡。其說類似高友工，但添上了馬克斯學派對中國社會的解釋。

我也參加了《抒情的傳統》的編寫，然而在該書中那篇論宋詩美感形態的論文，〈知性的反省〉中，事實上我就企圖從唐詩與宋詩的對比去找到一種知性反省的美感類型，以與抒情的表現類型相頡亢。

換言之，我覺得若真有一個抒情傳統，則這個傳統在中晚唐就開始出現轉變，逐漸開展了一個不同的傳統，並在此後以唐宋之爭的方式與抒情傳統相爭抗，互有起伏，也相互影響（相關的討論，可見我《唐代思潮》，二〇〇一，佛光人文社會學院，第五卷）。

其次，我發現：因整個文學傳統並不只是抒情的，因此僅以抒情言志的解析角度去看，常會遇到解釋上的困難，例如李商隱詩的箋注詮釋史，便是如此。一些並不以抒情為主的詩，如詠物、交際，亦即詩「可以觀、可以群」的部分，過去均不重視，只說得一個詩可以興及詩可以怨。我一九八八年出版的

《文化文學與美學》（時報公司）中收的〈另一種詩〉，論雜事詩；在一九九一年出版的《文學批評的視野》第二卷〈抒情傳統的辯證〉，第三卷〈詮釋與方法〉中收的一些文章，如論李商隱詩的詮釋，論如何解無題詩，論假擬、戲謔詩體與抒情傳統間的糾葛（大安出版社），都在反省這些問題。顏崑陽於八十年代出版《李商隱詩箋釋方法論》，也同樣顯示了這種思考方向。

討論《文心雕龍》的文體論，就是在這個脈絡中進行的，否則何必忽然去批評我尊敬的徐復觀先生？當時我覺得：臺灣那幾十年間，大家受了抒情美典的影響，接納徐復觀等人的見解，不但從人物品鑒去觀察六朝文論，著重說明風格即人格，並企圖說文體就是人之性情的體現。如徐先生即認為《文心》全書都是文體論，上篇談歷史性的文體，下篇論普遍的文體，所以下篇才是文體論的基礎，也是文體論的重心。而下篇裡的〈體性篇〉又是《文心雕龍》文體論的核心，因為文體論最中心的問題就是人與文體的關係。依此，他大罵古來言文體者都弄錯了，都把文體與文類混為一談。不曉得文體必有人的因素內。

可是，自漢朝人開始作文體分類以來，文體論幾乎全是對於文章體式、各體之風格規範、修辭寫作方式、歷史發展的討論。各類文學作品，即是一個個客觀的、可分析的物件。

只因文體論雖以語言形式為中心，可是語言必有意義，依緣情理論和言志傳統的講法，是心中有情意志慮，故用語言表現或表達出來，文體純為人格內在情志生命的外觀，故很多人也用這種想法去解釋《文心》。

但這是不瞭解何謂文體使然。文體，如前所述，係就語言樣式說。由文體談創作，自然也就顯示了：一切情志意念都在此語言形式中表現，語言形式也是可以規範並導引情感內容的。或者，更直截地說，每一文體都有其成素與常規（conventional expeatations），無從逃避；每一形式也都表現出一種意義，而該意義就徹底展現在語文的表現模式及其美學目的上。

因此，《文心．鎔裁篇》說剛開筆為文時，即須「履端於始，則設情以位體」。〈總術篇〉也說曉得文術之後，即能「控引情源，制勝文苑」。

所以我才會說徐先生弄錯了，《文心》的文體論不能從主體性情這一面去解釋。可是我的那些講法，在當時不僅是衝撞了權威，也挑戰著信仰。因為在中國文學批評界，大家都認為文學作品並不只是文字遊戲，它必須「其中有人」、「其中有我」；整個文學創作活動也應發乎情志、本於胸臆。因此對於我這類講法，殊覺逆耳。

而事實上，早先王夢鷗先生寫《文學概論》時，揭言詩為語言的藝術之義，大家也不覺得有什麼不妥，只認為他是沿續了克羅齊以迄新批評形式分析之類說法而已。可是王先生為時報公司寫歷代經典寶庫版《文心雕龍》時，以語言藝術界定劉勰論文之旨，便引起徐復觀先生嚴重的非難，撰文大力批駁，主張文體本於情性，不能只從語言面去論文體。我既論《文心》，又直攻徐先生，當然也引發了很大的爭論。

這些爭論，其實不只是在爭論誰解釋《文心雕龍》解釋得對，更是在爭論那個文體必須與情志結合的信仰是否可以放棄。

我看起來是放棄了，顏崑陽看起來沒放棄，所以他用「辯證性的文體觀」來說。可是我其實也同樣甚或更常用辯證性的這個觀念，所以在我上文所舉《文學批評的視野》那本書中，即以「抒情的辯證」為題。另外，早在一九八六年出版的《詩史本色與妙悟》（學生書局）一書中，我亦已廣泛使用「超越辯證」這一講法去描述中國文學批評中對才與學、法與悟、性情與文體、知性與感性諸矛盾的處理了。因此，崑陽與我的思路並不衝突，只是他認為劉勰已能辯證性地處理這些問題，我覺得恐怕要遲至宋代而已。

（五）

我在前面引了大陸同行批評我們當年研究「還不太深入」的話，然後對自己的研究夸夸其談，介紹了這麼一大通。或將予人一種自我辯護、老王賣瓜之印象。但這其實非我本意。我以該書之評述為一發端，要談的乃是以下幾點：

一、做學術史研究，除了文獻分析之外，必須同時要做處境分析。觀察歷史上那些行動者，他們所身處的環境與行為，找出試驗性或推測性的解釋。這樣的歷史解釋，必須解說一個觀念的某種結構是如何形成、為何形成的。即使創造性的活動本不可能有完滿的解釋，仍然可以用推測的方式提出解釋，當試重建行動者身處的問題環境，並使這個行動，達到「可予瞭解」的地步。

過去的研究者，常未告訴我們文學批評家提出一個理論、一個觀念、一個術語，為的是要解決什麼樣的理論難題，他們遭遇到什麼文化的、歷史的，抑或是美學的、創作經驗的困難？想要如何面對它、處理它？為何如此處理？有什麼特殊的好處，使得他們採用了這樣的觀點或理論？因此我們需要綜合語文分析與處境分析，才能構成較完整的語言性理解。

上文所舉那本《文心雕龍研究史》便只是羅列不同時代、不同地區，宋金元明清近現代當代、大陸海外港澳臺，各有些什麼《文心雕龍》研究論著，然後一一介紹其大要。這只是文獻介紹，處境分析就更付之闕如了。

近代科學的《文心雕龍》研究，為何興起？其研究者之問題意識為何？當代的《文心雕龍》的研究，在性質上又有何異于近現代之處？這些研究與整個批評史、文學理論界之關係為何？是孤立的書齋工程，抑或具有推動學界議題化之作用？……這些東西，在該書中並未談到，不只是未瞭解各個《文心雕龍》研究者及著作的處境而已。

可是沒有這些處境分析，我們就很難瞭解一本《文心雕龍》為何某甲注了，某乙又要注一遍。對該書批評論創作論作家論等等的分析，老實說，也是大同小異，陳陳相因的，徒令人覺得學者們無聊，爭辯一字一句之微，考釋輯佚校詮至貪多鬥富之境，為何要如此不憚煩呢？只是文獻式的學究工作，還是另有其關懷？其工作又各解決了什麼層次的問題？

我在上文，回憶昔年研究《文心雕龍》的一些往事時，其實就是在做處境分析。說明在那個時代，為什麼要研究《文心雕龍》，又為什麼那樣研究。不同的時代研究課題之變動，又為了什麼緣故。研究《文心雕龍》幫我們弄清了什麼問題，或帶來了什麼樣的爭論。看起來我是在講故事，實則我是在介紹一種研究方法。

二、縱然如此，仍是不夠的。處境分析，除了針對歷史上那些行動者，要分析其處境之外，還必須注意詮釋者本身的處境。前者可稱為「歷史處境」，後者可稱為「存在處境」。例如我讀《文心雕龍》而有所理解、有所感會。此一理解，本身就跟我自己的存在處境是相關的。同樣，黃侃所理解的或所敘述的劉彥和也必與他的存在處境相關，非客觀之歷史。

透過詮釋史的梳理，我們自會發現每一時期甚或每一史家，對《文心雕龍》的詮析，都有他特殊的理論背景及意義關懷、時代感受在支配他、在影響他。每個人都有他的存在處境以及對此處境而生的存在感受。在他詮釋歷史時，乃是以這種感受去理解歷史，歷史也回應其感受，對他形成意義。

而亦因瞭解到這一點，所以自己在從事《文心雕龍》的詮釋時，也才能自覺到：我乃是在一存在的處境中進行詮釋的，對自己的存在處境有了自覺的認識後，不但不再會自以為客觀，自以為所解即是定解或本義，亦更能讓自己的研究工作與存在處境結合起來，不是生命離其自己的客觀活動，而是在具有清楚的問題意識中，研究、詮釋物件。並經此自覺的詮釋活動，而與生命的存在關聯起來，變成屬於自己的生命的學問，非只注蟲魚、考文獻、述古憶往而已。

第十二講 《文心雕龍》文勢論
——兼論書法與文學的關係

一

書法與文學的關係十分複雜，許多書法名蹟本身就是美好的文學作品，如王羲之〈蘭亭集序〉、蘇東坡〈赤壁賦〉之類；許多文學名篇也都有書家樂於去寫它，如〈洛神賦〉、〈歸去來辭〉、〈赤壁賦〉等等就有無數書家寫過；至於詩文與書藝結合，更是中國書法主要的表現方式，書法作品很少單獨寫字，通常總是抄寫詩文。諸如此類，過去我已寫過不少文章討論了，收入《有文化的文學課》和《墨林雲葉》等書中。現在換個方式談，以《文心雕龍》為例。

劉勰《文心雕龍・定勢篇》是文論史上的重要篇章，羅宗強先生《讀文心雕龍手記》中即曾高度讚揚之，很能代表龍學界普遍的看法。他說：「劉勰論體貌而涉及「勢」，把勢這一概念引入文論中，把它與「體」聯繫起來，這又是在中國古代文論史上開出一全新之境界」。

對此，我卻有些不相同的意見。因為：把「勢」引入文論中，且把它和「體」聯繫起來，早在漢末已然，不始於劉勰。《文心雕龍・定勢篇》自己說得很清楚：

桓譚稱文家各有所慕，或好浮華而不知實覈，或美眾多而不見要約。陳思亦云：「世之作者，或好煩文博采，深沉其旨者；或好離言辨白，分毫析釐者。所習不同，所務各異，言勢殊也。」劉楨云：「文之體勢貴強，使其辭已盡而勢有餘，天下一人耳，不可得也。」……又陸雲自稱往日論文，先辭而後情，尚勢而不取悅澤。

可見在漢晉之際，以勢論文，或言「體勢」者實已甚多，非劉勰始發明之。

而且，專家常是狹士，不太熟悉其他領域的情況。而我們若把視野稍稍再放大些，不只盯著《文心》，或只在所謂的文學領域裡看問題；我們便會又發現另一種當時熱門的文字藝術：書法，在漢魏晉之間即早已大談特談「勢」與「體勢」了。

最早的書勢論著，是崔瑗的〈草書勢〉。論草書而以勢去掌握，為什麼？底下會談。只是此篇一出，風氣即成，一時竟有蔡邕〈篆勢〉、〈隸勢〉、〈筆論〉、〈九勢〉、衛恒〈四體書勢〉、索靖〈草書勢〉、成公綏〈隸勢〉、王珉〈行書狀〉、楊泉〈草書賦〉等等接踵繼出。王羲之亦傳有〈筆勢論〉（《書苑菁華》本十二章，《書譜》云十章）。乃是漢魏晉宋齊梁間緜亙不衰之話題，也是書法藝術的核心理論。後來宋陳思《書苑菁華》卷三已專收書勢類文獻，有晉衛恒〈四體書傳並書勢〉、索靖〈草書勢〉等，而其實文獻尚多，遠不止此，因為〈書賦〉之類，一般也都視為筆勢論。

崔瑗〈草書勢〉：

書契之興，始自頡皇；寫彼鳥跡，以定文章。爰暨末葉，典籍彌繁；時之多僻，政之多權。官事荒蕪，剿其墨翰；惟多佐隸，舊字是刪。草書之法，蓋又簡略；應時諭指，用於卒迫。兼功並用，愛日省力；純儉之變，豈必古式。觀其法象，俯仰有儀；方不中矩，圓不中規。抑左揚右，望之若欹。獸跂鳥跱，志在飛移；狡兔暴駭，將奔未馳。或黝黮點黕，狀似連珠；絕而不離。畜怒怫鬱，放逸後奇。或凌邃惴慄，若據高臨危，旁點邪附，似螳螂而抱枝。絕筆收勢，餘綖糾結；若山蜂施毒，看隙緣巇；騰蛇赴穴，頭沒尾垂。是故遠而望之，漼焉若注岸奔涯；就而察之，一畫不可移。幾微要妙，臨時從宜。略舉大較，彷彿若斯。

索靖〈草書勢〉：

聖皇御世，隨時之宜，倉頡既生，書契是為。科斗鳥篆，類物象形，睿哲變通，意巧滋生。損之隸草，以崇簡易，百官畢修，事業並麗。蓋草書之為狀也，婉若銀鈎，漂若驚鸞，舒翼未發，若舉復安。蟲蛇虬蟉，或往或還，類婀娜以羸羸，欻奮亹而桓桓。及其逸遊盼向，乍正乍邪，騏驥暴怒逼其轡，海水窊窿揚其波。芝草蒲陶還相繼，棠棣融融載其華；玄熊對踞於山嶽，飛燕相追而差池。舉而察之，以似乎和風吹林，偃草扇樹，枝條順氣，轉相比附，竊嬈廉苫，隨體散布。紛擾擾以猗靡，中持疑而猶豫。玄螭狡獸嬉其間，騰猿飛鼬相奔趣。凌魚奮尾，駭龍反據，投空自竄，張設牙距。或者登高望其類，或若既往而中顧，或若倣儻而不群，或若自檢於常度。於是多才之英，篤藝之彥，役心精微，耽此文憲。守道兼權，觸類生變，離析八體，靡形不判。去繁存微，大象未亂，上理開元，下周謹案。騁辭放手，雨行冰散，高間翰厲，溢越流漫。忽班班成章，信奇妙之煥爛，體磥落而壯麗，姿光潤以粲粲。命杜度運其指，使伯英回其腕，著絕勢於紈素，垂百世之殊觀。

蔡邕〈篆勢〉：

字畫之始，因於鳥迹，倉頡循聖，作則制文。體有六篆，要妙入神。或象龜文，或比龍鱗，紆體放尾，長翅短身。頹若黍稷之垂穎，蘊若蟲蛇之棼縕。揚波振激，鷹跱鵰鳥震，延頸協翼，勢似凌雲。或輕舉內投，微本濃末，若絕若連，似露緣絲，凝垂下端。從者如懸，衡者如編，杳杪邪趣，不方不圓，若行若飛，蚑蚑翾翾。遠而望之，若鴻鵠群遊，絡繹遷延。迫而視之，湍漈不可得見，指撝不可勝原。研桑不能數其詰屈，離婁不能睹其隙間。般倕揖讓而辭巧。籀誦拱手而韜翰。處篇籍之首目，粲粲彬彬其可觀。摛華豔於紈素，為學藝之範閑。嘉文德之弘蘊，懿作者之莫刊。思字體之俯仰，舉大略而論旃。

楊泉〈草書賦〉：

惟六書之為體，美草法之最奇。杜垂名於古昔，皇著法乎今斯。字要妙而有好，勢奇綺而分馳。解隸體之細微，散委曲而得宜。乍楊柳而奮發，似龍鳳之騰儀。應神靈之變化，象日月之盈虧。書蹤竦而值立，衡平體而均施。或斂束而相抱，或婆娑而四垂，或攢翦而齊整，或上下而參差，或陰岑而高舉，或落擇而自披。其布好施媚，如明珠之陸離。發翰攄藻，如春華之楊枝。提墨縱體，如美女之長眉。其滑澤餚易，如長溜之分歧。其骨梗強壯，如柱礎之不基。斷除弓盡，如工匠之盡規。其芒角吟牙，如嚴霜之傳枝。眾巧百態，無不盡奇。宛轉翻覆，如絲相持。

王僧虔〈書賦〉：

情憑虛而測有，思沿想而圖空。心經于則，目像其容。手以心麾，毫以手從。風搖挺氣，妍靡深功。爾其隸明敏婉，蠖絢蒨趨。將蒨文篚縟，托韻笙簧。儀春等愛，麗景依光。沉若雲鬱，輕若蟬揚。稠必昂萃，約實箕張。垂端整曲，栽邪制方。或具美于片巧，或雙兢于兩傷。形綿靡而多態，氣陵厲其如芒。故其委貌也必妍，獻體也貴壯。跡乘規而騁勢，志循檢而懷放。

梁武帝〈草書狀〉：

疾若驚蛇之失道，遲若渌水之徘徊。緩則雅行，急則鵲厲，抽如雉啄，點如兔擲。乍駐乍引，任意所為。或粗或細，隨態運奇，雲集水散，風回電馳。及其成也，粗而有筋，似葡萄之蔓延，女蘿之繁縈，澤蛟之相絞，山熊之對爭。若舉翅而不飛，欲走而還停，狀雲山之有玄玉，河漢之有列星。厥體難窮，其類多容，炯娜如削弱柳，聳拔如梟長松；婆娑而飛舞鳳，宛轉而起蟠龍。縱橫如結，聯綿如繩，流離似繡，磊落如陵，暐暐曄曄，弈弈翩翩，或臥而似倒，或立而似顛，斜而復正，斷而還連。若白水之遊群魚，藂林之掛騰猿；狀眾獸之逸原陸，飛鳥之戲晴天；象烏雲之罩恆岳，紫霧之出衡山。巉岩若嶺，脈脈如泉，文不謝於波瀾，義不愧於深淵。

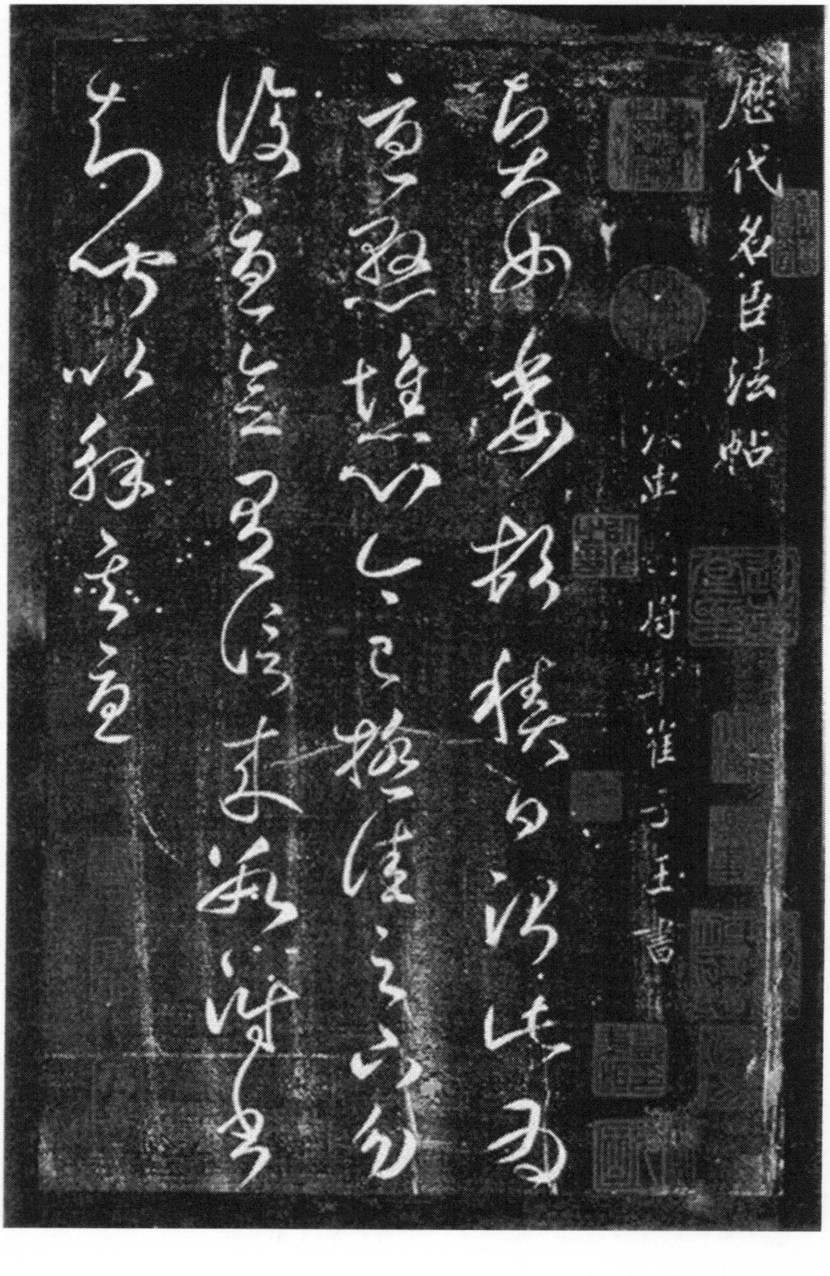
歷代名臣法帖

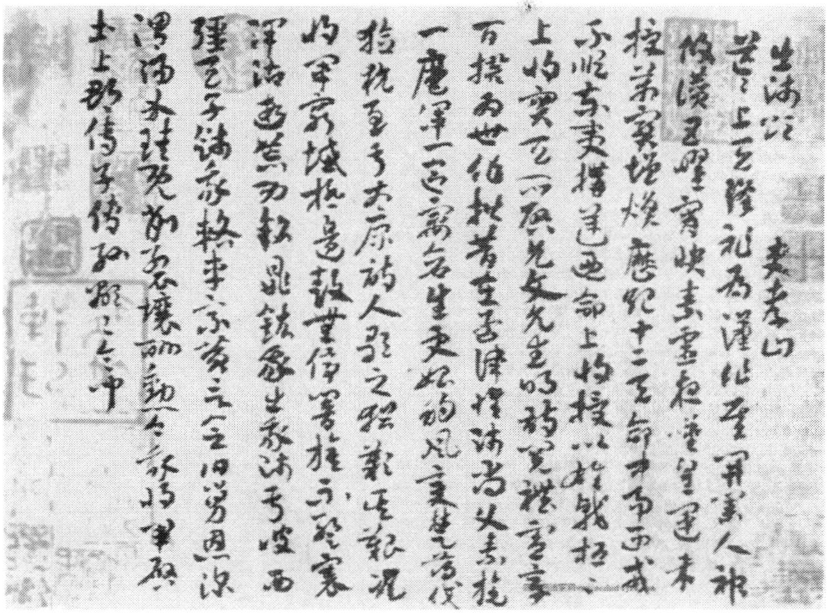

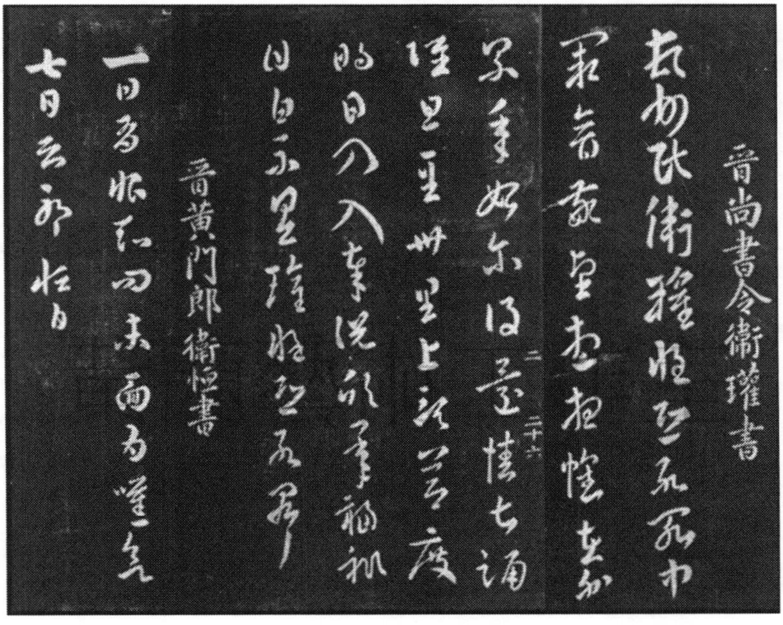
晉尚書令衛瓘書
晉黃門郎衛恒書

欽定四庫全書

章章草之法蓋又簡畧應時諭指周旋卒迫兼功并用愛日省力絶險之變豈必古式觀其法象俯仰有儀方不中矩圓不副規抑左揚右望之若崎鷩企鳥跱志意飛移狡獸暴駭將奔未馳狀似連珠絶而不離畜怒怫鬱放逸生奇騰蛇赴穴頭沒尾垂機要微妙臨時從宜

原晉索靖書勢曰蓋草書之爲狀也婉若銀鉤漂若鷩鸞舒翼未發若舉復安蟲蛇虯蟉力幽反或往或還類阿那以羸羸欻奮釁而桓桓若其逸游眄嚮乍正乍邪

欽定四庫全書　卷三百二十六

付與高堂三大辟　明王行篆體歌曰李斯小篆類玉筋鐘鼎魚蟲分衆手碧霄鸞鳳漫迴翔蒼海蛟螭互蟠紐有如垂露楊柳葉或似委蕤劒環首

原賦晉楊泉草書賦曰惟六書之爲體美草法之最奇杜垂名於古昔皇著法乎今斯字要妙而有好勢奇綺而紛馳解隸體之細微散委曲而得宜乍楊柳而奮發似龍鳳之騰儀應神靈之變化象日月之盈虧書縱竦而直立衡平體而均施或斂束而相抱或婆娑而四垂

而當時書家與文士本來就是幾乎重疊的群體，其間的關係錯綜密和。例如王羲之的書法老師是衛夫人，而衛夫人還可能是王羲之的姨母。因為陶宗儀《書史會要》已說「衛與王世為中表」。衛夫人所嫁的江夏李氏，也是個書法世家。衛夫人之子名李充。李充的從兄李式、李廞等都有書名。發展至唐代，江夏李氏更出現了李邕那樣的書法大家。李充本人則與王羲之關係甚密，《晉書・王羲之傳》說：「孫綽、李充、許詢、支遁皆以文義冠世。并筑室東土，與羲之同好。」而這位李充，也就是在文學界赫赫有名、寫過《翰林論》的那位，劉勰非常佩服他。

既然如此，書家所談的這些體勢論，自然也為深文士所熟悉。像鮑照雖不以書藝名，卻也有〈飛白書勢銘〉這類文章深刻闡述飛白書體的體勢美。至於文章好書法也好的梁武帝，當然也有〈草書狀〉這種探論書勢之作。

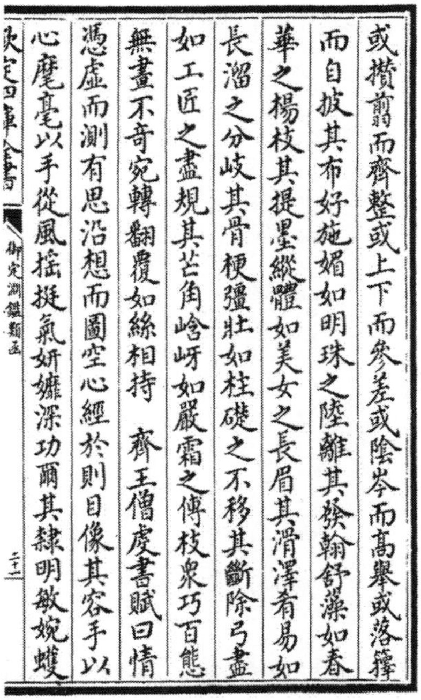
或攢蔺而齊整或上下而參差或陰岑而高舉或落籜而自披其布好施媚如明珠之陸離其發翰舒藻如春華之楊枝其提墨縱體如美女之長眉其滑澤肴易如長溜之分岐其骨梗彊壯如柱礎之不移其斷除弓盡如工匠之盡規其芒角嶮峨如嚴霜之傳枝衆巧百態無畫不奇究轉翻覆如絲相持　齊王僧虔書賦曰情憑虛而測有思沿想而圖空心經於則目像其容手以心麾毫以手從風搖挺氣妍孅深功爾其隸明敏婉蠖

欽定四庫全書　御定淵鑑類函　二十二

風氣如此，文士論文，籀言體勢，殆亦同風。如陸厥與沈約論聲韻書即已云：「自魏晉屬文，深以清濁為言；劉楨奏書，大明體勢之致。」

故《文心雕龍》論勢，本非獨得之秘，亦非首倡之音，乃是隨順風氣，承聲嗣響，與這一大批書法體勢論有著「接腔」和「對話」的關係。

二

明白了這麼個整體情況，《文心雕龍》專家們對〈定勢〉論的許多爭議就好懂了。羅先生曾感慨道：「《文心雕龍．定勢》的勢究何所指，學界有各種各樣的解釋。它與『風骨』範疇一樣，同是《文心雕龍》中最難解也是歧義最多的範疇。」之所以爭議那麼大、之所以感到難解，我以為都是因為不知上述文藝理論之大勢使然。

於是首先在詞源上就亂解一氣。始作俑者便是黃侃先生。黃先生《文心雕龍札記》說勢，非常迂曲，曰：

《考工記》曰：「審曲面勢」，鄭司農以為審查五材曲直方面形勢之宜，是以曲、面、勢為三。於詞不順。

蓋匠人置槷以縣，其形如柱，傳之乎地，其長八尺以日影。故勢當為槷。槷者，臬之假借，《說文》：「臬，射埻的也」，其字通作藝。〈上林賦〉：「弦矢分，藝殪僕」是也。本為射的，以其端正有法度，則引申為凡法度之稱。……

言形勢者，原於臬之測遠近。視朝夕者，苟無其形，則臬無所加，是故勢不得離形而成用；言氣勢者，原於用臬者之辨趣向、決從違，苟無其臬，則無所奉以為準，是故氣勢亦不得離形而不獨立。文之有勢，蓋兼二者而用之。

經過黃氏這麼迂曲糾繚的解釋後，范文瀾注及郭紹虞《中國古典文學理論批評史》都把勢解作「標準」。劉永濟《校釋》則不同意，謂黃說「雖合雅詁，非舍人之旨也」，因此把勢解為姿勢。王元化、王金凌、涂光社、寇效信等人又將之解釋為風格。詹鍈《文心雕龍義證》乃另出機軸，找上《孫子兵法》，認為孫子對形、勢的分析才是《文心》之主要來源。百度百科也採用了這個講法。

桓曉虹〈《文心雕龍·定勢》之「勢」與古代醫論〉更有趣，他認為勢是在類比思維基礎上借助醫論建構了生命體之「勢」。指由情、辭、氣、意、宮商、朱紫等構成的生命體所顯示出的一種整體效應、狀況或特徵，一種和諧健康之美以及在此基礎上產生的活力、感染力、生新潛力等等。故有剛柔、奇正、雅鄭之勢，有總一之勢、兼勢，有離勢、訛勢、怪勢。鑒「勢」之法則是從望聞問切四診法類比性發展而來的「六觀」。收入《河南社會科學》二〇一三版。

由於眾說紛紜，所以臺灣王夢鷗先生《文心雕龍》乾脆跳開來，主張〈定勢篇〉以上均論「心」之問題，此篇以下均論「文」之問題。所以〈體性篇〉講因性成體，本篇講文章之構成與表達方式。他所說，完全不涉及以上諸家所談的問題，不再討論什麼叫做勢了。

三

劉永濟先生不贊成黃侃之說，是對的。黃說迂謬，本非雅詁。因為勢字並不生僻，不須先把勢說成是槷之誤，再把槷說成是臬之假借。

勢字在先秦已用得很普遍了，更已經是學術思想上重要的觀念詞。《老子》已說過：「道生之，德畜之，物形之，勢成之。」《管子》且有〈形勢篇〉，故劉勰不可能反而要像創造個新術語那樣吃力且勉強地去講勢。

所以劉永濟先生說勢即姿勢，詹鍈先生說劉勰論勢本於孫子，也都是不知古人論理之脈絡使然。

案：勢字含義豐富，論者各有發揮，老子管子是一路，孫子是一路，另外韓非還有一路。

老子與管子講的勢，都是由天道說，故《管子．形勢》開篇即講：「天不變其常，地不易其則，春冬秋夏不更其節，古今一也」。後來《淮南子．原道篇》說：「萍樹根於水，水樹根於土，鳥排虛而飛，獸庶實而走，蛟龍水居，虎豹山處，天地之性也。兩木相摩而燃，金火相守而流，圓者常轉，窾者主浮，自然之勢也。」這裡的勢，都是指符合道之原理、天地之性而呈現出的一種態勢、狀態。

《莊子．秋水篇》說：「當堯舜而天下無窮人，非知得也；當桀紂而天下無通人，非知失也，時勢然也」，也是如此。勢，猶言狀態。這種用法，早在《易經》中便已如此。如坤之象傳曰：「地勢坤，君子以厚德載物」，地的狀態是坤，此為自然之形勢、狀況，人則只能遵循這種態勢而行動之。

兵家論勢，卻頗不同。詹鍈以為孫子論形勢，乃《文心》之源，殊不知兵家說的形是形，勢是勢，《孫子》分別有形篇和勢篇，與管子合言形勢者不同。

〈形篇〉講的也不是一般談《孫子兵法》的專家說的什麼兵陣形勢和地形，它講的乃是一種狀態。亦即要作戰時先得把自己變成一種狀態，創造出一種優勢的條件，先為不可勝（別人不可能打敗你），然後待敵人之可勝。等到敵人有可攻之機了，再一舉摧毀之。這是原則（道），其「法」則是由度（土地幅員）、量（物資）、數（兵員眾寡）、稱（軍力比較）、勝（勝負情況）五方面去計算。計算出來有絕對優勢了，打起來，當然就像在山頂上開了水庫閘一般，一下就能把敵人淹沒了。

如此「善用兵者，修道而保法」，即是〈形篇〉的大旨。〈勢篇〉呢？形篇偏重於從客觀條件說，勢篇就側重主觀面，譬如人有強有弱，國也一樣，但小國弱國，若鬥志高、戰術巧，就絕無取勝之機會嗎？〈勢篇〉要談的就是這個問題，像昆陽之戰、赤壁之戰、淝水之戰，均是如此。故孫子曰：「勇怯，勢也；強弱，形也。」本篇談的，恰是形篇之反面。

勇怯，只是心理上的勢；奇正則是戰術上的勢：「五味之變，不可勝嘗也。戰勢不過奇正。奇正之變不可勝窮也。奇正相生，如環之無端，孰能窮之？」

這是孫子論勢兩個重點，另一重點在於由力量說勢。

勢字字形中就藏有一個力字，可見勢字本身含有力量這一意思。但這個意思是後起的，《說文解字》即講過：「經典通用埶」，段玉裁注：「《說文》無勢字，蓋古用埶為之。」古無勢字，只寫成埶。後來對勢的力量含義越來越強調了，才加上力。孫子就是強調勢之力量義的人之一，所以他說：「激水之疾，至於漂石者，勢也」，又說：「勢如弩」。善於用勢的人，就須善用這種力量，方能以弱勝強。後來《李衛公兵法》說：「以弱勝強，必因勢也」，即承此一路思想而來。

這一路，與上述將勢看成自然之形勢、狀態者迥異。他們比較接近孫子所說的形。如莊子說的時勢，孟子說的「雖有智慧，不如乘勢；雖有鎡基，不如待時」，都是指客觀存在的形勢時勢；孫子則是要靠自己的勇力與智巧去突破它的，自己造勢。

法家亦喜言勢，而著眼點又勿同於上述二路。

一般說法家三派，商鞅重法、申不害重術、慎到重勢，韓非綜合之。勢，在這裡主要是權力概念，指君主的權位、權柄、權力。

這裡，勢字自然也有強烈的力量義，也是操之在我的，要人能善用這個勢去駕馭臣民。所以《韓非子・八經篇》說：「凡明主之治國也，任其勢。」這任字，不是放任之任，而是依憑，故曰：「君持柄以處勢，故令行禁止。柄者，殺生之治也；勢者，勝眾之資也。」

法家把統治看成是君王一個人對治無數臣民的較量。靠的不是智慧、德行與才能；而是占妥位置、掌握權勢，然後利用賞罰二柄、法律制度和一些手段來統治。一旦失勢，就一切都完了。

他講的得勢和失勢，是勢的另一義。男人的陽具就叫勢。有這個，男人才能縱慾、任性；一旦失勢，欛兒被人抓住了，甚或閹了割了，那還能幹嘛？

古代五刑，確立甚早，其中宮刑便稱為去勢，《周禮・秋官・司刑》注即說宮刑乃「丈夫割其勢」。

此乃勢字之另一義，一切雄性都適用，例如《釋文》解釋豶字時就說：「豬去勢曰豶」。

政治主要是男人的權力遊戲，故法家即借用了這個概念，以得勢失勢來討論君王的統治技術。

以上這些，是古代論勢之基本路數，劉勰像哪一路？

他誰也不像！因為他根本不源於兵家，也非道家之言道勢時勢，更非韓非慎到之言法術。我們做學問，須「辨章學術，考鏡源流」，同一個勢字，在不同的思想流脈中是會有完全不同含意的，故不能只看到字詞之同或似，便隨意說淵源論影響。

四

書法之以勢論藝，又與上述各路思想不同，且是中國藝術理論真正的起源。

早期所謂藝術理論，其實大抵只是論音樂的一些言論。音樂當然可說是藝術門類中的一種，也是六藝之一，但畢竟只是之一，且談樂的這些言論還不能說就是針對「藝術」這件事的討論。這就好像我們講文學批評史時，總會說曹丕的《典論．論文》是第一篇論文之作。不是說它之前就沒有人論文，而是他才專門寫一篇文章來論文，且文章就叫〈論文〉。

漢人的書勢，情況相似。原因在於他們創造地用了這個勢字。

前文已引過《說文》，說古代並無勢字，經典均用埶字代替。而埶字，許慎就解釋為種也，指種植。這個字，事實上也即是「藝」的本字。換言之，古代「勢」與「藝」原本就是互用相通之字。

可是老子、孫子、孟子、管子、莊子、韓非子……等上面提過的那些人都不看重這一點，也從未想由此去論勢談藝。直到東漢，才開始以勢論藝，由勢這個角度來描述或掌握書法這門藝術。

反過來說，書寫由來已久，但把它看做為藝術性的存在，或成為一種社會活動及審美追求，則始於東漢。這一點，看看趙壹的〈非草書〉便可理解。

也就是說，直到東漢，書法才被人們由藝術這個角度去審視、去追求。而如何由藝術這角度去掌握書法呢？由崔瑗開始的各種書勢便可證明。

書法是寫字，但寫字主要是指物、敘事、通情、達意之類的實用功能。若能在這功能之上，再加以美感之追求，它就有藝術性了。選擇「勢」，也就是藝這個字來講「藝」，再切當不過啦。寫字之藝術化，也由此時才正式發端。

由勢論藝、以藝求勢，遂因此是這批書勢著作共同的方向與內涵。

其論勢，均是分體說之，篆勢、隸勢、草勢、各不相同，對每一體的藝術美各有不同的規範。例如衛恒說隸書之勢是「何草篆之足算」，與草書篆書都不同。因為隸書有「砥平繩直」者，有「似崇臺重宇，層雲冠山」者，草或篆就不會有這種平衡的或堆積的美感。

反之，草書「方不中矩，圓不副規，抑左揚右，望之若歌」，這種不平衡的美感，或「獸跂鳥峙，志在飛移；狡兔暴駭，將奔未馳」的動態美，也不是隸書能有的。

後來劉勰談文章，淵源顯然在此。他同樣由體講勢，謂「章表奏議，則準的乎典雅；賦頌歌詩，則羽儀乎清麗；符檄書移，則楷式明斷；史論序注，則師範於覈要」，「圓者規體，其勢也自轉；方者矩形，其勢也自安。文章體勢，如斯而已」，「是以模經為式者，自入典雅之懿；效騷命篇者，必歸艷逸之華。」什麼文體，會形成什麼樣的美感，這就叫作勢，是勢必如此的。故凡作文作字，無不即體成勢或循體成勢，逆勢則乖體、失體，劉勰稱為「失體成怪」或「訛勢」。

由這方面看，每一體之勢是固定的，劉勰因而把他的篇章稱為〈定勢篇〉，希望寫作者都能依循此種定體定勢。

如此立論，當然是有針對性的，因為他那時的作者都亂搞一氣：「近代辭人，率好詭巧。原其為體，訛勢所變。厭黷舊式，故穿鑿取新」。所以他希望能予矯正。〈定勢〉之定，宗旨斯在。

若以孫子所說「奇正」來衡量，劉勰的主張是正，反對奇。認為文人好奇之結果只是：「文反正為乏，辭反正為奇。效奇之法，必顛倒文句，上字而抑下；中辭而出外，回互不常，則新色耳。」大路不走，只想抄捷徑；可以說得明白的不說，卻常要反著講，都非正道。因此他主張「執正以馭奇」。

這是順著各種書勢論講下來的文勢論之當然主張。

不料如此當然之理，許多《文心雕龍》的研究大名家竟看不懂，竟理解成相反的東西了。例如黃侃說：「吾嘗取劉舍人之言，審思而熟察之矣。彼標其篇曰定勢，而篇中所言，皆言勢之無定也。」文勢怎麼能又怎麼會無定呢？什麼文體就該有什麼勢，否則如何說正？又如何批評別人「訛勢」？

原來黃侃把劉勰「循體成勢，因變立巧」，理解為不能用一定的勢去寫各種不同的體，所以說勢無定。這是黃先生對宋明以後論文勢者生出的心理反感在起作用，跟劉勰無關，劉勰自是主張文勢應定的。

五

但劉勰之定勢說，較諸漢魏以來的書勢理論，仍是有發展的。

發展在哪呢？在於體勢雖然已定，卻不妨兼通，只不過兼通也有兼通的原則，不能亂來。也就是：兼體雜勢也仍是有定、有原則原理的：

鎔範所擬，各有司匠，雖無嚴郛，難得逾越。

然淵乎文者，并總群勢：奇正雖反，必兼解以俱通；剛柔雖殊，必隨時而適用。若愛典而惡華，則兼通之理偏；似夏人爭弓矢，執一不可以獨射也。

若雅鄭而共篇，則總一之勢離；是楚人鬻矛譽楯，兩難得而俱售也。

是以括囊雜體，功在銓別；宮商朱紫，隨勢各配。章、表、奏、議，則準的乎典雅；賦、頌、歌、詩，則羽儀乎清麗；符、檄、書、移，則楷式于明斷；史、論、序、注，則師範于核要；箴、銘、碑、誄，則體制于弘深；連珠、七辭，則從事于巧豔。此循體而成勢，隨變而立功者也。

雖復契會相參，節文互雜，譬五色之錦，各以本采為地矣。

第一段說體有定勢。第二段說大才則可兼通。第三段說不能亂通。第四段說兼通的原則仍是循體成勢。第五段再強調一次，說兼通鎔鑄應以本彩為地，是在本來該有的勢上作變化。

這個講法，在書法理論中或許要到孫過庭《書譜》才得到呼應，主張兼體異勢熔鑄為一。孫氏說：

趍變適時，行書為要；題勒方幅，真乃居先。草不兼真，殆于專謹；真不通草，殊非翰札。……回互雖殊，大體相涉。故亦傍通二篆，俯貫八分，包括篇章，涵泳飛白。若毫釐不察，則胡越殊風者焉。至如鍾繇隸奇，張芝草聖，此乃專精一體，以致絕倫。伯英不真，而點畫狼藉；元常不草，使轉縱横。自兹已降，不能兼善者，有所不逮，非專精也。

強調通體、兼善，正是劉勰的呼應者。至於如何兼通之細節，後世書法理論於此則大有馳騁的空間。當時之所以能有此種觀念可能與〈裴將軍詩〉這類作品有關。〈裴將軍詩〉傳為顏真卿書，現有墨跡本和刻本。刻本較好。清宮舊藏墨跡本則偽劣不堪，為後世按刻本偽造。明人王世貞曾評它「書兼正行體，拙古處幾若篆籀，而筆勢雄強健逸，有一掣萬鈞之力」，正是兼體的範例。

其實，在此之前也有篆隸雜糅，以追求文字的裝飾意味和審美效果的作品。以墓誌為多。這類墓誌多出現於隋末唐初，以〈韋士華墓誌銘〉、〈順節夫人墓誌〉為代表，書體多參雜篆隸，或直接三體雜糅，初唐大書法家歐陽詢所書〈房彥謙碑〉亦與此接近。

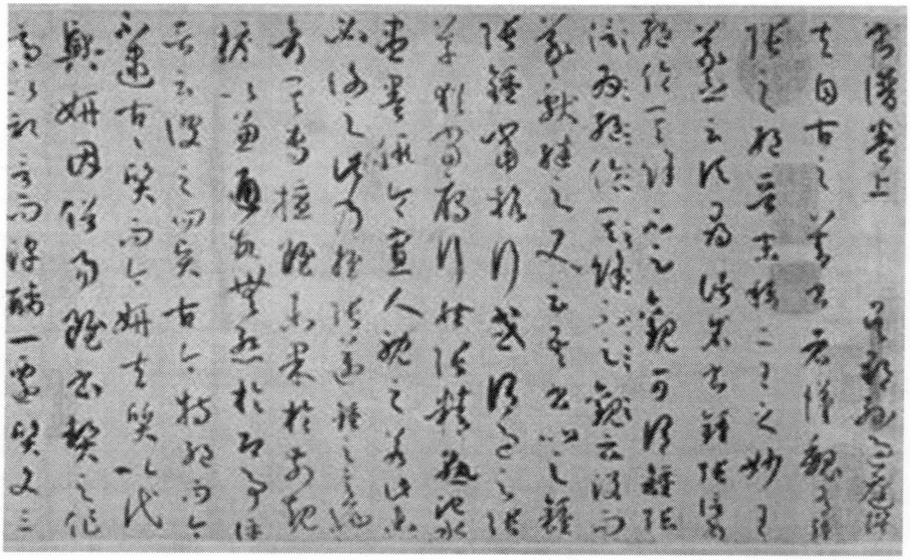

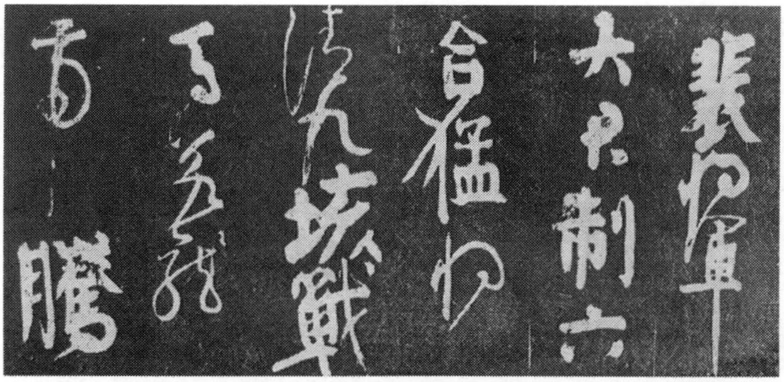

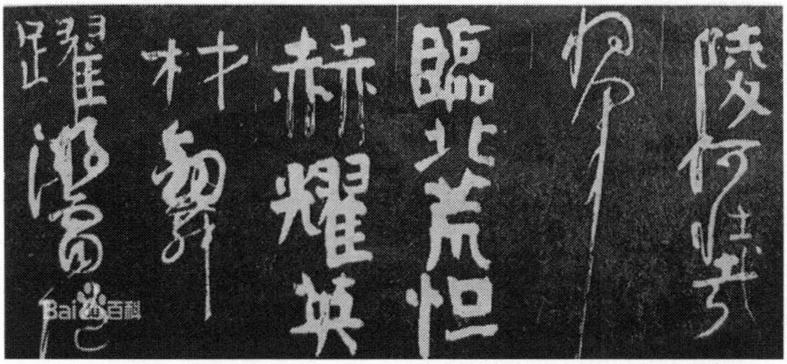

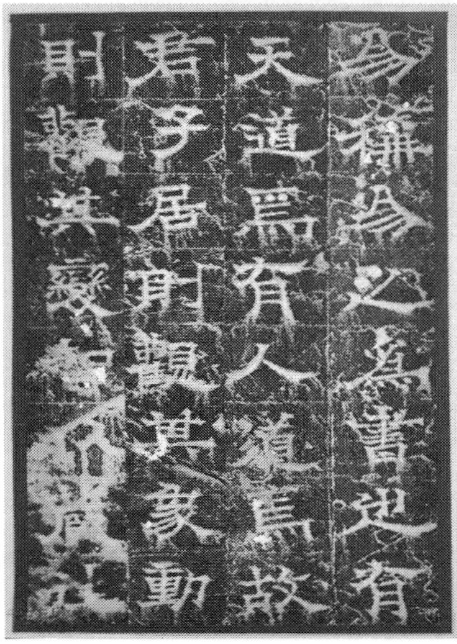

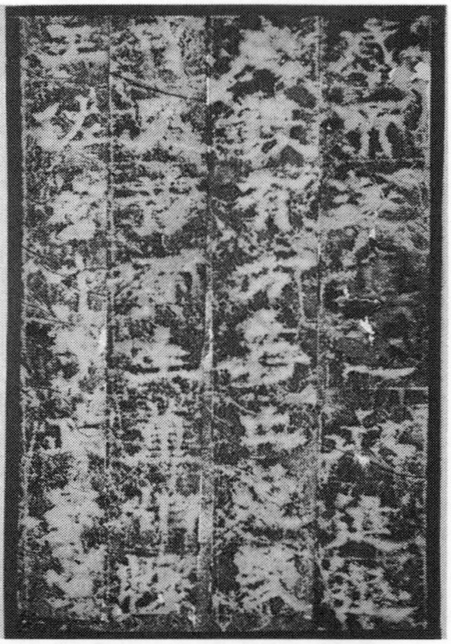

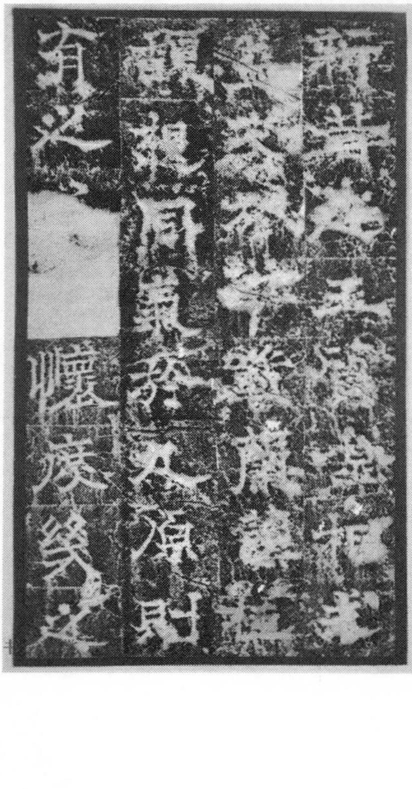

于隸書中摻入楷法，起筆往往直筆一頓而下，捺筆重按迅起，有魏碑筆意。轉折與鈎法，隸、楷兼施。歐氏傳世隸書極少，故本碑十分可貴。但純就書藝看，不免呆板，有時還顯得怪，所以後世學歐陽詢字的人固然千千萬，卻幾乎沒人練他這一路。兼通之途，似乎還得等到唐代中期以後。

六

由書法理論開展出來的文勢論、重新啟沃書法理論，這或許也是件非常有趣的事吧！而這又可以給我們什麼啟示呢？

文學與書法，都是文字的藝術，因此其關係異常緊密。而且這種關係不是兩類事物間的關係，有內在之共同性和通貫的理路。文勢論與書勢論，就是一個開端，預告了後世中國書法史和文學史的命運。後世文論與書學，似此者不勝枚舉，乃是理解文學史和書法史的關鍵及大脈絡。例如書勢文勢之外，筆法結構與詩法文法、書象理論與詩文意象說、書家凝神釋慮說與詩人治心養氣說等等，都可像我這篇文章這樣，一一考論下去，而明其相通相衍、回環轉注之跡，把書論史和文論史都好好重講一番。

可惜近代學科分化，治文學之專家跟討論書學的朋友均昧此大勢，未甚憭然。反而是有〈文心雕龍與六朝畫論在「形神論」意義上的美學比較研究〉、〈漫談文心雕龍和南朝畫論〉、〈中國古代樂論畫論對文心雕龍的影響〉等一大堆攀扯畫論的文章，令人不知說什麼好，傷哉！

第十三講 文心雕龍與文選

一

《文選》三十卷，共收錄作家一百三十家，上起子夏（《文選》所署《毛詩序》的作者）、屈原，下迄當時，不錄活人。

書中所收的作家，最晚的陸倕，卒於普通七年（五二六），而蕭統卒於中大通三年（五三一），所以《文選》的編成當在普通七年以後的幾年間，然後追題蕭統為主編者。全書收錄作品五一四題，是劉勰同時而稍後的一部大書，地位非常崇高，想必各位皆早已知道了，毋庸多做介紹。

在談《文心雕龍》與《昭明文選》的關係之前，要請各位特別注意：《文選》這書在當時並不是特別稀罕的，因為這類書非常多。《文選》，第一，它的篇幅並不特別宏偉；第二，其選擇亦未必是當時最精的，所以此書在當時的名望也不見得超過其它選本。從晉朝以來，就編輯了許多文章志，如《江左文章志》這一類選集是很多的。即使昭明太子本人所編，也不只這一部，他還編了五言詩的《英華》，還將歷代帝王的詔命，類似《尚書》那樣，編了一部《正序》。

也就是說，昭明太子本身所編的書就很多，《文選》只是其中之一。類似《文選》這樣的書，也只是當時許多文章選集之一。只不過到了我們現在，其它的書都亡逸了，留下來的只有這一部，因此《文選》就顯得非常的重要，因為由此可見當時文章總集之體式。

同時，如果《詩經》、《楚辭》、《尚書》這一類不算的話，它也是我們留下來的第一部文章總集，所以它占據了整個文章總集歷史的一個地位。詩方面，有同樣地位的，當然就是《玉臺新詠》啦。這兩者，在文獻學上皆有其地位，不可抹殺。

其次，因為六朝人所編的各種文選現在多不可見，故六朝及其前的文章，很多也都亡逸了，我們只能從《文選》中查看，故《文選》就顯得特別珍貴。包括我們現在講到「驚心動魄、一字千金」的〈古詩十九首〉，最早也是收錄在《文選》中。所以大家後來都讀〈古詩十九首〉，並且認為很重要。但〈古詩十九首〉在其它地方是沒有的，只收在《文選》裡，是因《文選》才得以流傳，其它很多文章也都是如此，否則根本傳不下來。我們現在知道的古代好文章，特別是魏晉南北朝這一段的，基本上都是收在文選裡的。其它的好文章，留下來的並不太多。這是它文獻上重要的價值。

但是，珍貴，並不表示他選的東西就特別精、特別好，不是這樣的。《文選》這部書在編輯上有很多可商榷之處。後人講《文選》，將它愈講愈高，跟講《文心雕龍》差不多，遂不能見其瑕疵而已。

《文選》之編輯多可商榷，但無論如何，它在文獻學上非常之重要，也代表了整個漢魏南北朝期間的文章寫作狀況（當然，文選之後的南朝還有一大段時間，因為《文選》的收錄在梁朝前期，梁朝後期與陳朝的文章狀況都沒有機會在《文選》裡表現。不過，大體上仍可以算得上是漢魏六朝以來文章的總集），是非常有代表性的。

二

另外，在理論上，文選也有重要的價值。《文選・序》這篇，即代表了他的選文觀念，我們一段段看：

> 式觀元始，眇覿玄風，冬穴夏巢之時，茹毛飲血之世，世質民淳，斯文未作。逮乎伏羲氏之王天下也，始畫八卦、造書契，以代結繩之政，由是文籍生焉。《易》曰：「觀乎天文，以察時變；觀乎人文，以化成天下。」文之時義遠矣哉！

上古還很純樸，沒有所謂的文學。人文的創造始於伏羲畫八卦，「造書契以代折繩，于是文籍生焉」，才慢慢的出現了文章典籍。於天文之外，得見人文。這是第一段，講文章、文籍的來歷。

注意它這裡講的文，與《文心雕龍》講的不太一樣，但是異曲而同工。《文心雕龍》講文，是上溯到人文之始，所以文章之文推到黃帝，從黃帝講下來，乃是從「人文」講「文」。這一篇也一樣，先講伏羲畫卦，事實上就是創造人文。早期人住在樹上，冬天住在山洞裡。這時沒什麼人文。到伏羲畫卦以後，人文才創造了。我常說：在中國，文字、文學、文化的概念是相互滑動的，有時分開講，但經常混著講，因為都是文。所以前面講人文，馬上又轉到講文籍（文章典籍），這些是文字寫下來的；然後從文章典籍又講到「觀乎天文，以察時變；觀乎人文，以化成天下」，文之辭意大矣哉！底下接著就講文章。

這與劉勰〈原道〉時，把文章推到天文、地文、人文，道理是一樣的。文章的源頭，都是由天文、地文、人文往下說，這是第一大段。

若夫椎輪為大輅之始，大輅寧有椎輪之質？增冰為積水所成，積水曾微增冰之凜。何哉？蓋踵其事而增華，變其本而加厲。物既有之，文亦宜然；隨時變改，難可詳悉。

前面一段是說人文創造了，第二段是說文的發展是愈來愈文，「椎輪為大輅之始，大輅寧有椎輪之質」，文明的發展跟文學的發展都一樣，都是由質到文。剛開始非常簡單、簡陋，後來慢慢踵事增華，甚至於變本加厲。

踵事增華，是順著原來的情況繼續增加它的修飾；變本加厲，是慢慢發展以後，它竟跟原來不一樣了，這叫變本，猶如馬克斯說的「異化」。但兩種都一樣，原先是質樸的，後來慢慢增加了它的華采，愈來愈文。「隨時變改，難可詳悉」，不斷不斷改變，以致「難可詳悉」。隨時而變，使得我們不是很能了解。

當然，如果文章只寫到這裡，那就不用再講了，但底下恰好不是，底下要繼續談：

嘗試論之曰：《詩序》云：「詩有六義焉：一曰風，二曰賦，三曰比，四曰興，五曰雅，六曰頌。」

我試著來討論一下歷代之變。根據詩序說，詩有六義，風雅頌賦比興，不過「至于今之作者，異乎古昔」，現在的人寫東西跟古人不一樣。就是說，前面是漢朝人對於詩的分類，但後來者所寫都跟古人不同。「古詩之體，今則全取賦名」，古代本來是指賦比興各體之一叫作賦，但現在賦已經不是詩體，詩、賦分開了。

注意：這邊所引詩大序，講的風、雅、頌、賦、比、興，其實頗與大序不同。

詩之六義，原來在《周禮》中都是詩體，但《毛詩》在解釋六詩時，把風雅頌與賦比興分開了；風雅頌還是詩體，賦比興卻指詩的作法。這與原來把風雅頌賦比興都當成詩體是不同的。為什麼呢？是因為那時對於賦比興那些詩體已經不熟悉了。

《毛詩》在解釋賦比興時，特別是比興，它還想要勉強要去解釋，說明它們原是一種詩體，所以在很多詩的後面會注明這詩是賦體、比體，或是比兼興，或者是賦兼比。也就是說《毛詩》嘗試去解釋，可是仍然一直解釋不清楚。而昭明太子這邊所講，賦，古代是詩體之一，但現在已經變成了一種文體，這不就是「古今之變」嗎？

> 至於今之作者，異乎古昔。古詩之體，今則全取賦名。荀宋表之於前，賈馬繼之于末。自茲以降，源流實繁。述邑居則有「憑虛」、「亡是」之作。戒畋游則有〈長楊〉、〈羽獵〉之制。若其紀一事，詠一物，風雲草木之興，魚蟲禽獸之流，推而廣之，不可勝載矣。

賦是古詩之一，但後人所作已經詩賦異體，獨立發展了。「荀宋表之于前，賈馬繼之于末」，荀卿、宋玉、賈誼、司馬相如之後還有很多發展；有「述邑居」，講都市的；有「長楊羽獵」，記田獵的；還有「紀一事，詠一物，風雲草木之興，魚蟲禽獸之流，推而廣之，不可勝載矣」，體類非常繁複；有講公事的，有講田獵的，有詠風雲草木鳥獸蟲魚的。從這裡開始，論歷史流變的同時，又分體論文，以上論的是賦體。

> 又楚人屈原，含忠履潔，君匪從流，臣進逆耳，深思遠慮，遂放湘南。耿介之意既傷，壹鬱之懷

靡訴。臨淵有「懷沙」之志，吟澤有「憔悴」之容。騷人之文，自茲而作。

底下論什麼呢？「又」字是古人用來分段的字，古代不用標點符號，是因文字使用本身就帶有標點符號的功能，像前面一段的「若夫」，就是起頭。現在是另起一段，這個「又」即是另起一段。這一段是講楚騷。前面講賦，現在講從屈原來的楚騷。要注意：昭明太子是把賦跟騷分開的。班固曾把《楚辭》視為賦的三大來源之一，現代人論漢賦，更傾向於把《楚辭》當作它的最大淵源，可是《文選》都不是這種態度。

詩者，蓋志之所之也。情動于中而形于言：〈關雎〉、〈麟趾〉，正始之道著；桑間濮上，亡國之音表。故風雅之道，粲然可觀。自炎漢中葉，厥途漸異，退傳有「在鄒」之作，降將著「河梁」之篇。四言五言，區以別矣。又少則三字，多則九言，各體互興，分鑣並驅。

談完賦，再回頭說詩，「〈關雎〉、〈麟趾〉，正始之道著；桑間濮上，亡國之音表。故風雅之道，粲然可觀」，這一段講的是《詩經》。

漢代中葉以後，作詩的方向開始產生了些變化。詩經以四言為主，漢代出現了五言詩，也有雜言，「少則三字，多則九言，各體互興，分鑣並驅」，這是詩與詩體本身的變化。

《文選》論文有個特點，就是不談作品的內涵、意識，例如詩是不是該講正變、盛衰，風教……等等，它基本不談。各位讀到這裡，你看它談到這些沒？古人常講賦要有詩人諷興之意，這些，《文選》有沒有談到呢？沒有呀！騷呢？騷從《楚辭》講下來，當然得講到屈原。可是昭明太子對屈原之志，也依然不著一辭。講詩，只講詩體的變化，不涉及情志方面的問題，正是此書此文特殊之處，不可不留意。

頌者，所以游揚德業，褒贊成功。吉甫有「穆若」之談，季子有「至矣」之嘆。舒布為詩，既言如彼；總成為頌，又亦若此。

接下去是講頌。頌也從詩發展下來，但跟詩體已經不同了，變成獨立的文體：頌贊。

次則箴興于補闕，戒出于弼匡，論則析理精微，銘則序事清潤，美終則誄發，圖像則贊興。又詔誥教令之流，表奏箋記之列，書誓符檄之品，弔祭悲哀之作，答客指事之制，三言八字之文，篇辭引序，碑碣志狀，眾制鋒起，源流間出。譬陶匏異器，并為入耳之娛；黼黻不同，俱為悅目之玩。作者之致，蓋云備矣！

再來就是「箴」與「戒」、「論」與「銘」、「誄」與「贊」，詔誥教令，表奏箋記、書誓符檄、弔祭悲哀、答客指事、篇辭引序、碑碣志狀等等，各種文體。

可是無論文體有多麼不同，它們的功能都是耳目之娛。所以說：「陶匏異器，并為入耳之娛。黼黻不同，俱為悅目之玩」。到這兒，又是一大段，總結上文。上面分論各體，而總結說它們就像各種樂器，有陶做的、有葫蘆瓜做的，但是吹奏起來都很好聽；黼黻是指服裝，服裝上的錦緞刺繡很漂亮，花紋皆不一樣，但都好看。

它講文章，這是重點。很多人談《文選》沒有注意到這一點，不知《文選》論文章主要是賞其文采、觀其文體。所以才會說文章的功能就像音樂和美麗的圖案，賞心悅目，入耳好聽、于目好看。我剛才已經說了，它不太談文章的情志、意識內容問題，主要只看其文采形式。

三

余監撫餘閑，居多暇日。歷觀文囿，泛覽辭林，未嘗不心游目想，移晷忘倦。自姬、漢以來，眇焉悠邈。時更七代，數逾千祀。詞人才子，則名溢于縹囊；飛文染翰，則卷盈乎緗帙。自非略其蕪穢，集其清英，蓋欲兼功，太半難矣！

以上是講文章從古代發展至今，文體上的變化很多。底下講我平常閒著沒事幹的時候，就喜歡讀讀這些文章。但從周朝以來，上千年了，詞人才子太多啦，寫的東西也多，我們當然需要「略其蕪穢，集其清英」。這樣才能夠看得比較好，因為這中間爛文章也不少。所以這就開始講到為什麼要編文選，是因為作品太多太雜了，所以要過濾，編成個總集。

若夫姬公之籍，孔父之書，與日月俱懸，鬼神爭奧，孝敬之准式，人倫之師友，豈可重以芟夷，加之剪截？

底下這些話最重要，講的就是怎麼編。而其講法卻是不正面表列，說我要選哪些，而是倒過來說哪些東西是我不要的。像周公、孔子他們的書，太重要了，與日月俱懸、與鬼神爭傲，是孝敬之准式、人倫之師友。既然這麼重要，我們怎麼可以再加以剪裁呢？所謂「曾經聖人手，議論不敢到」呀。換言之，經典，我這裡就不收了。用一套恭敬的語詞，說小廟容不了大神，把經典排除了。

> 老、莊之作，管、孟之流，蓋以立意為宗，不以能文為本，今之所撰，又以略諸。

上面講的是經，這裡講的是子。子學著作以立意為宗，不以能文為本，所以「今之所撰，又以略諸」。這一部分也可以忽略不計。我前面已經說了，它強調文采，是以能文為本的，不重視內容，故不收諸子百家。

> 若賢人之美辭，忠臣之抗直，謀夫之話，辨士之端，冰釋泉涌，金相玉振。所謂坐狙丘，議稷下，仲連之卻秦軍，食其之下齊國，留侯之發八難，曲逆之吐六奇，蓋乃事美一時，語流千載，概見墳籍，旁出子史。若斯之流，又亦繁博。雖傳之簡牘，而事異篇章，今之所集，亦所不取。

這裡講什麼呢？講的是個目前我們不太注意到的「說」，即「口說」之問題。文學史中本來就有些屬於口說的傳統，近代我們的文學史觀更強調這個部分，如小說就是口說的傳統，戲劇中的口白也是，大部分俗文學更是口說傳統跟文字傳統相交雜的東西。在古代，口說的傳統更甚，即使寫成了文字，它原先也常是口說；譬如詔告就是王言，王在說話。本來是言。就像傳記的記，後來史書裡面都寫成紀，像本紀。記與紀本是同一個字，但是細分卻不一樣，記是傳記、記錄、記述，都是言說；紀則是竹簡編起來的書，是文字而不是口說。我在《文化符號學》中即有一章專門談這個歷史、傳奇、傳記的演變，從口說到文字的變化。

然而這個口說的傳統，在《文選》裡頭卻是不論的，這一段就專門講這個問題。像現在，《戰國策》我們都收到《古文觀止》一類書裡去當文章模範了，但是從昭明太子的角度來看，那些戰國謀士的言辯只是口談，口說不是文章，所以是他不論的。

要特別注意這一點。因為這關聯著六朝時期的說林傳統。當時有說林、有語林、有笑林，如《世說新語》、《語林》等等就是。那時不是有清談嗎？我們現在講文學史的人常有一種觀點，從劉師培以來就這樣講，說六朝文學的文采非常好，原因是清談的談辯之辭，本來就詞藻華美，故當時寫文章頗受清談風氣之影響，文辭遂也像語言一樣華美。他們常引證劉義慶《世說新語》、裴啟《語林》這類的言說紀錄來論證六朝時人言辭華靡，故其文章亦甚華侈。

講得很熱鬧，可惜完全顛倒了：六朝時期言、文分途，言與文是分開的。口說之記錄雖有《世說新語》、《語林》、《啟顏錄》、《笑林》等等，但這些都不是文。文是什麼呢？各位回憶一下：當時不是有「文筆之辨」嗎？語言經過修飾、記錄了，才能成為文；然後在文這個大類裡，又區分成較質實的筆，和較華麗的文兩類。語的層級，顯然要低得多。

理論上是如此，實際評價時亦然。像摯虞的同時有位擅長言詞的名人樂廣，當時就有評論說：這兩個人談論時樂廣很厲害，講得好；但是退而著論，那樂廣就不行了。等到後人再來看，論兩人的優劣，則一個只是口說，沒法留下來；一個是卻有文章。有文章的當然就贏了。當時人於是認為兩君「優劣從此定矣」。

同理，《文選》錄文，就不取口說，這一大段講的即是這件事。說賢人之辭、謀夫之話、辨士之端，金聲玉振，話都講得極好，而且也曾記錄在書籍上，但是「雖傳之簡牘，而事異篇章；今之所集，亦所不取」。他們的言詞雖然也留下來了，像《世說新語》，那些語詞不是已記錄成了文字上嗎？昭明太子說：是的，沒錯，但這只是語林系統的紀錄，它依舊不是文章，不屬文章的體系，所以這個部分也不收錄。

這是個很重要的觀點，跟我以前講的「詩樂分途」有點類似，各位要詳細體會，找些資料來了解。

至于記事之史，繫年之書，所以褒貶是非，紀別異同，方之篇翰，亦已不同。若其贊論之綜緝辭采，序述之錯比文華，事出於深思，義歸乎翰藻，故與夫篇什，雜而集之。

此外還有史書。史書是要褒貶是非、紀別異同的，功能與性質均不同於篇翰，所以也是不收的。不過史書中某些部分，像它的贊論就充滿了文學性，能夠「綜緝辭采」，序述也能「錯比文華」。這些，雖事出于沉思，但義歸乎翰藻，跟文章一樣，所以我也選了一些。

遠自周室，迄于聖代，都為三十卷，名曰《文選》云耳。凡次文之體，各以匯聚。詩賦體既不一，又以類分；類分之中，各以時代相次。

以上是說他的體例。從周朝到現代，共收文三十卷，名叫《文選》，以文類區分，類分之中又各以時代相次。這是講它具體的篇章分布，前面講的則是它的標準。

現在許多談《文選》的先生，都把「事出于沉思，義歸乎翰藻」這兩句摘出來，認為這即是整個《文選》的選文標準，哎，實際上這不是全書的標準，只是說史書中某些合乎這個標準的，我們可以摘出來，編在書裡。若從整本書看，「事出于沉思」這部分卻不重要。因為這兩句話本來是說：史書的目的跟功能原不是寫文章，而是述事情、寓褒貶的；只不過，其中有一部分雖然「事出于沉思」，但仍可「義歸乎翰藻」，這些我們就可以收入《文選》裡。

現在我們一般在討論文學時，常把文（文詞藻采、形式）當作外表，把意義當作內涵。這個觀念與講法是宋代以後才有的，文以載道就是這個觀念。譬如一輛車子，車子是一個工具、形式，要載的則是意義內容。《文選》可不能這樣來看。《文選》說的「義」是什麼？並沒有一個在文采之外的義，義就是詞藻的表現，所以說「義歸乎翰藻」，翰藻就是它的義。

四

《文選．序》第一個重點就是它表達了這樣一個特殊觀念；其次就是談它的文章分類。

前面講了，詩賦分體，然後再作小的分類。

具體的分法，是從賦講起。我們剛剛看前面的〈敘〉也看出來了，他最先講的就是賦。賦又先講〈京都〉，而且篇幅非常大，有上、中、下；再來是郊祀、耕籍、畋獵、記行、遊覽、宮殿、江海、物色、鳥獸、志、哀傷、論文、音樂、情。

這是賦的分類。底下講詩。詩第一叫補亡，補亡就是補《詩經》之亡。當時人相信《詩經》有好幾首是亡失了文詞，只剩下標題。不曉得這是沒配上詞的樂曲。故不少人紛紛替《詩經》補亡。

其次是述德。述德不是述我的德，是述先祖之德。此體亦原本於《詩經》，《詩經》的〈頌〉就都是述祖德的。

底下是勸勵。勸勵自己。

然後是獻詩。向上位者獻詩。

公讌，朝廷君臣或同僚的宴會。這也是延續自《詩經》的〈雅〉。不是私下的聚餐。

祖餞是另一種公讌。有個人被派出去做官，要出行了，大家來舉行送別的儀式，祖道餞行。在道路邊祭祀道路的神，喝酒，當然也還要賦詩送別。

再來才是詠史詩與百一詩。詠史是對歷史的感嘆，百一是對現世的批評。

接著是游仙詩。現世多不稱意，人自然會有超越之想，所以接之以游仙。游仙之後則是招隱與反招隱。這等於是游仙的同調與反抗。

這裡要特別做個說明，就是招隱這一母題，最早出現在《楚辭》。但《楚辭》招隱士是叫隱士不要隱了，出山來吧，山裡很辛苦、環境很差，還是出來做官吧。這種詩體，到六朝卻完全顛倒了過來，招隱是指山中隱者叫喚山外面的人入山隱居；反招隱，則回到原來那個說「不要隱居了、出來吧」的傳統。各位要特別注意這個歷史的變動。

底下是遊覽。前面遊仙和招引皆與山水有關，故接之以遊覽。

到此為止，他選的詩可說都是以公共生活、社會性的為主；然後是對這個社會的超越，所以有游仙、有招隱、有山水遊覽。個我抒情的作品則皆放在後面。我們現在談文學史的朋友常說漢代是個集體社會性思維的時代，魏晉以降則以個體抒情為主。看看《文選》這種分類，便知其說之大謬不然。唉，近人不善讀書，例證真是隨處皆是呀。

個體抒情部分，分詠懷、哀傷兩類。兩者差不多，大底偏於內省的收入詠懷，偏於對具體事情傷感的歸入哀傷，如悼亡、哭墓、弔喪、哀亂離、悲淪沒等等。

哀傷多是因人事而生，非一人獨我自悼，故底下又轉入人際交往。如贈答、行旅、軍戎。這一部分篇幅也遠多於詠懷，像贈答就分一二三四，行旅也分上下。

詩選完了，接著是樂歌。顯示詩樂分途。

歌以郊廟為先，道理跟詩先述祖德一樣，郊謂祀天、廟謂祭祖。然後是樂府、輓歌。

輓歌單獨一類，可徵時代風氣。古人重喪祭，這是各民族共同的。現在壯族還習慣請民間歌師二人來哭喪。扮成舅甥，一問一答，唱歌徹夜，贊頌祖先業績，勸導後輩不忘祖恩。彝族人稱此為「跳腳」，由四人手持八卦在尸旁跳，邊跳邊唱孝歌，據說這樣可以為死者踩平通往陰間的荊棘之路。景頗人稱此為「布滾戈」，要請附近各寨的青年男女同跳，通宵達旦。哭喪之歌即是輓歌。歷來重視。而且這不是儀式性地看重，更是藝術上的重視和喜愛。漢代廟堂和一些典禮上就經常唱輓歌，不限於喪祭。例如婚禮就是如此。魏晉以來，此風不衰，甚至還有每天出門唱輓歌，被人譏為「道上行殯」的。直到唐代，你們去看〈李娃傳〉，那裡面描寫鄭元和因嫖妓淪落市井，以替殯儀社唱輓歌為生，而社會上大家爭聽唱輓歌比賽的情景，就可明白其大概了。

樂府之後附錄雜歌、雜詩以及雜擬。我們所知道的〈古詩十九首〉，就是放在雜詩類裡，地位本來未必甚高。李善注，說雜詩之雜是因「不拘流例，遇物即言，故云雜也」。我則感覺這批詩多有樂府氣息，因此若由詩體看，頗覺不純，故稱其為雜。

詩歌都選完了才是騷，騷獨立一類。我已講過這是《文選》極可注意之處。再來是七，七也獨立一類，指七發這種文體。皆文而有詩歌之感者，古人有時也把這些都歸入「賦」中，即因它們畢竟都跟底下的文體不同。

底下是詔、冊、令、教、文、表、上書、啟、彈事、箋、奏紀、書。書，指給君王上位者的信或朋友之間的來往函札。再來是檄文，乃打仗時質問對方的文體。接著是對問、設論。這也屬於對答論難的。

還有辭，收武帝〈秋風辭〉、陶淵明〈歸去來辭〉。序，分書序和志序。頌、贊、符命。符命一體，後世少見，也是很能顯時代氣息的。接著是史論、史述贊。我們剛剛講到：凡史書中「錯比文華」、「義歸乎翰藻」的，蕭統都收，此即是也。

另外就是論。論很不少，凡五部分。我曾說魏晉以來議論文大盛，這就可為例證。再則是連珠。連珠也是論的一支。此外則為箴、銘。箴勸誡，銘記事。最後是誄、哀、碑文、墓志、行狀、弔文、祭文。這些都是哀逝者之文。

以上是《文選》的分類，其中頗有特點。

第一是賦跟騷分開。這點後人多不認同，如吳子良《林下偶談》說《文選》不把《楚辭》歸到賦體，卻獨立一門叫作騷，是：「無異偏題，名義尚且不知，況文乎？」依他看，騷不能做為一種文體。離騷是遭憂的意思，騷是指牢騷、悲苦、碰到了麻煩事。怎麼能把煩惱、牢騷當作一個文體呢〈離騷，根據班固的解釋即是遭憂，離者罹也。離別的離，其實也是罹患的罹，指碰到。分離怎麼就是碰到呢？我講過，中國文字有正反合義的現象。例如「閒」，陶淵明的〈閒情賦〉是什麼意思呢？我們看其字面，閒情好像是指很悠散的情緒。但不是的，這個閒不是是放鬆的意思，而是指管束，閒情就是說你要控制你的感情不要亂來。昭明太子曾說陶淵明「白璧微瑕」，像白玉上面有塊污點，這污點就是他寫的〈閒情賦〉。因為陶淵明雖想閒情卻沒掌握好，感情還是寫得太放縱了，沒有真正收束回來。這個閒，就是管束的意思〉？離騷作為一個篇名是可以的，但把它視為一類文體則不通。像這樣的情況還有不少。因此，姚鼐《古文辭類纂》論賦時就說它：「分體碎雜，其立名多有可笑者」。並說其後編輯文章的人常常不懂，「不知其陋」，不曉得它是個缺點，卻「而因仍之」，仍然沿續它的錯誤，這是不對的。

但是昭明太子為什麼要這樣分呢？我們讀了他的序，應該可以替他想出理由來，因為他對賦的觀念，跟後世大部分講賦的人觀念不同。他認為賦的源頭是從詩、從荀子下來，宋玉也被他歸在荀子後面。他不像我們現在把屈原、宋玉挂在一起說。而且我們講賦的源流時，屈原比荀子重要得多，強調《楚辭》的影響力，荀子反而不重要，談的人很少，把《楚辭》地位抬得很高。但《文選》完全相反，講賦，單一源頭就是荀子；《楚辭》之流另歸一類，就叫作騷，兩者是分開的。

由荀子賦這種傳統看，賦就是以鋪陳物象為主的，所以開篇就是京都，文字數量最多，因為篇幅大嘛，一收就是三卷。然後一路寫郊祀、耕籍、畋獵、記行、遊覽、宮殿，一直到江海、物色、鳥獸，都是鋪陳物象。鋪陳物象的賦放在前頭，寫感情的則放在很後面，「情」便是最後一類。而且各位查一下《文選》本文就知道，情只選了〈宋玉答楚王問〉一篇，可見這個情講的是很狹隘的情，專指男女感情。所以整個賦體可以說基本上就是鋪陳物象的。

這是《文選》對賦的基本看法，這個看法比《漢書・藝文志》還要極端。《漢書・藝文志》認為賦有三個源頭，一是荀子，一是陸賈，一是屈原，再則是雜賦。但《文選》論賦只有一個源頭，就是荀子。屈原那種寫法則另歸一類，稱為騷，發牢騷的，所以獨立為一體，這是很特別的做法。

另外，他史論、史述贊這兩類，後人也有不滿之處，像章學誠就說史論不是論嗎？為什麼史論又獨立為一類呢？而史述贊，或班固的的〈漢書自序〉，又怎麼能獨立為一類？章學誠對他這些分法都是有意見的。

有些文體本來並沒有論的名稱，像我們現在所熟知的〈過秦論〉，原來就只叫〈過秦〉，過是動詞，指對秦的批評。《文選》把它歸到論體，且加上一個論字。這也是被批評的。

還有，有些部分它收的文章很奇怪，像耕籍只收了一篇潘安仁的〈籍田賦〉；論文這一類也只收了陸機〈文賦〉一篇；情這一類，同樣只收了宋玉一篇。

這不但是有些收得多，有些收得少，差距太大的問題；而且像論文這樣獨立作一類，當然可以說是選一篇有代表性的，可實際上除了這一篇之外，世上並沒有別的文章叫作論文，因此這怎麼能獨立為一類呢？

《文選》的輯編跟分類，在蕭統寫序時看起來是有一個整體想法的。但這個想法跟編出的來頗有落差，這應是當時雜出眾手，好多人一起編的緣故。後人對其分類有時覺得太過零碎，有些地方又似乎可以合併，像史論跟論看起來就可以合；有些不必分得這麼細，像詔、冊、令、教這些即不一定要分這麼細。

不過不管怎麼樣，分類便顯示了昭明太子的一些想法。

五

講到這邊，可以開始做一些它跟《文心雕龍》的對比啦！

一是其分體顯然跟《文心雕龍》不一樣。在大結構上，《文心雕龍》論文敘筆，前面先談文，後面談筆，前面主要是韻文，後面是散體。文跟筆是分開的。而《文選》並沒有文筆之分。每一類中，韻文散文皆不甚分。如弔祭，雖多半是散文，但〈弔屈原文〉這些並不是散文。箴、銘、哀、誄這些也都是散文、韻文編次雜出的，所以它在大結構上並不像《文心雕龍》那樣，看不出文筆之辨的痕跡。

再就是前面提到過的，可能因為雜出眾手，所以《文選》編次有不合理之處。像騷跟賦分開固然有他的道理，但騷跟辭的關係那麼密切，是否真能分開呢？辭，原先就由《楚辭》的辭字來。若要把它們分開也不是不行，但不能分得太遠，否則就看不出他們之間的淵源了。

還有，賦的大類中，情感的部分先是哀傷，最後才是情。照道理，情應該大，哀傷只是情中的一類，所以應是情在哀傷之前，或者把情放在在志，底下才論文跟論音樂，這樣就比較合理。志跟哀傷或跟情併，或者志後面是哀傷，然後再論情也可以；或者志後面是情或哀傷，完了以後再收論文跟音樂；或者把論文跟音樂全部調上去，前面物色、鳥獸、草木、蟲魚，談的是自然的東西，底下論音樂、論文學等人文創造的東西，這都是詠物、論物，完了以後再論情，這樣可能也比較有條理。還有，〈宮殿〉理應放在〈京都〉後面，或在郊祀、耕籍後面。原來周朝以來的都城，皆不只是人住的地方，更是神的居所，是宗廟所在，是人神溝通之地。至今北京仍有天壇、地壇、日壇、月壇就是這個道理。郊祀指祭天，耕籍指天子要耕田以象征他與民同甘共苦，這些都是天子之事，底下接著談〈宮殿〉，完了之後是〈畋獵〉出去打獵，以上講的都是京城的事，完了以後才從京城往外走，是〈記行〉、〈遊覽〉、〈江海〉。看到江湖河海，然後才觀鳥獸草木蟲魚，是由大入細，這樣的分類才比較有條理。

另外〈雜詩〉，他這樣子分也不甚合理，我們可以了解他是因為要把不重要的歸到後面，但是以分類學的角度來看，應該把雜詩放到樂府之前。以上都是詩，後面才是樂府，最後放雜擬。不然就應把雜詩、雜擬都歸到樂府上面，底下再談樂府。

它不像《文心雕龍》是一個人做的，分類比較嚴謹，對每一類的每一個分體，說明也比較清楚。原始以表末、釋名以章義、選文以定篇，敷理以舉統，對每一類的掌握較清楚。《文選》的分類則不如《文心雕龍》嚴密。

《文選》跟《文心雕龍》的分類還有許多不同，如一、《文心雕龍》是明詩、樂府、詮賦；《文選》顛倒過來，賦在前詩在後，再來是樂府。排序不同。

二、另外像「七」跟「連珠」在《文選》中是獨立的，《文心雕龍》中「七」並沒有獨立，併到雜文類；包括「連珠」也是，可見輕重不同。

三、還有《文選》特別提到了「彈事」跟「序」，而《文心雕龍》對這兩種文體沒有討論。「彈事」就是上表彈劾其他官員。

《文心雕龍》有的，像「表」上下，《文心雕龍》視併為「章表」。書、啟、奏，啟歸到「奏啟篇」；箋歸到「書記篇」；行狀也歸到「書記篇」等等。《文心雕龍》通常分類比較寬，《文選》比較瑣碎。

第四，如果我們用孔子所說的「詩可以興、觀、群、怨」這個標準來看，可以發現《文選》比較重視的是群，所以賦從〈京都〉講下來，詩則從〈補亡〉、〈述德〉講，這兩者是相互呼應的，一是講德行不要有虧欠，一是講我的祖先非常好。在傳統上來說，這兩者是一體兩面的，「毋忝爾所生」，要經常注意自己的言行，勿玷污了父母，這是人跟宗族上下的關係。底下是勸勵，自我勸勉。再來仍是群，就是獻詩、公讌、祖餞等等，這些都是群，講的都是君臣之際的事。詩賦都是以群居前，接著是觀，像記行、遊覽、江海、物色、鳥獸等等都是觀。怨在很後面。

文章也是一樣，先詔、冊、教、令，再來是臣子的表、上書、奏啟、彈事，最後是問答、設論等等，這些都是群。著重的是君臣、朋友等等。要到最後才收那些有個人感情性的誄、哀、碑文、弔文、祭文等。弔祭文最能顯示個人情感，雖然這類文體原本皆出於交際應酬，但我們仍可勉強算它是怨。

因此，「詩可以興、觀、群、怨」，那些可以怨的部分大概都被它放在了後面，這是《文選》的特徵。《文心雕龍》不然。《文心》重興、重才情，強調個人情動，文章皆情動而發，故由〈物色〉感人說起。

它講〈物色〉也跟《文選》的〈物色〉完全不一樣。《文選》的物色，是人出去遊歷以後看到的江海、鳥獸、風花雪月。《文心雕龍》講的卻講物能感人，人是能感，物感動了我，所以事事興感，所以情動了。情動于衷以後，這個不得已之情，必須發出來，所以「在心為志，發言為詩」。這是從個體說，不是從群說。從個體說，而且從情說，則觀山情滿于山、觀海情滿于海。這是《文心雕龍》跟《文選》不同之處，一個重群、重君臣；一個重個人的才、個人的情，重興。

我寫過一篇文章談中國的飲食文化，用《文選》的分類來做說明。因為通過《文選》的分類，我們可以注意到有一個跟我們現在習慣從抒情、言志來談文學不同的角度。是什麼呢？就是不是從個體抒情、言志這個地方來講，而是從君臣朋友怎麼在一起玩、吃，來談詩可以群、可以觀。觀是觀風俗、遊覽、物色等等。

這個是兩個體系的不同，以致於一切具體說明也就不相同，所以雖然表面上看來好像名詞頗為類似。例如兩者都講物色，然而《文選》以〈物色〉做為一類是很受人批評的，認為物色怎麼能叫一類，物色是泛稱一切風物名色，怎麼能做為一個文類？有人替它辯護說：這不妨，因為「物色」是六朝的通稱、俗語，這像《文心雕龍》不也講物色嗎？所以應該沒有問題。殊不知《文心雕龍》的〈物色〉跟《文選》所講的〈物色〉不一樣。因為它們體系不同，一個強調群的一面，一個強調個體的情志。

五、劉勰宗經，論文體均推源於五經，《文選》完全沒這回事。

以論為例，《文選》論有一、二、三、四、五。論一是〈過秦論〉、東方朔的〈非有先生論〉、王子淵的〈四子講德論〉，這是論一。論二是班彪的〈王命論〉、魏文帝的〈典論論文〉、曹元首〈六代論〉、韋弘嗣〈博弈論〉。論三是嵇康〈養生論〉、李蕭遠〈運命論〉、陸士衡〈辨亡論〉上下兩篇。論四陸機〈五等諸侯論〉、劉孝標〈辯命論〉。論五是劉孝標〈廣絕交論〉。《文心雕龍》在討論「論」的時候，這種論人、論事、論政的論，其實都沒有談到，像〈養生論〉、〈博弈論〉都是《文心雕龍》

所沒有涉及的，各位回去對照一下《文心雕龍》論那一篇就知道了。

也就是說，他們具體在討論論體時，所選的文章跟所談的內容，差異極大。《文心雕龍》把論當成一種論述經義之體，所以把解經文字也放到論體裡面去談，而不是像《文選》所列都是一些政論、人物論、命運論。所以同樣有論這個文體，但所談具體內容並不相同。

還有史傳、諸子、議對，皆是《文心雕龍》有而《文選》沒有的。《文選》沒有的道理很簡單，《文選・序》已經說過：「諸子以立意為宗，不以能文為本」，所以諸子之文它是不收的。議對是口談，機鋒對話，《文選》也不收；史傳，《文選》也不收。我們後代人當然會覺得〈信陵君列傳〉、〈項羽本紀〉文采多好呀，但那是後來人的觀點。

後來人的觀點是什麼呢？我曾跟各位講過經學怎麼變成文學，同樣的，後世怎麼把史書當文學作品看，也是一樣的。後人看《史記》，覺得很多本身就是非常精美的文學；但《文選》不這樣看，認為史書裡面那些東西都是敘事的、對人物有褒貶的，重點在那兒，而不在文采。只有後面獨立的贊與論才是作者表現自己文采的部分，所以它只選這部分。這是第六點。

第七，作者。劉勰論及的作者，涉及到六朝的不多，具體評論到的六朝作家一共五十七人，還不到《文選》的一半，《文選》有一百三十多人。也就是說，整個《文選》序列的作家，六朝比較多，《文心雕龍》較少。

為何如此？原因是《文心雕龍》重前輕後，漢代其實才是它的楷模，魏晉就差了，東晉以後更差，所以他談的六朝作家不但少，且主要還集中在魏晉這一段。《文選》相反，後面收得多，因為《文選》的歷史觀不一樣，覺得文章是愈來愈華美也愈好，所以後面收的遠多於前面。

多到什麼地步？《文選》跟劉勰一樣，所錄的作者沒有活著的，都是死人。但雖如此，所談的當代人，特別是齊、梁之間的作者非常多。而且建安以下、大同以前的文人基本上是全的，所以何義門《讀書記》說此書：「建安以降、大同以前，眾論之所推服，時世之所鑽仰，蓋無遺憾焉」，只要是當時有名的文人、重要文章大概都收在這兒了。所以它的文章，兩漢非常少，任彥升以下卻非常多。像啟、彈事、墓志、行狀、祭文，這些收得最多的是誰呢？是任彥升，任昉。其它像沈約、顏延之、謝惠連這些人的文章也收很多。而剛剛提到的這些人，名字在《文心雕龍》中卻一個也沒有。任昉的文章，《文心》談都不談；它談到顏延之，也只是要批評顏氏說的文筆之辨是不對的。所以兩者所選的文章，詳略有很大的差別。《文選》詳近略遠，《文心》反是。

八、再來看選文的問題。《文心雕龍》談到「古詩佳麗或稱枚叔」，講的就是現在收在《文選》裡的〈古詩十九首〉。可是《文心》並不叫作古詩十九首，只叫作古詩，說古詩中好的，有人認為是枚叔所作。我們現在一般認為他講的就是〈古詩十九首〉，但到底是不是，不知道，總之《文心雕龍》沒有細談。反之，張衡的〈怨歌〉、〈同聲歌〉是《文心雕龍》提到且稱贊的，可是《文選》沒有收；何晏的詩，在劉勰的討論中是曾談到的，在《文選》也沒有收。前面提到《文選》收了一大堆六朝作品，《文心雕龍》收得很少，但《文心》所欣賞的、所提到的東西，也有若干是《文選》沒涉及的。

另外，九、《文選》選的文章，有一百二十多篇後來被收入到正史裡去，可見《文選》的文章很重要，具有「正典化」的作用，故亦被史書所收錄。而《文心雕龍》雖也選文以定篇，它所選的文章，後來被大家所肯定的卻沒有《文選》那麼高，這是可注意的。

《文心雕龍》本來跟《文選》一樣具有選文的功能，我們若把它選的文章摘出來，完全可以編成跟《文心》相輔而行的另外一部《雕龍文選》，這樣來看也會很有意思，但是後人從來不會這樣作。因為《文心雕龍》的選文功能一向不被認為特別重要，不像《文選》。這是兩書很不同的地方。

還有，十、《文心雕龍》談賦說：「鋪采摛文，體物寫志，為古詩之流。」又認為賦出于屈原，所以說：「受命于詩人，拓宇于楚辭。」說「受命于詩人」，是指它原是從詩來的，但「拓宇于楚辭」，屈原以後，這個疆域才開拓了。荀子即是放在這個脈絡裡面來說的，所以講怎樣寫賦，是從睹物興感說，說物以情觀，從感物而動來講，這都跟《文選》不一樣。

《文選》把賦放在詩之前，又以〈京都〉居首，跟《楚辭》距離很遠，體物寫志亦是一直要到十三、十四卷才開始出現，把情放在最後面，而且只收了〈高唐賦〉、〈神女賦〉、〈登徒子好色賦〉、〈洛神賦〉，所以它的情只是指男女之情。志，也不像「詩言志」的志那麼寬，這個志是有專指的。志收了張衡的〈思玄賦〉、〈歸田賦〉，班固的〈憂通賦〉，潘安仁的〈閒居賦〉，這些賦的志是什麼呢？我們以前說過，漢代的文人，喜歡說士不遇。這些志講的就是這個。不是感物吟志、詩言志的那個志，而是專指士不遇的那種志，是有志難伸的志。因為有志難伸，所以它同時帶出來的情緒，叫作不如歸去，所以才有〈歸田賦〉、〈思玄賦〉、〈憂通賦〉這一類。這一類賦，是指人在不得志時那種抑鬱與自遣。像潘安仁的〈閒居賦〉，閒居不是閒情的閒（管束），而是悠閒的閒，就跟〈歸田賦〉道理一樣。說算了吧，我回家閒居算了，甘脆不要幹了。這類言情述志的東西，《文選》都放在很後面，因為它講賦，是依據荀子賦的源流。

《文心雕龍》論賦，又強調什麼呢？漢代，它認為最好的是枚乘、司馬相如、賈誼、王子淵、班固、張衡、揚雄、王延壽，這是漢代的（漢以前還有荀況、宋玉）。而《文選》論賦，並不推崇這些人，這是它們的具體區分。

十一、《文選》郊廟跟樂府是分開的。《文心雕龍》則是從雅樂講下來，所以《文心雕龍》的樂府篇，絕不能把郊廟跟樂府分開。把郊廟跟樂府分開，有點像現代人的作法，現代人是把樂府分成文人的

（或朝廷的）與民間的。《文心雕龍》不是，是從古代的宗廟、祭祀、郊廟、雅樂的傳承上來講樂府詩。所以《文心雕龍》認為樂府作得好不好，重點在于適不適禮，所以說魏之三祖樂府雖然音樂很好，但是相對於古代來講，古代的是正曲、正風、正聲，魏則流靡了。曹植陸機以後，整個樂府詩的發展，《文心雕龍》一個字都沒有談。

我已經說過，樂府在六朝時很盛、很重要，像近體絕句的發展就跟吳歌、西曲關係很密切，這些也不宜忽視。可是《文心雕龍》對陸機以後的樂府詩，完全沒有談到，《文選》就收錄很多。而且它不但重視詩，也重視歌，像挽歌、雜歌都是歌。挽歌獨立一類，《文心雕龍》就沒這樣作。《文心雕龍》把所有的歌歸到樂府，而且一筆帶過。在《文選》裡詩跟歌則沒有完全分開，它只是前後分，但是綜合起來它還是放在詩的大類裡的。

十二、除了具體的文類區分之外，兩人的文學史觀也不一樣，《文選》論文從伏羲講下來，與時為變，比較強調文章的新變，有愈來愈趨新、愈來愈文的傾向，而不像《文心雕龍》有復古的意思。〈宗經〉、〈徵聖〉即是復古，所以認為文學愈來愈差。《文選》近詳遠略，愈早的談得愈少，愈後期的文章收得愈多；《文心雕龍》相反，前面談得多，後面談得少，乃至于不談或是批評地談。

而且，十三、《文選》所收乃姬漢以來之文，不錄口說；《文心雕龍》對口說跟文筆卻沒太大的區分，我們可以從〈論說〉的說來看。它從《易經》的〈兌卦〉講起。各位記得《論語》的第一句：「學而時習之，不亦說乎！」說，我們都讀成悅乎，因為說跟悅兩字原先是同一個字，本字就是這個兌。所以《易經》這個卦，既講喜悅又講言說，而《文心雕龍》的〈論說〉篇，就是往上推，謂論說之說出於《易經》的〈兌卦〉。〈兌〉是西方之卦，也是水澤滋潤之卦。大學的宿舍，很多都叫麗澤樓，用的就是這個意思，乃朋友講習、相互潤澤之意。故孔子說：「有朋自遠方來，不亦樂乎！」這句話其實是用典，用的就是〈兌卦〉的卦辭，說朋友講習說話很快樂。《文心雕龍》論「論說」而推源於言說，可見言說跟文筆其實他並沒分，不像《文選》把言說排開了不錄。

另外，十四、《文選》比《文心雕龍》更重辭采，甚至可以說《文選》只重辭采，沒有什麼義理可說。古人批評《文選》選文，常會特別談到這一點，說它裡面有些文章只是無足輕重之文，義理上無足輕重，或義理上是有問題的，像封禪、符命這一類文章，大家都知道是言不由衷的。所以古人曾說收〈封禪書〉，不如收〈天人三策〉；〈劇秦美新〉、〈魏公九錫文〉等文，其實也不該收；而〈出師表〉的後表，則不應刪去。這些都是《文選》選文不重義理所出現的問題。

黃季剛先生的學生駱鴻凱曾寫過一本《文選學》，其中專門有一節，紀錄了古人批評《文選》的意見，例如說其所選的文章有些是善言德行，道理很足的，這個叫作有道理之文；還有一種講事理的文章，是達于時務的，批評時事務甚為通達，像〈出師表〉、〈陳情表〉這些，好文章很多。但也有一些，如司馬相如的〈難蜀父老〉、枚叔的〈見吳王〉、班叔皮的〈王命論〉，卻都是事理不足、不達時務的；崔子玉的〈座右銘〉、韋弘嗣的〈博弈論〉、張茂先的〈勵志詩〉、〈女史箴〉，則是不善講道理的文章，所以許多人覺得《文選》還不如真德秀選的《文章正宗》哩！

真德秀的書，是宋明理學家選文的代表。理學家選文，義理當然高。但《文選》的文章本來就不以義理見長，乃是以文采取勝的。我們在看《文選》時要特別注意這一點，如用《文心雕龍》的批評術語來說，便叫作「忽情重采」，即使談情也多半不是個人的感情，而是群體性的，如公讌、祖餞等。這種都是我們從「詩言志」這種自我抒情角度來說的應酬詩，大家喝酒時作作詩，或去送個朋友，每人寫首詩或聯句、聯章，大家玩玩。或誰過生日，大家來吃一頓，然後作作詩等等。這種詩在後來中國的文評中，常是被批評的，可是《文選》恰就把這種應酬詩放在最前面，比自我抒情的詩更重要、更多。

六

這些是《文選》跟《文心雕龍》的大體比較。《文選》的分類、觀念，與《文心雕龍》的差異，我想應該已經講得很清楚了。

可是，過去研究《文選》的朋友不知道為什麼，卻開口閉口說這兩本書是相同的、相為輔翼的、相互印證的。這種風氣，或許來自黃侃先生的誤導。黃先生讀《文選》極為用功，批校不已，丹黃殆遍，可惜整體認識是錯的。其門下，都講文選學，而也都沒發現這個錯誤。

像駱鴻凱就說「《文選》分體三十有八，持較《文心》，篇目雖小有出入，大體實相符合。精熟選理，津逮在斯」。要了解《文選》的道理，它的途徑在哪裡呢？就在《文心雕龍》。因為《文心》確論文體有四意：原始以表末、釋名以章義、選文以定篇、敷理以舉統。而其選文定篇，如何去取，實與昭明「同其藻鏡」，跟昭明太子的評鑒標準是一樣的。所以呢，他說：歷代人都認為人無異論，都說這兩本書應該合起來看。

這真是睜眼說瞎話呀。這兩本書南轅北轍，選文的標準、具體的分析、內容的討論，完全是兩回事。可是不知道怎麼了，過去研究《文選》的朋友，尤其是黃先生的弟子卻都這般指鹿為馬，認為兩者一樣。代表性著作就是駱鴻凱的《文選學》。

在臺灣，章黃學派影響很大，所以我們過去讀書時必讀《文選學》。一本《文心雕龍》，一本《文選》，我們臺灣師大研究所也都是必開的，且師友都根據駱先生的說法在講。但是我怎麼看都覺得《文選》跟《文心雕龍》根本是兩個不同思路構造出來的東西。

這是剛剛上面的總結。但是要補充一點是什麼呢？就是《文選》並不能直接就認定為昭明太子的東西。

現在因為沒有什麼太多的材料，所以我們就講昭明太子的觀念什麼什麼之類，但是要明白：《文選》乃雜出眾手之書，這個序文是不是昭明太子自己作的都不能確定。為什麼？因為昭明太子同時有好多面貌。

他的《正序》與《英華》，我們已不可見，但我們現在仍可以看到昭明太子非常喜歡陶淵明詩，因而編了陶淵明集。他為什麼喜歡陶詩呢？他說是可「想見其人德」。因為陶淵明詩呈現了這個人的德行特別好，讓我覺得非常喜歡，所以讀陶詩可以讓我們貪婪、弊吝的個性得以消除。他是歷史上第一個編輯陶淵明集子的人，還寫了一篇序。

陶淵明在鍾嶸《詩品》裡只列在中品，所以我們都說陶淵明在當時是沒地位的。說這話的人其實都忘了，昭明太子就編有《陶淵明集》，極為推崇。他說：「我愛思其文，不能釋手」，讀了愛不釋手；「上想其德，恨不同時」，恨自己沒有跟陶淵明同時。「能觀陶淵明之文者」，如果能夠看他的文章；「馳競之意遣」，奔走於仕途之中追逐名利的心意，自然就去除了；「弊吝之意消」，那種貪婪的吝嗇的這種意思，自然也消除了；「辭意有助于風教也」，這是有助於風俗教化的。

這個觀點跟《文選》序可說是南轅北轍，是從內容、德行論文學，不是從文采，而且談的是風教，又講我愛思其文，我非常喜歡他的文章等等。

那到底哪個是真正的昭明太子呢？不知道。

因為兩本書可能都是出自眾手。《文選》當然出自眾手，但題為昭明太子編；《陶淵明集》就一定是他自己編的嗎？這也不能確定。他還有另外一本五言詩詩集《英華》吶。當時湘東王曾說你編的這個集子可不可以送給我？他送了以後，附了一封信，強調寫文章要「立而不浮，典而不野，文質彬彬」。既然要文質彬彬，那就跟《文選》序不重立意而重文之立場，也不一樣。所以我說昭明太子其實蠻複雜，留下來的文獻有限，但是這幾個方面他都有，不同的東西，各自呈現了不同的內容。

第十四講 《文心雕龍》與《詩品》

一

談文學批評史，大家都會注意到劉勰《文心雕龍》跟鍾嶸《詩品》，它們幾乎是同一時代的作品——鍾嶸《詩品》略晚，但是在漫長的文學史來看，幾乎可算作是同一時代的。

在這麼短的同一時代之中，有這兩部體系完整的文學批評史論著，史上是不多見的，所以大家自然也喜歡把它們拿來做對比。這是文學批評史上很重要的論題，相關的論文很多，都可參看，這裡我只就幾個問題做點說明。

第一，《詩品》與劉勰的《文心雕龍》最明顯的區別是，前者單獨論詩，後者則是備論諸體。這兩者，從表面上看只是範圍廣狹的不同，一專門論詩，一論整體的文學。但實際上裡面有價值的判斷。結合當時的文筆之辨可知，劉勰為何要備論諸體呢？他明確反對顏延年分文、筆、言，不贊成文筆區分，所以他備論諸體，裡面有文有筆，大家不認為是文的筆，他也要納入「文學」中討論。

鍾嶸則不然，相反，他是文筆之辨的極端。他只論韻文，而且只論韻文中的詩。在《詩品．序》的第一段就講：「風之動物，物之感人，故搖盪性情，形諸舞詠。照燭三才，暉麗萬有，靈祇待之以致饗，幽微藉之以昭告。動天地，感鬼神，莫近於詩。」即，詩是所有文體中最重要、地位最高的。

鍾嶸的這種講法，在中西文學批評史上並不罕見。在西方，從來都認為詩的地位和其他的技藝不一樣。詩人擁有神性的能力，而且這種能力不來自於學習，所以詩歌常跟神的指示、預言相聯繫。在中國，這叫詩讖（前面論文原於道時，已談了很多，想必各位還沒忘光）。史書常敘述道：某某時候，朝中混亂，奸佞橫行，於是市井中就有童謠傳唱什麼什麼，後來果真應驗了。這種歌謠會洩露天機的想法，中外皆然。神諭，即神的指示，常常都是通過詩歌來表達的，現在也仍是如此。我們去廟裡抽籤，籤上即用詩來告訴你命運，而不是用散文或其他文體。詩籤就是詩讖的體制化（劉再復去美國後，有段時間很猶豫，考慮是否回國。有次在馬來西亞檳城開會，和我談起，我就陪他出去散心。到了一座廟裡，我說你抽個籤來看看吧。於是他搖了一個籤，詩意很隱晦，但很符合他當時的心情，大意思是還留在國外，但不要參加政治活動了。他大喜，爾後大體也即是如此）。

詩不但可以預言整個國家社會大的形勢、發展，你看傳記，往往也會說某人作詩時詩語不祥，後來果然就死了的這類故事。比如寫《文心雕龍劄記》的黃季剛先生，過五十歲大壽時，他老師章太炎為他寫了一副對聯：「韋編三絕方知命；黃絹初裁可著書。」因黃侃之前雖寫了很多劄記，但有「述而不作」之風，正式著作還沒動筆。故章太炎勸黃侃著書，說現在過了五十，可以開始寫書了。可是沒想到過不久他就死了。大家都說這個對聯不祥，上句暗藏絕命兩字，下句「裁」字也是斷頭、截斷之意。

這類詩讖掌故，其實不少。所以還有人將詩讖輯為專書的。詩歌跟一般文字產品不一樣，常因為是天籟，故能預示天機，具有神聖性，所以大家常覺得詩人與別的文學家不同。詩人被特別賦予了神性，別的文學可以通過學習來從事創作，但詩人只來自天才。是以後來才有「詩有別才，非關學也」之說。這種理論背後的想淵源，就是與此相關的。認為詩是所有文學創作中最特殊、最高的，和神性有關聯。鍾嶸這句「感天地，動鬼神，莫近於詩」，講得再明確不過了。

可是劉勰講〈明詩篇〉，只是從人講，而不是從天地講。詩也沒有講到可以「感天地，動鬼神」的地步。詩文直接跟存有相通，只有在劉勰的〈原道篇〉才談及。但是「文」整個與天地合一，而不是單獨某個文體。所以，《文心雕龍》和《詩品》表面上看起來只是範圍的廣狹不同，實際上是總體理論的不同，裡面有複雜的理論問題。

其不同，可能還與詩歌在文學體裁中地位的變動有關。《史記》、《漢書》都沒有僅因詩歌著名且被立傳的文學家，相反，擅長辭賦的司馬相如、揚雄等人才會被單獨列傳。到了《後漢書．文苑列傳》才有酈炎是僅因作得好詩，便被列入的。〈文苑列傳〉一共收錄詩歌三首，其中兩首就是酈炎的作品。而等到《南齊書》再列〈文學傳〉時，詩就更重要了。〈文學傳〉不遺餘力地穿插文士的好句好詩，對詩人才能的描寫，也更為精細。例如，陸厥傳辭就特意標明「五言詩體甚新奇」。〈文學傳〉的結尾，還有一段文章論，但其中有相當大的部分涉及了詩歌，甚至評價五言「獨秀眾品」：

> 文章者，蓋情性之風標，神明之律呂也。……俱五聲之音響，而出言異句；等萬物之情狀，而下筆殊形。吟詠規範，本之雅什，流分條散，各以言區。若陳思〈代馬〉群章，王粲〈飛鸞〉諸制，四言之美，前超後絕。少卿離辭，五言才骨，難與爭鶩。桂林湘水，平子之華篇，飛館玉池，魏文之麗篆，七言之作，非此誰先？……五言之制，獨秀眾品。習玩為理，事久則瀆，在乎文章，彌患凡舊。若無新變，不能代雄。……

結合《詩品》對五言詩的推崇來看，這絕非偶然。同時也可以說，五言詩甚或整個詩歌這種體越來越被高看，正是鍾嶸蕭子顯一輩人之傑作。在此之前，詩的地位並不特別高。而劉勰對魏晉宋齊的詩，本來也就無甚好感，自然不會特為詩捧場。

二

不過，雖然《文心雕龍》沒有把詩歌這一文體推到「感天地，動鬼神」的地步，但是劉勰講的「文」仍涉及形上之源，跟整個存有結合。所以，把文學通貫到存有的源頭，兩者基本仍是一樣的。

而且兩人理論的底子又很像。不同之中有相同處，都是從天地氣化來談。天地宇宙以氣來化生萬物，然後氣鼓動了萬物，人又被萬物感動，所以「搖盪性情，形諸舞詠。」文學創作的源頭是在人與外物的相互感應，從感動得來。所以文學創作的源頭與存有的活動狀態是一致的，存有是道、其活動靠氣。因此，整個文學創作就跟道、氣相呼應，「照燭三才，暉麗萬有，靈祇待之以致饗，幽微藉之以昭告」。文學作品可以達成的功能，即是彰顯天地，讓天地暉麗。這種說法和《文心雕龍‧原道篇》非常類似。

他們講文學創作之源，都推到「氣之動物，物之感人」。《文心雕龍‧物色》說：「春秋代序，陰陽慘舒，物色之動，心亦搖焉。」「春秋代序」是四時變化，「陰陽慘舒」，是氣之推移，是氣之動物。因為推移，「物色之動」，所以產生了不同的物色。因為有不同的物色，「心亦搖焉」，產生了性情的搖盪，所以叫做「搖盪性情」。〈物色〉講的文學創作的源頭，其實不是只有〈物色篇〉才這樣，〈明詩篇〉也是如此。人的創作是「人稟七情，應物斯感」，人有七情，和外物感應，「感物吟志，莫非自然」，外物感動我，我就自然會創造詩歌。這裡的自然就是〈原道〉所講的自然之道的自然。這個很自然的活動，是道的運化。

很多解《文心雕龍》的前輩，看到自然兩字就聯想到魏晉時期的玄學，說是受到老莊的影響，糾纏于〈原道〉中的道是否是老莊之道的問題上。其實這種講法是先秦普遍的思路，劉勰之直接淵源則是《禮記．樂記》。〈樂記〉就是這樣說人與宇宙的關係及創作的關係。人因為有情，情又受到外物鼓蕩，所以才產生了創作，這是文學創作的本源。鍾嶸與劉勰兩人在此是一致的。

這個理論的來源非常早，從戰國末期到漢代越來越盛，影響到魏晉，鍾嶸劉勰都延續著這個思路。

三

這個理論是怎麼來的呢？過去的文學史、批評史都告訴我們，先秦沒有獨立的文學批評，兩漢經學家把文學的價值依附在政治、道德、功利的角度下，以政教目的扭曲文學，直到魏晉，才經由個人意識的醒覺，用文學表現自我情誼的價值。晉陸機〈文賦〉說「詩緣情而綺靡」，假如魏晉是緣情的詩觀，那麼兩漢就是言志的詩觀。一個講情，一個講志。志是關聯到大的社會、國家；情則是個人化的。將兩者如此對比起來，從朱自清、魯迅以來都是這樣。

但是這個講法，我反覆說過是有問題的。由劉勰的〈序志〉、〈宗經〉、〈徵聖〉等各篇的態度看，說「緣情」詩觀起於對兩漢經學、儒學的反動，實在荒謬。

因為劉勰宗經徵聖，可是他論文學創作，本源一直在情。我們卻把緣情與言志對立起來看，這不是很荒唐嗎？起碼在劉勰，緣情跟言志是分不開的，他正是從緣情來講宗經徵聖呀！

而且《文心雕龍》說「人稟七情，應物斯感，感物吟志，莫非自然。」又說「物色之動，心亦搖焉。」這種自然氣感說，一直沒有被研究者所注意，所以才會認為緣情是言志的對反。假如我們深入研究「感物吟志」的問題，就會有全然不同的看法。

緣情詩觀很複雜，但理論重點有三。

一、強調情以及重視情的作用，即把情的作用抬高，而且強調情在文學作品中的重要性，因為整個文學創作來自一個情感的主體，不是道德主體，也不是知性主體，而是感性主體。人被認為是感性的人，是可以被萬物所感動的人，而不是對外物產生認知的人。

如果說物來而知應，接觸萬物，知識能力產生辨析、認知，這就是知性主體。何謂道德主體？「仁者樂山，智者樂水。」這就是道德主體。其審美活動是從道德感中帶出來的，所以子在川上，「逝者如斯夫，不捨晝夜。」這不是純粹的感性主體，這句話本來可以解釋成比較感性的，感歎時間過得很快。但所有的解釋《論語》的著作，都將其解釋釋成跟大化流行、道德修養有關。夫子為什麼觀水而嘆呢？孟子就解釋說是因「水就下」、「不捨晝夜，盈科而進。」表示人做事要踏實，一步一步的。這是道德解釋，叫做道德主體。文學創作是要「感物而動」的，這時講的就只是感性主體。感性主體來作為文學創作的本源，就要凸顯情感的價值，以及情的作用。

第三，人是能感，物是感人。人跟外在事物是一個感應關係，所以叫做「應物斯感」。整個緣情理論重點即在此。這幾點都是漢代發展出來的，不是魏晉才有。《禮記》、《春秋繁露》等書都是明證。〈物色篇〉有云：「四時之動物深矣。」「是以詩人感物，聯類不窮。」四時跟人的感情有關，而四季的運行是因陰陽之運化，它的淵源和《呂氏春秋》有密切關係。《呂氏春秋》以十二季為骨幹，吸收〈夏小正〉跟《逸周書・時訓》等等，再加上陰陽四序的觀念，組成的一個同氣的結構。

這個宇宙觀所顯示的重點，第一當然是政教。帝王施政，要與天地同氣，法天而行。人的生活也有春夏秋冬，安排在十二個月裡。這樣的配置當然有些牽強，但是講天跟人的配合，人的生命就顯示了天地四時之象，所以《呂氏春秋》會發展出本生、貴生、全生的觀念，強調人要養生，養生重己，這就非政治所能限了。

《呂氏春秋》特別的地方，在於它還有〈情欲篇〉，指耳目之欲，聖人皆同。欲望及感情，人皆有之，但情是要有節制的，「聖人唯能得其情，故不過其情。」聖人跟其他人一樣，也有七情六欲，但是和一般人不同在於他的情欲是有調節的，不過分放縱感情、不過度，所以能得其情。亦因如此，所以天子要幫助老百姓全生、貴生。

這是以前沒有提出過的觀念。《呂氏春秋》第一次肯定情欲，「耳之欲五聲，目之欲五色，口之欲五味，情也。」這都是人情所不能免的。

在《呂氏春秋》以前，孔孟皆言性不言情，荀子才論情性。但是荀子所論的情性是「性之好惡喜怒哀樂謂之情」，這是後來所有人都贊成的。情是性的發動狀態，人生而有性，性未發動，就沒有善惡是非可說，這是荀子的講法。發動了就有情，情會逐物，根據外物而滾動發展。譬如說吃，被飲食的欲望所帶動，欲望越來越厲害，所以性惡。性惡不是大家常理解為的人性本惡，荀子講的是人性，生之謂性，性發動為情，情未矯正、節制，順著情的發展，則「順人之情，必出於爭奪，合於犯分亂理而歸於暴。」這即叫做性惡。我們要矯正性惡，則須化性起偽，用人為的方式來改變，需要老師或父兄的教導，所以師導或者聖人之教訓很重要（後人常誤以為荀子說人的本性惡，大謬）。

莊子也說人要無情，無情才能「不以好惡內傷其生」。荀子論情，不同於莊子，主要不是「無」而是「制」，要以心制情，或以性、以禮制情。這些，是我們講中國哲學及文學批評時必須知道的基本常識。

例如很多詩家都講「詩本性情」，但你要注意是誰在講。像袁枚也說詩本性情，但袁枚的重點在情，不在性。沈德潛《說詩晬語》也講詩本性情，但他的又是重點在性不在情。性跟情是兩個力量、兩個概念。情是我們現在所講的七情六欲，攀緣於外物。性則不是完全只像告子說的生之謂性，人性不是和動物性一樣的。儒家講性本善，性有著跟天連貫的力量，在《禮記》中稱為天理，人跟天是連接的。人性不管受外物如何鼓蕩，但是良知終是不泯。其清明本於哪呢？孟子說是性本善的性。荀子另外講了「心」，心是虛靜的，不會被外物所雜染。人做再多的壞事，良心仍是在的。例如你凡是跟人說小話說壞話時，一定會壓低聲音，而且面貌也變得猥瑣起來。只有內心坦蕩，講起話來才能大聲。所謂理直故氣壯，內在有一個良知的自我價值。孟子荀子主要從這個方面來講，心能制情。性善的性，可以拉住情，則叫做以性制情。很多文學理論家在講詩本性情的時候，要注意他的著重點在哪裡，有些著重在性，有些著重在情。

所以，我們不泛泛地說中國詩歌理論都是緣情的，也就是這個道理。在中國，情的問題很複雜，跟哲學中的「心」、「性」一樣。與西方的抒情詩不是同一個概念。

《呂氏春秋》也認為情欲不可以放縱，應該有所節制。但節制情欲的目的，不是回歸到本心、良知，而是要為了生命能夠享受情欲。所以「由貴生動，則得其情矣；不由貴生動，則失其情矣。」譬如好吃是人的情欲，但是沒有節制，吃得太多，導致傷生了則不行。只有適度地吃，才能享受吃的樂趣。這個理論很簡單，叫做「順欲以制欲」。調節、克制並非壓制，反而是讓欲望得到滿足。這不是訴諸理性的力量，而是以情欲來節制情欲本身。為什麼儒家不贊成這個理論，因為這個理論在哲學上是不通的。情欲本身沒有辦法作為調節情欲的力量，節制的力量不是情欲本身，而是另一種理性的力量，《呂氏春秋》的理論並不深入。

另外，同類相感的原則雖不由《呂氏春秋》開始，但是它強調天人感應，強調同類相感的觀念。這個類，依宇宙氣化的觀點講，叫做氣類相感。這類觀點，在漢代都有繼承和發展，譬如《淮南子》講感應、講尊生等等。

這些，透露了一個訊息：先秦的人性論重點，重在辨性，討論人的本質和存在的根據。人為天地人三才，萬物之靈，靈在哪裡呢？所以我們就要探尋人之所以為人之處，這是先秦論性的重點。漢人論性，如揚雄、董仲舒等，和先秦比起來，都不深刻、不精微。因此很多人都說中國哲學到了漢代就是個大墮落，特別是從新儒家的角度看，他們都不喜歡漢代。先秦的人性論已經講得那麼高明了，到了漢代卻不行了，宇宙論也是，層次降低了。其實不應該這樣看，不同的時代有不同的重點。漢人要處理的問題，恰好是先秦沒處理的。先秦精微的是論性，漢代要處理的則是先秦所沒有談的情的問題，所以兩漢人性論的重點正是對情的重視。

由兩漢學術性格說，先秦討論道的時候重在知天知道，兩漢卻重視道的活動狀態。也就是說，不單是要重視形上的道體，更要根據道生一、一生二、二生三、三生萬物這樣的方式去構成宇宙論意義濃厚的哲學傾向。所以，一是討論道的本體，一是討論道的活動，是不同的。

論性時同樣，先秦主要討論的是性本身，兩漢討論的是性的活動狀態，就是情。人在實踐性活動中，情欲問題永遠是道德實踐所必須面對的。先秦已立道德實踐之大本、大原則，凡事回到良知、本心去判斷，但人在道德實踐上困難在哪裡？在於我們被我們的欲望牽動，這個部分才是道德實踐所要正視的，所以兩漢人性論是圍繞情而展開的。

四

環繞情而展開的人性論，主要包含了兩個部分，一是如何面對情、情的屬性為何；二是對感性主體的認識。

一，情是何物。順天地陰陽氣化以言性，為兩漢通義。然天有陰陽剛柔，人也自然有了性情貪任。天有陰陽之氣，我們的人性中也有陽面與陰面，光明面是仁，陰暗面是貪。光明面我們可以稱之為性，陰暗面稱之為情。這是漢人的講法。董仲舒《春秋繁露・深察名號篇》：「性情相與一瞑，情亦性也。」天不能有陽而無陰，所以人不能有性而無情。這是董仲舒不接受孟子性善論的緣故。孟子的性善論是去除人的情欲面而說的，此處則以情欲為生之所固有，故須正面面對它，以心去教化、調節情欲的流蕩。相關言論很多，例如：

> 情性者，何謂也？性者，陽之施；情者，陰之化也。……故情有利欲，性有仁也。……喜怒哀樂愛惡謂之六情，所以扶成五性。（《白虎通論・卷八・情性篇》）

總之，他們都是把情跟性關聯起來說，用禮樂去調節。情為陰、為貪、為惡、為鄙，但又不能有性而無情。人唯有正視生命中的情欲問題，才能修其善、存其仁、養其心、葆其性。如《禮記・樂記》說：

> 人生而靜，天之性也。感於物而動，性之欲也。……夫物之感人無窮而人之好惡無節，則是物至而人化物也。人化物也者，滅天理而窮人欲者也。……故先王之制禮樂人為之節。

先王制禮樂，使君子能「反情以和其志」。從情回過來可以和志結合起來。這樣子才可以順情以理情：

情有喜怒哀樂，那麼鼓舞其「欣喜歡愛」，則可使「興於樂」。這是第一部分，區分情性。

第二部分，感性主體的強調。正視情的態度，使得漢儒論禮樂跟先秦不同，在於它「本於情性」（〈樂記〉），而不是像荀子要「矯飾其情性」（〈儒效〉）。荀子講的化性起偽，是要將性改造。先秦儒家只有荀子討論情性問題，而荀子論情，不是從陰陽氣運方面論；以氣論情欲的《呂氏春秋》又論情不論性。所以真正深入探討性情關係的，乃是漢儒。在這種理論的推展上，因性陽情陰、性靜情動的區分，又自然在先秦所認識到的道德主體、認知主體之外，認識到感性主體的問題。

所以凡從《禮記．樂記》講，都強調感。「人心之動，物使之然也。感於物而動，故形於聲。」強調感，《孝經》裡面有〈感應章〉，董仲舒《春秋繁露》更是此中巨擘。天地同氣、氣類感應。情是感物而動，是人跟萬物相感應的根據。感物而動之心，就是感性主體，所以又說「民有血氣心知之性，而無哀樂喜怒之常，應感起物而動」、「凡音者，生人心者也，情動於中，故形於聲」。

兩漢人性論的表面語言是性、是禮義、道德教化，但其基本問題實圍繞「情」而展開。特別是情作為一個感性活動的認識，使得傳統儒家堅持性命大本的立場鬆動了，成為對人感性活動重視，所以才會包括像《論衡》所講的這些，到最後，荀悅的《申鑒》說情不只是惡，情總攝一切活動：

- 好惡者，性之取捨也，實見於外，故謂之情耳。必本乎性矣。（卷五〈雜言〉）
- 君子以情用，小人以刑用。（卷一〈政體〉）
- 觀其所以感，而天地萬物之情可見矣。是言情者應感而動者也。（〈雜言〉下）

說由昆蟲到人，都是感物而動的。情意心志，均是性動之別名，也就都是情。整個人性論發展到這裡，可以發現，不僅是重視人的活動，而且逐漸地人被簡化成一個感性主體，這裡面的道德、知性等等，其實都沒有談，主要只從感性上來說。所以劉向、荀悅性陰情陽、性不盡善情不盡惡之說，雖與董仲舒相反，但其理論脈絡是從董仲舒之論氣化發展而來的。故情發展到東漢，已不一定惡，而是性的整體發動，所以情不一定都是不好的。正因為這樣，所以就形成了人感物而動，外在的世界是有情世界的認識。這樣一種天人感應觀會逼出人對於自然美感體會。人在四時之中，天有春夏秋冬，萬物有悲有喜，所以人所感應的即是這樣一種情。人有情，外在世界也是有情的。

這種相互感應的世界可以從幾方面來看，一叫流連光景：自然美的發現。

「風景」一詞起於晉代，六朝詩裡面「景」的含義都跟光有關，「風景」的「風」則和氣有關，所以光景又稱風物、景氣，還有用氣言景的，例如《淮南子》、《大戴禮記》等等，都說「景」是從氣上來講。金木水火與天地日月星辰都是景氣，人可以因氣相感，構成一個「情——景」關係的體察。後來所形成的情景交融的問題都是從這個部分發展出來的。

二是吐屬悲愁：抒情傳統的起點。流連光景，就自然也會流連哀思。根據小川環樹的研究，說漢人的感傷態度跟《詩經》時代迥然不同。例如雲，《詩經》裡雲就是雲，漢人則或因白雲而思親，或仰觀「浮」雲而念人生奄忽，所謂「歡樂極兮哀情多」，充滿了感傷的調子。漢人傷春悲秋，一般都認為是受到《楚辭》的影響，《淮南子》也有「春女思，秋士悲」。漢人的辭賦當然受《楚辭》影響很深，但是漢人的世界觀跟《楚辭》並不相同。漢人主要是在「春女思，秋士悲」這種四季氣化運行之中，提供一個人情思感發的場域，所以「方格四乳葉文鏡」的銘文說：

●道路遠，侍前希，昔同起，予志悲。

●心與心，亦誠親，終不去，子從他子，所與予言不可不信久不見，待前希，秋風起，予志悲。

這就是秋士悲。漢代的鏡銘，大量出現的不是先秦道德性的銘文，而是屬於這一類，充滿了人間的欲望、哀思。

三、發言為詩：情與藝術創造。流連光景、吐屬悲愁，然後發言為詩。〈詩大序〉表現說，「情動於中，而形於言」，所以「動天地，感鬼神，莫近於詩。」鍾嶸《詩品序》的那段話源頭就在〈詩大序〉。因為他們的哲學底子都一樣，所以講到最後，都是「感天地，動鬼神。」

〈詩大序〉的這段話不僅解釋了既有抒情觀點又強調具體政教功能。我們現在一般講到〈詩大序〉，就說它是政教觀點，不是從個人抒情上講。這種說法完全弄錯了。漢人的哲學觀，就很自然地從一個抒情的、感性的自我，講到天地、萬物。同樣地，一個國家的施政教化也是如此，景物是風景，政治是風化，在氣化裡面，兩者是同一的。漢人的情跟志兩者根本混為一談，「在己為情，情動為志，情、志一也。」或者漢代通說，「以情為志」。在這個裡面，政治民風，每個人都有所感，「物之感人」，包括了天地萬物一切東西，當然也包括政治教化。所以，這叫做情有感動，創造了詩；詩形成了，又能感動天地與主政者。鍾嶸《詩品》說，「氣之動物，物之感人，故搖盪性靈，形諸舞詠，照燭三才，會理萬有。……感天地，動鬼神，莫近於詩。」都是從這裡發揮的。

第四，感動天地：美的神聖經驗。

人可以與自我內在存有相交流，情感是美的覺知中最根本的因素，人唯有以情感與萬物「交會感通」，才能感悟自然。美感經驗是借一種「同一關係」來綜合萬物。我們感覺到萬物與我同一，萬物與我同一，才能夠形成一個物我交融、物我合一、天人感應的這樣一個社會。所以漢人把同一關係建立在同氣上，所以顯然跟審美意識的形成有密切的關聯。

漢人天人感應說所經常受人詬病的宗教氣息，如果從這個角度來觀察，也會有全然不同的意義。因為審美經驗基本上是依感應而成的，漢人說天人感應，就在本質上成為一種神聖的、美感的經驗。

所謂神聖經驗，含有超越理解，並能給予人一種獨特的、瞭解人類情境的啟示與讚頌等含義。漢人的天人感應說，蓋即有此類經驗。春氣暖、秋氣清，人仰觀天地生物之意，切感萬物同氣相依之情，直契天心，若可知其災異變化之意。其實就是讓人在一美的覺知裡，達到宗教性神交的感悟。這種啟悟也是詩人之情。這叫做美感的神聖經驗。

第五，由這種美感的神聖經驗裡面，當然就可以達到一種美善合一，這叫做自然之道。所以道德和美感，不是如德國形式美學所主張的斷然區分。由神聖經驗的事實，我們知道，只有在美感經驗中才能夠體驗到一種道德理想。這個最明顯的例子，是我們進教堂。所有宗教在傳教候，重要的方式就是音樂。很多老百姓根本不懂教義，但是無論是佛教的梵唱或基督教的合唱，念誦之中很多人感動，教堂裡的建築、音樂，也帶動你產生這種神聖性的宗教體驗。不是道德言語的教訓。是美善合一，通過美結合善，將善帶出來，這裡面聖靈充滿，感覺到上帝與我同在。人同時即是一種道德性的存在。《春秋繁露．立元神篇》描述人君立元神，應「至如死灰，形如委衣，安精養神，寂寞無為」；〈通國身篇〉又說人應「形靜志虛，執虛靜以致精」，都是人消解消除我執以後，才能寂而有感，感而遂通。所以道德世界跟藝術世界在這裡可以共通為一。而人在這裡面，要通過虛靜才可以達到這樣的一種態度。

依氣類感通的宗教情懷，可以開顯道德與美感兩端，但雖兩端而合一。《文心雕龍．神思篇》講說，如何達到神思，就是虛靜。很多人都從老莊去找答案，都是錯的。董仲舒講《春秋繁露》，如何有心如死灰與虛靜的功夫，貫通到道德和審美這樣一種境界，其實漢人早就講過了。他們以為這是《文心雕龍》

的創造，而《文心雕龍》又是受到魏晉玄學的影響，都是沒讀過漢人書的緣故。

偏於情，或者偏於政教解釋，都不能得其正解。《文心雕龍》一方面說「感物吟志，莫非自然」，一方面又要宗經徵聖。其所以能如此的關鍵，即在原道。道在自然，「言立而聞名，自然之道也」、「察其為才，自然而至矣」，這些自然都是指構成自然物的根源與本質，跟董仲舒的講法是相同。董仲舒說「莫之危而自危，莫之喪而自喪，是謂自然之罰。自然之罰至，裏襲石室，分障險阻，猶不能逃也。」（《春秋繁露．立元神》第十九）自然之罰，就是人在同氣的宇宙中，循感通原則，向上追索終極實在問題時所得的體會。這跟《文心雕龍》歸於道、歸於文也是一樣的，屬於同一的活動。這種自然，根據《淮南子》說，一定要專精勵志，委物積神，上通九天，激厲至精，方能知之，《文心雕龍》所謂「陶鈞文思，貴在虛靜，疏瀹五臟，澡雪精神」，仿佛相似。依嵇康〈釋私論〉中所說「氣靜神虛者，心不存於矜尚；體亮心達者，情不繫於所欲。矜尚不存乎心，故能越名教而任自然；情不繫於所欲，故能審貴賤而通物情」，魏晉尚自然而越名教之風，也是儒家漢代這個講法慢慢講下來的。

所以後面還有第六點，反情和性：由有情到無情。就是順著情走，最後回到性。情就是欲，但要通於自然，就得「情不繫於所欲」。這跟董仲舒認為要「寂寞無情」才能執虛至精、以立元神，其實是同樣的問題。也即是詩歌要「發乎情，止乎禮義」的問題。「發乎情，止乎禮義」，最後的目的是要化消情欲或超越情欲面，此即所謂反，順著情欲之感發，最後走到情的反面。

《淮南子．本經篇》「心反其初而民性善」、「修身審己，明善心以反道者也」、「極理以盡情性之宜」等等，這些講法都是一樣的。魏晉時期「聖人有情無情」的爭論，就是從這裡衍發出來的。最後的境界是無情，所以何晏說聖人無喜怒哀樂，王弼則認為這種無情的無，不是沒有情，而是「以情從理」，所以情同於性、合於理、反於道，故曰無，無是一種功夫，所以主張聖人「不能無哀樂以應物，然則聖人之情，應物而無累於物者也。」這就是「性其情」，所以後來王戎就說「聖人忘情」。忘情的忘，就如嵇康所說的，情不繫於所欲的那個忘。

以上是整個漢代的情性論，或者同氣理論的內在結構。它的內在結構很複雜，一步一步推，從這個理論裡面如何發展出重視情的理論，如何從重視情的理論再發展到跟天地萬物同氣，互相感動。詩從情感發而來，寫出來後情又可以動天地萬物。所以從個人的感性主體，發展到一種美的神聖經驗。神聖經驗帶有一種宗教性，從宗教性中得到一種美善同一，美和善結合，倒過來對於情的偏執有所衡定，最終得到至真至善的美。這是整體的理論進展。

五

另一個重點，《詩品》論詩，獨尊詩體，又獨尊五言。《詩品・序》中「文約意廣，取效風騷，便可多得。每苦文繁而意少，故世罕習焉。」當然詩騷以來基本上是四言，但現在已經衰落了，現在主要是五言。「五言居文詞之要」，五言詩現在興起，大家都喜歡，「是眾作之有滋味者也」，因為五言詩「指事造形，窮情寫物」，最為詳切。

在鍾嶸的時代，四言詩的作者還挺多，作品也不少。比如陶淵明就是。但鍾嶸不看重四言，在詩體中獨尊五言。這也不是劉勰的態度，劉勰是論各種詩體。〈章句〉說「四字密而不促，六字格而非緩，或變之以三五，蓋應機之權節也。」這其實就是駢文的寫法，以後就成為四六，因駢文以四字六字為基本句式，用三個字五個字去調節。劉勰的立場比較接近摯虞的《文章流別論》。

再者，解釋比興。《詩品・序》講完四言五言的區分之後，說「詩有三義焉：一曰興，二曰比，三曰賦。」「文已盡而意有餘」，叫興；「因物喻志」，叫比；「直書其事，寓言寫物」，叫做賦。這個講法也與劉勰不一樣，以為文意有餘，為興。後來更多的講法是把是「文意有餘」作為韻，而非興。興，通常被作為興發，或者是強調開端，而不是強調詩的結尾。鍾嶸的講法跟劉勰尤其不同，劉勰也是以「起情為興」。

又，《詩品・序》中，「若乃春風春鳥，秋月秋蟬，夏雲暑雨，冬月祁寒，斯四候之感諸詩者也。」四季感動作詩的人，很像《文心雕龍》的〈物色〉。「嘉會寄詩以親，離群托詩以怨。至於楚臣去境，漢妾辭宮。或骨橫朔野，或魂逐飛蓬。或負戈外戍，殺氣雄邊。塞客衣單，孀閨淚盡。或士有解佩出朝，一去忘返。女有揚蛾入寵，再盼傾國。」前面幾句講的是四季景物變化對人產生的感應，後面是講人事代謝、變遷所產生的情感的變化。人事有代謝、四時有變化，都對我們心裡產生了刺激。所以「非陳詩何以展其義？非長歌何以騁其情？」上面這些都是在闡發詩歌是出自感情，補充說明情之所感這個理論。正因為這樣，「可以群，可以怨」，所以詞人作者罔不愛好，大家都做得很好，「今之士俗，斯風熾矣」。「才能勝衣，甫就小學」，就開始做詩，看不起古人，認為自己的文章非常好了。這是講當時的寫作風氣。

整個文學創作是出自情性。「至乎吟詠情性，亦何貴於用事？」就是不要用典。「思君如流水，既是即目。高臺多悲風，亦惟所見。清晨登隴首，羌無故實。明月照積雪，詎出經史。」都是極目所見，當場所感。可是現在的風氣不對，像顏延年、謝莊這些人尤為繁密，用典很多，他們造成了很不好的影響，「故大明、泰始中，文章殆同書抄。」現在的任昉、王元長等，「詞不貴奇，競須新事」。他所講的這個當時是一個風氣。這個風氣就是當時的文人常常比賽。看誰記關於一件事的典故最多。類書的大量出現，就跟這個風氣有關。一種是記得的抄下來，一種是集合很多人的，然後整理出來。變成了一種風氣後，「遂乃句無虛語，語無虛字」，抄到最後，「自然英旨，罕直其人」，文章真正能夠動人的東西很少見到了。這都是對此風氣的批評。底下稍事緩頰，說才華較差的人才只好用典：「詞既失高，則宜加事義。雖謝天才，且表學問，亦一理乎。」

「自然英旨，罕直其人」以上的大段，講得好像清朝洪北江嘲笑翁方綱「可惜公少性靈詩」；袁枚也嘲笑過翁方綱，說「錯把抄書當做詩」。

鍾嶸這個理論後來影響很大。嚴滄浪講過，「詩有別才，非關學也；詩有別趣，非關理也」，學和理，是有時候分有時候合的，理主要指道學家「太極圈兒大，先生帽子高」一類詩。道學家詩未必都差，如邵雍的《伊川擊壤集》，陳白沙、王陽明的詩都有理趣。但作得不好的，就會如剛才那一類。所以說「詩有別趣，非關理也」。還有一種人以學問為詩，以書卷、以議論為詩。議論是說理。在宋代清朝就有大量學人之詩。才人之詩這個「才」，在明清是以性靈來解釋的，謂其才性特別靈慧，一般人沒有。但是光有才，未輔之學，詩就可能顯得有點單薄。所以又有人主張作詩必須要有學問，如老杜這般「讀書破萬卷，下筆如有神」，很多人是服膺這一套的。認為只有多讀書，肚子中才有很多的東西來寫。

這個爭論的開端即是鍾嶸，他強調性情。詩本性情，情就是感物而動，這是比較極端的理論。但鍾嶸不是沒有一個尾巴，後面四句話：「詞既失高，則宜加事義。雖謝天才，且表學問，亦一理乎」。假如文辭並不高妙，就得有一個勤能補拙的辦法。既不是天才，「且表學問」，就要靠學問。這也算是一個道理、一個方法。這句話，其實有點半反諷的味道。「亦一理乎」的乎字，可以讀成驚歎號，也可以讀成問號。這句話附在後面，表示對於當時文風是不滿的，反對貴用事。

《文心雕龍》不同。其〈事類〉，就是教你怎麼用典。用典很重要。因為它們兩人談的範疇不一樣，《文心雕龍》談的是各種文體，自己寫的又是駢文，怎麼可能不用典呢？它靠著典故來推動文章的義理、思想。跟鍾嶸純粹的吟詠情性當然不同。

下面還有一大段講宮商，講詩的聲律。「昔曹、劉殆文章之聖，陸、謝為體貳之才，銳精研思，千百年中，而不聞宮商之辨，四聲之論，」從曹劉以來沒有討論四聲的。「或謂前達偶然不見，豈其然乎？」沈約說自屈原以來這個奧秘都沒有被發現，而我發現了。鍾嶸卻認為：「嘗試言之，古曰詩頌，皆被之金竹。故非調五音，無以諧會。若『置酒高堂上』、『明月照高樓』為韻之首。故三祖之詞，文或不工，而韻入歌唱，此重音韻之義也，與世之言宮商異矣。今既不被管弦，亦何取於聲律邪？」

從前我曾給大家說過詩跟樂怎麼分途。詩本來是跟音樂結合的，但不結合成為趨勢，這個趨勢在齊梁間十分明顯。鍾嶸就是在這個趨勢上講的。說現在我們的詩既然不被管弦，那還去管聲律做什麼呢？

他不重視聲律，所以反對沈約。「齊有王元長者，嘗謂余云：『宮商與二儀俱生，二儀是陰陽，自古詞人不知之，唯顏憲子乃云律呂音調，而其實大謬。唯見范曄、謝莊頗識之耳。』嘗欲進《知音論》，未就。王元長創其首，謝朓、沈約揚其波。三賢或貴公子孫，幼有文辯，於是士流景慕，務為精密。」根據鍾嶸的講法，文章聲律，並不是沈約首悟，而是從王元長開始的。王元長想寫〈知音論〉，只是沒寫成而已。後來謝朓、沈約推波助瀾，繼續做這個，後來越來越多人這樣講。「故使文多拘忌，傷其真美。」其實，文章讀起來通順就好了，沒有必要去講什麼蜂腰、鶴膝。

這一大段是對當時文風的批評。前面批評事類，後面批評的是像劉勰〈聲律〉講的宮商。劉勰強調聲音之美，與鍾嶸不同。

六

下面綜合講文學史觀。

我們之前已說過，劉勰的文學史觀是有源有流。鍾嶸的流卻與劉勰不一樣。劉勰認為源是好的、是創造性的最高典範，發展下去則是末流、有流弊，鍾嶸沒有這種觀點。他把所有的詩人歸於三個源頭，這三個源頭反而是虛說，後面才是實論。所以整個《詩品》，其實是從魏晉劃開，魏晉以前存而不論。《文心雕龍》則相反，是前面談的多，魏晉以後常常存而不論。

為什麼？因為鍾嶸是論五言詩的，在此之前的《詩經》、《楚辭》與漢人詩都不重要，重要的是魏晉以後的部分，所以從魏晉講起。認為「曹、劉殆文章之聖」，曹植、劉楨是文章之聖；「陸、謝為體貳之才」，陸機、謝靈運也是很不錯的。講的都是魏晉以後的人。

他將這批人分成了三個脈絡：

國風　古詩——劉楨、左思、陸機、顏延之

　　曹植——謝靈運

小雅　阮籍

楚辭　班姬

　　王粲——潘岳、郭璞、張華、鮑照、謝朓、江淹

　　曹丕——劉琨、應璩、嵇康、陶潛

這種評論方式，我們稱為體源論，歸各體於三個源頭，分別是《國風》、《小雅》和《楚辭》。這個分法中最特別處在於《小雅》只有一個人，就是阮籍。《國風》，分兩系，古詩一系、曹植一系。曹植、謝靈運這兩個人都很重要。《楚辭》分三系，一是班姬，但是沒有講班姬後面是誰，另一個是王粲，三則為曹丕。王粲後面是張華、潘岳、鮑照等，曹丕之流是劉琨、應璩、嵇康、陶潛等。

這個體系特別在哪？為什麼分三系？何以《詩經》獨舉國風、小雅、大雅、頌卻沒有列。其實這裡用的是《淮南子》稱讚屈原的那段話，說「《國風》好色而不淫，《小雅》怨誹而不亂」，《楚辭》則兩者兼有。所以將《國風》、《小雅》、《楚辭》並為三源。這裡顯然鍾嶸對《楚辭》的評價在《文心雕龍》之上，認為《楚辭》影響深遠，地位很高。故雖三系，實只兩源，即《國風》和《楚辭》。《國風》這條線他稱之為雅，《楚辭》叫做怨。它的最高標準，是情兼雅怨。而情兼雅怨的典範便是曹植。這個的判斷跟《文心雕龍》大異其趣。《文心雕龍》不喜曹植，抬高曹丕，常拿曹植的缺點來說嘴。另外，鍾嶸的體源觀，雖也講源流，但是流並沒有流弊義，所以他並不採本末觀。與《文心雕龍》完全不同。

鍾嶸的三系說，跟當時習慣的評論方式有關。《詩品》對當時文風是不滿的，但他恰好就是用當時流行的方式。如沈約《宋書．謝靈運傳論》論當時的文風，即分三系：班固一系，司馬相如一系，還有曹植一系。蕭子顯《南齊書．文學傳》，也分三系：一系是謝靈運，一系是鮑照，另外一系出自應璩和傅咸。這種三分，是當時習慣的方法。所以看起來它是反時代的，可實際上它頗為趨俗。

另外一個跟時代最有關係的，是鍾嶸認為詩的優劣可有客觀標準來判斷：「詩之為技，較爾可知，以類推知，殆均博弈。」《詩品》的「品」，大家都說它是從九品論人發展出來。實則它最直接的模仿對象是當時的《棋品》。認為詩跟下棋一樣，可客觀評量，這是藝術上的客觀論呀！創作是主觀的、感性的，「感物而動」，但詩寫出來之後，就如下棋一般，優劣是可以判斷的。所以鍾嶸完全模仿當時之棋品，分上中下三品來論詩。

這也是時代風氣所染。南齊是歷史上罕見的、對下棋狂熱之時代。《南齊書．王諶傳》就記載，「明帝好圍棋，置圍棋州邑，以建安王休仁為圍棋州郡大中正；諶與太子右率沈勃、尚書水部郎庚副之、彭城丞王抗四人為小中正；朝請褚思莊、傅楚之為清定訪問。」在蕭道成叛變時，軍隊攻進皇宮，皇帝還在下棋。每下一手還要讚歎一聲，堅持把棋下完。而且《南齊書》記載，當時下棋的人，琅琊王抗是第一品，「吳郡褚思莊、會稽夏赤松並第二品。赤松思速，善於大行；思莊思遲，巧於鬥棋。」所以，「永明中，敕抗品棋，竟陵王子良使惠基掌其事。」文學史上的竟陵八友，都喜歡下棋。皇室也沒有不愛棋的，故常命官員品棋。鍾嶸《詩品》就是模仿品棋的方式進行品評。

第十五講　文心餘論

一、版本

各位朋友，歲月匆匆，學期即將結束，故今天要補談些之前沒談到的問題。《文心雕龍》在歷史上流傳雖不算很廣，但它的版本狀況也是非常複雜的。相對於《紅樓夢》、《水滸傳》來說，雖簡單很多，不過也有幾十種不同的版本。假如我們把《文心雕龍》當做一門專門學問來研究的話，第一就該談它的版本問題。只因我們的重點仍在文學理論方面，因此在這裡遂不便深究，只做一點點兒解釋；而且也不能詳細談它的版本狀況，只是簡單做一個說明。諸位如果要查資料，我這裡提供一些線索。

《文心雕龍》大量流通是在明代末期，因此雖然我們現在可以查到一個元代的版本，但實際上古人很少見過，宋代《文心雕龍》的版本也沒有流傳。明朝最先整理的是梅慶生的本子，而梅本本來也就是經過整理的。後來用得比較多的，是清朝黃叔琳的本子。此本尤其重要，因為它是清朝大多數人讀到的版本，基本上也是我們現在讀的本子。這本也是校對過的，後來紀曉嵐的《文心雕龍》評論即是根據這個本子而作。

現在我們的見解比黃叔琳他們高明的地方在哪呢？主要是有些他們沒見過的材料，其中最重要的當然是敦煌所出的唐寫本。因此《文心雕龍》的研究中有個重點與熱點，就是有關《文心雕龍》的校勘。比如用唐寫本來和現在的版本互校，或與其他版本作對校。近代有許多《文心雕龍》名家，主要的工作，就是校對。像王利器、楊明照諸先生，他們的貢獻都在校勘上，而非理論。王利器《文心雕龍校證》、楊明照《文心雕龍校注拾遺》都屬於這一類。我們現在用的，大多是范文瀾的本子，其長處也在校訂，對於確定《文心雕龍》的文本，他們貢獻很大。目前《文心雕龍》版本上的問題不很多，就是因為前輩先生們在校訂上花了很多的力氣。

這其間，有許多理解的細節可說。像之前我們介紹過近代可能最先講《文心雕龍》的章太炎先生講記，也有很多是文字的校定。例如〈原道〉篇「故形立則章成矣，聲發則文生矣」，從未有人指出這兩句有問題，但章先生說：「文、章二字，當互置。當云：形立則文成，聲發則章生。」依據是《說文》云：「文，錯畫也，象交文」、「章，樂竟為一章。」他的〈文學總略〉也曾說：「言其采色發揚謂之文；以作樂有闋，施之筆札謂之章。」

又、〈史傳〉篇「荀況稱：錄遠略近」，語出《荀子‧非相篇》「傳者久則論略，近則論詳。」但劉勰的意思正與荀子相反。所以一直引起後人的疑問。清人浦起龍《史通通釋》就說這句有誤，應是「遠略近詳」。楊明照則依據《韓詩外傳》三「夫傳者久則愈略，近則愈詳」，校正說「『錄遠略近』四字之淆次甚明，當乙作『錄近略遠』或『略遠錄近』始合。」章太炎早在一九〇六年也已經如此說了。

日本也有許多校訂《文心雕龍》的名家，如戶田浩曉、斯波六郎等，他們也對《文心雕龍》校勘做了很多工作，臺灣則有潘重規、李立齋、李曰剛等先生們在文字校訂上花了很多功夫。現在《文心雕龍》校訂上的問題基本可以說是解決了，年輕一代學者很少需要花力氣在文字上。

囿于篇幅，下面我舉例簡單說明《文心雕龍》校勘上的狀況。

第一個例子，第三章〈宗經〉篇，「四則義貞而不回」。貞字，早期的本子作「直」，我們現在是根據考證以後校改的。不過「貞」跟「直」的意思差不多，所以這個字改不改，差別不大，不影響我們對於文意的理解。文獻上的校勘在意義的理解上差異不大。

但第二個例子，第三十篇〈定勢〉篇，「然密會者以新意得巧，苟異者以失體成怪」，原本是「以意新得巧」，現在改成「新意得巧」，這主要是因為對仗，後面「失體」，前面對「新意」比較好，駢文是講對仗的，雖然意思也沒有太大的變化，但感覺上文從字順，看起來比較工整。

接下來的例子又有些不同：第三十六篇〈比興〉篇「豈不以風通而賦同」，風通的「通」字是黃叔琳定的，但黃氏說當時還有另外一個本子寫成「異」，而梅慶生的本子正是寫成「異」。黃叔琳說的另一本也許即是梅慶生本，也許是別的本子，總之，「風通而賦同」跟「風異而賦同」，文意完全相反。這兩個本子都是古本，明朝版本上同時存在著這兩種寫法，一種是「風通而賦同」，一種是「風異而賦同」。只是黃叔琳在校訂時，認為應該是「風通而賦同」罷了。

換言之，所謂校勘，可能同時存在幾種不同的版本，校勘者其實是在做一個選擇。因此校勘學並不是單純的比對異文。如果只是比對異文，呆子也會做；學者的功夫在於判斷。而正因為是判斷，故我們就不能相信清朝人所宣稱的：樸學是一套客觀的方法。樸學什麼時候是一套客觀方法了？胡說！從來不客觀的。版本上的不同，需要做判斷。判斷是選擇，選擇中即有自己的看法。一般都說判斷的根據是文獻，但文獻上其實並沒有辦法提供人這樣判斷，因為這兩種情況都是明代的本子。《文心雕龍》的校勘中大都屬於這類，而且它的含義卻是相反的，不是相通、相近而是相反。

另外，「物以貌求，心以理應」，這個「應」字，古代的版本有九種寫成「勝」字，有十三種版本寫成「應」，《四庫全書》的文津閣本則寫成「媵」。從版本上看它是少數派，而且很怪，是指古代女人出嫁時以另一個女人陪嫁，所以這個字就有「送」的意思。《說文解字》說它是「媵，物相增加也，一曰送也」。楊明照先生的校訂，卻認為應該是這個字。理由是什麼呢？它不如「勝」、「應」常用，但楊先生說劉勰其實常用這個字，如〈章句〉篇：「追媵前言之旨」、〈附會〉篇：「首唱榮華，而媵句憔悴」中都用到這個字，都是表示「引來」或者「送去」。可見劉勰其實常用它，不像我們現在會覺得它比較罕見。而這兩句，「心」和「理」是相互呼應的，所以他認為用這個字比較恰當。這是楊先生的主張。

清朝有位何焯（義門），校過很多的書，他則認為應該是「臢」。即是剩下的剩。「心以理應」，是指心和理相呼應；「心以理臢」，則是說理要比情多。這個主張比較難懂，不知他取義為何。

但無論如何，這些校訂者各有主張，方法也不一樣。後兩種情況，在校讎學上叫作理校，不是文校。根據文字上確實的證據，說在某個版本上其文字如何而作的校訂，稱為文校。但另外有些校訂的人是根據他們對《文心雕龍》全書的理解或字句文意的理解，從理解上判斷，屬於理校。理校也是合法的，但只是推理，並無文獻上的依據。我們在看《文心雕龍》諸家校訂時，要特別注意這個問題。

最麻煩的是〈原道〉篇「為五行之秀，人實天地之心生」。

黃叔琳本把它改成「為五行之秀，實天地之心」。因為《文心雕龍》是駢文，駢文的句法應該是相符合的，「為五行之秀，人實天地之心生」，這個句子與上一句不合，所以他改成「為五行之秀，實天地之心」。把「人」和「生」兩字去掉了。楊明照、王利器找到了古代十幾個版本，都不能支持黃叔琳的校訂，因為所有古本都是前一種寫法。

梅慶生的本子也很特別，他把「人」和「生」兩字也挖掉了，變成兩個空格，表示他不能判斷那是什麼字，不過他覺得這裡是有問題的。

其他的本子則都是原文這樣。只有楊明照認為「人」應該是「氣」字，所以就改成為「五行之秀氣，實天地之心生」。臺灣李曰剛先生認為這樣也不對，應是「為五行之秀，實天地之心」。他比較接近黃叔琳。

在這兒我們可以看到：他們的處理，實際上是不符合版本狀況的，所有古代的版本都不是這樣，他們乃是根據自己的判斷，或者把字挖掉，或者認為字是多的便把它刪掉，或者改動它的文字，把「人」改成「氣」字。《文心雕龍》各種注校本，很多名家校來校去，其中有一些當然是因從前校的人沒看清楚，有遺漏，所以後人要重校。「校書如掃落葉」嘛，不容易校乾淨，但大部分情況不是這樣。大部分是對《文心雕龍》另有理解，所以才需要重校，重新確定它的文字。

所以清代的樸學並不如我們現在所了解的或如胡適所說的，是一種科學的方法、客觀的研究。人文學從來就不客觀也不能客觀，沒有「訓詁明而後義理明」這回事，自來都是義理明而後訓詁明的。從以上列舉的例子就可以看出這一點。每位校勘者對《文心雕龍》都有一套想法，影響了校者在校訂時選擇什麼樣的字；碰到版本不能支持其想法時，校者就會另立一說。

以上是關於《文心雕龍》的校勘和版本問題。

二、結構

《文心雕龍》還有一個大問題，不是字句而是結構上的。《文心雕龍》大家都說它體大思精，結構嚴密，但是認為《文心雕龍》結構有問題的人其實很多，問題主要集中在下半部。

在《文心雕龍》的篇目中，下半部的編排體系是從〈神思〉、〈體性〉、〈風骨〉、〈通變〉等等講下來，王夢鷗先生曾認為：如果根據《文心雕龍．序志》的說法，下編「剖情析采，籠圈條貫」，討論文章寫作時的感情跟文采，「摛神性、圖風勢、苞會通、閱聲字」。摛神性，所以第一篇是〈神思〉，第二篇是〈體性〉，這是沒問題的。接著講「圖風勢」，應該是講〈風骨〉與〈定勢〉，但〈風骨〉、〈定勢〉之間，目前卻加了一篇〈通變〉，不像〈神思〉〈體性〉兩篇是連在一起的。接著「苞會通」，就應該是〈通變〉跟〈附會〉，這才叫「會通」，可是〈通變〉卻塞在〈風骨〉、〈定勢〉之間，〈附會〉篇又在後面的第四十三章，這樣「苞會通」就不太好說了。現在〈附會〉跟〈通變〉竟隔了十一篇呢。

再來，「閱聲字」，就是說看聲音跟文字。這樣，〈章句〉、〈麗辭〉兩篇當然跟聲字有關，但是〈練字〉篇也應該是有關的，〈章句〉勉強可以歸到有關聲音跟文字的討論上去。但〈比興〉、〈夸飾〉跟〈事類〉，就不屬於聲音跟文字的問題，跟它們不連貫，不應該屬於「閱聲字」的部分。

再看「崇替于〈時序〉，褒貶于〈才略〉，怊悵于〈知音〉，耿介于〈程器〉，長懷〈序志〉」，這幾篇既然連在一起講，則這五篇也應當連在一起，可是中間卻加了一篇〈物色〉。這看起來也很怪，與〈序志〉篇自敘的次序也不太一樣。

所以王夢鷗先生把它重新排了。他的次序是〈神思〉、〈養氣〉、〈體性〉居先，這三篇他認為都是談創作的，是作者在寫作時本身的修養問題，才、氣、思。第二部分是〈風骨〉、〈情采〉、〈定勢〉，他把這三篇合在一起，認為這是剖情析采，屬於文章的情采部分。再接著是〈通變〉、〈鎔裁〉、〈附會〉，這三篇是講創作者跟前行者的關係。第四個部分是〈聲律〉、〈練字〉、〈章句〉、〈麗辭〉、〈比興〉、〈夸飾〉、〈隱秀〉、〈事類〉、〈指瑕〉、〈物色〉、〈總術〉等具體的文章寫作的方法。最後五篇是〈時序〉、〈才略〉、〈知音〉、〈程器〉、〈序志〉。

李曰剛先生也認為劉勰原書有問題，他另外定的情況是這樣：〈神思〉、〈體性〉、〈風骨〉、〈養氣〉、〈附會〉算第一組，〈通變〉、〈附會〉、〈情采〉、〈鎔裁〉、〈章句〉為第二組，〈聲律〉、〈麗辭〉、〈比興〉、〈夸飾〉、〈事類〉為第三組，〈練字〉、〈隱秀〉、〈物色〉、〈指瑕〉、〈總術〉為第四組，〈時序〉、〈才略〉、〈知音〉、〈程器〉、〈序志〉為第五組。這也是重新打散，重新編織。

類似這樣，把《文心雕龍》的結構打散了重新處理，是很多談《文心雕龍》的人都做的工作。他們當然都依據《文心雕龍》的〈序志〉篇，但我們可以看到，他們的分法也跟〈序志〉篇不完全一樣。

也就是說，我們一方面認為《文心雕龍》「體大思精，結構完密」（它之所以特別被我們推崇，就是因為其結構性。許多人認為中國古代大部分詩話文論都沒系統，只有《文心雕龍》特別能夠顯示它的組織系統），但是我們又對它的組織結構不滿意。

文體部分為什麼大家卻又很少討論，不去重組它呢？是因為第一，近代人不重視文體，第二是大家認為文體部分好像本來就沒什麼結構，只是是一個體一個體的談下去。《文心雕龍》基本上是「論文敘筆」，這個大框架沒有違背，大家就不覺得它有什麼問題，哪一篇該在哪一篇前面，好像也沒啥分別，因此這一部分大家沒太多意見。

但是下編涉及到創作者、創作方法，大家意見就很多了。對每篇應該在哪兒，《文心雕龍》理論的結構到底該是什麼樣，意見不完全一致，就要替《文心雕龍》重組了。

其實這不稀奇，隨便打開一本談中國哲學的書，你都可以發現，比如《老子》，大家都早已習慣地大談老子的政治學、老子的倫理學、老子的形上學、老子的知識論等等。老子那一條一條、一章一章的言論，在我們手上，早已習慣把它重新組織成一個體系。孔子的言論也一樣，孔子的政治學、倫理學、經濟思想等等，重新組織一通。你會說這是因為老子孔子都沒體系，所以要我們來替他們重組。可是《文心雕龍》本身有組織，我們還是會覺得這個組織不夠完善，還是要重新把它組織一下。

這其實也是我們近代人常做的事、常有的一種病：系統病。而且自以為高明，忍不住就要越俎代庖，替大匠斲，認為我們比老子更懂老子。

不過這些編次、結構的重新擬定，也是近代談《文心雕龍》很重要的一個熱點，各家為何這樣做，各有主張，不可不知。

三、評價

接著要談《文心雕龍》的評價問題。大家都說它體大思精，是中國文學批評史上最重要的文獻，有些人當然把它推崇得非常非常高，說「體大慮周，識采丰美，是評藻之圭臬，文章之冠冕」，是文學批評的最高典範。

然而，《文心雕龍》所談，當然有他時代的局限。文學創作跟文學理論不一樣，創作，像李白、杜甫的詩，現在讀還是好得很，可是理論不一樣。理論是要解決它的時代所面臨的問題。那個問題可能經過處理，解決了，後來的人就不需要再處理。所以對後代人來講，它反而沒價值了。這種情況是常有的。例如古代講孝，主要是對鬼神的，《論語》還提到大禹善於「致孝乎鬼神」，這些鬼神其實就是死去的祖先。孔子時代才以孝來處理子女和活著的父母關係。此後也就不再談致孝乎鬼神的問題了。另一些，是它所要處理的問題不是因為解決了，而是因時代變遷以後，問題消失了或轉移了，後人不覺得他需要再面對它，這種情況也非常多。

以文類論來說，劉勰的時代是個文筆分離的時代，有文筆之辨的問題，可是唐宋以後這個問題就消失了，文筆之辨沒有人再談。論文敘筆，有韻為文、無韻為筆？古文運動以後的文通通是無韻的，哪還會這樣談「文」呢？所以文跟筆的區分，在後人看來根本沒有意義，在《文心雕龍》中卻是個重要的問題。

《文心雕龍》之所以要宗經徵聖，就是要處理這樣的問題，打通文筆之分。所以〈總術〉篇說：「顏延年以為：筆之為體，言之為文也；經典則言而非筆，傳記則筆而非言。請奪彼矛，還攻其楯矣」，劉勰要「以子之矛攻子之盾」，「《易》之〈文言〉，豈非言文？若筆不言文，不得云經典非筆也矣。將以立論，未見其論立也」，顏延年把言、筆、文分開，從《文心雕龍》的理論來看是分錯了，像《易經》的〈文言傳〉既是經典又是有文采的，所以經典不必然是直陳其事的。黃侃認為劉勰並不堅持文筆之辨，反對顏延年那樣堅持文筆之辨。沒錯。但是在體例上，劉勰並沒有突破文筆之分。理論上以宗經徵聖來打通文筆之分，但在全書體例上，劉勰仍然是論文與敘筆分論，前十篇論文，後十篇敘筆，兩者的界限仍是存在的。後代則因根本沒有這樣的區分，所以也沒有文筆之分的困惑。

至於把經典作為文章的源頭、說寫文章要學經典，在唐宋以後根本就是常識。可是在劉勰那個時代，這個觀點是要大聲疾呼的，乃是要以此來改善他時代的問題。所以劉勰最大的貢獻，宗經徵聖，對後人來講，不但只是常識，甚至還會覺得他講得太淺太簡單了。

因為劉勰雖講宗經徵聖，卻並沒有太多談孔孟之道、聖賢義理。後人講宗經原道，就會覺得劉勰說都是文字上的功夫，沒有真正得到孔孟之道。後人講文以載道，載的是孔孟之道，而這一點劉勰並沒有闡發。孔孟之道的內容到底是什麼，劉勰也沒談。劉勰只是說我們要宗經徵聖，宗經徵聖以後就可以「義貞而不回」；另外又講我們若在文體上學經典可以有什麼什麼好處。從後人角度來看，實在太淺了，也沒搔著癢處。

劉勰講的後面二十篇，文術論，相對於之前〈文賦〉等談文章創作方法的篇章，當然是詳備得多，我們現在研究《文心雕龍》的人也認為他對各種文學創作的道理都講到了。但我們看中國文論的歷史，深入進去，你就知道劉勰的講法都比較粗略。

近代大部分文論家，又都只會論文，創作經驗不足，看劉勰所說，就以為很了不得了。其實劉說與陸機〈文賦〉都很膚廓，未極精微。至於文體論部分，從後代的觀點看，《文心雕龍》也顯得陋。後世辨體，比劉勰細膩得多，而且還有很多新文體是劉勰沒見過的。

劉勰對於個別文體的解說也不盡如人意，比如紀曉嵐就曾批評〈史傳〉篇沒寫好，謂劉勰妙解文理，可是史事非其當行，論歷史寫作不行。這一篇，文句特繁，囉囉嗦嗦了很多，但內容只是講了個粗略的輪廓，沒什麼太精妙的理論。「特敷衍以足數耳」，只不過是因為每一體都要談，故不得不湊數。

一位作者不是每一種文體都能真有心得的，某些講起來會比較吃力。這是很容易體諒的。再說，紀曉嵐所處的清朝，寫文章的人學《左傳》、學《史記》，早成風氣。史傳傳統變成了文章典範，已經有幾百年的大發展了。從這個角度看劉勰之論史傳，當然會覺得很粗糙或簡略。史學後來的發展、在文章上的表現，主要是在明代發展的，從這點看劉勰，自是有所不足的。

還有，像劉勰所談的〈聲律〉、〈練字〉、〈章句〉跟〈附會〉。〈附會〉篇講的是章法問題，〈章句〉篇的「章」，有動詞義，是安章宅句的意思，把意思與感情安頓在句子裡。我們現在講章句會想到章法，但劉勰講章法的部分實際上是在〈附會〉篇，不在〈章句〉。故曰：「設情有宅，置言有位；宅情曰章，位言曰句。故章者，明也；句者，局也。局言者，聯字以分疆；明情者，總義以包體」。章主要是彰明的意思，指對情感跟意義的處理。句才是對文字的連綴問題。所以說：「句司數字，待相接以為用；章總一義，須意窮而成體。其控引情理，送迎際會，譬舞容回環，而有綴兆之位；歌聲靡曼，而有抗墜之節也。」黃侃《文心雕龍札記》把章句勾聯到《禮記・學記》的「離經辨志」去說，再扯上漢儒的章句訓詁，把研究章句講成鑽研小學，根本就是胡說八道。陸侃如、牟世金《文心雕龍譯注》說章猶如樂章，指文章一個段落；句還有句讀之分，也不確。

〈章句〉、〈練字〉、〈麗辭〉、〈聲律〉等等都是具體談文字句法聲律等問題的。這些問題他當然談得很不錯，但這是以六朝的標準來看的，若以後代的標準看，後代可就要比他精密得多啦。

如紀曉嵐評論他的〈章句〉篇，就說他這篇講句法，「但考字數，無所發明，殊無可采」，而且「論語助亦無高論」。

論句法、論聲律，在永明，劉勰的時代皆只是椎輪大輅，剛剛開端。可是從劉勰到唐代，近體詩格律完善以後，老杜繼之，詩律更細；至宋又更細，極其複雜，再加上詞曲等一些聲律的討論。這時再回頭看劉勰的〈聲律〉，當然會覺得太簡單了。劉勰講對仗只講了四種，唐朝人至少講三十六種對。可見對仗之法，劉勰的四種實在太簡。唐人的詩格、宋朝人的句法，當然也比劉勰繁複得多。這時候看劉勰的創作論，就會覺得殊無可采。

語助問題也一樣。語助，即中國寫文章裡面的之乎者也、若夫豈但等等。這元朝以後已有專書討論，清朝樸學大盛，《助字辨略》等專論語助詞者，慢慢變成一專門學問，蔚為大觀，因此紀曉嵐認為劉勰談語助甚差。

本來，在我國文章的寫法中助詞很重要、有很多的功能，劉勰能強調這一點，可算特識。只是他談得較簡單，所以清人說他沒有高論。

〈事類〉篇談用典，亦復如此。劉勰時代之駢文用典，還沒有那麼多，後來才越來越多；如宋四六不但用典多，還幾乎看不出來，因為它就像散文一樣，但是既對仗又多用典。像汪藻〈隆祐太后布告天下詔〉「漢家之厄十世，宜光武之中興；獻公之子九人，惟重耳之尚在。」宋朝自太祖到高宗，正好傳接十代，高宗又是徽宗第九子，用典恰切不可移。周必大〈答胡邦衡啟〉表示思親之情的：「某竊維三有樂之君子，俱存為先；四無告之窮民，幼孤為重。自怜命薄，實感格言；每值生朝，不知死所。」運用《孟子》成語入文，對偶巧妙，且富悽惻感情。楊萬里〈賀周子充參政啟〉「顧其道顯晦之如何，豈其身淹速之是計？故莘渭布衣而涉三事，莫之或非；若夷夔終身而效一官，則又誰懟？季世譽薄，古風不歸。至于一游說之間，便萌取卿相之意。豈有平日不為當世之所許，乃欲任人之事權；彼其初心惟以無位而為憂，不思既得之愧怍。今執事致身于台斗，而曠懷寄夢于江湖。半生兩禁之徘徊，五載六官之濡滯。逮其望磅礴鬱積而極其盛，維岳峻天；舉斯民咨嗟嘆息而屈其淹，如防止水。上心雪釋，渙號雷行。酌彼公言，置諸近弼。然後談者，罔不翕如。」極盡長短句的盤旋恢展之致。如〈除吏部侍郎謝宰相啟〉的：「搔白首以重來，問青綾之無恙。玄都之桃千樹，花復蕩然；金城之柳十圍，木猶如此。概其顧影于朝跡，從此寄身于化工。」也用典不僻，感慨中又復風神搖曳。劉勰時的用典，還不能如此。〈指瑕〉篇談文病當然也是這樣。

還有〈比興〉跟〈物色〉，當然也很重要，但這個理論跟宋代發展出來的「情景交融」理論相比，當然後者更精密。劉勰那時候講物色，其實還是很簡單的，說物能感人，人被物所感動，所以情發動而已。這時候寫物，乃是鑽情體貌地去寫景物，跟後人強調要與物交感，渾然一體的境界相比，六朝人還沒有這種想法。

討論《文心雕龍》的人一般都比較重視下半編，實則在整個中國文學理論的發展史上，下半編多只有歷史意義跟理論的先導意義。若就理論本身來說，後世的理論比它精密多了。

像〈神思〉篇談構思，說要虛靜、澡雪精神，但如何虛靜呢？《文心雕龍》並沒有教人虛靜的方法，它只講了一個原則。叫做：「陶鈞文思，貴在虛靜，疏瀹五藏，澡雪精神。」但如何疏瀹五臟呢？他根本沒說。只說要：「積學以儲寶，酌理以富才，研閱以窮照，馴致以繹辭。然後使玄解之宰，尋聲律而定墨；獨照之匠，窺意象而運斤」。

積學、酌理能不能獲得神思，其實乃是大有問題的。宋代嚴羽不就說過「詩有別材，非關理也」、「詩有別趣，非關學也」嗎？神思如若能以積學酌理獲得，根本就不須疏瀹五臟、澡雪精神，做虛靜心的工夫。因此劉勰在這裡所談，不但理論淺，也根本不通。研究劉勰的前輩們貢諛獻媚，對此篇大誇特讚，其實都是因缺乏理論素養之故。

又比如〈風骨〉談文氣，但養氣的功夫在治心，而怎樣治心養氣這種修養功夫，跟文章本身的文氣，即文章的命意、修辭所構成的文氣的關係，後人就有比《文心雕龍》更多的討論。像宋人所談的「妙悟」「無意于文」，或說文章寫作到最後應是「風行水上自成文」。好像風吹過去，水上自然起了漣漪。文章的創作就是這樣，不是自己在這邊養氣、寫作的。因為文章不是你寫出來的，「文章本天成，妙手偶得之」。這些就都已經脫離了劉勰的思考範圍。

劉勰的範圍是什麼呢？他是「總術」。認為寫文章不能靠賭徒等機會那樣等待靈感、等待天機，要靠具體的方法。跟打仗一樣，不要李廣式的天才，而是用程不識那樣的做法，一步一步運用方法，故曰：「百戰百勝，必資曉術」，要懂得術、要懂得方法。劉勰討論文章的形態屬於這一類。

宋人講妙悟、講無意于文、講詩不可學，說人要怎樣以自身養氣的功夫去上合天機，最後變成從胸中自然流出，文章不是寫出來的，不是什麼創作方法，而是從心田中自然流出，或者是「文章本天成，妙手偶得之」，不是我寫的，是天創造的，我偶然抓到而已。這些，都不是劉勰理論所能觸及的。

像東坡說，作詩是「兔起鶻落」。秋天草原上草枯了，兔子出來時，老鷹嘩地就撲下來了。這個時機，一失就沒了，因此「作詩火急追亡逋」。他到杭州孤山去看了兩個和尚，惠勤、惠施，回來詩興充盈，這時作詩火急，好像追一個逃犯，生怕他丟失了。「清景一失後難摹」，心中詩景一旦消失，就再也追不回來了。諸如此類，創作中人跟天結合的部分，是宋人談得最多的。而人與天合，如何獲得天機，卻是劉勰沒有處理的。

劉勰的理論，還有個該注意之處：情的部分，其實是虛說，重點其實是講理、講思致。所以他講術、講方法；講宗經，講向典範學習等等，比較接近古典主義式的學習理論。有學習的典範、學習的方法，有學習的每個模型，用這些去掌握文學。

所以，講情景交融、人與天合，人怎樣才能當機，興來不可扼時如何抓住天機，妙手偶得，風行水上自成文，無意于文，不是我要創作，是偶然率性而成，非有意而為。這些理論，就都不是劉勰那時候有的。他們講創作時要消除對外境的執著以及對自我的執著，還有文字的執著，雖與劉勰講的「陶鈞文思貴在虛靜」有關，可是不是重視情采、麗辭的劉勰所能想得到的，理論的複雜度都要超過《文心雕龍》很多。

劉勰的《文心雕龍》雖然強調論為文之用心，但實際上它對心的了解也沒有窮極精微。〈情采〉各篇討論文情，大部分只能說心術已經表現出來了，文采就能看得出來，沒有討論到情跟理相辯證的問題。情理相辯證、主客相辯證，是後來談的問題。

他講的比興，在宋元明清也有新的發展，不是《文心雕龍》理論所能解決的。

因此後代人看《文心雕龍》就會覺得它要麼太淺，要麼跟後代講的有點差距。像汪師韓就批評劉勰〈明詩〉篇說「五言流調，則清麗居宗」，認為層次太低。劉勰那個時代是強調「麗」，綺麗或清麗的，劉勰論文章之「麗」很多、很重要。但「麗」在後代文學評論裡面不是個好詞，後代常認為詩文都應「寧拙勿巧」，寧願看起來枯澹或古拙，不要華麗。所以他說「五言流調，則清麗居宗」，汪氏便批評：「以綺麗說詩，後之君子恥為不知理義之所歸矣」，麗是很淺的東西呀！

劉勰講〈原道〉，當然很好，但只說了文原於道。後代講的文道的關係複雜得多，文以達道、文以貫道、文以載道、文以明道、文者道之器等等，洋洋大觀。而且劉勰講的「因文明道」，跟古文運動以後的講法是不一樣的。古文運動以後，大抵認為言跟文只是個符號、工具，通過這個工具得到道以後，就像既渡了河，就沒有人會再背著船走路的，一定把船丟了。這時候文跟道的關係就跟劉勰那時不一樣了，「觀者但見情性，不睹文字」。所以後世文論常有司空圖「不著一字盡得風流」這一類講法，或者像歐陽修所說的「忘形得意」，而非「瞻形得神」。

因此我們用《文心雕龍》的理論來理解唐宋以後的文論就很可能走錯路子，因為它們是很不同的東西，這是我們讀《文心雕龍》要注意的地方。

四、方法

但是以上我說的這些《文心雕龍》理論上的局限問題，與大陸上一些朋友所講略有區別。

大陸研究《文心雕龍》的學者，討論《文心雕龍》的局限有幾種說法，如繆俊杰先生《文心雕龍美學》說「《文心雕龍》這部文學理論跟美學著作也存在著嚴重的歷史和階級局限性。首先在文學起源跟文學的社會關係上，劉勰一方面看到了文變染乎世情、歌謠文理以世推移，但是他沒有而且也不可能揭示社會生活是唯一泉源這個唯物主義的命題。」他說文學創作，社會生活是它的唯一泉源，所以劉勰認為文是源於道，第一篇叫做〈原道〉篇。這就根本大錯了，文怎麼會源於道呢，文應該源於社會生活。

這是許多人主張的第一點，涉及根本的問題，說《文心雕龍》不是唯物主義。

第二，繆氏還批評他尊孔，使他對於文學理論和對作品的評論存在著儒家的偏見。「劉勰把孔丘的話奉為典範，『聖人之雅麗，故銜華而佩實者也』，他對別人批評孔丘很不滿意，動不動就給人扣上非聖的帽子，他是以孔丘的是非標準為標準的，不符合孔孟之道的就是異端了，這是一種僵死的教條。根據這個教條辦，文學也不必發展了，也不可能發展了，所以他給自己畫了一些框框，不能越他的雷池一步，使他自己陷入自我矛盾的地步」。

第三，因為劉勰強調聖賢，所以「他就輕視民間文學，無視人民群眾在文學創作中的貢獻，在〈樂府〉篇裡，他只論文人的樂府，對於作為樂府精華的民間樂府避而不談，他一方面稱贊『魏之三祖，氣爽才麗』，但又批評他們的作品『雖三調之正聲，實〈韶〉、〈夏〉之鄭曲也』」。鄭曲是一種貶詞，他們認為這是不正派的。這種評價當然是不公平的，從這些方面來看，劉勰的尊孔崇儒思想給他的文學理論、美學思想、美學鑒賞帶來重大的偏見和局限性」。

這些批判文章讀起來都氣勢軒昂，可是他們沒弄清楚劉勰批評曹操曹丕曹植的樂府既是三調之正聲，又是〈韶〉、〈夏〉之鄭曲，並不是批評民間樂府。劉勰講的是他們的寫作跟《詩經》相比，已經不像《詩經》那般典正了。像這樣的批評，皆可謂胡亂放箭，無的放矢。

還有一種批評是說「劉勰的全部文學主張是從有利于整個封建政教出發，而不是為了腐朽的士族政治服務的。這是劉勰對現實社會有不滿的一面，有要求改變的一面，這是他值得肯定的地方。劉勰雖然不可能提出揭露、批判當時黑暗腐敗的仕途政治，但是他對這類文學作品是反對的。這一類是壟斷文壇的士族文人從享樂主義出發，形式主義、唯美主義的創作方式都是劉勰所大力反對的，這是劉勰具有進步性的一部分。正因為他具有這個方面，所以他對人民群眾的創作雖然重視不夠，但卻不一概反對，多少還有點注意，甚至于作了某些的肯定。譬如說〈樂府〉篇裡面講到『匹夫庶婦，謳吟土風』但『志感絲篁，氣變金石』」。

這講法跟前面的講法剛好相反，說劉勰：「因為反對當時的士族，所以對民間的還是頗有肯定的。但是劉勰對於民間文學的肯定還是有一個限度的，總的來說就是要有利於封建制道。不符合原則的作品，即使是帝王的御筆，劉勰也要加以指責，所以說劉勰的基本主張是從有利于封建統治的政教立場出發的」。

還有人說：「劉勰談論為情造文跟為文造情，他說為情而造文這個路為什麼是正確的呢，就是因為作者有滿腔憤怒之情，而用文學創作來表達這種憤怒之情，來諷刺統治者，所以這個道路是對的。相反，為文而造情，作者內心並沒有憂憤，只是為了寫作而矯揉造作，所以這個不對，因此劉勰的討論具有一定的現實意義」，這是針對批評劉勰沒有現實意義的說法，來替劉勰辯護的。這辯護，提了一個主張：「《文心雕龍》之可貴在于：它建立了以唯物主義思想為主的文學理論體系」。前面不是說有人批評劉勰不是唯物主義嗎？這又認為他是。

另外則有人說：我們要判斷《文心雕龍》是傾向於唯心還是唯物，不能只從片言隻語中去討論，而要考察它整個文學創作理論、文學批評觀點。像認為劉勰思想是以唯心為主的，或是一個徹底唯心主義的人，主要是根據〈原道〉篇。認為劉勰根源於道，不是根源於社會生活，這就錯了，所以它是唯心主義的。何況劉勰又是個佛教徒，佛教徒三界唯心、萬法為識，更證明了他說是唯心。所以他們批評說「《文心雕龍》是反動的、極端唯心的，劉勰所說的道就是統治階級壓迫人民，剝削人民天經地義之道」。

可是有些辯護者又認為《文心雕龍》其實不是唯心的，乃是唯物主義：「《文心雕龍》談到物以情觀，感物吟志，創作實際上是在很多歷史事情中發展出來的，所以是要忠于現實的，『物以情觀』，還是要注意到社會現實。《文心雕龍》的觀點是可以接近唯物主義的，忠于實際創作經驗的評論家同樣有可能接近唯物主義，我們不能孤立地看他一兩句話，我們要整體地看。《文心雕龍》是實際上從物來看，所以雖然不能說它就是唯物主義，但它起碼接近唯物主義。」這是另一種講法。

還有一種種觀點認為《文心雕龍》存在很多問題，問題在哪呢？一是劉勰襲用聲訓的方法。

中國文字因聲得意，一種聲音往往有某一種意思，因此漢朝人在解字時，《說文解字》是一個系統，就從字形的結構上來解字。我們現在講文字學時，比較習慣或在學院中占主流勢力的即是這個體系。但漢人在《說文》之外同時還有另一部書也很重要：劉熙的《釋名》。《釋名》解釋文字，主要用聲訓，就是尋找字跟字之間聲音的關係，用聲音來解釋。比如「天」，什麼叫天，顛也，「天」跟「顛」，聲音相同，所以用「顛」來解釋「天」，顛是最頂端，最頂端就是天，這便是聲訓。劉勰的很多解釋都用聲訓，如〈論說〉篇講「說著，兌也」，兌與說這兩個字古代是同音的，「說」就是「兌」。

批評者則認為：用一個同音字或音近字來釋名彰義，十分不妥，因為在我國文字中很多音同未必義近，義近也未必同音。而且只用一個字來釋名，也很難完全反映這個文體的特徵。像「賦」跟詩六藝中的「賦」，其實是不相干的，漢儒因為宗經的緣故把它們硬扯在一起，因此《文心雕龍》就說「詩有六義，其二曰賦，賦者，鋪也」等等。

這是蔣祖詒先生《文心雕龍論叢》的觀點，他說：「漢代的賦多半是奉命寫作的，都是奉命文學。這跟詩不一樣，漢賦很少有文學的價值，它堆砌辭藻，缺乏感情，還是魏晉的小賦比較能抒發作者的情思」。像王粲的〈登樓賦〉，鮑照的〈蕪城賦〉等等。劉勰論賦的源流應該要突出這些小賦，談賦的特色也應以小賦為標準，不但因為它們在文學史上較為重要，而且他們是劉勰時代的新興產物。

他所講第一部分，是反對劉勰採用漢人的聲訓法來進行文體說明，第二他反對用漢代的聲訓法具體用在對漢賦的解釋上，並以漢賦為標準來定義賦體。他認為漢賦本身就爛、沒價值，魏晉以後的賦才好。劉勰不但在聲訓的方法上依從漢人，整個宗經徵聖以及對賦的評價也附和漢代，所以搞錯了。

此外，《文心雕龍》中對麗辭、聲律、事類等均有專論，這些跟駢文有關的修辭手法有何值得特別看重的呢？駢文本來就是沒價值的東西，討論這些跟駢文有關的寫作術，看來也沒什麼價值。

這些主張沒有一條不是錯的。其錯誤，在于總體上搞不清楚劉勰的主張。居然認為劉勰是重今、重視現在的。重視現在、重文崇今，所以才談了許多駢文這類的東西。但是，既然重文崇今，就不應該又崇古、重視漢人，所以他認為劉勰在這些地方都是錯誤或混亂的。

這些是過去大陸朋友在討論《文心雕龍》時常見的說法。要麼論劉勰的階級，要麼討論他是唯心抑或唯物，要麼對儒家懷抱深仇大恨，一談到儒家就認為是腐朽的。

我前面談《文心雕龍》的局限，卻不是從這些地方講，而是放在整個中國文學發展史上看。劉勰的理論和他面對的問題，有些後來重要性消失了，有些轉移了，有些是繼續深化了，劉勰之說反而就顯得比較原始比較粗糙。在這裡，我們並不是要貶低《文心雕龍》，而是說《文心雕龍》是文學理論的經典，但理論是有發展性的，經典的重要就在于它能開啟後人很多想法，它是有開展性的，所以後面會有很多新的發展。這些新的發展當然就溢出了劉勰所論之範圍。

我希望各位能注意這種討論問題的方法。我們的課，雖然以《文心雕龍》為具體討論對象，但頗不限於這本書。我更多地，是想以如何研究這本書為例，談一些治學方法。課程時間有限，書中一些細節，或其理論跟文學史上的另一些關係，各位可以自己去找書來看。我就跟各位簡單介紹到這邊罷，謝謝大家！

附錄一　對當前文學理論研究的反省

一、整體的困境及回歸作品的呼聲

我於一九八八年開始參與大陸的學術活動，迄今近二十年；而第一個參加的研討會，就是談文學理論。當時，大陸的文學理論界正可謂意氣風發，不僅論議頗動視聽，更成為大陸文化熱的推手、整體社會改革的動源。端的是風起雲湧，百家爭鳴。但如今，凡參加這類會議，聽到的卻多是對文學理論研究的困惑與質疑。甚至不少人開始呼籲放棄「文藝學」這個學科；不要文學理論，只要有文學批評就可以了。傳統上文學研究三分（文學理論、文學史、文學批評）的格局，幾乎就要為之瓦解了。

這樣的轉變，其實亦非大陸獨然，在臺灣、在歐美也都有類似的情況。

臺灣於七十年代興起比較文學熱潮，推動了中外文系對文學理論的研究興趣。一時之間，許多人都興奮地認為「批評的時代來臨了」（沈謙先生一本書的書名）。各式理論的宣傳與口號，高響入雲；著作與譯介，亦爭奇而鬥艷。但這樣的熱潮，到九十年代以後卻逐漸退燒，比較文學幾乎偃旗息鼓，中文系之文學理論研究也日益蕭條，沒有太多亮眼的成果。倒是實證性的臺灣文學研究、現代文學史料發掘、以及後現代思潮影響下的文化研究，引領風騷，占盡風華。

歐洲的文學理論熱潮退燒，更是明顯，文論健將伊戈頓（Terry Eagleton）甚至寫了本《理論之後：

文化理論的當下與未來》。

美國的例子，則不妨看看曾任哈佛講座教授的布魯姆（Harold Bloom）出版的《西方正典》（*The Western Canon*）。此書選了貴族制時期的莎士比亞、但丁、喬賽、賽萬提斯、蒙田、莫里哀、米爾頓、約翰生博士、歌德；民主制時期的渥滋華斯、珍・奧斯汀、惠特曼、狄瑾生、狄更斯、普魯斯特、喬哀思、吳爾芙、卡夫卡、波赫士、聶魯達、斐索等廿六家之作，謂其為西方文化中之「正典」（the canonical），認為現今我們對語言比喻之駕馭、原創性、認知力、知識、詞彙均來自它們。

其書出版後，在學界褒貶不一。主要原因在於西方近年學院中流行的思潮，恰是要質疑並顛覆正典的。布魯姆本來亦被視為其間一員大將，如今入室操戈，忽爾現出原型，赫然乃是這等強悍的傳統論者，不禁令時髦論者大吃一驚。

其次是：他不僅力陳經典的價值，更把矛頭指向正流行當令的女性主義、馬克思主義、拉岡學派、新歷史主義、符號學、多元文化論等，合稱為憎恨學派（Schoolof Resentment）。謂此類人皆憎恨正典之地位及其代表之價值，故欲推翻之，以便遂行其社會改造計畫。打著轉型正義、創造社會和諧、破除歷史不公之名義，將所有美學標準與大多數知識標準都拋棄了。可是被他們揭舉出來的女性、非裔、拉丁美裔、亞裔作家，也並不見得就多麼優秀；其本領只不過是培養一種憎恨的情緒，俾便打造其身分認同感而已。此等言論，逆轉了攻守位置。讓一向善於藉著批判傳統、顛覆這顛覆那，以獲得名位者有些錯愕。

這些學派自然也立刻反唇相稽，說布魯姆所稱道的正典，只是歐洲男性白人的東西，甚且只是英美文化中慣例認可者，並不適用於女性、多元文化者或亞裔非裔等等。

但此類反擊，除了再一次訴諸身分、階級意識型態之外，畢竟沒有說出：為什麼正典必須擴充或改造？其美感價值與認知，為什麼不值得再珍惜？因為：此類文論家原本就不太讀也不能讀原典，文本分析恰好就是他們的弱點；捨卻文學的藝術價值不談，正是其習慣。如此而欲反正典說，豈非妄談？讀者根本不曉得何以必須放棄莎士比亞而偏要去讀一些爛作品，只因它是女人或黑人寫的，或據說其中有反帝反對封建抗議精神？過去，讀者基於道德感正義感，以社會意義替代了審美判斷，跟著此類文論家搖旗吶喊，如今一經戳破，乃始恍然。故「憎恨學派」之反駁，非特未將布魯姆消滅，反而令質疑文化研究者越來越多。

當然，此亦由於布魯姆立說善巧。以往，倡言讀經者，輒採精粹論立場，不是說經典為文化之核心精粹，就是說經典之價值觀可放諸四海、質諸百代，乃萬古之常經、今世之權衡云云。布魯姆卻不如此。他本以《影響的焦慮》一書飲譽學林，論正典亦採此說。經典之所以為經典，自然是因它們影響深遠，但所謂影響，並非只是後人信仰它、欽服它、效法它、依循它，而是後代在面對經典之巨大影響時存在著嚴重的焦慮，故藉由反抗、嫉妒、壓抑去「誤讀」經典，對它修正、漠視、否定、依賴或崇拜，這些創造性的矯正，也是影響下的表現，因此後代縱使修正或擺脫經典，仍可以看出經典的價值與作用。同時，正典亦因是在影響的焦慮中形成的，所以它們都是在相互且持續競爭中存留下來的，文本相互激盪，讀者視野不斷調整，正典本質上就永遠不是封閉的，一直是互為正典（the "inter canonical"）的。簡單說，反對經典，正是因為經典重要、影響大。而反對者對經典之誤讀或創造性矯正，又擴大了它的影響、豐富了它的意涵，故經典永不封閉。

由這樣動態的關係去看經典，才可以避免反對者所持的各種理由，什麼古典不適今用啦、不須貴古賤今啦、經典只代表某一階層之觀念與價值啦、文藝貴乎創新啦等等。

但不論布魯姆或任何提倡讀經典文本的人，也都無法說服那些反對的朋友。蓋此非口舌所能爭。經典的意義固然永不封閉，但它得有人去讀，其意義是由閱讀生出來的。倘若士不悅學，大家都不愛閱讀，視閱讀文本為畏途或鄙視之，僅以談作者身分、膚色、性別、階級、國別為樂；或廢書不觀，徒逞游談，則正典之生命便將告終。

而學院正是這般可能埋葬經典的地方。學者要著書立說、要升等、要申請項目經費，自須別出心裁，立異以鳴高。今日創一新派，明日成一理論，乃是生存之需。乖乖讀點正經正典，既無暇為之、不屑為之，亦無力為之。如今大學講堂中，高談多元文化、女性主義、後殖民、拉岡、傅柯者，車載斗量；可是能好好閱讀並講說莎士比亞、塞萬提斯、米爾頓、狄更斯的，卻著實稀罕。博士碩士們，背些理論、找點論文、上網抓點資料，手腳倒也勤快，作品可沒讀過多少，更莫說那些不厭百回讀的經典了。對於這些人或這樣的機構來說，提倡讀經，不是有違倫常嗎？布魯姆之類正典論者，顯然意在針貶時局，但正典論因與目前體制、風氣扞隔，所以也未能扳倒新的文化研究者。

質疑目前文學理論走向的，並不只正典論一支。歸納起來還有好幾派，一種是延續著老話題，例如說：理論並不能創造出作品來，作品靠的是作家的創作而非理論的規定，因此文學研究首先是面對作家與作品，理論只是對作家與作品的詮釋，是從屬於作品的等等。

但也有幾種是新的批判，例如說現在的理論多半艱澀難懂，文章似通非通，宛若翻得很爛的譯文，滿紙夾摃，不知所云。或說如今之文學理論不斷翻新，一套套出檯，彷彿時裝表演，令人眼花撩亂；但因它彷若時尚流行，故又轉瞬褪了流行，使人對它更沒了信心。再者，也有不少人認為目前文學理論已走上歧途，越來越跟文學無關了，成天講什麼後現代、後殖民、全球化、女性主義、東方主義、身分認同之類，侈談文化研究，文學審美研究遂付之闕如，文學僅成為說明文化現象的材料而已。

第五種態度則是：因對文學理論已如此不信任、不耐煩，故提倡重新回到文本，回歸作品本身者，大有人在。欲以比較細緻而實在的閱讀，來替代那些夸夸其談的理論。此種回歸，也是為了因應文學科系教學的實際需要，因為一個學系並不需有一堆搞理論的人，而需有人能好好帶著學生讀點作品，甚或批改習作。那些高談文化研究、套理論的人，通常無實際創作經驗，作品也都讀得少，更不注重審美解析。

但平心而論，回歸作品云云，在教學上雖確實能稍抑浮囂之風，然於理據上並站不住腳。因為事實上並無純然客觀的文本，「細讀作品」本身就是一種理論立場，或運用新批評、考證訓詁學派之方法。何況，文學理論的功能並不只是對作品的解讀，它所要談的，包括文學與語言、與社會、與人生、與歷史的關係等等，遠超出對一篇篇作品的解析。而文學，無論它在生產那時，還是閱讀這時，又都與其社會文化有關，研究者也不能假裝沒看見，只注目於作品本身便自以為得計。關聯於文化的文學理論，亦因此而終不可廢。

正因為如此，故近年文學界便又有一種把文學審美研究和文化研究重新結合起來的呼聲。並把這種方向稱為「文化詩學」。

二、文化詩學的路向

文化詩學，本來是美國格林布萊特（Stephen Greenblatt）等人所倡言的，此派又稱為新歷史主義。其出現，理論的背景是：自二十年代以來，歐美文學研究的總體方向，其實就是去歷史化。如形式主義、結構主義、符號學等等，均重形式與結構，而脫離歷史社會語境。但物極必反，某些人乃重提馬克思主義的歷史意識，以資平衡。某些文評則著眼於經濟社會環境，以說明文學之發展。後現代思潮帶動的文化研究，某些時候也代表著對社會語境的重視。只不過，後現代思想大多質疑歷史大敘事，亦即重視社會語境而未必注目歷史，新歷史主義則有些不同。

新歷史主義，主張在歷史情境中去理解文化文本及文化語碼的現實意義。格林布萊特在《文藝復興的自我塑造：從莫爾到莎士比亞》中即以莎士比亞、斯賓塞、莫爾、馬洛、魏阿特等作家為例，揭示他們在表達觀念、感情時所涉及的社會條件、文化成就、自我塑造過程和表達方式，並討論「歷史中的文本」跟「文本中的歷史」裡權力運作的機制。它對文學文本形成的社會文化之重新思考；對那個時代主要政治、心理、文化符碼進行破解與修正，使得新歷史主義對歷史記載中之零散插曲、逸文遺聞、偶然事件特感興趣，很有些「邊緣戰鬥」的意味。

一九八七年格林布萊特《通向一種文化詩學》則說他是要描述官方文件、私人文書、報章剪輯之類材料如何轉移成另一種話語，而成為審美財產。次年的《莎士比亞之商討》亦說文化詩學是要研究各種社會生產的文化實踐間之關聯，追問集體信念如何形成，如何由一個種媒介轉移到另種媒介、又如何凝形於審美形式以供人消費。

但新歷史主義也反對大敘事與主流話語，強調邊緣化和多元價值，重視異端與個性。因此在方法上，它削平文化的歷史一致性，而代之以共時性結構。這是它跟過去把文本看做是自足性文學史文本極為不同之處。

它所謂的語言，也不同於過去只指文學語言，一切人文成就都可算在內。研究各話語間的關係，並討論意義如何生成於其間，即其主要工作。故它談的並非藝術品的審美價值，乃是藝術話語跟其他社會話語間的轉換及關連性。

總之，這一派重點有三，一是文它主要談的只是文學文本的生產；二是同時重視歷史的文本與文本的歷史。也就是把文本視為歷史上集體信念與經驗之創造物，去觀察文本與歷史上各種同時代文化系統之關係。但它跟從前那些歷史實證研究不同之處是：文本只是共時性的文化系統文本，而非歷史上的歷時性文學史文本。第三，這一派也因這類研究而導生了對歷史的反省。它大量利用私人文書等過去不注意的資料，觀察它們如何轉化到文學話語中，描述各文化表現領域間的關係，論證美學成品乃一社會產物。在此同時，便也對主流大敘事形成了質疑、對歷史提供了再解釋。

大陸於一九九三年便有張京媛的《新歷史主義與文學批評》，引介了這一路思潮。到二〇〇一年童慶炳主編的《文化與詩學叢書》更是把這種風氣推上了高峰。童先生自己的《新理性精神與文化詩學》、程正民《巴赫金的文化詩學》（均由北師大出版社出版）、李青春《詩與意識形態》（二〇〇五，北京大學出版社）等均為此類研究之著名著作。漳州師院劉慶璋教授則在該校成立了一個文化詩學研究所。

據童先生說，他們的文化詩學既是廣義的詩學，又是文化的。因是詩學，所以應保持並發展審美的批評；因是文化的，所以又要從跨學科的文化視野去把「外部研究」和「內部研究」貫通起來，把文學現象放在具體的文化語境中去闡釋，並看到不同文化領域間的相關性。

在具體操作中，他們強調詩學形式的歷史意識建構。認為文學的體裁、形式、詞藻、典故、平仄，要放在歷史的座標中看，才能明白其奇正、通變為何，也才能對之有所評價。而且此類形式存在於它流行的時代，也形成了觀察和思考世界的特定方式，值得重視。其次，他們認為文章之位體、置辭、宮商等形式，本身就具有本民族的傳統，不可忽視。再者，作家本人之個性、心理、興趣，也具有歷史性。第四，審美者當下的文化語境，亦當留意。例如目前童先生等人之所以提倡文化詩學，乃是自覺要繼八十年代以來文學主體性思考等熱潮之後，發展新的時代論述。他說：

當我們厭倦了文學批評的政治意識形態維度之後，當我們批評界進行「審美狂歡」、「主體狂歡」和「語言狂歡」時……文學的定位，在解構了「二元對立」思維模式之後，陷入了孤獨的自我詮釋局面。人們用文學本身的審美特性、主體性和語言存在論來詮釋文學文本。而實際上，文學文本在很大程度上不能滿足於自我解釋。做為人類寶貴的精神文化現象，他必須在更大的人文時空中得到確認。

大陸的文學研究，在八十年代以前是政治意識形態宰制的局面，八十年代以後，文學界才以強調文學審美價值及文學主體掙脫了牢籠。但由現代主義、新批評，逐漸進入後現代，只在文學審美和語言形式上著力的文學批評，亦遭到質疑。故文化詩學也者，就是企圖再將文學放到大文化環境中的努力。

正因如此，文化詩學便成為政治意識形態消解之後，對民族精神的再造工程。這也是大陸現今整體文化氣氛的顯現，欲藉文學的民族文化傳統，建構新時代的宏大敘事。這跟西方文化詩學恰好是截然異趣的，二者名稱相同，可是內涵迥異，不可不察。

這宏大的新時代敘事，目前仍以理論呼籲為主，代表遠大的企圖，而尚未能回到理論本身去解決那些難以解決的問題。如「外部研究」與「內部研究」既已區分，能貫通之依據及可能性在哪兒？其貫通，要在什麼條件下才能達成？而無論是美國式的文化詩學抑或是大陸的，他們欲尋求文學跟其他文化話語間之關聯的努力，看來也仍不脫近代西方把文學視為一種獨立文化體之後，再去找它跟其他文化體之關係的辦法。若由中國文化內部看，文學什麼時候不與其他東西相關呢？文學、文字、文化，三者彼此聯通相貫，故文家宗經、徵聖、言志、明道，乃是常態，豈能割裂了再來求彌合？況且，目前的文化詩學，對中國文化本身的理解，恐怕也還大有問題，未必能真正掌握中國文化的特性與內涵呢！

三、漢語詩學的研究

關聯著文化來討論文學的，還有「漢語詩學」一路。此說是由文化語言學發展而來。文化語言學乃是社會語言學之一部分，但文化語言學也可僅從哲學、文學、語言、宗教、藝術方面進行語言研究，此即非社會語言學所能限。不過兩者間頗有交涉及關聯性，則是非常明確的。文化語言學雖然一九五〇年即有羅常培的《語言與文化》，但語言學界並無繼聲。八十年代中期以後，大陸興起文化熱，語言學界逐漸從社會文化角度去看語言。一九八九年上海教育出版社出版《語言文化社會新探》，第一章就是「文化語言學的建立」，一九九〇年邢福義主編了《文化語言學》（湖北教育出版社），一九九三年申小龍出版《文化語言學》（江西教育出版社）。一九九二年第三屆社會語言學學術研討會並以「語言與文化多學科」為主題。同年亦召開了第一屆全國文化語言學研討會。文化語言學顯然已正式成為一個學門，在大陸已形成熱烈的討論。

但若觀察大陸之相關研究，可說基本上仍不脫羅常培的路子。羅氏《語言與文化》下分六章，分別從詞語的語源和演變看過去文化的遺跡、從造詞心理看民族的文化程度、從借字看文化的接觸、從地名看民族遷徙的蹤跡、從姓氏和別號看民族來源和宗教信仰、從親屬稱謂看婚姻制度。這六章也就是六個方向，若再加上方言、俗語、行業語、秘密語（黑話）、性別語等特殊用語的文化考察，差不多也就涵蓋了今天大陸有關文化語言學的研究了。但文化語言學焉能僅限於此？我覺得它仍大有開拓範圍之必要。而且，老實說，他們談文化也都談得很淺，缺乏哲學意蘊和文化理論訓練。看起來，雖然增廣了不少見聞、增加了不少談助，卻不甚過癮。

何況，要從語言分析去談文化，有許多方法學的基本問題要處理。不從嚴格的方法學意義去從事這樣的文化說解，其實只是鬼扯淡。例如把人名拿來講中華文化，人名有名為立德、敦義、志誠、志強者，也有水扁、添財、查某、罔舍之類，任意說之，何所斷限？或把古代詞書《說文》、《爾雅》找來，就其所釋文字，指說名物，介紹古人稱名用物之風俗儀制，而即以此為文化詮釋，斯亦僅為《詩經》草木鳥獸疏之類，非詮釋學，亦非文化研究。從語言去談文化，不是可以這樣曼衍無端的。否則語文既為最主要的人文活動，什麼東西都可以從語言去扯。隨便一句罵人的話「龜兒子」，也就可以從古神話、四靈崇拜，講到妓院文化、社會風俗、以及相關罵人俚語、語用心理等等。如此扯淡，固然不乏趣味，實乃學術清談，徒費紙張，無益環保。

語言的文化詮釋還涉及了語言邏輯中的「意義」和「理解」問題，也涉及符號解釋的主體問題，以及「符號解釋共同體」的問題。這些問題在語言哲學中均有繁複之爭論，不能不有進一步的討論。

如陳原《社會語言學專題四講》就不贊成語言的結構真能決定或者制約文化與思維的方式（一九八八，語文出版社）。語言結構倘與文化或思維方式無關，那麼申小龍等人一系列由漢語語法句型特色來申論中華文化特點的論著，豈不根本動搖？而語言結構與文化有關的講法，事實上洪堡特（Wilhelm von Humboldt, 1967-1835）《論人類語言結構的差異及其對人類精神發展的影響》即曾倡言之。洪堡特繼承者施坦塔爾（Heymann Steinthal）主張透過語言類型去了解民族精神，包括思維與心理等，甚至想把語言學建設為民族心理學。現在我們由語言分析去申論文化特徵者，是要重回洪堡特、施坦塔爾的老路嗎？抑或別有所圖？我們的方法論、語言與文化聯繫的觀點為何？

洪堡特的路子其實也不是不能發展的。在臺灣，我看過關子尹先生《從哲學觀點看》裡兩篇很精采的論文：〈洪堡特《人類語言結構》中的意義理論：語音與意義建構〉、〈從洪堡特語言哲學看漢語和漢字的問題〉。他敏銳地抓住洪堡特對漢語與漢字特性（漢字為「思想的文字」、漢語為「文字的類比」）

的分析，結合胡樸安的語音構義理論和孫長雍的轉注理論，討論漢語語法之特性在精神而不在形式、意義孳乳之關鍵則在漢字（一九九四，東大公司），頗有見地。

然而，所謂意義孳乳之關鍵在漢字、漢文為思想之文字云云，類似的觀念，在大陸某些朋友們手中，卻做了太多的推論。如石虎〈論字思維〉（一九九六，《詩探索》，二期）、王岳川〈漢字文化與漢語思想：兼論字思維理論〉（一九九七，《詩探索》，二期，收入同年四川人民出版社，《文化話語與意義蹤跡》），認為漢字是漢語文化的詩性本源，而漢字之思維是「字象」式的，具有意象的詩性特質，由本象、此象、意象、象徵，而至無形大象，故詩意本身具有不可言說性。因為這種思維及漢語文化具有自身的邏輯開展方式，我們應強化說明此一特色，以與西方文化「強勢話語」區別開來。這民族主義的氣魄誠然令人尊敬，但這種特色既然是從漢詩上發現到的，謂其具有詩性、為字象思維，豈非廢話？

且一個漢字接著一個漢字，構成「意象並置」之美感型態，在臺灣，葉維廉先生早已談過，而且談得更深入、更好。而即使是葉維廉式的講法，也僅能解釋一小部分（王孟、神韻派或道家式）的詩作，對許多中國詩來說，並不完全適用。字象說、詩意不可說理論，能解釋杜甫、韓愈和宋詩一類作品嗎？此又能做為漢字及漢語文化之一般特色嗎？論理及敘事文字也是如此嗎？在國外，如陳漢生（查德・漢生，Chad Hansen）《中國古代的語言和邏輯》也從漢語本身的特點來談中國哲學，但他卻反對說中國人的心理特殊以及認為我們有特殊的邏輯，他認為過去用直觀、感性、詩意、非理性等所謂「漢語邏輯」諸假說來解釋中國哲學，其實均無根據。漢語最多只是由於它以一種隱含邏輯（implicit logic，或稱意向性涵義）的方式來表達，與印歐語系有些不同罷了，這並不能說它即屬於另一種不合邏輯或特殊邏輯的東西（一九九八，社會科學文獻出版社，周云之等譯）。他的看法固然也未必就對，可是關於這類的論述，似乎都仍要謹慎點才好。

另外，王賓〈漢語思潮／審美問題的語言學研究〉中還提到幾種流行的研究法。一是漢語優越論。例如大陸社科基金資助出版的鄭敏《傳統智慧的再發現》，引述索緒爾、喬姆斯基、皮爾士諸人言論之餘，竟大談諸君所絕不會同意的：「漢語是世上最進步的語言」、「世上具有表現力最明確而又最簡約的文字」、「與印歐系的西方文字相比，還是一種理性抽象水平高與邏輯性強的文字」、「二十一世紀還是漢字發揮威力的時代」、「全世界的人們將必修漢語」等等。她把德希達所批判的語言二元對立等級顛倒過來，用以樹立漢語的中心位置，鼓吹一種漢語沙文主義式的愛國態度，王賓認為是極不可取的。

另一種流行的研究法，是漢字形構分析。以分析字形，來代替理論語言學的形式（form）分析。例如男字，是田＋力，亦即在田裡幹活的勞動者就是男。由看見男人在田裡工作的形象性感性認知，直接導出男人這個抽象概念，這種漢字特性，使得「拼音文字在傳達與感受知識方面均不如漢字」。

此說亦不足為訓。因為人不是從田與力讀出男這個意思，而是先認得了男這個字，才領會到它是田與力的構成。亦即接受了符號和指稱對象之間在歷史及社會約定俗成中造成的關係，方能引生相關的感性認識。道理非常簡單：兩個部件拼成一個新字，不只在漢字中有，其它文字中也有。如 chairman（主席）是 chair（椅子）＋man（男人）合成的。不懂英文的人能由 chair、man、chairman 諸字中發現什麼感性直觀或抽象概念嗎？

相對於以上兩種說法，王賓提出了一種陰陽耦合論，他說：

> 聲調／表意／單音節的漢語，基本特徵是活躍於該系統內的陰陽耦合運動，而不是內在於西方或印歐語言系統的邏輯規範和二元等級結構。陰陽關係是漢語的活靈魂，它的兼容性與開放性在於：它可以吸收西方語言的句法規範和等級結構，在保留自深特質的同時，將兩者納入新的一輪陰陽

雙向運動。這一過程不會完結。

依上，和民族的思維／審美模式也必然是陰陽耦合的。任何一源化簡式的知識（包括表述知識的種種概念）一旦進入漢文化圈、進入漢語思維／審美模式，一定會失落一部分、扭曲一部分、消化一部分。同語言模式一樣，它的兼容性和開放性在於：能吸收任何西方的知識，在保留本土傳統的同時，將兩者納入新的一輪陰陽雙向運動。這一過程不會完結。

據此，陰陽說就是認識中國文化和中國人的關鍵。用邏各斯中心觀來切割分解並以一系列二元等級來重構重釋中國文化，均與事實相悖。受蔽於邏各斯中心觀，是各種西化論的公分母（一九九七香港社會科學學刊，秋季號，又刊中山大學《論衡叢刊》，一輯，一九九九）。

此說兼顧了語言思惟和審美模式，確有見地。但問題是：陰陽耦合的審美模式究竟為何，仍說不清楚。我們不能把漢語之通性直接視為文學審美特性，因為一般語言成品顯然不等於文學。而且，中國文化內部，畸陰畸陽之現象也十分普遍。故天人合一、陰陽耦合到底是始境還是終境，或許該先討論討論。

王賓同時還根據陰陽耦合的這套理論，認為漢語研究要以直覺把握，不必做語法分析。他舉了李白「靜夜思」為例，這三個字，若依西方詞性分析來分析，只會徒增困擾。它可以分成五種詞性分類及組合：一、思為名詞，靜夜，是起形容定語作用的組合成詞；意思是靜夜之思。二、思也可視為動詞，表示方式的狀語「靜」和表示時間狀態的「思」來修飾它。於是，靜夜思，就是靜思與夜思的合意。三、思為動詞，靜夜為副詞性狀語。四、將「夜思」視是為具名詞性的複合詞，「靜」為形容詞。五、也可以把三個字看成是並列的名詞：靜、夜、思。這五種組合，都是可以的，但若轉譯成英文，就無法同時展現這五種意義了。因此漢語是要在語言遊戲中直覺把握，而不可做切割式語法分析的。表達和接受它的方式，也就是思惟／審美的方式。

這樣的研究，當然能體現中文及漢語的特性。但是，直覺把握，不做語法分析，這能做為一種方法嗎？又，如此討論漢語思惟和語言美學，跟從前用「理性／直覺」兩分法區分西方和東方的東方主義論述又有何不同？我以為目前在這方面的研究，都還不能回答此類方法學上的質問。

四、跨文化的類比

還有一種文化詮釋，並不重在漢字或漢文化之特殊性，而是從比較文化上做類擬。近年「跨文化研究」大行其道，從前做比較文學者，如今大多轉而談跨文化，因此這類研究數量頗多。其常見的問題，可以楊乃喬〈儒家詩學的向日式隱喻：論隱喻美學做為一種官方話語權力〉為例，略做分析。他認為：

> 在東方儒家詩學文化傳統這裡，「經」作為一個本體範疇即是一個隱喻詞。再儒家詩學文化傳統中，「經」是「緣光—太陽」，儒家詩學批評是在「經」的「向日式隱喻」中指向文學藝術審美的感性大地。儒家詩學對詩的批評是一種在引喻中完成的審美感性的道德理性化過程，所以，儒家詩學在批評中對詩進行闡釋而生成的意義，只是本體的理性緣光投射在詩之感性大地上的傀儡影戲。

「六經」正是以「向日式隱喻」的緣光燭照著這個此在世界，「燭照」就是闡釋，正是「燭照」的闡釋賦予這個世界以意義。

在皈依本體的信仰之下，這個此在的感性審美世界永遠是「洞穴」或「幽室」，詩學主體永遠是「穴居人」。

此文旁徵博引，但詰屈聱牙，堆積術語，遍佈引號和夾槓，很能代表新時代的學風。其大意，乃是批判儒家詩學，謂它在文學中顯現了官方話語權力。儒家把經典看成像太陽似的，照在地上，文學審美就只能躲在洞穴裡了，否則就只能被道德理性化地闡釋。

熟悉五四運動以來有關「詩言志」或「詩緣情」之討論的人，大約都會覺得這不免有點陳腔濫調。但加上一堆術語，並用如此詰屈聱牙的方式再說一遍，讀來就有些莫測高深了。

而此等「東方儒家詩學文化」，竟又不過是西方的投影而已。怎麼說呢？楊先生自己說：「在西方詩學文化那裡，『邏各斯』是『緣光—太陽』，因此，德里達把邏各斯神話稱為『白色神話』，如果說，邏各斯之『向日式隱喻』的內在精神就是向日精神，那麼，在東方儒家詩學文化傳統中也蔓延著一種『向日精神』」。德里達所說的西方邏各斯精神，不是被他直接等同於東方儒家詩學了嗎？

如此論說東方，恐怕是不通的。他又舉《隱喻》一書，云：

> 泰倫斯・霍克斯在《隱喻》一書……認為在中世紀到伊麗莎白時代的英國，「等級」被認做「生命鏈條」而編織到生活的結構中，「國王是國家的統領，在他之下安排著他的群臣；太陽是行星的統領，在它之下安排著其他的行星；獅子是動物的統領；頭是身體的統領……。」泰倫斯・霍克斯認為正是這種等級間的類比關係構成了一種製造隱喻的基礎：「太陽是帝王般高貴的行星；國王像陽光普照一樣君臨天下（法語中的隱喻「沐浴皇恩」便是由此而來）；國王還可以被稱為「獅心」，是「政治身軀」上的「首腦」等等。儒家詩學隱喻美學的內涵也就在此，我們不妨可

以用泰倫斯・霍克斯關於西方詩學隱喻的理論來詮釋一下儒家詩學隱喻美學的內涵。

這也一樣是直接以西方詩學為儒家詩學之內涵，以致所謂儒家詩學只是西方詩學的類比。這難道就是東方儒家詩學嗎？儒家與英國一樣嗎？東方與西方一樣嗎？

再者，在儒家經典中，審美感性若永遠只是穴居者，那「孔子聞韶，三月不知肉味」、「食不厭精，膾不厭細」、「春風舞雩」這些經典文句，為何沒有完全被掩蓋了它們的美感意義？朱熹解釋《詩經》為何又會主張「詩只作詩讀」？《詩經》對歷代詩歌創作及評論為何仍有諸大的影響？孟子論詩，說「知人論世，以意逆志」不也對後世文學審美研究有很大的影響嗎？

故知關聯著文化的討論，簡單的類比，或只會套理論、扣大帽子，是不行的，對文化內涵需有切實的了解才行。

五、展望與建議

除以上所述之外，我還有幾點建議：

文學理論不應放棄，可是問題在於：現今理論界要回應挑戰顯然尚感力不從心。為什麼？一、臺灣跟大陸一樣，文學比經濟更深地鑲嵌在依賴世界體系的生產與消費關係中，自己根本缺乏生產力，沒什麼自己的產品，只能做代工、加工、批發、零售、代理，一個只能消費或代理的文論界，能有什麼作為？

二、文論工作者從事的是理論思考的工作，按理說應最有思考力，可是恰好相反。大多數人只是學習了一套套的話語，照著那個學派學說的預設、條件、推理、證例去說話。說起來也頭頭是道，彷彿很有學問、很有思考力一般，其實僅如鸚鵡之學舌，並沒有自己講話的本領。就像某些人教邏輯課，也可以講得頭頭是道、井井有條，但平日處事卻見得他滿腦子漿糊一般。能說一套話的，不見得是有說話的能力，正是我們文論界缺乏生產力的原因之一。

三、文學理論在中國，並不只是理論而已，它其實是具有現實性的。八十年代以來，靠著文學理論界炸開了意識型態大山，才能帶動大陸的改革。臺灣自鄉土文學運動以來的發展，也顯示了文學理論在社會改革上的作用。可是這種作用是兩面刃，既讓人覺得文論不可輕棄，十分重要；另一方面又可能讓文論步向衰亡。因為文學作用於文化批評及實踐，漸漸地必然令人將目光轉移到真正待處理之社會文化問題的政治、經濟、法律、教育……等層面，這些社會學科亦比文學更能切應社會文化改革之需。故文論界放完焰火後，繼而登場的就是它們。文論工作者夸談文化批判，可是在文化批判之後，文論家就逐漸邊緣化，在討論社會文化發展的領域越來越不重要。大陸文論界的落寞感即來自這種情勢。臺灣亦是如此。除了搞臺灣文學的還能在政治場邊分杯羹以外，文論界在社會文化現實、批判實踐方面，早已邊緣化。

四、而更糟的是，文論界在面對現實時，也找不到自己的問題。我們現在做文化批評的朋友，操持著後現代、後殖民、解構、跨文化等理論話語，談的其實是歐美的問題。那是針對他們社會的資本主義「晚期」現象或什麼而發的文化思考，我們逕自拏來用了，卻不管它與我們的社會現實有什麼關係，牽合比附一番之後，我們遂也遺忘了該尋找我們自己的問題，並發展足以解釋與批判此一社會文化之理論。故弔詭地變成了：強調文學理論的現實實踐，卻在實踐之後被社會遺棄，或在理論中丟掉了現實。

五、文學理論工作者不僅不太了解具體的社會現實，也不太懂文學。臺灣的文學理論，因依賴世界體系之故，以裨販洋貨為主，外文系獨占優勢，古典文學及文論資源，罕所取資，亦不為世所重。這樣，文學理論當然不可能做得好。大陸的文學理論學科建置，則主要是與現當代文學相聯結的。從事古典文論的是另外一攤子人，彼此毫不相干。但只有現當代文學的知識與經驗，文學理論研究怎麼可能做得好？

六、邇來兩岸又都奢談跨文化研究，但跨什麼呢？莫說伊斯蘭文化、印度文化、東南亞文化、日韓文化，做文論研究或文化研究的人大抵一竅不通，就是中國文化、中國文學，亦所知有限。才具如此，如何能使文學理論之發展令人看好呢？要振衰起敝，還得大家夥兒一齊努力！

二〇〇五年作於北京師範大學

附錄二 《文心雕龍·通變篇》旁徵

《文心雕龍·通變篇》，現在已成了主張文藝創作應該積極求變的旗號。這是處在近百年新變夢魘中無可奈何之事。巨變的時代，隨順時世者就不免也以追逐新潮為時尚，以變為美、以變為高、以變為號召。其實未必知道該如何變，但徬徨迷惘，問道於盲，就又怨恨起不這樣倉皇變古的人，厲詬惡聲不斷。讀古人書，由於心有蓬塞，所以也把《文心雕龍·通變篇》解釋為是主張文藝創作應該積極求變的號角。

我之見解，與俗異趣。今摘兩篇論書法的文章以見意。兩文都是根據《文心雕龍》而做的引申。在古代，這正是疏通證明之體；在現在，這也是運用古代文論做當代批評的示例。上世紀八十年代，黃維樑兄等曾主張我們現在從事文藝批評，不但可以援引西方現代文論來解析古代物事，也該參考古代文論以評析當代文藝。我是認同並實踐這種主張的。

一、書法如何通變？

書法，在今天還有什麼新變的可能性嗎？

這是現代人的現代性焦慮之一。古代的、傳統的東西再好，也不能算是我們自己這一代人的。人活在當下，只有當下存在的意義，才對我們有意義。所以從事藝術創作，總要問問自己現在還能變出什麼花樣來。

許多人批評現今書法家大玩其花樣，奇形怪狀，層出不窮，往往令人瞠目結舌，莫名所以。他們在西方藝術領域中抄抄撿撿，或去社會底層找綠林氣、匪氣、土氣、孩兒氣、匠人氣，也都令人看不見出路。書法家常被諷刺是賣傻獵名，痰迷心竅。

其實做怪者也不都是名利心作祟或文化淺薄。他們有些人是真心想為中國書法找出路，也為自己找活路的。現代性焦慮把他們害苦了，心中那個壓力，憋屈啊，令他們左衝右突，兀自困在其中。狂怪的線條與墨塊、扭曲顫動的筆畫、躁鬱狂醉的構圖，正顯示他們靈魂受到煎熬的狀態。

可是世上沒有什麼東西是真正新的。現代人相信的革命史觀，推倒一切，讓歷史翻開新的一頁，永遠只是意識形態的迷思。歷史必然延續性大於變革。其變也，或屬於踵事增華，或是積水成冰，延續中就有變化，變遷中又見延續之質素，這才是歷史的真相。

準此，孔子乃說變都是在因革損益中形成，「周因于殷禮，所損益可知也」。因是因襲繼承。但人不可能什麼都繼承，其中就會有挑選，刪去一些又添加上一些，這就是損益。歷史之所謂發展，基本邏輯即是如此。

可惜現代是個有病的時代，人是平面的、獨我的，上不見天，下不見人。無超越性也沒有歷史性，更沒有眾生性（孔子說：「興、觀、群、怨」的群）。所以以我存在、我創造、我表現、我我我為思考點，如青春期叛逆的小子，心理上老想破家、出走、弑父、擺脫傳統，以證明自我。其變革觀乃大異于歷史本身變遷的邏輯。

為變而變的結果，如今看來是大成新貌了。但定睛看去，仍是老套，歷史上所有胡編亂變的人都是這樣的。《文心雕龍・定勢篇》早就說過：「近代辭人，率好詭巧。原其為體，訛勢所變。厭黷舊式，故穿鑿取新。察其訛意，似難而實無他術也，反正而已。故文反『正』為『乏』，辭反正為奇。效奇之法，必顛倒文句。上字而抑下，中辭而出外；回互不常，則新色耳。夫通衢夷坦，而多行捷徑者，趨近故也；正文明白，而常務反言者，適俗故也。然密會者以意新得巧，苟異者以失體成怪。舊練之才，則執正以馭奇；新學之銳，則逐奇而失正；勢流不反，則文體遂弊。」

詭變者有什麼秘法呢？不過一切反著來罷了。人都用腳走路，他偏要倒過來用手。古代講究文雅中和，我就要狂、要怪、要草、要激烈、要矯異、要笨拙；古代推崇文采燦然，我就鄙俚傖俗；古代用筆俱有法度，我就破法、無法、掃之、潑之、拖之、涂之、射之；古人寫字，我就不寫字，或只寫少數字，把字裁邊、把形解散，倒置、錯綜之；古人賦詩作文，篇辭炳耀，我就放棄字義，只有線條墨塊。你說我不識字、不通文義？我根本就要打破文字啊呀！

這麼「創造」，其實就是無知妄作。古今妄人，其實都一個樣，劉勰當年碰到的也是同樣這類人、這類所謂新創。只是現代人加上了現代性的驕矜及西方理論，氣勢遂更壯旺了。

但不這麼變，還有什麼方法呢？

當然有，前文不是說了「損益」嗎？損益是孔子介紹的方法，劉勰依此而說通變。通變不是亂變，是要變而能通。

如何才能通？劉勰說首先應認識到「設文之體有常」，不能亂來。想變，也要明白「名理有常，體必資于故實」，依著本體來變。不能只顧著變而忘了常或刻意反常。書法就是書法，不是畫繪、不是設計、不是拼貼、不是圖案、不是線條、不是抽象。

其次，要想創新，得有創新的本領。比如想走長路，須健強體魄；想推倒萬古之豪傑，須有勝過古代豪傑的學問器識：「規略文統，宜宏大體，先博覽以精閱，總綱紀而攝契，然後拓衢路、置關鍵，長轡遠馭，從容按節。憑情以會通，負氣以適變。」

方法呢？具體創作時，須「參古定法」。因為一味「競今疏古，風味氣衰」。故「矯訛翻淺，還宗經誥」。通過多學習古代典範，才能「斟酌乎質文之間，而隱括乎雅俗之際，可與言通變矣！」

我的意見，大體也是如此。首先應辨明書法的特點、本性，知道它與其他藝術不同之處。它是文字藝術，立基于文字。外國無此藝術，因為外國無文字，只是拼音記錄著語言，故他們只能有字母藝術或美術字，而無書法。用日本人之術語來解釋，中文是「真文」，其他日、韓、越、英、法語之拼字均屬「假名」。

而真文不只是說它是獨立的文字體系，還包括中國人對文字的之理解、認知，有其獨特性。我們格外重視文字，在音、言、象、數之上。此稱為文字崇拜、真文信仰，與文學觀、文化觀、宗教觀有密切的關係，否則古人不可能將書法視為最重要的藝術。因而書法家還須深入書法之精神性中去。

再者，書法應如劉勰所說，須博覽精閱、讀書養氣，成為一個有文化內涵有文學造詣的人。這是成為「作家」的必要條件，寫出來的字才能有學者的風範、文人的氣韻。

作家，在中國傳統語彙中，並不像今天這樣泛指一切寫東西的人，是「作者之謂聖」的意思，須有聖人之境界與修養。就算我們現在不能講得那麼高，至少也須是個賢人、文人，方能「不愧作手」。

想「不愧作手」，當然不能眼高手低，所以具體還得練字。修養乃內功，應用之巧、隨手之變，則是招式。無招式便不能演示、不能應敵。這些招式運用，俱存于古代書家的墨跡、書帖、碑刻中。都是我們的範例，足供參考，所以劉勰說要「參古定法」。

法是變的基礎，而非束縛。能通變，不受束縛的人，一，正是明白了這個道理，不把法與自由對立起來。二，是對法真正熟稔了，法才能為我所用。三是「轉法華，而不為法華轉」之關鍵在心，心活則法活。呂本中曰：「筆頭傳活法，胸次即圓成」。活人，怎有死法？宋代理學家總教人要「活潑潑地，鳶飛魚躍」，便是此理。今人每斥法為死法，殊不知自己才早已不活。

何況，世變以來，傳統已斷，今人所知所見之法，其實已甚狹隘枯淺，故目前法不是太多，而是太少：

一則，古人名跡，多已散佚。猶如韓愈說張籍詩雖然多，但「仙官敕六丁，雷電下取將。流落人間者，泰山一毫芒」，現在能看到的典範已然太少。蘇黃米蔡，當時千紙萬紙，如今不過數十張。

二者，字體僅限于真草隸篆，其他鳥書、蟲書、殳書、雲書等尚有數十種書體乏人問津。篆書中除了大小篆之外，戰國不同地區的金文、繆篆等其他篆書，草書中之章草，隸書中之唐朝明朝隸書，也都很少人寫。此外更有道家符篆、琴譜減字、西夏文、契丹文等，都還未能如吳昌碩開發石鼓文那樣去鑽研，參古定法。

三者，筆墨紙硯愈趨單調。許多筆已失傳或不流行做。南北筆行，大同小異，六朝唐宋筆式基本失傳，想找雞距、竹筆用用，都不知去哪裡買。墨，古用漆、用墨丸。清朝金農還曾恢復漆書，今亦罕用。紙更是越來越糟，幾乎要大大落後於日本韓國了。硯呢？漸僅成為擺設，或琢為茶桌、餐台，與書法無甚關係。凡古人所云紙墨相發、硯雲潤心、手筆調適等，均只能依憑想像。工欲善其事，必先利其器，現在只能將就將就。

因此，字法、筆法、工具各方面，可說都是法式殘缺的。法漸不存矣，何待破乎？這才是今天的危機，而不是法太多了，學不來，束縛了人。昌言破法者，大抵對法根本不熟悉，所以誤以為法甚多、障甚厚，以致搞錯了時代的問題。無怪其擲氣力于虛牝，不能被社會所認同了。

所以，回歸中國書法之正道才是未來的坦途。我近年提倡的「文士書」，正是指向當代、開展未來的，豈僅復古也哉？

二、寫在「我襟懷古——鮑賢倫書法展」前

鮑賢倫先生，是我所見時賢中格外好古的一位。他過去的展覽即嘗明揭「夢想秦漢」或「我襟懷古」以為標目；其中有一次雖稱為「崇善守正」，其實也仍是懷古昔、守矩矱之意。這在現今一片喧然囂然倡新言變的風氣中，確是異數。

古，作為一種風格描述語，並進而成為創作之追求，始於六朝。《文心雕龍》論九代文風之變，說：「黃唐淳而質，虞夏質而辨，商周麗而雅，楚漢侈而豔，魏晉淺而綺，宋初訛而新。」由淳質辨雅逐漸侈、豔、訛、淺，新代表的不是好，而是越趨涼薄了。故曰：「從質及訛，彌近彌澹。何則？競今疏古，風末氣衰也。」

文風既然衰末，那麼，救濟之道，便是「矯訛翻淺，還宗經誥」（〈通變篇〉）啦！

這就提出了一種「古」的風格及追求，與古相關的辭彙，是古質、古雅、淳古等等。相對於這種風格的，則是「今」，與之相關的辭彙，是侈、豔、淺、綺、訛、新，以及詭巧、流俗、流弊等。某些詞，雖屬今之範疇，但若能與古掛鉤，就仍可能還算是好的，如古艷，就比單只是豔好得多。

《文心雕龍》這種風格觀及評價體系，與劉宋虞龢〈論書表〉並不相同。虞曰：「夫古質而今妍，數之常也。愛妍而薄質，人之情也。鍾張方之二王，可謂古矣，豈得無妍質之殊？且二王暮年皆勝於年少、父子之間又為古今。子敬窮其妍妙，固其宜也。」此文以古今、質妍論藝，當在劉勰之前。但認為

藝術都是由質樸到妍美、由古發展到今的，取向恰好與劉勰相反。

宋齊之間，虞龢這類見解恐怕才是風氣時尚，故《南齊書・劉休傳》說當時社會上「右軍之體微古，不復貴之」。陶弘景與蕭衍〈論書啟〉也說：「比世皆崇高子敬……海內非惟不復知有元常，於逸少亦然。」

可是，您也許會注意到：這種喜歡今妍而貶薄古質的風氣，本身就是流俗時尚的表現，符合人情之常。劉勰所主張的，則是另一種藝術史家的態度，所以有反流俗的傾向。而後世藝術史的走向，事實上也即是這種態度才成為真正的潮流。

例如入唐以後，王羲之的地位就翻轉過來了。孫過庭《書譜》於古質與今妍之間，取義中和，謂須「文質彬彬而後君子」，而實崇羲之，在獻之之上。張懷瓘更往古靠，說羲之還太妍美了：「逸少草有女郎才，無丈夫氣」。因為它「圓乎妍美，乃乏神氣」，不足貴也。又批評蕭子雲「妍妙至極，難與比肩，但少乏古風，抑居妙品」；批評庾肩吾「變態殊妍，多漸質素」。凡此之類，都是崇古質而抑今妍的。當然，妍美也不能不要，但先後本末不能顛倒：「古質今文。世賤質而貴文，文則易俗，合於情深。識者必考之古，乃先其質而後其文。」（書議）

此後書法史的情況，就不消多說了，大局已定，古質勝於、重於、先於今妍。妍媚者最終也必須走到「古」才算是修成了正果，乃是宋元明清書論之共識。學古、法古、識古、入古之聲不絕於耳。

歷史如此，因而到了清末民國，一轉而以今、以變、以新、以創造為時髦，亦可說是十分自然的事。新變雖另有新時代的因緣，但人情愛妍而薄質，厚今而薄古，且久食束脩，轉思甘旨，亦屬人情之常。

不過，古質與今妍實質上並非平列而相當的兩種美的範疇。今妍，打自他的提倡者開始，虞龢就承認它本是一種流俗人情的態度。藝術創作，則從本質上看，它就有由流俗再往上超拔的性質，或反流俗、批判流俗、反省流俗的傾向或意義。

古質也者，由發生學上說，又是今俗之源頭；由意義上說，則是今俗之反省超越者；故由歸趣上說，今俗也必以入古為極至之境。因此，只把創新跟法古對舉起來看，或竟然扭轉過來，以新為貴、以今為美、以矯訛古質為高，終究就只能說是自甘下流，以淺俗自喜，終身安於一般人情的層次，絕不能入藝術之門。

也就是說，無論什麼時代，一般世俗人喜歡的，必定是花哨、繁侈、熱鬧、妍美、豐潤、變著花樣的，急管繁弦、濃妝豔抹、多買胭脂畫牡丹、菊花插得滿頭歸。此所以俗也！文人藝士，是要曲徇其品味，取媚流俗呢？還是要矯俗自勵呢？

鮑賢倫說要崇善守正，就是強調不能媚俗，與傅青主「學書之法，寧拙勿巧、寧醜勿媚、寧支離勿輕滑、寧直率勿安排」云云，意思實是一致的。

而凡不媚俗者，又都是心中另有標準與追求，故又曰我襟懷古、夢想秦漢。這種對古的追求，又恰好是雄健積極的，因為它本身就顯示了批判流俗的力量。《文心》說「矯訛翻淺，還宗經誥」，鮑氏的做法，適與同符。

文章家的宗經徵聖，是要取法六經、折衷於孔子。鮑賢倫的書藝創作，所宗之經誥則選擇了秦漢。這是篆隸之交、篆由盛而衰、餘風漸沫；隸由生到熟，蔚為大觀的時代，因此可說是一特殊之古。

前文已然講過，真正的藝術，必須入古。但入什麼古卻大可講究，所擇之古不同，結果當然迥異。鮑先生擇定這個特殊時期，要的，應該就是那一點殘留的篆意篆勢，以及草創階段自由生猛、尚未規矩化，還不夠妍美的隸法。與過去寫隸書的人奉東漢碑刻為圭臬相比，如此取徑，自然顯得高古。那些新出簡牘，其實多是俗書；當代效學簡帛書式者，也輒顯得俗惡難名。但在他這種取擇角度下，化而用之，竟也同樣有助於其高古。

隸楷取法於篆字，古已有之，鍾繇就是一例。張懷瓘曾說：「鍾繇法於大篆，措思神妙，得其古風」，但其缺點，在「傷於疏瘦」。這是由於篆筆缺乏鋒芒波峻之勢，以致隸字顯得有骨無肉。在傳統的評價體系中，古主要是靠氣骨或骨力來表達的，筆畫的間架與基本線條稱為骨；骨上須有血肉潤澤之，才能婉和妍華可觀；然後再加上起伏動盪的姿態，才是個活生生的人。血肉與姿態，便是偏於妍的，妍主要靠這些來表達。若僅具骨，便傷於疏瘦乾硬；若血肉豐潤，近於遲鈍，或亦滑膩變美；若顧盼生姿，腰首垂折，則又姿媚側艷，可能都不夠好，因此古人對此三者，乃是希望能兼美的。

鮑賢倫先生的做法卻頗不同，仍由古這方面來。主要靠間架與線條，也就是骨這部分，而放棄了或儘量減少了墨色濃淡枯漲、筆姿之波捺提按、形勢之蠶頭燕尾等等，一筆一畫，略如積薪，情況比伊秉綬更甚。

這本來是極危險的，雖能顯骨力雄強之古，卻易缺少可供玩味之趣，也就是所謂傷於疏瘦。可是鮑賢倫似乎克服了這一困難，他個別字的間架處理不如伊秉綬，但章法行氣，鼓盪開闔之間，亦能見深婉之意。隸書的基本特徵，則仍蘊於每一筆畫中，配合足以覘文人性情襟懷的文辭、精心撰集的詩文聯語，整體構成了不妍美卻不乏「剛健含婀娜」的美感效果。這是他積年研練，揣摩出的一條新路子，所以才能在書壇獨樹一幟，我要恭喜他。

國家圖書館出版品預行編目資料

文心雕龍講疏

龔鵬程著. – 初版. – 臺北市：臺灣學生，2020.09
面；公分

ISBN 978-957-15-1829-9 (平裝)

1. （南北朝）劉勰 2. 文心雕龍 3. 學術思想
4. 研究考訂

820 109007032

文心雕龍講疏

著 作 者 龔鵬程
出 版 者 臺灣學生書局有限公司
發 行 人 楊雲龍
發 行 所 臺灣學生書局有限公司
地 址 臺北市和平東路一段 75 巷 11 號
劃撥帳號 00024668
電 話 (02)23928185
傳 眞 (02)23928105
E-mail student.book@msa.hinet.net
網 址 www.studentbook.com.tw
登記證字號 行政院新聞局局版北市業字第玖捌壹號
定 價 新臺幣七〇〇元
出版日期 二〇二〇年九月初版
I S B N 978-957-15-1829-9

82059 有著作權・侵害必究